廖心一 著

万历皇帝全传

全六册

⑥ 变故多，萨役哀歌

戊戌桂秋 王之镕 题

金城出版社 GOLD WALL PRESS · 北京 BEIJING

第六部

变故多，萨役哀歌

第四百二十一章

万历三十八年的进士中，有二人分在刑部：一是陆梦龙，一是贺仲轼。不同的是，陆梦龙已实授，贺仲轼仍观政。这也不奇怪。陆梦龙名列二甲，授部属是正常的；贺仲轼名列三甲，而且在三甲二百四十人中，列在第二百二十四名，也就是说，稍有差池，可能就会名落孙山。他能观政刑部，不知遇到的是怎样的机缘；到今天仍未实授，也不奇怪。

在京城里过的两个年节。对贺仲轼来说，第一个年节是在充满期待中度过的，第二个年节则是在失望或者麻木中度过的。陆梦龙是设身处地这么想的，所以，年节之后，他邀贺仲轼饮酒，意在为他消忧解愁。

为使效果更好，陆梦龙还请来翰林院编修马之骐。马之骐是他们那一科的榜眼，状元韩敬以病去官后，他应该算该科地位最尊贵的一人。

“君启兄请时良兄饮酒，居然命我作陪，真是荣幸之至。”贺仲轼说。

“景瞻兄恰恰说反。”马之骐道。

马之骐字时良，河南新野人。陆梦龙字君启，浙江会稽人。贺仲轼字景瞻，河南获嘉人。

“我怎说反？”贺仲轼问。

“君启兄说，刑部新春聚拜，景瞻兄没到。今日专请景瞻兄，补上那一顿酒。我是奉命前来作陪的，荣幸之至的自然也是我。”马之骐道。

“我乃观政，不似君启兄，是刑部正官。刑部聚拜我去的话，不仅我会尴尬，君启兄恐怕也会尴尬。”贺仲轼说。

“我为何尴尬？景瞻兄为何尴尬？景瞻兄别太把观政、实授放在心上！说不定哪一日，景瞻兄正授部职，我却被外放。”陆梦龙说。

“真有那么一天，就该我请君启兄饮酒吧？”贺仲轼问。

“对呀。”陆梦龙应道。

“君启兄想都别想！”贺仲轼道，“真有那么一天，君启兄走君启兄的，我去衙门办我的事。”

“景瞻兄这么说，未免太绝情。”马之骐说。

“不是我绝情，”贺仲轼道，“君启兄外放，定是高升，不知有几多人要向他道贺呢！譬如时良兄，或会摆酒为他饯行，怎轮得到我！”

“我原来担心景瞻兄把观政、实授看得太重，谁知他竟比你我还要看得开。”陆梦龙对马之骐说。

“可不！”马之骐应道。

“不过，我等还是要预祝景瞻兄早授——’陆梦龙的话才说一半，被贺仲轼打断。

“君启兄，我欲喧宾夺主，可否？”贺仲轼问。

“同年友好相聚，何分彼此。”陆梦龙道。

“我欲借花献佛，可否？”贺仲轼又问。

“是敬时良兄酒吗？”陆梦龙问。

“是，”贺仲轼应道，并说，“我欲请君启兄和我一起敬时良兄酒。”

“以何为词？”陆梦龙问。

“祝时良兄永不出翰苑。”贺仲轼随口说一句。

“这个祝词不好。”陆梦龙说。

“为何不好？”贺仲轼问。

“难道他日时良兄不升礼卿，不入阁？”陆梦龙道。

“我意，升礼卿，仍兼署翰苑；入阁，仍兼署翰苑。”贺仲轼说。

“兼署，也是出翰苑。再者，今者皆以殿、阁大学士入阁，哪儿有以翰林院学士入阁的！”陆梦龙道。

“二位莫再争执，”马之骐插话，“升礼卿，入阁，不管兼署翰林院与否，一则，不可强求，二则太遥远，此酒我不能饮。”

“祝时良兄早日掌院，如何？”贺仲轼问。

“也太遥远。”马之骐道。

“升讲、读学士，或讲、读，如何？”陆梦龙又降格。

“也不可强求。”马之骐道。

“祝时良兄早日选讲官，如何？”贺仲轼问。

“日讲乃翰林本职，讲官不循资格，此酒可饮之。”马之骐道。

三人说许多话，总算开始喝酒。

“时良兄，我欲请你和我一起敬君启兄酒。”贺仲轼又对马之骐说。

“你我都是客，应该的，”马之骐说着，也问，“以何为词？”

“祝君启兄早日放外。”贺仲轼又随口说一句。

“在时良兄，是永不出翰苑；到我，怎就早日放外？”陆梦龙问。

“刑部怎可和翰林院比！在翰林院，可保住书生本色；在各部日久，也保得住吗？”贺仲轼道。

“景瞻兄是说，外放以后，就保得住？”陆梦龙问。

“总比留部好一些。”贺仲轼道。

“早日外放，早到哪一日？”马之骐问。

“以部堂外放督、抚，不如以司官外放参议、佥事；以司官外放参议、佥事，不如以员外外放太守；以员外外放太守，不如以主事外放州、县。总之，愈早为亲民官，愈好。”贺仲轼说。

“最好明日外放。”陆梦龙道。

“倒不必如此匆忙，在京师呆上一年半载，熟悉一下朝廷各衙门的情形，也不见得没用。”贺仲轼说。

“景瞻兄的见解的确与人不同，此酒我饮，”陆梦龙说着，举起酒杯。饮过之后，他对马之骐说，“本来想时良兄和我各自敬景瞻兄酒，但按照景瞻兄定下的规矩，你我得一同敬他。”

“好，”马之骐应道，并问，“以何为词？”

“我本想祝他早日实授刑部官，看来不合他心意，”陆梦龙说着，问贺仲轼，“景瞻兄，是不是呀？”

“是。”贺仲轼应道。

“我若祝他得改翰林，一则，无先例；二则，也未必合他心意，”陆梦龙说着，又问，“景瞻兄，是不是呀？”

“君启兄只说无先例即可。”贺仲轼道。

“我若祝他早日外放，一则，他尚未实授，似不宜言外放；二则，有学舌之嫌，”陆梦龙说着，又问，“景瞻兄，是不是呀？”

“我祝君启兄早日外放，君启兄听着别扭；君启兄祝我早日外放，我听着也别扭。君启兄别扭在既实授而外放，我别捏在未实授而外放。”贺仲轼道。

“所以，我想不出适当的祝词。”陆梦龙说。

“那也不能不祝而饮呀！”马之骐道。

“时良兄若有适当的祝词，时良兄说一个；时良兄亦无适当的祝词，我倒有个计较。”陆梦龙说。

“我亦无适当的祝词，还是听君启兄的计较吧。”马之骐道。

“由景瞻兄自家挑选一个祝词。”陆梦龙说。

“君启兄是说，让景瞻兄自个儿敬自个儿的酒！”马之骐与其说在问，不如说在惊呼。

“他只是想个祝词，酒还是你我敬他。”陆梦龙说。

“可是——”马之骐还要说，陆梦龙摆摆手，让他看贺仲轼。

若换别人，是绝不会赞同陆梦龙的提议的，但贺仲轼在沉思。

“二兄说，观政进士可不可以上疏？”他问。

“当然可以。”陆梦龙说。

“没听说不可以。”马之骐说。

“可不可以议政？”贺仲轼又问。

“上疏不议政，难道和皇上说闲话吗！”陆梦龙道。

“议文翰，也可以是议政。”马之骐道。

“不是议文翰，是议大政。”贺仲轼说。

“景瞻兄欲议大政！”马之骐、陆梦龙齐呼。

贺仲轼郑重地点点头，没有出声。

“在景瞻兄看来，何为大政？”陆梦龙似乎不相信他能议大政。

“在君启兄看来，何为大政？”贺仲骐反问。

“譬如，刑典之宽严。”陆梦龙从刑部官的角度举例。

“时良兄看，这算不算大政？”贺仲轼问马之骐。

“算大政，”马之骐说着，也问，“在景瞻兄看来，何为大政？”

“在时良兄看来，何为大政？”贺仲轼反问。

“譬如，重开经筵，恢复日讲。”马之骐从翰林官的角度举例。

“君启兄看，这算不算大政？”贺仲轼问陆梦龙。

“算大政，”陆梦龙道，又问，“在景瞻兄看来，刑典之宽严是不是算不得大政？”

“不是，”贺仲轼道，陆梦龙欲辩，贺仲轼说，“这是大政。”

“我怎觉着，在景瞻兄看来这不算大政？”陆梦龙道。

“我并非觉着这不算大政。我只觉着，在刑部，这是最大之政；在朝廷，这却不是最大之政。”贺仲轼道。

“在景瞻兄看来，重开经筵、恢复日讲是不是算不得大政？”马之骐也问。

“不是，”贺仲轼道。马之骐欲辩，贺仲轼说，“这是大政。”

“我怎也觉着，在景瞻兄看来这也不算大政？”马之骐道。

“我并非觉着这不算大政。我只觉着，在翰苑，这是最大之政；在朝廷，这却不是最大之政。”贺仲轼说。

“那么，在景瞻兄看来，何为朝廷最大之政？”陆梦龙、马之骐齐问。

“二兄可知，皇上多久不见外臣？”贺仲轼反问。

“都说已很久。”陆梦龙道。

“都说已太久。”马之骐道。

“可知有多少年？”贺仲轼进一步问。

“十来年吧。”陆梦龙道。

“十多年吧。”马之骐道。

“实则几二十年。”贺仲轼说。

“景瞻兄怎知？”陆梦龙、马之骐齐问。

“时良兄应该看得到起居注吧？”贺仲轼反问马之骐。

“想想法子，或许看得到。”马之骐说。

“时良兄可以看看，万历十七年的起居注是不是这样记载的：正月，己酉朔，免朝贺。”贺仲轼说。

马之骐不说看，也不说不看，但问：“然后呢？”

“然后再看看，万历十八年的起居注是不是这样记载的：正月，甲辰朔，上不御殿，召辅臣于毓德宫西殿。”贺仲轼说。

“然后呢？”马之骐问。

“然后再看看，万历十九年的起居注是不是这样记载的：正月，戊戌朔，免朝贺，阁臣诣会极门行礼。”贺仲轼又说。

“然后呢？”马之骐问。

“然后再看看，万历二十年的起居注是不是这样记载的：正月，壬戌朔，上不豫。”贺仲轼应道。

“然后呢？”马之骐问。

“然后再看看，万历二十一年的起居注是不是这样写的：正月，丙辰朔，上不豫。”贺仲轼又说。

“然后呢？”马之骐问。

“然后再看看，万历二十二年以后的起居注是不是这样写的：正月，某某朔，上不朝。”贺仲轼又说。

“然后呢？”马之骐问。

“然后，时良兄可知，且可告与君启兄知，皇上不见外臣，几二十年。”贺仲轼说。

“景瞻兄的意思，免朝贺和不朝，有所不同；不豫和不朝，也有所不同。故不见外臣，是从万历二十二年计起，至四十年，几二十年，实为十九年？”马之骐推论。

“对。”贺仲轼道。

“不对吧？”一直没有插话的陆梦龙终于忍不住。

“是计多，还是计少？”贺仲轼问。

“不在计多计少，”陆梦龙说，“起居注记载的是正旦日不朝，并非全年不朝。”

“我询问过，皇上正旦日不朝，则全年不朝。”贺仲轼说。

“景瞻兄询问过谁人？”陆梦龙问。

“本部正堂文光先生，他的话可信吧？”贺仲轼道。

“文光先生的话当然可信；不过，他两任刑部尚书之间，家居十六年，朝中情形未必尽知。”陆梦龙说。

他们说的赵焕，曾于万历二十一年至二十三年任刑部尚书，又于万历三十八年九月召入，三十九年九月赴朝。

“我还询问过福清相公，他的话总可信吧？”贺仲轼道。

“福清相公的话当然可信；不过，他虽不曾休致，但多年任职南京，朝中情形亦未必尽知。”陆梦龙说。

“我还询问过翁状元，据我所知，他一直在朝中。”贺仲轼道。

“翁状元清正，他的话当然可信；不过，到底只是孤证。”陆梦龙说。

“我还询问过司礼监一二人，如常云常公公等。”贺仲轼道。

“常公公会对你说，皇上自万历二十二年后不朝？”陆梦龙问。

“他不会这么直截了当地说，我也不会这么直截了当地问；我是拿话套出他的话。”贺仲轼说。

“为查证此事，景瞻兄真下不少工夫呀！”陆梦龙道。

“景瞻兄为何要下这等工夫？”马之骐则问。

“自是因为在我看来，此事乃朝廷最大之事。”贺仲轼说。

“在景瞻兄看来，皇上不见外臣，是朝廷最大之事？”马之骐、陆梦龙齐问。

“皇上不见外臣，君启兄不以为是最大之事？”贺仲轼先问陆梦龙。

“不是不以为，”陆梦龙道，“皇上不见外臣，肯定是大事；但是不是最大之事，我还没想好。”

“内外隔否，时良兄不以为是最大之事？”贺仲轼又问马之骐。

“不是不以为，”马之骐道，“内外隔否，肯定是大事；但是不是最大之事，我也没想好。”

“二兄没想好之事，我却想好。”贺仲轼道。

“我只想知道，景瞻兄议此大政，拟从哪一点切入？”陆梦龙问。

“何为朝廷最大之政，本来就是见仁见智。我想知道，除此最大之政，景瞻兄还打算议何事？”马之骐问。

“我先回答时良兄的问题，”贺仲轼说，“除皇上不见外臣，我又拟议：今日之不足，不在入之亏额，而在用之无艺。”

“在景瞻兄看来，此乃次大之政？”马之骐问。

“差不多是这个意思，”贺仲轼道，“在我看来，内外隔否是朝廷最大之政，财物用之无艺是朝廷次大之政。”说着，跃跃欲试。“时良兄，要不要我为你详尽言之？”

“景瞻兄还是用些心思回答君启兄的问题吧。”马之骐道。

“皇上不见外臣，虽是最大之政，但议之者甚少，君启兄知是为何？”贺仲轼转向陆梦龙。

“或是没把它当作最大之政？”陆梦龙提出一种可能性。

“不会，”贺仲轼驳道，“君启兄问十个人，九个人不会说它不是最大之政；一个人会懊恼：我怎么没想到它是最大之政！”

“那为何议之者甚少？”陆梦龙反过来问他。

“不好议之。”贺仲轼道。

“怎不好议之？”马之骐问。

“三纲者，君为臣纲，父为子纲，夫为妻纲。夫妻不相见，你可以说，夫将不夫，妻将不妻。父子不相见，你可以说，父将不父，子将不子。于此二者，你还可以说，家将不家，”贺仲轼说着，问道，“君臣不相见呢？时良兄能说君将不君，臣将不臣吗？你能说国将不国吗？”

“这话谁个敢说！”马之骐道。

“但实际上，君臣长期不相见，真的令人产生疑问：君何以为君，臣何以为臣，国何以维系？有此疑问，而又不能言之，所以我说，此事不好议。”贺仲轼道。

“此事不好议，我也想到，所以我问：景瞻兄如何切入。”陆梦龙又回到自己提的问题上。

“皇上不接见外臣，怎知各臣是否称职？”贺仲轼的立论很简单。

“不是有吏部吗？”陆梦龙道。

“吏部若不称职呢？”贺仲轼问。

“不是有考察吗？”马之骐道。

“考察若敷衍呢？”贺仲轼问。

“以此切入，此事倒真可以深论，”陆梦龙说着，问马之骐，“时良兄，你说呢？”

“我有同感。”马之骐道。

“景瞻兄，此疏应是你的第一疏吧？”陆梦龙又问贺仲轼。

“是。”贺仲轼应道。

“你欲时良兄和我祝你第一疏大获成功，对吧？”陆梦龙问。

“对。”贺仲轼应道。

“时良兄，以此为祝词，可否？”陆梦龙问马之骐。

“有何不可！”马之骐道，又说，“原以为景瞻兄会为眼前的不如意而颓丧，孰知他比我等都要淡定。景瞻兄，请举杯吧。”

这一杯酒喝过，三人开始天南地北地说起闲话。

贺仲轼上疏言二事。于内外隔否，略曰：陛下不接见外臣，殆二十年。初谓外臣可托职业。不知诸臣一考再考，辄释负而去，曾不十年也。人人尽职，事事修举，尚有不遑暇逸之境；况有不得行其职者哉！

于理财，略曰：今民穷财尽，日事挪移，又贷内帑。夫内帑，陛下固不发；即发，易尽耳。惟是今日之不足，不在入之亏额，而在用之无艺。惟敕责计臣，实心料理。

对一名观政进士的奏疏，皇帝当然是不会理会的。

第四百二十二章

黄昏时分，成敬、魏伸一同被宣召。皇帝把魏伸找来，是为问吏部尚书孙丕扬的事；把成敬找来，是为问阁臣叶向高的事。

“孙尚书仍在宛平县馆驿吗？”皇帝先问魏伸。

“回爷话，他一早离开。”魏伸说。

“往何处去？”皇帝问。

“卢沟桥。”魏伸道。

“是去观景？”皇帝问。

“爷说的是，”魏伸道，“孙尚书在桑干河畔、卢沟桥上，流连甚久。”

“看够景致，孙尚书是否又回宛平城？”皇帝问。

“没有，”魏伸道，“孙尚书是连人带车，一起去的卢沟桥。过卢沟桥后，有条路通向西南，孙尚书是沿着这条路走的。”

“往西南去？”皇帝想了想，问道，“老魏，最后回城向你禀报的番子，是几时离开孙尚书的？”

“大约午时。”魏伸说。

“他仍在往西南走？”皇帝问。

“是。”魏伸应道。

“这么说，他拜疏后，并非出城候旨，而是径归。”皇帝说。

“爷圣明，”魏伸颂道，“奴才也是这么想的。”

“先是侍郎去，然后是尚书去；先是户部尚书去，然后是吏部尚书去。孙尚书这一去，该到顶吧？”皇帝道。

魏伸不解皇帝之意，不敢回应。皇帝一直在问魏伸，成敬也不便回应。

“孙尚书自称八十有一，是吧？”皇帝又问。

“是。”魏伸应道。

“他的确八十有一吗？”皇帝问。

“奴才不知。”魏伸说。

“老成，你知否？”皇帝问成敬。

“据奴才所知，孙尚书生于嘉靖十一年，的确八十有一。”成敬说。

“孙尚书是哪一年还朝的？”皇帝又问。

“三十六年九月召，三十七年四月还朝赴任。”成敬说。

“以三十六年计，孙尚书是七十有七；以三十七年计，孙尚书是七十有八，”皇帝说着，问道，“是吧？”

“是。”成敬应道。

“老魏，你算过来没有？”皇帝问魏伸。

“奴才算过来。”魏伸道。

“以这等高龄，朝廷把他召回任吏部尚书，实在多此一举！”皇帝道。

前司礼掌印兼提督东厂太监是万历三十五年死的，因此，皇帝好似在责备成敬、魏伸不该多此一举。魏伸还好说，因为提督东厂，和外朝大臣的任用没多大关系；成敬却觉得，他非得分辩一句不可。

“外朝会推，才召孙尚书还朝的；且其时上下都以为，须得老成之士掌吏部。”他说。

“有你这么个老成还不够吗？”皇帝开句玩笑。

成敬、魏伸都笑了笑，气氛一下变得轻松。

“朕的意思，孙尚书既然年过八旬，由他去吧，不必追回，”皇帝说着，又命魏伸，“老魏，东厂随孙尚书出城的番子们，也都叫回来吧。”“是。”魏伸应道。

“老成，”皇帝转向成敬，问道，“朕听说，叶先生今日上疏？”

“是。”成敬应道。

“今次上疏，他不会是为自家请辞吧？”皇帝问。

“爷说的是，”成敬应道，“叶先生今次之疏，是为孙尚书上的。”

“朕想，他不会奏请追回孙尚书，”皇帝说，“孙尚书拜疏径归，连旨都不候，可见其志之坚。孙尚书若追得回来，他自家难堪；若追不回来，朝廷难堪。”

“爷圣明，叶先生没请追回孙尚书。”成敬道。

“他是不是请朝廷速推吏书？”皇帝又问。

“未请。”成敬道。

“未请？”皇帝觉得奇怪，“他不会以为，吏部无尚书亦非大事吧？”

“奴才想，他不会这么以为；不过，此疏的确未请。”成敬说。

“朕料定，他早晚会请，廷臣也早晚会请，”皇帝说着，问道，“老成，你信不信？”

"奴才信。"成敬说。

"老魏，你信不信？"皇帝又问魏伸。

"奴才也信。"魏伸说。

"朕还料定，他等请推吏书，仍以老成为言，"皇帝说着，又问成敬，"老成，你信不信？"

"奴才信。"成敬说。

"老魏，你信不信？"皇帝又问魏伸。

"奴才也信。"魏伸说。

"朕可不想再召回一个七八十岁的老成之士。"皇帝道。

这话一听就是自语，成敬、魏伸都不搭话。

"老成，吏部是不是无侍郎？"皇帝点名问成敬。

"是，"成敬应道，"原吏部堂官，一尚书，二侍郎，最称齐备。但王侍郎既去，肖侍郎又改礼部，孙尚书一走，吏部再无堂官。"

"那倒不碍，肖侍郎虽改礼部，还可以改回吏部嘛，"皇帝说着，问道，"肖侍郎多大年纪？"

"肖侍郎多大年纪，奴才不知道；奴才只记得，他是万历丙戌科的进士。"成敬说。

"丙戌年，是十四年吧？"皇帝问。

"是。"成敬应道。

"宦途二十六年，难说老成，"皇帝把他排除，又问，"户部赵尚书去后，由谁人署部？"

"李侍郎。"成敬说。

"他出自哪科？"皇帝问。

"庚辰科。"成敬说。

庚辰年，即万历八年。皇帝道："若以为官三十年为界，他资历倒是够的；不过，他部侍郎署吏部，说不过去。"

"礼部由翁侍郎署。"成敬这次主动说。

"是翁状元吧？"皇帝问。

"是。"成敬应道。

"众卿中，他肯定资历最浅，不说也罢，"皇帝说着，问道，"今之兵部，谁人掌之？"

"王尚书。"成敬说。

李化龙去年十二月病故，召蓟、辽总督王象乾掌部。

“他出自哪科？”皇帝问。

“隆庆辛未科。”成敬说。

“岂不是为官四十年以上！”皇帝道。

“爷说的是。”成敬应道。

“资历足够，”皇帝自语。又问，“朕记得，李尚书掌部时，曾加公、孤衔，是吧？”

“是，”成敬应道。“李尚书，还有他之前的肖尚书，均加少傅。”

“王尚书才掌部，不能加这么高的职衔，加太子太保吧。”皇帝说。

“是。”成敬应道。

他等着皇帝决断，是要王象乾改掌吏部，还是兼署吏部。但皇帝不说；不但不说，而且不往下问，好像在等成敬给他拿主意。成敬当然不敢拿这个主意，只好自己往下引。

“还有位资历足够深的正卿。”他说。

“你是说刑部尚书？”皇帝问。

“是，”成敬应道，“刑部赵尚书，出自嘉靖乙丑科。”

“岂不是为官五十年！”皇帝道。

“不到五十年，也相去不远，”成敬道，“嘉靖乙丑年，是嘉靖四十四年。嘉靖两年，隆庆六年，加上万历四十年，合计四十八年。”

“那可是个宝，”皇帝说着，问道，“今工部，谁人掌部？”

“刘侍郎，”成敬说，“刘侍郎曾兼署刑、二二部，赵尚书召还后，专署工部。”

皇帝对这些不感兴趣，只问：“刘侍郎出自哪科？”

“和李侍郎一样，出自庚辰科。”成敬说。

“也和李侍郎一样，不能使之署吏部。”皇帝把他也排除。

“今之都察院，由副都御史许弘纲署。”最后一人，成敬又主动说。

“他出自哪科？”皇帝问。

“庚辰科。”成敬说。

“七人中，竟有三人出自庚辰科！”皇帝道。

“奴才也没想到，七人中竟有三人出自庚辰科。”成敬迎合一句。

“老魏，让你选吏书，你选谁人？”皇帝问魏伸。

“奴才不选。”魏伸说。

“你为何不选？”皇帝问。

“轮不到奴才选。”魏伸说。

皇帝微微一笑，又问他：“你的意思，该让老成选？”

“奴才的意思，不是该让成哥选；而是即便轮到成哥选，也轮不到奴才选，”魏伸说。

“老成，你怎说？”皇帝问成敬。

“爷不命选，无论奴才，还是老魏，都没资格选；爷若命选，谁个都有资格选。反正只是供爷参考，谁个说的也不算数。”成敬道。

“听清楚吗？”皇帝问魏伸，“朕就是让你说了也不算地选一个，你会选谁人？”

“奴才会在王、赵两名尚书中选一名。”魏伸说。

“为何在他二人中选一人？”皇帝问。

“因为其他几位都被爷排除在外。”魏伸直言不讳地说。

皇帝又笑。他说：“早知朕替你把一大半人都排除在外，自个儿选就是，何必让你来选。”

成敬、魏伸也陪着皇帝笑笑。

虽说不用魏伸选，皇帝还是问他：“二尚书选一，老魏会选谁人？”

“奴才选王尚书，”魏伸说。

“为何选王尚书？”皇帝问。

“兵部列于刑部前，兵部尚书也列于刑部尚书前。”魏伸说。

“是个简便的选择，”皇帝评价一句。又问成敬，“老成也是在两名尚书中选吧？”

“是。”成敬应道。

“你会选哪一尚书？”皇帝问。

“奴才选赵尚书。”成敬说。

“为何选赵尚书？”皇帝问。

“奴才姓成，皇上每呼奴才老成，所以，奴才想选个更老成的尚书。”成敬壮着胆说句玩笑话。

“虽则未必老成，但至少在两个字里可以占到个‘老’字，是不是？”皇帝问。

“奴才是这个意思。”成敬道。

“朕想，占到一个字，总比一个字不占的强，你说是不是？”皇帝问。“爷圣明。”成敬颂道。

“既如此，让朕选的话，朕也选赵尚书。”皇帝说。

“要拟旨吗？”成敬问。

“拟何旨？”皇帝反问。

“爷不是说，使赵尚书改吏部吗？”成敬道。

“朕是说，在现任部、院堂官中选一人掌吏部，朕选赵尚书，又没说马上让他掌吏部。叶先生还没提出此事来，朕为何要急！”皇帝说着，问魏伸，“老成是说，叶先生今疏并未请朝廷速推吏书吧？”

“是。”魏伸应道。

“所以，此事先让廷臣们急一阵子再说。”皇帝道。

“是。”魏伸应道。

“朕也是庸人自扰，”皇帝自嘲，“廷臣们未急之事，朕倒先替他等急起来。”

“奴才以为，爷不该说庸人自扰。”魏伸道。

“那该怎说？”皇帝问。

“是圣人自扰。”魏伸道。

“老魏，你好了得，竟能自造典故！”皇帝取笑他一句后，又问成敬，“叶先生今疏，既不请追回孙尚书，又不请速推吏书，却言何事？”

“请给乘传。”成敬说。乘传，即官员还乡时，由驿递提供车船等。

“给谁人乘传？孙尚书吗？”皇帝问。

“是，”成敬应道，“叶先生说，臣丕扬虽径去，然为三朝老臣，素著威望。请给乘传，以示朝廷敬重老臣之意。”

“叶先生这是在给自个儿铺后路呢。”皇帝说。

“爷为何说他是在给自个儿铺后路？”魏伸问。

“孙尚书之前，凡径去者，朝廷概不给乘传。今孙尚书径去，给以乘传；日后叶先生径去，朕不也得给他！”皇帝道。

“原来叶先生是这么个心思。”魏伸深信不疑。

“爷的意思，驳回？”成敬则问。

“那又何必！”皇帝道，“给乘传这点儿小事，既能显示朝廷敬重老臣之意，朕何乐而不为！”

“爷圣明。”成敬、魏伸齐颂道。

第四百二十三章

署户部侍郎李汝华，邀署院副都御史许弘纲、署礼部侍郎翁正春在朝房坐坐，二人应邀而来。

“茂夫兄不找别个，单把兆震先生和我找来，令人费解，”许弘纲说，“怎么，大都堂不愿和大宗伯在一起坐坐？”李汝华问。

“首先，请茂夫兄把‘大’字去掉，兆震先生和我署部、署院，当不起这个‘大’字，”许弘纲说到这里，问翁正春，“兆震先生，是吧？”

“是。”翁正春应道。

“其次，我不是说我和兆震先生一起坐坐令人费解，而是说茂夫兄单邀我二人一起坐坐令人费解，除非——”许弘纲顿了顿，接着说，“——茂夫兄说得出个理由。”

“理由还不好说吗！”李汝华道，“有篇奏议，想听听二位的高见，这个理由如何？”

“是个好理由，却不知是哪篇奏议？”许弘纲问。

“孙伯辅申饬漕规的奏议，”李汝华说着，问道，“张之兄对漕运之事不会没兴趣吧？”

孙居相字伯辅，山西沁水人，万历二十进士，官巡漕御史。

“不会，”许弘纲承认，“漕运对朝廷来说是大事，对都察院来说更是大事。若无漕运，怎会差出漕运总督、巡漕御史！”

“所以，我邀张之兄来坐坐。”李汝华道。

“却为何把兆震先生请来？”许弘纲问罢，先堵住一个最简单的说法，“茂夫兄千万别说，漕运一事，人人都应关注。”

“好，我不说，”李汝华果然说的不是这条理由，“兆震先生和孙伯辅是同年，我向兆震先生了解孙伯辅其人，这个理由可否？”

“只要兆震先生接受，有何不可！”许弘纲道。

“兆震先生愿说吗？”李汝华问翁正春。

“既为张之先生邀来，没有不接受的理由；但伯辅兄初授知县，是——”翁正春想说出孙居相官哪省哪县，但说不出来。

“山东恩县。”许弘纲替他说道。

“对，是山东恩县知县，”翁正春点点头，又说，“伯辅兄后虽征为御史，却是南院。我和伯辅兄素无来往，恐怕会让茂夫先生失望。”

“素无来往，亦无所闻吗？”李汝华问。

“倒是听过伯辅兄的一些传闻。”翁正春道。

“譬如？”李汝华请他举例。

“有人说，伯辅兄威风八面。”翁正春举一例。

“这话怎讲？”李汝华问。

“除巡漕外，南院十三道，伯辅兄兼署其七，相当于半个都御史。”翁正春说。

“又巡漕，又兼署七道，我看是大半个都御史。”许弘纲插话。

“可不！”翁正春笑着应道。

“还有何传闻？”李汝华问。

“有人说，伯辅兄一支笔，横扫一切。”翁正春又举一例。

“这话又怎讲？”李汝华问。

“他曾上言：今内至宰执，外至郡守、县令，无一人得尽其职。政事日废，治道日乖，天变人怨，究且瓦解土崩。纵珠玉金宝亘地弥天，何救危乱！”翁正春背诵孙居相奏疏中的一段话。

“张之兄记得这几句话吗？”李汝华问许弘纲。

“未曾留意。”许弘纲说。

“所以，我邀兆震先生一起坐坐，邀的对吧？”李汝华问。

“对，”许弘纲应罢，不知是出自真心、还是略带挖苦地说一句，“茂夫兄先见之明，令人赞叹。”

翁正春担心他二人为这句不明褒贬的话争执起来，马上把话岔开。

“伯辅兄申饬漕规之疏，我却不曾留意。是怎写的？”他问。

“张之兄一定曾留意该疏吧？”李汝华转问许弘纲。

“不错，的确曾留意。”许弘纲道。

“是张之兄说说，还是我说说？”李汝华问。

“谁说均可；不过，说孙伯辅该疏之前，我还要向茂夫兄请教件事。”许弘纲道。

“请教不敢当，若仍以为我邀二位来一起坐坐不妥当，但请直言。”李汝华说。

“这一页已翻过去，一句也不再说；我的确有件事不明，要请教茂夫兄，”许弘纲说着，问道，“孙伯辅该疏，是年初呈进的吧？”

“是。”李汝华应道。

“距今有两个月吧？”许弘纲又问。

“差不多两个月。”李汝华说。

“茂夫兄为何今日才想起，把我二人找来坐坐？”许弘纲问。

“原来张之兄怪我邀二位来，邀得太迟。怪得好！”李汝华不但嘴上为他叫好，还击掌证明。

“首先，我不是怪，”许弘纲说着，问翁正春，“兆震先生，你也不会怪吧？”

“不会怪。”翁正春应道。

“其次，即便会怪，又好在哪里？”许弘纲问李汝华。

“我方才问张之兄，会不会对漕运一事没兴趣，张之兄是怎说的？”李汝华反问。

“若无漕运，怎差出漕运总督、巡漕御史！”许弘纲重复自己的话。

“不错，”李汝华点点头，说道，“都察院的好几项外差，都和漕运有关。不过，张之兄对孙伯辅申饬漕规一疏有兴趣，却不应该仅仅为此事。”

“不应该为此事，却应该为何事？”许弘纲问。

“张之兄何不说说，孙伯辅是怎议的！”李汝华道。

“说说就说说，”许弘纲说着，伸出二指，“孙伯辅疏陈二事：其一,三月终，舟不过淮安，督运司、道等官及领运、把总以下官，各镌一级；四月终，舟不过吕梁、徐州二洪，一概参究。其二，旧年粮船七千八百八十有五，今回空止四千一百四十，余三千七百四十五未回，请募民船二千助运。”

“张之兄所述，简明扼要吧？”李汝华问翁正春。

“确简明扼要。”翁正春道。

“我若不借机让他述之，他不知要和我分辩到几时，才会回到贵同年该疏。”李汝华说。

“茂夫先生用心良苦，多谢。”翁正春笑道。

“茂夫兄别只顾着讨好兆震先生，也得给我个答案呀。”许弘纲说。

“张之兄要何答案？”李汝华好像不记得前面的话。

“好在哪里呀！”许弘纲道。

“对，好在哪里呢？”李汝华把这个问题引申一步，“孙伯辅该疏，张之兄不会没兴趣，我也不会没兴趣，但在张之兄和我之间，谁个的兴趣会更大一些？”

“当然是茂夫兄。”许弘纲道。

“为何当然是我？”李汝华问。

“对我来说，无漕运，怎会差出漕运总督、巡漕御史；对茂夫兄来说，无漕运，何言会计？所以，漕运之事，茂夫兄当然应该比我更有兴趣，”许弘纲说着，不问李汝华，而问翁正春，“兆震先生，是不是这个道理？”

“张之先生的道理是不错的；但我想，茂夫先生既问张之先生，应该也有他的道理。”翁正春说。

“茂夫兄，兆震先生等着听你的道理呢。”许弘纲道。

“无漕运，何言会计，张之兄这话说得精辟，”李汝华先称赞一句，然后说，“一般言及漕运，我应该比张之兄更有兴趣；但就孙伯辅该疏而言，张之先生应该比我更有兴趣。该疏曰申饬漕规，漕规出自何处？出自《宪纲》，还是出自《户部职掌》？该疏以漕舟延迟考察，考察掌于哪个衙门？掌于都察院，还是掌于户部？”说罢，也问翁正春，“兆震先生，是不是这个道理？”

《宪纲》《户部职掌》都是朝廷早期颁发的文牍，自《大明会典》刊行后，已不大被人提起。

“如我所料，茂夫先生有茂夫先生的道理。”翁正春说。

“张之兄扪心说一句，是不是这个道理？”李汝华又问许弘纲。

“就算茂夫兄说的有道理，还是没给我答案呀。”许弘纲不是那么容易服输的。

“张之兄既然认可，对孙伯辅该疏比我更有兴趣，我再接着往下说。”李汝华说着，又问，“张之兄说，对该疏，是掌部者兴趣更大，还是掌院者兴趣更大？”

“茂夫兄说清楚些，应该是掌吏部者吧？”许弘纲道。

“是，”李汝华应道。“我这么问，自然是指掌吏部者。”

“我还真分辨不出来。茂夫兄说呢？”许弘纲反问他。

“不相上下吧，”李汝华说，“漕规出自《宪纲》，则掌院者比掌部者，兴趣似更大；降黜掌于吏部，则掌部者比掌院者，兴趣似更大。最终落实在降黜，所以，归根到底，掌部者比掌院者，兴趣更大。”

“茂夫兄直接说，掌部者比我兴趣更大，不好吗！”许弘纲道。

“一则，我直接说，张之兄能咽得下这口气？”李汝华讥道。

“二则呢？”许弘纲问。

“张之兄若问一句：谁个比我兴趣更大，我怎答复？”李汝华反问。

“茂夫兄是说，吏部根本无掌部者？”许弘纲听懂他的意思。

“岂止无掌部者，署部者亦无。”翁正春插话。

“好吧，掌部者的兴趣和我不相上下，或者，比我更大，我认可。但是，”许弘纲口气一转，问道，“答案呢？”

“张之兄别急，”李汝华道，“掌院者比掌户部者兴趣更大，掌吏部者又比掌院者兴趣更大，此二者张之兄都认可，其他的就好说。”他顿了顿，表示又到转折。然后问，“孙伯辅该疏，皇上若命下吏部议，则当由吏部议之，是不是？”

“是。”许弘纲应道。

“皇上若命下都察院议，则当由都察院议之，是不是？”李汝华又问。

“是。”许弘纲应道。

“皇上若命下户部议，则当由户部议之，是不是？”李汝华又问。

“是。”许弘纲应道。

“皇上若不批下该疏，却该哪个衙门议之？”李汝华问。

“哪个衙门都可以议；礼部欲议，亦可议之，”许弘纲说着，将他一军，“茂夫兄能说，礼部不能议之？”

“我当然不能说礼部不能议之，”李汝华道，“即便皇上命下吏部议，命下都察院议，命下户部议，礼部欲议，亦无不可。我是问，皇上若不批下，哪个衙门最该顺理成章地议之。”

“以漕规而言，都察院最该顺理成章地议之；以考察及降黜而言，吏部最该顺理成章地议之，”许弘纲说着，模仿李汝华的句式补充一句，“归根到底，吏部最该顺理成章地议之。”

“说到这里，岂不有答案！”李汝华道。

“茂夫兄的答案，我这才有点儿懂，”许弘纲说着，问翁正春，“兆震先生懂没懂？”

“我也有点儿懂。”翁正春说。

“兆震先生说说看。”许弘纲道。

“不请茂夫先生自家来说吗？”翁正春问。

“既懂，却说不出来，岂不让他嘲笑？他既和你我打哑谜，哑谜由你我而破，也好臊一臊他。”许弘纲说。

“张之先生若是此意，我不敢说。”翁正春道。

“那我换个说法：茂夫兄既称已有答案，兆震先生不妨试言之，以便求教于茂夫兄，”许弘纲说着，问道，“这话，兆震先生敢说吧？”

“我试言之，”翁正春道，“伯辅兄该疏，皇上未下部议。以疏文情节，吏部最该议之。所以，茂夫先生等吏部先议。孰料，疏上时，叔孝先生正忙于请辞；叔孝先生径去后，朝廷又迟迟不推正堂，且迟迟不命署部之臣，吏部根本无法议之。茂夫先生今日才找我二人一起坐坐，就是这个缘故；茂夫先生称张之先生问得好，也是因为这样一问，把来龙去脉都问出来。”

许弘纲见他停下来，问道：“兆震先生已说完？”

“是，”翁正春应罢，向李汝华揖道，“请茂夫先生指正。”

“茂夫兄敢说兆震先生说的不对吗？”许弘纲问。

“兆震先生分明说得对，我为何要说不对！’李汝华说着，也将他一军，“不会是张之兄以为兆震先生说错吧？”

“我不以为他错，可也不以为他全对。”许弘纲说。

“怎讲？”李汝华问。

“茂夫兄等吏部先议，并没错；但既然已等近两个月，为何却不再等？兆震先生解释茂夫兄以前为何没找我二人一起坐坐，解释得很好；却还是没解释清楚，茂夫兄为何今日要找我二人一起坐坐，”许弘纲说着，对翁正春说，“兆震先生，我是冲他说的，不是冲你说的。”

“这话冲茂夫先生说得对，冲我说也对。”翁正春道。

“张之兄打算怎解释？”李汝华问。

“我无法解释，要听茂夫兄解释。”许弘纲说。

“好，”李汝华点点头，又从问话开始，“张之兄说说，叔孝先生径去，有多久？”

“一月。”许弘纲道。

“叔孝先生径去一个月，皇上未命廷推新尚书；再等一个月，皇上会不会命推？”李汝华问。

“难说。”许弘纲道。

“再等两个月，皇上会不会命推？”李汝华问。

“难料。”许弘纲道。

“孙伯辅该疏，一个月后议之，说得过去；两个月后议之，也说得过去；三个月后再议，还说得过去吗？”李汝华问。

“那是拖得太久。”许弘纲承认。

“说句沮丧的话，两三个月之后，我是否仍署户部，都不好说。事关漕运，关户部，我总得有个交代。”李汝华说。

“这样一说，茂夫兄的答案才完整齐备，”许弘纲说着，问翁正春，“兆震先生，你说呢？”

翁正春略一迟疑，应道：“是。”

“兆震先生应的有点儿勉强呀。”许弘纲说。

“不是应的勉强，我是在想：茂夫先生说事关户部，应该是说伯辅兄议的第二事吧；亦即，应该是募民船以助漕，”翁正春说着，问道，“茂夫先生，对吧？”

“对。”李汝华应道。

“此事不仅关乎户部，而且纯属户部，我无话可说。”翁正春道。

“我亦无话可说；若议孙伯辅该疏，我宁议申饬漕规。”许弘纲也说。

“就此别过。”二人又齐道。

“我下好大的决心，把二位邀来；又费尽口舌，说到主题。二位怎的一句话也不说，就要走！”李汝华叫屈。

第四百二十四章

光禄寺少卿徐必达见李汝华从衙门前经过，呼道："大当家！"

李汝华没理会，仍往前走。

"李大当家！"徐必达又呼一声。

李汝华站了下来，转身问道："德夫老弟在呼我？"

徐必达字德夫，浙江秀水人，万历二十年进士。李汝华因为他的别字里也有个夫字，所以打破常规，唤他老弟。

"是呼茂夫先生。"徐必达说。

"你呼错了，"李汝华道，"我不是你的大当家，兆震先生才是你的大当家。"

光禄寺听于礼部，所以他这么说。

"兆震兄是使钱的大当家，茂夫先生是出钱的大当家。"徐必达说。

"德夫老弟这个比喻有意思，"李汝华道。他本来不想在此地停留，但因为徐必达这句有意思的话，他走过去。徐必达身边正好有两把椅子，他坐一把，并指着另一把，让徐必达坐。

"谢茂夫先生赐坐。"徐必达客气一句，才坐下。

"怎是我赐你坐？这是你的地盘，分明是你赐我坐，"李汝华说。"茂夫先生是大当家，这地盘说到底，还是茂夫先生的。"徐必达道。

"德夫老弟这么一说，我还真不敢坐。"李汝华说着，站起身来。

"茂夫先生有何不敢坐的？"徐必达边问，边随着起身。

"你说我是出钱的大当家；你一叫大当家，想必又伸手要钱。在你这坐上片刻，要拿出上千上万的银两，划不来。"李汝华道。

"要是坐上片刻，能为大当家省去上千上万的银两呢？"徐必达问。

"省去上千上万的银两？你？"李汝华摇着头道，"不可能！"

"茂夫先生不信就作罢，在下不敢强留。"徐必达作送客状。

"你若强留，我是断然不敢坐的；你不强留，我倒要坐上片刻。"李汝华说着，又坐回去。

"在下这里没好茶。"徐必达不但不想强留，看起来，还希望李汝华别留下来。

"不用。"李汝华道。

"倒有开启的佳酿，茂夫先生要不要饮两盅？"徐必达问。

"不饮。"李汝华道。

"那茂夫先生坐着，我先进去。"徐必达说着，抬腿要进衙门。

"德夫老弟有事要办？"李汝华问。

"无甚要紧事。"徐必达说。

"既无要紧事，为何要走？"李汝华问。

"我怕担上强留茂夫先生的罪名。"徐必达说。

"这回不是你强留我，是我强留你，"李汝华说着，一指空着的椅子，命道，"坐！"

徐必达遵命坐下，但两眼观地，不望李汝华，嘴巴紧闭，不出一声。

"怎不说话？"李汝华问。

"茂夫先生要我说何事？"徐必达反问。

"把你方才的话重复一遍。"李汝华给出个话题。

"倒有开启了的佳酿，茂甫先生要不要饮两盅？"徐必达一丝不苟地重复。

"不是这句，是之前说的。"李汝华道。

"在下这里没好茶，"徐必达又重复一句。

"也不是这句，再之前说的。"李汝华道。

"茂夫先生不信就作罢，在下不敢强留。"徐必达重复道。

"再前呢？"李汝华问。

"茂夫先生有何不敢坐的？"徐必达重复。

"怎就到这一句？"李汝华知道前边不是这一句，但不知道是不是他需要的那一句，于是问，"上一句之前，此一句之后，还有话吧？"

"有吗？"徐必达多少有些做作。

"有！"他的态度倒让李汝华加多几分把握。

"我想想，"徐必达与其说在想，不如说在拖延时间，等到他觉得拖延得差不多，才说，"对了，我想起来，是还有句话。"

"怎说的？"李汝华问。

"要是坐上片刻，能为大当家省去上千上万的银两呢？"徐必达重复。

"德夫老弟说说吧，怎能为我省去上千上万的银两，"李汝华说罢，又自己更正。"不，是为朝廷省去上千上万的银两。"

"在下要说的，是《会典》中'贡回定限'四字。"徐必达道。

“即贡使回程的期限，对吧？”李汝华问。

“对。”徐必达应道。

“此四字值上千上万的银两？”李汝华表示怀疑。

“值多少银两，不妨迟些再算；敢请茂夫先生说说，在《会典》中，期限是怎定的。”徐必达道。

“大致有二，”李汝华说着，伸出一指。“其一，朝鲜、泰宁、朵颜及建州等三卫女直，一月又十日。”又伸出一指。“其二，陕西、四川番僧、番族，一月又二十日。”

“亦即：在东北者，一月又十日；在西北、西南者，一月又二十日。”徐必达概括道。

“德夫老弟不言，我还真没留意是一东一西。”李汝华说。

“茂夫先生，有一事不明，请指教。”徐必达揖道。

“你说！”李汝华道。

“为何海外各国，贡回不定限？”徐必达问。

“一则，海外诸国，包括日本、安南等距我较近之国，贡否不常；二者，既漂洋而来，则漂洋而去，能否来，能否去，都要看老天爷的脸色，朝廷定限也没用。”李汝华说。

“原来如此，”徐必达点点头，又问，“贡使至期限不回，则如何？”

“按照《会典》定则，当住支下程。”李汝华说。

“亦即：当减少供给，对吧？”徐必达问。

“对。”李汝华应道。

“住支下程和正常供给，相差多少？”徐必达问。

“譬如，正常供给，每人每日五钱，则住支下程，每人每日减至一钱。”李汝华说个具体数目。

“此一条文，当由哪个衙门执行？”徐必达问。

“当由光禄寺执行，亦当由户部执行。”李汝华说。

“今户部和光禄寺可曾执行？”徐必达问。

“却不曾留意。”李汝华如实言道。

“今之贡使，每逾期不归，茂夫先生有所闻否？”徐必达又问。“有所闻，”李汝华道。

“可知逾期几多？”徐必达问。

“亦不曾留意。”李汝华道。

“我若告诉茂夫先生，多则百日，少亦二月，茂夫先生信不信？”徐必达问。

“为何不信！”李汝华道。他对徐必达的思路有所领会，问道，“德夫老弟是不是说，照行《会典》该条文，便可省去上千上万的银两？”

“茂夫先生想不想听我算算这笔账？”徐必达反问。

“好，你算！”李汝华道。

“先说朝鲜，贡使及随员以百人计，迟延至二月计，住支下程和正常供给之间差额以钱计，不照行《会典》条文，要多花费八百银两，”徐必达说着，问道，“茂夫先生，我计算的对否？”

“朝鲜贡回定限为一月又十日，迟延至二月，即多留二十日。每人多供给四钱，二十日该八两，百人该八百两，”李汝华很认真地复核一遍后，说道，“德夫老弟计算得对。”

“仍是朝鲜入贡，迟延至百日，不照行《会典》条文，要多花费二千四百两，”徐必达说着，问道，“茂夫先生，我计算的对否？”

“迟延至百日，即多留六十日。每日多供给四钱。六十日该二十四两，百人该二千四百两，”李汝华复核之后，说道，“德夫老弟计算得对。”

“再说泰宁、朵颜等卫，贡使及随员以八十人计。”徐必达又道。

“每卫八十人？”李汝华问。

“少算点儿，合计八十人，”徐必达说着，计算道，“迟延至二月计，不照行《会典》条文，要多花费六百四十两。”说着，问道，“茂夫先生，我计算的对否？”

“每人二十日，该八两，八十人该六百四十两，”李汝华复核之后，说道，“德夫老弟计算得对。”

“仍是该等卫入贡，迟延至百日，要多花费一千九百二十两，”徐必达说着，问道，“茂夫先生，我计算的对否？”

“每人六十日，该二十四两，八十人该一千九百二十两，”李汝华复核之后，说道，“德夫老弟计算得对。”

“再说陕西、四川等番僧、番族，贡使各以百人计。”徐必达又道。

“是番僧百人、番族百人吗？”李汝华问。

“茂夫先生觉着多吗？”徐必达反问。

“并不多。”李汝华道。

“迟延至二月计，不照行《会典》条文，也要多会费八百两，”徐必达说着，问道，“茂夫先生，我计算的对否？”

“每人十日，该四两，二百人该八百两，”李汝华说复核之后，说道，“德夫老弟计算得对。”

“迟延至百日，也要多花费四千两，”徐必达说着，问道，“茂夫先生，我计算的对否？”

“每人五十日，该二十两，二百人该四千两，”李汝华复核之后，说道，“德夫先生计算的对。”

“茂夫先生，现在该合而计之。”徐必达道。

“我已合计出来，”李汝华说着，报数，“以二月计，八百两，加上六百四十两，加上八百两，是二千二百四十两；以百日计，二千四百两，加上一千九百二十两，加上四千两，是八千三百二十两。”报完了数，也问一句，“德夫老弟，我计算的对否？”

“茂夫先生计算得对。”徐必达道。

“可这只上千，不够上万呀。”李汝华挑刺。

“若每起加上一二十人，够不够上万？若每起加上一二百人，够不够数万？要是入贡不是一起，而是两起、三起，够不够数十万？”徐必达连声问道。

“够，够！”李汝华也连声应道。

李汝华回道衙门，立刻把本部提督馆驿的主事高继先找来。

“承之先生，问你件事。”李汝华说。

“是，”高继先应道，“大人请赐问。”

高继先字承之。李汝华称他先生，而不像对其他部属官，直呼其名；他称李汝华大人，而不像其他部属，称茂夫先生，都是因为他不是进士出身，而是荐举出身。他看上去比李汝华还要老，可见一步一步升上户部主事，有多不容易。李汝华称他一句先生，并不为过。

“贡使到京，是住在你那里吗？”李汝华问。

“是。”高继先应道。

“他等饮食，取自何处？”李汝华问。

“光禄寺。”高继先道。

“是你亲自领取吗？”李汝华问。

“一般都是下官亲自带人领取。”高继先说。

“承之先生不会空跑一趟，领取不到食品吧？”李汝华问。

“不会。”高继先道。

“那就好，”李汝华点点头，又问，“贡使等一般在馆驿住多久？”

“大人是问他等应该在馆驿住多久，还是问他等实际在馆驿住多久？”高继先反问。

“应该住多久？”李汝华问。

“朝鲜及塞北、辽东等羁縻卫，应不超过一月又十日；陕西、四川等番僧、番族，应不超过一月又二十日。”高继先说。

“承之先生知此制度？”李汝华问。

“是，”高继先应道。“《会典》中载有贡回定限。”

“实际呢，会住多久？”李汝华问。

“少者往往住上二月，多者往往住上百日。”高继先说。

“住上二月，则逾期十日或二十日；住上百日，则逾期五十日或六十日，对吧？”李汝华问。

“对。”高继先应道。

“逾期之后，仍照常支给饮食吗？”李汝华又问。

高继先这才明白，李汝华关心的，不是他能不能从光禄寺领取到食品等，而是他能不能按照规定从光禄寺领取食品等。

“大人是问应该不应该照常支给饮食，还是问实际上是不是照常支给饮食？”他反问。

“应该照常支给饮食否？”李汝华问。

“不应该，”高继先说，“逾期不去，应减少支给饮食。”

“承之先生知此制度？”李汝华问。

“是，”高继先应道，“《会典》中载有住支下程。”

“实际呢？会不会照常支给？”李汝华问。

“会。”高继先应道。

“贡使及随员，一起大约百人吧？”李汝华又问。

“不止。”高继先道。

“其逗留，常迟延一二十日，以致五六十日，不算短吧？”李汝华问。

“不算短。”高继先道。

“若照行《会典》条文，可省去上千上万的银两吧？”李汝华问。

“或许还要多。”高继先道。

“既如此，为何不照行《会典》‘贡回定限’及‘住支下程’之条文？”李汝华问。

“能省去上千上万的银两，下官为何不欲照行！”高继先道。

“承之先生有难处？”李汝华听得出来。

“是，”高继先应一声，说道，“不是下官有难处，是朝廷有难处；或者说，是户部有难处；又或者说，是大人有难处。”

“朝廷有何难处？”李汝华问。

“为省上千上万的银两，要朝廷先拿出上万上十万的银两，朝廷有没有难处？”高继先反问。

“户部有何难处？”李汝华又问。

“为省上千上万的银两，要户部先拿出上万上十万的银两，户部有没有难处？”高继先又反问。

“我有何难处？”李汝华又问。

“为省上千上万的银两，要大人先拿出上万上十万的银两，大人有没有难处？”高继先又反问。

“上万上十万的银两，我肯定拿不出来；朝廷和户部要额外拿出上万上十万的银两，也有难处。但为省上千上万的银两，朝廷为何要拿出上万上十万的银两，户部为何要拿出上万上十万的银两，我为何要拿出上万上十万的银两？”李汝华逐一问道。

“茂夫先生不会以为，外国番邦入贡，只是向我天朝表示敬意吧？”高继先反问一句。

“当然不会，”李汝华道。“除表示敬意，还要获得赏赐。”

“赏赐以何名目？”高继先又问。

“天子赏赐。”李汝华道。

“天子以何赏赐？”高继先问。

“或钱，或物。”李汝华道。

“钱取自哪个衙门？”高继先又闻。

“户部。”李汝华道。

“物取自哪个衙门？”高继先问。

“工部；但工部出物，仍要户部出钱易之。”李汝华道。

“天子赏赐，不能太寒酸吧？”高继先又问。

“当然，”李汝华道，“一次赏赐贡使，钱、物合计往往逾万。”

“大人看，为省去上千上万的银两，朝廷是不是先要拿出上万上十万的银两，户部是不是先要拿出上万上十万的银两，大人是不是先要拿出上万上十万的银两！”高继先总结道。

“承之先生的意思是——”李汝华还想他说得更清晰些。

“贡使回程迟延，确有赖着不走的。这好办，照行《会典》条文即可。但许多贡使回程迟延，却是因为没拿到钦赐钱、物。贡使拿不到钱，则向户部索要；拿不到物，则向工部索要；拿不到钱、物，则向户、工二部索要。户部拿不出钱，须筹措钱；工部拿不出物，须筹措物；户、工二部拿不出钱、物，则互相推诿。入贡须得赏赐，不能让贡使空手而归，这关系天朝脸面；为等赏赐而迟延，不能让贡使饮食降等，这同样关系天朝脸面。况且，一旦少支给饮食，不支给饮食，贡使及随员闹起事来，如何收场？朝廷拿出上万上十万的银两有难处，户部拿出上万上十万的银两有难处，大人拿出上万上十万的银两有难处，则不得不拿些小钱，来护住脸面。”高继先滔滔不绝地说道。

“承之先生这么一说，还真的无法遵行《会典》条文。”李汝华叹道。

第四百二十五章

逻卒向大同巡抚汪可受禀报，从代王府里传出哭声，汪可受一边差官校去代府询问情形，一边把沙姓、魏姓两名幕僚找来。

“代府可能出事。”汪可受说。

“代府早晚得出事！”两名幕僚齐道。

“你二人猜猜看，会是何事？”汪可受命道。

“多半要举丧。”两名幕僚又齐道。

一说王府举丧，首先应该联想亲王。但代王鼒钧已薨数年，新王未立，幕僚们说举丧，应该是鼒钧诸子中有人死亡。

“会是谁个？”汪可受又问。

这次两名幕僚各说一词。

“多半是鼎莎。”姓魏的幕僚说。

“多半是鼎渭。”姓沙的幕僚说。

“魏先生，你是因为魏、渭同音，不愿鼎渭逝吧？”汪可受问姓魏的幕僚。

“不全是为此。”姓魏的幕僚说。

“沙先生，你是因为沙、莎同音，不愿鼎莎逝吧？”汪可受又问姓沙的幕僚。

“也不全是为此。”姓沙的幕僚说。

汪可受明知多问一句，二人定会争执不休，但还是忍不住要问。

“魏先生还为何事？”他仍先问姓魏的幕僚。

“前王请册封鼎渭世子，故我不愿鼎渭逝。”姓魏的幕僚说。

“沙先生，你可赞同？”汪可受又问姓沙的幕僚。

“学生绝不赞同。”姓沙的幕僚说。

“为何不赞同，且绝不赞同？”汪可受问。

“前王或有此意，但朝廷并未封之。”姓沙的幕僚说。

“那你不愿鼎沙逝，还为何事？”汪克受问。

“鼎莎生母张氏乃前王次妃，故我不愿鼎莎逝。”姓沙的幕僚说。

“魏先生，你可赞同？”汪可受又问姓魏的幕僚。

“学生绝不赞同。”姓魏的幕僚也说。

“为何不赞同，且绝不赞同？”汪可受问。

“次妃所出，亦为庶子；皆为庶子，当论长幼。”姓魏的幕僚说。

汪可受无法再问下去。他叹口气，说道：“天下竟有这等巧事：藩府子，一为鼎渭，一为鼎莎；我二僚属，一姓魏，一姓沙。我要和你两个议一议此事，简直议不下去！”

差去打探消息的官校回报，代府的确死人，死的是鼎莎。

翁正春约掌詹事府事礼部右侍郎周应宾，一同去和叶向高议事。

“兆震先生为代府事而来吧？”叶向高问。

“是嘉甫先生和我为代府事而来。”翁正春更正道。

周应宾字嘉甫，浙江鄞县人，万历十一年进士。

叶向高冲他笑笑，然后对翁正春说：“嘉甫兄是被你拉来的，我还不知吗？”

“进卿先生为何这么说？”翁正春问。

“詹事府的事，嘉甫兄都忙不过来，怎有精力过问部务！”叶向高道。

“进卿先生这次可是大错而特错！”翁正春说。

“我大错而特错？”叶向高不信。

“让嘉甫先生自个儿告诉你，是我拉他来的，还是他自个儿愿意来的！”翁正春道。

“嘉甫兄——”叶向高真要问，被周应宾止住。

“进卿兄别问，”周应宾道，“若是进卿兄问，我一定会说，是兆震先生拉我来的。”

“若是兆震先生问呢？”叶向高问。

“我一定会说，是我自个儿愿来的。”周应宾道。

“嘉甫兄为何所答不一？”叶向高问。

“进卿兄是同年，又贵为辅弼，我不能让你丢面子；兆震先生是本部署部，我不能得罪他。”周应宾说。

叶向高、翁正春听罢，都笑起来。

“我不能让嘉甫先生为难，还是实话实说吧。”翁正春道。

“这才对。”叶向高嘉许。

“嘉甫先生若是被我拉来的，原本我并未想拉他来，我自个儿也没想来；但嘉甫先生说过一句话，很不寻常，所以，我请他来和进卿先生说说。”翁正春道。

“嘉甫兄怎说的？”叶向高问。

“他说，代府事难办。”翁正春道。

“就这句话吗？”叶向高不以为然地摇摇头。“兆震先生倒是说说，今天下事，有不难办的吗？”

“得，算我多事，”翁正春拉着周应宾要走，“进卿先生既不愿听，嘉甫先生，你我走吧。”

“谁说我不愿听！”叶向高拦住他二人；实际上，是拦住翁正春，因为周应宾并没要走的表示。他问周应宾，“嘉甫兄，代府事怎难办？”

“嘉靖初，大同两次兵变，代懿王、代昭王皆外走而幸免于难。”周应宾随便说个理由。

“这是大同的事难办，并非代府的事难办。”叶向高说。

“嘉靖中，宗人、奉国将军充灼因罪夺禄，代昭王不予解救。充灼遂与白莲邪教合谋，欲夺平阳，自立为王。”周应宾又随便说个理由。

“这是邪教的事难办，不是代府的事难办。”叶向高说。

“前王鼒钧，已薨数载，朝廷不但未议嗣位之事，连前王的谥号都未议定。”周应宾道。他说的理由中，这是最有力的证据。

“这倒是件实事，”叶向高点点头，问翁正春，“兆震先生，鼒钧谥号，为何至今未定？”

“不知。”翁正春道。

“兆震先生不知？”叶向高觉得这个回答太奇怪：身为礼部署部侍郎，翁正春不但不议定此事，甚至不知为何不议定此事！

“是不知，”翁正春回应一句，说道，“我是万历三十八年署部的，前代王鼒钧薨于此前，所以，我不知其谥为何不曾议定。”

“前官未议定，兆震先生为何也不议定？”叶向高问。

“我若议定，嘉甫先生还会说代府的事难办吗？”翁正春道。

“倒也是，”叶向高点点头，问周应宾，“嘉甫兄，鼒钧谥号，怎就不好议定？”

“有两件事，进卿兄先告诉我。”周应宾道。

“你说！我知道的，一定奉告，”叶向高应承。

“第一件事：鼒钧是恭王第几子？”周应宾问。

“这却不知，”叶向高摇摇头，反问，“此事很要紧吗？”

“不是很要紧。”周应宾说。

“不是很要紧，嘉甫兄为何要问？”叶向高怪道。

“要紧的事，进卿兄要是能告诉我，却让我告诉进卿兄何事？”周应宾开句玩笑。

“原来我只能告诉嘉甫兄不要紧的事，”叶向高苦笑一声，说道，“这次只怕连不要紧的事也告诉不了嘉甫兄。”

“亦即，进卿兄不知？”周应宾问实。

“是，不知。”叶向高道。

“那我告诉进卿兄吧，鼒钧是恭王庶三子。”周应宾道。

“因是庶子，所以难办？”叶向高问。

“却也不是，”周应宾道，“定王鼒铉是恭王庶一子；且，鼒铉、鼒钧，初皆封郡王，鼒铉封太平王，鼒钧封新宁王。”

“身份相同，经历相同，为何一者薨后得谥；另一人薨后却不得谥？”叶向高问。

“恭王之后，还曾封永庆王。”周应宾说。

“嘉甫兄答非所问呀。”叶向高道。

“有关连，”周应宾说着，问道，“进卿兄可知，第一代永庆王鼒钰，是恭王第几子？”

“此事大概也不是很要紧吧？”叶向高问。

“进卿兄说的是，”周应宾道，“不比鼒钧是恭王第几子更要紧，也不比鼒钧是恭王第几子更不要紧。”

“既如此，还是请嘉甫兄告诉我吧。”叶向高揖道。

“他是恭王庶三子。”周应宾说。

“原来——”叶向高本来要说：原来他是恭王第三子，忽然觉出有问题。他问，“嘉宾兄说，他是恭王庶几子？”

“庶三子。”周应宾道。

“鼒钧不是恭王庶三子吗？”叶向高问。

“是啊。”周应宾应道。

“既然鼒钧是恭王庶三子，鼒钰就不可能是恭王庶三子；或者反过来，既然鼒钰是恭王庶三子，鼒钧就不可能是恭王庶三子。”叶向高说。

“可是，兆震先生和我查过玉牒，鼒钧是恭王庶三子，鼒钰也是恭王庶三子。”周应宾道。

“有这等事！”叶向高吃惊不小。

“进卿兄也觉着此事难办吧？”周应宾问。

“嘉甫兄等等！”叶向高紧锁双眉，琢磨着有没有解决的办法。他问，“嘉甫兄方才说，鼒钧曾封新宁王？”

“是。”周应宾应道。

“是新宁王封在前，还是永庆王封在前？”叶向高问。

“新宁王封于嘉靖三十八年，永庆王封于嘉靖四十年。”周应宾说。

“可见，鼒钧为兄，鼒钰为弟。”叶向高说。

这是显而易见的，翁正春、周应宾都点头，表示同意。

“那么，或鼒钧为庶二子，鼒钰为庶三子，或鼒钧为庶三子，鼒钰为庶四子，一查牒谱即知。”叶向高说。

“进卿兄，你把此事想得太简单。”周应宾说。

“怎么？”叶向高问。

“首先，我告诉进卿兄，兆震先生和我查过玉牒，鼒钧为庶三子，鼒钰亦庶三子。其次，为何鼒钧、鼒钰均记作庶三子，原因不明。譬如，仅是笔误；又譬如，可能是鼒铉、鼒钧之间有一子，殇，故鼒钧生　记作庶三子；等到鼒钰生，发现殇者既未赐名，又未载入玉牒，遂以鼒钧为庶二子，鼒钧即作庶三子，第三，即便为何鼒钧、鼒钰均记作庶三子可以查明，进卿兄以为，玉牒可以更改吗？”周应宾道。

“所以，只好不为鼒钧议谥？”叶向高的语气表明，他不认为这个理由很充分。

“进卿兄一再问，此事要紧不要紧；我也一再说，不是很要紧。亦即，鼒钧不议谥，这是个原因，但不是要紧的原因。”周应宾说。（《明史》卷101《诸王世表二》代王条下：鼒钧，恭庶三子，嘉靖三十八年封新宁王，万历二十四年进封代王；永庆王条下：懿简王鼒钰，恭庶三子，嘉靖四十年封，万历九年薨。这一段内容据此演绎。）

“何为要紧的原因？”叶向高问。

“那就是要请进卿兄告诉我的第二件事。”周应宾道。

“嘉甫兄又要问何刁钻的问题？”叶向高问。

“我若问，今上诞于前，抑或鼒钧诞于前，这个问题算不得刁钻吧？”周应宾道。

鼒钧封于嘉靖三十八年，出生肯定在此之前。嘉靖三十八年至四十五年，其间七年，隆庆有六年，二者相加，是十三年；而皇帝登极时，只有十龄。二人孰大孰小，不必计算可知。

“鼒钧嘉靖三十八年封新宁王，肯定诞于前，”叶向高说罢，不放心地问，“此事很要紧吗？”

“此事很要紧。”周应宾道。

“我怎不觉！”叶向高自语，并问翁正春，“兆震先生觉此事要紧吗？”

"此事很要紧。"翁正春也说。

"不知是我自家原本就傻，还是二位把我变傻。"叶向高道。

"不是进卿先生傻，也不是嘉甫先生和我把进卿先生变傻；进卿先生换个路数去想，会发现此事是不是要紧。"翁正春说。

"换个路数想？怎换个路数想？"叶向高问。

"进卿先生别想鼒钧之谥难议，改想鼒钧之谥难请。"翁正春提示。

"不想议，而想请，"叶向高把他的话简化之后，顿觉明朗，"二位的意思是，鼒钧的名字犯圣讳？"

"是。"翁正春应道。

"进卿兄总算想明白，"周应宾道，"我等说来说去，一直不曾避讳，罪过也不轻。"

"嘉甫兄问他和今上孰诞于前，是不是想说，若今上诞于前，而他的名字中有一字和圣讳同，礼部的罪过大矣？"叶向高问。

"是。"周应宾应道。

"但今上诞于后，圣讳中有一字和他的名字同，罪过也不轻，"叶向高说着，问道，"难道不是？"

"终归是有所区别的，"周应宾道，"今上诞前，有人的名字用过这个字；和今上诞后，有人仍用这个字，情形终归是不一样的。"

"既如此，为他请谥，也不太难。"叶向高又反过来说。

"那又不一样，"周应宾道，"他诞于前，名字中先用这个字，今上圣讳又用这个字，是礼部失察，而且是五十多年前的事，无法追究。今日为其请谥，理应改个字，但他的名字写进玉牒，谁人敢改！"

"原来竟是难在这里，"叶向高摇着头说，"礼部以为代府的事难办，难在过往之事；我却想知，今日之事难办不难办。"

"进卿先生说的是嗣位之事吧？"翁正春问。

"除此事，还有何事！"叶向高道。

"此事若要较真，仍难办；若不较真，则不难办。"翁正春说。

"怎讲？"叶向高问。

"原以二子争嗣，各有各的理由。今虽一子薨，但按照二子争执的说法，另一子能否嗣位，仍存疑。故较真的话，此事仍难办；若不较真，此事则不难办。"翁正春说。

"双方所执何词，麻烦兆震先生说给我听听。"叶向高说着，一揖。

“争嗣二子，一名鼎渭，一名鼎莎。鼎渭，御人裴氏所出；鼎莎，内助张氏所出。”翁正春述道。

“元妃无所出？”叶向高问。

“是。”翁正春应道。

“元妃无所出，御人、内助的地位相似，二子皆为庶子，应无高下之分。”叶向高说。

“照理说，是这样的。”翁正春附和道。

“兆震先生说照理，是何意？”叶向高问。

“裴氏以未经注籍，将鼎渭托养于张氏，此一变也；张氏生鼎莎，有宠于前王，被立为次妃，此又一变也，”翁正春说。

“局面还真是被搅乱。”叶向高点点头，问道，“鼎渭以何而争？”

“前代王曾奏请立他为世子。”翁正春说。

“有其事否？”叶向高问。

“有其事。”翁正春道。

“鼎莎争之，是因为其母立为次妃？”叶向高问。

“是。”翁正春应道。

“张氏既立为次妃，鼎莎则贵过鼎渭。”叶向高说。

“进卿先生的意思，宜以鼎莎嗣？”翁正春问。

“不，不，”叶向高连连摆手，“我是说，原身份相当，以长幼为序；鼎莎身份既贵过鼎渭，事情就不好办。”

“所以，嗣王一事，迟迟未决。”翁正春道。

“嘉甫兄有何高见？”叶向高转问周应宾。

“兆震先生才说，若要较真，此事仍难办；若不较真，则不难办。”周应宾引述翁正春的话。

“他是这么说的。”叶向高道。

“进卿兄以为，这话对吗？”周应宾问。

他这么问，肯定是不苟同。叶向高反问：“嘉甫兄以为，这话不对？”

“我看，以春秋之义断之，则不难办；不以春秋之义断之，则难办。”周应宾说。

叶向高担心这句话会引得翁正春不快，看他一眼。翁正春笑笑，没出声。看来，他二人已就这件事交换过看法。

“嘉甫兄怎以春秋之义断之？”叶向高问。

“以鲁惠公事。”周应宾道。

叶向高又看翁正春一眼，意在问他，周应宾有没有给他讲过该典故。翁正春微微点头，表示讲过。

“该典我记不清，请嘉甫兄给我讲讲。”他对周应宾说。

“鲁惠公继室以声子，生隐公。不久，宋仲子嫁鲁惠公，生桓公。惠公礼仲子夫人，欲传位桓公。国人反对，而立隐公。隐公心知惠公心意，欲以国让桓公；不料，后竟为桓公所弑。”周应宾述道。

“嘉甫兄以鲁国事喻今代府事？”叶向高问。

“是。”周应宾应道。

“以鼎渭喻隐公，鼎莎喻桓公？”叶向高进一步问。

“是。”周应宾应道。

“可我记得，代府卒者，并非鼎渭呀。”叶向高说。

“以鲁国事喻代府，并非说鼎渭被弑。”周应宾道。

“鼎渭若有禅让之意，代府事也不至于闹到今日。”叶向高又说。

“鼎渭无禅让之意，才对。”周应宾道。

“嘉甫兄究竟怎喻之？”叶向高不等周应宾回答，又问翁正春，“兆震先生，嘉甫兄究竟怎喻之？”

“嘉甫先生还有两句引文，进卿先生一听便知。”翁正春说。

“第一句引自谁人？”叶向高又问周应宾。

“穀梁，”周应宾道，“《穀梁传》曰：隐之让桓，非正也，可谓轻千乘之国矣。”

“第二句引自谁人？”叶向高问。

“胡博士，”周应宾道，“《胡氏春秋》曰：礼：诸侯不再娶，无二嫡也。惠公欲以爱妾为夫人，隐公欲以庶弟为嫡子，皆非也。”

胡博士即宋时大儒胡国安。他曾官太学博士，以治《春秋》而传名。

“以鼎莎为嫡固非，鼎渭却也不能说是嫡子。”叶向高说。

“此乃今不同于古者也，”周应宾道，“前代王既欲立鼎渭为世子，则无论立否，其地位可视为世子；地位可视为世子，即可视为嫡。”

“嘉甫兄此说，不无道理，”叶向高认可。他稍一沉吟，问道，“嘉甫兄断以春秋之义，简而言之，是鼎渭当立吧？”

“是。”周应宾应道。

“兆震先生的意思，也不想较真吧？”叶向高又问翁正春。

“是。”翁正春应道。

“二位可谓殊途同归，”叶向高道，又说，“我这里也有一途，不知可不可以与二位同归。”

“进卿兄何途？”周应宾问。

“太祖高皇帝二十六子，今存其后者，仅十一支，实不忍再翦其羽翼。”叶向高说。

“正可同归。”翁正春、周应宾皆道。

“进卿兄有此心，可谓仁之大者。”周应宾又说。

朝廷降旨，以鼎渭嗣代王。

第四百二十六章

仲夏之夜，湿暑难耐。

顾宪成要在院中纳凉，让家仆搬出藤椅。家仆搬出一把藤椅，一张矮几，并放置好茶壶、茶盅。收拾停当后，他扶着顾宪成出屋，并嘱咐道："老爷别太贪凉，稍坐一会儿，就回屋吧。"

顾宪成往院里看了看，说："你又偷懒。"

"小的怎偷懒？"家仆不服气地问。

"你不偷懒，怎只搬出一把椅子？"顾宪成道。

"老爷一人坐，搬一把椅子不够吗？老爷若要小的陪坐，小的可不陪。"家仆辩道。

"要有来客呢？"顾宪成问。

"这晚的天，哪儿还会有客来！"家仆道。

话音未落，有人敲门。

"你看有没客来！"顾宪成高兴地说。

"小的倒要看看，究竟谁人如此不知趣！"家仆说着，要去开门。

"你再搬把椅子，我去迎客。"顾宪成道。

他打开院门，门外站的是高攀龙。

"来的真是时候。"顾宪成嘟囔一句。

"叔时先生是说我吗？"高攀龙问。

"存之先生进吧。"顾宪成不说是，也不说不是，只把高攀龙让进来。

家仆正好又搬了把椅子出来，嘴里也嘟囔一句："来得真不是时候！"

"是说我吗？"高攀龙又问。

"高老爷坐吧。"家仆不说是，也不说不是，只请高攀龙坐下。

"放心，"高攀龙坐下后说，"我知你家老爷有病。我只是来看看他，说几句闲话，不会耽搁太久。"

"只怕高老爷进门易，出门难。"家仆甩下一句话而去。

“他在说我吗？”高攀龙问。

“他在说我，”顾宪成边为他斟茶，边答，“他的意思是，存之先生进门，我就不会轻易放你走。”

“他在和我怄气吗？”高攀龙又问。

“他在和我怄气，”顾宪成边递过茶盅，边说，“我让他多搬把椅子出来，他说这晚的天，谁会来？不想，存之先生就来。存之先生若是不来，此事他能和我唠叨一个晚上；明日一早，再接着唠叨。”

“我让他没面子，还是和我怄气。”高攀龙道。

“不管他和谁个怄气，存之先生来，我心里高兴。”顾宪成说。

二人品起茶。接下来，自斟自饮，谁也不代劳。

“存之先生近日有何大作？”顾宪成问。

“写篇《解头问》。”高攀龙说。

“是解白粮的解头吗？”顾宪成问。

“不是，”高攀龙道，“白粮解头之苦，多有人言及。我以为，除解粮外，江南解役最苦者有四：一曰珠、漆解，二曰茶、腊解，三曰皇砖解，四曰袢袄解。此四解，皆足以破民家而杀其身，我欲为之呼吁一番。”

“若是其甚与？”顾宪成问。

高攀龙不忙答话，两眼盯住他看。

“是我不该问，”顾宪成忙解释，“我身在江南，江南解头之苦，我能不知？只是听存之先生说到此事，不由自主地搭上话。”

“叔时先生这句话搭得好。”高攀龙道。

“怎么？”顾宪成问。

“本篇题目是《解头问》，故一问一答。接下来问的，正是叔时先生的这句话。”高攀龙说。

“是吗？”顾宪成笑道，“此可谓心有灵犀。”

“可不是！”高攀龙应道，“我并非怪叔时先生不该问，而是惊诧于叔时先生问的，和我写的，竟一字不差。”

“若是其甚，存之先生怎写的？”顾宪成让他往下说。

“民趋役三千里外，而受命于宦竖。宦竖之视富民，虎之视肉也，何厌之有！”高攀龙述道。

“然则将奈何？”顾宪成问。见高攀龙又盯着自己，他问，“不会是这句也和存之先生写的一样吧？”

“确是一样。”高攀龙道。

“存之先生欲怎解之？”顾宪成换句话问。

“民办物，官为解；民厚出解纲给之。使解官有利无害，斯善矣。”高攀龙述道。

“存之先生的意思，使办者非解者，解者非办者？”顾宪成问。

“是，”高攀龙应道，“我写的，正是这两句。”

“那会不会有新的麻烦？”顾宪成问。

“有何麻烦？”高攀龙问。

“譬如，民为粗恶以敷衍，解官如何交差？”顾宪成举例。

“是有生者，终无所逭其责，民则何敢！且物不具，解官不行也，”高攀龙所述，一听就是该文的文字。可见，不管顾宪成的问话和文章中的文字是不是相同，文章中一定包含这层意思。

“反过来，解官以不行之势要挟，怎办？”顾宪成又举例。

“解官有所辖，民有所控，则两不相病。”高攀龙述道。

“存之先生是说，百姓可以去解官上官那里控告？”顾宪成问。

“是。”高攀龙应道。

“若官官相护呢？”顾宪成问。

“那又是另一回事，”高攀龙道，“不仅解官之事，可能官官相护；涉及官家的任何一事，都可能官官相护。”

“存之先生说的是，”顾宪成应罢，又问，“解役以谁人为主？”

“以上富户为主，次富户为贴，不及于下富户。”高攀龙述道。

“更不及于非富户，是吧？”顾宪成问。

“是。”高攀龙应道。

“户之上下，如何知之？”顾宪成问。

“堂堂上户，邑中无不知之，不必以田审之；余富则以田之多寡而知之。当事者须备一小册，列富户等次，参伍咨访，周知四境。以之审粮役，点解户，方不临事混淆，为胥吏所欺。”高攀龙述道。

“存之先生言及贴，我曾闻有人以耕田事喻贴。”顾宪成说。

“怎喻？”高攀龙问。

“譬如一牛驾一犁，牛未必惫；一犁驾十羊，羊毙而犁不举，”顾宪成说着，问道，“次户为贴，会不会有此弊？”

“贴有二：贴役者，谓之以羊代牛可也；贴钱者，有定派之额，谓之众擎易举可也。我所谓贴，贴钱而非贴役也。”高攀龙述道。

“也就是说，不使羊犁地，而使羊拔毛？”顾宪成仍借用原来的比喻。

“叔时先生的比喻着实形象。”高攀龙笑着说。

“贴钱之法若何？”顾宪成又问。

“解役为主者，必三年无粮长等重役。量其所费若干，与贴户若干。贴户出钱，主者办解。是民出钱以饩官，官出力以惠民，官民两利，计莫善于此也。”高攀龙述道。

“费之多寡，何以知之？”顾宪成问。

“此须细询，”高攀龙道，“可令经役而熟于事者，详开某件时价若干，工价若干，沿途某费几何，到京某费几何。解户务在多与贴，而不困其力；解官务在多与资，而不苦于行。上下相便，方可以久。以往每见民解既改为官解，官解旋复为民解。当其议官解之时，民不胜吝，即令微利于解官而不能平；及其复民解时，民又不胜苦，即欲厚输于解官而不可得。民可于乐成，而不可虑始；须在上之人，力恃而公裁也。若曰官解终不可行，则金花亦属官解，经收亦属宦官，何以人争求之，至今居间为之？”

金花银原本指成色好的纹银，自正统年间开始以粮折银，约米麦四石，折银一两，遂以折粮之银为金花银。

“真能做到解户不困，解官不苦，乃大好之事！”顾宪成与其说在向往，不如说在叹息。他问，“如此大段一气呵成，不是因为我没搭话吧？”

“不是，”高攀龙道，“叔时先生听得出来，此一段文字，中间不应该隔断。”

“官解既久，宦竖知解纲有油水，不会放过解官吧？”顾宪成又问。

“肯定不会放过，”高攀龙回应一句，述道，“宦竖固穷索解官，视索民，则仍不同。先儒有言：天下事未有有利而无害者，择其利多而害少者为之耳。今天下白粮独出江南，而白粮船所至，关津复税之何耶？或曰：非税粮，税私货耳。此又不仁之甚者。粮有定额，船亦有定额，所带几何，而不使劳民自润乎！此则苏民间解粮之最苦者也。”

白粮指专供大内和官府的漕粮，包括供给大内的熟粳米、糯米和供给在京各衙门官员的糙粳米，征于南直隶常州、苏州、松江三府和浙江嘉兴、湖州二府。

高攀龙复述时很专注，低头望地，而不看听者。他确信，顾宪成听得出来，他的这篇文章已复述完；确信，顾宪成会有所议论。他等了等，顾宪成那边没有动静。他抬头看过去，顾宪成双目微阖，好像精力不足，须休养之。这使他感到不安。

“叔时先生困乏，我改日再来看望。”他说着，准备起身。

顾宪成睁开眼，摇摇头，道：“存之先生别走。”

高攀龙并非真想走，有这句话，当然不会走。

“无聊文章，叔时先生听得厌烦吧？”他问。

“天下哪儿有写无聊文章的高存之，我东林书院哪儿有写无聊文章的高存之！”顾宪成道。

“那么，叔时先生是不是听出不妥之处？”高攀龙又问。

“并非存之先生的文章有不妥之处，是我有所思而已。”顾宪成说。

“叔时先生有何心思？”高攀龙问。

“还是存之先生先说说，为何写《解头问》吧。”顾宪成转移话题。

“这两日，忽然想念千仞兄，”高攀龙说的是他的同年——前常州知府欧阳东凤。

“想起他为创立东林书院付出的种种辛劳？”顾宪成问。

“还有他主政常州府的种种德政，”高攀龙补充道，“那时，我等一心创立书院，别事都不放在心上，从未过问千仞兄衙门里的事务。现在想想——”

说到这里，他忽然顿住，脸上露出些许笑意，说不出是苦涩的笑，还是对自己的嘲笑。

“何事令得存之先生哂笑？”顾宪成问。

“我想起《传习录》里的一段话。”高攀龙说。

“阳明先生的《传习录》吗？”顾宪成问。

“除阳明先生的《传习录》，还有别的《传习录》？”高攀龙反问。

“我不解的是，存之先生对阳明先生并不认同，怎会读他的《传习录》？”顾宪成道。

“不读其书，日后若批其学，岂不成胡批？”高攀龙道。

说到这里，两个人情不自禁地笑起来。

“存之先生想起哪段话？”顾宪成问。

“陆澄曰：主一之功，如读书则一心在读书上，接客则一心在接客上，可以为主一乎？先生曰：好色则一心在好色上，好货则一心在好货上，可以为主一乎？是所谓逐物，非主一也。主一是专主一个天理。”高攀龙背诵道。

陆澄是王守仁的弟子，《传习录》多由他录得。

“存之先生是说，创立书院则一心在创立书院上，教授弟子则一心在教授弟子上，在阳明子眼里，会否也和好色、好货一样？”顾宪成问。

“是啊。”高攀龙应道。

“应该不会，”顾宪成道，“阳明先生也创立书院，也教授弟子，他总不能把自个儿贬得一文不值吧！”

“阳明先生也读书，也接客，读书、接客还不是被他贬得一文不值！”高攀龙辩道。

“我欲为阳明先生辩，却无话可说，”顾宪成说着，重复高攀龙方才的话，“那时，我等一心创立书院，别事都不放在心上，从未过问千仞先生衙门里的事。”重复之后，问道，“存之先生是不是在后悔？”

“说不上后悔，只是想略加弥补。”高攀龙道。

“所以，撰写此文，聊作对千仞先生的回报？”顾宪成问。

“有这层意思吧，”高攀龙道，并反问，“叔时先生是不是可以说说自家的心思？”

“我是有点儿后悔。”顾宪成说。

“叔时先生有点儿后悔？为何事后悔？”高攀龙顿了顿，又问一句，“不会是为创立东林书院吧？”

“不是；但也不能说全无干系，”顾宪成说着，问道，“几年之前，我和伯先在书院里闲谈过一次，他有没有对你说过？”

“数年前的一次闲谈？不记得。”高攀龙道。

“伯先告诉我，他得到消息，朝廷举荐贤才，有存之先生，有我，也有他。我说，若有诏令，伯先可去，我不可去。伯先问为何。我说，伯先正当年，我已衰老。那年，我还没到六十岁。”顾宪成忆道。

“那年，朝廷起叔时先生南京光禄寺少卿吧？”高攀龙问。

“是。”顾宪成应道。

“叔时先生后悔，那年没应召赴任？”高攀龙问。

“此事我不后悔；即便今日再有诏令，我仍不会赴任。我后悔的是，不该对伯先说，我因衰老，故不可去。”顾宪成道。

“这话有错吗？”高攀龙问。

“要看怎理解，”顾宪成道，“譬如，理解为人已衰老，不宜赴任，并无错处；又譬如，理解为人已衰老，可以不关心朝政，不关心时政，那就大错。官毂辇，志不在君父；官封疆，志不在民生；居水边林下，志不在世道，君子所不取。”

“叔时先生此言，可以传世。”高攀龙赞道。

“不对，”顾宪成摇摇头，说，“我欲存之先生广为传布者，是另外两句话。”

“是哪两句话？”高攀龙问。

顾宪成指指东林书院的方向，没有回答。

“不错，那两句更可以传世。”高攀龙道。东林书院里，张挂有顾宪成写的一联：风声、雨声、读书声，声声入耳；家事、国事、天下事，事事关心。高攀龙和同志者都以为，它可以作为东林书院的训词。

五月二十四日，顾宪成病逝。

第四百二十七章

詹事府谕德赵秉忠走在街上，一吏员装束的人迎面而来，离他还有三五步时，停下来，深作一揖，道："给大人道喜。"

要是碰到别人，赵秉忠多半不会理会。但他模模糊糊记得，该吏员在礼部当差，于是搭讪几句。

"你认得我？"他问。

"赵大人谁人不认得！"该吏员道。

"朝中姓赵的大人没几十个，也有十几个。"赵秉忠说。

"詹事府的赵大人也有十几位？"该吏员问。

"少说也有两个。"赵秉忠道。

"我是给谕德赵大人道喜。还有个司谏赵大人，我不认得，也不想认得。"该吏员说。

如果往深里想想，会问：为何从五品的谕德他认得，从九品的司谏他就不认得？但赵秉忠没往深里想。

"看来，你真的认得我？"他问。

"当然是真的。"该吏员道。

"却不知我有何喜事？"赵秉忠问。

"大人得一美差。"该吏员说。

"美差？我能得啥美差！"赵秉忠道。

"大人想想，今年是何年？"该吏员虽称道喜，但不急于说出喜事。

"壬子年呀。"赵秉忠道。

"壬子年有何大事？"该吏员问。

"甲子是一个轮回之始；壬子有何大事，我却不知。"赵秉忠说。

"今年是秋闱之年呀！"该吏员道。

"对，今年乡试，倒也算是件大事，"赵秉忠说着，点点头。并问，"乡试之年，我有何喜？"

“乡试须差考试官呀。”该吏员道。
“你是说，点我考试官？”赵秉忠问。
“可不，”该吏员道，“大人说，是不是美差？”
“得看差往哪处。”赵秉忠说。
“大人说，差往哪处不是美差？”该吏员问。
“若是贵州，我宁愿不去。”赵秉忠说。
“大人这等身份，怎能差往贵州！”该吏员道。
“云南也是苦地方。”赵秉忠说。
“本部堂官若推大人去云南，我都不会答应！”该吏员道。
“广西呢？会不会是广西？”赵秉忠问。
“不是广西。”该吏员说。
“只要不是这三处，我就不担心。”赵秉忠说。
“别处都是美差？”该吏员问。
“差不多吧。”赵秉忠说。
“大人说，是不是也有优劣之分？”该吏员问。
“当然有，”赵秉忠道，“譬如陕西虽比山西远，但主陕西试，比主山西试要强。”
“陕西试，不属大人。”该吏员说。
“谁人主陕西试？”赵秉忠问。
“吏部赵大人，兵部肖大人。”该吏员说。
赵秉忠知道，他说的是吏部主事赵士谔，兵部主事肖丁泰。
“比主陕西试更强的，是主哪处试？”该吏员又问。
“主湖广试，又比主陕西试强。”赵秉忠道。
“湖广试，亦不属大人。”该吏员说。
“谁人主湖广试？”赵秉忠问。
“翰林院李大人，户科姚大人。”该吏员说。
赵秉忠知道，他说的是翰林院编修李胤昌，户科给事中姚宗文。
“比主湖广试更强的，是主哪处试？”该吏员又问。
“主江西试，又比主湖广试强。”赵秉忠道。
“主江西试，亦不属大人。”该吏员说。
“谁人主江西试？”赵秉忠问。
“翰林院周大人，户科韩大人。”该吏员说。
赵秉忠知道，他说的是翰林院检讨周如磐，户科给事中韩宗佑。

“比主江西试更强的，是主哪处试？”该吏员又问。

“主浙江试，又比主江西试强。”赵秉忠道。

“主浙江试，亦不属大人。”该吏员道。

“谁人主浙江试？”赵秉忠问。

“翰林院郑大人，兵科李大人。”该吏员说。

赵秉忠知道，他说的是翰林院检讨郑以伟，兵科给事中李瑾。

“比主浙江试更强的呢？”该吏员问。

“比主浙江试更强的？你老兄别贪得无厌！’赵秉忠道。

“我又不是为自个儿贪得无厌，我是为大人贪得无厌。”该吏员说。

“比主浙江试更强的，未必有其地。”赵秉忠说。

“若是主应天试呢？”该吏员问。

“主应天试，和主各省试，自又不同。”赵秉忠说。

“主应天试，可不可以说是美差中的美差？’该吏员问。

“主浙江、江西、湖广等试，已经是美差中的美差；主顺天、应天试，更不必说。”赵秉忠道。

“卑职恭喜大人得极美之差。”该吏员说着，又深作一揖。

赵秉忠只是没想到，今年会点他的考官；如果想到，他就会知道，以他谕德的身份，不是主顺天试，就是主应天试；如同该吏员告诉他主陕西试的是吏部赵大人，兵部肖大人，他马上会想到是两位主事，告诉他主湖广试的是翰林院李大人，户科姚大人，他马上会想到是一位编修，一位给谏。并不是因为吏部只有赵士谔一人姓赵，兵部只有肖丁泰一人姓肖，翰林院只有李胤昌一人姓李，户科只有姚宗文一人姓姚，而是因为主各省试，大约就是这个级别的官员。

正因为没想到，他又问一句：“你是说，朝廷点我主应天试？”

“是，”该吏员应道，“大人不仅主应天试，而且排名在前。”

赵秉忠大喜之余，手忙脚乱地在怀里摸了摸，摸到两块碎银子。他稍一犹豫，拿出其中一块，递给该吏员。

“多谢，拿去买壶酒喝吧。”他说。

“大人大气，今次必能选出名状元来。”该吏员说句极喜庆的话，把银子放在手心看着。他并没有立刻告退的意思。

“你还有事？”赵秉忠问。

“大人不想知道，另一位考官是哪位大人吗？”该吏员反问一句。

“是哪位大人？”赵秉忠当然想知道。

“和大人同衙的邵大人。”该吏员说。

赵秉忠知道，他说的是詹事府洗马邵景尧。

“是小的去给邵大人道喜，还是大人把这个好消息告诉邵大人？”该吏员问。

“我替你转达吧，”赵秉忠说着，把另一块碎银也拿出来，递给该吏员，“替邵大人赏给你的，拿着吧。”

赵焕改任吏部尚书的第一天，翁正春找上门来。

“兆震先生是来道贺的吗？”赵焕问。

“道贺？改个字，或许更为恰当。”翁正春说。

“改哪个字？”赵焕问。

“贺字改为扰字。”翁正春说。

“道扰？”赵焕连连摇头，“哪儿有新官上任，就来道扰的！”

“没法子，”翁正春道，“礼部闯去一干闹事的官员，我坐不住，只得来文光先生这里讨个清静。”

“原来是礼部被扰，兆震先生又来扰吏部。”赵焕笑道。

“我来扰吏部，总强过他等来扰吏部！”翁正春道。

“他等来扰吏部？他等为何要扰吏部？”赵焕问。

“他等为何要扰礼部？”翁正春反问。

“我怎知！”赵焕道，并问，“他等为何要扰礼部？”

“为今岁选取乡试考官事。”翁正春说。

“是没被选取，心中不平？”赵焕问。

“那倒不是。”翁正春道。

“是为同年、同僚、同乡抱打不平？”赵焕又问。

“也不是。”翁正春道。

“却是为何？”赵焕问。

“传闻本人被选取，而任命未下。”翁正春说。

“有这等事？岂不荒唐！”赵焕道。

“也不完全是荒唐。”翁正春却说。

赵焕说荒唐，显然是知道：仅凭传闻而去礼部闹事，可能还会来吏部闹事，这件事本身荒唐。而翁正春说不完全是荒唐，他是指：这件事背后是有隐情的。

“怎么？”赵焕问。

“有几处考官的任命，的确未颁下。”翁正春说。

“考官未颁下？岂不——”赵焕斟酌再三，只能仍用这两个字，“——更加荒唐！”

“所以，我来给文光先生道扰。”翁正春道。

“兆震先生且慢！”赵焕顾不上追问责任在诈人，在哪个衙门，先了解乱子有多大。“兆震先生说一干闹事的官员，一干者，是几多？”

“或四五名，或七八名。”翁正春说。

“究竟四五名，抑或七八名？”赵焕问。

“混乱之中，怎数得清！”翁正春道。

“数不清，看得清吗？”赵焕问。

“看倒是看得清。”翁正春道。

“兆震先生看到谁人？”赵焕问。

“詹事府官二人：谕德赵秉忠、洗马邵景尧；翰林官一人：编修李胤昌；科臣一人：户科给事中姚宗文；部属二人：吏部主事赵士谔、兵部主事肖丁泰。”翁正春一一数道。

“兆震先生还看到谁？”赵焕问。

“没再看到谁。”翁正春说。

“是还有别人，兆震先生没看到，还是再无别人？”赵焕追问。

翁正春想了想，说：“应该是再无别人。”

“那么，是六人，而不是四五人，或七八人。”赵焕说这话的意思是：上下的数字都估计到，唯独不说准确的数字，这件事也很荒唐。

“我想说的是人多，不能说得太准。”翁正春有他的说法。

“六人同去礼部闹事，的确也不少，”赵焕说着，又问，“兆震先生说有几处考官未颁下，是哪几处？”

“应天、湖广、陕西三处。”翁正春说。

“据传，赵谕德、邵洗马主应天试吧？”赵焕根据惯例问道。

“是。”翁正春应道。

“实际上呢？”赵焕问。

“实际上，礼部也拟他二位主应天试。”翁正春说。

“其他四位呢？”赵焕问。

“文光先生是问据传，还是问实际上？”翁正春反问一句。

“先说据传吧。”赵焕道。

“据传，李编修、姚给谏主湖广试。”翁正春说。

“实际上呢？”赵焕问。

“实际上，礼部也拟他二位主湖广试。”翁正春说。

“不用说，不管据传，还是实际上，赵、肖二主事是主陕西试。”赵焕道。

“是。”翁正春应道。

“六名官员传闻选作考试官，却未任命；三地该有考试官，却未差出。礼部这个乱子惹得不小。”赵焕道。

“不止是礼部的乱子，也是吏部的乱子。”翁正春说。

“怎又成吏部的乱子？兆震先生是想拉个垫背的吧？”赵焕道。

“不是我拉文光先生一同承担，实是吏部难脱干系。”翁正春说。

“怎讲？难道选取考官，礼部还要和吏部会议？”赵焕问。

“不需要吏、礼二部会议，但礼部议定考官人选，要在吏部备注。”翁正春说。

“备注一事，我亦不知。”赵焕道。

“文光先生首日来吏部衙门，当然来不及问；但文光先生随便问吏部一官，便知我说的不差。”翁正春保证。

“就算有吏部备注一事，也不过备注而已。兆震先生说吏部难脱干系，却是何干系？”赵焕问。

“赵谕德等闹到礼部以后，我设想过乱子会出在哪里。”翁正春说。

“兆震先生说说看，乱子出在哪里！”赵焕揖道。

“无非三种情形：其一，礼部拟议时，落下三地考官的人选；其二，送吏部备注，吏部退还时，落下三地考官的人选；其三，考官人选既奏呈，批复时落下三地考官的人选。”翁正春说。

“依兆震先生所言，就要先查礼部拟议时，有无遗漏。”赵焕道。

“这却不用查。”翁正春说。

“为何不用查？”赵焕问。

“礼部一处一处议定的，不会有遗漏。”翁正春说。

“议时可能没遗漏，会不会是送吏部备注时有所缺失？”赵焕问。

“这我就不敢百分之百地担保。”翁正春说。

“所以，还要从礼部查起。”赵焕道。

“不然，”翁正春摇着头说，“送吏部备注时有所缺失，虽然是礼部的过失；但欲查对，却要从吏部查。”

“为何要从吏部查？”赵焕问。

“礼部送件时有无缺失，怎查？要查，须查吏部收件时有无缺失，”翁正春说着，问道，“文光先生想，是不是这个道理？”

“既须吏部查，我这就着人去查。”赵焕说。

“再者，吏部退还时有无缺失，也是吏部要查的。”翁正春提醒他。

“我记着呢，二事一起查如何？”赵焕道。

“此事吏部脱不了干系，并非文光先生脱不了干系；但虽不是文光先生的责任，却赖文光先生查明，”翁正春说着，一揖，“拜托！”

“应该的，”赵焕还礼，并问，“兆震先生怎不说说第三种情形？”

“最有可能、又最难查的，是第三种情形。”翁正春说。

“兆震先生为何说，最有可能的是第三种情形？”赵焕问。

“礼部送件，是按照顺天试、应天试、浙江试、江西试、福建试、湖广试、河南试、山东试、山西试、陕西试、四川试、广东试、广西试、云南试、贵州试的顺序。除非有人抽出，怎会缺失应天、湖广、陕西三处考官？吏部仅备注，不须议之；况且，文光先生尚未改官，吏部既无掌部，亦无署部，谁会一地一地斟酌考官人选，然后抽出几页，却忘放回？想来想去，只有皇上，或阁老，或司礼，有可能这么做，故在批复时缺失的可能性最大。”翁正春说。

“言之有理，”赵焕点点头，问道，“兆震先生为何又说，最难查的是第三种情形？”

“一则，批复中的缺失，礼部不便查，吏部也不便查；二则，究竟是缺失在阁中，还是缺失在司礼值房，还是缺失在御案之上，谁能说得清楚！”翁正春道。

“礼部不便查，吏部也不便查，只得自查。”赵焕说。

“可不！”翁正春道。

“兆震先生是拉我一起奏请自查吗？”赵焕问。

“不一定拉文光先生一起奏请，但如何奏请，实感为难：请查阁中，请查司礼值房，这话虽不好说，还勉强说得出口；请查御案之上，却无论如何也说不出口。所以，请文光先生出个主意。”翁正春说。

“既说不出口，不说就是。”赵焕道。

“怎讲？”翁正春不解。

“既不便查，不查就是。”赵焕又说。

“文光先生是说，第三种情形不查？”翁正春问。

“第三种情形最有可能，第三种情形不查，前两种情形查它何用？不如都不查。”赵焕说。

“但此事终须有个了断，总不能我私下里告知赵谕德等官，各赴其考场吧？”翁正春道。

“兆震先生可以再奏请呀。”赵焕说。

“再奏请？怎奏请？”翁正春问。

“自是奏请：以赵谕德、邵洗马主应天试，以李编修、姚给谏主湖广试，以赵、肖二主事主陕西试。”赵焕说。

“礼部前已奏过，却不知哪个环节出了纰漏，致使缺失。今再奏请，此疏无法拟呀！”翁正春道。

“若不是缺失，而是不合圣意，把这几人扣住，礼部能不能坚持请差这几名官员？”赵焕问。

“不合圣意，但皇上又未命另议，倒是可以的。”翁正春说。

“兆震先生别当是缺失，只当此数人被皇上扣住未下；实际上，也有可能是皇上扣住未下。”赵焕说。

“听文光先生之言，直如柳暗花明，”翁正春说着，揖道，“多谢文光先生点拨迷津。”

“兆震先生不怪我多事的话，我还有一事要说说。”赵焕道。

“主意愈多愈好，怎说得到多事！文光先生请说。”翁正春道。

“别处考官已陆续离京吧？”赵焕问。

“是，”翁正春应道，“极远处的，已走将近一个月；近处的，也走了三五日。”

“就算兆震先生明日奏请，朝廷明日即准；赵谕德等准备个两三日，随即出发，又得耽搁三四天吧？”赵焕问。

“三四天后出发，已经很快。”翁正春道。

“兆震先生，按照原定乡试的日子，他等赶得及吗？”赵焕问。

“哎呀！”翁正春惊呼。这是个被他忽略的问题。他满脑子都是为何颁下的人选中少几个，几处乡试未差出考官，而根本没想过已经一日一日迫近乡试的日期，“文光先生提醒得好！南京、武昌、西安虽不算极远，但恐怕真是赶不及！”

“所以，兆震先生需要顺带奏请，这几处要推迟试期。”赵焕说。

“谨受教。”翁正春应道。

礼部奏请，以谕德赵秉忠、洗马邵景尧主应天试，编修李胤昌、给事中姚宗文主湖广试，主事赵士谔、肖丁泰主陕西试，而不说明为何要再次奏请；朝廷核准，并准推迟试期，而不追究礼部为何要再次奏请。此事不了了之。

第四百二十八章

寿宁公主府邸，正在酣睡的乳媪梁盈女，被一阵急切的擂门声惊醒。她不愿起身，躺在床上听。

大门内有人说话；听不出说什么，但可以猜得到，在问外面是谁。大门外有人说话；更听不出说什么，但可以猜得出，在自报家门。

大门大开。别人或许分辨不出开启的是哪扇门，梁盈女却分辨出，开启的是旁门；或者说，她根本用不着分辨。按照制度，天黑之后，公主府邸的正门，只有乳媪方能开启。

她不愿多想回来的是谁，为何这晚回来，迷迷糊糊又要睡过去。

没等她真的睡着，又响起敲门声。这次的敲门声，比起方才的擂门声，柔和得多。但她的睡梦，也彻底被打破。因为这次敲门，不是府邸的大门，而是梁盈女睡屋的房门。

“谁呀？”她不耐烦地问。

“姑，是我。”回答的声音近乎童声。

梁盈女听得出，是前院当差的一个小厮。和宫里的习惯一样，他管稍有身份的宦者都叫叔，管稍有身份的宫人都叫姑。

“有事吗？”梁盈女问。

“不是我吵醒的姑吧？”门外的小厮问。

“不是你吵醒的，是那挨千刀的吵醒的。”梁盈女正好有机会发泄她的不满。

“姑的话，我没听见。”门外的小厮说。

梁盈女知道，这是在提醒她，切莫胡言乱语。她忽然想起，驸马爷晚上出去饮酒。这么晚回到府上的，应该不是别人，而是驸马爷。但她不怕，不在乎，因为她有恃无恐。

“管他是谁个，也不能这晚才回来！”她说。

“姑说的是，”门外的小厮应道，“换别个这晚回来，姑尽管打断他的两条腿。”

“是不是姑爷回来？”梁盈女问。

“是驸马爷回来。”梁盈女可以叫姑爷，门外的小厮却不敢叫姑爷。

“回来就回来，怎不回房睡觉，却来搅老娘的好梦，难不成还要老娘再陪他饮几杯！”梁盈女道。

“我也盼他回房睡觉呢。”门外的小厮道。

“怎说？”梁盈女问。

“他不但不肯进房门，连大门都不肯进。”门外的小厮说。

“莫非他烂醉如泥，倒地不起？”梁盈女问。

“他要烂醉如泥，反倒无所谓。”门外的小厮道。

“怎说？”梁盈女问。

“说他没醉，他看上去醉得不轻；说他饮醉，他头脑却清醒得很。他说，他是驸马爷，要从中门入。”门外的小厮述道。

“哼！”梁盈女冷笑，“听他口气，倒像是才吃过琼林宴回来！”

他二人你一句我一句地说着，梁盈女没起身去开门的意思，门外的小厮也没敢催促她去开门。就在这时，大门又被敲得震天响。

“怕是宫里都听见，姑，我去看看。”门外的小厮道。

小厮一走，梁盈女也躺不住。

驸马冉兴让的确醉得不轻，正在和门丁胡搅蛮缠。小厮出来，他又和小厮胡搅蛮缠。梁盈女随小厮后出来，他也没发现。

“他忘了我是谁个，告诉他！”他对小厮说。

“他不敢忘。”小厮说。

“那就是你忘了我是谁个，让他告诉你！”冉兴让道。

“小人更不敢忘。”小厮说。

“我是谁？”冉兴让问。

“是驸马爷。”小厮说。

“谁的驸马？”冉兴让问。

“万岁爷的驸马。”小厮说。

“再说一遍！”冉兴让道。

“寿宁公主的驸马。”小厮说。

“他忘了寿宁公主是谁个，告诉他！”冉兴让道。

“他不敢忘。”小厮说。

“那就是你忘了寿宁公主是谁个，让他告诉你！”冉兴让道。

“小人更不敢忘。”小厮说。

“寿宁公主是谁？”冉兴让问。

“是皇女。”小厮说。

“是谁女？”冉兴让问。

“万岁爷女。”小厮说。

“再说一遍！”冉兴让道。

“万岁爷爱女。”小厮说。

“你怎知是皇上爱女？”冉兴让问。

“万岁爷命寿宁公主五日一朝，恩泽远远超过其他公主。”小厮说。

“皇上的驸马回府，寿宁公主的驸马回府，怎可走侧门！”冉兴让说着，问小厮，“你说是不是？”问门丁，“你说是不是？”

梁盈女不在的话，二人肯定应“是”；梁盈女在旁，二人不敢应“是”，也不敢说“不是”。

“姑在这儿，驸马爷要从正门入，须得请她开启。”小厮道。

“姑是谁？”冉兴让问。

“驸马爷怎忘了，是夫人呀。”小厮说。

“夫人是谁？”冉兴让又问。

“驸马爷怎忘了，是寿宁公主乳母呀。”小厮说。

“你小子不会说话！”冉兴让道。

“小人向来口拙。”小厮说。

“今日你倍加口拙，”冉兴让道，“府上一个老妈子，你却要我请她开启正门！”

“驸马爷！”小厮想提醒他，不可胡言乱语，被梁盈女止住。

“不是今日，是今夜。”梁盈女说。

冉兴让眯缝着眼看她，并问小厮：“她是谁人？”

小厮要说“是姑”，或者要说“是夫人”，但梁盈女抢在前头。

“是老妈子。”她说。

“他要我请之开启正门的，就是你呀？”冉兴让问。

“是我，”梁盈女道，“开启正门的钥匙，我别在腰上。”

“你以为，自个儿值个请字吗？”冉兴让问。

“不值。”梁盈女道。

“你说，我该用个何字？”冉兴让又问。

“驸马让我说，那得好好想想，”梁盈女略一沉吟，说，“驸马不如改用个求字。”

“求？”冉兴让试着说一遍，“求老妈子开启正门。”似乎自己无法判断，他问小厮，“小子，这么说行吗？”

“驸马爷，字有点儿多。”小厮讪笑着说。

“怎的减少？”冉兴让问。

“驸马爷若说求夫人开启正门，不就少个字？若说求姑开启正门，不又少两个字？”小厮道。

“我问的是该不该用求字，谁问你该不该呼老妈子！”冉兴让好似又恢复判断力，他说，“别的都好说，有个字绝不能用，这个字是：求；有三个子绝不能改，这三个字是：老妈子！”

“姑，有三个字驸马爷不肯改。”小厮对梁盈女说。

“是你要他改，不是我要他改；他改不改，不关我事。”梁盈女说。

“有个字驸马爷不肯用。”小厮又说。

“不肯用就不用，我还懒得和他絮叨，正好回去睡觉。”梁盈女说着，要往回走。

“别走！”冉兴让喝道。

“怎么，觉着求字可用？”梁盈女讥道。

“我说过，这个字绝不能用；不过，我已经想好哪个字可用。”冉兴让说。

“哪个字可用？”梁盈女问。

“命字，”冉兴说罢，击掌道，“妙！命老妈子开启正门，本驸马想到的这个字，实在妙！”

“驸马爷，这个字不能用吧？”小厮还想劝他。

“让他用，看他能命谁个开启正门！”梁盈女说着，转身就走。

“站住！”冉兴让喝道。

梁盈女没停下来，就像没听见。

冉兴让冲上前，一把揪住她，道：“没听到爷在命吗！”

梁盈女挣脱开，继续往前走。

冉兴让又从背后揪住她，道：“不知我在命你吗！”

梁盈女又要挣脱，但这次没挣脱开。

冉兴让挥拳击去，打在她脸上，眼见鼻血流出。

“打得好！”梁盈女道。

冉兴让打人后，酒醒一半。当着奴仆的面，他不会向梁盈女赔罪；但在追梁盈女时，已从旁门进到院内，他也不再吵嚷着要走正门。

第二天醒来，冉兴让更加后悔，想找个机会，私下里向梁盈女赔罪。梁盈女却不给他机会。

他心情不安地往宫里走去，脑子里不停地回想昨夜的事。

本来应该从东长安门进去，但走近东长安门时，见门外站着七八个大汉。照说，长安门是进入大内的第一道防线，寻常人是不能在外久留的，但守东长安门的内臣和甲士，不但不驱赶这七八个大汉，而且对他们很客气，有时还搭上几句话。再走近些，那七八个大汉也看见他，他们有的晃动晃动胳臂，有的踢踢腿，然后一起迎上来。

冉兴让不敢进东长安门，掉转身来，打算改走西长安门。

他这才发现，身后有十几个大汉，从不同方向赶来，正好和他身前的七八个大汉合围一圈。这伙人让开正当中的位置，他们身后停落一顶轿子，从轿里出来的，正是梁盈女。

来者不善，走为上计。但三面环绕的，不是豺狼，就是虎豹，另一面高墙危耸，金水阻隔，要想逃脱，谈何容易！

他不得不打起精神，应对眼前的局面。

“嬷嬷进宫呀。”他招呼梁盈女。

梁盈女两眼向上，根本不看他。

“各位送嬷嬷进宫呀？”冉兴让又招呼围拢来的大汉。

大汉们左顾右盼，谁也不看他。

“早知嬷嬷要进宫，我陪来就是，何劳各位大驾。”冉兴让讪讪言道。

他心里想，再没人搭话，只好向他们借道。

大汉们却开口说话；而且，一开口，有如开闸的水，滔滔不绝。

“谁是嬷嬷？”一大汉问。

“不知道。”几个大汉抢着回答。

“要不，他知道你的绰号叫嬷嬷？”一个大汉开起玩笑。

“嬷嬷是尊称，只有资深的宫人，才呼嬷嬷。”一个大汉说。

“看不出来吗，他在叫咱姑呢。”一个大汉说。

“不对吧，他不是管咱姑叫老妈子吗？”一个大汉道。

“夜里叫老妈子，白日里也敢叫老妈子吗？”一个大汉道。

“关起门叫老妈子，打开门也敢叫老妈子吗？”一个大汉道。

“老妈子繁琐，不如省个字。”一个大汉说。

“你不会让他叫夫人吧？”一个大汉问。

“人家说过，称呼绝不能改；我只让他从老妈子三字里省个字，没让他改变称呼。”前一大汉说。

“省去哪个字？”一个大汉问。

“子，”前一大汉说，“从来只听人叫母子，没听人叫妈子的。”

“省去个字，岂不成老妈！”一个大汉道。

“他叫姑一声老妈，吃亏吗？”一个大汉问。

“他不吃亏，只怕姑吃亏。”一个大汉说。

“既可省去一个字，何不省去两个字？”又一个大汉道。

“省去哪两个字？”一个大汉问。

“前面省去老字，后面省去子字。”前一大汉说。

“只留个妈字，不知他会不会叫。”一个大汉说。

“他叫姑一声妈，吃亏吗？”一个大汉问。

“他不吃亏，有人吃亏。”一个大汉说。

“是姑吃亏吗？”一个大汉问。

“姑收这么个儿子，倒也不吃亏。”前一大汉说。

“却是谁人吃亏？”一个大汉问。

“你等呀，”前一大汉说，“本以为你等是他大伯、二伯、三伯，一下变成他大哥、二哥、三哥，岂不吃亏！”

“你不吃亏吗？”一个大汉问。

“为众兄弟，我宁愿吃亏。”前一大汉说。

“怎是为我等？”一个大汉问。

“你等想啊，姑有我等众多侄儿，不会特别宠眷哪一个；若是只有一个孙儿辈，岂不把他惯坏！”前一大汉道。

他一说出理由，众大汉无不大笑，无不击掌叫好，连梁盈女也按捺不住，抿着嘴笑。

一个大汉见状，马上问她：“姑要不要教训他两句？”

“我不是来教训他的！”梁盈女道。

该大汉碰个钉子，灰溜溜的，不敢再开口。

“姑说的是，有我等教训他还不够吗！”另一个大汉道。

“我不是来听你等教训他的！”梁盈女又道。

该大汉也碰个钉子，灰溜溜的，也不敢再开口。

一个大汉脑筋灵活，听出梁盈女话里的意思。他抬腿踢冉兴让一脚，道：“姑，我不光用舌头教训他，还用腿教训他。”

另一个汉子学他的样，出手打冉兴让一拳，道：“姑，我不光用舌头教训他，还用拳教训他。”

“这还有点儿男人的样。”梁盈女说。

话音不大，但众大汉都听得见。他们谁也不甘落后，你打一拳，我一定要打两拳；你踢一脚，我一定要踢三脚。冉兴让抱着头，卧倒在地，任他们踢，任他们打，嘴里先是喊“饶命”，看出他们没有轻饶的意思，又大喊“救命”。

能救他命的守门内臣和甲士，早不知去到何处。要不是梁盈女虑及宫阙之下不能出人命，冉兴让恐怕要一命呜呼。

第四百二十九章

皇帝难得来一次坤宁宫，即便来，也不会留宿；当然，也不会把皇后娘娘宣去侍寝。对此，王皇后早就习以为常，不计宠辱。

皇帝难得来的那一次，她的态度也很淡定。她率宫中女官、宦者、宫女等行礼如仪。口称：“臣妾恭迎皇上。”

“皇后平身，进去说话。”皇帝道。

进到正殿，皇帝、皇后各就其位。奉茶后，各色人等均退出。

“公主里，皇后喜爱哪个？”皇帝问。

“臣妾知道，皇上喜爱寿宁公主，臣妾也喜爱寿宁公主。”王皇后说。

“寿宁有罪要受。”皇帝叹息道。

“寿宁公主有罪要受？”王皇后大惊。

“是，”皇帝应一声，问道，“她那里出事，皇后没听说吗？”

“臣妾已听说，”王皇后道，并说，“臣妾但闻冉驸马和府上乳媪争吵起来，未闻冉驸马和寿宁公主有何过节。”

“这还不够吗？”皇帝道。

“皇上的意思是——”王皇后没听明白。

“你知冉兴让那厮为何和乳媪争吵起来？”皇帝问。

“听说是他回府晚，乳媪不给他开门。”王皇后说。

“他为何回府晚？”皇帝问。

“听说是出去饮酒。”王皇后说。

“他非饮酒，乃酗酒。酗酒之人是何德行，皇后难道不知！嫁个酗酒之人，寿宁能不受罪！”皇帝道。

我怎不知酗酒之人是何德行？我虽未见过皇上酗酒之后的行径，却听人说过。这些话王皇后只能想，不能说。

“那晚冉驸马曾酗酒？”她问。

“不是酗酒，怎会高呼老妈子，”皇帝说着，又问，“再者，你知寿宁的乳媪是谁？”

“臣妾记得，是梁盈女。”王皇后说。

“对她有印象吗？”皇帝问。

“记得皇上对臣妾说过，各公主府上，最能干、最厉害的乳媪，当属这个梁盈女。”王皇后说。

“如梁盈女这等能干、厉害的角色，冉兴让那厮开口就骂，动手就打，寿宁能不受罪！”皇帝道。

两个理由都是皇帝自己的揣测，并不能证明冉兴让和寿宁公主的感情不好。但王皇后不能指出这一点，只能劝慰。

“或许，冉驸马投鼠忌器，不敢对寿宁公主放肆。”她说。

“你的意思，朕是那个器？”皇帝略一沉思，道，“但愿朕这个器，还能震慑得住冉兴让那厮。”

“皇上一定震慑得住冉驸马；再者，皇上不仅可以震慑他，还可以感化他。”王皇后说。

“怎的感化？”皇帝问。

“臣妾听说，驸马有过失，则送太学习礼。”王太后说。

“将他贬去太学，此事朕降旨即可；不过，到底是家事，朕不便出面斥责他。皇后，此事在你。”皇帝交代。

“臣妾遵旨。”王太后应道。

耿鸣雷拐到大街上，一眼看见贾之凤走在前面。这正是他要找的人，他不像别人那样，招呼一声；而是轻步快行，赶到贾之凤身后，手往他肩上一搭，道：“留步！”

贾之凤身子一颤，他的目的已达到。

回头看是他，贾之凤一拳打在他肩胛骨上，嗔道：“是震声兄啊，我还以为遇到打劫的。”

“清平世界，天子脚下，哪儿来的打劫！”耿鸣雷学两句戏文里的话，又道，“再说，晋鸣兄也不问问，谁个在巡城！”

“说的是，有个耿震声巡城，谁个敢打劫！”贾之凤道。

耿鸣雷字震声，山东新城人，官御史。贾之凤字晋鸣，山西阳城人，官礼部主事。二人都是万历二十六年进士，而且，耿鸣雷名里有个鸣字，贾之凤字里有个鸣字，有人开玩笑地说，他二人是同辈兄弟，几年下来，他二人的关系还真比其他同年间亲密。

“晋鸣兄，问你个事。”耿鸣雷说。

“你问！”贾之凤道。

“皇上贬冉驸马太学习礼，不是谬传吧？”耿鸣雷问。

“当然不是，”贾之凤道，“有人见他今日一早出府，往太学去。”

“他一早出府不错，不过，并没往北去。”耿鸣雷说。

“没往北去？”这个消息对贾之凤来说，有些意外，“如此说来，冉驸马并非径往太学，却是绕道而往？”

从驸马府邸到国子监，只有往北是一条直路，往别的方向走，都要绕道。

“若是绕道，他可绕得忒远。”耿鸣雷说。

“怎么？”贾之凤问。

“他是往南走的。”耿鸣雷说。

“往南？这个圈子的确绕得太大！”贾之凤道。

“若只在城里绕圈子，他至多迟些到太学。”耿鸣雷又说。

“怎么？”贾之凤问。

“有人见他出城。”耿鸣雷说。

“出城？莫非他嫌城里的圈子不够大，非要去城外绕一圈？”贾之凤愈发困惑。

“若是去城外绕圈子，他早晚也会到太学。”耿鸣雷又说。

“怎么？”贾之凤问。

“只有人见他出城，并无人见他入城。”耿鸣雷说。

“只出城，未入城？他出的哪个门？”贾之凤问。

“宣武门。”耿鸣雷说。

“会不会从别门入？”贾之凤问。

“问过各门守城的公公和官校，都未见他踪影。”耿鸣雷说。

“会不会是悄无声息地进城，回到府上？”贾之凤想到一种可能。

“府上也问过，未回。”耿鸣雷说。

“这是一早的事，是吧？”贾之凤问。

“是啊，”耿鸣雷应道，“一早出府，不是晋鸣兄说的吗？”

“一早出府，然后出城，这会儿未回，看来不是为绕道。”贾之凤说。

“肯定不是绕道。”耿鸣雷说。

“震声兄是不是要问我，可知冉驸马出城？”贾之凤问。

“问这件事是次要的。”耿鸣雷说。

"主要问何事？"贾之凤问。

"晋鸣兄说说看，他为何出城？"耿鸣雷道。

"震声兄说说看，象贤先生为何出城，则之先生为何出城，叔孝先生为何出城？"贾之凤一连举出三人反问。

"晋鸣兄是说，他学起儒臣，径自挂驸马都尉印而去？"耿鸣雷问。

"除此之外，我再想不出会是何事！"贾之凤说着，问道，"震声兄难道不是这么想的？"

"我也是这么想的，"耿鸣雷道，"打从得知冉驸马出城，我就想到他径去；问晋鸣兄是为证实，不会有别的可能。"

"好，震声兄得到证实，"贾之凤说着，学着他的口气说，"震声兄，问你个事。"

"你问！"耿鸣雷道。

"冉驸马在东长安门外被殴，听说是你亲眼所见？"贾之凤问。

"不仅亲眼所见，还可以说我救他一命。"耿鸣雷说。

"听说一伙打手，是梁嬷嬷招之而来，挥之而去的？"贾之凤问。

"招之而来我未见，挥之而去却是我亲眼见到。"耿鸣雷说。

"听说打手出手很重？"贾之凤问。

"出手的确很重。"耿鸣雷道。

"有无伤及脏腑？"贾之凤问。

"若是伤及脏腑，他今日恐怕无法出府邸。"耿鸣雷道。

"出手既重，怎未伤及脏腑？"贾之凤问。

"亏得冉驸马习武，懂得防护，所以一伙大汉出手虽重，却没伤及他脏腑。"耿鸣雷说。

"真乃一场无妄之灾！"贾之凤叹道，又问，"震声兄既巡至现场，有没拿住几个打手？"

"哄然而散，一个也没拿到。"耿鸣雷说。

"此案可比打劫震声兄严重得多，却一个打手也没拿到。震声兄不必再吹嘘谁个在巡城！"贾之凤讥道。

"未拿到打手，未必是件坏事。"耿鸣雷说。

"此话怎讲？"贾之凤问。

"拿一两个打手，梁嬷嬷来衙门里要人，晋鸣兄说，是放，是不放？"耿鸣雷反问。

"不能放。"贾之凤说。

“梁嬷嬷在司礼监有相好的公公，她托司礼监的公公来衙门要人，晋鸣兄说，是放，是不放？”耿鸣雷又问。

“仍不能放。”贾之凤说。

“司礼监的公公与你礼部的署部，与我都察院的署院，都交好，他托署部、署院来衙门要人，晋鸣兄说，是放，是不放？”耿鸣雷又问。

“仍不能放。”贾之凤说。

“司礼监的公公可以上达天聪，他讨旨意来衙门要人，晋鸣兄说，是放，是不放？”耿鸣雷又问。

“那却不能不放。”贾之凤说。

“与其拿到打手，又不得不放，不如干脆拿不到。”耿鸣雷道。

“此言差矣。”贾之凤不认可。

“怎么？”耿鸣雷问。

“梁嬷嬷在司礼监有相好的公公，司礼监的公公未必不知轻重，去衙门要人；司礼监的公公不知轻重，礼部署部，都察院署院，未必不知轻重，去衙门要人；礼部署部、都察院署院不知轻重，皇上未必不分青红皂白，降旨要人。而于震声兄，则是该拿人，却不拿人，此乃旷其职也。”贾之凤说。

“晋鸣兄问我有无拿到打手，是要责我旷职？”耿鸣雷问。

“这是次要的。”贾之凤也说。

“主要是何事？”耿鸣凤问。

“皇上为何仅责冉驸马入太学习礼，而不处分梁盈女？莫非在皇上眼里，一乳媪竟贵于驸马！”贾之凤道。

“在皇上眼里，一乳媪和别的驸马孰贵孰贱，这不好说；但冉驸马，肯定贵过梁盈女，贵过所有的乳媪。”耿鸣雷说。

“因为寿宁公主是皇上爱女？”贾之凤问。

“对。”耿鸣雷应道。

“那么，皇上为何仅责冉驸马，而不责梁盈女？”贾之凤又问一遍。

“或因皇上不知冉驸马在东长安门外被殴一事。”耿鸣雷说。

“或许是吧。”贾之凤的态度在两可之间。

“或因冉驸马并未告御状。”耿鸣雷又说。

“这却不然。”贾之凤断然否定。

“晋鸣兄怎知不然？”耿鸣雷问。

“因为冉驸马曾三次上疏，陈言其事。”贾之凤说。

“晋鸣兄怎知冉驸马曾三次上疏？”耿鸣雷又问。

“冉驸马曾往礼部哭诉，是他亲口说的。”贾之凤道。

“那么，只有一种可能。”耿鸣雷说。

“只有哪一种可能？”贾之凤问。

“冉驸马三次上疏，均未达于上。”耿鸣雷说。

“驸马之疏，怎会未达于上？”贾之凤问。

“不好说。或皇上忽略未读其疏，或有人故意不让皇上读到其疏，”耿鸣雷说着，问道，“晋鸣兄难道不是这么想的？”

“我也是这么想的，”贾之凤道，“打从皇上责冉驸马太学习礼，我就想到，皇上未读其疏，不知其事；问震声兄一句，是为证实不会有别种情形。”

“好，晋鸣兄已得到证实，”耿鸣雷说着，重复先前的口气说，“晋鸣兄，再问你个事。”

“你问！”贾之凤道。

“晋鸣兄方才说，冉驸马径自挂印而去，是要效仿儒臣。是吧？”耿鸣雷问。

“这句话分明是震声兄说的。”贾之凤道。

“但晋鸣兄是这个意思。”耿鸣雷说。

“对。”贾之凤承认。

“那么，冉驸马径去，和儒臣们径去，有无区别？”耿鸣雷问。

“区别肯定是有的。”贾之凤道。

“有何区别？”耿鸣雷问。

“对朝廷来说，儒臣是臣，驸马也是臣，并无区别；但对皇上来说，驸马不仅是臣，又是戚，是不可与儒臣同日而语的。”贾之凤道。

“那么，儒臣径去，朝廷可以不追回；驸马径去，朝廷可不可以也不追回？”耿鸣雷问。

“不可不追回！”贾之凤道。

“为何不可不追回？”耿鸣雷问。

“不追回，难道让皇上爱女从此嫠居？”贾之凤道。

“那么，儒臣径去，朝廷可以不究治；驸马径去，朝廷可不可以也不究治？”耿鸣雷问。

“究治肯定要究治，但看如何究治。”贾之凤说。

“晋鸣兄觉着，该如何究治？”耿鸣雷问。

“朝廷已有处分，我以为，维持原拟即可。”贾之凤说。

“晋鸣兄是说，贬入太学习礼？”耿鸣雷问。

“是。”贾之凤应道。

“如此处置，倒也简单。不过，”耿鸣雷话锋一转，说，“我今日问晋鸣兄的，主要不是如何处置冉驸马。”

“震声兄主要问何事？”贾之凤问。

“梁媪要不要处置。”耿鸣雷道。

“此事是要害，”贾之凤赞道，“对冉驸马，皇上已处分；再处分，重复而已。对梁媪，皇上却未处分，正当议一议。”

“晋鸣兄既曰要害，就请说说吧。”耿鸣雷道。

“对梁媪，一定要处分，”贾之凤说，“无论前之冲突缘于何事，纠集众宵小，于宫阙之下殴打驸马，都是大事，都是重罪。梁媪须得处分，众宵小尤须处分；不然，以下凌上、以贱凌贵成为风尚，如何了得！”贾之凤说着，问道，“震声兄难道不是这么想的？”

“我也是这么想的，”耿鸣雷道，“自打皇上处分冉驸马，我就在想，梁媪亦须处分；问晋鸣兄，不过再加证实而已。”

“好，震声兄又得到证实，”贾之凤说着，再次学他的口气说，“震声兄，再问你个事。”

“你问！”耿鸣雷应道。

“震声兄方才说，冉驸三次上疏，未达于上。是吧？”贾之凤问。

“是晋鸣兄先说冉驸马曾三次上疏，陈言其事；我才判断，冉驸马三次上疏，未达于上的。”耿鸣雷说。

“震声兄说，皇上是否需要知道东长安门外发生的变故？”贾之凤问。

“还用问吗，当然需要知道。”耿鸣雷说。

“冉驸马疏未达于上，能否指望近侍把此事告知皇上？”贾之凤问。

“不能指望，”耿鸣雷道，“一则，近侍对外面的事所知有限，是否知道东长安门外的事件，不好说；二则，近侍多半知道梁媪的来头，知道得罪她就是得罪他们的叔辈，甚至得罪皇上，谁愿惹这个麻烦！”

“能否指望司礼监臣伸张正义，把此事禀奏于皇上？”贾之凤又问。

“不能指望，”耿鸣雷道，“不使冉驸马疏达于上，多半是司礼监某公公做的手脚，而且是资深权重的某公公做的手脚；除非存心和他作对，谁会去对皇上说此事。”

“寿宁公主五日一朝，能否指望她诉于皇上？”贾之凤又问。

“不能指望，”耿鸣雷道，“一则，不知驸马、梁媪中，寿宁公主对哪个更亲近；

二则，府邸的事，尤其是令人不快的事，皇上不问，寿宁公主不会主动对皇上说。”

“看来，皇上永远不会知道这件事。”贾之凤说。

“这却未必，”耿鸣雷道，“我辈，包括晋鸣兄，包括我，还包括其他众多之臣，不都打算奏闻其事吗？”

“震声兄误会我的意思。”贾之凤说。

“怎么？”耿鸣雷问。

“震声兄说说看，即便皇上亲阅冉驸马疏，是否就信之，是否就会处分梁媪及其打手？”贾之凤反问。

“这不好说。”耿鸣雷道。

“那么，震声兄有没想过，我等如何陈奏，才能使皇上信之，才能使皇上决意处分梁媪？”贾之凤又问。

“不错，这才是要害！”耿鸣雷也赞道，“廷臣中，为冉驸马不平者不在少数，憎恶宵小者不在少数，欲陈奏其事者不在少数；所以，重要的不是该不该上疏，而是奏疏该怎样来写。”

“震声兄既曰要害，就请说说吧。”贾之凤道。

“此事可以分为前后两段，前一段是寿宁公主府邸之争，后一段是东长安门外之殴，”耿鸣雷说着，问道，“晋鸣兄说呢？”

“可以这么分。”贾之凤道。

“关于东长安门外之殴，须得强调：宵小于宫阙之下群殴大臣，群殴国戚，此风不可渐长。”耿鸣雷说。

“于府邸之争，须强调何事？”贾之凤问。

“无事须强调。”耿鸣雷说。

“无事须强调？那只有泛泛而言？”贾之凤问。

“泛泛而言，有用吗？”耿鸣雷反问。

“既无重点，又不可泛泛而言，只好回避。”贾之凤道。

“明明是前后两段，且为因果，只写后一段，不写前一段，别说皇上以为不公，我辈自家也会觉着不公。”耿鸣雷说。

“震声兄有何良策？”贾之凤问。

“让寿宁公主出面，陈述其事。”耿鸣雷说。

“震声兄不是说，不能指望寿宁公主吗？”贾之凤问。

“我是说，不能指望寿宁公主主动向皇上陈述其事；若皇上垂询于她，她一定不会有所隐瞒。真相大白之后，是非曲直自有公断，”耿鸣雷说着，问道，“晋鸣兄难道不是这么想的？”

“我也是这么想的，”贾之凤道。“得知寿宁公主府邸之争，我就在想，除非公主亲自陈述，恐怕很难查出真相；向震声兄询问，无非是为证实再无别的写法而已。”

“好，晋鸣兄又得到证实，”耿鸣雷说。他这回没再说问个事，而是问，“接下来该怎做？”

“还能怎做？拟疏呗！”贾之凤道。

耿鸣雷、贾之凤，还有吏科给事中曹于汴等，各自上疏，奏言冉兴让于东长安门外被殴一事，内容大致相同：一是请皇帝召问寿宁公主，二是请治梁盈女及众宵小之罪。

皇帝不予理睬，只是命追回冉兴让。冉兴让是北直隶蠡县人，锦衣卫官校后来在蠡县附近完县的葛洪山上找到他，带回京师。皇帝仍命他入太学习礼一年。

第四百三十章

吏部文选司员外郎董应举是福建人，所以和叶向高说话时，很随便。

“晋江相公走有一个月，进卿先生总该踏实下来吧？”他问。

叶向高正在想心事，没注意他进来，听他这话，不由一怔。

“此言何意，崇相莫非以为我把尔张兄排挤走的！”叶向高道。

董应举字崇相，福建闽县人，万历二十六年进士。

“我不知进卿先生有没有排挤晋江相公；但我记得，进卿先生曾奏请皇上准晋江相公休致。”他说。

“崇相为何记得？”叶向高问。

“晚生记性好，所以记得。”董应举说。

“我不是问你记性好不好；我是奇怪，你为何要说记得？”叶向高道。

“很久以前的事，我不能说知道，只能说记得。”董应举解释。

“这么说，崇相承认是很久以前的事？”叶向高问。

“确是很久以前的事，为何不能承认！”董应举道。

“我奏请皇上准尔张兄休致，而且不止一次奏请，是几年前的事；但几年前，皇上不准尔张兄休致。近几年，我并未奏请皇上准尔张兄休致，皇上却准尔张兄休致；可见，尔张兄休致与否，和我没多大关系。这是其一。前些年，我奏请皇上准尔张兄休致，非我所愿，乃尔张兄一再央告，我推托不得，不得不为之。尔张兄自陈以百计，我为之奏请以十计，皇上一概不加理会。尔张兄见我奏请亦无效果，没再央告我；我也没再为他奏请。这是其二。”叶向高分辩。

“进卿先生真有趣。”董应举嬉笑道。

“我在认真对崇相说，怎成有趣？”叶向高板起面孔。

“谁个真会以为，进卿先生排挤晋江相公？就算进卿先生真的排挤晋江相公，晋江相公也会以为，进卿先生做件好事；我等旁观之人也会以为，进卿先生做件好事，”董应举说着，问道，“进卿先生敢说，自个儿不希望速推新人入阁，好把进卿先生排挤走？”

对于这样的问话，叶向高除暗自叹息，无话可说。

“方才见进卿先生发呆，不知在想何事？”董应举换个话题。

“我正在想，两位贵同年所议之事，崇相怎没介入。”叶向高道。

“我的同年？是哪两个？”董应举问。

“我说所议之事，崇相便知是哪两个，”叶向高顿了顿，告诉他，“他等议的是冉驸马被殴一事。”

“进卿先生说的是震声、晋鸣二兄呀！”董应举道。

“我想的是，崇相为何未议其事，”叶向高说。他或许想的是耿鸣雷、贾之凤的奏疏，但肯定不会是董应举为什么没有议论该事；加上这一句，是因为董应举和他开个不大不小的玩笑。

“进卿先生以为，此事关系重大？”董应举问。

“崇相以为，此事无关紧要？”叶向高反问。

“晚生以为，不能说关系重大，也不能说无关紧要；只是我想的，和震声、晋鸣二兄的想法不大一样。”董应举说。

“崇相是怎想的？”叶向高问。

“皇家之事，真是一言难尽。”董应举说。

“崇相有感而发吧？”叶向高问。

“是。”董应举应道。

“崇相想到的是何事？”叶向高问。

“震声、晋鸣二兄都在想，寿宁公主是皇上爱女；我却在想，皇上除此爱女，还有爱妹。”董应举说。

“是永宁公主吧？”叶向高问。

“是。”董应举点头应道。

“崇相为何联想到永宁公主？”叶向高问。

“一个寿宁公主，一个永宁公主，乍听上去，像是姊妹。”董应举说。

“崇相不会因此而感慨，皇家之事一言难尽吧？”叶向高问。

“那倒不是，”叶向高道，“既言及此事，正好向进卿先生求证一二。”

“你欲求证何事？”叶向高问，并说，“我虽在内阁办差，宫闱之事所知亦有限。”

“进卿先生放心，我问的都是家长里短，不是秘事。”董应举道。

“譬如？”叶向高让他先举个例子来听听。

“譬如，永宁公主是否下嫁于万历十年？”董应举举例。

“此等之事，我倒是知道的；我不知道的，也可以问问熟识的公公。”叶向高道。

这不是个让他担心的问题。

“永宁公主可是下嫁于万历十年？”董应举正式问。

“是。”叶向高应道。

“驸马可是梁邦瑞？”董应举问。

“是。”叶向高应道。

“梁邦瑞可是京师富室子弟？”董应举问。

“是。”叶向高应道。

董应举三问，叶向高三应，都再简单不过。接下来董应举问的，叶向高答的，就没这么简单。

“为永宁公主选驸马，皇上是否颇费苦心？”董应举问。

“永宁公主与皇上一母所出，皇上肯定会很用心；不过，梁驸马得选，非因他是富室子弟，也不是皇上选定的。”叶向高说。

“进卿先生是说，其中别有隐情？”董应举问。

“这是秘事，而非家长里短。”叶向高不正面回答。

“进卿先生不是不知，而是不便言之，是吧？”董应举问。

“要看怎说。”叶向高仍不正面回答。

“我亦有所耳闻，”董应举说，“进卿先生知之，我闻之，还算是宫闱秘事？若是进卿先生仍觉不便言之，不如我说给进卿先生听听。”

“好，你说来听听。”叶向高道。

“进卿先生说梁驸马非皇上选定，则首先选中梁驸马的，是权阉冯保，”董应举说着，问道，“进卿先生，是吧？”

“崇相再说。”叶向高道。

“冯阉选中梁驸马，非邦瑞本人有过人之处，而是梁家纳贿数万金，”董应举说着，问道，“进卿先生，是吧？”

“崇相再说。”叶向高道。

“首揆张太岳与冯阉渊源颇深，亦极力赞助其事，”董应举说着，问道，“进卿先生，是吧？”

“崇相再说。”叶向高道。

“最后，在冯阉和张太岳力主之下，慈圣皇太后心动，应允了这桩婚事，”董应举说着，问道，“进卿先生，是吧？”

“我以为，此事点到冯阉和张太岳即可。”叶向高说。

“谨遵台命，我就说到冯阉和张太岳，”董应举道，“谁知，梁邦瑞以痨病之身与永宁公主完婚，洞房之夜，竟鼻血双下，沾湿袍袂，无法完礼。宦者报至宫监，宫监报至冯阉，冯阉仍强词夺理，称作挂红吉兆。婚后甫月，梁驸马以病故。永宁公主郁郁寡欢，于万历三十五年薨，竟不识人间房帏之事。”说着，问道，“进卿先生，是吧？”

叶向高不让他再说，也不加以评论，只是反问：“二公主之事，有相同之处吗？”

“有啊。”董应举应道。

“我怎没觉出来？”叶向高道。

“寿宁公主，永宁公主，一是皇上爱女，一是皇上爱妹，都离不开一个爱字。孰料，爱之适足以害之。”董应举说。

“崇相这话几近危言耸听。”叶向高道。

“并非危言耸听，”董应举辩道，“进卿先生看啊，皇上在永宁公主的婚事上用心，却让冯阉、张太岳等钻空子，选上梁邦瑞，害得永宁公主做一个月新妇，二十多年的怨妇；皇上在寿宁公主的哺乳上用心，却不知让谁人钻空子，选上梁盈女，害得驸马爷出走，寿宁公主独守空房。所以，晚生感慨，皇家之事一言难尽。”

“崇相想得太偏。这等感慨，还是少有的好，”叶向高告诫道。他绝不想再延续这个话题，于是问道，“崇相今日来我这里，不是为的和我谈论皇家之事吧？”

“不是，”董应举道，“进卿先生忘了吗，寿宁公主府邸之事，是相公你一句玩笑引起的！”

“是我的错，”叶向高没忘，他问，“那么，崇相为何事而来？”

“想和进卿先生说件家乡的事。”董应举道。

“所谓家乡事，是福州事，还是福清事，或泛曰闽事？”叶向高问。

他是福清人。其实，福清和闽县都辖于福州。不过，闽县和福州同城。叶向高说福州，是指董应举的家乡；说福清，是指自己的家乡；说闽，则泛指福建布政司。

“是闽事。”董应举说。

“所谓闽事，是关系一省之事，还是关系天下之事？”叶向高又问。

“应该说是关系天下之事。”董应举说。

“那倒要听崇相好生说说，”叶向高说着，换个坐姿，表示自己会认真地听。然后他命道，“崇相，你说！”

“晚生要说说海禁之事。”董应举说。

“海禁的确关系天下；不过，”叶向高口气一转，问道，“海禁者，南至广东，北至山东、辽东，崇相为何说是家乡之事？”

“进卿先生不觉着，今突破海禁，以闽为甚吗？”董应举反问。

“崇相说闽人突破海禁为甚，有无特别所指？”叶向高问。

“有。”董应举应道。

“特指何事？”叶向高问。

“贩倭。”董应举道。

“提及贩倭，闽省似乎得天独厚。”叶向高说。

“可不！”董应举道，“从福州海上开洋，不用十日，可达日本外岛。据贩海之人说，这一路如履平地。”

“崇相说闽人突破海禁为甚，有依据吗？”叶向高问。

“有。”董应举应道。

“有何依据？”叶向高问。

“方才我说，从福州海上开洋，不十日可达日本外岛，进卿先生想想，五十年前有这个说法吗？”董应举反问。

“五十年前？”叶向高一笑，“彼时我才三四岁，即便有这个说法，也不会有印象。”

“说近些，四十年前有这个说法吗？”董应举又问。

“彼时启蒙课读，不记得别事。”叶向高说。

“三十年前呢？”董应举问。

“三十年前，应付过乡试，又要应付会试，哪儿有心思管书本之外的事！”叶向高道。

“总之是没有这个说法，对吧？”董应举问。

“总之是我未闻，却未必没有。”叶向高说得更确切些。

“那我可以告诉进卿先生，三十年前有没有这个说法，我还不能够肯定；推至四十年前，多半是没有这个说法；推至五十年前，则肯定没有这个说法。”董应举道。

“崇相怎知？”叶向高问，并说，“崇相比我小十几岁吧？四十年前，应该还没出世呢。”

“我没比进卿先生小那么多，四十年前已出世。”董应举说。

“有两三岁？”叶向高问。

“有四五岁。”董应举说。

“崇相比我强得多，四五岁时已知世事。”叶向高说。

“四十年前多半没有这个说法，五十年前肯定没有这个说法，我不是那时已知，是成年后询问乡老始知。”董应举道。

“乡老怎说？”叶向高问。

“他等年轻之时，福州尚无贩倭者。”董应举说。

“他等年轻之时，怎见得是四五十年前？”叶向高问。

“我是前不久回乡省亲时问的，乡老六七十岁，年轻之时若以二十岁计，则应在四十年前或五十年前。”董应举计算道。

“这等计算，略显粗糙；不过，倒也可信，”叶向高说着，进一步问，“他等断定，四五十年前福州绝无贩倭者？”

“未必绝无，”董应举道，“一则，纵有贩倭之人，也是极少；二则，纵有贩倭之人，也很隐蔽。”

“怎么个隐蔽法？”叶向高问。

“附于漳州、泉州舟船出海，不使人知。”董应举说。

“此事我略有所闻，”叶向高道，“嘉靖中，倭寇成患，据说，有不少漳、泉下海之人为之向导；甚至，有成为其酋者。这又不止五十年前，应该是六十年前，或者七十年前。”

“进卿先生说的是。”董应举应道。

“崇相说说，漳、泉之人为何乐于出洋？”叶向高又问。

“趋利而已，”董应举道，“譬如，十人出洋，有一二人返回乡里，余者非葬身鱼腹，即沦为人奴。但返回乡里者，必富甲一方。乡人既羡之，必效之，遂置朝廷法度于不顾，纷纷出海。”

“还有一个原因，漳、泉近海，尽卤薄之地，不宜农耕。”叶向高补充一个原因。

“进卿先生说的是。”董应举应道。

“漳、泉之人出洋，沿袭已久，但近年以来，或者具体地说，近二三十年以来，或一二十年以来，闽人皆知，从福州海面出洋，十日内可达日本。可见，福州人，以及福建别府人，皆可公然出洋，而不再隐蔽；又可见，近之突破海禁，闽人为甚。”叶向高说着，问道，“崇相是这个意思吧？”

“是。”董应举应道。

“朝廷未弛海禁，为何近年以来，或者具体地说，近二三十年以来，或一二十年以来，官府禁之不严呢？”叶向高问。

“毋庸讳言，有以贩倭牟利之民，则有以贩倭牟利之官。”董应举说。

“崇相是说，是因为地方官的放纵？”叶向高问。

“放纵，或者怂恿。”董应举道。

“此等官员约有几成？”叶向高问。

“两成，或者三成。”董应举说。

“亦即，还是少数。”叶向高道。

“对，”董应举应道，“若地方官多数置国家法度于不顾，更不知会是怎样的景象！”

“崇相所言不准，”叶向高道，“以贩倭牟利之官既是少数，不至于出现突破海禁、闽人为甚的局面呀。”

“进卿先生说的是，”董应举这次应一句，不是承认自己错，而是要分辩，“我说地方官放纵，或怂恿，是突破海禁、闽人为甚的一个原因，并非说地方官放纵，或怂恿，是突破海禁、闽人为甚的主要原因。”

“主要原因呢？”叶向高问。

“中使榷税，利其往来，便于渔猎，”董应举道，“譬如，某县令放纵、怂恿，上有太守牵制，则不敢肆无忌惮；外有别县令阻格，则不能波及别县。又譬如，某太守放纵、怂恿，上有布、按二司牵制，则不敢肆无忌惮；下有县令抵制，则不能畅行无阻；外有别太守阻隔，则不能波及别府。又譬如，布、按二司放纵、怂恿，上有朝廷部、院、科、道及巡抚都御史牵制，则不敢肆无忌惮；下有太守、县令抵制，则不能畅行无阻。总之，福建全省一二地方官纵欲牟利，危害不大。然福建全省有一二税监纵欲牟利，情形就不同。县令欲抵制，上有太守欲巴结；太守欲抵制，上有布、按二司欲巴结；布、按二司欲抵制，上有巡抚都御史欲巴结；巡抚都御史欲抵制，上有朝廷大臣欲巴结；举朝欲抵制，上有皇上庇之。总之，榷税中使之出，才是主要原因。”

“崇相一层一层说下来，真是滴水不漏。”叶向高说着，伸出一指。

“进卿先生这是何意？”董应举问。

“我还有最后一事要问。”叶向高道。

“进卿先生最后要问何事？”董应举问。

“突破海禁，闽人为甚，无可怀疑；我要问崇相的是：此事对闽省，乃至对天下，会有多大的危害？”叶向高道。

“不可测也。”董应举说着，也伸出一指。

“崇相是不是也要最后告诉我一件事？”叶向高问。

“进卿先生明鉴。”董应举道。

“崇相最后要告诉我何事？”叶向高问。

“请教进卿先生，贸易以何为本？”董应举反问。

“是赢利吗？”叶向高以问作答。

“是。”董应举应道。

“崇相不会说，闽人贩倭，并不赢利吧？”叶向高道。

“恰恰相反，闽人贩倭，往往倍获其利。”董应举说。

“怎会？”叶向高问。

“闽人贩倭，船到后，被倭人留住，不即刻贸易。”董应举说。

“这又是为何？”叶向高问。

“闽人载去之货，其值漂浮不定。倭人等到物值最高时，才与闽人贸易。故闽人获利，往往倍之。”董应举说。

“倭人为何要这么做？”叶向高不解地问。

“晚生若说是好心，进卿先生信吗？”董应举反问。

“我不信。”叶向高说。

“晚生也不信。”董应举道。

“但你最后给我讲这件事，一定有你的用意，是不是？”叶向高问。

“说不上有何用意，”董应举道，“晚生只是想：一般贸易，买者都是贱其值；倭人与我贸易，却有意贵其值。此事令人费解，必有图谋。”

“图谋？”叶向高略一沉吟，说道，“崇相言及图谋，我忽然想起，在我古代，亦有故意贵其值的典故。”

“可是齐桓公故事？”董应居问。

“是。”叶向高应道，“既知是齐桓公故事，何不说说看！”

“一则，齐桓公欲攻取恒山，以贵过其值许多的价钱收买恒山的军械，这样一来，双方交战，恒山无力抵御；二则，齐国歉收，赵国丰收，齐桓公以贵过其值许多的价钱购得赵国粮谷，这样一来，齐国军饷反而充实，赵国军饷反而匮乏。”董应举述道。

“莫非倭人欲使我中华有用之物，尽入其国？”叶向高道。

“晚生也是这么想的。”董应举说。

“此事着实可虞，崇相不妨好生议一议。”叶向高道。

第四百三十一章

临近岁尾，常州城里城外若干乡绅包下城旦一处酒楼。他们聚在一起，迎接新年是次要的；主要的是，有一个人马上就要来常州，他们得设法应付。

这个人是南直隶提学御史熊廷弼。

各省以按察司副使或佥事提学，北、南二直隶不设按察司，以御史提学。都察院的差事和按察司的差事不同，提学御史比起提学副使或佥事来，更具威严。

熊廷弼自辽东巡按改任南直隶提学，鉴于江南多纨绔子弟，治以重典。众乡绅家里都有孩子就读于府学或县学，无不担心他们遭到惩治。

一乡绅饮口酒，抹抹嘴，说道："三十六计，走为上计。不如告假回家，躲过这两天吧。"

"黄兄是让大公子躲回家，还是让二公子躲回家？"另一乡绅问。

"一起躲回家。"姓黄的乡绅说。

"以何名目躲回家？"又一乡绅问。

"告病。"姓黄的乡绅说。

"让大公子告病，还是让二公子告病？"该乡绅问。

"一起告病。"姓黄的乡绅说。

"只怕二位公子耐不住寂寞，告病告到花街柳巷。"该乡绅道。

众乡绅哄然而笑。他们都知道，姓黄的两位公子确实不检点。

"大不了我看严一些。再大不了，拿着家法看住他二人。自家的孩子，自家责打，总比让外人责打好。"姓黄的乡绅认真地说。

"黄公把两位公子看住，两位公子出不了门，但这位熊大人查访到家里，发现两位公子无病，怎办？"一乡绅问。

"不过巡之而已，不至于查访到家里。"另一乡绅说。

"别个御史巡之，不会查访到家里；这位熊大人却是不按常规办事的，谁知他会不会查访到家里！"前一乡绅道。

"果真如此，我只好携二子逃出城去，住到乡里。"姓黄的乡绅说。

“那岂不太狼狈！”一乡绅说着，朝另一乡绅揖了揖，问道，“高公是和熊大人过过招的，怎看？”

姓高的乡绅和别的乡绅颇有些不同。方才众乡绅哄然而笑，虽然有嘲笑的成分，却是善意的，而姓高的乡绅则是冷笑。

“众兄对姓熊的畏之若虎，未免可笑。”姓高的乡绅说。

“姓熊的不是虎吗？”一乡绅问。

“不是。”姓高的乡绅道。

“在高公眼里，他是何物？”该乡绅问。

“一条狗而已，至多是条恶狗。”姓高的乡绅说。

“是吃不到食的恶狗，还是吃撑的恶狗？”一乡绅问。

“谁家的狗吃撑，还会凶恶？”另一乡绅道。

众乡绅又哄然而笑。姓高的乡绅这次是得意的笑，因为他恶狗的说法引起众乡绅的共鸣。

“狗也会很凶恶的，去年姓熊的来常州，不是差点儿咬高公子一口。”一乡绅旧事重提。

“对，他为何要咬高公子？”另一乡绅问。

“为高公子很小的一件过失，”前一乡绅虽然用很小两个字，还是觉得说重；所以补充一句，才往下说，“其实，根本算不得过失。须知，高公子年仅十六，说句错话有何了不得！姓熊的竟唤他上堂，怒斥不足以泄愤，又欲鞭笞之。”

“亏得高公及时闻讯。”另一乡绅说。

“亏得高公及时赶到。”另一乡绅说。

“亏得高公奋勇，及时闯入院署。”另一乡绅说

“亏得高公果断，拉起高公子就走。”另一乡绅说。

四人一人一句，把事情的过程叙述完整。

“那位熊大人呢，难道听任高公把高公子带走？”一乡绅问。

“事发突然，他不听任，又能怎的！”另一乡绅道。

“要不，怎说他是一条狗呢！”另一乡绅道。

把熊廷弼视为一条狗，几乎成为共识。忽然有一乡绅提出异议。

“我看，把他喻为狗，哪怕是喻为恶狗，不太恰当。”他说。

“王兄以为，该喻为何物？”另一乡绅问。

“人若其姓，他姓熊，也似熊。”姓王的乡绅说。

“在王公眼里，熊比狗凶狠？”一乡绅问。

“对，”姓王的乡绅应道，“狗只用牙咬人，熊除用牙咬人，还会用掌拍人。狗咬人未必致死，熊咬人一口，就能毙命；用牙咬不到时，熊用掌拍人，一样可以致死。”

“王公担心，姓熊的去年没咬到人，今年或会以掌拍人？”一乡绅问。

“我等聚此，不就为防他今次继续咬人；或咬人不成，改为以掌拍人！”姓王的乡绅道。

“王公有何高见？”一乡绅问。

“高公闯入院署，领走高公子，其奋勇，其果断，固然令人敬佩；然我以为，只可敬佩之，不可效仿之。”姓王的乡绅说。

两位乡绅在众乡绅中都是佼佼者，没人会出面为姓高的乡绅质问姓王的乡绅，也没人会出面附和姓王的乡绅而得罪姓高的乡绅。

“王公，这是为何？”姓高的乡绅自己问。

姓王的乡绅如果回答的不得体，他可能马上翻脸。但姓王的乡绅只一句话，却让他无话可说。

“在座众人，谁人有高公这等声望？”姓王的乡绅道。

姓高的乡绅不问，轮到姓黄的乡绅说话。

“看来，王兄认同愚见。”他说。

“黄兄之意，一言以蔽之：避之则吉，是吧？”姓王的乡绅问。

“不可效仿高公，不也是避之则吉？”姓黄的乡绅反问。

“这却不尽然。”姓王的乡绅摇头。

“王兄还有何意？”姓黄的乡绅问。

“不可效仿高公，确是劝诸位莫与姓熊的硬碰；但不硬碰，并非一味退避。”姓王的乡绅说。

“不与姓熊的硬碰，又不一味退避，王公莫非要拿别个来和姓熊的硬碰？”一乡绅问。

“兄台一语道破天机！”姓王的乡绅击节喝彩。

“王公果是此意？”该乡绅自个儿也没想到，不过随便一句话，竟与姓王的乡绅话中暗藏的玄机相合。

“王公欲以何人与姓熊的硬碰？”另一乡绅问。

“这是最要紧的，诸位有无人选？”姓王的乡绅转问众乡绅。

“我等不知谁人可与姓熊的硬碰。”众乡绅齐道。

“还是请王公道出其人。”一乡绅又说。

姓王的乡绅伸出一指，在空中写出一个字来。

笔画不太多，也不太少。有人看得出是什么字，有人看不出是什么字。

“可是个荆字？”看得出是什么字的乡绅向姓王的乡绅求证，同时也在告诉其他的乡绅。

“对，是个荆字。”姓王的乡绅道。

“此字指的是地域，还是姓氏？”一乡绅问。

用荆字代表一个人，无非两种情形：其一，指地域，则此人是荆州人，至多有大荆州和小荆州的区别。大荆州是古代九州之一的荆州，小荆州是今日的荆州府。姓王的乡绅如果不故弄玄虚，应该是指今日的荆州府。其二，指姓氏，则是姓荆的人。荆姓是个小姓，如果南直隶巡按御史不是荆养乔，姓王的乡绅写出这个字，可能很少有人会想到姓氏。

“是姓氏。”姓王的乡绅说。

“二人皆官御史，倒是势均力敌。”一乡绅说。

“姓熊的是万历二十六年进士，荆大人是万历二十三年进士，论资历，荆大人还要早一科。”另一乡绅说。

“二兄是不是想要荆大人和姓熊的硬碰？”姓黄的乡绅问。

“不是我等想要荆大人和姓熊的硬碰，是王公想要荆大人和姓熊的硬碰。”二乡绅分辩。

“但荆大人会否和姓熊的硬碰，二兄想过吗？”姓黄的乡绅又问。

“没想过。”二乡绅齐道。

“王公想过吗？”其中一人又问姓王的乡绅。

“王公既提及荆大人，一定想过。”另一人则说。

姓王的乡绅矜持地笑着，好像在等更有身份的人问他。

“王公是怎想的？”姓黄的乡绅问。

“宣城汤祭酒其人，黄公听说过吧？”姓王的乡绅反问一句。

“你问问在座的各位，谁个没听说过汤祭酒！”姓黄的乡绅道。

“都听说过他哪些事？”姓王的乡绅问。

“听说他出身高贵，是榜眼兼会元。”一乡绅说。

“听说他文章极佳。”又一乡绅说。

“听说他广收门生。”又一乡绅说。

“听说他颇为好色。”又一乡绅说。

“打住！”姓王的乡绅喝道，“我等就来说说汤祭酒是如何渔色的。”说着，问道，

“宣城有名生员姓施，叫施大德，诸位可知？”

众乡绅彼此相望，谁也没听说过此人。

“施大德妻徐氏貌美，汤祭酒艳羡不已，强夺之为妾。徐氏不从，自尽身亡。”姓王的乡绅述道。

“此事倒是听说过，”一乡绅接过话茬，“那年宣城激起民变，不就是为的此事？好像还有名生员，倡为徐氏建祠致祭。”

“该生员姓冯，叫冯应祥，”姓王的乡绅说着，又问，“汤祭酒不久前又娶一妾，姓贾，诸位知是谁人妻？”

“不知。”众乡绅齐道。

“还是请王公告与我等。”一乡绅又说。

“生员徐某之妻。”姓王的乡绅道。

“也是宣城的生员？”一乡绅问。

“是。”姓王的乡绅应道。

“人皆言，兔儿不吃窝边草，这位汤祭酒却专吃窝边草。”一乡绅道。

“这可不是一棵孤立的小草，它是大树庇护下的一棵草，”姓王的乡绅说着，又问，“诸位可知，徐某是谁人之侄？”

“除非过继，一定是徐先生之侄。”一乡绅开句玩笑。

众乡绅皆笑，姓王的乡绅也笑了笑。

“这位徐先生别号华阳，诸位不会不知吧？”姓王的乡绅道。

“是南司寇吗？”一乡绅惊呼。

他一说，众乡绅都想起来，华阳正是南京刑部尚书徐元太的别字。

“王公说的徐某，可是华阳公的亲侄？”另一乡绅问。

“是。”姓王的乡绅应道。

“大司寇亲侄媳妇也敢夺，汤祭酒胆子忒大！”一乡绅道。

“王公，说的稍远吧？”另一乡绅提醒姓王的乡绅，也提醒别的乡绅。

“对，汤祭酒与荆大人有关吗？”众乡绅齐问。

“诸位说呢？”姓王的乡绅想看看，有没人多少了解一些。

“要说有关，还真是有关。”一乡绅看来有所了解。

“说来听听。”众乡绅齐道。

“荆大人是万历二十三年进士，兄台说的吧？”该乡绅问另一乡绅。

“是我说的。”被问的乡绅回答。

“汤祭酒也出自万历二十三年。”该乡绅说。

“当真？”有的乡绅问道，问的不是他，而是姓王的乡绅。

“当真。”姓王的乡绅道。

“那么，汤祭酒与姓熊的有关吗？”有乡绅马上想到熊廷弼。

“有关，”另一乡绅自作聪明地说，“肯定是荆大人要庇护汤祭酒，姓熊的却要找汤祭酒的晦气。”

“当真？”喜欢问这两个字的乡绅，又问姓王的乡绅。

“荆、熊二人，确是一偏袒汤祭酒，一要找汤祭酒的晦气；不过，是荆大人要找汤祭酒的晦气，姓熊的偏袒汤祭酒。”姓王的乡绅说。

“怎么可能！”多数乡绅不相信。

“王公难道会信口雌黄！”对姓王的乡绅坚信不疑的乡绅却说。

“王公有何依据？”动摇于疑、信之间的乡绅则问。

“荆、熊二人先后巡至宣城，各自处分过一些人。”姓王的乡绅说。

“荆大人处分的是谁人？”有乡绅问。

“一个是为汤祭酒当掮客的生员，论其奸恶；一是为汤祭酒捣毁徐氏殉节祠堂的生员，论其当徒。”姓王的乡绅说。

“姓熊的处分的是谁人？”又有乡绅问。

“众生员赴院署，诉汤祭酒劣迹，姓熊的革除其一，曰苏望海，杖杀其一，曰芮永缙。至于荆大人所论奸恶，所论当徒，他又一一驳之。”姓王的乡绅说。

革除的生员，杖杀的生员，有名有姓，原来怀疑的乡绅也不能不信。

“荆大人找汤祭酒的晦气，姓熊的偏袒汤祭酒，二人孰是孰非？”一乡绅问。

“这还用问吗！”另一乡绅道，“汤祭酒强夺人妻，逼死人命；姓熊的为偏袒他，又杖杀生员。当然荆大人是，姓熊的非。”

“我也知荆大人是，姓熊的非，但总得大家都这样以为才好，”前一乡绅说。见有一乡绅摇头，他又说，“你看，有人不以为然吧。”

“兄台当真以为姓熊的是，荆大人非？”后一乡绅问摇头的乡绅。

“我并不以为姓熊的是，荆大人非；我是说，二兄都未听懂王公的本意。”摇头的乡绅说。

“王公是何意？”二乡绅齐问。

“荆、熊孰是孰非，无关紧要；紧要的是，我等一定要站在荆大人这一边。哪怕姓熊的要找汤祭酒的晦气，荆大人偏袒同年，我等仍要站在荆大人这一边。”摇头的乡绅说。

“王公可是此意？”二乡绅又问姓王的乡绅。

“是,”姓王的乡绅点点头，说道，“我等一定要站在荆大人一边，才能劝说荆大人出面，和姓熊的硬碰。”

“说到劝说，在下看，高公德高望重，须得他面见荆大人，才能劝说得动。”一乡绅说。

“兄台说的是。”众乡绅附和道。

“好，我去。”姓高的乡绅应允。

“高公去见荆大人，还须一人去见姓熊的。”姓王的乡绅又说。

“为何要见姓熊的？”众乡绅不解。

“诸位想啊,”姓王的乡绅道，“荆大人肯参姓熊的，奏章入朝，朝廷批复，批复到江南，少说得一两个月吧？一两个月里，姓熊的早巡至常州，早把他要做的事情做完，我等子弟早被他祸害。所以，要有人告诉他，荆大人要参他，让他全副精力都用来对付荆大人。这样，他再也顾不上别的事。”

“王公想得周全！”众乡绅交口称赞。

“说到通风报信，在下看，黄公交际手段最高明，须得他往姓熊的那里走一遭，才能使得姓熊的深信不疑。”一乡绅又说。

“兄台说的是。”众乡绅又附和道。

“好，我去。”姓黄的乡绅亦应允。

酒没喝多少，话却说许多，待事情商定，已到后半夜。

第四百三十二章

庞保进到后殿，嘴里还在嚼着东西。

“好没规矩，竟吃到我跟前来！”郑贵妃嗔道。

“娘娘恕罪，”庞保嘴上请罪，心里并不害怕；因为他知道，只要他说明原委，郑贵妃就不会怪罪，“殿下赏的糖果，还命奴才当着他的面吃。奴才因娘娘叫得急，一口塞进嘴里，这会儿还没咽下。”

在郑贵妃宫里，尤其在郑贵妃面前，不用称呼福王殿下，也不用称呼三殿下，称呼殿下即可。

郑贵妃果然开心地笑起来，边笑边说：“多大的人，只知恶作剧！”

“殿下不是恶作剧，是心疼奴才，”庞保说罢，终于把嘴里的东西都咽进肚里。他接着说一句，“殿下看奴才吞吃时，还叮嘱奴才一句。”

“他怎叮嘱的？”郑贵妃问。

“殿下叮嘱奴才，要尽心伺候好娘娘。”庞保道。

“洵儿心里总是想着我，就这点，真让人疼爱。”郑贵妃说。

“娘娘说的是。”庞保应道。

郑贵妃没再出声，看得出，是在等庞保说正事；庞保却像没觉察，稍顿了顿，又说起常洵。

“奴才发觉，殿下又长高。”他说。

“胡说！”郑贵妃道，“多大的人，还会长高！”

“真的，”庞保很少和郑贵妃较真，这回却较起真来，“奴才偷偷比量一下，原来殿下比奴才高这么多，今儿却比奴才高这么多。”

他拿手比画两下，比画得有点儿夸张。

“那是你缩回去太多。”郑贵妃说。

“娘娘说的是，”庞保笑笑，又说，“奴才发觉，殿下更加英俊。”

“是他今日给你的糖果比平日的甜吧？”郑贵妃道。

“娘娘说笑。”庞保难为情地说。

“这话不用你说；在娘的眼里，儿子总是最英俊的。”郑贵妃道。

“娘娘说的是，”庞保应道，“奴才发觉——”

他还想称赞常洵，被郑贵妃打断。

“老庞，能说点儿正事吗？”郑贵妃问。

“是，奴才这就说正事，”庞保道。前面的话是用“奴才发觉”开头，现在他还是用这四个字开头，“奴才发觉，外面有点儿不对。”

“外面是哪儿？”郑贵妃问。

“是外朝。”庞保说。

“有何不对？”郑贵妃问。

“有人上疏。”庞保说。

“朝廷养这么多的人，不就让他等言事吗，有何不对！”郑贵妃道。

“娘娘不知，不是一般人言事。”庞保说。

“是谁人言事？”郑贵妃问。

“翁状元。”庞保道。

“翁状元？”郑贵妃想了想，问道，“是掌礼部的翁状元吗？”

“是。”庞保应道。

“公卿薪俸比一般官员高许多，不就让他等更多言事吗，有何不对！”郑贵妃道。

“娘娘不知，他言的不是一般的事。”庞保说。

“他言的是何事？”郑贵妃问。

“请东宫开讲。”庞保说。

“此事礼部不是每年都要说吗？应该有——’郑贵妃想说出个具体的年数，但说不出来，只能粗略带过。“——好多年。”

“有五年。”庞保说。

“我让你打探打探外朝有何要紧的事，你不知道我的心思吗？五年里年年都说的事，有何要紧！”郑贵妃斥道。

“奴才知道娘娘的心思；奴才对娘娘说这件事，是因为翁状元今年言此事，和礼部往年言此事有所不同。”庞保说。

“有何不同？”郑贵妃问。

“往年只言此一事，这次翁状元夹带着又言别事。”庞保说。

“他夹带着又言何事？”郑贵妃问。

“瑞王婚礼。”庞保说。

“洵儿和东宫都行过婚礼，该着他行婚礼。但瑞王婚礼，比起东宫开讲，更算不得要紧的事！”郑贵妃道，并问，“是不是还有别事？”

“如娘娘所料，还有别事。”庞保说。

“又是何事？”郑贵妃问。

“桂王选妃。”庞保说。

“桂王今年多大年纪？”郑贵妃问。

“十七。”庞保说。

“可不是到选妃的年纪！不过，”郑贵妃口气一转，问道，“你说，桂王选婚，是比东宫开讲要紧，还是比瑞王婚礼要紧？”

“不如东宫开讲要紧，和瑞王婚礼不相上下。”庞保说。

“不用说，三事之外，一定还有别事。”郑贵妃道。

“娘娘怎知还有别事？”庞保问。

“瑞王、桂王都夹带着说到，翁状元能放过洵儿吗！”郑贵妃道。

“娘娘圣明，一下料到。”庞保奉承道。

“说说吧，他是怎说的！”郑贵妃命道。

“福王就藩。”庞保说。

郑贵妃的脸沉下来。她说：“翁状元好歹任礼卿几年，不会还是这么不懂事吧！”

“娘娘说的是。殿下是否就藩，几时就藩，得由爷定，他议了管用吗！”庞保附和道。

“我不是这个意思。”郑贵妃道。

“娘娘是说——”庞保问。

“他怎能把洵儿就藩放在最后来议！”郑贵妃道，“就算他不愿把洵儿就藩放在首位来说，说过东宫开讲之后，也该说福王就藩！”

“娘娘原来为此事恼怒，”庞保扭捏一下，说，“是奴才不懂事。”

“怎么？”郑贵妃问。

“翁状元议事的顺序是：东宫开讲、福王就藩、瑞王婚礼、桂王议婚。奴才怕娘娘听福王就藩后震怒，所以把此事挪到最后。”庞保说。

“我说翁状元不该这么不懂事嘛！”郑贵妃道。稍一沉吟，她说，“隐忍几年，终于按捺不住，外朝要来争此事。老庞，你说外面有点儿不对，若指此事，你说的真对。”

“奴才是指此事。”庞保说。

“那你有没想过，该如何应对？”郑贵妃问。

“奴才一听此事，马上就想如何应对。”庞保说。

“想出结果没有？”郑贵妃问。

“有点儿结果。”庞保说。

“说来听听！”郑贵妃命道。

“往好了想，可能根本不用应对。”庞保说。

“这话怎讲？”郑贵妃问。

“娘娘想呀，前几年开年之际，礼部都要奏请东宫开讲，爷一次也没理会；今年翁状元言四事，又以东宫开讲列在首位，爷多半仍然是不理会。”庞保说。

“你的意思，翁状元要是单独议洵儿就藩，皇上就不能不理会？”郑贵妃问。

“分开议，爷也不见得理会，但总比放在一起议好。”庞保说。

“是好吗？”郑贵妃沉下脸问。

“娘娘恕罪，奴才口误。奴才的意思是，礼卿若是分开议，比放在一起议要糟糕。”庞保解释。

“你的这个想法，倒是不错。”郑贵妃总算称赞他一句。

“奴才哪儿能想得这么透彻，”庞保实话实说，“奴才是向司礼监两位熟识的哥哥讨主意，其中一人这样对奴才说的。”

“另一人是不是也有话对你说？”郑贵妃问。

“是。”庞保应道。

“他怎说的？”郑贵妃问。

“爷这次多半仍然是不理会，他同意；但又说，爷也有可能忽然动心，不得不有所防备。”庞保述道。

“你有没想过，该如何防备？”郑贵妃又问。

“奴才一听他的话，马上开始想如何防备。”庞保说。

“想出主意没有？”郑贵妃问。

“有点儿主意。”庞保说。

“说来听听！”郑贵妃命道。

“这个主意不是奴才一人想的，是奴才和司礼监另一位哥哥一块儿想的。”庞保说明。

“是他起的头吧？”郑贵妃问。

“是。”庞保应道。

“他这个头怎起的？”郑贵妃问。

“他说，只要前三个月，议殿下就藩的奏疏，皇上不予理会，今年就不用担心此事。”庞保说。

“为何关键在前三个月？”郑贵妃问。

“因为亲王就藩，都是安排在春季。”庞保说。

“我想起来，好像是有这么一回事，”郑贵妃道，又说，“其实，也不在大臣们是不是春季议的，主要的是皇上在春季不理会此议。”

“娘娘说的是。”庞保应道。

“你接下来是怎想的？”郑贵妃问。

“奴才想，让爷春季不理会殿下就藩的奏议，只有娘娘才能做得到。”庞保说。

“再无其他？”郑贵妃问。

“再无。”庞保道。

“也是一句话？”郑贵妃问。

“也是一句话。”庞保道。

“我该怎样让皇上春季不理会殿下就藩的奏议呢？”郑贵妃问。

“娘娘有的是法子，奴才不敢乱出主意。”庞保说。

“你这话说错。”郑贵妃摇头。

“奴才该死，奴才真的不敢乱出主意。”庞保说。

“我不是怪你不给我出主意；我是说，这个主意不是你那个司礼监熟识的哥哥和你一块儿想的，是他和你和我一块儿想的。”郑贵妃道。

“他只起个大头，奴才只起个小头，主意本身是娘娘想的。论功行赏的话，都是娘娘的。”庞保说。

“我再想想，你去吧。”郑贵妃命道。

正月十五的晚上，皇上准定和郑贵妃一起饮酒赏月。

郑贵妃精心准备一桌佳肴，挑选一坛上等的宫酿。更主要的是，她一改往日陪皇帝饮酒的习惯。往日陪皇帝饮酒，皇帝饮一大盅，她饮一小盅，皇帝饮一壶，她饮一大盅；今日陪皇帝饮酒，皇帝饮一小盅，她陪饮一小盅，皇帝饮一大盅，她陪饮一大盅，皇帝饮一壶，她陪饮一壶。皇帝开始还很高兴，但很快发觉不对。

“爱妃，先说事吧。”皇帝道。

“陛下要臣妾说何事？”郑贵妃问。

“说你要说的事。”皇帝道。

“臣妾只想陛下痛快饮酒，没有别事。”郑贵妃说。

“不对，”皇帝摇头，“爱妃想朕痛快饮酒，这是真的；但除想朕痛快饮酒，一定还有事要说。爱妃须知，你想让朕痛快，朕也想让你痛快；你把要说的事说出来，你我才会都痛快。”

“陛下一定要臣妾说？”郑贵妃问。

“朕一定要爱妃说。”皇帝道。

“臣妾有所请求，陛下一定能应允吗？”郑贵妃问。

“能应允的，朕一定应允。”皇帝道。

“臣妾有些贪心，欲恳乞陛下三事。”郑贵妃说。

“先说第一事。”皇帝道。

“请陛下答应臣妾，本月礼部的奏议，不予批复。”郑贵妃说。

“第二事呢？”皇帝问。

“请陛下答应臣妾，下月礼部的奏议，不予批复。”郑贵妃说。

“第三事呢？”皇帝问。

“请陛下答应臣妾，再下月礼部的奏议，不予批复。”郑贵妃说。

“爱妃何不径道，今春不批复礼部的奏议！”皇帝道。

“陛下圣明，一语道破臣妾的本意；不过，臣妾分开说，而不合起来说，也有臣妾的道理。”郑贵妃说。

“有何道理？”皇帝问。

“还是陛下先告诉臣妾，能不能答应臣妾。”郑贵妃道。

“朕不能答应你。”皇帝说。

郑贵妃大概想到，她的请求可能会被皇帝拒绝，因为以前她的一些请求涉及外朝时，也会被皇帝拒绝；但没想到皇帝会拒绝得如此干脆。她怔了怔，才轻声应道：“是。”

“爱妃是否失望？”皇帝问。

“陛下说呢？”郑贵妃当然不是质问皇帝，这是回答皇帝问题的引子，“幸亏臣妾没有如陛下所言，恳乞陛下今春不批复礼部的奏议，不然，臣妾要彻底失望。臣妾是分三个月说的，陛下说不能答应，或是指不能答应三个月不批复礼部的奏疏；臣妾可以退一步，恳切陛下两个月不批复礼部的奏议；陛下再说不能答应，或是指不能答应两个月不批复礼部的奏议；臣妾可以再退一步，恳乞陛下一个月不批复礼部的奏议。臣妾已经退让两部，陛下好意思再拒绝吗？臣妾宁愿一点一点慢慢地失望，不愿一次彻底地失望。”

“爱妃真是颇用心思。”皇帝不加褒贬地说。

“要不，臣妾也不敢说有自己的道理。”郑贵妃道。

“但朕恐怕要让爱妃彻底地失望。”皇帝却说。

郑贵妃看着皇帝，用自己的眼神询问，而不是用语言询问。

“下月，再下月，能否不批复礼部的奏议，朕还可以考虑，朕最不能答应爱妃的，恰巧就是不批复本月礼部的奏议。”皇帝说。

“这是为何？”郑贵妃不解。

“朕是为爱妃呀。”皇帝道。

“为臣妾？”郑贵妃问。

“朕不愿拣爱妃的便宜呀。”皇帝道。

“拣臣妾的便宜？”郑贵妃问。

“爱妃可知，翁侍郎是哪日上的奏疏？”皇帝反问。

“臣妾不知。”郑贵妃道。

“是正月初八日上的，”皇帝告诉她，又问，“爱妾可知，翁状元的奏疏朕批复没有？”

“臣妾没听说陛下已批复。”郑贵妃道。

“朕的确没批复，”皇帝说着，又问，“爱妃可知，朕为何不批复？”

“陛下不欲批复？”郑贵妃反问一句。

“对，”皇帝点了点头，说道，“朕本来没想批复翁状元的奏疏！朕还想，本月礼部有这一类的奏疏，朕一概不批复。今日爱妃请之，朕若说就依爱妃，岂不是把朕本来就不想做的事当人情送给爱妃？”

“臣妾愿意要这个顺水人情；臣妾还希望，陛下送给臣妾一个更大的顺水人情。”郑贵妃说。

“更大的顺水人情是二、三月也不批复礼部的奏议，对吧？”皇帝边问，边拿起酒盅，“来，先饮酒，再说后续之事！”

第四百三十三章

万历四十一年正月，孙玮又来到都察院衙门。这次来和五年前来不同。万历三十七年，他是以仓场尚书兼署都察院事；这次来，他却是以左都御史掌院。

近两年兼署刑部和都察院的许弘纲等孙玮来之后，一句闲话没有。他说的是："纯玉先生来，我走。"

"张之先生要去哪里？"孙玮问。

"去刑部衙门呀，"许弘纲道，"纯玉先生莫忘，我不再署都察院，但仍署刑部。"

"张之先生不能去。"孙玮阻拦。

"为何不能去？"许弘纲问。

"张之先生也莫忘，自家是以副都御史兼署刑部，不能因为都察院有麻烦事，一走了之。"孙玮道。

"纯玉先生说的麻烦事，可是应天按臣、学臣之争？"许弘纲问。

"是。"孙玮应道。

"纯玉先生可知，我为何急着要走？"许弘纲又问。

"不知。"孙玮道。

"实言相告，麻烦是我引起的，我怕纯玉先生追究此事。"许弘纲道。

"麻烦是张之先生引起的？怎讲？"孙玮问。

"再以实言相告，早知朝廷将命纯玉先生掌院，我根本不会贸然上疏，陈言其事。"许弘纲又说。

"张之先生是后悔陈言其事？"孙玮不由吃惊。二御史相争，时有发生，署都察院也好，掌都察院也好，都必须面对。就算事情十分棘手，何至于一味回避？

"不错，怕纯玉先生追究，我后悔陈言此事！"许弘纲道。

"却是为何？"孙玮问。

"我以为，在现职御史中，荆、熊二人都是人才，不知纯玉先生是怎看的？"许弘纲把话题扯得稍远。

"我也是这么看的。"孙玮说。

“故而，荆、熊互讦，我甚觉可惜。”许弘纲又说。

“我也甚觉可惜。”孙玮道。

“我原本是想，不如大事化小，小事化了。”许弘纲又说。

“怎么个大事化小，小事化了？”孙玮问。

“缓议其事，待稍稍平静之后，再处分。”许弘纲说。

“张之先生拟如何处分？”孙玮问。

“或一人召回，一人仍旧；或一人调任，一人仍旧；或一人召回，一人改任。”许弘纲设计三个方案。

“这几个主意都不错。”孙玮道。

“不料，顿遭非议。”许弘纲却说。

“谁人非议？”孙玮问。

“科臣某。”许弘纲含混地说。

孙玮知道，许弘纲说的多半是刑科给事中郭尚宾。因为郭尚宾虽未公然参奏许弘纲，但曾表示过，对荆养乔必须严正惩处。此议不仅是指向荆养乔，也是指向许弘纲。

许弘纲不愿指名道姓，孙玮也不指名道姓。

“科臣某怎样非议？”他问。

“责署院大臣对按臣太过优容，失国家三尺法。”许弘纲说。

“但我知道，张之先生的批驳更为有力呀，”孙玮说着，背诵两句许弘纲的疏文，“夫论法者，就事处事则易，株连蔓引则难。近日群小分而朋党立矣，朋党立而壁垒深矣。士坐斯世，匿影尚逢沙蜮，持杯立见弓蛇。”

“见笑，惭愧！”许弘纲举手揖道。

“麻烦分明是按臣、学臣引起的，这是其一；群小又借以兴风作浪，这是其二。张之先生为何却说是自家引起的？”孙玮问。

“按臣、学臣相互讦奏，只是小麻烦；科臣某责我太过优容，也是小麻烦。我若不上疏，把此事和群小分而朋党立联系起来，说不定会到此为止。”许弘纲说。

“我似乎听懂：张之先生既有此联系，大的麻烦还在后边呢，”孙玮说着，问道，“是吧？”

“是。”许弘纲应道。

“大的麻烦，能大到何等程度？”孙玮问。

“不好说，”许弘纲道，“我本来是想直面铺天盖地而来的参本弹章的，然后拜疏挂印而去；但朝廷及时命纯玉先生掌院，将要直面铺天盖地而来的参本弹章的，恐怕将是纯玉先生。”

“不能避免吗？”孙玮问。

“难。”许弘纲的回答只有一个字。

“张之先生说说看。”孙玮揖道。

“纯玉先生似乎赞成大事化小、小事化了的主意，是吧？”许弘纲问。

“是。”孙玮应道。

“那么，纯玉先生今日本此宗旨，可乎？”许弘纲问。

“看来，张之先生以为不可。”孙玮道。

“对。”许弘纲应道。

“为何不可？”孙玮问。

“彼时，按臣、学臣彼此讦奏，仅此而已，故不妨缓议，不妨大事化小，小事化了。今按臣拜疏径去，学臣拜疏候勘。事态严重，已不容缓议；既不得不议，则大事无法化小，小事无法化了。”许弘纲说。

“为何不得不议，大事就无法化小，小事就无法化了？”孙玮问。

“科臣某责我优容按臣，在我想来，他一定是与按臣有过节，”许弘纲说着，问道，“纯玉先生也会这么想吧？”

“不仅我会这么想，许多人都会这么想。”孙玮道。

“但也有许多人告诉我，他与按臣并无过节。”许弘纲说。

“怎会！”孙玮道，“若无过节，他为何咬住按臣不放？”

“他咬住按臣不放，是为向学臣示好。”许弘纲说。

“他为何要向学臣示好？”孙玮问。

“纯玉先生难道忘记，按臣、学臣之争在于前祭酒，一则欲追究之，一则欲偏袒之！”许弘纲道。

“向学臣示好，是因附于宣党吧？”孙玮问。

“群小分而朋党立，由此是否可见端倪？”许弘纲反问。

“已可见。”孙玮应道。

“然尚未至朋党立而壁垒深，”许弘纲说，“彼时尚可缓议，科臣仅以‘优容’二字责都察院堂官。今时不可缓议，纯玉先生不得不奏于朝，或请对按臣严加处分，或请对学臣严加处分，或请对按臣、学臣一并严加处分。”说到这里，他问，“纯玉先生看，是否只有这三种处分？”

“本来还可以对按臣、学臣一并宽之，但由于一则自行离任，一则自行待勘，宽字不能再提。提及严，可不只有这三种处分！”孙玮道。

“若请对按臣严加处分，则学臣一党欢呼，按臣一党群起而攻纯玉先生；若请对学臣严加处分，则按臣一党欢呼，学臣一党群起而攻纯玉先生；若请对按臣、学臣一并严加处分，则两党一并对纯玉先生群起而攻之，”许弘纲说着，问道，“纯玉先生看，可是这样的局面？”

“张之先生方才说，学臣因是宣党，所以责张之先生太过优容；现在看来，不仅有宣党，还有荆党，还有熊党。”孙玮说。

“纯玉先生以为，今日还有人信奉君子不党吗？”许弘纲虽则断定不再有人信奉，但还是想说得和缓一些，“当然，纯玉先生实在不愿意称按臣之党、学臣之党，尽可以称附于按臣者、附于学臣者；或结好按臣者、结好学臣者。”

“我并非实在不愿称党。只是觉着，你我私下议时，尽管称党；但奏于朝时，还是按照张之先生抱定的宗旨为好。”孙玮说。

“我居然抱定过宗旨？”许弘纲不知在嘲讽孙玮，还是在自嘲。

“可不！”孙玮应道，“就事处事，难道不是张之先生抱定的宗旨？”

“纯玉先生不说，我几乎忘记，这是可以算作一个宗旨的，”许弘纲道，“可惜，我虽言及这个宗旨，却未抱定这个宗旨，以致接着就把按臣、学臣之争定性为‘群小分而朋党立’。纯玉先生若是认定‘就事处事’的宗旨，可要以我为戒呀。”

“张之先生别把自个儿说得如此不堪，认定‘就事处事’的宗旨是一回事，能不能做到‘就事处事’是另一回事；自个儿想不想‘就事处事’是一回事，别个儿让不让你‘就事处事’是另一回事。”孙玮道。

“纯玉先生也觉察到其中的难处？”许弘纲问。

“是，”孙玮应一声后，又纠正道，“与其说是我觉察到的，不如说是受张之先生启迪。”

“受我启迪？怎讲？”许弘纲问。

“事在彼中，须穷究到底，此臣所难悬断也，”孙玮背诵许弘纲奏疏里的另一句话后，问道，“这是张之先生写的吧？”

“是。”许弘纲应道。

“欲就事处事，然不知其事究竟，却怎处之！”孙玮道。

“我那是句无奈的话，纯玉先生可别受它的影响。”许弘纲笑着说。

“我却觉着，张之先生言之有理。”孙玮道。

“我自个儿都没觉着言之有理，纯玉先生怎倒觉着言之有理？”许弘纲问。

“张之先生先说说，为何不觉着言之有理？”孙玮道。

“按臣、学臣之争，缘起于前祭酒汤嘉宝。学臣欲结好其人，欲庇护之；按臣看不惯其人横行乡里，鱼肉百姓，强夺人妻。欲追究之，”许弘纲说着，问道，“是吧？”

“是。”孙玮应道。

“强夺人妻，有二事：其一，夺生员施某妻徐氏；其二，夺生员徐某妻贾氏，”许弘纲述罢，问道，“是吧？”

“是。”孙玮应道。

“夺施氏之妻，宣城全县大哗，几致激起民变；徐某者，南司寇汝贤先生之侄也，廪生徐日隆堂弟也。据传，汤嘉宝年轻时，曾受辱于汝贤先生；夺徐某妻，是为雪昔日之耻。徐日隆为其堂弟妻被夺一事，二控下诉，后被汤嘉宝爪牙所迫，不得不奔走燕、齐。总之，此二事脉络，并不难查实。”许弘纲说。

“那又怎样？”孙玮问。

“二实既可查实，按臣、学臣之是非则不难断定呀。”许弘纲道。

“那又怎样？”孙玮问。

“按臣、学臣之是非可以断定，可知‘所难悬断’云云言之无理呀，”许弘纲道。

“原来张之先生欲以只言片语，轻而易举地证明自个儿言之无理。”孙玮调侃道。

“纯玉先生也可以只言片语，轻而易举地证明我言之有理吗？”许弘纲问。

“当然。”孙玮道。

“纯玉先生说说看。”许弘纲揖道。

“张之先生为何要查实夺施某之妻、徐某之妻？”孙玮问。

“不是我要查实，是纯玉先生可查实。”许弘纲说。

“好吧，”孙玮点点头，又问，“我为何要查实二事？”

“为辨按臣、学臣之是非呀。”许弘纲说。

“但张之先生称‘臣所难悬断’，是指按臣、学臣之是非所难悬断吗？”孙玮问。

许弘纲一愣，反问道：“纯玉先生说呢？”

“要我说，张之先生称‘臣所难悬断’不是指按臣、学臣之是非所难悬断。”孙玮说。

“不指按臣、学臣之是非，却指何事？”许弘纲问。

“是指按臣是否反对宣党，学臣是否阿附宣党，所难悬断；又是指是否有荆党，是否有熊党，所难悬断。”孙玮说。

“纯玉先生为何说，‘所难悬断’不是指的按臣、学臣之是非，而是指的党争？”许弘纲问。

“联系前文呀，”孙玮道，“张之先生前面写的是：近日群小分而朋党立，朋党立而壁垒深。由党争而言‘所难悬断’，‘所难悬断’者不是党争，却是何事！”

“纯玉先生可真善于以子之矛，攻子之盾呀。”许弘纲笑道。

“既然‘所难悬断’是指党争，”孙玮接着说，“则夺施某之妻、徐某之妻二事查得再实，也不能说‘所难悬断’言之无理；则按臣、学臣之是非辨得再明，也不能说‘所难悬断’言之无理。”说着，问道，“张之先生说，究竟是言之无理，还是言之有理？”

“我当然希望言之有理，”许弘纲含糊其辞地回应一句，然后说，“不过，我以为纯玉先生的说法仍有漏洞。”

“怎么？”孙玮问。

“纯玉先生说，‘所难悬断’是指按臣是否反对宣党，学臣是否阿附宣党，以及是否有荆党，是否有熊党，难以断定；实则，按臣是否反对宣党，学臣是否阿附宣党，以及是否有荆党，是否有熊党，也不难断定，”许弘纲说着，问道，“纯玉先生说是不是？”

孙玮想了想，点头应道：“是。”

“所以，‘所难悬断’不是指是否有党争，难以断定；而是指党争之是非，难以断定。”许弘纲说。

“四字出自张之先生笔下，张之先生理解得果然透彻。”孙玮道。

“不然，还是纯玉先生理解得透彻。”许弘纲却说。

“怎讲？”孙玮问。

“你我私下议时，尽管称党；奏于朝时，却就事处事为好。这难道不是纯玉先生对我的批评？”许弘纲道。

“批评说不上，只是有所感悟。”孙玮说。

“那么，按臣、学臣之争仍‘所难悬断’，而又不得缓议，纯玉先生有何良策？”许弘纲问。

“我前后思忖，仍须就事处事。”孙玮说。

“你我说来说去，无非二事：一是不难辨明之事，二是所难悬断之事。纯玉先生复言就事处事，是前者，还是后者？”许弘纲问。

“都不是。”孙玮道。

“难道还有别事？”许弘纲问。

“怎没有！”孙玮说着，问道，“按臣自行离任，算不算事？”

“算事。”许弘纲点头。

“学臣自行待勘，算不算事？”孙玮问。

“算事。”许弘纲应道。

“既然都算事，何不就其事，处其事。”孙玮说。

“等等！”许弘纲皱着眉头说，“纯玉先生的意思，我还没想明白。”

“按臣不是自行离任吗？我则议罢之；学臣不是自行待勘吗？我则议勘之。”孙玮说。

“纯玉先生是说，不论按臣、学臣之争的是非，也不论党争之是非，但依眼下的局面议处，”许弘纲说着，问道，“对吧？”

“对，”孙玮应一声，说道，“彼时，大事化小、小事化了的办法是缓议；此时，大事化小、小事化了的办法是依眼下的局面议处。张之先生不觉着，这是最简便的办法吗？”

“简便倒是简便，但彼时我欲缓议，未能使大事化小，小事化了，此时纯玉先生欲依眼下的局面议处，也未必能使大事化小，小事化了。”许弘纲说。

“那也只好走一步看一步。”孙玮道。

孙玮疏参应天按臣、学臣之争，略曰：按臣擅去非法，学臣蒙议难留，乞敕严勘确奏，以平政体。以肃台纲。

此疏一上，招致众多科、道的攻击，迫使也不得不拜疏文华门，出城候旨。这是后话。

第四百三十四章

建州使者进广宁城，没去馆驿安顿，而是径至巡抚衙门。辽东巡抚张涛一面命他在衙门外等候，一面命人去把通事找来。

“下使通天朝语，不用等通事。”使者让人禀白都堂。

“谁知他是真通，是假通，我可不能让他钻空子！”张涛道。

通事来后，和建州使者一同进入大堂。

“问他的名字。”张涛命通事。

使者不等通事译过，自行报上姓名：“下使叫千古里。”

“说你族语言！”张涛道。

使者用建州女直的语言说出自己的名字，通事译道：“他说，他叫千古里。”

“不似建人的名字。”张涛道。

“下使的名字，确是建人的名字。”千古里说。

张涛不搭理他，仍命通事：“问谁个差他来的。”

“今日建州只有一主。”千古里又抢先说。

“说你族语言！”张涛道。

使者用建州女直的语言说出上述的话。通事译道：“他说，今日建州只有一主。”

“此人是谁？”张涛问。

使者用建州女直的语言回答，通事准备译成汉语。

“让他自个儿说！”张涛却改变章程。

“龙虎将军。”千古里用汉语说出。

“可是我天朝赐封的龙虎将军？”张涛问。

“下使不知，除上朝所封龙虎将军，还有别朝所封龙虎将军。”千古里给他一个不软不硬的钉子碰。

“好吧，”张涛不甘心受挫于一名夷使，道，“本抚到任未久，知有一建酋赐封龙虎将军，却不知其名。你告诉我他的名字。”

“天朝是礼仪之邦，对位尊者，得直呼其名否？”建州使者又给他一个不软不硬的钉子碰。

“人家不告诉我，你告诉我。”张涛只得命通事。

“龙虎将军名努尔哈赤。”通事道。

“努尔哈赤命你来，为的何事？”张涛问使者。

千古里说一长句建州女直的语言，让通事译。

“他说——”通事只说两个字，就被张涛打断。

“我径直问的你，你为何不答？”张涛责问千古里。

“下使说过，对尊者不敢直呼其名，都堂大人却一定要直呼其名。下使若按照都堂大人的问话回答，是对龙虎将军不敬；若称呼龙虎将军，是对都堂大人不敬。故而下使只得用本族语言回答，通事怎译，是通事的事，和下使无关。”千古里说。

“你倒会嫁祸于人，”张涛虽然这么说，对千古里的执着却有几分好感。他改口问道，“龙虎将军命你来，为的何事？”

“龙虎将军命下使来，向都堂大人指控北关。”千古里说。

“指控北关？指控北关何事？”张涛问。

“龙虎将军与北关有婚约在先，今北关悔婚，龙虎将军恳乞都堂大人主持公道。”千古里说。

“确有婚约吗？”张涛问。

“确有婚约。”千古里道。

“你可知此事？”张涛问通事。

“卑职听建州的人说过。”通事道。

“没问过北关的人吗？”张涛问。

“卑职也曾问过北关的人。”通事说。

“他等怎说？”张涛问。

“他等矢口否认。”通事说。

“你说有婚约，人家不承认，你拿得出证据来吗？”张涛问千古里。

“都堂大人要何证据？”千古里反问。

“缔结婚约的文书呀。”张涛说。

“我关外缔结婚约，只须口头一诺，不需文书。”千古里道。

“只是口头一句话，别无证据，这个公道我不好主持。”张涛说。

“这一层，龙虎将军已想到。”千古里道。

“他怎说？”张涛问。

“他说：都堂大人若有难处，咱自家找北关理论。”千古里道。

“那就自家去理论，何必告知我！”张涛说。

“还有一事，龙虎将军命下使向都堂大人禀白。”千古里道。

“又是何事？”张涛问。

“龙虎将军女婿卜台吉被北关扣留。”千古里道。

“你可知其人？”张涛问通事。

“知道，是一江夷酋长。”通事回答。

“卜台吉沿江而居，怎会被北关扣留？”张涛问千古里。

“龙虎将军差女婿往北关议事，不料却被北关扣留。”千古里道。

“你可知其事？”张涛问通事。

“知道。今卜台吉确在北关；不过，据北关的人说，并非北关扣留卜台吉，而是建州侵卜台吉地，卜台吉自愿投奔北关。”通事道。

“你说龙虎将军女婿被扣留，人家不承认，你拿得出证据来吗？”张涛又问千古里。

“都堂大人要何证据？”千古里反问。

“能证实卜台吉确是为北关扣留的证据呀。”张涛说。

“龙虎将军亲口所言，还不能作为证据？”千古里道。

“又是口头一言，别无证据，这个公道我也不好主持。”张涛说。

“这一层，龙虎将军也想到。”千古里道。

“他又怎说？”张涛问。

“他说，都堂大人若有难处，咱自家找北关要人。”千古里道。

“那就自家去要人，何必告知我！”张涛还是这句话。

“这么说，龙虎将军自家找北关理论，找北关要人，都堂大人都不会干预？”千古里问。

张涛听出他话里有话，反问道：“你这话何意？”

“龙虎将军担心建州与北关冲突起来，都堂大人不知其中原委，差派官军干预，这才特命下使来禀白。”千古里说。

“龙虎将军担心的冲突，是大动干戈吧？”张涛问。

“有这个可能。”千古里不否认。

“龙虎将军知道一定会有冲突吧？”张涛又问。

“因婚约而结深仇，因藏匿夫婿而结深仇，在关外是如此；下使相信，在中原也是如此。”千古里说。

“但在中原，不会因结仇就大动干戈，这是不一样的，”张涛道。顿了顿，他问通事，“你在辽东有几多年？”

“卑职生在辽东，长在辽东。”通事说。

“听说过南关吗？”张涛问。

“南关和北关齐名，怎会没听说过！”通事道。

“可我赴任之后，只听人说北关，从没听人说南关。”张涛说。

“南关、北关指的都是海西女直，南关是哈达部，北关是叶赫部。今北关仍是叶赫部，南关却早已不是哈达部。”通事说。

“是否被别部吞并？”张涛问。

“是。”通事应道。

“谁个吞并的南关？”张涛问。

“建州。”通事道。

“哪年的事？”张涛问。

“万历二十七年。”通事道。

“算起来，已有十四年。”张涛说。

“是。”通事应道。

“我看，这位龙虎将军得南关并不满足，又欲得北关。”张涛说。

“都堂大人容下使禀白。”千古里插话。

“你别告诉我龙虎将军无意染指北关！”张涛道。

“是，下使不说。”千古里应道。

“那么，龙虎将军的确欲得北关？”张涛问。

“首先，龙虎将军是要得到女婿；其次，如果北关交出其女婿，龙虎将军绝不会大动干戈；再其次，不得不大动干戈，只要北关认错，龙虎将军即刻休兵；最后，即便以得北关而告终，龙虎将军也绝不会背叛天朝。”千古里说。

“这是龙虎将军自个儿的表白，还是你替龙虎将军表白？”张涛问。

“是龙虎将军命下使表白。”千古里说。

“又是空口一诺，谁人会信！”张涛道。

“对天朝，龙虎将军不会空口一诺。”千古里说。

“他欲以何事取信？”张涛问。

“龙虎将军愿以爱子为质。”千古里说。

这是张涛没想到的。他愣了愣神，问道：“此话当真？”

“一旦不得不动干戈，龙虎将军先把爱子送来广宁。”千古里说。

“此事我作不了主，须得禀明朝廷。”张涛道。

“龙虎将军也是请都堂大人代为禀明朝廷。”千古里说。

“你且去馆驿歇息，容我再想想。”张涛说着，命送客。

张涛回到后堂，通事跟进。

“今日之事，你怎看？”张涛问。

“大人说，建州意在染指北关，切中要害。”通事问。

“其意向已明，当如何处置？”张涛问。

“卑职以为，有三件事，大人须得先想明白。”通事说。

“哪三件事？”张涛问。

“其一，该不该听任建州吞并北关；其二，能不能阻止建州吞并北关；其三，此事如何禀明朝廷。”通事说。

“很好，三件事一件一件来说，”张涛道，“该不该听任建州吞并北关，我没想明白，你替我想想。”

“卑职以为，也该，也不该。”通事说。

“何谓也该？”张涛问。

“祖宗方略，乃以夷制夷。建州，夷也；海西，亦夷也。祖宗设置建州等卫，以羁縻建夷；设置塔山等卫，以羁縻海西哈达部；设置塔鲁木卫，以羁縻海西叶赫部。该等设置，无不本着以夷治夷的宗旨。朝廷利其相斗，而不利其相合。前者，建州吞并南关，边臣坐视，朝廷坐视，是利其相斗；今者，建州欲吞并北关，亦是两夷相斗，大人没理由不听任，朝廷没理由不听任。”通事说。

“何谓也不该？”张涛又问。

“以夷制夷，至少须得两夷，最好是有多夷。若只有一夷，他去制谁，谁来制他？昔日，建州有多夷，后渐成为一夷。昔日，海西有四部，建州灭哈达，已少一夷，再灭叶赫，又少一夷。渐而渐之，各部女直说不定会合为一部。到那时，朝廷欲以夷制夷，却不可得。昔者，建州吞并南关，边臣欲其两相削弱，朝廷欲其两相削弱；结果，建州愈盛。今者，建州吞并北关，只怕也会是建州愈盛。”通事说。

“听上去，所谓也该，没有也不该理由充分。”张涛说。

“如果大人须得想明白的，只有该不该听任建州吞并北关一件事，卑职会劝大人阻止建州吞并北关。”通事说。

“不错，我还须得想明白，能不能阻止建州吞并北关，”张涛说着，问道，“在你看来，能不能阻止建州吞并北关？”

“此事须得两下里说。”通事道。

“一是以我之力，能不能阻止建州吞并北关；二是朝廷准不准我阻止建州吞并北关，”张涛说着，问道，“是吧？”

“大人明鉴。”通事道。

“在你看来，以我之力，能不能阻止建州吞并北关？”张涛问。

“此事也得两下里说。”通事道。

“一则今之建州，其实力如何如何；一则今之官军，其实力如何如何，”张涛说着，问道，“是吧？”

“大人明鉴。”通事又道。

“今之官军实力如何，我心里有数，你给我说说今之建州实力如何吧。”张涛命道。

“卑职问个事，可否？”通事请示。

“你问！”张涛让他问。

“大人知牛录否？”通事问。

“你问的是哪两个字？”张涛反问。

“卑职不知。”通事道。

“你说得出来，怎会不知？”张涛问。

“这两个字是建夷语言，卑职只听他等牛录、牛录地说，却不知译为我中华语言，应该是哪两个字。”通事说。

“你没见到他等写的文字吗？”张涛问。

“见倒是见过，但是胡乱写的，也不知对不对。”通事说。

“你且说是哪两个字。”张涛命道。

“耕牛的牛，记录的录。”通事说。

“你说这两个字是建夷语言，其意呢？”张涛问。

“是箭。”通事道。

“刀剑的剑，还是弓箭的箭？”张涛问。

“是弓箭的箭，”通事说，“建夷以游猎为生计。狩猎之际，人手一矢；十人一队，选一头领，名之曰牛录额真，即箭主的意思。”

“颇似我里甲的编制。”张涛说。

“诚如大人所喻，牛录即建夷的里甲。”通事说。

“建夷从来就有牛录的编制吧？”张涛问。

“据卑职所知，是这样。”通事道。

“你要说的，却是今之建州。”张涛提醒他。

“所以，卑职还要问，大人知固山否？”通事道。

“这次是哪两个字？”张涛反问。

“和牛录一样，卑职也说不准确。”通事道。

“也可以胡乱说一个吗？”张涛说笑。

“是。”通事应道。

“那就胡乱说一个吧。”张涛命道。

“坚固的固，山峰的山。”通事说。

“其意呢？”张涛问。

“是旗。”通事道。

“是整齐的齐，还是旗帜的旗？”张涛问。

“是旗帜的旗。”通事道。

“也是建夷的编制吧？”张涛问。

“是，”通事应道，“今之建州，已不是十人一牛录，无数散于各地的牛录组合而成，而是以千个、万个族人，以千名、万名军士的旗组合而成。据说，每旗可集健勇万名。每旗设头领一人，名之曰固山额真，即旗主的意思。”

“建州有几旗？”张涛问。

“据卑职所知，有四旗。”通事说。

“亦即，打起仗来，可集精兵四万。”张涛道。

“是。”通事应道。

“其四旗何以区别之？”张涛又问。

“以颜色。”通事道。

“以颜色？”张涛问。

“四旗者，曰黄旗，曰白旗，曰红旗，曰蓝旗。”通事说。

“四色倒是都很醒目。”张涛道。

“大人说的是。”通事应道。

“以牛录编制，要集合起大军来，不那么容易；以固山编制，却很容易集合数万大军。今之建州实力，确非昔之建州可比。你让我想明白，能不能阻止建州吞并北关，是为此吧？”张涛问。

“是，”通事应道，“卑职想，昔建州吞并南关时，边臣若要阻止，还是办得到的；今建州欲吞并北关，单单依靠辽东一地，是无力阻止的，非朝廷集天下之力不可。”

“你想都别想！”张涛道，“两次用兵朝鲜，还没集天下之力呢，已令朝廷元气大伤，你还想让朝廷集天下之力！”

“大人既不让我想朝廷集天下之力，我也劝大人别想阻止建州吞并北关。”通事说。

“这也好办，”张涛道，“往远里说，反正是遵照祖宗所定‘以夷制夷’方略；往近里说，反正有坐视南关为建州吞并的事例。不介入建州与北关之争，错不到哪里去。”

“大人若是这么想，就好拟疏。”通事说。

“此事你也替我想好了吗？说说看！”张涛道。

“上月，建州开垦南关旷土，又屯兵清河湖市中，大人尚未奏于朝廷吧？”通事问。

“因不明其用意，尚未奏于朝廷。”张涛说。

“去岁末，努尔哈赤杀其弟速尔哈赤，并侵包括其婿卜台吉在内的诸江夷，大人有没有奏于朝廷？”通事问。

“因是其家事，尚未奏于朝廷。”张涛说。

“大人不妨把这些事与今日建州使者说的一番话，合于一疏，囫囵奏上。”通事提议。

“这般写疏，有何好处？”张涛问。

“谁人读疏，都会以为，建夷的一切作为，包括开垦南关旷土，屯兵清河湖市中等，是针对北关的。是坐视建夷吞并北关，还是阻止建夷吞并北关，须得朝廷定计，非大人所能作主。”通事说。

言外之意，坐视建州吞并北关，边臣可以不负责任；而坐视建州蚕食我土，边臣是要负责任的。把二事混为一谈，可以掩饰边臣的责任。

张涛想了想，说：“这等写法，当然不错；不过，我还是要写上一句：建夷日渐坐大，不可不虑。”

第四百三十五章

翁正春改吏部侍郎，詹事府少詹事孙慎行升礼部右侍郎，署部。

他走到本部衙门前，犹豫一下，没有进去，而转去兵部衙门。

兵部尚书王象乾笑着迎接他，并说："闻斯先生在詹事府，也少不了去礼部，不该走错门呀。"

孙慎行字闻斯，南直隶武进人，万历二十三年进士。

"并非走错，我原来就打算先来兵部，再去礼部。"他说。

"为何要先来兵部？"王象乾问。

"先来兵部，当然是面谒子廓先生。"孙慎行说着，一揖。

"不敢当！"王象乾还一揖，问道，"来见我，有事呀？"

"来道声谢，并无他事。"孙慎行说。

"道谢？为何事道谢？"王象乾问，并说，"若为署部之事，闻斯先生可以谢许多人，唯独不该谢我。"

"子廓先生以为，署部是好事吗？为署部，我谁也不谢。"孙慎行道。

"那是为的何事？"王象乾问。

"为礼部无人之际，子廓先生挺身而出，议一件本该礼部议的事。"孙慎行说。

"闻斯先生是说，请福王之国的那道奏疏？"王象乾问。

"是。"孙慎行应道。

"实不相瞒，正因为眼看这几天礼部无堂官署事，我才上的该疏，当不得闻斯先生一谢；再者，谁人见此局面，都会替礼部奏上一疏的。"王象乾说。

"不对，"孙慎行摇头道，"吏部就无人上疏。"

"这怪不得文光先生，"王象乾为赵焕分辩，"曹署多空，部、院仅他和我两个正卿，户、礼、工三部仅以一侍郎署部，都察院已八年无正卿，额设给谏五十人，御史一百一十人，今皆不超过十人。除一遍一遍地吁请，文光先生哪还顾得上别事！"

"户部亦无人上疏。"孙慎行又说。

"如我所言，户部仅一侍郎署部；而户部每日有多少事务要处分，闻斯先生又不是不知。”王象乾为署户部侍郎李汝华分辩。

“刑部亦无人上疏。”孙慎行又说。

“张之先生原署刑部、都察院两个衙门，今春以纯玉先生署院，他才得以专心署刑部。据说，纯玉先生仍不时把他找去计议都察院的事，他已深感分身乏术。”王象乾为许弘纲分辩。

“工部亦无人上疏。”孙慎行又说。

“元泽先生抱病，勉强支撑，闻斯先生有所闻否？”王象乾为署工部侍郎刘元霖分辩，“今为福王之国，皇上命于洛阳营建府邸，规模宏巨，元泽先生仅争此一事，已经不支。”

“都察院亦无人上疏。”孙慎行又说。

“纯玉先生为应天按臣、学臣之争，已准备出城候旨，闻斯先生听说没有？”王象乾问。

“有此事？那我怪不得他，”孙慎行自己为孙玮分辩一句，然后问，“难道只兵部尚书是个闲职？”

“这话怎说，兵部几时成休闲的衙门！”王象乾道。

“可子廓先生上疏言其事，”孙慎行早有句话在等他，“所以，子廓先生说这说那，都没有用。”

“好吧，我就说句有用的，”王象乾道，“我虽上一疏言福王之国，闻斯先生以为，此事就会有定论吗？”

“至少，皇上给以期限。”孙慎行说。

所谓期限，是王象乾上疏后，皇帝不是不报，而是有旨曰：亲王之国，祖制在春；今逾期矣，其明春举行。

“皇上给以期限，闻斯先生以为，就可如期举行吗？”王象乾问话里有层没说出来的意思，那就是：孙慎行如果相信明春福王会如期就藩，未免太幼稚。

“子廓先生料定，不会如期举行？”孙慎行问。

“世事难料。这么大的事，谁敢料定！”王象乾道，“我只是想给闻斯先生泼盆冷水：此事多半还会有变故；我还想对闻斯先生说：若明春福王当真成行，再谢我不迟。”

“也好，我先把谢字收回，”孙慎行同意他的这个说法，并问，“子廓先生说多半还会有变故，不知会有何变故？”

“譬如又命户部，须得拿出若干银两，福王方可成行；或又命工部，须得营造多大府邸，福王方可成行。”王象乾说。

“户部自然要诉苦，拿不出这多银两；工部自然要诉苦，造不出这大府邸。于是，福王不必成行。即便户部拿得出这多银两，工部造得出这大府邸，皇上还可以要户部拿出更多银两，要工部造出更大府邸。于是，户部、工部又不得不争。”孙慎行接着他的话说。

“闻斯先生这不是看得很透彻！”王象乾道。

“但我还是要谢过子廓先生。”孙慎行把收回的谢字又奉送。

“却是为何？”王象乾问。

“皇上定下明春举行的期限，不管日后会有何变故，礼部总可以正式草拟福王之国仪注。”孙慎行说。

“不管所拟仪注用得上用不上？”王象乾讥道。

“不管它用得上用不上！”孙慎行毫不犹豫地说。又说，“再者，廷臣总可以知道为何事而争。”

“不管争得出争不出结果？”王象乾又讥道。

“不管争得出争不出结果！”孙慎行仍毫不犹豫地说。

“既如此，闻斯先生就把这个谢字留下吧。不过，我知道，为这个字，闻斯先生一定还会来找我的麻烦。”王象乾道。

数日之后，王象乾作为回访，来到礼部衙门。

孙慎行记得他的话，笑问：“子廓先生是来找麻烦吗？”

“与其让麻烦找上门去，不如自个儿来找麻烦。”王象乾也笑着答话。

“请坐，容在下奉茶，”孙慎行道。就座之后，他说，“果如子廓先生所料，麻烦来临。”

“闻斯先生嫌麻烦来得早，还是嫌麻烦来得迟？”王象乾问。

“仪注尚未拟好，麻烦就来，有点儿早。”孙慎行说。

“其实，麻烦早晚都要来，早点儿来比晚点儿来好。”王象乾道。

“子廓先生是说，早点儿来，还有转圜的余地；晚点儿来，譬如明春来，则又无望？”孙慎行问。

“我是此意；不过，转圜的余地，说得不贴切。”王象乾道。

“应该怎说？”孙慎行问。

“尚可力争。”王象乾道。

“对，尚可力争，”孙慎行说着，邀道，“子廓先生，你我一同力争此事，如何？”

“闻斯先生别误会，我不是来自荐的。”王象乾摇着头说。

“我误会？”孙慎行有些发懵，“子廓先生不是来找麻烦的？”

“找麻烦是找麻烦，却不是要把麻烦揽进怀里。”王象乾说。

“子廓先生找上门来，为的是把麻烦掷还给我？”孙慎行问。

“麻烦已在闻斯先生身上，不用我掷还。”王象乾说。

“子廓先生欲掷还给谁？”孙慎行问。

“我有此意；不过掷还二字，说得不贴切。”王象乾道。

“应该怎说？”孙慎行问。

“拜还。”王象乾道。

“只要有人接受，怎还都行！”孙慎行说着，问道，“子廓先生以为，这个麻烦应该拜还给谁人？”

“闻斯先生先想想，何事麻烦？”王象乾道。

“本来以为，皇上会以银两为由，再改明旨，皇上却没要钱；本来以为皇上会以府邸为由，再改明旨，皇上却不言府邸。皇上只为福王要庄田，高达四万顷；且谕曰：庄田非四万顷不行。”孙慎行说。

“闻斯先生应该知道，麻烦该拜还给谁人吧？”王象乾道。

“子廓先生是说，我该约茂夫先生，一同力争此事？”孙慎行自然而然地首先想到署户部侍郎李汝华。

“为何是茂夫先生？”王象乾问。

“筹措庄田，和筹措银两一样，是户部的事呀。”孙慎行说。

“恰因筹措庄田是户部的事，茂夫先生不宜出面争之。”王象乾说。

“却是为何？”孙慎行问。

“譬如皇上命礼部拟仪注，闻斯先生会争之吗？”王象乾举例。

“这是礼部的职守，为何要争！况且，为福王之国拟仪注，在我是求之不得，”孙慎行说。

“筹措庄田也是户部的职守。为福王之国筹措庄田，在茂夫先生虽不是求之不得，却也是争之不得。”王象乾说。

“既如此，子廓先生为何要我想想何事麻烦？”孙慎行不解。

“提及此事，为的是提醒闻斯先生，别因为筹措庄田是户部的事，就以为可约茂夫先生一同争之。”王象乾说。

“原来是这样，”孙慎行点点头，问道，“子廓先生是不是说，除茂夫先生，别位都可以约之？”

“闻斯先生说呢？”王象乾反问。

“约文光先生如何？”孙慎行自言自驳，“今曹署仍空，掌部尚书未加一人，署部侍郎、副都御史未加一人，给谏未加一人，文光先生恐怕还得疾呼于朝，无暇他顾。”

“闻斯先生说的是，不宜约文光先生。”王象乾随声附和。

“约张之先生如何？”孙慎行自言自驳，“张之先生仍不时被纯玉先生找去议宪台的事，仍感分身无术，大概无心听我诉说福王之国一事，无心听我诉说朝廷不可能筹措到四万顷庄田。”

“闻斯先生说的是，不宜约张之先生。”王象乾随身附和。

“约元泽先生如何？”孙慎行自言自驳，“元泽先生仍然抱病，福王府邸仍须争其规模，谁忍心再加重他的负担！”

“闻斯先生说的是，不宜约元泽先生。”王象乾随声附和。

“约纯玉先生如何？”孙慎行自问自答，“科、道仍在陆续上疏参劾，纯玉先生去意更坚，今距其出城之日，恐怕是愈来愈近。”

“闻斯先生说的是，不宜约纯玉先生。”王象乾随声附和。

公卿大夫再没的可说，孙慎行问：“子廓先生是不是要我两眼往下找找？”

“反之，我要闻斯先生两眼往上找找。”王象乾道。

“往上找？还怎往上找？”孙慎行不解。

“那日闻斯先生非得来道谢，问过我一句话，今日我借来问问闻斯先生。”王象乾说。

“我问过子廓先生什么话？”孙慎行不记得。

“闻斯先生问，是不是只有兵部尚书是个闲职？”王象乾提醒他。

“这话我问过，”孙慎行点点头，问道，“子廓先生今日要问，是不是只有礼部尚书是个闲职？”问罢，觉得不对，更正道，“不对，应该问：今日是不是只有署礼部侍郎是个闲职？”

“我知闻斯先生不闲，不会这么问。”王象乾摇头。

“子廓先生会怎问？”孙慎行问。

“闻斯先生是不是以为，只有阁臣是个闲职？”王象乾道。

孙慎行猛然有种柳暗花明的感觉：难怪越说越无望，原来只想到曹署，却把最重要的大臣忘掉！但也怪不得他，因为上次和王象乾谈论时，王象乾也是在曹署里打转。看来他是为今日的谈论，保留一手。

“子廓先生那日故意略过进卿相公，是为今日把他搬出来应急吗？”他问。

“那日皇上方有明旨：今逾期矣，其明春举行。请进卿先生再言此事，是锦上添花，闻斯先生觉着有必要吗？今日则须有人救急，不请出进卿先生，却请出谁人？再者，进卿先生已杜门数月，不肯入阁办事。为锦上添花之事请他，他未必会出；为救急之事请他，他纵然心里有一百个委屈，也不得不出。”

“进卿先生出面力争，此事定可转圜，”孙慎行颇为兴奋地说。说罢，看王象乾一眼，又说，“我怎忘记，子廓先生是反对转圜的说法的。”

“把力争和转圜合在一起说，我不反对。”王象乾道。

第四百三十六章

“爷，叶先生有疏呈进。”成敬禀道。

“今日只有他一疏吗？”皇帝问。

“不是。”成敬道。

“为何你只说他有疏呈进？”皇帝问。

成敬嘴动两下，不知该怎样解释。皇帝曾经吩咐，叶向高有疏，只要不是请辞，一定要禀奏。今天皇帝这么问，好像不记得这回事，让成敬如实说也不是，不如实说也不是。

在他迟疑之际，皇帝自己想起这件事。他说：“朕问的是，叶先生今日奏疏，可是议洵儿就藩。”

“是，叶先生议的是福王殿下就藩。”成敬回奏。

“朕是交代过，叶先生有疏呈进，只要不是请辞，一定要告给朕。那不是因为他不肯入阁办事吗？朕忘交代一句：叶先生若议洵儿就藩，其疏不必告与朕知。”皇帝说。

“那奴才换一疏读吧。”成敬道。

“不可，”皇帝摇头，“叶先生好不容易又议事，既已知之，再故作不知，朕于心不忍。”

“是。”成敬应道。

“老成，叶先生疏你阅否？”皇帝忽问。

“奴才草草阅过一遍。”成敬说。

“他应该专议四万顷庄田一事吧？”皇帝问。

“爷说的是。”成敬应道。

“朕记得，洵儿奏乞庄田，以祖制为言；朕想，叶先生不会不抓住这两个字，大作文章的。”皇帝推断。

“爷圣明，”成敬颂道，“叶先生此疏，在祖制二字上着不少笔墨。”

“想来字句很尖刻。”皇帝道。

“相当尖刻，”成敬说着，请旨，“要不，奴才挑出几句，读给爷听？”皇帝不反对，只是说："那也得先读读疏目吧？"

"是，"成敬应一声，读道，"奏为分封已有定期、庄田复滋物议、恳乞圣明、留神详计、以释群疑、以光令典事。"

"以光令典，点明了是要议祖训。"皇帝说。

"爷说的是。"成敬应道。

"好，你挑几句读吧，"皇帝命道。

"何为祖训，叶先生写了这么几句，"成敬先交代一句，然后读道，"臣观福王疏中，首以祖制为言。夫所谓祖制者，《祖训》也，《会典》也，累朝之功令也。今亲王四万顷之庄田，《祖训》有之乎？《会典》有之乎？累朝之功令有之乎？臣不知王之所引祖制，何所指也！"

读到这里，他停下来，表示这层意思读完。

"《祖训》《会典》，累朝之功令为祖制，这话错不错？"皇帝问。

成敬知道，这不该由自己认定。他说："奴才说不好。"

"要朕说，这话不错。"皇帝道。

"爷谕曰不错，定然是不错。"成敬附和。

"《祖训》里的确没规定，亲王庄田为四万顷，"皇帝说着，问道，"老成，是吧？"

"是。"这是成敬可以回答的。

"那么，《祖训》里有没写，亲王庄田不能是四万顷？"皇帝又问。

"据奴才所知，也没写。"成敬说。

"《会典》里的确没规定，亲王庄田为四万顷，"皇帝说着，问道，"老成，是吧？"

"是。"成敬应道。

"那么，《会典》里有没写，亲王庄田不能是四万顷？"皇帝又问。

"据奴才所知，也没写。"成敬说。

"累朝功令的确没规定，亲王庄田为四万顷，"皇帝说着，问道，"老成，是吧？"

"是。"成敬应道。

"那么，累朝功令有没规定，亲王庄田不能是四万顷？"皇帝又问。

"据奴才所知，并没规定。"成敬说。

"朕如此批驳，老成，你还有话说吗？"皇帝问。

"奴才无话可说。"成敬道。

"但叶先生一定还有话说，是不是？"皇帝问。

成敬知道，皇帝并不是真要他回答叶向高有无话说，而是让他说说下面的内容。

“以下叶先生均是围绕四万顷庄田而议。”他说。

“有几层意思？”皇帝问。

“大约有五层意思：其一，景府庄田四万顷不足为训；其二，援引故事，言久安之计；其三，以理法言之，福王殿下不该奏乞四万顷庄田；其四，以事势论之，福王殿下不该奏乞四万顷庄田；其五，为福王殿下计所入。”成敬概括道。

“景府庄田四万顷不足为训，他是怎写的？”皇帝问。

“如以景府为辞，则景府而前多少亲王，其庄田之数，并无有出数千顷之外者。唯景府以皇祖宠爱，逾涯越分，遂有此请。皇祖一时失计而听之，至今议者尚追咎其事，以为坏祖制者，乃景府也。王奈何尤而效之乎！”成敬读道。

景恭王载圳，世宗皇帝第四子，嘉靖十八年封，四十年就藩于湖广德安，四十四年薨。数年之间，他屡次奏请庄田，他死后清查，竟有数万顷之多。福王奏乞四万顷庄田时所言祖制，指的就是世宗皇帝赐给景恭王的庄田数目。

“叶先生径写皇祖一时失计？”皇帝问。

“是。”成敬应道。

“叶先生说，至今议者尚追咎其事，以为坏祖制者，乃景府也？”皇帝问。

“是。”成敬应道。

“他有没写上，议者为谁？”皇帝问。

“叶先生没写。”成敬道。

“朕想，所有催逼洵儿之国者，其中包括叶先生本人，应该都在议者之列。”皇帝说。

“想必如此。”成敬附和道。

“他虽然写的是，坏祖制者，景府也；实际说的却是，坏祖制者，我皇祖考也。”皇帝说。

“前后文联系起来，确是如此。”成敬附和道。

“我皇祖事，已成史，为尊者讳的道理，他等都敢忘吗！”皇帝道。

成敬再附和的话，有劝诱皇帝加罪于众臣之嫌，所以他没附和。

“缘引故事，是何时的故事？”皇帝又问。

“一则援引自《左传》，一则援引自《汉书》。”成敬说。

“不用说，援引自《左传》者，是郑太叔段请大邑。”皇帝说。

“爷说的是。”成敬应道。

“援引自《汉书》者，为何事？”皇帝问。

"梁孝王故事。"成敬说。

"朕不知，说来听听。"皇帝命道。

"是，"成敬应一声，述道，"梁孝王名武，是文帝幼子，初封代王，后徙淮阳王，后徙梁王。梁孝王是窦皇后所出，文帝、窦皇后皆宠爱之。赏赐不可胜数，且使居天下膏腴地，北至泰山，西至高阳，其间跨越四十余城。又赐天子旌旗，侍从千乘万骑，拟于天子。文帝召其宴饮，甚至言道：千秋万岁后传位与汝。文帝崩，景帝即位。景帝与梁孝王同母，亦甚友爱。出则同车，入则同辇，准梁府宦官出入天子殿门。景帝废栗太子，窦皇后、梁孝王，及天下臣民，都以为会传位于梁孝王。然不过数月，景帝复立胶东王为太子，梁孝王怨，遂有异心。景帝觉察，与之疏远。梁孝王归国，郁郁不乐，以热病薨。"

"老成，你是给朕说史呢，还是说故事呢？"皇帝问。

"奴才读《汉书·文三王传》，只记得这么多，没敢给爷说故事。"成敬忙解释。

"同样的事，《汉书》远不如《左传》写得生动。"皇帝评论道。

"爷说的是。"成敬应道。

"一则春秋共叔段的故事，一则汉朝梁孝王的故事，要阐明不可溺爱的道理，应该说足够。"皇帝道。

"诚如圣谕。"成敬应道。

"不过，拿这两个故事喻今日福王之事，则都不恰当，"皇帝又说，并命道，"老成，你替叶先生听听朕的批驳！"

"奴才遵旨。"成敬应道。

"一则，郑庄公和共叔段都是武姜所出，汉景帝和梁孝王都是窦后所出，今洛儿、洵儿，可是一母所出？"皇帝问。

"不是。"成敬回应道。

"郑庄公父，为武公吧？"皇帝忽问。

"是。"成敬应道。

"武姜，为武公正室吧？"皇帝问。

"是。"成敬应道。

"二则，武姜是郑武公正室，窦后为汉景帝正室，今洛儿、洵儿生母，哪个是朕的皇后？"皇帝道。

"都不是。"成敬回应道。

"三则，汉景帝于梁孝王，有一母同胞之谊；郑庄公于共叔段，也有表面上的友爱。谁能保证，朕千秋万岁之后，洛儿与洵儿，也能友爱，至少保持表面上的友爱？”皇帝问。

这又是一句成敬不敢回应的问话。

“朕不要你回答，你可拿去问叶先生。”皇帝命道。

“是。”成敬应道。

“老成还挑出第四段吗？”皇帝问。

“奴才还挑出两段：一段写的是，以理法言之，福王殿下不该奏乞四万顷庄田；一段写的是，以事势言之，福王殿下不该奏乞四万顷庄田。”成敬说。

“以理法言之，叶先生是怎写的？”皇帝又问。

“语云：取法于上，方得其中；取法于中，将流于下。王自开朱邸以来，长安中皆称其安静，未有过举。乃当之国之初，不引前代及本朝之贤王为法，而动以景府为言，臣窃谓此必非王之意，而诸为王谋者，其计左耳。”成敬述道。

“‘语云’四句是何意？”皇帝问。

“奴才也不甚解，”成敬道。申明这一句，很有必要：一来，说明不是给皇帝讲解，只供皇帝参考；二来，即使说错，皇帝也不会怪罪，“或是说，取法为上时，方可得于中；取法为中时，只能流于下。”

“取法为下时呢？”皇帝问。

“或没必要说。”成敬道。

“在老成看来，没必要说吗？”皇帝问。

“不，”成敬哪儿能往自己身上引，他说，“是在叶先生看来，没必要说。”

“朕替他说吧：取法于下，必无所得。”皇帝道。

“叶先生多半是这个意思。”成敬附和道。

“在叶先生眼里，昔者景王取庄田，今者洵儿取庄田，无疑都是取法于下，宜无所得。”皇帝又说。

“爷说的是。”成敬应道。

“以事势论之，叶先生是怎写的？”皇帝又问。

“即以事势论之，凡昔年废府之遗产，已尽归潞王。今河南、山东抚、按官极力搜括，只有此数。若求之不已，将恐有无籍奸徒，挟仇报怨，以投献为名，迎合王意。万一堕其术中，则刁风一倡，转相效尤，而中州、齐、楚之间，人人危惧，凡少有地土者，皆不安其生，而天下之乱从此始矣。地方之休戚，王之所与共休戚也；国家之安危，王之所与共安危也，瘠百姓以自肥，危公家以自富，此所谓割肉充腹，反裘负薪，王亦何利而为之！”成敬读道。

“老成终于把最尖刻的话读出来。”皇帝评论一句。

“爷说的是——”成敬不敢随便附和。

“瘠百姓以自肥，写得还不尖刻吗！”皇帝道。

“是够尖刻的。”成敬附和道。

“废府，是指景府吧？”皇帝问。

“是。”成敬应道。

“朕知，景藩除，是因景恭王无子。”皇帝道。

“爷说的是。”成敬应道。

“景府的庄田后来都转给朕弟翊镠，这事是朕亲历。”皇帝说。

潞王翊镠于万历十七年就藩河南卫辉。因为是同母弟，皇帝格外关照，把景府所有的庄田都转给他。

“爷说的是，”成敬应罢，补充说，“其实，最初朝廷并不知道景府究竟有多少庄田，是在转与潞王殿下时一一清核，才得出四万顷之数。”“景藩无子，是因为取庄田，取法于下吗？”皇帝问。

“断然不是。”成敬道。

“那你给朕找出个理由来。”皇帝命道。

“奴才想，或是藩邸选错地方。”成敬说。

“藩邸选错地方？怎讲？”皇帝问。

“湖广有二安陆，一安陆州，一安陆县。安陆州即今承天府，安陆县属德安府，府、县同城。在德安建藩，即在安陆县建藩。最初藩国封在安陆县的，是兴王。兴邸在安陆县，无子，后迁安陆州，得世子，即皇祖爷爷。后于安陆县建歧王府，无子，藩除。后于安陆县建寿王府，无子，藩除。后于安陆县建景王府，亦以无子藩除。由此观之：一则，安陆县曾是飞龙潜邸，不宜再建别藩；二则，安陆县不宜龙子龙孙居住。”成敬不知是因为熟悉本朝典故，还是因为叶向高的奏疏言及景王，他特地查阅过文档，竟说出一大通理由。

“你这个理由，比叶先生以事势而论之的理由，要高明得多。”皇帝称赞他一句。

“爷听得进去，奴才万幸。”成敬叩谢。

“叶先生是怎为洵儿计的？”皇帝最后问。

“王能毋执前意，只受见在四万六千余两之租银，勿复求多，计之上也。如意未肯已，则户部移文各省抚、按官，再行清查，但有废府遗产，尽以予王。得寸则寸，得尺则尺，而不必取盈于原数，亦其次也。如其不然，而但曰四万顷之田，必尽足数，必皆膏腴，方肯之国。则悠悠之口，疑议日滋，而臣固有不敢尽闻之皇上者矣。”成敬读道。

“洵儿今之租银，有四万六千余两？”皇帝问。

“奴才没仔细核算过；但奴才想，此数叶先生或得之于户部，应该是不会错的。”成敬说。

“老成，你看叶先生所议如何？”皇帝问。

“奴才以爷之是非为是非。”成敬道。

“其实你知道朕的心思，要四万顷庄田在其次，主要的是不想让洵儿离京，以慰爱妃之心。”皇帝说。

“奴才知道。”成敬道。

“这样，”皇帝想了想，缓缓言道，“你找个贵妃身边的侍从，把叶先生奏疏里写的告诉他，再让他转告贵妃。”

“是。”成敬应道。

第四百三十七章

忠顺夫人也儿克兔哈屯看重夫人的称号，但不喜欢别人称她夫人，当然更不喜欢人称她三娘子。她喜欢的称呼是哈屯。在本族的语言里，哈屯即正配之意。妻妾都可以称夫人，可以称娘子；而称哈屯的，只能是其中的一个，唯一的一个。

在华丽的帐房里，她靠坐在坐榻上，两手握着一串佛珠，右手在上，缓缓转换着珠子，左手在下托住。虽显现出老态，但她的脸，仍然圆润、秀丽，她的身子，仍然高挑、纤细。以六十四岁的年龄来说，她仍不失姣好，不失妩媚，尤其重要的是，不失风度。

“哈屯，换串珠子吧。”贴身侍女说。

“你看它不顺眼？”也儿克兔哈屯问。

“哈屯喜爱之物，婢子哪儿敢看不顺眼！”侍女道。

“那为何要换它？”也儿克兔哈屯问。

“婢子的意思是，哈屯就要做新哈屯，手里的物件也该换一换。”侍女说。

所谓要做新哈屯，是说在经过数年的推托之后，也儿克兔哈屯终于答应嫁给卜失兔。

也儿克兔哈屯喜欢身边的人学些汉话，所以，她的侍女都自称婢子。

“你要我换串佛珠，难道不知这串佛珠是谁个留给我的？”也儿克兔哈屯问。

“婢子不知。”侍女道。

“是老顺义王留给我的。”也儿克兔哈屯告诉她。

“是哪任老顺义王？”侍女想当然地问。

也儿克兔哈屯看她一眼，好像奇怪她怎么会提出这一问题。

“你在我身边有几年？”也儿克兔哈屯问。

“有三四年。”侍女说。

“你听我唤作老顺义王的，有几人？”也儿克兔哈屯问。

“婢子一次也没听哈屯唤过。”侍女说。

“那我今日告诉你，我只唤一人为老顺义王，他就是我的外祖父俺答。”也儿克兔哈屯说。

“婢子记住。”侍女道。

“你还得记住，老顺义王留给我的物件，一件也不能更换，一件也不能丢掉。”也儿克兔哈屯又说。

“是。”侍女应道。

“你不想知道，我为何看重老顺义王留下的物件吗？”也儿克兔哈屯问。

“婢子想知道，但不知哈屯想不想讲。”侍女说。

“我说给你听听吧，”也儿克兔哈屯想讲。她回想着当年情景，缓缓言道，“我出生的那一年，汉人称作庚戌年。就在那一年，老顺义王率领精兵强将，穿越大同、宣府，直逼天朝的京城。我后来每想起这一场大战，都忍不住热血沸腾。你说，老顺义王是不是大英雄？”

“是大英雄。”侍女附和道。

“是不是最大的英雄？”也儿克兔哈屯又问。

“是最大的英雄。”侍女附和道。

“是不是大明以来，我族独一无二的大英雄？”也儿克兔哈屯又问。

“是独一无二的大英雄。”侍女附和道。

“所以，老顺义王虽然比我大四十多岁，但他当年娶我为妾，我是心甘情愿的。初为他妾也好，后为他妻也好，我都是心甘情愿的。而且，我当时在内心发誓：今生今世，我只为他妾，只为他妻。对别的顺义王来说，我只是哈屯，不是妻妾，不是夫人，”也儿克兔哈屯说着，问道，“我为何让你等只呼我哈屯，不准呼夫人、娘子，你懂了吧？”

“婢子懂了。”侍女道。

“你还要我换过这串佛珠吗？”也儿克兔哈屯又问。

“婢子再不敢；不过——”侍女欲言又止。

“你还有何话说？”也儿克兔哈屯问。

“哈屯手里的佛珠是老顺义王留下的，婢子信；哈屯身上的锦袍也是老顺义王留下的，婢子不信。”侍女说。

“地位稍尊贵者，也不会一件锦袍在身上穿四五十年，何况是我！这件锦袍确不是老顺义王留给我的，”也儿克兔哈屯说着，问道，“你为何说及这件锦袍？”

“佛珠不能换一串，锦袍总能换一件吧？”侍女道。

“你看它不顺眼？”也儿克兔哈屯问。

“哈屯身上的锦袍，婢子哪儿敢看不顺眼！”侍女道。

“那为何要换它？”也儿克兔哈屯问。

“还不是因为就要做新哈屯，添点儿喜庆。”侍女说。

“给谁添喜庆？”也儿克兔哈屯问。

“给哈屯自个儿呗。”侍女说。

“你难道不知，做第二任顺义王的哈屯，做第三任顺义王的哈屯，非我所愿；作卜失兔的哈屯，尤非我所愿！”也儿克兔哈屯道。

“那也可以给新顺义王添点儿喜庆。”侍女说。

“他还没受封顺义王呢。”也儿克兔哈屯道。

“婢子听说，只要哈屯答应作他的哈屯，大明朝廷即刻就会封他作顺义王，”侍女说着，问道，“这话难道不真？”

“这话不真，我为何要答应他！”也儿克兔哈屯道，又吩咐，“那也得等有敕旨后，再称他顺义王。”

“是，”侍女应罢，再次欲言又止，“不过——”

“你想问，我难道不为做新的哈屯做任何准备？”也儿克兔哈屯道。

“哈屯看透婢子的心思。”侍女说。

“我只有一件事要做，就是将此事告与太师知道。”也儿克兔哈屯说。

她嘴里的太师，指宣、大总督。几十年来，她有事都是通过宣、大总督奏于朝廷的；朝廷有事，也是通过宣、大总督宣谕于她。

眼下的宣、大总督，是涂宗浚。

涂宗浚率部巡边，行至镇川，逗留两日。

心腹护卫入内禀报，中军官戴延春有事求见。涂宗浚立刻传令，让他进来。此二日逡巡不前，他就是在等这个人。

或者更准确地说，是在等他带来的消息。

“有了都堂大人等的消息。”戴延春简明扼要地说。

“有书信，还是仅有口信？”涂宗俊问。

“有书信。”戴延春说。

“拿来看！”涂宗浚说着，伸出手去。

书信是卜失兔差使送来的，涂宗浚看第一句话后，心中暗道：不好！卜失兔写的是：我心中想的两国大事，明白说与尔知道。

自打接到忠顺夫人送的口信后，涂宗浚就按捺不住内心的兴奋。六年没有解决的麻烦，看来要在他手里解决。他一面在等卜失兔更为正式的通报，一面在想，是不是该请朝廷第四次敕封忠顺夫人。

不料，卜失兔并不如自己想的那么恭顺，那么虔诚。他把自己称作“尔”，把和朝廷的关系说成“两国大事”。不用说，接下来的话也不会如己所愿。

但还得耐着性子读下去。

卜失兔写道：

> 我心中想的两国大事，明白说与尔知道。我要秦王名目，秦王印信、敕书；赏赐大水口与我市马一千，水泉营月马三十五匹；每年添钦赏三十份，好人抚赏一百份；每月赏金五十两，银二百两。我说的依了我，即与我提请，方递保结。

卜失兔写不出这样的中文文书，肯定是他口述，由通事译写出中文的。同样可以肯定的是，通事是按照口述的内容、口述的语气写出来的。文中除了“赏赐”“钦赏”“抚赏”等字眼，哪里还有一个客气点儿的字眼！而且，可以想像的出，他在口述这几个字眼时，对它们的理解也和我们对它们的理解不一样。

“大人，卑职不用再回去吧？”戴延春虽则是问，但本人的意愿很明显：他不想再回去。

“该使在等着回信呢，你不回去，他怎办？”涂宗浚道。

“我若回去，我怎办？”戴延春道。

“你不知怎么回复该使？”涂宗浚问。

“卑职不知。”戴延春道。

“如此甚好，我可以放心让你回去。”涂宗浚说。

“我不知怎么回复该使，倒放心让我回去？大人的话好奇怪呀！”戴延春道。

“这有何奇怪！你若知怎么回复，我让你怎么回复，你未必照办；你不知怎么回复，我让你怎么回复，你就会怎么回复。”涂宗浚说。

“原来大人要教卑职怎么回复！”戴延春道。

“对。”涂宗浚点头。

“那卑职也可以放心回去，”戴延春说着，躬身道，“请大人示下。”

“你先问他，可知本督是几时到任的。”涂宗浚交代。

“大人是万历三十九年二月到任的。”戴延春想也不想就说。

“不是我问你，是你问他！”涂宗浚道。

“是，卑职先问该使，都堂是几时到任的，”戴延春重复之后，说道，“卑职估摸着，他说不上来。”

“他肯定说不上来，”涂宗浚道，“然后你告诉他，本督是几时到任的；一定要告诉得准确。”

“可卑职只记得是二月，具体的日子，卑职不记得。”戴延春说。

“记得二月就可以。”涂宗浚道。

“是，”戴延春应一声，重复道，“卑职准确告诉该使，都堂大人是万历三十九年二月到任的。”

“好。”涂宗浚点头。

“然后呢？”戴延春问。

“然后你告诉他，本督早放出话去：五年之内，卜失兔和忠顺夫人不得成婚。”涂宗浚说。

“但卑职知道，大人是希望他两个早日成婚的。”戴延春好像担心总督大人忘记。

“不管我是不是希望他两个早日成婚，你必须告诉彼使，本督到任之初，就放出这话。”涂宗浚命道。

“是，”戴延春应一声，重复道，“卑职告诉该使，都堂大人到任之初，就放出话：五年之内，卜失兔和忠顺夫人不得成婚。”

“好。”涂宗浚点头。

“然后呢？”戴延春问。

“然后你告诉他，到何时卜失兔和忠顺夫人才可以成婚，”涂宗浚说，并加上一句，“如果到那时他还活着的话。”

戴延春当然先要问后面这句：“如果到那时他还活着的话，是何意？”

“你不要急着问。”涂宗浚道。

“不是卑职要急着问，是该使一定会急着问。”戴延春说。

“你告诉他，不要急着问。”涂宗浚道。

“是，”戴延春应一声，重复道，“卑职告诉该使，要到万历四十四年二月，卜失兔才可以和忠顺夫人成婚。”

“好。”涂宗浚点头。

“然后呢？”戴延春问。

“三日之后，你去检验新制火器。”涂宗浚说。

“去何处检验？”戴延春问。

“校场。”涂宗浚道。

“可卑职不懂火器。”戴延春说。

“不用你懂火器，你尽管到时去检验就是。”涂宗浚道。

“是，”戴延春应一声，重复道，“三日之后，卑职去校场，检验火器。”

“好。”涂宗浚点头。

“然后呢？”戴延春问。

“不是然后，是同时。”涂宗浚说。

“同时呢？”戴延春又问。

“同时，你得让该使看着你检验火器。”涂宗浚说。

“好办，卑职带他去。”戴延春道。

“你不能带他去。”涂宗浚摇着头说。

“不能带他去？”戴延春不解。

“不仅不能主动带他去，他求你带他去，你也不能带。”涂宗浚说。

“不带他去，他怎看着我检验火器？”戴延春问。

“让他自个儿悄自尾随你去。”涂宗浚说。

“他会悄自尾随卑职去吗？”戴延春问。

“你先告诉他，你要验火器，他一定会要求和你同去；你当即回绝，他一定会悄自尾随你去。”涂宗浚说。

“是，”戴延春应一声，重复道，“三日之后，卑职去验火器。之前，把此事告知该使；该使求我带他去，我当即回绝。然后，我带着这条尾巴去校场。”

“好。”涂宗浚点头。

“卑职可以说然后吗？”戴延春问。

“可以。”涂宗浚道。

“然后呢？”戴延春问。

“你须记住两个字。”涂宗浚说。

“大人要卑职记住哪两个字？”戴延春问。

“镇定。”涂宗浚道。

“镇定？”戴延春这会儿就没法镇定。

“对，”涂宗浚应道，“届时将有三千火器齐发，其声惊天动地。你别惊得尿裤子，在众军及该使面前出丑。”

“卑职倒是担心，该使会惊得尿裤子。”戴延春说。

“让他惊得尿裤子，正是我的用意。”涂宗浚道。

“可卑职指挥不了三千士卒。”戴延春说。

“不用你指挥，你检验完火器，就可以站到一边去。”涂宗浚道。

“原来大人早安排好，”戴延春说着，重复道，“卑职检验完火器，心中牢记大人叮嘱的‘镇定’二字。”

“好。”涂宗浚点头。

“然后呢？”戴延春问。

“你告诉该使一句话：总督在榆林，只晓得杀达子，不晓得封王；然后把他打发走。”涂宗浚说。

“大人只命卑职告诉他一句话？”戴延春问。

“他一定还有许多话说，你随机应变就是；但我让你告诉他的那句话，你一定不能遗漏。”涂宗浚说。

“是。”戴延春应道。

戴延春验过火器之后，直接去馆驿。

卜失兔的使者只比他早一步回来，但装作才睡个好觉，打着哈欠给他开门。

“今日有公差，得罪。”戴延春说着，一抱拳。

“好说，”使者道，“将爷不在，倒让我睡个好觉。”

口外风沙大，他脸上的灰尘还没有洗去。戴延春看在眼里，笑在心里，但并不点破。

“将爷检验火器，是太师交代的？”使者问。

“可不。”戴延春道。

“可将爷说，太师远在榆林。”使者道。

“有何不对？”戴延春问。

“太师远在榆林，怎能给将爷交代差事！”使者道。

“新制火器近日送达，工部早有移文，都堂大人行前交代给我，这不成吗？再说，我边镇有五百里快报，八百里快报，都堂大人在榆林闻讯，再交代给我，也来得及呀。”戴延春辩道。

“将爷说得有理，我只有一事不明。”使者说。

“你有何事不明？”戴延春问。

“太师远在榆林，顾得上交代你差事，怎顾不上我的事！”使者道。

“你有何事？”戴延春问。

“我主卜失兔差我送来书信，不算事吗？就算我主的书信写错，但太师既不容相见，又无谕示，让我回去如何回话！”使者道。

“你说，你主的书信写错？”戴延春抓住他这句话。

“我说的是，就算我主的书信写错。”使者道。

“你说就算，我也说就算，如何？”戴延春问。

“好。”使者应道。

“都堂大人交代，若是你认错，有句话方可告诉你。”戴延春说。

“太师怎说？”使者问。

“都堂大人在榆林，只晓得杀达子，不晓得封王。尔今休讲封王，更休讲加赏等事。”戴延春述道。

戴延春在涂宗浚面前，略显笨拙、木讷；离开涂宗浚，立刻显示出应对套部使者的才智。叙述完涂宗浚要他转达的这句话，他心中感觉轻松，更加游刃有余。

“当日老主人俺达受封，白马黑牛，对天说誓。中国人马八十万，我部人马四十万，俱在场听到。誓言曰：自今两家和好，永不相犯；如先犯者，有如此盟。今太师却说只晓得杀达子，岂不是背盟，将四十年大事一旦坏了！”使者指责道。

“自俺达以来，延续三王，俱有旧规。今卜失兔要加许多赏物，究竟是谁先背盟？”戴延春反诘。

“中国三镇边疆，全赖我主守着，朝廷也该给些赏赐。”使者辩道。

“朝廷准你各台吉驻扎一地，已是莫大恩典。各人进贡，各人领赏，何须卜失兔代为领赏！你不妨想一想，四十年王封一旦烟消雾散，你等仍旧去穿皮袄，仍旧去吃生肉，是何滋味！到时求封不得，你还敢来讨加赏吗！”戴延春斥道。

使者被他的气势压制，愣了会儿神，躬身揖道：“念我家娘子四十年恭顺，容我一见太师，面听吩咐。”

“这话我倒可以转达。”戴延春口气也缓和下来。

涂宗浚召见使者后，答应代卜失兔奏请封赏。

六月中，卜失兔受封顺义王。不久，也儿克兔哈屯病故，没赶得上第四次受封。

第四百三十八章

王曰乾挂着锦衣卫百户的职衔，锦衣卫里的人，他却一个也指挥不动；他要办事，只能靠街巷里的几个小混混。

赵四先到王曰乾住的小院，不敢敲门，蹲在院门外。

等一会儿，等来张三。张三问："老四，怎不进去？"

"等三哥来，一同进去。"赵四说。

"别，再等等。"张三说着，蹲到院门的另一边。

又等一会儿，等来马二。马二问："老三，老四，怎不进去？"

"等二哥来，一同进去。"张三、赵四齐道。

"不等老大吗？"马二问。

"二哥说等，咱就等。"张三、赵四齐道。

"那就等等吧。"马二说着，蹲到他两个中间，把院门挡住。

最后，等来王大。王大问："你哥儿三个怎不进去？"

"等大哥来，一同进去。"马二、张三、赵四齐道。

"我来敲门。"赵四起身后说。

"敲啥子门！"王大道。

院门没拴上，王大隔着三人一推，门大开。三人闪开条路，让他先进。

院子当中摆张矮几和几把凳子，王曰乾已坐在那里等他们。

"今日喝茶；等事办成，我请你等喝酒。"王曰乾说。

矮几上果然只有一壶茶，几个杯子，连干果都不放一碟。

"先生要我哥儿几个办何事？"王大问。

"不忙，先坐下。"王曰乾招呼道。

四个人分坐两边，一边两个，突出王曰乾当中的位置。

"小四，你最先到的吧？"王曰乾问赵四。

"先生召唤，小四向来最先到。"赵四说。

"我既知你到，为何不叫你进来？"王曰乾问。

“小四不知。”赵四道。

“然后到的是小三吧？”王曰乾问张三。

“是小三。”张三应道。

“我既知你也到，为何不叫你和小四进来？”王曰乾问。

“小三不知。”张三道。

“然后到的是小二吧？”王曰乾问马二。

“是小二。”马二应道。

“我既知你也到，为何不叫你和小三、小四进来？”王曰乾问。

“小二不知。”马二道。

“我要看看你四个情义如何；今日要办的事，你等没情没义是办不成的。”王曰乾说。

“先生看我等情义如何？”王大问。

“同进同退，情深义重。”王曰乾道。

“先生要我等办何事，请发号令。”王大又问。

“不忙，先喝茶。”王曰乾招呼道。

四人遵命各饮一口茶。王曰乾又轮流问他们，不过这次是从王大问起。

“老大原姓王吧？”他问王大。对王大，实在不能称之以小，只能以老称之；况且，王大又是他叫起来的，不能再改他名。

“小子世世代代姓王。”王大说。他既不能以小大自称，又不能以老大自称，于是自称小子。

“你可知，我为何唤你王大？”王曰乾问。

“小子不知。”王大道。

“你等可知？”王曰乾问其他人。

“大哥碰巧姓王。”张三说。

“小三是说，老大和我同姓，故我对他最亲？”王曰乾问。

“亲疏且不说，大哥既姓王，理当唤王大。”张三说。

王曰乾不置可否，又问马二：“小二原姓马吧？”

“小二世世代代姓马。”马二说。

“你可知，我为何唤你马二？”王曰乾问。

“小二不知。”马二道。

“你等可知？”王曰乾问其他人。

“二哥年龄第二，武艺第二，机智第二，事事第二。”赵四说。

王曰乾不置可否，问张三：“小三原姓张吧？”

“小三世世代代姓张。”张三说。

“你可知，我为何唤你张三？”王曰乾问。

“小三不知。”张三道。

“你等可知？”王曰乾问其他人。

“老三饭量第三，酒量第三，奔跑第三。”马二说。

王曰乾不置可否，问赵四：“小四原姓赵吧？”

“小四世世代代姓赵。”赵四说。

“你可知，我为何唤你赵四？”王曰乾问。

“小四不知。”赵四道。

“你等可知？”王曰乾问罢，对王大说，“前面也等交互回答，这会儿该你来回答。”

“小子想起一段戏文。”王大说。

“你想起了哪段戏文？”王曰乾问。

“小子想起了包龙图的戏文，”王大道，“包龙图坐衙开封府，身边有王朝、马汉、张龙、赵虎四大班头。小子想，先生恰巧碰上我等四人，遂以四大班头喻我等四人。”

“你这个老大没白叫，甚知我心。”王曰乾拍着他肩膀说。

“小四成赵虎，先生岂不成包龙图！”赵四道。

“小三成张龙，先生岂不成包青天！”张三道。

“小二成马汉，先生岂不成包老大人！”马二道。

“好了，”王曰乾让他们安静下来，又挨个儿提问同一个问题，这次是从马二问起，“小二可知，我为何要你等呼我先生？”

“小二不知。”马二道。

“随便说个理由。”王曰乾命道。

“或是先生认得许多字。”马二说。

王曰乾不置可否，又问张三：“小三可知，我为何要你等呼我先生？”

“小三不知。”张三说。

“随便说个理由，”王曰乾命道。

“或是先生读过许多书。”马二说。

王曰乾不置可否，又问赵四：“小四可知，我为何要你等呼我先生？”

“小四不知。”赵四说。

“随便说个理由。”王曰乾命道。

"或是先生写过许多文章。"赵四说。

王曰乾不置可否，最后问王大："老大，你总该知道吧？"

"小子也不知。"王大说。

"随便说个理由。"王曰乾命道。

"小子想，先生要我等呼先生，和认不认得字，读没读过书，写没写过文章，都没关系。"王大说。

"还是老大说的沾点儿边。"王曰乾道。

"非此非彼，却为何事？"马二、张三、赵四齐问。

"老大，你还能再说说吗？"王曰乾问王大。

"小子说不出。"王大说。

"那我来告诉你等，"王曰乾顿了顿，讲述道，"和我住的院子，隔一条胡同，有户人家姓孔，欺负我家三辈。"

"欺负先生三辈，凭什么呀！"四人齐抱不平。

"凭他姓孔。"王曰乾道。

"姓孔很了不起吗？我以为姓王才了不起呢。"赵四说。

"姓赵也很了不起，《百家姓》里排在第一。"张三说。

"可老四在我等中排第四。姓赵的很了不起，姓张、姓马的也很了不起。"马二说。

"先生，是不是因为有个孔圣人呀？"王大问。

"问得好！"王曰乾赞道，"孔家自诩是圣人之后，把街坊邻居都不放在眼里，任意欺凌。我爷爷年轻时有血性，和他爷爷争吵，被他爷爷一纸诉状，送进大牢，放出来后一蹶不振。我爹爹和他爹爹也是一对冤家，打打骂骂一辈子。"

"先生说的他爷爷是谁呀？"赵四问。

"先生说的他爹爹是谁呀？"张三问。

"先生说的他是谁呀？"马二问。

"他爷爷、爹爹，人已死，不用说他们；他叫孔学。"王曰乾说。

"是他呀！"四人齐道。

"你等都认得他？"王曰乾问。

"整日在街巷里混的，怎会不认得！"四人齐道。

"先生给我等讲讲，怎么被他欺负。"马二又说。

"二哥这话问的！"张三道，"先生何等英雄，会被他欺负！"

"三哥这话说的！"赵四道，"英雄也有气短之日。照你这么说，咱老先生、老老先生就不是英雄！"

“他倒没敢欺负我，只是不时气气我而已。”王曰乾说。

“他怎气先生？”四人齐问。

“他是学校里出来的，每每当着我的面对别人说，学生如何如何。”王曰乾道。

“学校里出来的就了不起吗？我以为校场上拚打出来的，才了不起呢。”马二说。

“二哥本家也很了不起呀，前些年还出个姓马的状元呢。”赵四说。

“先生，他是那个学校出来的？”王大问。

“不知哪个县学，”王曰乾说，“说起来，他孔家也是一代不如一代。孔学那厮的爷爷，是在太学读书；他的爹爹，是在府学读书；到他这一代，只能混入县学。”

“和先生家里正好相反，”王大道，“老老先生是总旗，老先生是镇抚，到先生，荣升百户，难怪先生要我等呼先生。他一代不如一代的，既自称学生；先生一代胜一代的，当然是先生。”

“但先生只能关起门来叫叫，想起他自称学生时的那副嘴脸，还是难免会生出一口恶气。”王曰乾说。

“先生是不是要我等整整这个孔学，给先生，还有老老先生、老先生出口恶气？”王大又问。

“大哥还用问吗，先生肯定是这个意思。”另三人说。

王曰乾不说是与不是，但问：“你等打算怎整他？”

“小三听说，古人有被骂死的，不知有没这回事？”张三问。

“有这回事，”王曰乾道，“我读过一本章回小说，诸葛孔明生生把魏国大臣王朗骂死。”

“可惜。骂死的是姓王的，”张三叹息之后，说，“老四一张嘴，比诸葛孔明阴毒，肯定能把姓孔的骂死。”

“小四听说，古人三拳打死一汉子，不知有没这回事？”赵四问。

“有这回事，”王曰乾道，“我读过的另一本章回小说里，花和尚鲁智深三拳打死个镇关西。”

“孔学那厮，弱不禁风，肯定禁不住三哥三拳。”赵四说。

“小二，你说呢？”王曰乾问马二。

“先生肯定不想骂死姓孔的。”马二说。

“老大，你说呢？”王曰乾问王大。

“先生肯定不想打死姓孔的。”王大说。

“二哥是说，先生不想骂姓孔的，还是说不想骂死姓孔的？”张三问马二。

“不想骂姓孔的，更不想骂死姓孔的。”马二说。

赵四最怕王大，本不敢问的；但受张三问马二的鼓舞，他也问起来：“大哥是说，先生不想打姓孔的，还是不想打死姓孔的？”

“不想打姓孔的，更不想打死姓孔的。”王大说。

“骂都不骂，怎出恶气！”张三道。

“打都不打，怎出恶气！”赵四道。

“不打、不骂，怎的出不了恶气？”王曰乾问他二人。

“我想不出别法，二哥或许想得出。”张三道。

“我想不出别法，大哥或许想得出。”赵四道。

“我二人也想不出，请先生点拨。”王大、马二齐道。

“老大说得对，我不想在拳脚上胜过孔学；老二说得对，我不想在谩骂上胜过孔学。孔学的爷爷在官司上胜我爷爷，我但求也在官司上胜孔学一场。”王曰乾说。

“这不难办。”四人齐道。

“怎么？”王曰乾问。

“先生想在大兴县打官司，包在老四身上。”张三说。

“小四一人能把大兴县摆平吗？”王曰乾问。

“不敢说摆平，十拿八稳是有的。”赵四说。

“好，以后有大兴县的官司，交给你去办；不过，”王曰乾口气一转，说，“和孔学的官司，我不想在大兴县打。”

“先生想在顺天府打官司，包在老三身上。”马二说。

“小三一人能把顺天府摆平？”王曰乾问。

“不敢说摆平，七成把握是有的。”马二说。

“好，以后有顺天府的官司，交给你去办；不过，”王曰乾口气一转，又说，“和孔学的官司，我不想在顺天府打。”

“先生想在大理寺打官司，包在老二身上。”王大说。

“小二一人能把大理寺摆平？”王曰乾问。

“不敢说摆平，六成胜算是有的。”马二说。

“好，以后官司到大理寺，交给你去办；不过，”王曰乾口气一转，又说，“和孔学的官司，我不想在大理寺决输赢。”

“先生想在刑部大堂打官司，包在大哥身上。”赵四说。

“老大一人能把刑部摆平？”王曰乾问。

“不敢说摆平，至少进得去，出得来。”王大说。

“好，以后官司到刑部衙门，叫你去办；不过——”王曰乾还是那句话，但王大没让他说出来。

“和孔学的官司，不在刑部大堂上打，却去哪个衙门打？”王大问。

“御前，”王曰乾两个字一出口，把四人惊呆。他问，“御前的官司，包在谁个身上？”

“我等谁个也包不起，只能包在先生身上。”四人齐道。

“先生真能把官司打到御前？”王大又问。

“我知你等不信；但能不能把官司打到御前，并不在我，而在你等。”王曰乾说。

“怎在我等？”四人不解。

“有件事，须你等去办，”王曰乾说，“你等办成，我就可把官司打到御前；你等办不成，我也只能徒唤奈何。”

“先生吩咐。”四人齐道。

“有个叫王三诏的，你等知否？”王曰乾问。

“可是摆摊算卦的王三诏？”赵四问。

“可是降妖伏怪的王三诏？”张三问。

“可是善于诅咒的王三诏？”马二问。

“可是妖人王三诏？”王大问。

“这个叫法好，以后大家都叫他妖人。”王曰乾吩咐。

“是。”四人应道。

“有个叫赵思圣的，你等知否？”王曰乾又问。

“可是丢我赵姓人脸的赵思圣？”赵四问。

“可是代人写书信的赵思圣？”张三问。

“可是胸无点墨的赵思圣？”马二问。

“可是假装斯文的赵思圣？”王大问。

“此人最喜欢假装斯文，以后就叫他假斯文。”王曰乾吩咐。

“是。”四人应道。

“有个叫姜严山的，你等知否？”王曰乾又问。

“可是自幼阉割的姜严山？”赵四问。

“可是阴阳怪气的姜严山？”张三问。

“可是在郑贵妃宫里当差的姜严山？”马二问。

“可是自称内相的姜严山？”王大问。

“此人有些来头，以后见到，可以内相呼之。”王曰乾吩咐。

“是。”四人应道。

“我要你四个办的事，和此三人有关，”王曰乾说着，命赵四，“你去查查，孔学那厮和妖人王三诏有无来往。”

“是，”赵四应一声，问道，“若无来往呢？”

“若无来往，也要说出他二人的来往。”王曰乾说。

“这一套小四会。”赵四道。

“你去查查，孔学那厮和假斯文赵思圣有无来往。”王曰乾命张三。

“是，”张三应一声，问道，“若无来往呢？”

“若无来往，也要说出他二人的来往。”王曰乾说。

“这一套小三也会。”张三道。

“你去查查，王三诏和内相姜严山有无来往。”王曰乾命马二。

“是，”马二应一声，问道，“若无来往呢？”

“若无来往，也要说出他二人的来往。”王曰乾说。

“这一套小三、小四是和小二学的。”马二道。

“你去查查，王三诏和大内护卫有无来往。”王曰乾命王大。

“是，”王大应一声，说，“小子知道，他和大内护卫若无来往，也要说出他等之间的来往。”

“那却不必。”王曰乾却说。

“先生怎对大哥网开一面？”另三人问。

“不是网开一面，是别有处置，”王曰乾说着，又命王大，“你若查不出他等之间的来往，再去查查赵思圣和大内护卫有无来往。”

“是。”王大应道。

四人散去，盼着下次来时有酒喝。

第四百三十九章

提督东厂太监魏伸来见皇帝，从来没像今次不安。

还好，皇帝问话，并不如他想象的那么严厉。

“打炮之人已鞫讯过？”皇帝问。

“是，”魏伸应道，“奴才会法司鞫讯过。”

“他叫什么来着？”皇帝问。

“王曰乾。”魏伸禀奏。

“这个王曰乾，好像是个官人。”皇帝道。

“似官非官。”魏伸说。

“怎叫似官非官？”皇帝问。

“王曰乾世代军籍，到他时捐个锦衣卫百户，此似官也；但他从未到衙门里点过卯，锦衣卫也从未派过他差事，此非官也。”魏伸说。

“朕想也是，”皇帝道，“他若真当过差，更别说在锦衣卫当过差，会不知道在皇城打炮是天大的事！”

“爷说的是。”魏伸应道。

“他在皇城打炮，有无主使之人？”皇帝又问。

“并无主使之人。”魏伸说。

“是他说的？”皇帝问。

“是。”魏伸应道。

“你等都信？”皇帝问。

“参与会审之臣都信。”魏伸说。

“既无主使之人，这个王曰乾为何要在皇城打炮？”皇帝问。

“他说是为呈疏御前，状告奸人。”魏伸说。

“状告奸人？他告的是谁？”皇帝问。

“是个生员，叫孔学。”魏伸说。

“孔学？倒真是姓也好，名也好。”皇帝道。

皇帝如果说：朕看，他姓也好，名也好，下面的话，魏伸就不敢说；但皇帝说：倒真是姓也好，名也好，显然这不是他实际的看法。下面的话，魏伸就一定要说。不然，和后面的内容难以连接。

“可惜他徒有好姓好名。”魏伸说。

“他不争气？”皇帝问。

“是，”魏伸应一声，说道，“他自县学肄业，整日里在街巷胡闹，连个秀才也没混上。”

“他闹出人命？”皇帝问。

“那却没有。”魏伸道。

“他不孝父母，是个忤逆子？”皇帝又问。

“也不是。”魏伸道。

“只是胡闹，考不取秀才，既没出人命，又非不孝父母，值得告状告到朕这里吗！”皇帝质问。

“据王曰乾供述，告孔学，是因为他结交两个人。”魏伸说。

“哪两个人？”皇帝问。

“一个叫王三诏，一个叫赵思圣。”魏伸说。

“这两个人交不得？”皇帝问。

“不是这两个人交不得，是孔学和这两个人交不得。”魏伸说。

“这是为何？”皇帝问。

“此二人须分别来说，爷要奴才先说哪个？”魏伸反问一句。

“王曰乾先供出的哪个，你先说哪个，何必问朕！”皇帝道。

“是，”魏伸应一声，说道，“王曰乾先供出的是王三诏。据他说，王三诏是个妖人。”

“王曰乾为何说王三诏是个妖人？”皇帝问。

“他善于诅咒。”魏伸说。

“怎诅咒？”皇帝问，“是不是剪个纸人，写上姓名及生辰八字，又钉以铁钉，每日拜祝，以不利被诅咒之人？”

“据王曰乾所述，差不多就是这样。”魏伸道。

“此等妖人，朝廷屡禁，人人都交不得。你为何特别说，孔学和他交不得？”皇帝问。

“因为孔学常和他去个地方。”魏伸说。

“常去何处？”皇帝问。

“阜成门外。”魏伸道。

“阜成门外？”皇帝忽然眉头一皱，想起一件事来，“朕想起来，西人利玛窦墓在阜成门外，他二人可是去幕上拜祭？”

“他二人偶然也去利玛窦墓前拜祭，但更多的是去另一处。”魏伸说。

“更多的是去哪处？”皇帝问。

“更多的是去一处宅子。”魏伸说。

“谁人的宅子？”皇帝问。

“据王曰乾所供，是姜严山的外宅。”魏伸道。

士绅在家外另外包养一个女人，多称外室；内臣在宫外的宅院，才被称作外宅。所以皇帝问：“姜严山是内臣？”

“是。”魏伸应道。

“一个是肄业的生员，一个是善于诅咒的妖人，结伴去内臣的外宅，此事却有些蹊跷。”皇帝说。

“爷说的是。”魏伸应道。

“他二人去姜严山外宅，为的何事？”皇帝又问。

“据王曰乾所供，为的是和姜严山歃血为盟，谨奉密令。”魏伸说。

“谨奉密令，是奉姜严山密令吗？”皇帝问。

“据王曰乾所供，二人是奉姜严山密令；而姜严山密令，似又来自别处。”魏伸说。

“密令是要王三诏诅咒某人吧？”皇帝问。

“密令是——”魏伸以为，接下来，皇帝应该问密令来自何处，但皇帝思忖之后，先问起别事。他忙改口，“——要王三诏诅咒。”

“姜严山命王三诏诅咒谁人？”皇帝问。

“姜严山命王三诏诅咒三——”魏伸踌躇着，不知后面一字该怎么说。

“是诅咒三人？”皇帝替他把那个字说出来。

“是。”魏伸应道。

皇帝今天的思维是跳跃式的，他不按常理问是哪三人，而是问句：“然后呢？”

“据王曰乾供，孔学、王三诏二人受命后即回城。”魏伸说。

“回到何处？”皇帝问。

“回到孔学家中。”魏伸说。

“回到孔学家中，又做何事？”皇帝问。

“据王曰乾供，孔学家有个后花园。当晚，二人在后花园里摆设香案，香案当中放置一黑瓷瓶，名曰收魂瓶。又剪纸人三个，分别放在黑瓷收魂瓶两边。王三诏取新铁钉多枚，钉入三人眼中。然后，他披发仗剑，烧符念咒。连续作妖法七天，这才将纸人焚化。有人数过，钉入三人眼中的铁钉，共计四十九枚。”魏伸述道。

“三人六眼，却用四十九枚铁钉；每眼钉入八枚，还多一枚。这得有多大的仇恨呀！”皇帝呼道。

“有多大仇恨，奴才想都不敢想。”魏伸附和道。

“朕忘问你，王三诏诅咒的三人都是谁？”皇帝忽然转回前面的话。

“爷不是忘问奴才，爷是知奴才不敢说。”魏伸道。

“原来你已觉察，”皇帝笑了笑，命道，“朕这会儿让你说，你多半还是不敢说。不如你照说纸人上写的何字。”

“是，”魏伸应一声，说道，“一纸人上写一串小字。”

“怎写的？”皇帝问。

“壬午年八月十一日未时。”魏伸说。

“这是洛儿出生的日子和时辰，如朕所料。”皇帝道。

“另一纸人上写两个大字。”魏伸说。

“哪两个大字？”皇帝问。

“万历。”魏伸说。

“这是朕，朕也想到。”皇帝道。

“最后一个纸人上也写两个大字？”魏伸说。

“哪两个大字？”皇帝问。

“慈圣。”魏伸说。

“这是母后，朕却没想到，”皇帝道，并说，“这个孔学、王三诏，和朕有多大的仇恨，竟要咒死朕祖孙三代！”

魏伸没随声附和，自有他的道理。

“这些都是王曰乾所供吧？”皇帝又问。

“是。”魏伸应道。

“纸人上写的字，他怎会知道？”皇帝问。

“据王曰乾供，他发觉孔学、王三诏有异谋，故差人尾随侦伺，查得其实。”魏伸说。

“二人去阜成门外，尾随者侦伺得到；二人回城，去孔学家，尾随者侦伺得到；孔学家后花园的事，尾随者怎侦伺得到？”皇帝疑道。

“据王曰诏供，尾随者是趴在墙头看到的。”魏伸解释。

“尾随者趴在墙头，借着月光，看得到他摆放黑瓷收魂瓶，看得到他摆弄纸人，看得到他披发舞剑，烧符念咒，怎看得到他共用四十九枚铁钉，怎看得到他写在纸人上的字？”皇帝仍有所怀疑。

“据王曰乾供，妖人作法七日，尾随者是趁后花园无人之际，潜入园中，这才看到。”魏伸说。

“好吧，就算给他这样一个机会，”皇帝说着，提出魏伸最想让皇帝忘掉的问题，“老魏，朕还忘问你，那个姜严山是哪处的内臣？”

“爷不是忘问奴才，爷是料到奴才不敢说。”魏伸道。

“但你也料到此事朕一定要问，是不是？”皇帝问。

“是。”魏伸应道。

“那你告诉朕，姜严山在二十四衙门的哪个衙门当差？”皇帝问。

“他不在衙门。”魏伸说。

“是在宫中当差？”皇帝问。

“是。”魏伸应道。

“朕没听说过此人，不会是在某废宫里当差吧？”皇帝问。

“爷说的是，他不是在废宫里当差。”魏伸道。

“朕这会儿问你，你多半还不敢说，不如朕问你。问得不对，你摇头；问的对，你点头。”皇帝命道。

“是。”魏伸应道。

“他可是在朕宫里当差？”皇帝问。

魏伸摇头。

“他可是在母后宫里当差？”皇帝问。

魏伸摇头。

“他可是在皇后宫里当差？”皇帝问。

魏伸摇头。

“他可是在贵妃宫里当差？”皇帝问。

魏伸没摇头，但也没点头。

“是朕问得含糊，”皇帝道。所谓含糊，是因为有二皇贵妃，一是太子生母王氏，一是福王生母郑氏，王贵妃虽薨，但谥温肃端靖纯懿皇贵妃，所以，对她仍称贵妃娘娘；虽她居住的宫室在她生前就已残败，但不能说是废宫。皇帝又问，“他可是在郑贵妃宫里当差？”

魏伸与其说在点头表示，不如说在用眼神表示。

“竟牵连到爱妃！”皇帝怒道。在确定王三诏是要诅咒他和母后、太子时，他不可能不动怒，但还可以控制，还没有尽形于色；但确定此事可能和郑贵妃有牵连时，他怒不可遏。他尽力让自己平静下来，好继续追问。因为他看出，他不问的话，魏伸很难自己把鞫讯的结果都说出来。他问，“你方才是不是说过一句：姜严山密令似又来自别处？”

“奴才说过。”魏伸应道。

“这话是你说的，还是王曰乾说的？”皇帝又问。

“是据王曰乾所供。”魏伸说。

“他供出密令是来自爱妃？”皇帝问。

“那倒没有。”魏伸道。

“他是怎供的？”皇帝问。

“必报贵妃娘娘厚恩；必结天下心腹好汉，共图大事；必毒死皇上、皇太后、皇太子，使福王得立，以求升赏，以求富贵。”魏伸复述道。

“必报贵妃娘娘厚恩，必使福王得立，”皇帝重复两句誓词后，说道，“他虽未直接供出密令来自爱妃，但分明在暗示密令来自爱妃！”

“爷说的是。”魏伸应道。

“难怪朕一开始就觉着，此事绝不可信！”皇帝道。

“奴才也觉着此事绝不可信，”魏伸附和道，并举一事证明。“所以，爷说孔学、王三诏和爷有多大的仇恨，竟要咒死爷三代，奴才不应声。”

皇帝想了想，好像是这么回事。他问：“老魏，你为何不信？”

“奴才就是不信；但要奴才说为何不信，奴才说不出来。”魏伸道。

“你就是不信，说明你有脑子，”皇帝道，“老魏，你记住，就算宫里所有的人都想朕死，爱妃也不会想朕死；就算宫里所有的人都想以妖术咒死朕，爱妃也不会以妖术咒死朕！”

“奴才记住。”魏伸应道。

“这个王曰乾还供出何事？”皇帝问。

“并无其他。”魏伸道。

“并无其他？是他没的可说？”皇帝问。

“他也许有的可说，也许没的可说，但法司官和奴才都不敢让他再说下去。”魏伸道。

“为何不敢让他再说下去？”皇帝问。

“法司官和奴才不知他还会说出何事。”魏伸说。

“让他再说！”皇帝怒道，“朕倒要看看，他会不会说出姜严山、孔学、王三诏等，是受密令于爱妃！或者，他干脆说，是朕要咒死自家，要咒死洛儿，要咒死母后！”

“是，”魏伸应道，“奴才这就去传谕法司官。”

只要皇帝挥挥手，或者说句“你去吧”，很快会再度开审。但皇帝没挥手，也没开口。显然，皇帝有点儿犹豫。

皇帝走下御座，在殿上走来走去，先是从御案的前头走到后头，后头走到前头；然后从御案的左端走到右端，右端走到左端；最后，他绕着大殿，一圈一圈地走下来。

魏伸不敢催促，只能维持他说最后那句话时的姿势，躬身站立一旁。他站得腿酸，腰酸，全身都酸。他估算着时间，应该有半个时辰，应该有一个时辰，应该有一个半时辰。有没有两个时辰？直到忽然感觉而不是看到皇帝站住，他才敢稍稍站直，听皇帝新的口谕。

“此等大事，辅臣怎可无言！”皇帝道。

“要不，奴才先去见叶先生，再去法司？”魏伸忙提议。

“去见叶先生，你不合适，让老成去！看叶先生有何话说，你再云法司。”皇帝命道。

“爷圣明。”魏伸颂道。

第四百四十章

“叶阁老总算替我母子两个说句好话。”郑贵妃道。

听到这话的是她宫里三个地位高的内臣：刘成、庞保、姜严山。郑贵妃本来以为，三人对她这句话反应会不一样；没想到，三人都是一副不以为然的表情。

“刘成，你说呢？”郑贵妃先问刘成。

“叶阁老替娘娘和殿下说过话吗？”刘成反问。

“没有。”郑贵妃道。

“他既然从未替娘娘和殿下说话，这次为何要替娘娘和殿下说话？”刘成问。

郑贵妃说不上来。他命庞保：“你说！”

“叶阁老替娘娘和殿下着想过吗？”庞保问。

“没有。”郑贵妃道。

“他既然从未替娘娘和殿下着想，这次为何要替娘娘和殿下着想？”庞保问。

郑贵妃又说不上来。她对姜严山说：“我本以为你会感激叶阁老，看来你也不存感激之心。”

“娘娘说的是，”姜严山应道，“他并非替娘娘和殿下说话，并非替娘娘和殿下着想，奴才干吗要感激他！”

“但因他一言，终于制止追查，这难道不是你的心愿？”郑贵妃问。

“果真有其事，奴才当然巴不得不再追查；今者并无其事，奴才为何惧怕追查！”姜严山道。

郑贵妃觉得真是这么个道理，于是从新审视这件事。

“刘成，你再说一遍，叶阁老是怎奏的。”她命道。

“叶阁老说，此事大类往年妖书；然妖书匿名难诘，今两造俱在，一审其情立见。陛下当静处之；稍张皇，则中外大扰。至其词牵引贵妃、福王，尤可痛恨。臣与九卿所见皆同，敢以闻。”刘成述道。

“这是他前一次所奏吧？”郑贵妃问。

“是。”刘成应道。

“由此奏看，他首先担心的是中外大扰，而不是其词牵引我和洵儿，”郑贵妃说着，问道，“他后一次又怎奏？”

“曰乾疏不宜发，发则上惊圣母，下惊东宫，贵妃、福王皆不得安。宜留中，而别谕法司治诸奸人罪。”刘成述到一半，被郑贵妃打断。

“他担心我和洵儿不安，总算是为我母子说话吧！”郑贵妃道。

“娘娘别忘记，他后面还有话呢。”庞保插话。

“娘娘别忘记，后面的话才是根本。”姜严山也说。

“娘娘别忘记，前一奏，是万岁爷逼问出来的；后一奏，却是他主动陈奏的。”刘成最后说。

“好吧，你把他后面的话再说一遍。”郑贵妃命道。

“且速定明年福王之国期，以息群喙，则天下帖然无事。”刘成述道。

“此事可以牵扯出百般事来，却怎会牵扯出洵儿之国？他惦记的是洵儿早日之国，而不是我和洵儿不安。”郑贵妃改变最初的想法。

“娘娘总算看明白。”刘成道。

“我不以为他为我母子说话，他怎么说，我心里也不在乎；今既以为他为我母子说话，结果仍然不是，心里怪怪的，很不受用。”郑贵妃说。

“这是人之常情，换谁个，都难免气恼。”庞保安慰道。

“娘娘以后别再以为叶阁老，或外朝别人，会为娘娘和殿下说话就是。”姜严山安慰道。

“此事须得理论。”刘成则说。

郑贵妃听这话，心里一动。她问：“怎理论？”

“都是万岁爷骨肉，他为何只为东宫说话，不为殿下说话！”刘成道。

“你等谁愿去和叶阁老理论？”郑贵妃问。

“奴才愿去。”庞保总是抢在前面回答。

“奴才愿去。”姜严山也说。

“奴才愿去。”刘成最后说。

“我等三人同去。”三人又齐声说。

“又不是打架，去这多人作甚！”郑贵妃嗔道。

“是。”三人应道。

“我看，刘成理论的话题很好，他去吧。”郑贵妃命道。

“是。”刘成应道。

“记住，是去理论，不是去打架。”郑贵妃叮嘱。

“奴才谨记懿训。”刘成道。

刘成投刺后，即跟进院子；叶向高还没发话，他已进书房。

刘成想的是：叶向高和前几位阁臣一样，正杜门请辞，谢客再正常不过；除硬闯，没有别的法子可以见到他。而叶向高本来的确是打算把刘成挡在门外的，但刘成硬闯进来，他不好意思避而不见。

“刘公公没来过舍下吧？”叶向高问。

“相公府上，岂敢随意造访。”刘成道。

“今日怎又敢来？”叶向高问。

“奉有懿旨。”刘成说。

“刘公公是说，奉有贵妃娘娘懿旨？”叶向高问。

“是。”刘成应道。

“本来还想请刘公公多坐一会儿的，刘公公既然说奉有贵妃懿旨，我却不敢相留。”叶向高说着，起身，作送客状。

刘成不得不跟着起身。当然，他不会走，而是问：“这话怎说？”

“臣为廷臣，不敢接贵妃懿旨。”叶向高说。

“不算懿旨，只是娘娘一句话，可以吗？”刘成问。

“贵妃娘娘要对外臣说的话，怎可不算懿旨！刘公公，我不似你，可以整天和贵妃娘娘说家常话的。按照我大明制度，后妃是不得和廷臣说家常话的，廷臣也不敢与闻后妃的家常话。”

“其实，也不是娘娘的一句话，是我说的一句话，娘娘命我转述给相公，这总可以吧？”刘成又退一步。

“若是刘公公说的一句话，我是可以听的；但贵妃命你转述，类似懿旨，我还是不敢听。”叶向高说。

“那就算娘娘未命，我自个儿要说给相公听。”刘成道。

“有命就是有命，未命就是未命；却不知贵妃究竟是有命，还是未命？”叶向高问。

“未命。”刘成道。他本来想假郑贵妃之威，在气势上压倒叶向高；被叶向高三说两说，他不得不放弃这个想法。

“刘公公，你假传一次懿旨啊。”叶向高开玩笑地说。

“在下不懂规矩，还望见谅。”刘成揖道。

“开个玩笑，刘公公莫怪，”叶向高还揖，并让道，“刘公公有何话，还是坐下来说吧。”

两个人重又坐下，叶向高做出倾听的样子。

“在下愿相公以爱东宫之余，稍及我家殿下。”刘成文绉绉地说。

“刘公公这话从何说起？”叶向高问。

“就从相公最近两次密揭说起。”刘成说。

“刘公公切勿犯忌。”叶向高道。

“在下怎犯忌？”刘成问。

“刘公公是在贵妃宫里当差，对吧？”叶向高反问。

“对呀。”刘成应道。

“刘公公在贵妃娘娘宫里当差，可以说我家娘娘，或者，确切地说，是我宫娘娘；但福王已封藩，已离宫另设王府，刘公公再称我家殿下，合适吗？”叶向高问。

“是不太合适。”刘成承认。

“此犯一忌也。”叶向高道。

“我还犯别忌？”刘成有些吃惊。

“是，”叶向高点点头，反问道，“刘公公打算从我的密揭说起，对吧？”

“对呀。”刘成应道。

“我的密揭是呈给贵妃的吗？”叶向高问。

刘成一愣，道：“相公的密揭是呈给万岁爷的，怎会呈给娘娘！”

“我呈给皇上的密揭，刘公公却知道。你是长着千里眼呀，还是长着顺风耳？”叶向高问。

刘成又是一愣，分辩道：“许多人都知，并非我一人知！”

“可为密揭打上门来的，只有刘公公一人。’叶向高说。

“看来，相公的密揭说不得！”刘成挠挠头，道，“可不从相公的密揭说起，却从何事说起？”

“刘公公既知犯忌，不妨还从我的密揭说起，”叶向高说着，问道，“刘公公从我近两篇密揭看出，我只爱东宫，不爱福王，是吧？”

“不仅我看出，任何一人都可看出。”刘成道。

“刘公公既知我密揭，应该记得这句话：其词牵引贵妃、福王，尤可痛恨，”叶向高背诵之后，问道，“刘公公记不记得？”

“是‘至其词牵引贵妃、福王，尤可痛恨’。”刘成加上一个字。

“对，我是落下一个字。”叶向高道。

“相公落下这个字，非同小可。”刘成说。

“是吗？”叶向高倒想听他说说。

“至字，至于也。没有这个字，后面的意思和前面的意思一样重要；加上这个字，后面的意思就远不如前面的意思重要，就可说可不说。相公看重的，只是中外大扰。”刘成说。

“没想到，刘公公对字词之学颇有心得，”叶向高讥道，又说，“但后面还有个‘尤’字，刘公公是不是也该体会体会？单有个‘至’字，没有个‘尤’字，后面的意思既放在后面，或不如前面的意思重要；但有个‘尤’字，后面的意思应该比前面的意思更重要。”说着，问道，“刘公公说是不是？”

“于字词之学，我不敢与相公比肩。我以为‘至’字非同小可，相公以为‘尤’字非同小可，肯定是我错，不会是相公错。”刘成说。

“与其说谁人错，不如说各有各的道理。”叶向高道。好像轻易击败刘成，刘成轻易认输，非他所愿。

“相公客气，在下领情；不过，”刘成口气一转，又诘道，“不知相公为何称此事大类往年妖书？”

“刘公公以为，此事不类妖书？”叶向高问。

“类不类是一回事，该不该类比又是一回事。”刘成说。

“刘公公的意思，我不该类比？”叶向高又问。

“确不该类比。”刘成说。

“这是为何？”叶向高问。

“奸人王曰乾，意欲以此事牵引出我宫娘娘和福王殿下，而不敢明言之；相公却一纸挑明。相公想，是该，还是不该！”刘成道。

“这我就不明白，究竟是王曰乾的供词牵引出贵妃、福王，还是我以二事类比，牵引出贵妃、福王？”叶向高问。

“王曰乾的供词是影射出，相公的密揭是公然牵引出。”刘成说。

“好吧，”叶向高也认错，“公然牵引出贵妃、福王，算我错。”

“别说谁错，只说各有各的道理。”刘成学他的话。

叶向高笑笑，又背诵密揭里的一句话。

“刘公公既知我密揭，也应记得这句话：上惊圣母，下惊东宫，贵妃、福王皆不安，”背诵之后，他问，“刘公公记不记得？”

“相公是不是要拿这句话说明，还是爱福王殿下的？”刘成反问。

“刘公公是不是因为我把贵妃和福王置于圣母和东宫之后，而怪我不爱福王？”叶向高又反问。

“谁置于前，谁置于后，各人有各人的习惯，我怪不着相公。不过，在下更记得此密揭后面那句话，”刘成说着，背诵道，“且速定明春之国期，以息群喙，则天下帖然无事。”背诵之后，问道，“相公密揭有没有这句？”

“有。”叶向高应道。

“相公举一句话，想证实自家是爱福王的；我举一句话，恰好证实相公不爱福王。”刘成说。

“刘公公，我不明白，”叶向高说着，问道，“为何我请速定福王之国期，是不爱福王？”

“这还用我多说吗！”刘成道，“万岁爷爱福王殿下，万岁爷不欲福王殿下早之藩国；我宫娘娘爱福王殿下，我宫娘娘不欲福王早之藩国；相公却欲福王殿下早之藩国，相公岂不是不爱福王殿下！”

“还是那句话：各人有各人的道理。”叶向高说。

“莫非相公不承认，万岁爷不欲福王殿下早之藩国，是爱福王殿下？”刘成问。

“我承认。”叶向高说。

“莫非相公不承认，我宫娘娘不欲福王殿下早之藩国，是爱福王殿下？”刘成又问。

“我也承认。”叶向高说。

“那么，相公有何道理？”刘成问。

“刘公公说皇上爱福王，对吧？”叶向高从反问开始阐述。

“对呀。”刘成应道。

“常额之外，福王有所奏请，皇上无不应之吧？”叶向高问。

“诚如相公所言，万岁爷无不应之。”刘成说。

“今皇上春秋已高，一旦天崩地坼，福王之国，常额之外可得一丝一黍乎？”叶向高道。

天崩地坼，当然是指皇帝发生不测。

“相公也不该犯忌。”刘成说。

“我知此言乃大忌；但我为福王不惜犯忌，刘公公还能说我不爱福王吗？”叶向高道。

刘成本想趁机奉还一句，不料却使叶向高得以表白。

“这么说，相公欲福王殿下早之国，确是为福王殿下好？”刘成问。

“当然。”叶向高道。

“相公承认万岁爷爱福王殿下，对吧？”叶向高提给刘成的问题，刘成又反过来提给他。

“对。”叶向高应道。

“常额之外，福王殿下有所奏请，万岁爷无不应之吧？”刘成问。

“诚如刘公公所言，皇上无不应之。”叶向高重复刘成的回答。

“万岁爷虽应之，却受阻于外廷，奈何？”刘成道。

这个问题提得尖刻。叶向高顿了顿，问道：“刘公公说的是四万顷庄田之事吧？”

“是啊，”刘成不无得意地应道，“外廷无不欲福王殿下早之藩国，福王殿下所奏请、万岁爷所应允之事，却又百般阻挠，相公所言早之藩国的好处何在？”

“外廷不是有意阻挠，实是四万顷庄田，难以筹措。”叶向高说。

“天下田亩数百万顷，福王殿下所请，区区四万顷之数，怎就难以筹措！”刘成驳道。

“我给刘公公说两个数字，”叶向高说着，伸出一指，“其一，各亲藩庄田，或以数十顷计，或以百十顷计，至多不过数千顷，四万顷岂是区区之数？”说到这里，又伸出一指。“其二，今天下藩府不下二十余处，若是每处亲藩以福王为例，各求庄田四万顷，则不下百余万顷；今天下郡王以千计，若是每位郡王以亲王为言，各求庄田千顷，则又不下百余万顷；天下将军以下宗人以万计，若是每位宗人以郡王为言，各求庄田百顷，则又不下百余万顷。不需一二世，天下除宗室外，再无有田之人。四万顷岂是区区之数！”

“我不知天下有几多亲藩，有几多郡王，有几多宗人；我只知福王殿下，只知福王殿下之国，奏乞庄田四万顷，万岁爷准给庄田四万顷，不足四万顷之数，则不之国。我只想知道，这事该怎办！”刘成道。

“这事说难办也难办，说好办也好办，全看福王。”叶向高说。

“此事看廷臣，尤其要看户部，怎成看福王殿下？”刘成问。

“刘公公别急，听我慢慢道来，”叶向高不但这么劝刘成，他自己当真也不急，又从头问起，“刘公公的意思，凑不足四万顷庄田，福王则不能之国，是不是？”

“不是我的意思，是万岁爷的意思。”刘成说。

“对，”叶向高点点头，又问，“皇上的意思，凑不足四万顷庄田，福王则不能之国，是不是？”

“是。”刘成应道。

“廷臣争之，以为四万顷庄田万万无法凑足，是不是？”叶向高问。

“是。”刘成应道。

“廷臣的意思，不是不可多与福王庄田，而是不可多到四万顷，是不是？”叶向高问。

“廷臣的意思，相公当然再清楚不过。”刘成道。

“刘公公可知，廷臣欲减至若干？”叶向高问。

“欲减至若干，我不知，却知是愈少愈好。”刘成道。

“并非愈少愈好，而是有具体数字的，譬如减至一万顷。”叶向高说。

“由四万顷减至一万顷，万岁爷肯定不答应。”刘成道。

“对！廷臣请减其数，皇上不答应，”叶向高说着，忽问，“刘公公想，若是福王自请减其数，皇上会不会答应？”

这个想法太古怪，以至刘成愣好一会儿，才回过神来。

“相公怎说？”他问。

“福王自请减庄田之数。”叶向高很平静地说。

“相公莫忘，四万顷之数，是福王奏请的。”刘成道。

“我没忘。”叶向高道。

“相公莫忘，四万顷之数，是万岁爷应允的。”刘成道。

“我也没忘。”叶向高道。

“相公难道不知，庄田所入，皆归福王殿下所有？”刘成问。

“此乃常识，我怎不知！”叶向高道。

“相公难道不知，减庄田之数，即减所入？”刘成问。

“三岁小儿皆知，我怎不知！”叶向高道。

“那么，相公是存心要福王殿下自减其入？这可真是应了一句古训。”刘成说。

“应了哪句古训，倒要请教刘公公。”叶向高说着，一揖。

“剜肉补疮。”刘成道。

“这不是一句古训，是一句古诗。原句为：医得眼前疮，剜却心头肉。”叶向高告诉他。

“在下用得恰当不恰当？”刘成问。

“不是很恰当。”叶向高道。

“为何不是很恰当？”刘成问。

“四万顷庄田还没到福王手上，还不是福王的心头肉。如果一定要说是心头肉的话，也是朝廷的心头肉，社稷的心头肉，皇上的心头肉。所以，刘公公若反过来喻之，或更恰当。”叶向高说。

“怎反过来喻之？”刘成问。

“不以之喻福王自请减庄田，而以之喻朝廷以四万顷庄田与福王，”叶向高道，

“刘公公可代我回宫传话，就说：臣敢问贵妃娘娘，可忍心剜却我大明心头肉；敢问福王陛下，可忍心剜却我大明心头肉？”

“相公的话太重，在下不敢传达。”刘成说。

“那也没关系，”叶向高道，“刘公公不敢代我问贵妃、福王，却不妨问问自家，可忍心剜却我大明心头肉？”顿了顿，又说，“这些话我本来没机会对刘公公说的，刘公公亲临舍下，才使得我有机会说。我还有句话要告诉刘公公，你把我的提议转呈福王，福王照我的提议去做，日后天下臣民都会赞颂福王贤明，史家亦会以贤王许福王；刘公公不肯把我的提议转呈福王，福王不肯照我的提议去做，日后天下臣民都会视福王昏庸，史家亦会以庸王纪福王。欲福王为贤王，为庸王，刘公公其择之，福王殿下其择之。”

听完这一番话，刘成直出冷汗。他不敢再留，告辞回宫。

第四百四十一章

赵焕九月致仕，此前，兼署刑部的副都御史许弘纲已去官，吏、刑二部均无人掌部或署部。皇帝命兵部二堂官，尚书王象乾兼署吏部，侍郎魏养蒙兼署刑部。二人或者你忙于兼职，或者我忙于兼职，竟很少能在本衙门见个面，议议事。

“子廓先生今日可以晚些去吏部吗？”魏养蒙问。

王象乾看他一眼，反问：“这么说，刑部今日得闲？”

“说不上得闲，只是有件事想和子廓先生说说。”魏养蒙道。

“甚好，我也正有事与茂成先生议。”王象乾说。

魏养蒙字茂成，河南洛阳人，万里十四年进士。

两个人找间安静的小室，一人一杯茶，坐下来说话。

“茂成先生说吧。”王象乾让道。

“子廓先生先说。”魏养蒙亦让。

“倡议者先说，这个规矩不能坏。”王象乾道。

“规矩都搬出来，我只得先说，”魏养蒙说着，问道，“张帅殉职，子廓先生知否？”

“镇桂总兵官张帅吗？”王象乾反问。

“是。”魏养蒙应道。

“督臣、抚臣均奏闻其事，我已知之。”王象乾说。

督臣指两广总督张鸣冈，抚臣指广西巡抚吴中明。镇守广西总兵官，则是张万化。

“子廓先生不觉蹊跷吗？”魏养蒙问。

“蹊跷？”王象乾反问，“茂成先生是说琼州生黎作乱蹊跷，还是说用张帅征琼州蹊跷？”

“若言蹊跷，此二事都有些蹊跷。”魏养蒙说。

“那就请茂成先生先说说，琼州黎乱有何蹊跷吧。”王象乾道。

“子廓先生一定留意到，督臣、抚臣均奏报，生黎乱于儋、崖二州，琼山、定安二县。”魏养蒙从张鸣冈、吴中明的奏报说起。

“奏报是这么写的，”王象乾回应一句，并问，“这有何蹊跷？”

“他二位若写，生黎乱于定安，则无蹊跷。”魏养蒙说。

“我知道，定安以南有五指山，又名黎母山，为黎人聚居之地，亦熟黎、生黎划分之地。黎人环居五指山下，其居于外者，曰熟黎，居于内者，曰生黎，”王象乾说者，问道，“故而生黎乱于其聚居之处，则无蹊跷，是吧？”

“是，”魏养蒙应一声，又说，“他二位若写，生黎乱于定安、琼山，或乱于定安、琼山、儋州，或乱于定安及儋、崖二州，亦无蹊跷。”

“这是为何？”王象乾问。

“琼州一岛，琼山最北，崖州最南，相距一千四百余里。定安、儋州在两地之间。儋州在琼山西南，相距三百余里；定安在琼山南，相距更近。亦即，琼山往南，先到定安，然后到儋州，最后到崖州。生黎能有几多人？其或北犯琼山，而稍掠儋州，或南犯儋州，而延及崖州，都有可能；而并犯四地，不无蹊跷。”魏养蒙陈述理由。

“言之有理，”王象乾道，又问，“用张帅征生黎，有何蹊跷？”

“据督臣、抚臣奏报，先合各熟黎剿之，败绩；继以琼崖参将征之，又败绩。于是，督臣乃以大兵征之。”魏养蒙述道。

“他二位是这么写的。”王象乾点头。

“督臣若以广东总兵官征之，则无蹊跷。”魏养蒙说。

“这是为何？”王象乾问，并说，“广东总兵官驻潮州，广西总兵官驻桂林，桂林距琼州，未必比潮州更远。”

“未必更远，也未必更近，”魏养蒙道，“但远近是一回事，职责在谁又是一回事。琼州隶广东，平定黎乱，广东总兵官责无旁贷，”说着，问道，“子廓先生说是不是？”

“理倒是这么个理。”王象乾不是完全赞同，也不是完全反对。

“督臣若以广西浔梧参将助战，则亦无蹊跷。”魏养蒙又说。

“是因其路途近得多吧？”王象乾问。

“是，”魏养蒙应道，“总之，不以广东总兵官领军，不以浔梧参将助战，而命广西总兵官征之，此事不无蹊跷。”

“督臣会不会是命广东、广西二镇会征琼黎？”王象乾揣测。

“那就更不对，”魏养蒙道，“同时传檄二总兵，则应广东总兵官先到；同时传檄广西总兵官和浔梧参将，则应浔梧参将先到。不管怎么说，也不该张帅一军深入呀。”

“茂成先生说的是，此事不无蹊跷，”王象乾被他说服。并问，“茂成先生说蹊跷，是只有此二事蹊跷，还是另有别的蹊跷？”

“还有别的蹊跷；在我看来，别一蹊跷，比这两个蹊跷，更为蹊跷。”魏养蒙说。

“却是何事蹊跷？”王象乾问。

“张帅死得蹊跷。”魏养蒙说。

“既然一军深入，张帅之死，似乎说不上蹊跷。”王象乾道。

“张帅若是战死，则无蹊跷。”魏养蒙说。

“我知张帅是孤军深入，没等到后援，愤而自焚而死，”王象乾说着，问道，“茂成先生是说，后援未及时赶到，此事蹊跷？”

“调集人马，总须时日。张帅进之太速，他部进之稍缓，则后援不能及时赶到。此事算不得蹊跷。”魏养蒙说。

“茂成先生是说，张帅自焚，此事蹊跷？”王象乾又问。

“张帅为人刚烈，兵虽败，绝不愿受辱于贼。他自焚而死，亦在情理之中。此事也算不得蹊跷。”魏养蒙说。

“茂成先生说说，他怎死得蹊跷？”王象乾问。

“子廓先生有没听说，官军追击生黎至一崖前时，发现一座石碑？”魏养蒙反问。

“发现石碑？这却没听说，”王象乾道，并问，“是有字碑，还是无字碑？”

“是有字碑。”魏养蒙说。

“此事颇怪。”王象乾道。他所以称怪，是因为琼州开化甚晚，碑上有图纹并不奇怪，有字却奇怪。

“子廓先生何不称蹊跷？”魏养蒙调侃道。

“对，此事颇蹊跷。”王象乾笑道。

“若知写的何字，子廓先生会更觉蹊跷。”魏养蒙说。

“写的何字？”王象乾问。

“碑正面三个大字是‘苏轼碑’，子廓先生想得到吗？”魏养蒙反问。

“绝想不到，”王象乾说。并不放心地问一句，“碑的正面，当真是‘苏轼碑’三个大字？”

“是否当真，我不敢说，但来自琼州的驿递是这么一站一站口耳相传的。”魏养蒙说。

“苏东坡到过琼州？”王象乾忽问。

“没有，他只被贬去惠州。”魏养蒙说。

“此公名气太大，在杭州做官，西湖则有苏堤；贬去惠州，琼州则有人为他立碑。”王象乾不知在讽刺这件事本身，还是在讽刺把这个传闻带到京师来的人，还是在讽刺正一本正经谈论此事的魏养蒙。

“我不求子廓先生相信此事，只求子廓先生说说，此事是否蹊跷。”魏养蒙道。

“茂成先生是说，发现苏轼碑一事是否蹊跷？”王象乾问。

“是。”魏养蒙应道。

“蹊跷是蹊跷，但和张帅自焚于彼，似全然无关。”王象乾说。

“只说碑的正面，当然无关。”魏养蒙道。

“茂成先生的意思，碑的背面还有文字？”王象乾问。

“关键就在碑背面的文字。”魏养蒙道。

“背面文字是怎写的？”王象乾问。

“五百年后，官军在此败于黎人，折大将张万化。”魏养蒙述道。

“连张帅名字都刻上去？”王象乾问。

“可不。”魏养蒙应道。

“茂成先生能确定，是张皇的张，不是文章的章？”王象乾问。

“我不能确定。”魏养蒙道。

“茂成先生能确定，是亿万的万，不是腕力的腕；是教化的化，不是勾划的划？”王象乾又问。

“我亦不能确定。”魏养蒙道。

“我倒忘记，是口耳相传，并未送来碑文的拓片，”王象乾似为自己问得荒唐道歉，又似为魏养蒙解嘲。他问，“碑的背面仅此一句？”

“下面记有年份。”魏养蒙说。

“是哪一年？”王象乾问。

“大宋绍圣元年。”魏养蒙道。

“绍圣？”王象乾苦苦回忆，这是谁的年号。

魏养蒙事先查过，告诉他：“是宋哲宗的第二个年号。”

“哲宗之后是徽宗，北宋应该将亡。”王象乾说。

“对。”魏养蒙应道。

“绍圣元年迄今，有五百年吗？”王象乾问。

“我粗略算过，”魏养蒙边说，边为他计道，“南宋一百五十三年，自南宋亡，至前元亡，八十九年，我大明立国以来，已二百四十五年，再加上北宋最后的岁月，应该相差无几。”

“张帅的名字都有，我不该怀疑五百年后这一说法的准确，”王象乾又为自己解嘲。并说，“茂成先生使用蹊跷二字，再贴切不过。”

好不容易说得王象乾认可，魏养蒙自己却好像已不在乎这两个字。他说：“我对子廓先生说起此事，倒不是为其蹊跷。”

“那是为的何事？”王象乾问。

“据闻，张帅衣食与士卒同粗粝，临战与士卒同陷阵，这等总兵官今有几人！兵部当为他请祭葬，请美谥。”魏养蒙说。

“应该的，茂成先生拟奏吧。”王象乾道。

一句话，把魏养蒙要说的事了结，二人又说几句闲话。

“子廓先生欲言何事？”魏养蒙问。

“茂成先生说的事远，我说的事近；茂成先生说的事缓，我说的事急。”王象乾道。

“事之远近，不难理解；事之缓急，却怎说？”魏养蒙问。

“譬如，征剿琼黎一事，虽再遭挫折，茂成先生会不会睡不着觉？”王象乾反问。

“那倒不至于，”魏养蒙说，“要真到睡不着觉的地步，我也不会对子廓先生说起凭空而降的石碑。”

“我要说的事，处置不当，则你我辗转反侧，不得安枕。”王象乾说。

“何事如此急迫？”魏养蒙忙问。

“前者辽抚疏言，建酋请遣子为质，”王象乾说出事由后，反问一句，“此事茂成先生还记得吧？”

“半年前的事，当然记得。”魏养蒙说。

“茂成先生当时怎想？”王象乾问。

“以为不过说说而已，”魏养蒙说着，指指王象乾，“子廓先生不是也以为说说而已？所以，你我议都没议。”

“不错，当时我等都以为，建酋不过说说而已；今日却知，他并非说说而已。”王象乾道。

“不是说说而已？难道他当真要遣子为质？”魏养蒙仍有几分怀疑。

“不是要遣子为质，而是已遣子为质，”王象乾道，“今日得辽抚奏报，建酋子已到广宁。”

“亦即辽抚已见过他？”魏养蒙问。

“应该是见过。”王象乾说。

“辽抚有没说，为质的是建酋第几子？”魏养蒙问。

“有说，是第七子。”王象乾道。

“辽抚有没有报上他的名字？”魏养蒙又问。

“有报，叫巴卜海，”王象乾道。又调侃地说，“巴不得的巴，卜卦的卜，大海的海，这三个字不是口耳相传，是辽抚一一写出的。”

“这就对了。”魏养蒙点头道。

“怎么，茂成先生知道建酋第七子的名字？”王象乾问。

“我并不知。”魏养蒙道。

“既不知，为何说对了？”王象乾问。

“我想，只言第七子，不言其名，或只言其名，不言第七子，有可能假冒；既言第七子，又言其名，应该不是假冒。”魏养乾说。

“要是既言第七子，又言其名，又言其所出呢？”王象乾问。

“那就更不会假冒，”魏养蒙说着，问道，“难道辽抚所上奏章，将巴卜海的生母都写上？”

“对，”王象乾点点头，说，“巴卜海生母，是建酋妾真哥。”

“我知道，这两个字也不是口耳相传，”魏养蒙替他调侃一句，然后说，“子廓先生要说的事，和我要说的事，两相比较，不仅有远近之别，缓急之别，还有虚实之别。”

“怎讲？”王象乾问。

“我说的事，有实有虚；子廓先生说的事，都是实在的。既然都是实在的，我看没的可议。”魏养蒙说。

“不然，”王象乾摇头，“正因都是实在的，才有的可议。”

“怎讲？”魏养蒙问。

“如若入质者非建酋子，他愿去广宁，就去广宁，愿返回建州，就返回建州；愿留在广宁，就留在广宁，愿送来京师，就送来京师，都是无所谓的事。”王象乾说。

“子廓先生的意思，因确是建酋子，其去留须得斟酌？”魏养蒙问。

“对。”王象乾应道。

“却是为何？”魏养蒙问。

“茂成先生想想，建酋以子为质，用意何在？”王象乾反问。

“欲取北关，望朝廷不加干预。”魏养乾说。

“朝廷如果接受其子为质，是不是就不能干预其取北关？”王象乾问。

“照理说，是这样的。”魏养蒙道。

“建酋以子为质，真的只是为取北关吗？”王象乾又问。

“子廓先生是说——”魏养蒙没完全理解他问话的意思。

“建酋昔日取南关，把南关附近的我土我民一并取去。”王象乾说。

“子廓先生是说，其今日取北关，是故伎重演？”魏养蒙问。

“茂成先生不相信有这种可能？”王象乾反问。

“不，我相信有这种可能；而且，深信之。”魏养蒙道。

“朝廷若接受建酋子为质，一旦其攫取我土我民，是不是也只好不干预？”王象乾问。

“是，”魏养蒙点头，“朝廷若干预，建酋会说，他是取北关。他与朝廷有约定，且以子为质；他取北关，朝廷不应干预。这样一来，他反而主动，我反而被动。”

“所以，与其留一个根本无用的人质，不如把建酋子送还，并正告他，不得轻举妄动。”王象乾说。

“正当如此。”魏养蒙赞同。

第四百四十二章

“继白，和你说几句话。”署户部侍郎李汝华招呼本部郎中李朴。

李朴字继白，陕西朝邑人，万历二十九年进士。

“茂夫先生是不是要和我说门户？”李朴问。

李汝华如果不是和他说门户，对他的憨直大概会一笑了之；但李汝华正是要和他说此事，被这一问给顶回去。

“算了，你去忙吧。”他说。

“茂夫先生不是要和我说几句话吗？”李朴却不答应。

“原本想说几句话，忽然又不想说。”李汝华道。

“茂夫先生不想和我说，我却想和茂夫先生说几句话。”李朴边说，边随李汝华往屋里走。

李汝华当然不能不让他进屋。

“继白有话快说，即到年终，继白不忙，我还忙呢。”李汝华道。

“是，”李朴答应是答应，却不急于说他要说的话。他问李汝华，“茂夫先生憋在心里的话，真能隐忍不发？”

李汝华还真忍不住。他叹口气，道：“继白，我告诫过你，少和科、道官打笔墨官司吧？”

“茂夫先生告诫过。”李朴道。

“你听吗？”李汝华问。

“下官尽量遵从茂夫先生训示。”李朴道。

“尽量遵从，却是科、道有所参劾，继白即有所申辩，是不是？”李汝华质问。

“也不尽然，”李朴道，并打算举个事例，“譬如——”

李汝华打断他，说：“我倒忘记，本部两位主事与科、道争执，继白就没为他两个申辩。”

“坦率地说，是下官还没来得及申辩。”李朴说。

“你还真要为他两个申辩？”李汝华惊呼。

他说的户部两个主事，一个是沈正宗，一个是贺烺。两个人都是新近入朝，新近到部，对朝廷的局势并不了然，对科、道和部、院等衙门日积月累的冲突并不了然。所以，他们敢于顶撞；也因此，招致科、道官的攻讦，很快被朝廷贬为外官。

“是。”李朴应道。

“继白可知，沈、贺二人，我是出面保过的？”李汝华问。

“下官有所耳闻。”李朴道。

“可他二人还是被贬外。”李汝华说。

“我知道。”李朴说。

“继白是不是也想被贬外？”李汝华警告。

“沈、贺二人被贬甚冤，不为他二人申辩，用不着被贬，下官自个儿就在户部呆不下去；再说，我也不只为他两个申辩。”李朴说。

“继白还要为谁个辩白？为东林吗？”李汝华问。

“茂夫先生不提醒，我险些忘记：既有人不断地攻讦东林，我亦当不断地为东林申辩。”李朴说。

他不是在说笑，而是在一本正经地说，真让李汝华哭笑不得。

“你要为东林申辩，尽管为东林申辩；别到处招摇，称我指使你为东林申辩。”他说。

“那不会，”李朴道，“别人问起，我只会说茂夫先生提醒，绝不会说茂夫先生指使。”

李汝华没办法和他再说下去，把手一挥：“说过不止几句话，继白，你去吧。”

“茂夫先生要说的话，当真说完？”李朴问。

“当真说完。”李汝华点头。

“茂夫先生既说完，该轮到我说。”李朴道。

“你还没说完？”李汝华问他。

“我还没说呢。”李朴道。

“原来我说一句，你说两句，都不是你说的！”李汝华嗔道。

“茂夫先生说一句，我是回两句，不是说两句。”李朴辩道。

“你既要说，我想拦也拦不住。你说吧。”李汝华虽让他说，心里想的却是：我拦不住你说，我管得住自己不听。

李朴不给他这个空子钻：“茂夫先生说一句，我回两句；我说两句，只请茂夫先生回一句。这不过分吧？”

“不过分，一点儿也不过分。”李汝华赌气地说。

“茂夫先生告诉我句实话：你怕不怕科、道？”李朴问。

第一句话就让李汝华十分尴尬，他选择不答。

“下官问的多余，”李朴自己说，“茂夫先生一再告诫下官，不要和科、道打官司，可见畏惧之深。”

“我不想你惹火烧身而已，并非畏惧。”李汝华说。

“但今日大僚无不为科、道威制，茂夫先生承认不承认？”李朴问。

他改问一句，李汝华仍不答话。

“茂夫先生不加批驳，我且以为茂夫先生默认吧，”李朴说着，又问，“朝廷为何设言官，茂夫先生总可以说说吧？”

“纠正诸司，举刺非法。”李汝华简单地说两句。

“茂夫先生这两句概括得好，”李朴称赞，是为借此作文章，“朝廷设言官，假之权势，本欲责以纠正诸司，举刺非法；其今之所为，乃深结戚畹、近侍，威制大僚。茂夫先生说，是否违背设置言官的初衷？其日事请寄，广纳贿赂，遨游市肆，狎比娼家，或就饮商贾之家，或流连山人之室。茂夫先生说，是否违背设置言官的初衷？其身则鬼蜮，反诬他人，是否违背设置言官的初衷？”

一连三问，李汝华当然更难回答。

“茂夫先生可知，科、道屡指谁人结党？”李朴又问。

“不知。”李汝华道。

“第一个是仓场尚书孙公纯玉先生。”李朴说。

“这还得从秦脉说起吧？”李汝华问。

“是，”李朴应道，又说，“第二个是掌河南道汤伯闳先生。”

“他因佐叔孝先生京察，得罪太多人吧？”李汝华问。

“是，”李朴应道，又说，“第三个是御史李懋明先生。”

“他是因郑氏假书一案，被视为‘五鬼’之一吧？”李汝华问。

“是，”李朴应道，又说，“第四个是御史孙伯辅先生。”

“他是因攻讦宣党吧？”李汝华问。

“是，”李朴应道，又说，“第五个是候选御史周仲先兄。”

“他也是‘五鬼’之一吧？”李汝华问。

“是，”李朴应道。举过孙玮、汤兆京、李邦华、孙居相、周起元五个人之后，他觉得不用再列举其他人，于是问，“仅举此五位，茂夫先生看够不够？”

“已够。”李汝华道。

“茂夫先生可知，五人中，今朝中仅存一人？”李朴问。

“是孙伯辅吗？”李汝华今日见过孙居相，所以有印象。

“是，”李朴应道，并说，“往日言五人结党，四人既去，独留一个孙伯辅，却去和谁人结党？今却喋喋不休，仍言其结党！”

“言不言在他等，信不信却在别人。”李汝华道。

“茂夫先生难道不知三人成虎吗？况且，茂夫先生所谓‘他等’，绝不止三人！”李朴道。

“不止三人，却有几人？”李汝华问。

“浙人则有姚某、刘某，此所谓浙党；楚人则有官某、吴某、黄某等，此所谓楚党；山东则有亓某、周某等，此所谓齐党。此外，还有川人田某等，游移于这些大党之间。”李朴说。

李汝华知道，他说的姚某是姚宗文，刘某是刘廷元，官某是官应震，吴某是吴亮嗣，黄某是黄彦士，亓某是亓诗教，周某是周永泰，田某是田一甲。他也知道，这些人都很看重地域，都以地域而分人。但是，径称浙党、楚党、齐党，他还没听到过；或者，虽然也有人言及，但并不是很认真的。这使他不由得有所质疑。

“继白真以为有个浙党？”他问。

“当然。”李朴道。

“还有个楚党？”李汝华问。

“当然。”李朴道。

“还有个齐党？”李汝华问。

“当然。”李朴道。

“继白能不能告诉我，浙党除姚某、刘某，楚党除官某、吴某、黄某，齐党除亓某、周某，还有哪些人？”李汝华问。

“一个一个给茂夫先生数，太麻烦，我告诉茂夫先生个总数吧：三党，外加田某等游移者，不下百人。”李朴道。

这不是个小数目，李汝华惊道：“有这多！”

李朴点点头，说道：“百人合为一心，以挤排善类为己任。茂夫先生试想，孙伯辅先生一人而敌百人，谁个结党，谁个立门户，岂不是一目了然！”李朴道。

李汝华不会和他争辩有无浙党、楚党、齐党，但也不愿听他继续说下去。他问：“继白要说的话，是否说完？”

“还想和茂夫先生说说，如何再为东林申辩。’李朴道。

“此事不必说，你去吧。”李汝华记不清楚，这是第几次逐客。

这次，李朴没再强留。

回到自己的屋里，他马上提笔写疏。

关于言官的现状，基本上是他在李汝华面前陈述的那几句，只在后面加上一句狠话：臣谓此辈皆可斩也。

关于诸党，他在当中加上赵兴邦等附丽者的名字。

关于东林，他写道：攻东林者，今日指为乱党，明日目为擅权，不知东林今居何官，操何柄？在朝列言路者，反谓无权；而林下投闲杜门乐道者，反谓有权！此不可欺三尺竖子，而乃以欺陛下耶！

监察御史田一甲被同僚刘廷元拉进小屋里说话。

“承之先生是川籍吧？”刘廷元问。

“是。”田一甲应道。

“我是浙人。”刘廷元介绍自己。

“我知道。”田一甲说。

“承之先生出身辛丑科吧？”刘廷元又问。

“是。”田一甲应道。

“我出身甲辰科。”刘廷元介绍自己。

“我也知道，”田一甲说。二人在都察院相处一段日子，如果连对方的籍贯、科第都不知道，绝无可能。因此，他反问一句，“彼此很熟悉，良材老弟怎又问起这些？”

田一甲字承之，四川忠州人，万历二十九年进士。刘廷元字良材，浙江平湖人，万历三十二年进士。

“确认一下，好堵住一些人的口。”刘廷元说。

“确认此事，可堵住人口？”田一甲说着，连连摇头。

“有时还真能堵住一些人的口，”刘廷元道，“譬如，同一件事，我和甫仁兄一同议之，有人以为是党议；我和承之先生一同议之，他还能说是党议吗？”

姚宗文字甫仁，浙江慈溪人，万历三十五年进士。刘、姚二人过从甚密，议论又多相同，人早以浙党视之。

“良材老弟要约我一同写疏？”田一甲不难听懂他的意思。

“是，”刘廷元点点头，道，“但不知承之先生肯不肯提携？”

“都是同僚，说不上谁个提携谁个；我只想知道，良材老弟欲议何事？若是我欲议的题目，一同议之，有何不好！”田一甲说。

“我想议的事，一定也是承之先生想议的事。”刘廷元道。

“还是先说出来，再断言吧。”田一甲没马上应承。

“我想和承之先生一同议一议门户。”刘廷元说。

“议门户？”田一甲先审视他一番，确定他这话是认真的，才说，“题目的确是个好议题；不过，良材老弟是不是忘记，我辈被人议论，多是以门户为言？”

“所以，我才要约承之先生一同写此疏嘛，”刘廷元道，“我和承之先生同议门户，人不能以党人视承之先生和我，不能以党争视承之先生和我的奏议，这才是以毒攻毒呢。”

“言之有理，却不知良材老弟欲以谁人作靶子？”田一甲问。

“户部李司官，如何？”刘廷元道出其人。

“李继白去年一年的确够活跃，一会儿为顾叔时辩，一会儿为于中甫辩，一会儿为漕督辩，一会儿为冢宰辩，倒是真该打一打他的气焰！”田一甲对这个参奏的对象有兴趣。他和刘廷元一样，痛恨顾宪成，痛恨于玉立，痛恨李三才，痛恨孙丕扬；而户部郎中李朴，却从去年夏季以来，相继为这几个人申辩。

“论劾李继白，还有个好处。”刘廷元说。

“他和我是同年？”田一甲问。

“正是，”刘廷元道，“同仇敌忾者，既非同乡，亦非同年；论劾者，却是同年。有人再想抓承之先生和我的把柄，无论如何是抓不到的。”

“好，我和良材先生一同写此疏，一同议此事，一同参此人。”田一甲应承道。

二人上疏，略曰：方今门户分歧，议论旁杂，几成空国之祸。幸言路诸臣，正气不挠，谠言时进。而险毒如李朴，乃欲以奸邪二字，一举空之。若使阁、部大臣坐视不理，令群小肆无忌惮，其何以任天下之重！

第四百四十三章

“李旺，陪我去园子里走走。”慈圣皇太后命道。

“奴才遵旨。”李旺应道。

记不清楚，慈圣皇太后有多少日子没去园子里走走。是一两个月，还是三四个月，或者有半年？这些日子，她非卧即坐，在殿里走动的时候都很少，更不要说去园子里走动。因此，今天她说要去园子里走走，李旺十分振奋，回应的声音也比平常高许多。

“你怎了？”慈圣皇太后问。

李旺发觉自己失态。他不能说因为高兴，那等于提醒慈圣皇太后，她有好些日子没去园子里走动；也就是提醒慈圣皇太后，她这些日子身体有病。他只能在自己身上找原因。

“奴才没怎的呀。”他说。

“没怎的，为何如此高声！”慈圣皇太后斥道。

“奴才近来重听，不知不觉，自个儿说话的声音也提高。”李旺解释。

“你这是在告诉我，以后对你说话，得大点儿声，”慈圣皇太后说着，问道，“是吧？”

“不用，”李旺忙道，“圣母娘娘动一动嘴，奴才就知道在说什么。”

“好，走吧。”慈圣皇太后命道。

她走在最前，李旺紧随在后，一干宫人，包括一名常在慈宁宫的太医，隔开一段距离，走在后面。到慈宁宫的后花园，他们都留在园外，只有慈圣皇太后和李旺二人在园子里散步。

“你也有一个甲子了吧？”慈圣皇太后问。

“早已过。”李旺说。

“难怪你会重听，”慈圣皇太后道，又问，“我记得，那时还有人以小李公公叫你呢，是吧？”

“是。”李旺应道。

“谁人这么叫你呀？”慈圣皇太后问。

“是张居正。”李旺道。

“他该这么叫你，”慈圣皇太后道，并问，“他若活到今日，该有一百岁，是不是？”

“没有一百岁，九十岁差不多有。”李旺说。

“他为何叫你小李公公呀？”慈圣皇太后问。

“奴才和慈庆宫的李用有时一同见他，李用比奴才大几岁，张居正就管他叫大李公公，管奴才叫小李公公。”李旺说。

“没旁人再叫？”慈圣皇太后问。

“没旁人再叫。”李旺说。

“是因为他在日，没人敢和他使用一样的叫法；还是因为他死后，没人愿和他使用一样的叫法？”慈圣皇太后问。

“可能都是，也可能都不是。”李旺说。

“这话怎讲？”慈圣皇太后问。

“他在日，的确没人敢和他使用一样的叫法；他死后，的确没人愿和他使用一样的叫法。但他所以管李用叫大李公公，管奴才叫小李公公，是因为他在日，奴才和李用一起见过他；自他死后，奴才很少去见外廷大臣，更没和李用一起去见外廷大臣。所以，外廷大臣也用不着对奴才和李用加以区别。”李旺说。

“你说的有道理，”慈圣皇太后点点头，沉浸在对往事的回忆当中，“那时皇上年幼，朝廷的事我不得不过问，也得有一个让我放心、让我敬重的大臣才行。虽然后来骂张居正的人很多，今儿个想想，他做的好事还是比做的坏事多。”

事关大政，李旺不敢应声；况且，慈圣皇太后也没问他的想法。

“皇上大婚后，外朝的事，我是一点儿一点儿地不管；内廷的事，我也是一点儿一点儿地不管。但今儿个，我还真想再管件事，”慈圣皇太后这几句话，明显的是在自语。自语之后，她问，“李旺，你知我还想管件何事？”

“奴才不知，”李旺应道，又说，“奴才想，圣母娘娘想管的事，一定是别人管不了的。”

“你还真摸透我的心思，”慈圣皇太后笑了笑，忽问，“皇上这一两日，是不是有点儿松口？”

“圣母娘娘问的何事？”李旺虽然猜出慈圣皇太后问的是什么事，但还得让她本人说出来。

“还能是何事，当然是常洵庄田一事呗。”慈圣皇太后道。

“万岁爷是有点儿松口。”李旺道。

“答应减到几多？”慈圣皇太后问。

“两万顷。”李旺道。

“听说是常洵自请减额的？”慈圣皇太后问。

“是，”李旺应道，又解释说，“福王殿下自请减额，万岁爷未准；内阁叶先生又请，万岁爷才准的。”

“不管怎么说，常洵若不自请于前，大臣们不管怎样奏请，皇上也不会答应的，对吧？”慈圣皇太后问。

“多半是这样。”李旺说。

“所以，常洵此举还是有利于朝廷的。”慈圣皇太后说。

“圣母娘娘说的是。”李旺应道。

“你若有机会见到常洵，可以告诉他，他自请减庄田之额，皇祖母甚是欣慰。”慈圣皇太后说。

“奴才怕没机会见到福王殿下，”李旺说。他想的是，多一事不如少一事。庄田由四万顷减至两万顷，福王不定有多沮丧呢，贵妃娘娘不定有多沮丧呢，自己去对他们转达慈圣皇太后这句话，岂不是自讨没趣！

“机会不会没有，看你找不找。”慈圣皇太后道。

“是，奴才一定找机会，”李旺不得不应，是因为不能再推托。应罢，他问，“圣母娘娘要管的，是这件事吗？”

“这件事皇上已然松口，我为何要管！”慈圣皇太后却说。

一定会得罪郑贵妃和福王的事，不是慈圣皇太后要管的事；慈圣皇太后要管的，还不知道是什么事呢！李旺不由得担心起来。

“常洵之国的日期，皇上是不是也松口？”慈圣皇太后问。

果然是件更棘手的事！李旺心想。

“娘娘说的松口，不知是何意？”他反问道。

慈圣皇太后一愣之后，说道：“是我没问对。皇上原来谕大臣，庄田足四万顷，乃使常洵之国。近允减至两万顷，则庄田足两万顷，乃使常洵之国。所以，常洵是否之国，不在皇上松口不松口，而在庄田能否足两万顷。”说罢，问道，“李旺，你是这个意思吧？”

“奴才是这个意思。”李旺应道。

“你看，皇上已松口，大臣们还会不会争？”慈圣皇太后问。

“奴才看，大臣们还会不会争，已经不重要。”李旺说。

“怎么？”慈圣皇太后感到意外，“不是我一动嘴，你就知道我要说什么吗？我已动这多下嘴，难道你还不知我在说什么？”

“奴才知道圣母娘娘在说什么。”李旺道。

“那你说说看。”慈圣皇太后命道。

“圣母娘娘要管的，是福王殿下之国。”李旺道。

“既知我要管的是此事，你怎还说大臣们会不会争庄田之数，已经不重要！”慈圣皇太后嗔道。

“诚如圣母娘娘所谕，庄田足四万顷，万岁爷方使福王殿下之国。近允减至两万顷；若无意外，庄田足两万顷，万岁爷当使福王殿下之国。”李旺说。

“你是说，会有意外？”慈圣皇太后听出他在话里打的埋伏。

“其实，不应该说意外。”李旺道。

“那应该怎说？”慈圣皇太后问。

“是圣主纯孝。”李旺说。

“既说到孝字，应该和我有关。”慈圣皇太后道。

“是，”李旺应一声，说道，“明年是圣母皇太后古稀之寿，万岁爷欲率太子爷及福王殿下以下诸王，在圣母娘娘座前行礼致贺，然后再使福王殿下之国。”

“此事靠得住吗？”慈圣皇太后问。

“从司礼监传出来的，应该靠得住。”李旺说。

“首先，我得说，难得皇上孝心，”慈圣皇太后说着，问道，“李旺，你是不是也这么想的？”

“奴才也这么想的。”李旺应道。

“其次，我得说，皇上以这个缘故推迟常洵之国，大臣们都不好说什么，”慈圣皇太后说着，问道，“李旺，你是不是也这么想的？”

“奴才也这么想的。”李旺应道。

“第三，我得说，皇上以这个缘故推迟常洵之国，我不好多说什么，”慈圣皇太后说着，问道，“李旺，你是不是也这么想的？”

“奴才也这么想的。”李旺应道。

“第四，我得说，虽不好多说什么，我还得说说，”慈圣皇太后说着，问道，“李旺，你是不是也这么想的？”

“奴才——”如果“也”字一出口，李旺就只能硬着头皮重复一直在说的话。但他及时把“也”字咽回去。他说的是，“——没这么想。”

“你为何不这么想？”慈圣皇太后问。

“奴才怕圣母娘娘为难。”李旺说。

“我为难，大臣们也为难。正因其为难，我才要做，”慈圣皇太后说着，问道，“李旺，你说是不是这么个道理？”

“奴才没琢磨出来。”李旺道。

“我为难，是因为怕辜负皇上的孝心；大臣们为难，是因为怕既辜负皇上的孝心，又得罪我。”慈圣皇太后说。

“是这么个道理。”李旺道。

“我为难，皇上更为难，”慈圣皇太后说着，问道，“李旺，你说是不是这么个道理？”

“奴才更没琢磨出来。”李旺道。

“我为难，是因为怕辜负皇上的孝心；皇上为难，除怕我不高兴，还怕贵妃和常洵不高兴。”慈圣皇太后说。

“是这么个道理。”李旺道。

“李旺，你看此事我当怎管？”慈圣皇太后问。

“要不，圣母娘娘让奴才去为难？”李旺实在想不出什么好法子，只得把自己豁出去。

“你怎去为难？”慈圣皇太后问。

“奴才面见万岁爷，请万岁爷打消这个念头。”李旺说。

“你知皇上会怎么问你？”慈圣皇太后问。

“奴才不知。”李旺道。

“皇上会问：这是母后的主意呀，还是你的主意？”慈圣皇太后道。

“奴才甘愿替圣母皇太后为难，当然说奴才自个儿的主意。”李旺说。

“你知皇上会怎么处置？”慈圣皇太后问。

“多半会打奴才一顿。”李旺说。

“皇上不会打你，”慈圣皇太后道，“皇上会把你交我处置，并对我说：这个大伴不是半疯，就是卖主求荣。”说着，问道，“李旺，你说我该如何处分？”

“倒更让圣母娘娘为难，奴才这个主意不可取；可奴才再也想不出更好的主意。”李旺说。

“我倒想出个主意，可能比你的这个主意稍好一点儿。”慈圣皇太后不再难为他。

“娘娘的主意，一定高明之极。”李旺奉承道。

“事情呢还得你去办；你先听我说，然后再判定高明不高明。”慈圣皇太后道。

“是。”李旺应道。

“你去见贵妃，别去见皇上；你对贵妃说我的话，别说你自个儿的话。”慈圣皇太后道。

“圣母娘娘要奴才怎说？”李旺问。

“你先问贵妃，我能不能活到八十岁。”慈圣皇太后吩咐。

“娘娘百岁千秋，奴才不敢问。”李旺说。

“不是你要问，是我要你问。”慈圣皇太后道。

“是，奴才替圣母娘娘问，”李旺应一声，说道，“贵妃娘娘一定会被圣母娘娘问的话吓住，好生琢磨之后，才答得上来。”

“你别给她机会琢磨，紧接着再问一句话。”慈圣皇太后吩咐。

“奴才又怎问？”李旺问。

“你问她：我的七十寿辰，常洵留下行礼祝寿；等我八十寿辰之时，他仍能留下行礼祝寿吗？”慈圣皇太后道。

“贵妃娘娘一听这话，该懂得圣母娘娘的意思，也该有话可答。”李旺说。

“不管她怎说，你都再问她一句。”慈圣皇太后吩咐。

“奴才怎问？”李旺问。

“你问贵妃，是否舍不得常洵离开身边？”慈圣皇太后道。

“贵妃娘娘一定是想承认，又不好承认。”李旺说。

“不管她承认不承认，你都要再说上几句话。”慈圣皇太后吩咐。

“奴才怎说？”李旺问。

“贵妃有常洵，我除有皇上，还有翊镠。人同此心，贵妃舍不得常洵离开身边，我也舍不得翊镠离开身边。况且，翊镠之国时，还不到二十岁，而常洵已快到而立之年。翊镠是万历十四年之国的，我如果当时对皇上说一声，把镠儿留到我过完五十寿辰吧，皇上会不答应吗？真是那样的话，翊镠之国，也和今日常洵差不多是相同的年纪。我如果对皇上说一声，把镠儿留到我过完七十寿辰吧，皇上会不答应吗？真要那样的话，他叔侄二人今日还可以一起在京中玩耍呢。可我什么都没说。这是为何？我不敢让祖宗制度由我而坏。”慈圣皇太后说。自病重以后，或者自不再过问朝廷大政以后，她从来没说过这么多话。

“话有点儿多，奴才写下来吧。”李旺道。

“不用，”慈圣皇太后摇头，“你说出大意即可，不必一字一句照说。”

“是。”李旺应道。

这段话，几乎成为慈圣皇太后的遗言。

第四百四十四章

万历四十二年的正旦节才过，午门外冷冷清清。

户科给事中官应震在进本科值房前，打定主意：不管遇到谁人，都要说一会儿话。谁知碰到的是礼科给事中余懋孳。虽然失望，但打定的主意不想轻易改变，他还是主动上前招呼。

“舜仲先生，要出去？”他问。

“内急，如厕。”余懋孳说。

“我陪舜仲先生去。”官应震说。

“东鲜先生也内急吗？”余懋孳问。

官应震字东鲜，湖广黄冈人，万历二十六年进士。余懋孳字舜仲，南直隶婺源人，万历三十二年进士。

“我也内急，但和舜仲先生的内急不同。”官应震说。

“东鲜先生不知我前急后急，怎就说不同？”余懋孳觉得奇怪。

“舜仲先生但知内急有前急、后急之不同，却不知还有上急、下急之不同。”官应震道。

“还有上急、下急之不同？东鲜先生说的是内急吗？”余懋孳问。

“是啊，”官应震道，“腹中有糟粕，不泄不快，此所谓下急；胸中有块垒，不吐不快，此所谓上急。”

“原来东鲜先生有话说，在下恭聆。”余懋孳说着，停住不走。

“舜仲先生不是内急吗？”官应震问。

“东鲜先生有话，不惜陪我如厕也要吐之，可见内急比我更甚。这么一想，我反而不急。”余懋孳说。

“我不过有句话，堵在嗓子眼里太久。舜仲先生愿听，我就说；不愿听，我就不说。”官应震好像又不急。

“我愿听。”余懋孳说。

“部臣误国。”官应震道。

"就这四个字？"余懋孳问。

"就这四个字。"官应震应道。

"若是这四个字，东鲜先生已经说过，不应该再堵在嗓子眼里。"余懋孳道。

"舜仲先生听我说过？"官应震有点儿意外。

"不仅听东鲜先生说过，而且听过两次。"余懋孳道。

"以前说这四个字，是泛泛而谈；今次说这四个字，是以事论事。"官应震辩道。

"东鲜先生以何事，论何事？"余懋孳问。

"以借银一事，论户部无能。"官应震说。

"东鲜先生是说，户部欲借银？"余懋孳问。

"是。"官应震应道。

"东鲜先生是说，户部欲借内库银？"余懋孳进一步问。

"是。"官应震应道。

"东鲜先生是说，户部欲借内库金花银？"余懋孳又进一步问。

"是。"官应震应道。

"东鲜先生是说，户部欲借内库金花银，以支给边饷？"余懋孳又进一步问。

"是。"官应震应道。

"户部掌天下会计，照理说，只有别个向户部要银、借银的道理，没有户部向别个要银、借银的道理。不过，"余懋孳口气一转，道，"今日户部也有户部的难处，东鲜先生身在户科，应该比我清楚。"

"所谓难处，可是皇上动辄取太仓银？"官应震问。

"是啊，"余懋孳应道，"每有庆典，必取太仓银，动辄数十万。太仓再充盈，也要被掏空。户部不东挪西借，又能怎办！"

"户部掌太仓，太仓被掏空，正可见户部无能。舜仲先生说是不是？"官应震问。

"东鲜先生一定要这么说，我也无话可辩；不过，太仓被掏空，不是一年两年的事，也不能怪到某一人头上。"余懋孳道。

"所以我才说部臣无能，并没说某人无能，"官应震说着，伸出一指，"这是我要说的第一层意思。"

"东鲜先生还有第二层意思？"余懋孳问。

"只责备部臣无能，自家却拿不出主意，岂不也无能！"官应震道。

"那就请东鲜先生说说自家的主意。"余懋孳揖道。

"说我是要说的，但有件事，先得问问舜仲先生。"官应震道。

"东鲜先生要考较我？"余懋孳问。

“说不上考较，只是有些事，特别是有些数字，两个人心里都有数，才好切磋。”官应震解释。

“既如此，东鲜先生问吧，”余懋孳道，“不过，丑话说在前头：事，我还说得上一二；数，我却是纠结不清的。”

“内库有几，舜仲先生知否？”官应震道。

“这我知道，”余懋孳掰着手指数道，“承运库、广积库、广惠库、广盈库、甲字库、乙字库、丙字库、丁字库、戊字库、赃罚库、天财库、供用库，共计内府十二库。”

“向内库借银，当向哪一库借？”官应震问。

“内承运库吧。”余懋孳说是说得出来，但没有很大把握。

“为何向内承运库借？”官应震问。

“内府诸库，以承运库存银最多，”余懋孳说着，问道，“东鲜先生，是这样吧？”

“是，”官应震应一声，说道，“凡入大内金银及各色宝物，均存放内承运库。正统以后，各地金花银一律由内承运库收讫。所以，内承运库不仅存放金银最多，而且可以说是唯一能借银之库。”

“亦即，向内库借银，即向内承运库借银。”余懋孳引申道。

“对。”官应震点头。

“向承运库借银，有何不妥？”余懋孳问。

“舜仲先生可知，内承运库能支应的银两有几多？”官应震反问。

“这却不知。”余懋孳说。

“六万余两而已。”官应孳告诉他。

“这怎可能！”余懋孳惊道，“每岁所入金花银，不有百万之多吗！”

“金花银征收之前，已派上用场。我说的是可以支应的金花银。”官应震道。

“可以支应的金花银有几多？”余懋孳问。

“不足一万三千两。”官应震说。

“亦即，内承运库可以支应的六万银两中，还有四万多出自别项，是吧？”余懋孳问。

“是。”官应震应道。

“出自何项？”余懋孳问。

“土官子粒银，”官应震道，“该项为四万九千四百三十三两，夏秋米麦金花银为一万二千七百二十九两，两项合计，约六万二千余两。”

“难得东鲜先生记得如此清晰。”余懋孳不无敬佩。

"每岁太仓所入若干，舜仲先生知否？"官应震又问。

"以百万计吧。"余懋孳大而化之地说。

"每岁边饷所支若干，舜仲先生知否？"官应震又问。

"也以百万计吧。"余懋孳又大而化之地说。

"每岁太仓所入，四百余万两；每岁边饷所支，三百八十九万余两。"官应震告诉他。

"边饷皆从太仓支给？"余懋孳问。

"不从太仓支给，却自何处支给！"官应震道。

"所以，正常年份，太仓所入，仅足边饷所支，而略有结余；一旦年成不好，或者朝廷有一两件喜庆之事，须额外从太仓取银，则入不敷出。"余懋孳说。

"舜仲先生这是在为户部开脱；我要说的，却不是这层意思。"官应震道。

"不是这层意思，却是何意？"余懋孳问。

"边饷计三百八十九万余两，内承运库可支应仅六万余两。一旦边饷有缺，求之内承运库，舜仲先生说，是可解燃眉呀，还是杯水车薪？"官应震问。

"那要看欠缺多少，"余懋孳道，"若欠缺十万，向内承运库借得到六万余，可管大用；若欠缺百万，即便向内承运库借到六万余，亦无补于事。"

"若欠缺十万，户部会开口吗？"官应震问。

"多半不会。"余懋孳承认。

"那么，舜仲先生也以为，即便向内库借到银两，也无补于事，"官应震说着，问道，"对吧？"

"对，"余懋孳应道，又道，"不过，东鲜先生似未说到要点上。"

"怎么？"官应震问。

"东鲜先生要说的第二层意思，不是要给户部出主意吗？"余懋孳道，"不管向内库借到银两是可解燃眉，还是杯水车薪，都只证明户部借银之举无用，并未指出户部当如何去做。"

"谁个告诉舜仲先生，我要说的第二层意思，是给户部出主意？"官应震问。

"不是——"余懋孳本想说，不是你自个儿说的吗？但忽然想到，还真不是他自个儿说的。"对，东鲜先生说的是还有第二层意思，并非第二层意思是给户部出主意。"

"我要说的第二层意思，是户部向内库借银无补于事，亦即，进一步证明部臣无能；第三层意思，才是给户部出主意。"官应震提醒余懋孳，下面要说到重点。

"东鲜先生的主意一定高明，就请快说吧。"余懋孳道。

"舜仲先生说说，何为金花银？"官应震先在字句上作文章。

“一则旧意，一则新意，东鲜先生问的是哪一个意思？”余懋孳陪着他在字词上做文章。

“旧意怎解？”官应震问。

“成色上好之银，称作金花银。”余懋孳说。

“新意怎解？”官应震问。

“各地岁入米麦折银征收，解内承运库，称作金花银。”余懋孳说。

“各地岁入米麦，包括不包括边饷？”官应震问。

“当然包括，”余懋孳道。“金花银中不仅包括边饷，而且，越来越多的是充作边饷。”

“各地岁入米麦，可是解送内承运库？”官应震又问。

“那却不是，”余懋孳道，“折银征收之前，岁入米麦解送各仓。”

“一则岁入米麦包括边饷，一则折银征收之前不解送内承运库；为何折银征收之后，却解送内承运库？”官应震问。

“这个——”余懋孳被问住。他心里也承认，这一问问到点子上；但在嘴上，他还是说，“祖宗制度如此。”

“祖宗制度，是几时定的？”官应震问。

“我记得，是英庙时定的。”余懋孳说。

“准确地说，是正统初定的。”官应震道。

“着哇，”余懋孳更有理由，“英庙末年，迄今一百五十年；英庙初年，迄今差不多一百八十年，都可以算作祖宗制度吧！”

“英庙时定制，当然可以算作祖宗制度。不过，”官应震口气一变，问道，“舜仲先生可知，太仓设于哪一年？”

“这却不知。”余懋孳道。

“太仓设于英庙正统七年。”官应震说。

“东鲜先生是说——”余懋孳没理解他的意思。

“岁入米麦折银征收之初，尚无太仓。”官应震道。

“这还用说！正统初年与正统七年，有先后之分。”余懋孳说。

“亦即，岁入折银征收之初，户部并无一个接收的衙门。”官应震道。

“没有太仓而已，不能说没有接收金花银的衙门，”余懋孳说，“户部十三司，朝廷命金花银交与某司，某司不就可收金花银？”

“话不能这么说，”官应震道，“户部十三司，相应于十三布政司，各有各的事务；而收交金花银的差事，相应于天下，且其繁杂，超过十三司中任何一司原本的事务。

舜仲先生说，交给哪司管合适？”

“如此说来，须得有一个专门的衙门，是不是？”余懋孳问。

“而这个衙门，一定是类似太仓的衙门。也就是说，岁入米麦最初折银征收时，因为没一个专门的衙门，只得暂由内承运库代为接收。”官应震道。

“东鲜先生的说法，不是没道理。”余懋孳沉吟着说。

“照舜仲先生方才的说法，金花银是越来越多地充作边饷。是吧？”官应震又引出一个话题。

“是。”余懋孳应道。

“既然包括边饷，而且，越来越多地充作边饷，那就应该视作外储，而不应该视作内帑。是不是？”官应震问。

“理当视作外储。”余懋孳同意。

“既然理当视作外储，那就应该归于有司，换言之，应该归于户部，是不是。”官应震问。

“外储列入朝廷会计，理当归于户部。”余懋孳同意。

“本属于户部，户部却议借，岂不是自个儿向自个儿借！我说部臣无能，一点儿也不冤枉他等！”官应震道。

“东鲜先生给户部出的主意，是请将金花银改贮太仓，以为朝廷支给边饷之用？”余懋孳问。

“舜仲先生看，这个主意如何？”官应震问。

“好是好，只怕皇上不答应。”余懋孳说。

“我却不怕皇上不答应，只怕皇上不理睬。”官应震道。

如他所料，请金花银入于太仓的奏疏，皇帝不予理睬。

第四百四十五章

家人禀报礼部署侍郎孙慎行来访；并请示，要不要以病情婉拒。

“闻斯先生无大事不会来的，请他进来吧。”叶向高说。

孙慎行来访，确实有件大事，从他郑重其事地把一篇文稿递给叶向高，可以看出来。

“拟的是大行皇太后的遗诏吧？”叶向高问。

“是。”孙慎行应道。

叶向高不难猜到文稿的内容。慈圣皇太后崩于两天前，今日遗诏一定要拟出来。如果他入阁办事的话，遗诏一定是他拟；他以病告假，皇帝把这件事交给礼部办。而且，皇帝多半交代孙慎行，拟好遗诏后，要让自己过目；否则，他可能会拿给自己看，也可能不会拿给自己看。

叶向高并不马上读遗诏，而是先问：“尊谥拟否？”

“已拟，”孙慎行应罢，口述慈圣皇太后尊谥，“用的是：孝定贞纯钦仁端肃弼天祚圣十二个字。”

“拟的很好，一个定字，一个端字，尤其用得好。”叶向高说着，始读遗诏。开始他是默读，但后来想，说不定还要议，读出来，让孙慎行听听也好。要不，你觉得哪个字不妥，哪句话不妥，你还得给他读。

读虽读出来，叶向高关注的却是后半段。遗诏写道：

> 今宗社乂安，政务修举，封、婚诸大典，皆有定期。翼子贻孙，复何顾虑？惟念皇帝大孝，超越古今，不无过于哀痛，良轸于怀。当顺便节哀，灵承帝眷，亲贤国治，永保鸿基。皇太子亦宜乘时进学，无忝元良。大小臣工，相与辑睦，以事皇帝。是皆予惓惓之至念也。

读罢，叶向高又后悔。这样的一篇遗诏，应该不会有什么需要改动的地方；况且，孙慎行拟得很好，内容上没有遗漏，遣词用句，也都很贴切。早想到是这样，默读就好。

桌上有笔，孙慎行拿起来，递给叶向高，说道："需要改动的地方，进卿先生就直接下笔。"

"闻斯先生听到我在读。我原本也想，有需要改动的地方，提出来和闻斯先生参酌。但读过之后，发现并无需要改动的地方。"叶向高说到这里，顿了顿。

孙慎行觉察到他还有话要说，没有接过话茬。

"不过，感慨倒是有一些。"叶向高果然又说。

"进卿先生是因想到大行皇太后的圣德伟业而有所感慨，还是因遗诏里的某些词句而有所感慨？"孙慎行问。

"二者大概很难分得开，"叶向高道，"读到遗诏里的某些词句，自然会想到大行皇太后的圣德伟业；想到大行皇太后的圣德伟业，又忍不住要在遗诏里找寻相应的内容。"

"那么，进卿先生是为遗诏里哪些词句而感慨？"孙慎行又问。

"譬如，今宗社乂安，政务修举。"叶向高举例。

"是这两句？"孙慎行有点儿不安，"怎么听起来，进卿先生不似感慨，却似质疑？"

"质疑？这话怎讲？"叶向高问。

"进卿先生真以为今宗社乂安？"孙慎行反问。

"闻斯先生以为不是？"叶向高又反问。

"进卿先生真以为今政务修举？"孙慎行问。

"闻斯先生以为不是？"叶向高反问。

二人问过来问过去，谁也不正面回答一句。二人心里都在想：今日说宗社乂安，政务修举，无疑是个极大的讽刺；但这话谁也无法说出来。当然，这两句话是叶向高引述的，要摆脱窘境，还得靠他。

"但我真是感慨，而不是质疑。"他说。

"愿闻其详。"孙慎行揖道。

"慈圣皇太后启佑皇上于冲龄之际，确是宗社乂安，政务修举，"叶向高说着，问道，"是吧？"

"这毋庸置疑。"孙慎行道。

"皇上亲政以来，大行皇太后一直企望宗社乂安，政务修举，"叶向高说着，问道，"这不会错吧？"

"不会错。"孙慎行应道。

“天下皆知皇上大孝，何谓大孝？使宗社乂安，政务修举，以慰圣母，此所谓大孝。故宗社乂安，政务修举，皇上所企望者也，”叶向高说着，问道，“这也不会错吧？”

“也不会错。”孙慎行应道。

“所以，宗社乂安，政务修举两句，用在大行皇太后身上，用在皇上身上，都没错。”叶向高说。

“我听懂进卿先生的意思，”孙慎行道，“这两句可以用在大行皇太后身上，可以用在皇上身上，却不能用在我辈身上。”

“我此一感慨，有道理吧？”叶向高问。

“大有道理，”孙慎行应道，又问，“进卿先生还有何感慨？”

“与这两句相呼应的，是后面这一句，”叶向高说着，念道，“大小臣工，相与辑睦，以事皇帝。”

“我听出来，这一句不是质疑。”孙慎行道。

“闻斯先生大概也要为这一句感慨吧？”叶向高问。

“是，”孙慎行应一声，说道，“今宗社不得乂安，政务不得修举，皆我辈臣子之罪；而宗社不得乂安，政务不得修举，究其根本，皆因大小臣工各立门户，纷争不已。”

“慈圣皇太后于弥留之际，仍为此事不安于心，我辈罪莫大焉；大小臣工不借遗诏颁发之际，深刻反省，放弃门户之见，怎对得起大行皇太后，怎对得起皇上！”叶向高接着又说两句。

“这么说，大小臣工，相与辑睦，以事皇上，这句是要有的？”孙慎行问。

“一定要有，且无须更改。”叶向高道。

“进卿先生还有何感慨？”孙慎行问。

“别的感慨就不说吧。”叶向高道。

“不说可以，但我有句话拿不准，请进卿先生点拨。”孙慎行说。

“你说！”叶向高道。

“‘宗社乂安、政务修举’之下，是‘封、婚诸大典，皆有定期’。进卿先生看，这句有无问题？”孙慎行问。

“这句有何问题？”叶向高不解。

“我是说，封、婚诸大典，能否把亲藩之典都囊括进去？”孙慎行问。

叶向高不但理解他的意思，而且更确切地说：“闻斯先生的意思是，封、婚诸大典，不能把亲藩之国的大典也囊括进去？”

“诚是，”孙慎行应道，并说，“我一直在琢磨，要不要在这句里加上‘之国’二字。”

“封、婚、之国诸大典，皆有定期，是这么写吗？”叶向高问。

“我想不出有别的写法。”孙慎行道。

叶向高想了想，说：“我看不便加写这两个字。一来，之国与封、婚并非并列；二来，加写这两个字，针对性太明显，不如含蓄一点儿；三来，福王行否，并不在大行皇太后遗诏中写不写‘之国’二字。皇上使行，不写这两个字，福王也会之国。大行皇太后生前既无懿旨着福王之国，崩后，也不可硬性写在遗诏中。”

“进卿先生说的是，”孙慎行同意他的说法，但还是忍不住问，“进卿先生看，福王之国是否已成定局？”

“我看，应该已成定局。”叶向高说。

“进卿先生这么有把握？”孙慎行问。

“去岁十二月初七日定，福王于今岁三月二十四日之国，这不是有谕旨的吗？”叶向高道。

“但据传言，两天之后，皇上又有手谕与进卿先生，”孙慎行说着，问道，“莫非传言不实？”

“闻斯先生说两天之后？”叶向高反问。

“两天之后，或三天之后，都下所传，是两三天之后。”孙慎行说。

“连具体日子都说不准，可见传言不实的多，”叶向高议论一句，又问，“再者，闻斯先生说皇上有手谕与我，说得出是何手谕吗？”

“说倒说得出，只怕我若说出，进卿先生为难。”孙慎行说。

“我有何为难？”叶向高问。

“我说的不对，进卿先生不妨矢口否认；我说得对呢？进卿先生不能否认，又不好承认，岂不为难？”孙慎行道。

叶向高笑笑，不说话，等于默认这个难处。

“不如这样，”孙慎行提议，“我先说外间传言何事。说得对，进卿先生点点头；说的不对，进卿先生摇摇头。如何？”

叶向高又笑笑，不说话，等于接受他的提议。

“据传言，前谕颁下两三天之后，皇上又有手谕与进卿先生，并命进卿先生宣谕于廷臣。手谕曰：拟留福王至慈圣皇太后古稀之寿诞后，方始之国。”孙慎行道。

叶向高没点头，也没摇头，却问：“皇上既命我宣谕于廷臣，为何却说是传言？”

“都下盛传，进卿先生封还手谕。”孙慎行说。

“闻斯先生想问，我有无封还圣谕？”叶向高问。

“是。”孙慎行应道。

“我倒想问问闻斯先生，是有此事，福王如期之国的把握大；还是无此事，福王如期之国的把握大？”叶向高道。

“应该是有此事，福王如期之国的把握大。”孙慎行说。

“这是为何？”叶向高问。

“其一，如无此事，皇上或会随时再降谕旨，命改福王之国日期，并谕以改变行期的理由。廷臣必争之。皇上再降谕旨越迟，福王如期之国的把握越小，因为争来争去，春季又过，又可以亲藩春季之国的制度为理由，把行期推延至明年。其二，如果皇上确有手谕，而手谕不是以为慈圣皇太后贺寿为谕，而是悔于减庄田之数，则上下之争，仍会纠缠于庄田之数；而且，即便进卿先生封还手谕，皇上仍可坚持四万顷庄田之数。结果如何，真的很难说。其三，皇上的手谕虽以为慈圣皇太后贺寿为由，却未颁明谕，可见也担心被慈圣皇太后驳回；何况，今慈圣圣皇太后已崩。皇上圣明，知道天子之言非同儿戏，不可能再改以其他理由。郑贵妃纵然还有想法，但一旦圣心已定，她也无力改变。”

“闻斯先生议论得很透彻。”叶向高赞道。

“但都是凭空议论。”孙慎行希望从叶向高那里得到证实。

“闻斯先生不是想知道我为何如此有把握吗？”叶向高问。

“是啊。”孙慎行应道。

“闻斯先生议论得比我还有把握，何用问我！”叶向高不从正面回答，但从侧面承认封还皇帝手谕的事。

“好，我心里也有数。”孙慎行道。

这件事没得再说，叶向高问：“闻斯先生还有别事吗？”

“还有一事，要请教进卿先生。”孙慎行说。

“相互参酌，千万别说请教，”叶向高说着，问道，“这次闻斯先生又有何事拿不准？”

“大行皇太后要葬于昭陵。”孙慎行一句话只说半句。

“大行皇太后要和穆宗庄皇帝合葬，此事君臣已有共识，无所谓拿得准拿不准。”叶向高说。

“我说的不是合葬一事拿不准，是合葬之后的事拿不准。”孙慎行说。

“合葬之后有何事？”叶向高问。

“大行皇太后合葬之后，神主是否祔庙？”孙慎行问。

神主祔庙，即牌位供奉于太庙。以皇后的身份与先皇帝合葬，神主供奉于太庙，不存在问题。如太祖高皇后和太祖高皇帝合葬于孝陵，其神主和太祖高皇帝神主一起供奉于太庙；成祖文皇后和成祖文皇帝合葬于长陵，其神主和成祖文皇帝神主一起供奉于太庙。但以皇太后的身份和先皇帝合葬，会有许多问题。

“原来闻斯先生顾虑的是祔庙，”叶向高点点头，问道，“这应该是有成例的吧？”

“成例有是有，但不一定适用。”孙慎行说。

“怎么？”叶向高问。

“所谓成例，即英宗睿皇帝一后一妃，与睿皇帝合葬于裕陵。后者，英宗钱皇后也；妃者，宪宗纯皇帝生母周太后也。钱皇后、周太后皆合葬裕陵，然钱皇后祔庙，周太后别祀于奉慈殿，不祔庙。”孙慎行说。

“我记得，穆宗庄皇帝生母杜太后和世宗肃皇帝陈皇后，同与世宗肃皇帝合葬于永陵，也是陈皇后祔庙，杜太后别祀。”叶向高道。

“进卿先生说的是，”孙慎行应道，“陈皇后祔庙，杜太后则别祀于神霄殿。”

“这应该已是制度，有何问题？”叶向高问。

“进卿先生是说，大行皇太后合葬而别祀没有问题？”孙慎行诠释他这句话。

“闻斯先生以为有问题吗？”叶向高问。

“有点儿小问题。”孙慎行说。

“闻斯先生说说看。”叶向高揖道。

“如进卿先生所言，合葬而别祀，已是制度；然周太后别祀于奉慈殿，杜太后别祀于神霄殿，却无定规。”孙慎行说。

“原来闻斯先生问大行皇太后别祀于何处。”叶向高道。

“是。”孙慎行应道。

“礼部没议过吗？”叶向高问。

“本部官倒是随便议了议。”孙慎行说。

“议祀于何处？”叶向高问。

“有议祀于崇先殿者。”孙慎行说。

“我看可以，”叶向高说着，问道，“闻斯先生看呢？”

“我也以为是个不错的提议。”孙慎行说。

“闻斯先生说这是个小问题；而且，在这件事上，闻斯先生不会拿不准，”叶向高说着，问道，“那么，应该还有大问题吧？”

“还有个问题，不见得比这个问题大，却是由这个问题引发出来的。”孙慎行说，“大行皇太后合葬于昭陵，别祀于崇先殿，进卿先生说，其神主神位，是不是不能如所拟尊谥题写？”

“闻斯先生何意？”叶向高问。

"我是说，是不是不能题写为孝定贞纯钦仁端肃弼天祚圣皇太后。"孙慎行道。

"不题写孝定，莫非仍题写慈圣？"叶向高还是没理解他的问题。

"不在题写孝定，抑或题写慈圣，而在神主神位列于先皇帝之侧，不宜题写皇太后吧？"孙慎行道。

"那还用说！"叶向高道。

真的不用说。以皇太后的身份与先皇帝合葬并祀，她在先皇帝时的身份一定是妃，而非后，一定还有一位皇后与先皇帝合葬并祀。试想一想，当中的神主神位题写某皇帝，一边的神位神主题写某皇后，另一边的神主神位却题写某皇太后，岂不贻笑大方！

"这应该也是有成例的吧？"叶向高又道。

"是有成例，"孙慎行引的还是周太后的典故，"周太后崩，上尊谥曰：孝肃贞顺康懿光烈辅天承圣睿皇后。其神主神位，亦照此题写。"

"照此成例，不是合葬之后出问题，而是议尊谥出问题；大行皇太后不应尊为皇太后，而应尊为庄皇后。"叶向高说。

"议尊谥没问题，周太后故事，我只说一半。"孙慎行道。

"另一半怎说？"叶向高问。

"周大后崩于弘治时，议上尊谥的，是其孙，非其子。便宜谥曰睿皇后，以便合葬于裕陵，而且主要为的是祔庙。后以大臣言，合葬而不祔庙，遂改称太皇太后，嘉靖时，与孝宗敬皇帝生母纪太后、兴献帝生母邵太后一并移祀于陵殿，其神主神位，皆题写皇后，而不题写皇太后，但不加帝谥，以别嫡庶。"孙慎行述道。

"有件事我一直拿不准，这会儿终于拿得准。"叶向高忽道。

"进卿先生说的是何事？"孙慎行问。

"此事闻斯先生并非拿不准，而是怕我拿不准；所以要详尽地说给我听，好让我也拿得准，"叶向高说着，问道，"闻斯先生，是这样吧？"

"这是进卿先生多心。"孙慎行笑道。

"不管闻斯先生是何居心，此事我也拿得准，"叶向高说，"大行皇太后合葬而不祔庙，其神主神位，第一，宜去'太'字，因为太后是臣子的尊称，不能用于先皇帝神位之侧的皇太后神位；第二，不宜加'庄'字，因为庄皇后是加于穆宗庄皇帝皇后的尊谥，不是成为穆宗庄皇帝贵妃的尊谥。即大行皇太后神主神位，不能题写为：孝定贞纯钦仁端肃弼天祚圣皇太后，也不能题写为：孝定贞纯钦仁端肃弼天祚圣庄皇后，而只能题写为：孝定贞纯钦仁端肃弼天祚圣皇后。说罢，问道，"闻斯先生，是这样吧？"

“进卿先生说的是，我拿不准的，正是此事。”孙慎行道。

“翻来覆去论证过，闻斯先生仍拿不准吗？”叶向高问。

“仍拿不准。”孙慎行说。

“却是为何？”叶向高问。

“宜去‘太’，不宜加‘庄’，你我都相信这是制度，皇上也相信吗？你我都以为，当遵照成例行之，皇上会接受吗？”孙慎行说出他内心深处的顾虑。

“闻斯先生之意，须得题奏？”叶向高问。

“非也。”孙慎行摇头。

“那是何意？”叶向高问。

“别个题奏无用，须得进卿先生题奏。”孙慎行说。

“绕来绕去，就是为要这么一个结果呀！闻斯先生既然说非我题奏不可，我自当遵命题奏。”叶向高道。

第四百四十六章

住在张家湾附近的两个老汉，姓氏都很稀有：一个姓苌，不是经常的常，而是草字头的苌；一个姓逄，不是庞大的庞，而是走字边的逄。夕阳西下时分，二人经常坐在运河边上，一边看运河的晚景，一边说闲话。

这两天，逄老汉顾不上说闲话，他手指点着运河边停泊的船只，嘴里念叨着数字。

“老逄，已数三天吧？”苌老汉问。

“今儿个是第四天。”逄老汉说。

“数清楚没有？”苌老汉问。

“第一天数清楚，第二天我就不数；第二天数清楚，昨儿个我就不数；昨儿个数清楚，今儿个我就不数。”逄老汉说话，听起来有点儿啰唆，但很合逻辑。

“不就几条船吗，怎会数不清楚？”苌老汉问。

“几条船？”逄老汉反问，“老苌，你知我第一天数到几？”

“你数的，我怎知！”苌老汉道。

“我当着你面数的，还念叨出来，你为何不知？”逄老汉怪起他来。

“怪我，成不成？”苌老汉不和他争执，而问，“第一天你数到几？”

“一百五，”逄老汉道，“一百五十条船之前，都数得清清楚楚；一百五十条船之后，不知数到第几条船，却数乱。”逄老汉说。

“于是，第二天又接着数？”苌老汉问。

“怎接着数？只好从头数。”逄老汉说。

“第二天数到几？”苌老汉问。

“三百，”逄老汉道，“三百条船之前，都数得清清楚楚；三百条船之后，不知数到第几条船，又数乱。”

“第三天还从头数吗？”苌老汉问。

“不错。”逄老汉道。

“第三天数到几？”苌老汉问。

“四百五，”逄老汉道，“四百五十条船之前，都数得清清楚楚；四百五十条船之后，不知数到第几条船，又数乱。”

“老逢今天准备数到六百条船吧？”苌老汉问。

“你怎知道？”逢老汉问。

“第一天数的是一百五十，每天又增加一百五十，到第四天，正好是六百，”苌老汉说着，讥道，“你倒是每天都有长进，照这样数的话，第十天你可以把船数数出来。”

“还得加上一句：你不在一旁捣乱的话。”逢老汉说。

“还得加上一句：这些船不马上离开的话。”苌老汉则说。

听这话，逢老汉有些发慌。他问：“你是说，这些船就要驶离？”

“我得到的消息，早则一两天，迟则三四天，这些船一准驶离。”苌老汉说。

“这可如何是好！”逢老汉心慌意乱地搓着手。

“这些船早离晚离，你为何着急？”苌老汉奇怪地问。

“离得早，我岂不数不清楚船数！”逢老汉说。

“船只是多是少，碍你何事？”苌老汉又问。

“老苌，你不知这些船的来头吗？”逢老汉反问。

“不是为福王殿下就藩准备的吗？我怎不知！”苌老汉道。

“此数重大，不可不知。”逢老汉说。

“此数怎重大？”苌老汉自问自答，“反正皇家用船，还不是要用多少，就用多少，有何重大！”

“要用多少，就用多少，这话并不全对。”逢老汉说。

“怎不全对？”苌老汉问。

“亲王就藩，用的船只虽多，也说得出个数目；并不是要用多少，就用多少。”逢老汉道。

“历来亲王就藩用的船只数目，你说得出来？”苌老汉问。

“我既然告诉你说得出个数目，自然说得出来。”逢老汉道。

“老逢牛吹得太大吧？”苌老汉不信，“你若说得出历来亲王就藩用的船只数目，今儿个就是数到天明，我也把这些船只的数目给你数清。”

“此话当真？”逢老汉逼问一句。

“我若数不清，随你姓逢。”苌老汉赌道。心里则说：我要改姓，也改为庞大的庞，不会姓你那个稀奇古怪的逢。

“好，我若说不上来，随你姓苌。”逢老汉也赌道。心里则说：我要改姓，也改为时常的常，不会姓你那个莫名其妙的苌。

“说是说，但不能胡说。”苌老汉不放心地叮嘱。

“我先说几句话，你就知道是不是胡说，”逄老汉说着，问道，“亲王出京师，就藩国，始于何时？”

“大明开国就封亲藩，亲王出京师，就藩国，当然始于国初。”苌老汉说。

“我若胡说，顺着你说就是；但我要告诉你，你说得出京师，就藩国，是出南京，我问的是，亲王出咱北京，就藩国，始于何时？”逄老汉道。

“永乐爷迁都北京，应始于永乐时。”苌老汉说。

“永乐爷迁都北京不错，永乐爷封过两位亲藩也不错。两位亲藩，一是汉王殿下，后称汉庶人；一是赵王殿下。不过，汉庶人是迁都之前，就藩山东的，所以，出的仍是南京。赵王殿下倒是迁都北京之后就藩河南的，但永乐爷已崩。”逄老汉说。

“也就是说，出咱北京城，就藩国，是始于洪熙爷。”苌老汉道。

“你说我有长进，我看你才有长进，竟连永乐爷之后是洪熙爷，都记住！”逄老汉这才反讥。

“别说废话，说数！”苌老汉道。

“最初就藩的，有五位亲王。”逄老汉先说个旁的数。

“是哪五位亲藩？”苌老汉问。

“郑、襄、荆、淮、梁。”逄老汉掰一个手指说一王，五个手指掰完，正好说完五王。

“赵王殿下呢？”苌老汉问，“我还以为赵王殿下也在五王之中呢，谁知你已不记得他。”

“赵王殿下是洪熙爷皇弟，郑、襄、荆、淮、梁五王，却是洪熙爷皇子，岂可同日而语！”逄老汉道。

“赵王殿下在前，不可同日而语，也该先说赵王殿下呀。”苌老汉说。

“赵王殿下就藩所用船数，不说也罢。”逄老汉道。

“为何不说也罢？”苌老汉问。

“国初赐封亲藩，都与三护卫。一护卫数千人，三护卫得多少人？你想想，如此庞大的队伍就藩，得用多少船只？”逄老汉问。

“那是后世比不了的，”苌老汉倒也不胡搅蛮缠。他说，“我记得，洪熙爷可不止郑、襄、荆、淮、梁五位皇子。”

“你说得对，洪熙爷有十子，除宣德爷外，九子封王。”逄老汉道。

“那你为何说，最初就藩的，是五位亲王？”苌老汉问。

“问得细，问得好！”逄老汉叫好，“郑、襄、荆、淮、梁，是洪熙爷靠前的几位皇子，到了就藩的年纪，所以先就藩。”

“你说靠前的几位王子，是皇二子至皇六子吧？”苌老汉问。

“那却不是，”逄老汉一一数道，“郑王殿下是皇二子，皇三子却是越王殿下。越王殿下和宣德爷同母，所封藩国在衢州，宣德爷不愿他远去，留他在京师。皇四子是蕲王殿下，早薨，无子。故襄王殿下到淮王殿下，是皇五子、皇六子、皇七子。皇八子是滕王殿下，早薨，未就藩。梁王殿下是皇九子。皇十子是卫王殿下，年幼多病，未就藩。”

“还真让你说得一清二楚，佩服，”苌老汉赞道。人家说得一清二楚，他也听得一清二楚，所以提得出问题，“你说宣德爷不愿越王殿下就藩，莫非郑、襄、荆、淮、梁五王就藩，也不在洪熙时。”

“你还真动了脑子，”逄老汉又赞道，“洪熙爷在位日短，来不及打发他等，五王是在宣德四年就藩的。”

“我来看看老逄说的是几个数啊，”苌老汉边回忆，边说，“先说个五，是说洪熙爷皇子中有五子就藩；又说个十，是说洪熙爷共有十子；又说个五，是说郑、襄、荆、淮、梁五王，于宣德四年就藩。这三个数都很实在，想来，老逄说的五王所用船只数目也不是编造出来的。”

“老苌相信就好。”逄老汉道。

“究竟是多少呀？”苌老汉问。

“五王各用船三百条，共计一千五百条。”逄老汉道。

“天哪！”苌老汉惊呼，“五王若是同时出京城，就藩国，比今日停泊在运河的船只还要多，怎得驶离！”

“福王殿下虽然没用一千五百条船，但看上去少不了多少。老苌等在这里，看福王殿下的船是如何驶离的，就知当年五位亲藩的船是如何驶离的。”逄老汉道。

“这个数目算你说上来，你还知哪个亲藩用船的数目？”苌老汉问。

“我还是先分开说些数目。”逄老汉道。

“这次为何分开说？”苌老汉问。

“数目太多，一气说出来，怕你糊涂。”逄老汉道。

“怎的越来越繁琐？”苌老汉一撇嘴，表示不满；但还是示意他说。

“最先要说的数目是：三十八、四十一、四十五、四十八、五十二。”逄老汉掰着手指数道。

“这些数目何意？”苌老汉问。

“自宣德四年算起，三十八年之后，四十一年之后，四十五年之后，四十八年之后，五十二年之后。”逄老汉说。

“后面的数目也有这多？”苌老汉问。

“是，”逄老汉应罢，道，“后面是：三、六、十、十三、十七。”

“这些数目何意？”苌老汉问。

“宣德四年之后，第三十八年是成化三年；第四十一年是成化六年；第四十五年是成化十年；第四十八年是成化十三年；第五十二年是成化十七年。”逄老汉说。

“后面还有吗？”苌老汉问。

“还有，但都是一个数目，”逄老汉道。“第三个数目：九。”

“此数目何意？”苌老汉问。

“正统、天顺爷有九子。”逄老汉说。

“二位爷分开说！”苌老汉道。

“两个年号都是英宗爷的，我怎分开说！”逄老汉嗤之以鼻。

“那你何不称英宗爷，哪有用两个年号称一位爷的！”苌老汉说。

“英宗爷有九子。”逄老汉依着他又说一遍。

“还有别的的数目吗？”苌老汉问。

“第四个数目：五。”逄老汉道。

“怎又是五？仍是亲王就藩的数目吧？”苌老汉猜想。

“是。”逄老汉应道。

“这次是哪五王？”苌老汉问。

“德、秀、崇、吉、徽，”逄老汉仍是掰完五指，数出五王。这次不等苌老汉问，他接着说出诸王伦序，“德王殿下是皇二子，秀王殿下是皇五子，崇王殿下是皇六子，吉王殿下是皇七子，徽王殿下是皇九子。”

“没就藩的是皇三子、皇四子、皇八子。”苌老汉说。

“对，”逄老汉点点头，说道，“皇三子，未封而薨，皇四子、皇八子，虽封，然未就藩而薨。”

“这些数目都可信，将其串起来，即成化三年，德王殿下就藩；成化六年，秀王殿下就藩；成化十年，崇王殿下就藩；成化十三年，吉王殿下就藩；成化十七年，徽王殿下就藩，”苌老汉说着，问道，“对吧？”

“对。”逄老汉应道。

“却不知该五王，各用船只几多条？”

“每王用七百条。”逄老汉说。

“天哪！”苌老汉又惊呼，“比前之五王添加一倍还要多。幸亏不是同时离京就藩，否则，此处运河之水都要暴涨！”

“老苌，我还照此往下说吗？”逄老汉问。

“是不是说不下去？”苌老汉讥道。

“不是说不下去，只是以后亲王数目众多，就藩年份不一，一个一个地说，只怕说完，天也该亮。”逄老汉解释道。

“你说数目众多，能有几多？”苌老汉问。

“成化爷皇子最多，有十四位，封王的有十位，就藩的有九位，分别在八个年份里就藩。仅此一例，就不是一时半会儿可以说完的。”逄老汉道。

“老逄，你别唬我！”苌老汉道。

“我怎唬你？”逄老汉问。

“你以为我不知道吗！”苌老汉道。“成化爷之后是弘治爷，弘治爷只有二子：一是正德爷，一是蔚王殿下，早薨。弘治爷之后是正德爷，无子。正德爷之后是嘉靖爷，嘉靖爷有八子，其中六子早薨，亦即，除隆庆爷外，只有一子就藩。嘉靖爷之后是隆庆爷，隆庆爷四子，二子早薨，亦即，除今爷外，也只有一子就藩。你撇开这些不说，只说成化爷十四子，十子封王，九子就藩，可不是在唬我！”

“看来，我还真不能把成化爷诸王就藩的情形省略。”逄老汉说。

“老逄想省略就省略吧，”苌老汉道，“你说得出那几个数字，不会不知成化爷诸子就藩的情形，你只说说使用的船只数目吧。”

“兴献王，老苌知道吧？”逄老汉又开始问。

“不是嘉靖爷的父王吗？”苌老汉道，“老逄，你说的不对。今天下只知曾有兴献帝，谁知有兴献王！也就你我等老人还说得出，兴献王成为兴献帝经过怎样的周折！”

“老苌既然记得，我就不为你讲述。我只告诉你，前面说的德、秀、崇、吉、徽五王就藩后，轮到兴献王和岐王殿下。兴献王弘治七年就藩，岐王殿下弘治八年就藩，各用船只九百条。”逄老汉说。

“也就是说，又增加二百条船。”苌老汉道。

“对。”逄老汉应道。

“以后各王呢？”苌老汉问。

“除潞王殿下，没超过九百的，也没少于七百的。”逄老汉说。

“也就是说，在七百条船到九百条船之间。”苌老汉道。

“对。”逄老汉应道。

“潞王殿下是隆庆爷的皇子吧？”苌老汉问。

“是隆庆爷皇四子。”逄老汉说。

“也就是说，他是最后一个就藩的亲王。”苌老汉道。

“对。”逄老汉应道。

“老逄说，潞王就藩，超过九百条船，超过多少？”苌老汉问。

“超过的也不多，潞王殿下就藩，用船只九百二十四条。”逄老汉说。

“确切否？”苌老汉问。

“老苌若问，前述亲王就藩，使用船只的数目是否确切，因属耳闻，我还不敢断定；但潞王殿下二十五年前就藩，所用船只是我亲自数的，我可以担保，不会有误。”逄老汉说。

“难得老逄有心，那次也一连数好几天吧？”苌老汉问。

“对，也数好几天。”逄老汉应道。

“看来，九百条船差不多到顶。”苌老汉说。

“后来船只虽不多加，其他方面则增加不少，”逄老汉说着，述道，“譬如兴献王和岐王殿下就藩，挽船士卒竟达数万；又譬如景王殿下于嘉靖四十年就藩，随行王府官员二十七人，扈从校尉六百人，士卒千人。”

“今日只说船只，不说其他。”苌老汉把话题拉回来。

“好，只说船只，”逄老汉说着，指指河面上，“这些船只都是为福王殿下就藩准备的，我看，不会少于千数。”

“是不足千数，还是多于千数，数数才知。”苌老汉道。

二人把一边当头，一边当尾，一人从头数起，一人从尾数起，数到当中，把所数的船只加起来，是一千一百七十二条。

“又多二百四十八条。”逄老汉念叨。

三月二十四日，常洵离京就藩。

第四百四十七章

四月，福州已经相当炎热。

十一日这天，福州市民陆续涌向税监衙门。午前看上去，还不甚多；午后越来越多。外面的人和里面的人不断发生冲突，外面的人大有冲进衙门之势，局面越来越严峻。

高寀并不慌张，该出则出，该进则进，该吃则吃，该睡则睡。天黑时，他还问："外面人散没散？"

"未散。"服侍他就寝的小宦者说。

"未散？"高寀又问一遍，并看着站得稍远的亲信参随魏天爵。

"是未散。"魏天爵也说。

"为何不散？跑来我衙门外乘凉吗？"高寀还有心思开玩笑。

"但愿是在乘凉。"魏天爵不是随便一应，而是流露出几分忧虑。

"叔，要不要驱散？"另一亲信参随朱大受则问。

"不用，人家在乘凉，驱散作甚！"高寀说着，命道，"都去睡觉！"

他睡得好不好，没人知道。但睡到半夜醒来，他问的第一句话仍是："散没散？"

"早已散，"小宦者说，"叔命都去睡觉，还能不散。"

"怎会？"高寀难以相信，他在屋里随便说句话，外面都听得到；更难相信，他说句"都去睡觉"，外面的人就乖乖地回家睡觉。不过，难以相信是难以相信，他却希望这是真的。人既散，说明天下太平，再好不过。他打个哈欠，命道，"更衣，随我出去走走。"

小宦者边服侍他穿衣，边问："叔不吃点儿宵夜吗？"

"你是说，吃过宵夜，再出门？"高寀问。

"魏大人、朱大人已等着禀事。"小宦者说。

"你是说，听他两个禀过事，再出门？"高寀问。

"各府、州、县榷税之人来的不少。"小宦者说。

高寀瞪他一眼，不再问。

“我看出来，你不想让我出门！”高宷道。

“叔这会儿最好别出门。”小宦者说。

“为何这会儿最好别出门？”高宷问。

“外面人太多，小的怕要出事。”小宦者说。

“咦，”高宷怪道，“你不是说早已散吗？”

“小的说过吗？”小宦者竟不认账。

“小小年纪，才说的话就忘！”高宷斥道。

“对，小的是说过早已散；可小的是说魏大人、朱大人，还有别人早已散，说昨晚叔命都去睡觉，还能不散；没说外面的人早已散，没说叔命都去睡觉，外面的人还能不散。”小宦者辩道。

高宷又瞪他一眼，道：“还有话，一块儿说吧。”

“小的没别的话。”小宦者说。

“没别的话？”高宷冷笑一声。“你心里一定在说：当自个儿是天王老子呢，在屋里说句话，外面就听得见，就遵行不误！”

“小的心里没这么想！”小宦者叫屈。“叔又不是不知道，在小的心里，叔就是天王老子！”

“你没这么想，有人却会这么想，”高宷说着，挥挥手，“去，把老魏叫来，把老朱叫来，就在内堂议事。”

魏天爵、朱大受一早就在外间伺候，也许，他二人根本一夜未眠，一俟招呼，马上就进到内堂。

“昨夜睡得好呀？”高宷问。

二人讪讪而笑，应也不是，不应也不是。

“叔睡得好吗？”魏天爵反问一句。

“好是好，只是被一场梦搅醒。”高宷说。

“叔作的何梦？”朱大受问。

“梦到有人把冰窖里的冰一块一块搬到本衙外，一块一块垒起来，全福州城里的人都赶来乘凉。”高宷说。

“叔才说乘凉，即梦到乘凉；无怪乎古人说，日有所思，夜有所梦。”魏天爵凑趣地说。

“老魏，你还真以为叔会作此梦呢！”朱大受道。

“不是吗？”魏天爵问。

“叔是为聚集在外的人一夜未散而恼怒呢，”朱大受道。又对高宷说，“叔若依着卑职，早把他等驱散。”

“知道我为何没应允？”高寀问。

“卑职不知。”朱大受说。

“记得你说这话，是何时？”高寀又问。

“天才黑。”朱大受说。

“天黑之前，你难道没想着驱散？”高寀问。

朱大受无话可说。白日里，率领家丁和外面的人群冲突的，正是他。他的目的就是要驱赶外面的人，结果，越驱赶越多。他本想借着天黑再试着驱赶，但能不能把外面的人驱散，他实在没把握。

“老朱，我不是怪你无能，”高寀安慰他，“其实，白日里没将他等驱散，正合我意。”

“叔为何这么说？”朱大受听他这话，虽然宽心，但着实不解。

“白日里涌来的，可有富室？”高寀反问。

“没有。”朱大受道。

“可有乡绅？”高寀问。

“也没有。”朱大受道。

“老魏，你说呢？”高寀转问魏天爵。

“老朱说的是，白日里涌来的，不是作坊里的工匠，就是小商小贩，皆无名之辈。”魏天爵说。

“老朱，该明白我为何这么说吧？”高寀问回朱大受。

“卑职还是不明白。”朱大受说。

“你呢？”高寀又问魏天爵。

“叔是不是说，幕后之人要到天黑才露面？”魏天爵揣测。

“你比老朱略胜一筹，猜对一半。”高寀道。

“另一半，打死卑职，也猜不出来。”魏天爵说。

“你和老朱是我的左膀右臂，你要把那一半也猜出来，我岂不是一臂太长，一臂太短？”高寀道，并命朱大受，“老朱，另一半你来说。”

“叔交代卑职，有布、按二司官或府、县官出面，就把本衙的兵丁撤回。叔是不是想看看该等官员如何应付今日的局面？”朱大受猜测。

“另一半你说对，我就是要看看他等嘴脸。”高寀道。

“叔深谋远虑，卑职等不及万一。”魏天爵、朱大受一起奉承。

“先别说好听的，且说幕后之人是否入我彀中！”高寀命道。

“如叔所料，天黑之后，不少有身份的人在衙门外现身。”魏天爵说。

“我说嘛，咱在米铺取米，在金铺取金，在杂什铺取杂物，不是一天两天，今日怎就聚来这多的人？没有幕后作祟之人才怪呢！”高宷说着，命道，“老魏，你准备着，明日拿人！”

“卑职谨遵台命。”魏天爵道。

“老朱有没留意，昨日来过几官？”高宷又问朱大受。

“三五个吧。”朱大受说。

“最早来的是谁个？”高宷问。

“侯官金县令。”朱大受说。

福州府辖九县，其中，闽县、侯官二县，与府同治一城。

“他叫金——”高宷说不上来，想让朱大受说。

朱大受也说不上来，向魏天爵求助。

“他叫金元嘉。”魏天爵说。

“金元嘉是来添柴的，还是来灭火的？”高宷问朱大受。

“他倒想谕退众人，是来灭火的。”朱大受说。

“此官尚可，”高宷评价道，又问，“然后来的是谁个？”

“闽县周县令。”朱大受说。

“他以推事署闽县，不是正牌的县令。”魏天爵指出。

“他是叫周顺昌吧？”高宷记得他的名字。

“是。”朱大受也记得他的名字。

“这厮是个才出道的雏儿吧？”高宷问。

“是，”魏天爵应道。“他是去年的进士。”

“难怪不懂事，到任几个月，找我多少麻烦！”高宷说着，问朱大受，“他白日里来，是鼓动众人和我作对吧？”

“那倒没有，他和金县令一起谕退众人。”朱大受说。

“他不鼓动众人，反而谕退众人？”高宷有点儿想不明白，也有点儿失望；但随即释然。“咱这也叫得道多助，是吧？”

“叔说的是。”魏天爵、朱大受应道。

“除周顺昌，福州府没来别人吗？”高宷又问。

“陈同知也来过。”朱大受说。

“是那条小爬虫？”高宷问。

“他叫陈豸。豸者，无足之虫也。”魏天爵说。

“那不还是小爬虫！”高寀道。他问朱大受，“小爬虫是来作甚的？”

“他带来三班衙役，还有一队卒伍，想要维持秩序。”朱大受说。

“这条爬虫还不错嘛，”高寀道，又问，“福州府的正官没来吗？”

“似乎也来过，但卑职没看清。”朱大受说。

“他是姓喻吧？”高寀问。

“是。”朱大受应道。

“名字呢？”高寀问。

“名字？”朱大受说不出来，又用眼神向魏天爵求助。

魏天爵也说不出来：“喻太守不来找我等，我等也不去找他，才得相安无事。他白日里来，多半也是来灭火的。”

“府、县官不错，这次且都放过，”高寀说着，又问朱大受，“布、按二司官中，有无人来我衙门前？”

“卑职未见。”朱大受说。

“你未见，定是他等未来；他等未来，定是幸灾乐祸；他等幸灾乐祸，皆应治罪。”高寀道。

“叔说的是。”魏天爵、朱大受应道。

“再者，巡抚都御史既来，布、按二司官不敢不来；布、按二司官既未来，定是巡抚都御史未来。对巡抚都御史，更不能放过。”高寀又说。

“叔说的是。”魏天爵、朱大受应道。

“天一亮，卑职就去把他请过来。”朱大受又说。

高寀理解他说的“请”，不是客客气气地真请，而是强迫他来。

“我看你去请，未必请得来；我得亲自去请，”高寀说着，问魏天爵，“老魏，你说呢？”

“叔还是先想想，天亮前做点儿什么事吧。”魏天爵说。

“你是说，”高寀指指外边，问他，“天亮后咱要出得去，是吧？”

“是。”魏天爵应道。

“这事还真得想想，”高寀说着，问朱大受，“老朱，你有何高招？”

“卑职率部属，为叔杀出一条血路。”朱大受说。

“你部属有多少人？”高寀问。

“二三百人。”朱大受道。

“率二三百人，从数万乱民中杀出一条血路，勇气可嘉，”高寀先称赞一句，然后问，“是不是人少点儿？”

“再多二三百人，当然更有把握。”朱大受说。

“老魏，你属下也有二三百人吧？”高寀问魏天爵。

“是。”魏天爵应道。

“你乐意不乐意借给老朱，让他凑够五百人？”高寀问。

“都是为叔办事，有何不乐意！”魏天爵说着，口气一转，“不过，叔想过没有：杀出一条血路，叔出去，把巡抚都堂请回来时，怎办？再杀出一条血路？”

高寀点点头，道：“我也想说，此非良策。”并问，“你有何好主意？”

“卑职的意思，冲杀不如驱散。”魏天爵说。

“怎驱散呢？”高寀问。

“卑职只想到驱散，如何驱散，还没想好。”魏天爵说。

“老朱，白日里你和乱民纠缠良久，不会没想法吧？”高寀又让朱大受说。

“除出招更狠，卑职别无良策。”朱大受说。

“老朱想出何狠招？”高寀问。

“卑职忽然想起，咱后院里储藏的利器还没用呢。”朱大受说。

“你是说火箭？”高寀问。

“是。”朱大受应道。

“老魏，你看这个主意如何？”高寀问魏天爵。

“好是好，但要冒风险。”魏天爵说。

“你先说好在哪里。”高寀命道。

“火箭一发，衙门前的民居商铺一定会点燃；火起之后，衙门前的乱民想不跑都不成。”魏天爵说。

“要冒何风险？”高寀问。

“城门失火，殃及池鱼。衙门前的民居商铺一旦点燃，难免要烧到咱衙门。”魏天爵说。

“那么，火箭可用不可用？”高寀问。

“两害相权取其轻。火箭可用。”魏天爵说。

“老魏不怕我衙门被烧？”高寀问。

“一则，火箭往远处打，尽量别让衙门附近起火；二则，老朱的属下，卑职的属下，合起来不下五百人，不让他等出外冲杀，让他等守着衙门，一旦烧起来，可随时扑灭。”魏天爵说。

“你想得很周全，”高宷称赞一句，然后命道，“你两个带人搬出火箭，先纵火，再灭火！”

税监衙门内初更时发射火箭，引燃衙门附近的民居、商铺。火势开始还小，很快变大。税监衙门的人守住本衙门，不使火起；外面火烧多大，则不闻不问。聚集在衙门外的市民，以及居住在附近的市民，四处奔逃。

延至三更，火才逐渐熄灭。

第四百四十八章

福建巡抚衙门远离税监衙门，但从税监衙门外火起，巡抚袁一骥就被惊醒。他站在衙门外，看着远处的火势由小而大，又由大而小。

他一直在衙门外踱来踱去，判断着情势。白天时，他已经知道民众聚集在税监衙门外，说他们在请愿也成，说他们在闹事也成。布、按二司的主官都来请示过他，他以为，可以让府、县官过去看看，能够疏通则疏通一下；布、按二司官和他，尤其是他，不宜出面。他是朝廷差出的大臣，代表朝廷治理全闽，竖宦惹出的麻烦，凭什么让他去平息！

起火后，他知道事情闹大。原来希望最好别出人命，看来这个底线守不住。他已传令城里城外的官军戒严。但仅是戒严而已。情势不明，这时命官军进城，命官军介入，只会使事态更加恶化。

他采取的唯一行动，是传命兵备佥事吕纯如，去现场看看情况；他等待的，也是吕纯如的回禀。

吕纯如来时，天已大亮。二人进到衙门里，吕纯如先安慰他一句。

“汝良先生，无大事。”吕纯如说。

但袁一骥怎平静得下来！他问：“无大事是何意？”

“大火一起，税监衙门外的人群散去。”吕纯如说。

“在粹之看来，这场火起得好？”袁一骥哂道。

袁一骥字汝良，南直隶江阴人，万历十一年进士。吕纯如字粹之，南直隶吴江人，万历二十九年进士。正因为都出自南直隶，袁一骥才会不留情面地责问。

“下官不是这个意思，”吕纯如解释，“毕竟烧死人，烧毁房屋。”

“火是怎起的？”袁一骥问。

“税监衙门里的人发射火箭引起。”吕纯如说。

“姓高的知其事否？”袁一骥问。

“他肯定知道。”吕纯如说。

“怎见得？”袁一骥问。

“不止一人听到，他在围墙内发号施令；不止一人看到，火起后，他从围墙上探头张望。”吕纯如说。

“这么说，是他在自家衙门外纵火！”袁一骥道。

“是。”吕纯如应道。

“既出此事，不得不参他一本。”袁一骥说。

“下官也是这么想的。”吕纯如道。

“粹之，你帮我想一想，有哪些事可参奏。”袁一骥命道。

“是，”吕纯如应一声，说道，“酿成今日之乱，姓高的罪不可逭。”

“说说看。”袁一骥鼓励道。

“福州城聚居众多工匠、商贩。工匠依作坊才得以养家糊口，商贩有店铺才得以维持生计。姓高的爪牙四处滋扰，于作坊任意索要钱财，于店铺任意拿取粮物，令得作坊、店铺多濒临破产。昨日一日，工匠、商贩几乎倾城而出。他等不聚于他处，而聚于税监衙门外，欲得姓高的而食其肉，可见积怨已久。”吕纯如说。

“此一事可参，”袁一骥点点头，又问，“还有何事？”

“于税监衙门向外发射火箭，罪恶更深。”吕纯如说。

“说说看。”袁一骥鼓励道。

“汝良先生应该知道，火箭非寻常之物。”吕纯如说。

“是，”袁一骥应道，“全闽十六卫，配有火箭的，不过一两卫。”

“税监衙门的火箭从何而来？”吕纯如问。

“我不知，你知否？”袁一骥反问。

“我亦不知从何而来；但我知道，一两个月前，官军所配火箭，有报失者。”吕纯如说。

“你是说，被税监衙门的人盗走？”袁一骥问。

“我不知官军火箭是否被税监衙门的人盗走，但以握有不知来自何处的火箭参之，他定难以辩白。”吕纯如说。

“此一事确实可参，”袁一骥点点头，又问，“还有何事？”

“如下官方才所言，姓高的纵火于衙门外，毕竟烧死人，烧毁房屋。”吕纯如道。

“烧死几多人？”袁一骥问。

“尚未查明。”吕纯如说。

“烧毁几多房屋？”袁一骥问。

“亦未查明。”吕纯如说。

“纵火烧死人，却不知烧死几多人；烧毁房屋，却不知烧毁几多房屋，这叫我如何参他！”袁一骥道。

“死者人数虽未查明，却查访出伤者多名，皆有名姓，可写在疏里。”吕纯如说。

“有无被火箭所伤者？”袁一骥问。

“有。”吕纯如应道。

“有几人？”袁一骥问。

“有名有姓的三人，”吕纯如道，“其一姓姚名夏，其一姓董名九，其一姓张名公治。”

“董九可是数字的九？”袁一骥问。

“是。”吕纯如应道。

“这不像个正经名字，不如给他加个斜玉旁。”袁一骥说。

“汝良先生改个同音的名，他只有感激，绝不会反对。”吕纯如道。

“除被火箭所伤，还有何伤？”袁一骥又问。

“刀伤最多。”吕纯如道。

“有几人？”袁一骥问。

“有名有姓的四人，”吕纯如道，“其一姓朱名绎，其一姓潘名六，其一姓蔡名廷机，其一姓谢名廷祖。”

“潘六可是数字的六？”袁一骥问。

“是。”吕纯如应道。

“这也不像个正经名字，不如给他改成繁写的陆。”袁一骥说。

“好。”吕纯如应道。

“还有何伤？”袁一骥又问。

“一人伤势最怪，肝肠寸断，似为内家拳所伤。”吕纯如说。

“人还能救活否？”袁一骥问。

“我找了个祖传治疗内伤的，说还能救活。”吕纯如道。

“他叫何名？”袁一骥问。

“汝良先生是问伤者，还是问医者？”吕纯如反问。

“问伤者。”袁一骥道。

“此人姓赵名四。”吕纯如说。

“可是数字的四？”袁一骥问。

“是。”吕纯如应道。

“他若叫赵大，我就不给他改；他叫赵四，不如给他加个马字旁。”袁一骥道。

“这个名字改的最好。”吕纯如赞道。

“火箭伤者三人，刀伤者四人，拳伤者一人，有八人姓名，可以此事参之。”袁一骥说着，打算把这些人的姓名写下来。

没等提起笔来，忽听人问：“都堂大人要参谁呀？”

袁一骥首先看到的是屯盐道副使李思诚。但问话的肯定不是他。他神情沮丧苦涩，一边站立一个大汉，不可能问出这么神气的话，不可能用这么神气的语调问话。况且，那神气，那语调，也不是个正常的男人能拿捏出来的。

问话的是高寀，他站在另一边。他的身边也有两名汉子，在福州人眼里，比高寀名气还要大。袁一骥认得，一个是魏天爵，一个是朱大受。高寀右手持大刀，刀尖拄地，左手捧黄锦包裹之物，看上去是大印，可能还有别的东西。高寀准备再次开口时，右手推开大刀，朱大受接住；左手甩出黄锦包裹之物，魏天爵接住。

“老魏，你猜都堂大人要参谁人？”高寀问左首。

“说不定是参卑职。”魏天爵道。

“你值得都堂大人一参吗？”高寀哂道。

“卑职不值得都堂大人专门一参，捎带一参还是值得的。”魏天爵说。

“老朱，你说呢？”高寀问右首。

“说不定是参卑职。”朱大受道。

“你就值得都堂大人一参？”高寀哂道。

“他能捎带上老魏，也能捎带上卑职。”朱大受说。

“你两个都是捎带着，却以谁人为主？”高寀问。

“不会是吕大人，”魏天爵指着吕纯如说，“都堂大人参吕大人，不会把卑职捎带上。”

“不会是李大人，”朱大受指着李思诚说，“都堂大人参李大人，不会把卑职捎带上。”

“不会是吕大人，不会是李大人，会不会是本监？”高寀问。

“八成会是。”魏天爵说。

“九成会是。”朱大受说。

“别说八呀、九呀的，说个确定的数字。”高寀道。

袁一骥等以为，魏天爵、朱大受会从八、九加到十，没想到，二人却从八、九减到一。

“一定是叔。”二人齐道。

从问参谁，到得出参高寀的结论，算是一个回合。

“高公公！”一直插不上话的袁一骥想利用这个机会，把话题转移。

“都堂大人打算承认？”高寀马上问。

“承认何事？”袁一骥反问。

“都堂大人和吕大人、李大人合计着，要参我呀。”高寀道。

“我和汝良先生合计着要参公公，还说得过去；崇真先生是和公公一起进来的，怎也参与合计？”吕纯如忍不住反驳。

李思诚字崇真，南直隶兴化人，万历二十六年进士，是嘉靖、隆庆间的辅臣李春芳之孙。

“吕大人承认，和都堂大人承认，是一样的，”高寀从另一个角度理解他的话，并问左首，“老魏，人家要参咱，咱怎办？”

“咱也参他呀。”魏天爵说。

“咱怎参他？”高寀问。

“他怎参咱，咱怎参他呀。”魏天爵说。

“你说，他会怎参咱？”高寀问。

“多半是为昨日的事和昨夜的事。”魏天爵说。

“昨日有何事？”高寀问。

“昨日乱民聚集在我衙门外哄闹。”魏天爵说。

“乱民哄闹，为何参我？”高寀问。

“他可以说，叔榷税激变。”魏天爵说。

“昨夜何事？”高寀问。

“昨夜我衙门发射火箭。”魏天爵说。

“发射火箭为驱乱民，为何参我？”高寀问。

“他可以说，叔草菅人命。”魏天爵说。

“你再说，咱怎参他？”高寀又问。

“也为昨日的事和昨夜的事。”魏天爵说。

“昨日乱民哄闹，怎生参他？”高寀问。

“身为封疆大吏，不能防乱于前。”魏天爵说。

“昨夜衙门前火起，怎生参他？”高寀问。

“身为封疆大吏，不能息乱于后。”魏天爵说。

“听起来，倒不是不可反参，”高寀说着，问右首，“老朱，你说呢？”

“卑职以为，可以参都堂大人，但不是反参都堂大人。”朱大受说。

“怎讲？”高寀问。

“兵法云：先发制人，后发制于人。等都堂大人参过叔，叔再反参他，可就失去先机。”朱大受说。

“你是说，咱和他同时拟疏，同时上疏？”高寀问。

“同时拟疏，叔能保证为叔拟疏的人比他拟得快？同时上疏，叔能保证叔的信使比他的信使跑得快？”朱大受道。

“你的意思，怎占得先机？”高寀问。

“叔拟疏时，他拟不成疏；叔送疏时，他送不成疏。”朱大受说。

“他在巡抚衙门，咱在税监衙门，怎能保证他拟不得疏，送不得疏？”高寀问。

“所以，不能让都堂大人留在巡抚衙门。”朱大受说。

“都堂大人不留在巡抚衙门，却去哪里？”高寀问。

“最好是把都堂大人请到叔的衙门。”朱大受说。

“都堂大人若是不愿去呢？”高寀问。

“不应该呀，”朱大受道，“到叔的衙门，有荼有饭，有酒有肉，有卑职等伺候，保证比他呆在巡抚衙门还舒坦。他为何不愿去？”

“我试试你的话对不对啊！”高寀说着，向袁一骥，“都堂大人，可愿去敝衙小坐？”

袁一骥当然不可能马上答复。在他迟疑之际，高寀对朱大受说：“如何，我说都堂大人不情愿吧？”

“那也好，”朱大受晃一晃手里的大刀，说道，“叔把它交给卑职，卑职知道如何用它。”

“老朱，刀不忙用。”魏天爵插话。

“老魏拟先用何物？”高寀问他。

“叔交到卑职手里的，是皇上敕旨和官印，以此二物相邀，都堂大人没有不随大人回衙的道理。”魏天爵说。

“公公等别再说，我去就是。”袁一骥无奈地说。

堂上安静下来，留在巡抚衙门的李思诚、吕纯如好久都没缓过劲儿来。

“崇真先生，怎好？”吕纯如问。

“粹之先生，怎好？”李思诚也问。

二人沉默无语。过一会儿，李思诚问：“粹之先生在想何事？”

“我在想，他等为何不把我也挟持而去。”吕纯如道。

“他为何要挟持粹之先生？”李思诚问。

“他认定我在和汝良先生合计参他，汝良先生写不成疏，他就不担心我还能写疏？”李纯如道。

“看来，你我一个副使，一个佥事，他是不放在眼里的。”李思诚说。

二人又沉默无语。过一会儿，吕纯如问：“崇真先生，在想何事？”

“我在想，他不怕你我参他，不如我去把汝良先生换回。”李思诚说。

“他担心的是汝良先生参他，怎肯交换！”吕纯如道。

“他担心汝良先生参他，就不担心福州城里再出乱子？我对他说，欲保税监衙门无虞，欲保税监性命无虞，须得都堂大人回衙主持大局，不信他丝毫也不动心。”李思诚说。

“言之有理，我随你去，”吕纯如道，“多个人，多个筹码，以二换一，说不定他会觉着合算。”

“好，同去。”李思诚道。

二人送上门去，好说歹说，高寀答应放回袁一骥，把他二人扣在那里。

后来，福州府同知陈豸又送上门去，自请换回李思诚、吕纯如。时福州城里的局面没那么紧张，高寀当然也会答应。

第四百四十九章

辽东富商佟养性一人一骑，行至开原附近时，迎面过来一队人马。地面开阔，除非调转马头，躲是躲不开的。他也无须躲避。来的是官军，他无须躲避；来的是建州人马，他也无须躲避。

来的是官军，但不是大队的官军，而是巡按辽东御史翟凤翀，率其护卫，按至开原。

二人相识，在马上互揖后，跳下马来说话。

“大侠往哪里去？”翟凤翀问。

佟姓在辽东是大族，佟养性又为人豪爽，所以有大侠的美誉。

“凌元先生从哪里来？”他不答反问。

翟凤翀字凌元，山东益都人，万历三十二年进士。

“从开原城来。”他答道。

“我今拟宿于开原，天黑前赶得到吧？”佟养性问。

“欲宿于开原，大侠不用着急。我正打算稍歇，一起吃口干粮吧。”翟凤翀邀道。

“凌元先生是不是看上我的酒囊？”佟养性开句玩笑。

“要饮酒，还不早去你在辽阳的大宅，非得在此荒郊野外与你对酢！”翟凤翀笑着说。

佟养性家虽富有，但风餐露宿已成习惯，不在乎干粮和肉干是硬的，水是苦的，酒是酸的。好像和翟凤翀比着来，翟凤翀吃口干粮，他吃口干粮；翟凤翀喝口水，他喝口水；翟凤翀吃口肉，他吃口肉；翟凤翀喝口酒，他喝口酒。就这样，两个人很快填饱肚子。

“大侠往哪里去？”翟凤翀又问。

“我不告诉凌元先生，今晚拟宿于开原城？肯定要先到开原城，才能宿于开原城。”佟养性说。

“我是问你，是到开原城而止，还是继续往前走？”翟凤翀道。

“肯定还要往前走。”佟养性说。

“会去镇北关吗？”翟凤翀问。

镇北关在开原东北，是朝廷在辽东开设的主要马市。

“多半会去。”佟养性道。

“想看看马市的生意做得做不得？”翟凤翀问。

“也许会顺便看看。”佟养性道。

“要我说，日后马市的生意越来越没得做，大侠没必要把心思放到镇北关。”翟凤翀道。

“遵从凌元先生之命，我不把心思放到镇北关。”佟养性的态度是，马市生意可做可不做，不是非做不可。

“既如此，还去镇北关吗？”翟凤翀问。

“还是要去。”佟养性道。

“那就不是去看马市的生意做得做不得。”翟凤翀说。

“我才说，是顺便看看。”佟养性道。

“也不会到镇北关而止吧？”翟凤翀问。

“多半还要走远些。”佟养性道。

“大侠怎一人到此？”翟凤翀问。

“郭都堂派件差事，多带人不便，不如孤身一人。”佟养性说。

“曜如先生派件差事给你？”这是翟凤翀绝想不到的。

郭曜如名光复，北直隶固安人，万历十七年进士，以右副都御史巡抚辽东。

“是。”佟养性应道。

“是何差事？”翟凤翀问。

“建州大酋陈兵北关，郭都堂命我寻到他。”佟养性说。

“难怪大侠称多带人不便，说起话来又神神秘秘，”翟凤翀道。他自以为已猜到佟养性此行的目的，说道，“原来曜如先生欲大侠收荆轲、聂政之功。”

“凌元先生想到哪里去！”佟养性笑道，“就算我不怕死，以我之力行刺建州大酋，能有几分胜算；就算我不不自量力，敢于受命，郭都堂难道会下此荒唐之命！”

“不是为取建酋性命？”翟凤翀问。

“不是。”佟养性道。

“那是为的何事？”翟凤翀问。

“以遵约、退地、定界三事责之。”佟养性说。

“责以三事，倒是堂而皇之；但大侠以为，建酋会俯首帖耳地遵从？或曜如先生以为，建酋会俯首帖耳地遵从？”翟凤翀问。

“我不以为他会俯首帖耳地遵从，郭都堂也没指望他会俯首帖耳地遵从；郭都堂的意思，当先礼而后兵。”佟养性说。

“先礼后兵是对的，”翟凤翀对此绝无异议。他又问，“曜如先生有没说，三事中，哪一事最要紧？”

“没说。”佟养性道。

“大侠也以为，三事不分轻重？”翟凤翀又问。

“是，”佟养性应道，“在我看来，此三事是一而二也，二而三也。既遵约，所并之地不在前约中，当退还；既退还所并之地，当依原界再行划定。”说着，问道，“凌元先生，我的想法是不是不对呀？”

“未见得不对，只是想的有点儿简单。”翟凤翀说。

“何谓想的简单？”佟养性问。

“建酋所并之地不在前约中，这话不错；但前约中可曾确定，建酋不可并南关、北关之地？”翟凤翀反问。

“那时，朝廷只想着，南关、北关不要吞并建州，哪儿会想到南关、北关被建州吞并！”佟养性道。

“所以，仅据签约，你是没法子让建酋退地的；而不退地，他也可以提出，以吞并南关、北关即两关附近土地之后的地界划定。”翟凤翀说。

“我听出来，凌元先生在强调三事中，以退地一事最要紧，”佟养性说着，问道，“凌元先生，是吧？”

“是，”翟凤翀应道，“责以三事，当以退地一事为主；责以遵约，责以定界，都要和责以退地联系在一起。”

“承教，多谢。”佟养性揖道。

闻得上使要来，努尔哈赤以为会前呼后拥，所以设宴接待时，找麾下许多武将、谋士作陪。没想到来的只有一人，他很敬佩来者的勇气和胸襟，让属下的武将、谋士散去，自己一人陪他饮酒。

“今日席间只有你我二人，先定下彼此如何称呼吧。”努尔哈赤说。

“好。”佟养性应道。

“我如何称呼阁下？”努尔哈赤问。

“阁下即是一种称呼。”佟养性告诉他。

“无奈之中，才如此称呼，然非我所愿。”努尔哈赤说。

“在下佟养性，养性、老佟，也是一种称呼。”佟养性道。

“早就听说关外有位佟大侠，好生了得。直呼姓名，不足以表达我的敬重之情。”努尔哈赤说。

“不少人确以大侠称我。”佟养性道。

“我欲与你亲近，大侠的称呼虽好，不足以表达我的亲近之情。”努尔哈赤说。

“关内士人皆有表字，不呼名，而呼字，可示亲近；但我乃一匹夫，并无表字。”佟养性说。

“譬如辽东抚臣表字曜如，可呼曜如先生，或曜如兄；辽东按臣表字凌元，可呼凌元先生，或凌元兄，”努尔哈赤举二例，然后问，“是吧？”

“是。”佟养性应道。

“听起来虚得很，你有表字，我也不会呼之。”努尔哈赤说。

“都不足道，我不知如何呼之才好。”佟养性道。

“汉话里有个称呼，不知你听过没有？”努尔哈赤说。

“是怎样的称呼？”佟养性问。

“兄弟。”努尔哈赤说。

“径呼兄，或径呼弟？”佟养性问。

“不，”努尔哈赤摇了摇头，说，“径以兄弟相呼。”

“倒是听过。”佟养性道。

“我喜欢这个称呼。不拘泥，不造作，敬重之情，亲近之情，都囊括其中，”努尔哈赤说着，问道，“我以兄弟称你，会否冒犯？”

“言重，”佟养性揖道，“其实，我也很喜欢这个称呼，但非主人自定，不敢贸然求之。”

“那么，你也肯以兄弟称我吗？”努尔哈赤问。

“这却万万不可。”佟养性道。

“怎就不可，还万万不可？”努尔哈赤问。

“今日我以兄弟称之，只怕日后多有不便。”佟养性说。

“你是怕日后和辽东抚臣、按臣等不便交代？”努尔哈赤问。

“我虽受郭都堂之托而来，但并非其属下；我以兄弟称呼你，对他等并无不便交代之处。”佟养性说。

“那对谁个不便交代？”努尔哈赤问。

佟养性指指努尔哈赤，不回答。

“对我不便交代？怎讲？”努尔哈赤问。

“日后的努尔哈赤，不是今日的努尔哈赤。”佟养性说。

努尔哈赤呵呵一笑，并不问自己日后和今日有何不同。

“既不便以兄弟称我，你想怎称呼？”他问。

“我想来想去，想不出个合适的称呼。”佟养性说。

“兄弟怎想的，说来听听。”努尔哈赤道。

“我开始想以将军称呼。”佟养性说。

“是因为我有龙虎将军的封号？”努尔哈赤问。

“是。”佟养性应道。

“以将军称呼，怎不合适？”努尔哈赤问。

“因封号得自明廷，称将军，未必是所愿。”佟养性道。

“这算是想来，你怎想去的？”努尔哈赤问。

“我又想以首领称呼。”佟养性说。

“因为我统领建州？”努尔哈赤问。

“是。”佟养性应道。

“以首领称呼，怎不合适？”努尔哈赤问。

“建州三卫，任掌一卫，即可称首领；一统建州，仍以首领称之，岂不降低你的地位！”佟养性道。

“你又如何想来？”努尔哈赤问。

“我又想以部酋称呼。”佟养性说。

“因为我统领建州之外，又兼领多部？”努尔哈赤问。

“是。”佟养性应道。

“以部酋称呼，怎不合适？”努尔哈赤问。

“建州以外统领一部，即可称部酋；一统建州，又兼领多部，仍以部酋称之，同样降低你的地位。”佟养性说。

“你又如何想去？”努尔哈赤问。

“我又想以大汗称呼。”佟养性说。

“兄弟也知道，族人以大汗称我？”努尔哈赤问。

“是。”佟养性应道。

“以大汗称呼，怎不合适？”努尔哈赤问。

“今日我以大汗称之，只怕日后多有不便。”佟养性说。

“兄弟这么说，也不是自个儿不便吧？”努尔哈赤问。

“是。”佟养性道。

“那是为何？”努尔哈赤问。

“志在关外，今日称大汗，日后亦称大汗，有何不便！若志不仅在关外呢？”佟养性以问作答。

努尔哈赤又是呵呵一笑，不再问他如何想来想去。

“兄弟，你总不能总是你、你地称呼我吧？”努尔哈赤问。

“有个你不愿用于我的称呼，我借来一用，较为合适。”佟养性说。

“是何称呼？”努尔哈赤问。

“阁下。”佟养性道。

“这个称呼用于我，怎就合适？”努尔哈赤问。

“一则，在汉话里，阁下是尊称，以我现在的身份，即便愿亲近，也以尊称称呼为好；二则，日后即便不宜再以阁下称呼，改一个字就可以，不必两个字都改。”佟养性说。

阁下改一个字，可以是在下，可以是舍下；当然，也可以是麾下，可以是殿下，甚至可以是陛下。话说到这里，二人心照不宣，都知道这句话的实在意思。

“兄弟看，有改字的一天吗？”努尔哈赤问。

“此乃天命，在下不敢妄言。”佟养性道。

“好吧，”努尔哈赤浅问即止。他说，“兄弟愿以阁下称呼，不妨就以阁下称呼。”

“是，”佟养性应一声，问道，“阁下，可说正事否？”

“兄弟要说的是你的差事吧？”努尔哈赤反问。

“是。”佟养性应道。

“说过许多话，一口酒没喝。先喝酒，再说正事。”努尔哈赤道。

“遵命。”佟养性应道。

建州女直喝酒用大碗，一大碗酒放在面前，谁见也会发憷。

“兄弟，怎喝？”努尔哈赤问。

“阁下怎喝，我怎喝。”佟养性说。

“喝一大口。”努尔哈赤说。

“好。”佟养性应道。

努尔哈赤端起碗来，一口气喝半碗，并让佟养性看看碗里还剩多少。佟养性也端起碗，一口气喝半碗，碗里剩下一样多的酒。

“兄弟说吧。”努尔哈赤道。

“郭都堂命我来和阁下说三件事：其一，曰遵约；其二，曰退地；其三，曰定界。”佟养性简述道。

“第一件事，兄弟说我该不该答应？”努尔哈赤问。

“该答应。”佟养性说。

“为何该答应？”努尔哈赤问。

“阁下想想，建州自内附以来，朝廷有事则降旨、降敕、降谕，何尝有约？”佟养性道。

“你是说，遵约不过是句空话？”努尔哈赤问。

“阁下以为呢？”佟养性反问。

“有道理，”努尔哈赤点点头，表示同意。又说，“不过，空话归空话，我既答应，却是给抚臣一个面子；我凭什么要给他面子？”

“我知道，阁下是给我面子。”佟养性说。

“兄弟既知，有何表示？”努尔哈赤问。

“在下喝酒。”佟养性说着，把碗里剩下的酒喝三分之一。

“第二件事，兄弟说我该不该答应？”努尔哈赤问。

“该答应。”佟养性说。

“为何该答应？”努尔哈赤问。

“阁下可知，郭都堂为何要我来说三事？”佟养性问。

“汉人有句话，新官上任三把火。他初来辽东，也想烧三把火。”努尔哈赤不屑地说。

佟养性不以为然地摇摇头：“恐怕不是烧把火那么简单。”

“兄弟以为不是？”努尔哈赤问。

“数月以来，援兵接踵而至辽东；朝廷又专拨给三十万金，于辽东募兵。没有这等实力，郭都堂心气再高，也不会找阁下麻烦。”佟养性说。

“听这话，兄弟有点儿像说客。”努尔哈赤说。

“既应允郭都堂，为他做说客，义不容辞。不过，为郭都堂做说客，还在其次。”佟养性说。

“兄弟以何事为主？”努尔哈赤问。

“为阁下计。”佟养性道。

“为我计？兄弟怎的为我计？”努尔哈赤问。

“譬如，北关悔婚，且匿阁下婿，此事过去很久吧？”佟养性反问。

“是很久。”努尔哈赤点头。

“阁下立志报此仇，也过去很久吧？”佟养性又问。

“也很久。”努尔哈赤道。

“阁下为何不和取南关一样取北关？”佟养性问。

“北关近马市，为朝廷所看重。”努尔哈赤说。

“亦即，取北关怕官军插手，是不是？”佟养性问。

“是。”努尔哈赤不否认。

“阁下初诉与北关仇恨时，朝廷未遣他部来援，未拨重金募兵，是吧？”佟养性问。

“是。”努尔哈赤应道。

“未遣他部来援，未拨重金募兵，阁下尚且担心；今援兵即至，新兵即募，阁下反而不担心？所以我以为，第二件事该答应。”佟养性说。

“但我所并之地，皆已垦种，弃于一旦，岂不痛心！”努尔哈赤道。

“应允退地，到实际弃地，相去甚远。”佟养性说。

“兄弟之意，且佯为应允？”努尔哈赤问。

“阁下说的是佯言的佯吧？”佟养性反问。

“当然，”努尔哈赤应道，并问，“还有别字用在这里吗？”

“我宁愿用阴阳的阳，”佟养性说，“阳诺，即嘴上先答应下来，到时看情形：得不弃之，自不弃之；不得不弃，也只好忍痛弃之。”

“汉话里的游刃有余，是这个意思吧？”努尔哈赤问。

“是。”佟养性应道。

“兄弟既是为我计，我不能不给面子。”努尔哈赤说。

“在下喝酒。”佟养性说着，喝了一半碗里还剩的酒。

“第三件事，兄弟说我该不该答应？”努尔哈赤又问。

“该答应。”佟养性说。

“为何该答应？”努尔哈赤问。

“阁下以为，郭都堂定界，是给谁人定界？”佟养性反问。

“当然是给我定界。”努尔哈赤说。

“阁下就不能反过来想，是给他定界？”佟养性问。

“兄弟是说，我可以反客为主？”努尔哈赤听懂他的意思。

“既曰定界，必无前界，”佟养性说，“郭都堂提出以某地为界，阁下可以提出以另一地为界。近二十年来，大约两三年换一辽抚；两三年谈不下来，郭都堂已该卸任。再来一新的辽抚，再谈定界之事；谈不下来，他又该卸任。据在下想，不用换一两任辽抚，不是彼没兴趣再谈定界，而是阁下没兴趣再谈定界。”

“但愿如兄弟所言。”努尔哈赤说着，看看佟养性面前的大碗。

“阁下给在下面子，在下喝酒。”佟养性说着，把酒喝完。

努尔哈赤则一口把自己的酒喝完。他一抹嘴角泛出的酒，说道：“兄弟，我很吃亏呀。”

“阁下怎吃亏？”佟养性问。

“我给兄弟面子，给兄弟酒喝，却没得到兄弟回馈，这还不是吃亏吗？”努尔哈赤道。

“阁下想我怎的回馈？”佟养性问。

“人留下，助我一臂之力。”努尔哈赤说。

“心留下，人先不留，行不行？”佟养性道。

“为何不一并留下？”努尔哈赤问。

“一则，在下今受命于郭都堂而来，若不复命，是不义也；二则，阁下难道不想更多知道官军情形？”佟养性道。

“好，”努尔哈赤应一声，又倒满两大碗酒，“难得和兄弟一见如故，今日暂别，来日再见。”

第四百五十章

翟凤翀和分守辽东道参议薛国用相约，驰驱数百里，从辽阳赶到广宁，谒见郭光复。

“凌元，闻得你才去开原？”郭光复先问翟凤翀。

“是。”翟凤翀应道。

“廷瑜先生也去？”郭光复接着问薛国用。

薛国用字廷瑜，陕西洛南人，万历二十六年进士。

“我没去。”薛国用道。

“那么，二位不是为开原之事而来？”郭光复问二人。

“确为开原之事而来，但非仅为开原之事而来，”翟凤翀说，“我从开原回来，对廷瑜先生言及开原之事，廷瑜先生深表赞同；廷瑜先生对我言及别事，我亦深表赞同。故而，我二人同来。”

“别事，仍是驱逐事吗？”郭光复问。

不久前，薛国用上疏，力陈建夷须得驱逐。郭光复这是在告诉二人，薛国用的这个观点他是清楚的。

“廷瑜先生已退一步。”翟凤翀说。

“怎退一步？”郭光复问。

“这个嘛——”翟凤翀看薛国用一眼，似在询问，是不是可以代言。薛国用点点头，示意他可以代言。但他没直接述说薛国用新近所议之事，而是问，“曜如先生是不是遣使去见建酋？”

“是，”郭光复应道，又说，“不过，遣使过于正式，我差遣去见建酋的人没那么正式。”

“是被称作大侠的佟养性吗？”翟凤翀问。

“是他，”郭光复应道，“凌元，你去开原，凑巧的话，或会在途中与他相遇。”

“下官的确与他在途中相遇，而且，他还对下官讲述他的使命，”翟凤翀说着，问道，“曜如先生，有无不妥？”

"应该的，有何不妥！"郭光复道。

"据他说，曜如先生命他去寻建酋，并以遵约、退地、定界三事责之。"翟凤翀述道。

"是，"郭光复应罢，模仿他的语气问道，"凌元，有无不妥？"

"此皆根本之事，有何不妥！"翟凤翀道，又说，"下官言及此事，是为禀告曜如先生：廷瑜先生所言别事，正是定界。"

"原来是这样，"郭光复点点头，问道，"二位看，是先说开原之事，还是先说定界之事？"

"先说定界之事。"翟凤翀道。

"先说开原之事。"薛国用道。

"还是曜如先生定吧。"二人又齐道。

"定界之事是廷瑜先生所欲议，亦是我所欲议，不如先议开原之事吧。"郭光复说。

"好。"薛国用、翟凤翀齐应道。

"廷瑜先生可知，凌元为何欲议开原之事？"郭光复不问翟凤翀本人，却问薛国用。

"凌元以为，开原一地，至关重要。"薛国用说。

"辽东各城，大概没一个不是至关重要的，凌元为何单单以为开原城至关重要？"郭光复问。

"这个嘛——"薛国用很有默契地看翟凤翀一眼，似在询问，是不是可以代言。翟凤翀点点头，示意他可以代言。但他也没直接代言，而是问，"辽东都司领二十八卫，分布于南、西、北三个方向，曜如先生可知，各个方向分别有几卫？"

"细数的话，能数得出来，但平日真没细数过。"郭光复说。

"据凌元所言，六卫与都司同治辽阳，四卫在辽阳以南，十一卫在辽阳以西，六卫在辽阳以北。"薛国用说。

"曜如先生如有疑问，我可一一道来。"翟凤翀说。

"不用，"郭光复边摇头，边问，"凌元是不是说，三个方向以西方最为重要，故部署官军最多？"

"曜如先生这么想的话，不对。"薛国用说。

"不是吗？"郭光复问。

"不是，"薛国用道，"据凌元所言，辽阳以西，最远是宁远卫，宁远卫治汤池，距辽阳近八百里；辽阳以南，最远是金州卫，金州距辽阳六百里；辽阳以北，最远是三万、辽海二卫，二卫治开原城，开原距辽阳三百余里。六百里间仅置四卫，八百里间置十一卫，三百余里间却置六卫，以地域广袤而言，辽阳以北部署官军最为密集，亦即，北方最为重要。”说罢，问翟凤翀，“凌元，我所述有无错处？”

“比我叙述得还要清晰，无错处。”翟凤翀道。

“北方最为重要，我不反对这个说法；但辽阳以北有六卫，为何只说开原？”郭光复问。

“凌元也有个说法，”薛国用道，“沈阳等六卫，在辽阳以北成三层防护：沈阳中卫、沈阳左卫、沈阳中屯卫距辽阳百余里，是最内一层；铁岭卫距辽阳二百余里，是当中一层；三万卫、辽海卫距辽阳三百余里，是最外一层。”

“最外一层未必是最重要的一层。”郭光复插话。

“开原最重要，并非因它在最外一层，”薛国用道，“据凌元说，他以为开原在辽阳以北最为重要，是基于二事。”

“第一为何事？”郭光复问。

“辽河乃辽东命脉，开原居辽河上源。守其上源，方可保得辽河流域平安。”薛国用说。

“这算得一个理由，”郭光复说着，问道，“第二呢，却是何事？”

“开原五关环绕：东北者，镇北关也；东者，广顺关也；南者，山头关也；西南者，清河关也；西者，新安关也。沈阳除一抚顺关外，复有何关？铁岭更是只有古懿路、古铁岭两座废城。外层防护被攻破，中层、内层防护更易攻破；开原若不守，则铁岭、沈阳更加难守。”

“这倒是个实实在在的理由，”郭光复道。他问翟凤翀，“此二事从舆图即可看到，凌元亲去开原，有没看到舆图上看不到的东西？”

他不但直接问的翟凤翀，而且看着翟凤翀，薛国用不好再代言。

“看到一些。”翟凤翀道。

“说来听听。”郭光复道。

“开原驻守二卫，按照我大明编制，二卫应有士卒若干？”翟凤翀以问句开始他的陈述。

“满额计，一卫五千六百人，二卫一万一千二百人，”郭光复说着，指出，“不过，凌元别指望今日卫、所能以满额计。”

“我没指望，”翟凤翀道，并问，“在曜如先生看来，开原守军得以几成计？”

“七成。”郭光复说个比例。

“不及。”翟凤翀道。

“半数呢？”郭光复问。

“还是不及。”翟凤翀道。

“凌元直说吧，尚存几成！”郭光复不想再猜。

“两成。”翟凤翀道。

“凌元是说，开原守军只有两千人？”郭光复惊问。

“我还得告诉曜如先生，两千余人中，半为羸弱。”翟凤翀补充一句。

“凌元说的，仅限于开原城里的官军吧？”郭光复又问。

“不，”翟凤翀摇摇头，说道，“两千余人中，大约七成驻卫城，三成分驻五关等处。”

“也就是说，开原城里的守军不会超过一千五百人，五关等每处守军不过百人。”郭光复很容易具体量化。

“对。”翟凤翀应道。

“凌元确定，守将没给你打埋伏？”郭光复问。

“打埋伏，只有往多说，好吃空额，哪儿有往少说的！再者，我一处一处亲自查验过，想给我打埋伏，也不容易。”翟凤翀说。

“以两千人守开原，的确太少，”郭光复同意这个结论，并说，“近日会有援军至，募兵之金也将拨下，可以优先增益开原守军。”

“不仅兵少，将也不足。”薛国用插话。

“是吗？守将是谁？”郭光复看着翟凤翀问。

“参将陈洪范。”翟凤翀道。

“凌元见他人否？”郭光复问。

“见了。”翟凤翀道。

“印象如何？”郭光复问。

“人还老实，但并非骁勇善战、敢于担当之辈；更要命的是，分守于五关等处，竟无一名堪称将者，一旦有事，连个拿主意的人也没有。”翟凤翀说。

“也就是说，开原不仅要增兵，还要遣将。”郭光复道。

“对。”翟凤翀应道。

“宁远伯经营辽东多年，此事须得和他议之。”郭光复说。

“曜如先生不会让我去和他说吧？”翟凤翀道，“下官人微言轻，去向他要将，不会有结果的。”

“凌元但将开原情形奏闻于朝，增兵遣将之事，我去和老将军说。”郭光复应诺。

“好。”翟凤翀应道。

“凌元还有何事要议？”郭光复问。

“我还想到几件事，都是我做不了主，曜如先生也做不了主的。议之无益，反倒耽误工夫，还是议廷瑜先生欲议之事吧。”翟凤翀说。

“也好，”郭光复点点头，仍不问薛国用，而问翟凤翀，“凌元可知，廷瑜先生为何要议定界一事？”

“说起此事，廷瑜先生还和我有过一番争论。”翟凤翀说。

“不是廷瑜先生对你言及别事，你深表赞同吗，怎又争论起来？莫非定界一事，不包括在别事里？”郭光复感到奇怪。

“我说的别事，就是定界；不过，是在争论之后，我才深表赞同的。”翟凤翀说。

“你二位所见有何不同？”郭光复问。

“曜如先生不是以三事责建酋吗？我以为，三事中，退地一事最重要；廷瑜先生却以为，三事中，定界之事最重要。争论之后，我承认，定界的确重要；纵然不比退地更重要，也和退地一样重要。”翟凤翀说。

“廷瑜先生怎说的？”郭光复问。

“建夷所并者，有沿鸭绿江诸夷之地，有南关、北关诸夷之地，也有官府辖领之地；当退者，是原沿鸭绿江诸夷之地，是南关、北关诸夷之地，抑或原官府辖领之地？一并退之，等于替诸夷打这场官司，为诸夷获取利益。对朝廷来说，沿鸭绿江诸夷，南关、北关诸夷，并不比建夷更亲近；为他等打官司，为他等获利益，于我何益？仅退原官府辖领之地，等于默认建夷扩张、做大，更是后果不堪设想。不如定以界线。界内所并之地，须得退还；界外所并之地，不在退还之列。”翟凤翀述道。

“也就是说，退地须以定界为前提。”郭光复引申道。

“对。”翟凤翀应道。

“廷瑜先生有没有具体划分地界？”郭光复问。

“曜如先生这里可有全辽舆图，借来一用。”翟凤翀道。

“有。”郭光复应一声，命属下取来舆图。

翟凤翀扫一眼，认为该舆图足够详尽。他说：“我说个地名，请曜如先生在舆图上找出来。”

“好。”郭光复应道。

“三岔。”翟凤翀说个地名。

郭光复找到后，指着舆图的某一处说：“在这里。”

“于三岔立碑，镌以文字说明，以里为我大明土地，以外为建夷土地，”翟凤翀述罢，又说个地名，“抚安。”

“在这里。”郭光复指着舆图的某一处说。

“于抚安立碑，镌以文字说明，以里为我大明土地，以外为建夷土地，”翟凤翀述罢，又说出一个地名，“柴河。”

“在这里。”郭光复指着舆图的某一处说。

“于柴河立碑，镌以文字说明，以里为我大明土地，以外为建夷土地，”翟凤翀述罢，又说出一个地名，“靖安。”

“在这里。”郭光复指着舆图的某一处说。

“于靖安立碑，镌以文字说明，以里为我大明土地，以外为建夷土地，”翟凤翀述罢，又说出一个地名，“白家冲。”

“在这里。”郭光复指着舆图的某一处说。

“于白家冲立碑，镌以文字说明，以里为我大明土地，以外为建夷土地，”翟凤翀述罢，说出另一个地名，“松子坡。”

“在这里。”郭光复指着舆图的某一处说。

“于松子坡立碑，镌以文字说明，以里为我大明土地，以外为建夷土地，”翟凤翀述罢，没有再说出另一个地名，而是问薛国用，“廷瑜先生，我所述有无错处？”

“比我所述还有耐心，并无错处。”薛国用说。

郭光复知道，薛国用以为需要立碑定界的地方已经说完。他把这六个地方联系起来看，与其说它们把官府辖领之地包围起来，不如说它们把建州包围起来。当然，如果建州最初曾有地界的话，肯定不是定在这几个地方，因为考虑到建夷后来的扩展，它们已经把建州的范围扩大许多。但不管怎么说，如果能以这些地方和建夷划定地界，应该说是很理想的。

“廷瑜先生还有补充的吗？”他问。

“除向曜如先生请命，再无别事。”薛国用说。

“廷瑜先生是说，愿与建夷一同勘定地界？”郭光复问。

“是。”薛国用应道。

“好，”郭光复应道，“一则朝廷照准，二则建夷接受，二事具备，即请廷瑜先生挂帅。”

翟凤翀说的还想到几件事，一是辽东地区设立常平仓，一是以搜括的赎金及节省的公费，易粟备荒，一是辽阳参将吴希汉失律听勘，以有内援，二十年其狱未成，近日吴希汉又在四处活动，意欲复其官职。

除专上一疏，陈言开原情形，他又上疏，陈言以上各事。难得的是，他所奏请，皇帝概准。设常平仓，易粟备荒等事，皇帝命推行于各边；吴希汉则被处决。

第四百五十一章

申时行病情越来越重，长子申用懋，次子申用嘉，各自从任上赶回苏州探视。巧的是，他们在同一天回到家中。

申时行这些天一直躺在床上，连坐起来的心情都没有。见到两个儿子，一高兴，他不仅坐起来，而且下床，让他们陪着去院里晒晒太阳。

“你兄弟二人是约好的，同于某月某日某时到家？”申时行问。

“不曾相约，却不约而同地想到，须在某月某日前赶回，为父亲大人贺寿。”申用懋说。

“于是，不约而同地同于某月某日到家。”申用嘉说。

他们都说给父亲贺寿，而不说探视病情，免得让父亲听后心堵。

“的确是巧，不然的话，即便相约，也未必能同日到家。”申时行笑着说。

“父亲说的是。”申用懋、申用嘉齐应道。

“今年是父亲八十整寿，朝廷未遣使存问吗？”申用嘉问。

申用懋在朝廷任职。申用嘉这么问，好像朝廷不遣官存问，是他的责任。他不能不稍加分辩。

“皇上已选派行人，但尚未到达。”他说。

“是兄长先离京的，还是他先离京的？”申用嘉问。

“是他先离京的。”申用懋应道。

“可兄长已到，他尚未到！”申用嘉仍有责怪之意。

申用懋不好说别的，只能说：“他的心情，和你我心情自然不同。”

“你两个赶来，足慰我心；钦使早到晚到，何必在意！”申时行道。

“是。”申用懋、申用嘉齐应道。

“你二人既来给我贺寿，可有贺礼。”申时行问。

申用懋从京师来，带的是宫酿、人参等；申用嘉也从他任官的地方购得珍贵药材。但他们知道，父亲想得到的，并不是这些。

“有个好消息。”申用懋说。

“有个好想法。”申用嘉说。

“有何好消息？”申时行先问申用懋。

“孩儿在京师，已见到王世伯的文集。”申时行说。

申时行果然很高兴。他问：“是伯谷兄的《谋野集》？”

伯谷是词翰大家王穉登的别字。王穉登和申时行同是长洲人，且是同年出生。当他们一个在朝、一个在野时，看不出彼此有多深的交情；申时行致仕还乡后，两个人却过从甚密。王穉登在两年前去世，申时行着实伤心良久。

“是。”申用懋应道。

“我记得父亲去岁曾说，王世伯的文集还缺篇序文，是否已有？”申用嘉问申用懋。

“是。”申用懋应道。

“可是父亲所撰？”申用嘉问。

“不是。”申用懋摇头。

“王世伯堪称一代文豪，但其文集不由父亲作序，未免是个缺憾。”申用嘉说。

“我倒觉着，父亲不宜为王世伯文集撰序。”申用懋说。

“为何不宜？”申用嘉问。

“王世伯若是刊行其他文集，父亲为其作序，倒也不妨；但王世伯生前已定文集名称，父亲就不宜作序。”申用懋说。

“兄长这话怎讲？”申用嘉问。

“王世伯文集曰《谋野集》，王世伯可以谋于野，父亲却不可以谋于野。”申用懋说。

“我倒是以为，父亲卧病在床，不宜为其作序，”申用嘉道。他虽不争辩，却问，“不知王世伯请的谁人为其文集作序？”

“邢子愿先生。”申用懋说。

“子愿先生？是父亲的人情吧？”申用嘉问申时行。

“伯谷兄与子愿先生交谊颇深，子愿先生为《谋野集》作序，用不着我为之恳请。”申时行说。

“据孩儿看，王世伯非欲得其文，是欲得其字。”申用嘉说。

“邢、张、米、董，以子愿先生为首，说伯谷兄欲得其字，不会错；但用嘉不要以为，子愿先生的文章不值得一提。”申时行说。

邢侗字子愿，山东临邑人，万历二年进士。他善书，和晋江人张瑞图、顺天人米万锺、华亭人董其昌齐名，时人以邢、张、米、董称之。

“子愿先生序文，兄长读过没有？”申用嘉问申用懋。

“读过。”申用懋应道。

“其文如何？”申用嘉问。

“如父亲所示，确有可取之处。”申用懋说。

“譬如？”申用嘉让他举例。

“譬如起首一句曰：夫冥冥翥空，尺一假其羽毛；圉圉在渊，八行鼓其鳞鬣，”申用懋背诵一句，说，“这等句子，我辈是写不出来的。”

“兄长以为，此句甚佳？”申用嘉问。

“不说好不好，只说这等想象，非常人所有。”申用懋道。

“非常人所有，亦非常人可喻。”申用嘉说。

“尺一者喻诏书，八行者喻书函，有何难以理喻？”申用懋道。

古时以一尺长的竹版或木版写诏书，故后世以尺一喻诏书。古时信札每页固定为八行，故后世以八行喻书函。

“诏书假以羽毛，书函鼓其鳞鬣，也不难理解吗？”申用嘉问。

申用懋一笑，接着背诵一句：“飞沉匪邮传之使，禽鸟鲜含灵之性。而能畅怀天末，传响绝徼，畸臣由之返国，良朋因而加饭。斯之托寄，顾不重哉！”背诵之后，又说，“这等句子，我辈也是写不出来的。”

“兄长以为，此句亦甚佳？”申用嘉又问。

“不说好不好，只说此等比喻，非常人写得出。”申用懋又道。

“非常人写得出，亦非常人解得出。”申用嘉说。

“都是些比喻，似无难解之字。”申用懋说。

“以畅怀天末，传响绝徼，畸臣由之返国，良朋因而加饭等句，比喻寄托之重，也易解吗？”申用嘉问。

“简单明了的比喻是比喻，天花乱坠的比喻也是比喻，”申用懋知道，自己的辩解有点儿勉强。他不再对申用嘉背诵那倜的序文，而是转向申时行，“父亲怎看子愿先生的序文？”

“我未读其文，又能怎看！”申时行道。

“父亲称子愿先生的文章可取，又听我背诵两句，总可以粗略地说一说吧？”申用懋一定要他说。

“好，我就说几句，”申时行道，“用嘉以为，子愿先生质胜于文，不错；但小觑子愿先生，以为子愿先生写不好《谋野集》的序文，则不对。用懋以为先背诵的那句话是想象，后背诵的那句话是比喻，不错；但以为单凭想象得好，比喻得好，就写得好《谋野集》的序文，也不对。”

“用嘉，如何？”申用懋对申用嘉说。

“兄长，如何？”申用嘉也对申用懋说。

等领悟父亲在否定对方的同时，也否定自己，两个人一起问：“父亲以为子愿先生写得好《谋野集》的序文，在于何者？”

“你二人不觉着，子愿先生的行文风格，和伯谷兄的行文风格，很相近吗？”申时行反问。

一经提醒，申用懋、申用嘉齐应道：“果然！”

“《谋野集》其实以赋居多，子愿先生此序，类于赋。”申用懋又说。

“王世伯文章善用想象，善用比喻；子愿先生此序，亦善用想像，善用比喻。”申用嘉又说。

“总而言之，用懋确实带给我一个好消息，”申时行说着，对申用懋点点头；又转过身向申用嘉提问。“用嘉带给我的，是何好想法？”

“孩儿想刊印一本书。”申用嘉说。

“刊印何书？”申时行问。

“一本诗集，书名孩儿都想好。”申用嘉说。

“说来听听。”申时行命道。

“《元日唱和集》。”申用嘉道。

书名很普通，很简单，但申时行、申用懋都立刻明白他的用意。

“用懋，你怎看？”申时行问申用懋。

“孩儿以为，用嘉的想法确实很好，但也有所不足。”申用懋说。

“怎见的很好？”申时行问。

“父亲休致后，元旦日必有一诗赠王世伯，王世伯亦必有一诗和之。父亲的诗，王世伯必粘于壁间；王世伯的诗，父亲亦必粘于壁间。此诗经年不摘除，直至来年元日，父亲新诗到，王世伯才以新的赠诗代旧的赠诗；王世伯新诗到，父亲才以新的和诗代旧的和诗。此等唱和之诗，结集刊印，必成诗坛一段美谈。”申用懋说。

“却有何不足？”申时行又问。

“我记得，父亲是辛卯年还乡的。”申用懋说。

“是辛卯年的九月。”申时行补充道。

“王世伯是壬子年仙逝的。”申用懋又说。

“是壬子年的十二月下旬。”申时行道。

“父亲是还乡后的第一个元日就赠诗王世伯吗？”申用懋问。

“是。”申时行应道。

“王世伯虽逝于十二月下旬，父亲不会提前赠诗吧？”申用懋问。

“每年都是元日一早，我差人送诗去。即便提前打好腹稿，也不会提前写出来；即便提前写出来，也不会提前送过去。”申时行说。

“那么，父亲和王世伯第一次唱和是在壬辰年，最后一次唱和是在壬子年，共计唱和二十一次，对吧？”申用懋问。

“这不会错。”申时行道。

“父亲与王世伯唱和，孩儿读过的，都是七言律诗；但不知孩儿没读过的，是否有长篇？”申用懋又问。

“没有，”申时行道，“因第一次赠的是七言律诗，之后每年元日赠的都是七言律诗，从未改过格律。”

“父亲赠二十一首七言律诗，王世伯和二十一首七言律诗，共计四十二首七言律诗，三百三十六句，刊印一书，略显单薄。”申用懋说。

“此一不足，可能弥补？”申时行问。

“不难弥补，”申用懋说着，问道，“父亲和王世伯还有别的唱和吗？”

“没有。”申时行道。

“那么，父亲元日还写过别的诗吗？”申用懋问。

“极少。”申时行道。

“王世伯元日还写过别的诗吗？”申用懋问。

“那应该是很多的。”申时行道。

“加上父亲元日写的别诗，再从王世伯元日写的别诗中挑选几首，一并附于其后，可以厚重一些。”申用懋说。

申时行点点头，问申用嘉：“用嘉看呢？”

“有句话怎说的？对，是杯水车薪，”申用嘉道，“父亲用的是极少二字。一两首诗是极少，三五首诗是极少，十首八首诗也是极少，但二十首以上就不能算作极少吧？且不说可能还有五言诗，还有绝句；就算都是七言律诗，就算父亲写的别诗有二十一首，从王世伯的别诗里也挑选出二一首，即增加四十二首诗，三百三十六句，我还算出，计两千三百五十二字，兄长以为，就足够厚重吗？”

“不能说足够厚重。”申用懋承认。

“此其一也。”申用嘉道。

“还有其二？”申用懋问。

“其二更重要，”申用嘉道，“所谓好的想法，元日、唱和，缺一不可，即不可偏离父亲和王世伯元日唱和的主题。加上别诗，虽作于元日，有可能是唱和，有可能不是唱和，但肯定不是父亲和王世伯的唱和。既然如此，也不必拘于元日。从父亲和王世伯的诗中各选百首，名曰《双百集》，岂不是名实更符？”

“这个想法也不错。”申用懋说。

“但总不如《元日唱和集》更醒目，兄长说对不对？”申用嘉问。

“对，”申用懋虽然承认，但坚持自己的看法。“四十二首七言律诗，终归单薄，用嘉说对不对？”

“对。”申用嘉也承认。

兄弟二人争论不出结果，仍要请父亲裁定。

“父亲怎看刊印诗集一事？”申用嘉说。

“我并无刊印诗集的想法，又能怎看！”申时行道。

“但孩儿有这么个想法，兄长还有所议论，父亲总能粗略地说一说吧？”申用嘉一定要他说。

“好，我说几句，”申时行道，“用嘉以为，刊印《元日唱和集》是个好主意，不错；但以为《双百集》不如《元日唱和集》醒目 则不对。用懋以为，四十二首七言律诗，略显单薄，不错；但以为可补入元日别诗，则不对。”

申用懋、申用嘉又相互问句“如何”，然后领悟，自己也被父亲否定，于是又一起问：“父亲以为，《元日唱和集》可刊行否？”

“不可。”申时行很干脆地回答。

“为何不可？”首先，申用嘉当然要问。

“是啊，为何不可？”接着，申用懋也问。

“因为我并无刊印诗集的想法，”申时行说着，反问道，“你二人看，刊印《元日唱和集》也好，刊印《双百集》也好，伯谷兄是乐意，还是不乐意？”

“王世伯为何不乐意？”申用懋道。

“王世伯怎会不乐意！”申用嘉道。

“你二人倒好似很懂得伯谷兄心思！”申时行讥道，并问，“因为刊印的是我和他的唱和集吧？”

“这当然是主要的。”申用懋、申用嘉齐道。

“用懋，在你看来，刊印我和伯谷兄的唱和集，是不是件给伯谷兄脸上贴金的事？”申时行进一步问申用懋。

“或许不该这么说，但孩儿以为，这么说并不错。”申用懋道。

“用嘉，你说呢？”申时行又问申用嘉。

“孩儿以为，就该这么说。”申用嘉道。

“用嘉，我方才就想问你：在你看来，我若给《谋野集》作序，是不是给伯谷兄脸上贴金的事？”

“这是毫无疑义的。”申用嘉道。

“用懋，你说呢？”申时行又问申用懋。

“在京师，确有人这么说过。”申用嘉回答得比较含蓄。

“你两个都错！”申时行道，“实则，我既不是因伯谷兄定的集名不宜而不为其作序，也不是因为卧病在床而不为其作序；我是不愿拿这件事给自家脸上贴金，使伯谷兄名声受损。同样，我既不是因为略显单薄而不愿刊印唱和集，也不是因为不宜增补别诗而不愿刊印唱和集；我是不愿拿这件事给自家脸上贴金，使伯谷兄名声受损。”

他这么说，申用懋、申用嘉兄弟都很意外。

“父亲说不愿拿这两件事，给自家脸上贴金，已经令孩儿惊骇不已；父亲为其集作序，而使他名声受损，孩儿就更想不通，”申用嘉说。

“孩儿也想不通。”申用懋附和道。

“用嘉想不通，情有可原；用懋不该想不通。”申时行说。

“孩儿为何不该想不通？”申用懋问。

“先说作序一事吧，”申时行说着，问道，“你才说我不宜为伯谷兄作序，是怎说的？”

“孩儿以为，父亲不宜野谋。”申用懋重复道。

“你不妨反过来想一想，”申时行道，“我不宜野谋，伯谷兄就宜于廷谋？我不宜野谋，故不宜为伯谷兄的文集作序；伯谷兄不宜廷谋，故不宜由我为他的文集作序。”

“父亲这么一说，孩儿似乎略微懂得。”申用懋说。

“再说刊印诗集一事，”申时行说着，问道，“你才说增补别诗以厚重之，是怎说的？”

“加上父亲元日写的别诗，并从王世伯元日写的别诗中挑选几首，一并附于后。”申用懋重复道。

“你不妨反过来想一想，”申时行道，“我和伯谷兄唱和，本是对等的，今把我元日写的别诗都加上，而伯谷兄元日写的别诗，则须筛选，岂不是不对等？且不说我姑苏诗人，天下皆知王伯谷，还是天下皆知申汝默？刊印此诗，到底是为伯谷兄脸上贴金，还是为我脸上贴金？”

“父亲这么一说，孩儿也似略微懂得。”申用懋说。

“用嘉，你懂没懂？”申时行又问申用嘉。

“孩儿也略微懂得。”申用嘉不情愿地回答。

“你二人都说，刊印唱和集，伯谷兄一定乐意；实则，我可以告诉你二人：刊印唱和集，绝非伯谷兄所愿。”申时行道。

“王世伯为何不乐意？”申用懋、申用嘉齐问。

“吴人之诗，大率骄淫绮靡之思多，慷慨烈激之音少，”申时行明显的是在复述文章里的话。述罢，他问，“你二人可知，这是谁人写的？”

“不知。”申用懋道。

“不会是王世伯写的吧？”申用嘉不无理由地猜测。

“对，是他写的，”申时行道，“我是吴人，我的诗是吴人之诗。我不以为，我的诗多骄淫绮靡之思，但肯定是少慷慨烈激之音。伯谷兄身为吴人，而厌吴人之诗，你两个说，他怎会乐意刊印和我的唱和集？”

“孩儿看，这是父亲多虑。”申用懋说。

“他不喜爱父亲的诗，为何还与父亲唱和？”申用嘉则问。

“他以为我这个人可交，并非以为我的诗可交。”申时行说。

“《诗》三百，思无邪。诗的要旨在于无邪，不在于慷慨激烈。”申用嘉道。

“伯谷兄不过说说他的喜爱，用嘉没必要搬出圣人的话来批驳。”申时行不以为然地说。

“我不是要批驳王世伯，是为父亲不平，”申月嘉道，“他自知为人不如父亲，他就愿与父亲交；他自以为父亲诗、赋不如他，他就不愿刊印唱和集。这不是以己之长比人之短吗！”

“伯谷兄为人不如我，是你以为呀，还是伯谷兄自知？”申时行问。

“是孩儿以为；但孩儿以为，王世伯也是自知的。”申用嘉说。

“那就以他之短，来比我之长，如何？”申时行道。“人多言文人无行，更有人称伯谷兄乃无行之尤，此大谬不然，”说到这里，他招呼道，“用懋、月嘉，我给你二人讲两件事吧。”

“是，”申用懋、申用嘉应道，“孩儿等恭聆父亲大人训示。”

“袁文荣公，你二人知否？”申时行问。

“是有青词宰相之称的懋中先生吗？”申用懋反问。

“是嘉靖年间那副名联的撰者吗？”申用嘉反问。

袁炜字懋中，先后任礼部尚书、户部尚书，后入阁。所谓青词，指嘉靖皇帝崇奉道教，大臣进文翰，以助斋醮。袁炜曾进一联，曰：洛水金龟初献瑞，阴数九，阳数九，九九八十一数，数通乎道，道合原始天尊，一诚有感；岐山丹凤双呈祥，雄鸣六，雌名六，六六三十六声，声闻于天，天生嘉靖皇帝，万寿无疆。此联工巧，最为嘉靖皇帝喜爱。袁炜得以入阁，和他青词写得好大有关系。

“是他，”申时行应道，“袁文荣公名声如何，且不去管它；单说伯谷兄初游京师，馆于袁邸。袁氏教习庶吉士，命赋牡丹诗，没有一首看得上。复命伯谷兄吟之，大为赏识。他对众庶吉士说：你等都是要吃文章这碗饭的，王秀才的诗，你等可写得出一句！待伯谷兄再游京师，袁文荣公已去官，当国的是徐文贞公。文贞公与文荣公不和。或劝伯谷兄，不要说曾为袁文荣公门客。伯谷兄不听，反作《燕市》《客越》二文，道其渊源。用懋、用嘉能说，这是无行吗？”

“不是。”申用懋、申用嘉齐道。

“第一件事，父亲说的是王世伯和袁文荣公的渊源，第二件事，父亲要说王世伯和谁人的渊源？”申用懋又问。

“王元美先生。”申时行说。

“弇州山人！”申用懋呼道。

“王凤洲！”申用嘉呼道。

从他们的语气和表情可以看出来，他们对王世贞还是很敬仰的。

“是他。”申时行道。

“孩儿没听说，王世伯和王弇州有何渊源呀。”申用懋说。

“孩儿还听说，王凤洲对王世伯颇为轻蔑。”申用嘉也说。

“说轻蔑，可能有点儿过分；但我要说的，正是这件事。”申时行道，“元美先生主文坛几二十年，文人得其只言片语褒赏，无不声价骤起。太仓、长洲，同属一郡，近在咫尺，然元美先生从没说过一句推重伯谷兄的话。用懋说他二人并无渊源，用嘉说元美先生对伯谷兄颇为轻蔑，大概都是缘于此吧？”

“是。”申用懋、申用嘉应道。

“元美先生逝后，其次公子士骕坐事下狱，你二人还记得吗？”申时行问。

“记得。”申用懋、申用嘉应道。

“士骕以谋逆定罪，元美先生在世时趋之若鹜的士人，在官的也好，在野的也好，都躲得远远；挺身而出为之辩者，只有伯谷兄。用懋、用嘉能说，这是无行吗？”申时行道。

“不是。”申用懋、申用嘉齐道。

“第一件事，王世伯可以说是以德报德；第二件事，王世伯则是以德报怨。”申用懋又说。

“所以，论诗，伯谷兄胜我；论为人，伯谷兄亦胜我，”申时行说着，长呼一声，道，“伯谷兄，我真的好想你呀！”

七月二十日，奉旨存问申时行的行人到申府宅门外，听到里面一片哭泣之声。申时行已在前一天病故。

第四百五十二章

叶向高最后一次走进内阁值房是在八月二十三日。谁也不能断言，这是他一生中最后一次走进内阁值房；但至少在近期，他不会再来。皇帝才恩准他致仕，他接旨后，马上去内阁值房，收拾一下私人物件，并决定尽快离京，好像担心稍一耽搁，皇上会收回旨意。

方从哲看着他东一件西一件地拾掇着，一言不发，等他拾掇完毕，才问："进卿兄不会连坐都不愿坐一会儿吧？"

在叶向高再三恳请之下，去年九月增补两名阁臣，一是吏部左侍郎方从哲，一是前吏部左侍郎吴道南。方从哲在朝，奉旨即入阁办事，吴道南却至今尚未来京。别说他是江西人，就算他的家乡再远，将近一年的时间，也足够走一个来回。他迟迟不到，是因为不欲奉召。

"不是我不愿坐，是主人不发话，我怎好厚着脸皮坐！"叶向高开句玩笑。

"昔日，我可没少厚着脸皮，来进卿兄这里坐坐。"方从哲回句玩笑。朝廷格局，唯一能与内阁颉颃的衙门是吏部。作为吏部佐贰，他不会来内阁值房小坐，否则有失体统。但他曾官礼部侍郎，曾官国子监祭酒，曾任庶吉士教习，有些事是要和阁臣商量的。

叶向高打算在方从哲座位附近随便找把椅子坐。方从哲不答应，让他坐到他一直坐的座位上，自己搬把椅子，坐到他对面。

"进卿兄是丁未年入阁的吧？"方从哲问。丁未年即万历三十五年。

"是。"叶向高应道。

"尔张兄养病，朝廷不得不以进卿兄补入；进卿兄养病，朝廷又不得不以我补入。进卿兄说，我癸未科是不是犯哪路神仙，只能你来我往，不能携手并进？"方从哲发句牢骚。

"中涵兄知足吧，"叶向高道，"尔张兄养病，朝廷仅以一人补入；我养病，朝廷却以二人补入，中涵兄好歹有个伴。"

"要说好歹，进卿兄入阁七年，尔张兄养病五年，值房内没人说话，好歹值房外有人说话；我入阁不到一年，朝廷就把进卿先生放走，我有话，却和谁人去说？再者，进卿兄说会甫先生是个伴，但他迄今不曾赴京，也不知他会不会赴京。”方从哲说。

“他早晚得来，”叶向高说，“他已连上二疏请辞，皇上不准；他再上第三疏请辞，皇上仍不准，他就不能不北上。”

“不管他会不会来，也只能等，”方从哲说着，把话题岔开，“进卿兄主阁七年，心得定不少，还望赐教。”

“敷衍塞责，平庸度日，何言心得！”叶向高说着，连连摆手。

“进卿兄不肯说？”方从哲问。

“不是不肯说，是实在说不出。”叶向高道。

“进卿兄说没心得，谁信！”方从哲也连连摆手。

“中涵兄非要我说？”叶向高问。

“不说也没关系，我照虎画猫就是。”方从哲说。

“人家都说照猫画虎，到中涵兄嘴里，怎成照虎画猫？”叶向高听得好笑。

“和我比，进卿兄是虎；和进卿兄比，我是猫。我只能照着进卿兄这只虎，来画我这只猫。”方从哲说。

“且不说虎、猫之喻不当，我想听听，中涵兄想怎样以我为参照，来画自个儿？”叶向高道。

“进卿兄自入阁以来，一方面屡屡上疏，请朝廷增补阁臣；一方面屡屡上疏，自请休致。我遵照实行，也作这两篇文章。”方从哲说。

“中涵兄是责备我无所作为吧？”叶向高苦笑，“听中涵兄这话，我倒想起一件往事。”

“何时的往事？”方从哲问。

“尔张兄致仕后不久的事。”叶向高说。

“进卿兄不是要诉孤独在阁之苦吧？”方从哲问。

“不是诉苦，”叶向高道，“尔张兄致仕后不久，一个小同乡去看我，曾发一通怪论。听他的意思，尔张兄欲速推补新阁臣，为的是有人来取代他。小同乡问我，是不是亦欲速推补新阁臣，好取代我？”

“尔张兄、进卿兄的心思，你的小同乡都看出来，则用不着在我面前避讳。”方从哲说。

他创照虎画猫之说，为的从叶向高那里得到些忠告；现在又说“避讳”，也是为让叶向高和自己说说心里话。

他的激将法还真起作用。叶向高说："速补为得速去，这等心思是有的；但中涵兄说我在内阁日只作两篇文章，我可不服。"

"我知道，东宫讲学、福王之国，及妖人王三诏狱等事，进卿兄都是尽了力，功不可没的。"方从哲道。

"一则，这些算不得功；二则，中涵兄不是问我心得吗？这些也不能算心得。"叶向高说。

"我说嘛，进卿兄一定是有心得的。"方从哲道。

"我去后，中涵兄会有段日子单独在阁；即便会甫先生赴朝，也是中涵兄主持。中涵兄想过没有，当疏远何人？"叶向高问。

"进卿兄是告诫我，须亲贤臣，远小人？"方从哲反问。

"不，"叶向高摇摇头，说道，"我只是问中涵兄，当疏远何人？"

"这我着实没想过，"方从哲道，并问，"不知进卿兄去后，我当疏远何人？"

"有二人，是中涵兄须得疏远的。"叶向高说。

"哪二人？"方从哲问。

"一个是——"叶向高欲言又止。他问，"我说出来，中涵兄会不会以为我在挑事？"

"怎会！"方从哲道。

"好，我说，"叶向高说着，伸出一指。"一个是监察御史刘君。"

如果官员全额，仅凭监察御史刘君，很难猜到他说的是谁。但现在缺额太多，在任的御史没几个，故不难料到其人。

"是刘良才吗？"方从哲问。

"是。"叶向高应道。

"还一个是谁？"方从哲问。

"户垣姚君。"叶向高说着，又伸出一指。

这几乎和指名道姓一样。方从哲问："是姚子翰吗？"

"是。"叶向高应道。

"我知在有些人眼里，刘、姚二君非正士——"方从哲接下来准备为刘廷元、姚宗文分辩两句，但没等他转折，就被叶向高打断。

"中涵兄怎还没听明白，我是说此二人须得疏远，并没有说此二宵小须得疏远！"叶向高道。

"我就是不明白：若非宵小，为何须得疏远！"方从哲辩道。

叶向高看他一眼，问道："中涵兄当真不明白？"

"当真不明白。"方从哲道。

“那请中涵兄告我，署院仓场尚书纯玉先生，可是宵小？”叶向高问。

“我还没听人说纯玉先生是宵小。”方从哲道。

“既是你我同年又是中涵兄旧日贵同僚的则之兄，可是宵小？”叶向高又问。

“则之兄若不辞官，今日入阁者，或许就是他。”方从哲说。

“我没问则之兄会不会入阁，只问他是不是宵小？”叶向高道。

“昔日盛传翰苑有三君子：一则楚人美命兄，一则陕人则之兄，一则赣人幼安先生。则之兄不是宵小。”方从哲说。

“纯玉先生不是宵小，则之兄不是宵小，中涵兄可以确定吗？”叶向高追问一句。

“可以确定。”方从哲毫不犹豫地说。

“大冢宰彼时若疏远纯玉先生，若疏远则之兄，何至于给人口实，造出一个‘秦脉’来！”叶向高道。

其实，方从哲早已听明白他的意思。如果说，只提一个孙玮，他的用意还有点模糊的话，他接着提及王图，其用意就绝不再模糊，等他抛开郭正域、刘曰宁，而将孙玮、王图并列，方从哲就是想装作还没有听明白，也装不出来。

“进卿兄是告诫我，切莫结党于朝？”他问。

“中涵兄言重，”叶向高道，“我知道，中涵兄是信奉君子不党的；而且，我未见、亦未闻中涵兄和刘、姚二君私下里有交往。不过，中涵兄是浙人，刘、姚二君也是浙人。中涵兄无亲近刘、姚二君之心，难保刘、姚二君没有亲近中涵兄之意。就算刘、姚二君并无亲近中涵兄之意，难保他人不以为二君意在党附阁老。所谓秦脉，就是这样无中生有生出来的。所以，为中涵兄计，不如一开始就疏远之。”

“进卿兄教诲，我会牢记；不过，”方从哲口气一转，问道，“我若利用乡人之便，对刘君、姚君等稍加点拨，进卿兄看可以不可以？”

“怎的点拨？”叶向高问。

“要他等把心思用在正事上，而不要用在结党上。”方从哲说。

“这可能吗？”叶向高表示怀疑。

“不试试，怎知可能不可能！”方从哲道。

“承教，承教！”叶向高连声道，并深作一揖，“中涵兄想到这一层，比我要高明；以此开导后人，比我以‘疏远’二字开导中涵兄，更加有益。”

“哪里的话，”方从哲还一揖，“既入内阁，仍须以‘疏远’为本，才能说到其他。”

“中涵兄，我坐了可不止一会儿。”叶向高表示要走。

“进卿兄要走，我送送。”方从哲没再留。

二人并肩出值房，绕过门内立的影壁，眼看就要走出内阁。

“进卿兄还不能走。”方从哲忽道。

叶向高吃一惊，忙问：“怎么？”

“从来的临别赠言，都是一句话，进卿兄才说半句话，怎好意思就走！”方从哲道。

“我怎才说半句话？”叶向高问。

“有亲近，才有疏远；有疏远，则有亲近。进卿兄只叮嘱我疏远谁人，不叮嘱我亲近谁人，岂不是只说半句话！”方从哲道。

“中涵兄还要我说说须得亲近谁人？”叶向高问。

“是。”方从哲应道。

“中涵兄这是为难我。”叶向高说着，频频摇头。

“这有何难？难道疏远谁人说得，亲近谁人却说不得？”方从哲问。

“中涵兄说得对，真是疏远谁人说得，亲近谁人说不得。”叶向高道。

“这是为何？”方从哲问。

“中涵兄记得吧，我说的是有二人须得疏远，非有二宵小须得疏远？”叶向高反问。

“记得，”方从哲点点头，说道，“进卿兄是这么说的。”

“我能对中涵兄说，有二人须得亲近，非有二贤能须得亲近吗？”叶向高又问。

“进卿兄这么说的话，我能理解；但旁听者或以为，亲近某人，是有功利的目的。”方从哲说。

“我若言须得疏远二宵小，先得证实此二人确是宵小。这不是我能够证实的，也不应该是由我来证实的；好在我不必说，须得疏远二宵小。我若言须得亲近二贤能，先得证实此二人确是贤能。同样，这不是我能够证实的，也不应该是由我来证实的；但我又不得不证实。所以，须得疏远二人说得，须得亲近二人说不得。”叶向高道。

“听进卿兄一言，茅塞顿开，”方从哲揖了揖，说道，“既然进卿兄说不得，我不勉强。那么，就此别过。”

“好，就此别过。”叶向高回揖道。

方从哲站立路旁，目送叶向高离去。在他要转身回阁时，叶向高先立定、转身，并招呼一声“中涵兄”，他忙走过去。

“是否进卿兄想法改变？”方从哲问。

“想法没变；但我想，亲近谁人虽然说不得，有件好事却是可以做的。”叶向高说。

“进卿兄要做好事？”方从哲问。

“不是我做好事，是请中涵兄做好事。”叶向高说。

“有何好事要我做，请进卿兄吩咐。”方从哲道。

“闻斯先生拜疏出城，中涵兄知道吧？”叶向高问。

“已听说。”方从哲道。

“闻斯先生这次有些小题大做，中涵兄说呢？”叶向高问。

他说的“小题”是：方从哲入阁，吏部缺一侍郎，廷推以吏部右侍郎李鋕改左侍郎，以礼部右侍郎孙慎行改吏部右侍郎。这本来是个再正常不过的选官，但外间只传孙慎行礼部改吏部，未传李鋕右侍改左侍，于是招来言路质疑。先是御史过庭训疏言：李鋕尚未履新任，为何复推孙慎行？然后给事中亓诗教亦疏言廷推不妥。于是，孙慎行近日接连四疏乞归，并最后出城候旨，但说这个“小题”被孙慎行刻意“大做”，也不见得。过庭训、亓诗教虽然没直接参劾孙慎行，但目标很明确。孙慎行是武进人，家近无锡，告假里居时，常去东林书院，成一名客座讲习。可以说，在朝廷大臣中，他和东林书院的关系最密切。因此，与东林书院为敌者，必与他为敌。

对此事，方从哲看得很明白；而且他也知道，叶向高从内心也是很看重东林诸子的。所以，他不从正面回答叶向高的问题，却反问一句：“进卿兄不会要我出城，把闻斯先生劝回来吧？”

“闻斯先生不是韩信，中涵兄也做不了萧何；再者，我反正是要出城的，要劝闻斯先生回来，也该我去，不敢劳中涵兄大驾。”叶向高说得很坦率。

“那进卿兄要我做何好事？”方从哲问。

“皇上降旨，责怪闻斯先生。僵持下去，对闻斯先生不好，对朝廷也不好。反正近年以来，大臣被论，则拜疏径去，已成惯例。中涵兄不如劝皇上就此放闻斯先生回籍，以后也好有起用的机会。”叶向高说。

“于公于私，这确是件好事。”方从哲道。

“于公于私是件好事，和中涵兄却非利害相关。”叶向高说。

“我知道。”方从哲点头。

“中涵兄会做吗？”叶向高似乎不太放心。

“会做，进卿兄放心。”方从哲说。

“中涵兄既愿做这件好事，有件利害相关的好事，中涵兄一定更愿意做。”叶向高道。

“又是何事？”方从哲问。

“中涵兄说要照虎画猫，请增补阁臣；却有没想过，以谁人为请？”叶向高反问。

“准进卿兄致仕的谕旨今日才颁下，我哪儿来得及想！”方从哲道。

“我推举一人给中涵兄吧。”叶向高说。

“进卿兄推举谁人？”方从哲说。

“归德相公。”叶向高推举的是前阁臣沈鲤。

“归德相公？”方从哲怎么也没想到是他。

“对。”叶向高点头。

“江南传来消息，汝默先生上月病逝，进卿兄听说没有？”方从哲问。

“已听说。”叶向高道。

“汝默先生应该算高寿吧？”方从哲问。

“正要过八十寿辰，当然是高寿。”叶向高道。

“进卿兄难道不知，归德相公比汝默先生年事还高？”方从哲问。

“我怎不知！归德相公长汝默先生四岁。”叶向高道。

“归德相公年事偌高，我请增补其入阁，皇上会允准吗？”方从哲问。

“不会。”叶向高道。

“既如此，进卿兄为何要我举他？”方从哲问。

“中涵兄也知道，归德相公在朝日，和四明先生不和。四明相公，浙人也；归德相公，豫人也。内阁缺员，中涵兄举归德相公，而不推四明先生，使朝野皆知，中涵兄不会以地域而立党。”叶向高说。

“原来是为示公于天下，难怪进卿兄说和我利害相关，”方从哲说着，揖了揖。“多谢进卿兄指点。”

方从哲相继上二疏：其一，请准孙慎行回籍；其二，请起用沈鲤。前一疏皇帝准之，后一疏皇帝不予理会。

第四百五十三章

到十一月，皇帝满脑子想的都是如何辞旧迎新。廷臣的奏议，除非有让他感兴趣的内容，他都让成敬念个题目，就带过。所以，成敬每天都要花些心思，挑些皇帝可能会感兴趣的奏疏，放在上面。

皇帝和往日一样，示意他拿起最上面的一篇奏疏，并和往常一样问道："是参本吗？"

"是。"成敬应道。皇帝对参本的兴趣，大过对一般议论的兴趣；所以，放在前面的两篇奏疏，肯定是参本。

"谁个上的？"皇帝问。

"河南道御史刘廷元。"成敬说。

"参奏何人？"皇帝问。

"前漕督李三才。"成敬说。

"参以何事？"皇帝问。

"盗卖皇木。"成敬说。

皇帝如果对该参本仍不感兴趣，会说：交部议吧。成敬应一声，就算对付过去。但参劾的是盗卖皇木，皇帝不会不感兴趣。

"盗卖皇木？几多？"皇帝问。

"据刘廷元称，是五万一千根。"成敬说。

"这个刘廷元，倒是敢言。"皇帝说着，忆道，"朕记得，他上月曾上一疏，参劾大臣。"

"是。"成敬应道。

"上次参的是谁？"皇帝问。

"宣、大总督涂宗浚。"成敬说。

"参以何事？"皇帝问罢，忽然想起什么，"好像是赐封顺义王的事，是吧？"

"是，"成敬应道，"卜失兔袭封顺义王后，涂宗浚又请套酋五路台吉等各予赏赐。刘廷元参他擅邀贡使，逼难躁进，得拜本兵。"

“拜本兵一事，好像也是有的。”皇帝说。

“爷说的是，”成敬应道，“兵部王尚书去官后，廷推涂宗浚接任，爷有旨宣召。”

“这应该是两三个月前的事吧？”皇帝问。

“是。”成敬说。

“那么，涂宗浚辞不赴任，和刘廷元今疏无关。”皇帝推断。

“诚如圣谕，”成敬应道，“宣召涂宗浚入朝，在八月中；刘廷元参劾涂宗浚，在十月底。涂宗浚再有先见之明也算不出，刘廷元会在两个月后参他。”

“涂宗浚不奉召，也不能留任宣、大总督吧？”皇帝问。

“是，”成敬应道，“朝廷既宣召涂宗浚入朝，乃以顺天巡抚吴崇礼升宣、大总督。”

“涂宗浚呢？”皇帝问。

“辞官回籍。”成敬说。

“看来朕说的不准确，”皇帝道，“朕说刘廷元敢言，其实他参的，都是去职的大臣。前者参涂宗浚，涂宗浚才辞官；今者参李三才，李三才却早已辞官。”

“爷说的是。”成敬应道。

皇帝示意他换一篇奏疏，问的是同样几句话。

“仍是参本吗？”皇帝问。

“仍是。”成敬应道。

“谁个上的？”皇帝问。

“河南道御史刘光复。”成敬说。

“参奏何人？”皇帝问。

“仍是李三才。”成敬说。

“参以何事？”皇帝问。

“盗用皇木。”成敬说。

皇帝沉吟起来。他琢磨的是：问刘光复参奏何人，成敬加上“仍是”二字；问刘光复参奏何事，他怎不加上这两个字？他很快琢磨出，有个字改动：刘廷元参奏的是“盗卖皇木”，刘光复参奏的是“盗用皇木”。

“盗用皇木？几多？”皇帝接着问。

“二十三万余根。”成敬说。

“盗作何用？”皇帝问。

“于京于乡起宅。”成敬说。

“李三才家多大宅第，要用木二十三万根？”皇帝惊道。

“这奴才就不得而知。”成敬说。

“一曰盗卖，一曰盗用；一曰五万一千根，一曰二十三万余根。如果说的是一事，相差未免太远；如果说的不是一事，李三才既盗卖，又盗用，则合计二十八万余根。”皇帝说。

“爷圣明，”成敬颂道，“奴才一直想不明白，为何相差如此之大；听爷一说，奴才恍悟。”

“盗卖也罢，盗用也罢，老成说，有无其事？”皇帝问。

“奴才无据，不敢妄言。”成敬道。

“朕也不能说有无其事；不过，”皇帝口气一转，道，“近两年李三才几成众矢之的，参他的奏疏着实不少。”

“爷说的是，”成敬半是附和，半是补充，“近两年，参他的奏疏着实不少，为他申辩的奏疏也着实不少。”

“你还能记得，参劾他的有几人，为他申辩的有几人吗？”皇帝问。

“奴才唯恐爷会问，事先粗粗整理过。”成敬说。

“那好，今日就粗粗地为他算个总账。”皇帝道。

“是。”成敬应一声，没马上开始算账。

“先说参劾他的，再说为他申辩的。”皇帝命道。

“是。”成敬应一声，仍没马上算账。

“劾李三才大奸似忠、大诈似直的，是谁人？”皇帝问。

“工部郎中邵辅忠。”成敬说。

“把他算作参劾李三才的第一人，可否？”皇帝问。

“奴才也是这么想的，但未敢擅作主张。”成敬说。

“邵辅忠是第一个参劾李三才的，你按着先后次序往下说吧。”皇帝又命道。

“是，”成敬应一声，往下数道，“第二个参劾他的，是御史徐兆魁；第三个参劾他的，是南京兵部郎中钱策；第四个参劾他的，是南京给事中刘时俊；第五个参劾他的，是御史刘国缙；第六个参劾他的，是御史乔应甲；第七个参劾他的，是给事中王绍徽；第八个参劾他的，是给事中徐绍吉；第九个参劾他的，是给事中周永春；第十个参劾他的，是给事中姚宗文。”

他要喘口气，皇帝也正好插句话。皇帝说：“一口气数下来十人，老成，你可不是粗粗整理。”

“奴才再用一口气，还能数上十人。”成敬道。

“朕听着，你再数。”皇帝命道。

“第十一个参劾他的，是给事中朱一桂；第十二个参劾他的，是给事中李瑾；第十三个参劾他的，是南京御史张邦俊；第十四个参劾他的，是南京御史王万祚。”成敬数到这里，忽然顿住。

“是数不下去吗？”皇帝问。

“数是数得下去，但有一事，奴才拿不准。”成敬说。

“何事你拿不准？”皇帝问。

“重复参劾的，如何计算？”成敬反问。

“参一本，计算一次。”皇帝道。

“是，”成敬应一声，接着数道，“第十五个参劾他的，是御史乔应甲；第十六个参劾他的，还是御史乔应甲；第十七个参劾他的，是御史刘廷元。”

“是不是今日你拿来的这一本？”皇帝问。

“是，”成敬应道，又数，“第十八个参劾他的，是御史刘光复；第十九个参劾他的，是给事中刘文炳。”

“还有一本是谁个上的？”皇帝问。

“不止一本，”成敬说着，数道，“第二十个参劾他的，是御史李征仪；第二十一个参劾他的，是工部郎中聂心汤；第二十二个参劾他的，是大理寺丞王士昌。”

“乔连甲上三疏，共计二十二疏，二十人。”皇帝说。

“是。”成敬应道。

“朕的印象里，为他申辩的人没这么多。”皇帝说。

“爷说的是，”成敬应道，“正式为李三才申辩的，大概十余人。”

“你也能一口气数出来吧？”皇帝问。

“奴才试试，”成敬说着，数道，“第一个为他申辩的，是给事中马从龙；第二个为他申辩的，是御史董兆舒；第三个为他申辩的，是御史彭瑞吾；第四个为他申辩的，是南京给事中余士衡；第五个为他申辩的，是给事中胡忻；第六个为他申辩的，是给事中曹于汴；第七个为他申辩的，是南京给事中段然；第八个为他申辩的，是御史史学迁；第九个为他申辩的，是御史史记事；第十个为他申辩的，是御史马孟祯；第十一个为他申辩的，是御史王基洪。”

“你说这是正式为他申辩的，难道还有非正式为他申辩的？”皇帝问。

“有。”成敬应道。

“你举个例子。”皇帝命道。

“譬如邵辅忠等参李三才后，李三才杜门待罪，内阁叶先生进言，请速定去留。”成敬说。

“叶先生以为，李三才无罪，不宜去，是吧？”皇帝问。

“是。”成敬应道。

“非正式为李三才申辩的，还有谁人？”皇帝问。

“前吏部郎中顾宪成，”成敬说，“钱策等参李三才后，顾宪成先后致函内阁叶先生、吏部孙尚书，大赞李三才为官清廉，人品高尚。同时，御史吴亮抄录顾宪成二书，附于邸报，四处传送。”

“若是将叶先生奏言、顾宪成二书以及吴亮所抄录二书都计算在内，为李三才申辩的，也不算少，”皇帝说着，指了指后面的奏疏，问道，“刘文炳参劾李三才，也是为皇木事吗？”

“是，”成敬应罢，边翻找，边说，“刘文炳参本，还说些别事，但主要是皇木事。”

“老成，不用翻找，”皇帝摆手制止他，并问，“刘光复奏疏后面的那本，不是刘文炳的奏疏？”

“不是。”成敬道。

“是谁个上的？”皇帝问。

“户科给事中姚宗文。”成敬说。

“是参本吗？”皇帝问。

“不是参本，是言亲藩事的。”成敬说。

“言哪府的事？”皇帝问。

“福王殿下。”成敬道。

他把姚宗文的奏疏放在第三的位置，正是他的机警之处。言路参奏亲藩，一定要让皇帝知道。参奏别的亲藩还好说，福王是皇帝爱子，如果一开始就拿出此疏，皇帝说不定会勃然大怒；而把姚宗文的奏疏再往后放，说不定皇帝会没机会问。

“洵儿今年才就藩，能有何事？”皇帝虽不高兴，但没动怒。

“姚宗文言及三事。”成敬说。

“是哪三事？”皇帝问。

“第一事，奏讨故首辅张居正所没家产；第二——”皇帝没容成敬把三件事说完，就打断他。

“人以张江陵呼之，他应该是湖广人吧？”皇帝问。

“是。”成敬应道。

“洵儿封在洛阳，距江陵不下数千里，是张居正把家产置到洛阳，还是洵儿把手伸到江陵？”皇帝问。

当初给潞王后来又给福王的庄田，许多就在湖广。故奏讨张居正在荆州的田亩或其他家产，一点儿也不奇怪。成敬对此十分清楚，但他知道，不能明着说。

“奴才不知。”他说。

“你再说第二事。”皇帝命道。

“第二，奏讨江都至太平沿江荻洲杂税。”成敬说。

“何谓荻洲？”皇帝问。

“荻者类芦草，多生长于水边。荻洲即江河之中生荻的小片陆地。”成敬解释说。

“荻洲杂税能有几多！”皇帝不屑地说。

“奴才亦不知。”成敬说。

“最后一件是何事？”皇帝问。

“第三，奏讨四川盐井榷茶之银。”成敬说。

“四川盐井多，故以盐易茶，以茶易马，”皇帝说着，问道，“是吧？”

“是。”成敬应道。

“洵儿才就藩，怎就知道盐茶交易？”皇帝问。

“奴才不知。”成敬道。

“一则张居正没官家产，一则荻洲沿江杂税，一则四川榷茶银，此三笔款项，洵儿得到哪一笔？”皇帝问。

“福王殿下只是奏讨，朝廷尚未议准。”成敬说。

“就姚宗文嘴快，朝廷尚未议准，却被他说出来！”皇帝恼道。

“科、道官要比的，好似就是谁个嘴快。”成敬附和道。

皇帝本来还想数落姚宗文两句，但忽然想到另一件事。他问：“户部是不是有个司官，叫李朴？”

“有。”成敬应道。

“去岁差不多这个时候，他是不是上过一疏？”皇帝问。

“上过。”成敬应道。

“他疏中似曾提及姚宗文。”皇帝说。

“是，”成敬应道，“他称姚宗文和刘廷元为浙党。”

“既为一党，为何不和别党相互攻讦，而来议论亲藩！”皇帝斥道。

第四百五十四章

万历四十三年初，工科给事中吴亮嗣出趟近差，往返不过百里，但回朝之后，引起很大关注。这当然不是因为他本人有什么特别之处。廷臣关注，是因为他去的是通州，查的是李三才。

工部署部侍郎林如楚，找个理由和他见一面。

“子明辛苦。”林如楚先说句客套话。

“还好，”吴亮嗣应罢，回句客套话，“道茂先生这个年过得可好？”

林如楚字道茂，福建侯官人，嘉靖四十四年进士。去年三月，兼署都察院的工部尚书刘元霖病故，林如楚以刑部侍郎兼署工部，而都察院则由另一名刑部侍郎张问达兼署。

吴亮嗣字子明，湖广广济人，万历三十二年进士。

“还好，”林如楚也说，“就是今年正月，朝中十分平静，除子明的这个差事，似无别的话题。”

“道茂先生的意思，我一定要把通州的动静弄得大一点，不然就对不起朝廷的差派？”吴亮嗣问。

“不，不，”林如楚连连摆手，“我只想知道实情，并不想子明刻意把动静弄大。”

“能这么想固然好；然而，道茂先生想错。”吴亮嗣道。

“我想错？”林如楚不解。

“不是一般的错。”吴亮嗣又说。

“还不是一般的错？”林如楚更加不解。他揖了揖，道，“倒要请教请教子明，我欲知实情，错在哪里？”

“譬如我查得实情，告诉你，你一定相信吗？”吴亮嗣问。

“我没理由不相信呀！”林如楚道。

“所有的人一定都相信吗？”吴亮嗣问。

“这我不敢断言。”林如楚道。

“不信的人有理由吗？”吴亮嗣问。

“他既不信，或有他的理由。”林如楚道。

“同一个实情，道茂先生以为没理由不信，有人却有理由不信。道茂先生说，实情真的那么重要吗？”吴亮嗣问。

“可是——”林如楚觉得他的话似是而非，欲加辩驳。

“这是其一。”吴亮嗣抢在前边。

“其二是何事？”林如楚只得听他继续说。

“譬如我查得实情，告诉你，你一定参之吗？”吴亮嗣又问。

“事关本人职掌，我须得参之。”林如楚道。

“所有信之的人，一定参之吗？”吴亮嗣问。

“那却不一定，”林如楚道，“虽职责所在，也不一定所有的人都会参之；况且，有人抱定事不关己的宗旨，更不会参之。”

“同一个实情，有人参之，有人不参。参之者多，动静则大；参之者少，动静则小。道茂先生说，实情真的那么重要吗？”吴亮嗣问。

“这个道理，倒是说得通的。”林如楚话里有话地说。

“道茂先生是说，前一个道理说不通？”吴亮嗣听出他话里没说出来的意思。

“也不是完全说不通。”林如楚含糊地说。

“但有瑕疵？”他没说出的意思，吴亮嗣替他说出。

“是有一点儿。”林如楚道。

“请道茂先生指教。”吴亮嗣揖道。

“子明告我以实情，我没理由不信，但要有个前提。”林如楚说。

“我应该证明，自个儿说的实情的确是实情，”吴亮嗣说着，问道，“道茂先生，是吧？”

林如楚没回答，只是笑笑，然后反问：“子明会证明吗？”

“当然，”吴亮嗣应一声，说道，“道茂先生先告诉我，工部存放的木材，会不会留有痕迹？”

“会，”林如楚应道。“凡工部木材，都有编号。”

“是怎样的编号？”吴亮嗣问。

“先写来处。如四川所进木材，则以川记之；湖广所进木材，则以楚记之；江西所进木材，则以赣记之。”林如楚说。

“然后记以年分吧？”吴亮嗣问。

“是，”林如楚应道，“如万历十年所进木料，则以壬午记之；万历二十年所进木料，则以壬辰记之；万历三十年所进木料，则以壬寅记之。”

“然后记以数字吧？”吴亮嗣问。

“是，”林如楚应道，“如湖广万历二十年所进第一根木料，则以楚壬辰壹计之；四川万历三十年所进第十根木料，则以川壬寅壹拾记之；江西万历四十年所进第一百根木料，则以赣壬子壹佰记之。”

“如果楚壬辰壹等字样齐全，则可以确定是官木吧？”吴亮嗣问。

“一个字不缺，当然可以确定。”林如楚说。

“如果有楚字，有壹字，但没有壬辰字样呢？”吴亮嗣又问。

“有可能是，但不能确定。”林如楚说。

“如果楚字和壹字之间有被涂抹的痕迹呢？”吴亮嗣问。

“十有八九可以确定。”林如楚说。

“如果有壬辰二字，但没有楚字和壹字呢？”吴亮嗣又问。

“有可能是，也不能确定。”林如楚说。

“如果壬辰二字前后都有被涂抹的痕迹呢？”吴亮嗣问。

“也是十有八九可以确定。”林如楚说。

“如果我告诉道茂先生，在通州查到的木料　包括已使用的和尚未使用的，来处、年分、数字三者皆存者，有之；存二缺一、所缺处涂抹痕迹明显者，有之；存一缺二、所缺处涂抹痕迹明显者，有之，道茂先生以为，可以证明实情吗？”吴亮嗣这句话问得够长。

“可以证明，”林如楚道。顿了顿，他问，“但不知可如科、道官参奏的数目？”

“不如。”吴亮嗣道。

“可有二十三万根？”林如楚问。

“没有。”吴亮嗣道。

“可有五万根？”林如楚又问。

“也没有。”吴亮嗣道。

“子明，若是只有三五根，或二十来根，我可不能承认实情业已被证实。”林如楚表明自己的态度。

“若是万余根，道茂先生承认不承认？”吴亮嗣问。

“那肯定是要承认的，”林如楚说，并问，“子明在通州查有实据的官木，有万余根？”

“只多不少。”吴亮嗣道。

“真没想到，真没想到！”林如楚连声感慨，他又问，“另一事，子明也查到实据吗？”

“道茂先生指的是占用木厂？”吴亮嗣反问一句。

“是。”林如楚应道。

“尚未使用的木料，根本没动窝，只是改姓李；道茂先生说，算不算占用木厂？”吴亮嗣问。

“应该算。”林如楚说。

“所起大宅地基，有一部分是工部原存放木料的厂址；道茂先生说，算不算占用木厂？”吴亮嗣问。

“也应该算。”林如楚说。

“有此二者，占厂一说，不是空穴来风吧？”吴亮嗣道。

“不是空穴来风，”林如楚点头应道，并说，“看来，我不宜再缄默不语。”

“道茂先生本来也没缄默不语，只不过此时应该把动静再弄大些！”吴亮嗣道。

“道茂先生本来也没缄默不语，子明兄这话说得高明。”御史李嵩和吴亮嗣一见面，立刻竖起大拇指赞道。

“不是我说得高明，是道茂先生前疏颇有分量。没有该疏，则没有我此次通州之行，所以我得给他吃颗定心丸，”吴亮嗣说着，问道，“维岳兄对该疏应该有印象吧？”

李嵩字维岳，山西荣河人，也是万历三十二年进士。

“岂止有印象，我还能背诵出几句呢。”他说。

“是吗？”吴亮嗣笑了笑，率先背诵几句，“谓三才全不买木乎？美轮美奂，料从何来？瓜田李下，疑从何来？一木未鬻，臣不信也；谓其尽买之乎？前堂后寝，木可指数，是杉非杉，有目能辨。将三万三千六百之有数无木者，亦可并坐之乎？臣不敢也。”

“向使三才有晏平仲之俭，”李嵩接着背诵，“公休仪之谨，张长公之自守，蒋元卿之避世，恶声何为而至？”

背诵之后，二人拊掌而笑。

“美轮美奂，瓜田李下，二句用得好！”李嵩赞道。

“晏平仲、公休仪、张长公、蒋元卿，四人引得好！”吴亮嗣赞道。

“子明兄，休笑弟学识疏浅，要请教一事。”李嵩说。

“维岳兄是否问我，可知所引四位古人？”吴亮嗣问。

“正是。”李嵩点头。

“实不相瞒，除晏平仲外，另外三位，我也不知。”吴亮嗣说。

“既然不知，为何称赞引得好？”李嵩问。

“一则，虽不尽知四人，却尽知四事：节俭，谨慎，自守，避世，此皆李某之所缺者也；二则，我称赞之后，维岳兄必问，我正好向维岳兄请教。”吴亮嗣说。

“巧得很，我亦只知晏平仲。”李嵩道。

“不必再说其疏，”吴亮嗣挥挥手，好像要忘掉自己说的学疏识浅。他问，“维岳兄，你知这位道貌岸然先生最可笑的是何事？”

话一出口，二人忍不住又笑了笑。所谓道貌岸然先生，是吴亮嗣借谐音字，给林如楚取的绰号。

“子明兄别太刻薄，人家好歹是向往你楚地的，”李嵩说着，也呼其绰号问道，“这位道貌岸然先生，何事最好笑？”

“三万三千六百根，是工部木料中短缺数，是吧？”吴亮嗣问。

“是。”李嵩应道。

“道貌岸然先生也把这个数目写到奏疏里，是吧？”吴亮嗣问。

“子明兄背诵的文字里，不是有这个数目吗！”李嵩道。

“但他问起通州查到的木料数目，宁愿提二十三万根，提五万根，而绝口不提三万三千六百根。”吴亮嗣说。

“这也不奇怪，”李嵩道，“朝廷若以盗官木三万三千六百根治李某的罪，李某即知，置他于死地的，是道貌岸然先生；天下之人耶知，置李某于死地的，是道貌岸然先生！”

“维岳兄说的是。”吴亮嗣应道。

“说正事吧，”听李嵩的口气，好像二人前面说的，都不是正事，他现在要问的才是正事，“子明兄说，道貌岸然先生会不会把动静弄大？”

“我看会，”吴亮嗣道，“看他前篇奏疏所言，很想为工部丢失的官木找个人承担罪责。科、道屡参李某盗取皇木，他正好把盗官木的罪责加在李某头上。但苦于没有实证，他前疏只能写得含糊一些；现在我给他提供实证，他还不就势做成铁案？”

李嵩沉吟着，既不附和，也不反驳。

“维岳兄以为，我的判断不对？”吴亮嗣问。

“我只能说不见得。”李嵩道。

“为何不见得？”吴亮嗣问。

“我先说个不太有力的理由吧，”李嵩道，“工部所核，官木丢失三万三千六百根，子明兄所查，李某盗官木万余根，充其量，不过查出三分之一。工部丢失官木的罪责，并不能完全由李某承担。”

“维岳兄是不是还有个更有说服力的理由？”吴亮嗣问。

“是。”李嵩应道。

“说说看。”吴亮嗣道。

“即便可以把工部丢失官木的罪责都加在李某头上，道貌岸然先生也无法把动静弄大；其实我觉得，道貌岸然先生把罪责加在李某头上，更无法把动静弄大。”李嵩说。

“这是为何？”吴亮嗣问。

“既然李某要承担工部丢失官木的罪责，道貌岸然先生只能说：推勘情实，罪坐所由，此法司之事也，”李嵩说着，问道，“子明兄说，是不是这么个道理？”

“是这么个道理，”吴亮嗣应道，并说，“维岳兄的意思，我也已经懂得：可借助道貌岸然先生之力，将此事在朝廷立案；却不可单靠道貌岸然先生之力，将此事的动静弄大。”说着，问道，“维岳兄，是不是这么个意思？”

“子明兄以为是这么个意思，就是这么个意思。”李嵩说。

“除此之外，还有层意思，维岳兄不便自个儿说出来，我替维岳兄说吧。”吴亮嗣道。

“是何意思，我不便说，还要子明兄替我说？”李嵩问。

“能把动静弄大者，舍我其谁！”吴亮嗣道。

这话一大半是调侃，但李嵩完全当作正经话听。

“子明兄别说，舍我其谁，还真是我心里话！”他说。

吴亮嗣本来担心他的调侃有点儿犀利，让李嵩难堪；没想到李嵩会这么说，倒让他有点儿难堪。

“看来，如何把动静弄大，维岳兄还真的想过。”他说。

“岂止想过，还翻来覆去地想过呢。”李嵩说。

“能否说说？”吴亮嗣揖道。

“子明兄勘查的结果奏上，道貌岸然先生请法司议处的奏疏续上，子明兄想，李某会怎样应对？”李嵩问。

“定是指天指地作誓，矢口否认。”吴亮嗣说。

“还有呢？”李嵩问。

“还有？他还有别的法子应对？”吴亮嗣没想过。

“多得很。”李嵩道。

“譬如？”吴亮嗣让他举例。

“转移视线。”李嵩列举一个李三才可能采取的对策。

“请维岳兄说得具体些。”吴亮嗣道。

“譬如，把科场旧案翻将出来，或者把淮扬按臣贪赃的旧案翻将出来，以掩目前盗木之案。”李嵩说。

“他做得出来，”吴亮嗣点点头，又问，“还有呢？”

“深结内援。”李嵩又列举一个李三才可能采取的对策。

“请维岳兄说得具体些。”吴亮嗣道。

“譬如，他在任时，挥洒重金与内侍结好，现在可以派上用场。又以诗文与大臣相交，子明兄看吧，会甫先生一旦入阁办事，肯定会为李某分辩。”李嵩说。

“会甫先生不知何月何日赴京，维岳兄连他都想到，真是想得深刻。”吴亮嗣赞道。

“子明兄还要我举例吗？”李嵩问。

“不要，”吴亮嗣摇摇头，说道，“李某的事，要把动静弄大，看来非维岳兄莫属。”

林如楚奏言李三才事，果然以“此法司事也”结尾。

吴道南到京后，果然为李三才分辩。李嵩上疏，在参奏李三才的同时，把吴道南也捎带参奏。

第四百五十五章

出蓟州城北门不远，是个岔路口，一条往北去，是官道；一条往东北去，通往崆峒山；一条往西北去，通往盘山。崆峒山名字很响亮，但此崆峒非彼崆峒，蓟州的崆峒山和西北的崆峒山无法相提并论，所以，没多少人留意它。倒是盘山，比崆峒山高，景致也比崆峒山好。

两名男子，一个从东北方向而来，一个从西北方向而来，在路口会合。

“李哥好准时。”从东北方向来的男子说。

“马哥也准时。”从西北方向来的男子也说。

“马哥，如何？”姓李的男子又问。

“李哥，如何？”姓马的男子也问。

两个人都摇头，谁也没回答。

“无能！”姓李的男子自语。

“李哥说谁呢？”姓马的男子问。

“说我自个儿。”姓李的男子道。

“废物！”姓马的男子自语。

“马哥说谁呢？”姓李的男子问。

“李哥说自个儿，我能说谁！”姓马的男子道。

二人正在自艾自怨，姓马的男子偶往另一条路上看去，亦即往径直往北的路上看去，不禁打个冷战。

“李哥，凉吗？”他问。

“方才走在山间林阴道上，还真有点儿凉。”姓李的男子说。

时在四月下旬，京城也罢，蓟州也罢，城里已尝到暑热的滋味；但山间有树木遮蔽，被风一吹，的确会感到清凉。

姓马的又往那条往北的路上看去，不禁擦起额头。

“李哥，热吗？”他问。

“下得山坡，日照好毒，还真有点儿热。”姓李的男子说。

四月下旬，躲在房间里，或任何阴凉处，都不会感到太热；但在荒郊野外，无遮无挡，被太阳当头一晒，肯定热得难受。

“马哥是怕凉还是怕热？”姓李的男子反问。

“我既不怕凉，也不怕热，我怕的是他。”姓马的男子说着，往那条路上一指。

姓李的男子看过去，见那条路上走过来一人。离得较远，看不清他的眉眼，因此，也无法判断他的年龄。可以判断出的是，这是个男人，是个成年的男人；还可以判断出的是，这是一个赤贫之人，他的上身，与其说穿着一件棉衣，不如说披着一条破棉絮，他的下身，与其说穿着一条短裤，不如说裹着一块破布，遮住要害处。

姓马的男子忽而问凉，忽而问热，大概是先看见那人下身的短裤，自己也觉得凉，后来看见那人上身穿着的棉衣，自己也觉得热。

“李哥，惭愧。”姓马的男子说。

“马哥，怎么？”姓李的男子问。

“外出办货，我只道自家命苦，谁知还有命苦的。”姓马的男子说。

“你是说他？”姓李的男子问。

“可不！”姓马的男子道。

“你是说，一见他，不再觉自个儿苦？”姓李的男子又问。

“可不！”姓马的男子道。

“你一见他，不觉自个儿苦；他一见你我，说不定也不觉自个儿苦。”姓李的男子说。

“怎会？”姓马的男子不信。

“迎上去打个招呼，不就知道。”姓李的男子道。

“好。”姓马的男子应道。

两个人转过身，迎着那人走去。

走近时，看出那人在三十岁左右。

“兄弟！”姓马的男子招呼一声。

那人好像没听见，继续往前走。

“兄弟，别急着走呀！”姓马的男子说着，伸手拉住那人一只袖子。他并没觉得用多大的气力，却把那只袖子扯下半截，那人露出半条胳臂。

那人瞪他一眼，道：“谁是你兄弟！”

“你不是我兄弟，我是你兄弟，行不行？”姓马的男子问。

“你也不像我兄弟。”那人说。

“那我像你何人？”姓马的男子问。

“你像我三舅。”那人说。

“你怎知——”姓马的男子大吃一惊，竟然问不下去。

“你有三舅？”姓李的男子插嘴问。

“没有。”那人摇头。

“既没有，为何说他像你三舅？”姓李的男子问。

“正因为没有，才说像嘛，”那人道，“我要是有个三舅，再说他像我三舅，岂不有两个三舅！”

“真是好辩才！”姓李的男子想不出好说的，也招呼一声：“伙计！”

那人好像没听见，又要往前走。

“伙计，别急着走呀！”姓李的男子说着，伸手拉住那人另一只袖子。他没用多大的气力，也把那只袖子扯下半截，那人的另一条胳臂也露出来一半。

那人瞪他一眼，道：“谁是你伙计！”

“你不是我伙计，我是你伙计，行不行？”姓李的男子问。

“你也不像我伙计。”那人说。

“我像你何人？”姓李的男子问。

“你像我外父。”那人说。

“你怎知——”这很像句骂人的话，但姓李的男子问不下去，却不是因为话里有骂人的意思。

“你已娶媳妇？”姓马的男子插嘴问。

“没娶。”那人摇头。

“连媳妇都没娶，哪儿来的外父？”姓马的男子问。

“正因为没娶，才说像嘛，”那人道，“我要是已娶媳妇，再说他像我外父，岂不是给我媳妇又找个爹！”

“李哥，不是我听任他占你的便宜，实在是他的这套道理，我无法批驳。”姓马的男子对姓李的男子说。

“有点儿意思，”姓李的男子含糊不清地说一句。然后问那人，“能告诉我，你贵姓吗？”

“不能。”那人回答得很干脆。

“唉，你这个人！”姓马的男子有点儿上火。

“马哥，我和他说，”姓李的男子安抚住他后，又问那人，“莫非你没姓氏？”

“谁个说我没姓氏！”那人道。

“既有姓氏，为何不能告诉我？”姓李的男子问。

“你干吗要知道我贵姓？”那人反问。

“你看啊，我这位哥哥唤你兄弟，你不乐意，我唤你伙计，你也不乐意。我两个要和你说话，总得称呼你吧？知道你的姓氏，才好称呼你呀。”姓李的男子耐心地解释。

“那你两个能告诉我你两个的姓氏吗？”那人反过来问。

“能呀，”姓李的男子应道，“我姓李，他姓马。”

“你姓李，适合做我外父；他姓马，适合做我三舅。”那人说。

“这是为何？”姓李的男子问。

“因为我姓张。”那人说。

“原来是张家小兄弟。”姓李的男子说着，示意姓马的男子再问。

“能告诉我，你叫什么吗？”姓马的男子学着他问。

“不能。”那人还是干脆地回答。

“莫非你没名字？”姓马的男子问。

“谁个说我没名字！”那人道。

“既有名字，为何不能告诉我？”姓马的男子问。

“你干吗要知道我名字？”那人反问。

“你看啊，”姓马的男子也耐心地解释，“我两个虽然知道你姓张，仍然不好称呼你；我这位哥哥明知道你不乐意，不得不仍称你小兄弟。要是知道你的名字，他就可以不称呼你小兄弟。”

“那你两个能告诉我你两个的名字吗？”那人反过来问。

“我两个的名字不用告诉你。”姓马的男子说。

“为何我的名字得告诉你两个，你两个的名字却不用告诉我？这不是欺负人吗！”那人理直气壮地说。

“他没欺负你；他是说不用告诉你，不是说不能告诉你。”姓李的男子替姓马的男子解释。

“为何不用告诉我？”那人问。

“因为我两个的名号，你已经知道。”姓马的男子道。

“我知道？我只知道你姓马，他姓李，并不知名号呀。”那人说。

“你不是说我像你三舅吗？满京城的人，谁不知我叫马三舅；你不是说他像你外父吗？满京城的人，谁不知他叫李外父！”姓马的男子道。

“原来你是真的三舅，不是像三舅；他是真的外父，不是像外父。你两个都是长辈，叫我五儿就好。”那人说。

五儿应该是乳名，不是正式的名字。但外父、三舅肯定也不是正式的名字。这么一会儿工夫，他两个问出姓氏和乳名，也该知足。

彼此都有称呼，说起话来果然随意得多。

“五儿急匆匆的，是要进城吗？”李外父问。

“要进城不假，却没急匆匆。”张五儿说。

“五儿为何事进城？”马三舅问。

“本来要去卖柴草。”张五儿说。

“去卖柴草！”马三舅惊呼，并问李外父，“李哥，有句话怎说的？”

“你想说踏破铁鞋无觅处，得来全不费工夫吧？”李外父反问。

“对，就是这句！”马三舅道。

“可你没听清吗？他说的是本来要去卖柴草。”李外父问。

“这也好理解，”马三舅道，“他本来要去城里卖柴草，凑巧碰到你我，可不是不用进城卖柴草！”

“如你所言，我可真要念一百遍南无阿弥陀佛。”李外父边说，边摇头，显然以为马三舅是痴人说梦。

“五儿，我说得对吧？”马三舅问张五儿。

“三舅怎说？”张五儿反问。

“我说，你本来要去城里卖柴草，凑巧碰到我两个，就不用进城卖柴草。”马三舅重复道。

“为何碰到你两个，我就不用进城卖柴草？”张五儿问。

“因为我两个是买柴草的呀，你既凑巧碰到我两个，把柴草卖给我两个即可，何必再进城。”马三舅说。

“三舅说得不错，可惜说反。”张五儿道。

“怎说反？”马三舅问。

“三舅说，我凑巧碰到你两个，所以不用进城卖柴草；其实是，我不用进城卖柴草，却凑巧碰到你两个。”张五儿说。

“五儿为何不用进城卖柴草？”马三舅边问，边看李外父，意思是：这次又让你说对。

“没有柴草，怎卖？”张五儿道。

“没有柴草？”马三舅眼睛眨了眨，问道，“你打算进城卖柴草，是几时定下的？”

“昨儿晚。”张五儿说。

“没有柴草，是几时？”马三舅又问。

“今儿早。”张五儿说。

“一顿早饭，或一顿晚饭，柴草就烧完，不用再卖？”马三舅说着，问李外父，“李哥说呢？”

“未必是一顿早饭或一顿晚饭烧完柴草。”李外父说。

“当然不是，”张五儿接着他的话说，“昨儿个晚上，今儿个早上，我都没米下锅，哪儿用得着烧柴草！”

“五儿原本有很多柴草的，是不是？”李外父问。

“是。”张五儿应道。

“一夜之间，柴草却没，是不是？”李外父问。

“是。”张五儿应道。

“是被盗，还是被烧？”李外父问。

“是被烧。”张五儿说。

“是被天火烧，还是被人放火烧？”李外父问。

“我又没得罪上苍，柴草怎会被天火烧光！”张五儿道。

“五儿本是去城里卖柴草，柴草既被烧，还去城里作甚？”李外父问。

“告状，打官司！”张五儿道。

李外父点点头，说：“原来五儿今日进城，为的是告状，打官司。”

“是。”张五儿应道。

“马哥，你知道‘踏破铁鞋无觅处，得来全不费工夫’这句话；有句更有学问的话，你却未必知道。”李外父对马三舅说。

“哪句话我未必知道？”马三舅问。

“失之东隅，收之桑榆。”李外父说句成语。

“不仅不知道，而且根本不懂。”马三舅说。

“东隅，指日出之处；桑榆，指日落之处。这句话的意思是：早上丢的东西，晚上却能找回来。”李外父解释道。

“不对吧，明明是晚上丢的东西，怎变成早上丢的！”马三舅说。

“马哥说谁呢？”李外父问。

“还能说谁，当然是说五儿。”马三舅道。

“我说的却是你我。”李外父告诉他。

“说的你我？我两个丢过东西？”马三舅问。

“失之东隅，也不一定指的丢东西。”李外父说。

“还指何事？”马三舅问。

“譬如，庞叔交代的事，你我没办成，也不妨说是失之东隅。”李外父说。

“你的意思是，庞叔交代你我收购柴草，早上没收购到，晚上却收购得到？”马三舅说着，频频摇头，“可五儿的柴草昨儿晚就烧光，今儿晚你我仍然收购不到。”

“我说的不是收购柴草。”李外父道。

“不是收购柴草，却是何事？”马三舅问。

“我是说，庞叔交代的事，你我虽然没办成；刘叔交代的事，说不定能漂漂亮亮地办成。”李外父说。

“刘叔交代的事？刘叔交代的何事？”马三舅心思全在收购柴草上，把别的事都忘到脑后。

“五儿此去城里，为的打官司，马哥还想不起来吗？”李外父提醒他。

“打官司？我想起来，刘叔是交代过找个能打官司的人，”马三舅猛然醒悟。他问，“李哥的意思，五儿正是刘叔要找的人？”

“你说呢？”李外父反问。

“李哥好眼光，”马三舅赞道，“刘叔说的几个要点，他无一不符合。”

说的是张五儿，张五儿倒好像成局外之人。他愤愤言道：“我打我的官司，和你两个无关，和你两个的刘叔更无关，你两个别算计我！”

马三舅想笑，但忍住。他说：“五儿，你自个儿看看，你身上有何长物，值得我两个算计？”

“你以为我听不出来！”张五儿道，“外父说的收之桑榆，说的不是收到柴草，而是收到我。这还不是算计我！”

“五儿，以你这般聪慧，谁能算计到你？”李外父说到这里，竖起拇指，“我两个不是要算计你，是要帮助你。”

“你两个怎的帮我？”张五儿问。

“你要打官司，对吧？”李外父仍从打官司说起。

“是。”张五儿应道。

“你告诉我，你家离蓟州近，还是离平谷近？”李外父问。平谷在蓟州西北，隶属于蓟州。

“离平谷近。”张五儿说。

“那你为何不去平谷打官司，却来蓟州打官司？”李外父问。

“蓟州管着平谷；我的官司在平谷打不赢，还得来蓟州打。我想，不如直接来蓟州打。”张五儿说。

“那你可知，哪儿管着蓟州？”李外父问。

“还有管着蓟州的地方？这却不知。”张五儿道。

“管着蓟州的，是顺天府。”李外父告诉他。

“顺天府？比蓟州还远吗？”张五儿问。

“不骗你，还远。”李外父问。

“还远，我不去。”张五儿说。

“为何不去？”李外父问。

“我不告诉你两个，昨儿个晚上，今儿个早上，我都无米下锅？走到这里，已然头昏眼花；走再远的路，还不得饿死在半道！”张五儿道。

“所以我要帮你呀，”李外父说，“我两个先给你换身像样点儿的衣物，给你吃顿像样点儿的饭菜，给你找间像样点儿的屋子，美美地睡上一夜。”说到这里，问道，“五儿，你乐意不乐意？”

“吃像样点儿的饭菜时，还有酒喝。”马三舅补充道。

“这样帮我，我怎会不乐意！”张五儿道。

“然后，我两个帮你到顺天府，”李外父接着说，“到顺天府后，我两个会给你换身更像样点儿的衣物，会给你吃顿更像样点的饭菜，会给你找间更像样点儿的屋子，美美地睡上两天。”说到这里，问道，“五儿，你看好不好？”

“更像样点儿的屋子里，说不定还有个仙女。”马三舅补充道。

“这样帮我，当然是好。”张五儿道。

“然后，”李外父最后说，“我两个帮你找个大衙门，或者是顺天府，或者是比顺天府还大的衙门，去打官司；我两个帮你把官司打赢。”说到这里，问道，“五儿，你可愿随我两个去？”

“若走得太累，雇辆车子，我三人一起坐着。”马三舅补充道。

“能打赢官司，我为何不去！”张五儿道。

第四百五十六章

五月初二日，李外父、马三舅领张五儿进京。按照承诺，好吃好喝地照顾他两天；五月四日，把他领到朝阳门外一所大宅院前。

“外父，这是哪儿呀？”张五儿问李外父。

“不能说。”李外父道。

“三舅能说吗？”张五儿问马三舅。

“你不见，是座大宅！”马三舅道。

“咱进没进顺天府？”张五儿又问。

“还没进呢，”这次李外父告诉他，并指着前方的城门说，“我等将要从那座城门进城。”

“那座城门叫什么名字？”张五儿问。

“朝阳门。”李外父说着，领他进大宅院。

宅院好几进，张五儿不知走到第几进，反正不是最前的院子，也不是最后的院子；不知是东厢房，还是西厢房，反正不是正房。他只知和李外父、马三舅进间屋子，屋里坐着两个人。

“来了？”其中一人问。

“刘叔，小人来了。”马三舅抢着说。

“三道，没问你！”被唤作刘叔的道。

“刘叔，小人来了。”李外父说。

“守才，也没问你！”被唤作刘叔的道。

屋里除和刘叔并排坐的那人，只有张五儿一个。刘叔肯定不是问和他并排坐的那人，张五儿再糊涂，也知道问的是自己。

“刘爷爷，小人来了。”他回答。

“他两个都管我叫叔，你怎管我叫刘爷爷？”刘叔问。

“他两个，一个是外父，一个是三舅，他两个叫叔的，小人可不得叫爷爷！”张五儿说。

刘叔微微一笑，问并排坐着的人："不糊涂吧？"

"不糊涂。"和他并排坐着的人应道。

"你不知宫里的规矩，"刘叔对张五儿说，"宫里只有一个爷爷，别人再尊贵，也只唤叔，不能唤爷爷。"

"刘叔，小人来了。"张五儿又说。

"和我哥哥也打个招呼吧。"刘叔指着和自己并排坐着的人说。

"刘伯，小人来了。"张五儿招呼道。

"你怎知他姓刘？"刘叔问。

"刘叔的哥哥自然姓刘。"张五儿说。

"情同手足，不一定是亲兄弟。"刘叔道。

"小人该如何招呼？"张五儿问。

"我哥哥姓——"刘叔要说，被并排坐着的人拦住。

"别告诉他我叫什么。"和他并排坐着的人说。

"不告诉他，他如何打招呼？你这不是难为他吗！"刘叔道。

"正好考较考较他。"和他并排坐着的人说。

"也罢。"刘叔对他点点头，并示意张五儿再打招呼。

"不知姓名的叔，小人来了。"张五儿的称呼很直白。

"很好，就这样叫我，"和刘叔并排坐着的人说着，问李外父、马三舅，"这点儿规矩，你两个没和他说过吗？"

"说过不知多少次。"李外父道。

"说过几百次都有。"马三舅说得更加夸张。

"一句话都记不住，他成吗？"和刘叔并排坐着的人问。

"记不住才好，庞哥难道想让他把所有的话都记住，把所有的事都记住？"刘叔道。

"说的也是。"和他并排坐着的人不再说什么。

"你叫五儿？"刘叔问。

"小人叫五儿。"张五儿回答。

"五儿是你的乳名吧？"刘叔问。

"什么是乳名？"张五儿反问。

"乳名就是你生出来时，你爹、你娘为叫着方便，给你取的名字。"刘叔解释。

"外父是乳名吗？"张五儿问。

"不是乳名，是绰号。"刘叔说。

"三舅是乳名吗？"张五儿问。

“也不是乳名，是绰号。”刘叔说。

“外父、三舅是绰号，小人五儿也是绰号。”张五儿说。

“你有大号吗？”刘叔问。

“什么是大号？”张五儿反问。

“大号就是你的官名。”刘叔说。

“外父有大号吗？”张五儿问。

“有。”刘叔点头。

“他大号叫什么？”张五儿问。

“我不是才叫过吗？他叫守才。”刘叔说。

“三舅有大号吗？”张五儿又问。

“有。”刘叔点头。

“他大号叫什么？”刘叔问。

“我不是才叫过吗？他叫三道。”刘叔说。

“他二人都有大号，小人也有大号。”张五儿道。

“你大号叫什么？”刘叔问。

“小人记得老爹说过，这孩子运气差，脑子也差，给他取名字，就叫差吧。”张五儿道。

“你叫张差，这个名字不错。”刘叔笑道。

“说小人名字不错，刘叔是第一个，”张五儿说着，磕个头，“小人给不知姓名的叔请过安，还没给刘叔请安，干脆改作磕头吧。”

“磕一个头就好，起来吧，”刘叔道。等张五儿起身，他指着一把椅子说，“五儿，坐吧。”

张五儿要坐，见李外父还站着，让了让：“外父坐吧。”

“别管他，我这里没他的座位。”刘叔说。

张五儿见马三舅还站着，道：“没外父的座位，也不会有三舅的座位，我不让你。”

等他坐下后，刘叔问：“五儿是来打官司的？”

“是。”张五儿应道。

“你到京城，住在谁个家？”刘叔问。

“小人没到过京城。”张五儿说。

“那你来的是哪儿？”刘叔问。

“外父告诉小人，来什么府。”张五儿说。

“顺天府吧？”刘叔问。

“好像是，”张五儿说着，问李外父，“外父，是顺天府吗？”

“是。”李外父应道。

“他没告诉你，顺天府就是京城吗？”刘叔问。

“没告诉。”张五儿说。

“守才，为何不告诉他？”刘叔问李外父。

“小人担心说来京城，他一害怕，不肯来。”李外父说。

“你担心的也有道理，”刘叔说着，问张五儿，“你怕来京城吗？”

“外父担心小人害怕，小人想必会害怕。”张五儿说。

“如何，可人疼吧？”刘叔问坐在身边的人。

“可人疼。”坐在他身边的人点头。

“你到顺天府，住在谁个家？”刘叔又问张五儿。

“小人到京城，住在外父家。”张五儿回答。

“他待你如何？”刘叔又问张五儿。

“外父待小人像亲外父。”张五儿说。

“有肉吃吗？”刘叔问。

“有。”张五儿道。

“有酒喝吗？”刘叔问。

“有。”张五儿道。

“给你换衣服吗？”刘叔问。

“离开蓟州时，外父给小人半新的衣服穿；到京城，外父给小人更新的衣服穿。小人从没穿过这么好的衣服。”张五儿说。

“给你银子花吗？”刘叔问。

“外父要给小人银子，小人没要。”张五儿说。

“你为何不要？”刘叔问。

“小人在顺天府，不，在京城，人生地不熟，不知去哪里使银子。再者，小人听说，使了银子才能打赢官司。外父、三舅能帮着小人打赢官司，小人该孝敬他两个银子才是。”张五儿说。

“你倒有良心，”刘叔道，又说，“五儿，我要告诉你几件事。”

“是。”张五儿应道。

“第一件事：他两个帮不了你打官司。”刘叔说。

张五儿愣了愣，问：“刘叔是说，他两个在骗小人？”

“他两个没有骗你，”刘叔道，“我是说，他两个帮不了你打官司；能帮你打官司的，是他和我。”他，指坐在他身边的人。

“刘叔的意思，他两个是替两位叔应下来的？”张五儿问。

“对，是这个意思。”刘叔道。

“这件事，小人已懂。”张五儿说。

“第二件事：官司打赢，定有好处。”刘叔说。

“小人知道，官司打赢，总有好处。”张五儿道。

“你可知道，有多大的好处？”刘叔问。

“小的不知道。”张五儿摇头。

“你想有多大的好处？”刘叔问。

“三五年进次京城，吃一顿肉，喝一顿酒，换一件衣服，再有些银子用，小人就知足。”张五儿说。

“比这个好处大。”刘叔说。

“那就一年进次京城，吃一顿肉，喝一顿酒，换一件衣服，手里再有些银子用，小人就知足。”张五儿说。

“比这个好处还大。”刘叔说。

“那就三五个月进次京城，吃一顿肉，喝一顿酒，换一件衣服，手里再有些银子用，小人就知足。”张五儿说。

“比这个好处再打呢？”刘叔问。

“再大的好处，小人想不出来。”张五儿说。

“要是有一天，李外父对马三舅说，或马三舅对李外父说：走，去蓟州，找五儿吃肉去，找五儿喝酒去，找五儿要件新衣服去，找五儿要点儿银子用，你觉着好不好？”刘叔替他想。

“会有那么一天？”张五儿无法相信。

“要是有一天，我对我哥哥说，或我哥哥对我说：走，去蓟州，找五儿吃肉去，找五儿喝酒去，找五儿要件新衣服去，找五儿要点儿银子用，你觉着好不好？”刘叔又问。

“刘叔拿小人取笑吧？”张五儿更无法相信。

“不是取笑，是真的，”刘叔道，“官司打赢，你可得到十亩二十亩地，或许更多。你说，我和我哥哥，还有李外父和马三舅，该不该找你要肉吃，找你要酒喝，找你要衣服换，找你要银子用？”

“应该的，应该的。”张五儿连声道。

“第三件事：官司的打法。”刘叔说。

“小人知道，先去喊冤。”张五儿道。

“你去哪里喊冤？”刘叔问。

“这却不知，”张五儿道，“小人问过外父、三舅，外父、三舅都不肯说。小人本来有些怪他两个，今儿个想想，他两个或许不是不肯说，而是压根不知道。”

“说得好！”刘叔赞罢，问坐在身边的人，“哥，有句话怎说的？”

“是不是孺子可教？”坐在他身边的人反问。

“对，对，孺子可教！”刘叔指点着张五儿说。

“刘叔，咱去哪个衙门喊冤？”张五儿问。

“你不必知道。”不料，刘叔也不肯告诉他。

“刘叔不会——”张五儿接下来想说“也不知道”；但又一想，人家应许那么大的好处，别因为自己不知深浅的一句话给说没。他忍住不说。

“去哪个衙门打官司，我是知道的，”刘叔先解除他的顾虑，然后说，“你却没必要知道；知道的话，对你没好处。”

“是，对小人没好处，小人不知道也罢；但小人不知道去哪个衙门，却怎去喊冤？”张五儿问。

“有人带你去。”刘叔说着，拍了拍手。

一小厮应声而入，脸白白净净的，穿的也体面。

“他是五儿，”刘叔指着张五儿说，并问，“他要去哪儿，你知道吧？”

“小的知道。”小厮应道。

他的声音清脆、尖细，以至张五儿心想：这般俊俏，莫非是个女娃？

“五儿，你随他去；有人问话，你别开口，让他说。”刘叔吩咐。

“是，”张五儿应一声，问道，“喊冤也是这位小哥替小人喊吗？”

“喊冤却须你喊。”刘叔道。

“刘叔，”李外父插话，“要不让五儿喊声冤，你老和庞叔听听？”

“好啊。”刘叔应道。

“小人冤枉。”张五儿先用最普通的声音，喊出最普通的话。

“这样不行。”刘叔摇着头说。

“小人冤枉！”张五儿提高嗓门喊一句。

“还是不行。”刘叔道。

“小人有天大的冤枉！”张五儿嗓门再提高，还加上几个字。

“五儿，我看你只有这么大的嗓门吧？”刘叔问。

“是，”张五儿应道，“小人已经在扯着嗓门喊。”

“你也加不上别的话吧？”刘叔问。

“小人加不上，刘叔能不能帮小人加上？”张五儿反问。

“加上别的话也没用，”刘叔摇着头说，“靠你这张嘴去喊冤，官司必输无疑。”

“靠嘴不行，却靠哪里？”张五儿问。

“靠你这双手，”刘叔说着，问小厮，“可给五儿准备好？”

“早准备好。”小厮应道。

他出屋取来一根木棍，让刘叔看。刘叔示意他交到张五儿手里。

木棍一人长，张五儿拿在手里掂掂。

“合手不合手？”刘叔问。

“有点儿重。”张五儿说。

“这是枣木的，当然重；不过，也得重点儿的棍子，才打得赢官司。”

刘叔说着，命道，“使使看。”

“怎使？”张五儿问。

“挥动一下。”刘叔比画着说。

张五儿手握枣木棍，在空中舞动。

“你这样挥动，怎打得到人？”刘叔说着，做个从上往下劈砍的动作，“看清楚吗？得这样挥动。”

张五儿举着枣木棍，做个劈砍的动作。

“五儿看，能置人于死地吗？”刘叔问。

“打在肩、背，不好说；打在头上，肯定置人于死地，”张五儿说，“你就往头上打。”刘叔道。

“是，”张五儿应一声，问道，“小人往谁个头上打？”

“他带你去个你该去的地方，然后见一个，打杀一个，见一个，打杀一个；打杀得越多，你的好处越大。那里有个小哥，看上去和你差不多年纪，若是打杀他，你会有天大的好处。”刘叔说。

“刘叔，小人听说，打杀人，要偿命的。”张五儿说。

“为别事打杀人，要偿命；为打官司打杀人，怎会偿命？再者，谁让你去打这个官司的？是我呀，是我哥哥呀，能让你去偿命吗？放心，我两个既让你去打这个官司，就一定救得了你。”刘叔说。

“刘叔这么说，小人无不放心，”张五儿道，又问，“刘叔说，小人几时去打这个官司？”

“这会儿就去吧。”刘叔说。

“好，小人这会儿就去。”张五儿说着，提着棍子要走。

“等等，”坐在刘叔身边的人叫住他后，对刘叔说，“刘哥，我再问他几句话。”

“哥心细，再叮嘱几句更好。”刘叔道。

“不是叮嘱，只是问问，”坐在刘叔身边的人说着，一指李外父，问张五儿，“认得他吗？”

“小人认得。”张五儿回答。

“他叫什么？”坐在刘叔身边的人问。

“李外父。”张五儿回答。

“他大号叫什么？”坐在刘叔身边的人问。

“小人不记得。”张五儿说。

“认得他吗？”坐在刘叔身边的人又指着马三舅问。

“小人认得。”张五儿回答。

“他叫什么？”坐在刘叔身边的人问。

“马三舅。”张五儿回答。

“他大号叫什么？”坐在刘叔身边的人问。

“他有大号吗？”张五儿反问。

“你是担心不该记得的，他偏偏记得吧？”刘叔问坐在身边的人。

“是。”坐在他身边的人应道。

“现在还担心吗？”刘叔问。

“他这个样子，还有什么好担心的！”坐在他身边的人道，并说，“我先带他去吃顿酒饭，好让他去打官司时，底气更足。”

第四百五十七章

皇帝从来不宣召成敬、魏伸来慈庆宫见驾。司礼监离得近，成敬先到，皇帝铁青着脸，不搭理他，只是在宫门外踱来踱去。皇帝动怒，是常有的事，但动怒动到脸色铁青，不但说明是盛怒，而且说明难以发泄。成敬连大气也不敢出，更不要说主动开口说话。

“魏伸那厮裹了脚吗，来得好慢！”皇帝斥道。

“要不，奴才再去催。”成敬很想暂且离开。

“你去催，他就能快！”皇帝却不让他离开。

魏伸终于赶到。他比成敬更能感受到气氛的紧张，或者说，他早已料到这里气氛的紧张。离得还有几步远时，他看成敬一眼，好像在问：今日的事，怎好？成敬回个眼神，好像在说：知道多少，说多少吧。

“朕从启祥宫来，也不近吧？”皇帝问魏伸。

“是。”魏伸应道。

“你怎这会儿才来？天大的事，你也敢懈怠！”皇帝喝道。

说实话，启祥宫在西，慈庆宫在东，从启祥宫到慈庆宫，是有段路要走；但比起从东厂衙门到慈庆宫，就算皇帝一边往慈庆宫来，一边差人去东厂宣召；就算皇帝的舆轿慢，传旨的内使快，最多也就是皇帝到慈庆宫，内使同时到东厂衙门。魏伸再从东厂往宫里赶，甭管多快，皇帝都得等一会儿。

要是这么分辩，后果如何，谁也无法预料。

好在皇帝最后的那句话，提醒魏伸。

“天大的事，奴才不敢懈怠；奴才正在查问慈庆宫的事。”他说。

“可查出眉目？”皇帝问。

“已有些眉目。”魏伸说。

“说给朕听听。”皇帝命道。

“有人擅闯慈庆宫，此事属实。”魏伸说。

“闯宫的是谁人？”皇帝问。

“姓张，叫张五儿。”魏伸说。

“你怎知他叫张五儿？”皇帝问。

“奴才询问过两个人，一个是慈庆宫管事太监韩本用，一个是守东华门指挥朱雄，他两个都说，此人叫张五儿。”魏伸道。

“朕料定，五儿不是正式的名字。”皇帝说。

“爷说的是，奴才也是这么想的。”魏伸道。

“你没见到张五儿本人吗？”皇帝问。

“张五儿关押在朱雄处，奴才未奉旨，不敢擅自提问。”魏伸说。

要是寻常案犯，不管押解何处，由哪个衙门审理，东厂都可以过问。但这件事关系太大，魏伸一定要奉有明旨，才敢行动。

“你没提问也对，免得你问过之后，外间说是你做的手脚，”皇帝说着，转问成敬，“老成，你说呢？”

“爷圣明。”成敬颂道。

“张五儿在内府哪个衙门当差，你查出来没有？”皇帝又问魏伸。

“他不在内府衙门当差。”魏伸说。

“不在内府衙门当差，怎进得宫？”皇帝问。

“奴才正在查这件事。”魏伸说。

“可查出眉目？”皇帝问。

“查出来一些，”魏伸道，“昨日酉初，有个叫三儿的小宦者，领着这个张五儿，进入东华门。”

“酉初，天不是将黑未黑吗？”皇帝问。

“爷说的是，”魏伸应道，“其时，两队禁卫正在轮值，因熟识三儿，三儿又出示宫牌，所以，没加询问。”

“多个人，也没盘问？”皇帝问。

“是，”魏伸应道，“多个人，也没盘问。”

“这个三儿又姓什么，叫什么？”皇帝问。

“怪的是，守东华门的禁卫都说和三儿很熟，但没有一个人说得出他的姓名。”魏伸说。

“既知他是宦者，那就一个一个地找吧。”皇帝说。

“是，”魏伸应道，“奴才也在想，先一个一个地找着吧；但大内宦者数万，能出入宫禁的宦者也有数千，不是一时半会儿就能找出来的。”

“三儿不妨慢慢找着，还是先说这个张五儿。”皇帝说。

“是。”魏伸应道。

“张五儿进东华门后，去往何处？”皇帝问。

“径来慈庆宫。”魏伸说。

“老魏，你怎知他径来慈庆宫？”皇帝问。

“一则，奴才问过慈庆宫守宫门内侍李鉴，他亲见，张五儿是从东华门方向来的；二则，张五儿是酉初进的东华门，戌初，韩本用等将张五儿交付朱雄，张五儿进东华门后，若先去别宫，再来慈庆宫，应该是来不及的。”魏伸说。

“李鉴是被张五儿打伤的内侍吧？”皇帝问。

“是。”魏伸应道。

“他在宫门外被打伤？”皇帝问。

“是。”魏伸应道。

“那他所见张五儿来的方向，应该是不错的，”皇帝说着，又问，“韩本用等将张五儿拿住，是在何处？”

“在前殿瓦檐下。”魏伸说。

“张五儿是束手被擒吗？”皇帝问。

“他挥舞木棍，一通乱打，嘴里还念念有词。”魏伸说。

“念的何词？”皇帝问。

“韩本用等凑来凑去，好像是这样一句话：打杀一个，有一个的好处；打杀一个，有一个的好处！”魏伸述道。

“这话何意？”皇帝问。

“奴才也不解。”魏伸说。

“老成，你别只当听客呀。”皇帝招呼成敬。

“是，”成敬应道。他不相信，魏伸从这句话里做不出任何判断，但魏伸不说，显然是有不便说之处。魏伸不说，他也不说，“奴才琢磨不出，打杀宫里的人，他有何好处。”

“老魏，你还查问出何事？”皇帝又问魏伸。

“这个张五儿，不仅不是内府衙门的人，而且不是京城人。”魏伸说。

“你怎知他不是京城人？”皇帝问。

“听到他念叨的人都说，他的口音不同于京城市民。”魏伸说。

“他等听得出是哪里的口音吗？”皇帝问。

“说哪里口音的都有，但以说他京东口音的居多。”魏伸说。

“京东口音？不会是通州吧？”皇帝问。

“不是，”魏伸道，“或者说是玉田口音，或者说是遵化口音，或者干脆说是蓟州口音。”

玉田、遵化均属蓟州，所以，笼统地说蓟州口音，应该不会错。

“既知他是哪里人，可去他老家查。”皇帝说。

“爷说的是。”魏伸应道。

“老成，”皇帝又问成敬，“方才朕说，老魏没提问张五儿也对，你以为如何？”

“诚如圣谕。”成敬应道。

“但总得有人问，你看，着谁人问好？”皇帝问。

“魏哥不宜提问，别的内府衙门更不宜提问，不如交与外廷讯问。”成敬说。

“朕知要交与外廷讯问，朕是问，交与哪个衙门讯问。”皇帝道。

“奴才想，不妨一层一层讯问。”成敬说。

“怎的一层一层讯问？”皇帝问。

“先着巡城御史讯问，然后刑部讯问，然后廷讯。”成敬说。

“老魏，你看呢？”皇帝问魏伸。

“奴才以为可以。”皇帝这么问，显然是认可，魏伸不会反对。

巡皇城御史刘廷元和半癫不癫的张五儿费一天口舌，虽觉得口干舌燥，疲惫不堪，还是去趟刑部山东司郎中胡士相家里。

“今日之材兄，可真是万目所瞩呀。”胡士相不知是羡慕、还是嘲讽地说。

“万目所瞩？”刘廷元苦笑一声，说道，“万目所瞩的滋味如何，弼兄马上也要尝到。”

胡士相字良弼。他不仅和刘廷元同是万历三十二年进士，且同是浙江平湖人；不仅是同乡，且别字中都有个良字。有此三同，二人的关系自然不一般。而且相互称呼时，把那个良字也去掉。

“材兄此言何意？”胡士相问。

“天机不可泄露。”刘廷元不肯马上告诉他。

“材兄不说，我也不问，”胡士相说着，让道，“来，进屋坐。”

“天热，在院里坐吧。”刘廷元说。

“也好。”胡士相无所谓。

胡士相单独住一小院，院里有现成的矮几和凳子。家人送上茶水后避开，院里只有他二人。

“材兄拟疏否？”胡士相问。

“尚未。”刘廷元道。

“为何不拟疏，却跑来我这里？”胡士相问。

“未经弼兄认可，不敢辄奏。”刘廷元说。

虽然没说什么奏疏，但彼此心照不宣。刘廷元是奉旨讯问，讯问之后，应该立刻奏闻。两个人话语之间，指的都是此疏。刘廷元却说上此疏须得胡士相认可，把胡士相吓一大跳。

“材兄要奏上朝廷，与我何干！”胡士相道。

“与弼兄无关？弼兄怎不想想，天大的一桩事，难道是我区区一御史可以审结的？”刘廷元问。

“这我想过，”胡士相道。“材兄是初审，材兄审后，皇上还会命法司审之。”

“三法司，弼兄看，会下哪一衙门？”刘廷元问。

“多半是下刑部续审。”胡士相说。

“大司寇会不会亲审？”刘廷元问。

“不会，”胡士相道。“一则，今日刑部并无正卿；二则，署部侍郎兼署都察院事，若由他审，分不清是刑部审之，抑或都察院审之。”

“那么，只得由司官审之，是吧？”刘廷元问。

“是。”胡士相应道。

“弼兄看，会由那位司官审之？”刘廷元问。

“不好说。”胡士相道。

“刑部司官，哪位排列最前？”刘廷元问。

“若以署司的年头来说，我算是排列在前的。”胡士相道。

“法司续审，会不会是弼兄主其事？”刘廷元问。

“有这个可能。”胡士相点头。

“我初审，有个结论；弼兄续审，有个结论。弼兄的结论和我的结论不同，岂不等于抽我的嘴巴？”刘廷元问。

“应该不会，”胡士相道。“材兄是据实得出的结论，我也是据实得出的结论，我的结论怎会和材兄的结论不同！”

“那可不一定，”刘廷元说。“看人，弼兄看的是正面，我看的是侧面；看事，弼兄看的是其因，我看的是其果。虽然是同一件事，结论也会不同。”

“所以，材兄先来告诉我，看的是正面，还是侧面，看的是其因，还是其果？”胡士相立刻领会他的用意。

“对，”刘廷元点点头，说道，“与其日后我二人争论应该看正面，还是应该看侧面，应该看其因，还是应该看其果，不如先达成共识。”

“可材兄讯问过，我却未讯问过；材兄正面、侧面都看到，其因、其果已加推测，我却一无所知。”胡士相说。

“不碍事，”刘廷元摆摆手，说道，“我说，弼兄听。弼兄以为我说得对，我照此奏闻；弼兄觉着我说得不对，或有疑惑，尽管质疑。只要弼兄相信我说的是实情，只要弼兄相信我一心为的朝廷，别无心机，我二人不难达成共识。”

“那就试试吧。”胡士相道。

“我先告诉弼兄，闯宫之人姓张，名差，乳名五儿，是蓟州人。五月初四日酉时，他手拎一枣木棍，不知如何潜入东华门，欲闯慈庆宫。在宫门外，他打伤守门内侍李鉴，旋即进宫。他立于前殿檐下，向殿内张望，被管事太监韩本用发觉。韩本用高声呼喊，众内侍拥出，一举将其拿下，并送东华门守宫门指挥老朱收押。”刘廷元述道。

“和外间所传，大致相同；只有一事，大有出入。”胡士相说。

“何事？”刘廷元问。

“外间传闻，张某是被一内臣带入东华门的。材兄却说，他不知如何潜入东华门。”胡士相说。

“是有内臣带入的说法，但带他进入东华门的内臣何在？连看他眼熟的禁卫都说不出他的名字，你我外廷之臣如何找得到他？‘不知如何潜入’，并不是说不可能被某内臣带入；等证实确有其内臣，再说被内臣带入不迟。”刘廷元分辩说。

“有道理，”胡士相道，“如若之后真有续审，真由我来续审，我也会采用‘不知如何潜入’的说法；当然，那时若已找到将张某带入宫中的内臣，又当别论。”

“此事日后弼兄的说法和我今日的说法同与不同，并无大碍；说法不同，弼兄的巴掌也打不到我脸上。”刘廷元说。

“此事无大碍，有大碍的是何事？”胡士相问。

“对张差其人怎看。”刘廷元道。

“应该说，是材兄对张差其人怎看，”胡士相更正道，“对张差其人，我是一点儿成见也没有的。”

“不管有无成见，请弼兄记住两句话。”刘廷元说。

“哪两句话？”胡士相问。

“按其意，若涉疯癫；稽其貌，实系黠滑。”刘廷元念念有词。

“两句话虽言简意赅，但会不会有模棱两可之嫌？”胡士相道。刘廷元让他质疑，他还真有所质疑。

“两句话，弼兄若看成对等的，确实有模棱两可之嫌；若分别轻重，弼兄就不会有此疑虑。”刘廷元说。

“材兄倒是说说，孰轻孰重？”胡士相道。

“弼兄倒是替我想想，前者重后者轻则如何，前者轻后者重又如何？”刘廷元反过来将他一军。

“前者重后者轻，则须将迹似疯癫变成实为疯癫；而实系黠滑，不过是其貌黠滑，充其量是留以转圜之用。前者轻后者重，不过迹涉疯癫而已，随时可证实未涉；而实系黠滑，不止是其貌黠滑，其人也实实在在黠滑。”胡士相说。

“弼兄欲前者重后者轻，或前者轻后者重？”刘廷元问。

“这得审讯之后，才可确定。”胡士相说。

“那么，弼兄猜一猜，我欲前者重后者轻，或欲前者轻后者重？”刘廷元又问。

“无从猜起，还是材兄告诉我吧。”胡士相说。

“我欲前者重后者轻；不仅欲前者重后者轻，而且要坐实前者重后者轻。”刘廷元说。

“材兄为何欲前者重后者轻？”胡士相问。

“前者重后者轻，则所涉及者轻；前者轻后者重，则所涉及者重。”刘廷元说。

“怎讲？”胡士相问。

“弼兄说，张差非疯癫，他闯入宫禁，要追究谁人？”刘廷元反问。

“事发时，守东华门官校，恐怕一个也不会漏网。”胡士相说。

“还有呢？”刘廷元问。

“守东华门内使。”胡士相说。

“还有呢？”刘廷元问。

“该等官校的上司，该等内使的宗主。”胡士相说。

“还有呢？”刘廷元问。

“对，那个将张某带入宫禁的宦者，若是确有其人，是第一个要被追究的。”胡士相说。

“张差若非疯癫，他闯入宫禁，要追究谁人？”刘廷元又问一遍。

“第一个要追究的，是将他带入宫禁的宦者。”胡士相说。

“还有呢？”刘廷元问。

“该宦者的宗主。”胡士相说。

“守东华门官校的上司，不难知其人；守东华门内使的宗主，不难知其人。该宦者的宗主，弼兄可知其人？”刘廷元问。

“该宦者尚无着落，又怎知其宗主！”胡士相道。

“不知怎办？”刘廷元问。

“有个线索，不妨循之查找。”胡士相说。

“有何线索？”刘廷元问。

“或曰，闯宫之事，与某太监有干系，又与某太监有干系。可讯问之。”胡士相说。

“某太监，又某太监，有名姓否？”刘廷元说。

“有。”胡士相应道。

“弼兄为何不说出来？”刘廷元问。

“牵涉到某宫，不便说出。”胡士相道。

“某宫，可知是哪宫？”刘廷元问。

“知道。”胡士相应道。

“弼兄为何不说出来？”刘廷元问。

“牵涉到贵人，不便说出。”胡士相道。

“我说，前者重后者轻，则所涉及者轻，前者轻后者重，则所涉及考重，弼兄还有异议否？”刘廷元问。

“虽无异议，但想提醒材兄，坐实前者重后考轻，是需要实实在在的证据的。”胡士相说。

“我知，我有足够的证据坐实。”刘廷元道。

第四百五十八章

刑部狱里，每月有一两次改善伙食，不仅主食较精细，菜里还有肉，曰散饭。散饭之事说大不大，说小不小，部衙会差一名主事提督之。

十一日散饭，轮到主事王之宷当值。

他一个牢室一个牢室地发饭。饭如量发给，发菜时，他尽量少给肉，譬如每份该两三块肉，他只盛一两块，这样，发放到最后一个牢室时，肉竟比菜蔬还要多。

“里面关押的是谁？”王之宷明知故问。

“狱囚张五儿。”牢头说。

“剩下这多的肉，真是便宜这个张五儿。幸亏最后是张五儿，若换张差，倒便宜你。”王之宷说。

“怎便宜小人？”牢头问。

“张差吃斋，大碗的肉都让你拿去吃，可不便宜你！”王之宷道，“好教大人知道，张五儿即张差，张差即张五儿。”牢头说。

“此话当真？”王之宷不信。

“小人不敢说谎。”牢头道。

王之宷似乎仍然不信，命牢头打开牢室。张差坐在地上，两眼巴巴的，并不看他，而是盯住牢头提进来的菜桶看。

“你可是姓张？”王之宷问。

“小人是姓张。”张差说。

“你是叫张差，还是叫张五儿？”王之宷问。

“小人叫张五儿。”张差说。

“如何？”王之宷责问牢头。

“他听到大人在门外说的话，知道叫张五儿有肉吃，叫张差没肉吃，大人想，他能不叫张五儿吗！”牢头道。

“你听得懂他的意思？”王之宷问张差。

“小人听得懂。”张差说。

“他是何意？”王之寀问。

“他不想让我吃肉。”张差说。

“好聪明的回答！”王之寀大笑之后，问道，“你想吃肉，对不对？”

“小人万分想吃。”张差说。

“好，他想吃肉，没你的事，”王之寀让牢头去门外候着，然后对张差说，“那你要对我说实话。”

“小人一定说实话。”张差保证。

“你先告诉我，你究竟叫张差，还是叫张五儿？”王之寀道。

“小人叫张差，也叫张五儿。”张差说。

“这是句实话，来，吃块肉。”王之寀说着，用筷子夹起块肉。

张差拿手接过，塞进嘴里，嚼得津津有味。

“你可知道，为何你叫张差，就没得肉吃？”王之寀问。

“小人不知。”张差道。

“前些日，御史刘大人、刑部胡大人先后审你，是不是？”王之寀问。

“小人是被审过两次：第一次，是一位老爷审；第二次，是好几位老爷审。但老爷们贵姓，小人一概不知。”张差说。

“刘大人的供状写道：案犯名张差，蓟州人，只称吃斋讨封，语无伦次。你叫张差，我若给你肉吃，倒好似刘大人语无伦次。所以，我不能给你肉吃，”王之寀说着，问道，“懂不懂？”

“小人懂，”张差道，“吃斋讨封，是小人说的；是小人语无伦次，不是刘老爷语无伦次。”

“刘大人还说：按其迹，若涉疯癫。你说，你究竟疯癫，还是不疯癫？”王之寀又问。

“小人有时疯癫，有时不疯癫；有人看小人疯癫，有人看小人不疯癫。”张差说。

“这也是句实话，还是句有哲理的话。”王之寀说着，又给他块肉吃。

“说得出哲理，大人不给奖赏吗？”张差不甘心只得到一块肉。

“不给，”王之寀的态度很明确，“本官只奖赏实话，不奖赏哲理。你肯说足够的实话，才有足够的肉吃。”

“大人问吧。”张差道。

“你是自个儿来京城的吗？”王之寀问。

“不是。”张差道。

“有人带你来的京城？”王之寀问。

“是。”张差应道。

“几个人带你来的京城？”王之寀问。

“两个人。”张差道。

“说说他两个的姓名。”王之寀命道。

“一个姓李，叫李外父；一个姓马，叫马三舅。”张差说。

“外父、三舅，和你的五儿，都不是官名。”王之寀道。

“是，”张差应道，“外父、三舅不是官名。”

“我要你告诉我他两个的官名。”王之寀说。

“小人不知。”张差道。

“当真不知？”王之寀问。

“小人当真不知。”张差道。

“不再想想吗？”王之寀问。

“小人再怎努力，也想不出来。”张差说。

“既如此，本官不勉强你。”王之寀说着，向外招呼一声。

牢头进来，问道：“大人有何吩咐？”

“他已吃够，你吃。”王之寀指着菜桶说。

“谢大人。”牢头说着，提起菜桶要走。

“就在这里吃。”王之寀命道。

“是，”牢头放下菜桶，舀一大勺肉往嘴里送。

“别贪多，一块一块吃。”王之寀道。

牢头把勺子摇来摇去，一块一块地吃。

“再吃一块。”王之寀命道。

牢头吃三四块肉后，张差忍不住开口。

“小人想起点儿事。”他说。

“你且出去，有事再叫你，”王之寀等牢头出去后，问张差，“想起他两个的官名？”

“小的记得，有个刘叔，曾招呼过他两个，一次招呼的是‘守才’，一次招呼的是‘三道’。但是招呼李外父‘守才’，还是招呼马三舅‘守才’，是招呼马三舅‘三道’，还是招呼李外父‘三道’，小人却记不清楚。”张差说。

“马三舅里有个‘三’，‘三道’应该是他；李外父则是李守才。”王之寀判定。

“老爷说的是。”张差应道。

“吃肉。”王之寀夹起块肉，送到他面前。看他吃下后，又夹起一块，送到他面前。

“也是赏给小人的？”张差不相信自己的好运。

“对，”王之宷应道，“一块是为你记得清的，一块是为记不清的。”

“老爷真是赏罚分明。”张差说着，把另一块肉接过去。

等他咽下，王之宷又问，“有个刘叔？”

“是。”张差应道。

“他是何许人？”王之宷问。

“小人但见外父、三舅对他很是恭顺，别的一概不知。”张差说。

“不知其名？”王之宷问。

“不知。”张差道。

“不知其身份？”王之宷问。

“不知。”张差道。

“不知其住所？”王之宷问。

“不知。”张差道。

“不再想想吗？”王之宷问。

张差马上联想到他上次这么问的后果，抢先说道：“老爷先别把门外那位大爷叫进来。”

“为何别叫他？”王之宷问。

“老爷说过，只奖赏实话；小人说的句句是实话，老爷不但不奖，反而罚小人看他吃肉，小人不服。”张差说。

“你说不知，本官信；你说想不起点儿事来，本官不信。”王之宷道。

“小人还真想起点儿事。”张差马上说。

“你想起何事？”王之宷问。

“小人想，那位刘叔可能是宫里的人。”张差说。

“你怎知他是宫里的人？”王之宷问。

“小人呼他爷爷，他说小人不知宫里的规矩。宫里只有一个爷爷，别人再尊贵，也只能唤叔，不能唤爷。”张差述道。

“这次你想起来的，可不是一点儿事。”王之宷说。

“是老爷诱导得好。”张差讨好地说。

他以为又有肉吃。但王之宷并没夹肉的意思，他只得把口水咽下。

“你应该还能想起点儿事。”王之宷继续诱导。

“是，”张差应一声，说道，“小人记起，李外父、马三舅还提到一个人，小人没见到；刘叔身边还坐着一位叔，却不知姓名。”

“李外父、马三舅提到谁人？”王之宷问。

“他们叫他庞叔。”张差说。

“他们提到庞叔时，是怎说的？”王之寀问。

“他们说：庞叔交代的事没办成，刘叔交代的事却办成。李外父还引用一句难懂的话，叫失之什么什么，收之什么什么。”张差述道。

“是失之东隅，收之桑榆吧？”王之寀问。

“好像就是这句。”张差应道。

“刘叔身边坐着的叔，也是宫里人吗？”王之寀问。

“多半也是。”张差说。

“何以见得？”王之寀问。

“李外父、马三舅在刘叔大宅，都站着，不知姓名的叔却坐着；李外父、马三舅都呼刘叔，不知姓名的叔却呼刘哥；后来他请小人吃顿酒席，领小人去打官司的小厮也一口一个叔地叫着，”张差说着，问道，“小人说的这些够不够？”

“很够，”王之寀道，他又问，“你到过刘叔的大宅？”

“是，”张差应道，“李外父、马三舅领小人去的刘叔大宅。”

“大宅在何处？”王之寀问。

“小人不知。”张差道。

“当真不知？”王之寀问。

“小人当真不知。”张差道。

“愿意想一想吗？”王之寀问。

“小人正在想呢，”张差忙说。他想起什么，问道，“京城有没有个朝阳门？”

“有，”王之寀应道，“京师正东的城门，是朝阳门。”

“小人记得，刘叔的大宅在朝阳门外。”张差说。

王之寀这次一连给他三块肉，而且专门挑的肥肉。

“这么多呀！”张差又惊又喜。

“你实话说得多，奖赏自然多。”王之寀道。

张差狼吞虎咽之后，抹了抹嘴，问道：“老爷还问吗？”

“我看你已吃得差不多吧？”王之寀道。

“再吃几块更好。”张差说。

“我成全你，”王之寀说着，问道，“李外父、马三舅说过，庞叔交代的事没办成，刘叔交代的事却办成，是吧？”

“是。”张差应道。

“庞叔交代何事？”王之寀问。

“买柴草。”张差说。

“买柴草？”王之寀问。

“是。”张差应道。

“他若是宫里的人，为何跑到蓟州去买柴草？’王之寀问。

“这个小人真说不上来。”张差说着，偷窥王之寀，生怕他又叫牢头。

王之寀没叫人的意思，而且也不逼着张差想一想。

“刘叔交代何事？”他又问。

“找人。”张差说。

“找人？找的何人？”王之寀问。

“似乎找的就是小人。”张差说。

“怎知他找的是你？”王之寀问。

“李外父、马三舅说过刘叔交代的事后，就把小人带来京城，就带着小人去见刘叔。”张差说。

“他找你何事？”王之寀问。

“打官司。”张差说。

“打官司？就是你说的柴草被烧一事？”王之寀问。

“是。”张差应道。

“你怎知他找你为的打官司？”王之寀问。

“刘叔自见到小人，一直说打官司的事；官司如何打，小人都是按照刘叔的吩咐做的。”张差说。

“拿着枣木棍去打官司，也是刘叔吩咐的？”王之寀问。

“是，”张差应道，“连小人手里的枣木棍，也是刘叔给的。”

“闯入宫禁，可是刘叔吩咐的？”王之寀问。

“是，”张差应道，“连给小人带路的小厮，也是刘叔的属下。”

“持梃伤人，可是刘叔吩咐的？”王之寀问。

“是，”张差应道，“刘叔还吩咐，有个年纪和小人差不多的小哥，打杀他，有天大的好处。”

王之寀惊出一身冷汗，不敢再问下去。

“剩下的肉，都归你。”他撂下句话，大步走出牢室。

第四百五十九章

行人司正陆大受见到户部主事张庭，问道："文博兄，第几日？"

张庭伸出三指，道："第三日。"

陆大受生怕他误会自己的意思，又问："文博兄不会不知道，我问的是何事吧？"

"凝远兄问的难道不是心一先生奏疏上后的第几日？"张庭反问。

陆大受字凝远，南直隶武进人。张庭字文博，山西蒲州人。二人都是万历三十五年进士。心一则是王之寀别字。

"是此事。"陆大受应道。

"心一先生疏上后，今日难道不是第三日？"张庭问。

"是第三日。"陆大受应道。

"如何？有句话，凝远兄是不是该说？"张庭问。

"是该说，"陆大受知道他在开玩笑，但还是把那句话说出来，"知我者，文博兄也。"

二人笑了笑，陆大受伸出三指，在张庭面前一晃。

"文博兄既知我，这是何意？"他问。

"三日之意。"张庭道。

"识数而已，非知我也。"陆大受说。

"凝远兄难道不是说，心一先生疏三日未下，拖得太久？"张庭道。

"文博兄说，是不是拖得太久？"陆大受问。

"依我之见，不须三日，当日未下已嫌迟。"张庭说。

陆大受按下一指，说："这层意思，文博兄说得对。"

"凝远兄是说，这个三，不仅表示三日，还表示三层意思？"张庭问。

"三层意思，都和三日有关，"陆大受说着，指指竖起的一根手指，问道，"文博兄说说，它是何意？"

"凝远兄在问：已三日，刑部诸公为何无所作为？"张庭道。

"文博兄说，刑部诸公都在作甚？"陆大受问。

“翘首以待。”张庭道。

“翘首以待降旨吗？”陆大受问。

“对。”张庭应道。

“我料定，若无人再进说言，等到明年今日，也不会有旨，”陆大受说着，问道，“文博兄信不信？”

“我信。”张庭应道。

陆大受又按下一指，道：“这层意思，文博兄也说得对。”

“凝远兄的第三层意思，有点儿难猜。”张庭嘴上虽这么说，却是满脸的自信。

“文博兄别做沉思状，我知你早已猜到。”陆大受说。

“既然凝远兄鼓励，我试言之，”张庭道，“凝远兄在问：已三日，我辈还等不等？”

“哈。”陆大受干笑一声。

“错？”张庭问。

“错是不错，但小有瑕疵。”陆大受说。

“有何瑕疵？”张庭问。

“我确实是问还等不等，但不是问我辈，而是问你我，”陆大受道，“我辈人众，我想问的，只有我自个儿，还有文博兄。”

“谢过凝远兄。”张庭说着，一揖。

“我在问文博兄，文博兄怎倒谢我？”陆大受问。

“有句话，我也该说：知我者，凝远兄也。”张庭道。方才让陆大受说这句话，玩笑成分居多，现在他自己说这句话，却是由衷的。

“看来，文博兄也以为，以三日为期，定得很恰当。”陆大受说。

“是。”张庭应道。

“那么，今日写疏？”陆大受道。

“对，今日写疏！”张庭回应。

“即刻写疏？”陆大受又道。

“对，即刻写疏！”张庭回应。

“文博兄，请吧。”陆大受说行动，马上就行动。

“凝远兄少安毋躁。”张庭说着，也伸出三指，在他眼前一晃。

“轮到文博兄要说三事？”陆大受问。

“这话凝远兄也说得出口！”张庭道。

“怪事，这话我为何说不出口？”陆大受问。

“你老兄的三事，哪一事是你亲启金口说的？”张庭反问。

"不错，都是文博兄替我说的。"陆大受承认。

"所以，该凝远兄替我说。"张庭道。

"好，两不相欠，"陆大受不仅同意替他说，还替他按下一指，"第一件事：你我各上一疏，还是合上一疏？"

"凝远兄是怎想的？"张庭问。

"我方才对文博兄说'请吧'，不是请文博兄随我去，而是各走各的。"陆大受道。

"亦即，各自去写疏。"张庭说得更明确。

"对，"陆大受点点头，说道，"文博兄在部衙，我在行人司，我二人合上一疏，没来由给人以口实。"

"所虑甚是，"张庭应罢，自己按下一指，"凝远兄说说，它是何意？"

"虽各自上疏，最好有个共同的主题。"陆大受说。

"凝远兄看，是否有必要加以确定？"张庭问。

"大有必要。"陆大受说。

"那么，请凝远兄确定今次的主题吧。"张庭说。

"文博兄不会甘心就事议事，吁请严惩凶徒吧？"陆大受问。

"断然不会。"张庭道。

"张差供出两个内臣，一个是不知姓名的公公，一个是朝阳门外大宅里姓刘的公公，吁请追究此二内臣，文博兄以为如何？"陆大受问。

"今欲进言者，十有八九会以此事为请。"张庭道。

"那就只有一个主题，"陆大受欲言又止，"要不，彼此心照不宣？"

"凝远兄还是旁敲侧击一下吧。"张庭却说。

"好，"陆大受应一声，问道，"在文博兄心目中，该不知姓名的公公和朝阳门外大宅里姓刘的公公，是不是有目标？"

"不能说有确定的目标，只能说有大致的目标。"张庭说。

"这个大致的目标背后，有无其人？"陆大受问。

"应该是有人的。"张庭说。

"吁请追究二内臣背后的人，文博兄有没这个胆量？"陆大受问。

"不在于胆量，在于良知。"张庭说。

"这么说，文博兄赞成这个主题？"陆大受问。

"凝远兄说的，正是我心声，"张庭自己按下一指，然后摇动着另一指说，"凝远兄再说对它，即功德圆满。"

"虽有个共同的主题，最好是各自立言。"陆大受说。

“凝远兄看，有没必要交互陈述？”张庭问。

“它仍在竖立，怎无必要！”陆大受指着他竖起的手指，开句玩笑。

“凝远兄一定已有腹稿，是不是？”张庭问。

“心一先生奏疏一上，我就在打腹稿。”陆大受说。

“能不能挑一两句精彩之言，说给我听？”张庭问。

“说句不该说的话，我每触及这里，”陆大受摸摸自己的腹部，说道，“便觉腹稿句句是精彩之言。”

“凝远兄不会是想通篇说给我听吧？”张庭道。

“那倒没必要，”陆大受说，“精彩之中，还有精彩，我就拣两句最为精彩的，说给文博兄听：业承一内官，何以不知其名；业承一大第，何以不知其所？彼三老、三太，互相表里，奈何不严竟而速断耶！”说罢，问道，“文博兄以为如何？”

“三老指的何人？”张庭问。

“文博兄难道不知，三老者，某宫之三内臣也？”陆大受道。

“可有一人姓刘？”张庭问。

“有。”陆大受应道。

“可有一人姓庞？”张庭问。

“有。”陆大受应道。

“可有一人姓姜？”张庭问。

“有。”陆大受应道。

“那么，三太必是与刘姓、庞姓、姜姓三老相好之宫人。”张庭说。

“是。”陆大受应道。

“互相表里，指向你我心目中大致的目标，果然精彩！”张庭道。

“文博兄应该也打过腹稿吧？”陆大受反问道。

“凝远兄打腹稿的同时，我也在打。”张庭说。

“文博兄能不能挑一两句警世之言，说给我听？”陆大受问。

“有句话我是不好意思说的，但又不愿凝远兄独擅其美，”张庭说着，摸摸自己的腹部，说道，“我每触及这里，便觉腹稿句句是警世之言。”

“文博兄也会拣两句最为警世的，说给我听吧？”陆大受问。

“当然，”张庭应道，“君侧藏奸，上下蒙蔽，彼宦寺者安得不妄生测度，阴蓄不逞，以侥幸于万一哉！”说罢，问道，“凝远兄以为如何？”

“君侧藏奸，及宦寺安得不妄生测度，阴蓄不逞，以侥幸于万一，都可谓神来之笔。”陆大受赞道。

“凝远兄，请吧。”张庭说着，也是一揖。

陆大受以为，他问张庭第“几日”，不过是同年好友之间的默契，不料，工科给事中何士晋见到他，也问：“凝远，第几日？”

何士晋是宜兴人。宜兴和武进都属常州府。在陆大受眼里，何士晋属于同郡前贤，他说起话来，不敢像和张庭说话时那么随意。

“武莪先生问的是——”他先要弄清楚，何士晋问的是何事。

“我是问你，疏上第几日。”何士晋道。

“第十日。”陆大受回答。

“和你同日上疏的张文博，是你同年吧？”何士晋又问。

“是。”陆大受应道。

“事发以来，廷臣奏议不少，我看，凝远和文博的奏疏，写得较为深刻。”何士晋称赞一句。

“惭愧，”陆大受揖道，“晚生还想写得再深刻些，但碍于身份，也只好写到这一地步。”

“你是说，非言官，不得风闻奏事吧？”何士晋问。

“是。”陆大受应道。

“应该说惭愧的是我，”何士晋道，“今之科、道中，不乏文笔犀利者，然观于此事的奏言，只能说是差强人意；至于我本人，更是迄今尚未进一言。”

“武莪先生不急于进言，必有武莪先生的道理。”陆大受说。

“有何道理，不过是不知如何进言，”何士晋道，又说，“凝远、文博二疏上后，我看倒是起些作用。”

“晚生并未觉得，”陆大受不同意他的说法，并且述说自己的感受，“心一先生疏上三日，文博兄和我计议，以为不能不言；而文博兄和我疏上十日后，仍不见续言者，怎能说起些作用！”

“怎无续言者，郑国舅不是已上疏！”何士晋驳道。

“他是在批驳，不是晚生所说的续言。”陆大受道。

“凝远莫非期待他附和？”何士晋问。

“这倒不曾期待过；不过，也没想到，在今日局面之下，他居然会公然上疏辩驳。”陆大受说。

“我倒想问一句，凝远是否期待他辩驳？”何士晋道。

陆大受想了想，说道：“有所期待。”

“凝远为何期待？”何士晋问。

“朝廷不予理会，敌手又没回应，内心之失落，武莪先生应该是有体会的。”陆大受说。

“所以，我说凝远、文博疏上，是起些作用的。”何士晋道。

“作用就是引得这位国舅爷上疏？”陆大受问。

“对呀，”何士晋应道，“譬如我，他上疏之前，我不知该怎样进言，因为差不多可以议到的话题，都有人议到。待这位国舅爷的奏本一上，你猜怎的？我骤觉桌上那只笔在动！”

“是武莪先生心中的那只笔在动吧？”陆大受凑趣地说。

“凝远要这么说，也可以。”何士晋道。

“武莪先生拟公开参论这位国舅爷？”陆大受问。

“对。”何士晋应道。

“文博兄和我的奏疏，含沙射影，略指郑氏；武莪先生公开论之，专门论之，比起我二人，要深刻得多。”陆大受说。

“所以，我更要说凝远、文博疏上，是起些作用的。”何士晋重复道。

“文博兄和我的奏疏，已使得这位国舅爷恼羞成怒，跳将出来；武莪先生疏上，反响一定更大。”陆大受又说。

“此我愿也，难道不是凝远所愿？”何士晋问。

“亦我所愿，”陆大受回应之后，说出他的疑虑，“实不相瞒，我拟疏前也曾想过，是否可公开指向郑氏；但思虑良久，觉难度太大。武莪先生今公开参论之，专门参论之，不觉有难度吗？”

“凝远觉参论之有难度？”何士晋问。

“难道参论之无难度？”陆大受反问。

“我看，不是参论之有难度，是引入有难度。”何士晋说。

“武莪先生是说，把话题引向郑氏有难度？”陆大受进一步问。

“是，”何士晋应罢，第三次说同一句话，“所以，我更要说凝远、文博疏上，是起些作用的。”

詹事府中允孙承宗走过朝房时，正在里面小坐的阁臣吴道南招呼：“稚绳，进来坐坐。”

孙承宗进朝房，行礼后问道：“老师怎知是我？”

翰林出身的官员，直呼阁臣先生，或老师，并不一定真的有座主、门生的关系。

如孙承宗那一科的主考官是阁臣朱赓、礼部侍郎唐文献，而不是吴道南。

“有人告诉我，稚绳与人言，声震墙壁。今听得外面脚步声轩昂，我不由得想，来的应是稚绳。”吴道南笑着说。

“老师是在告诫晚生，在朝中须懂得韬晦吧？”孙承宗问。

“我是羡慕你意气风发，怎成告诫你？”吴道南说着，指指附近的椅子，“稚绳，来坐。”

“老师怎在这里？”孙承宗坐下后问。

“我来这里坐坐，是想找人说说张差狱案的事，谁知来的竟是你！”吴道南道。

“老师看起来很紧张呀。”孙承宗说。

“我入朝第二日，即遇到这等大事，怎能不紧张！”吴道南说着，反问一句，“难道稚绳不紧张？”

“开始很紧张，后来不紧张。”孙承宗说。

“稚绳开始为何紧张？”吴道南问。

“老师想啊，外人无缘无故闯入大内，能不令人紧张！”孙承宗道。

“后来为何又不紧张？”吴道南问。

“随着讯问一步一步深入，确信张差并非无缘无故闯入大内，晚生心里反而不那么紧张。”孙承宗说。

“我和稚绳正好相反。”吴道南说。

“老师是开始不紧张，后来紧张？”孙承宗问。

“是。”吴道南点头。

“老师开始为何不紧张？”孙承宗问。

“我从一开始就确信，张差不可能无缘无故闯入大内。”吴道南道。

“这是老师比晚生高明之处。”孙承宗说。

“无所谓高明，我只是记住一句老话：没有家贼，引不来外鬼。”吴道南道。

“这句话虽俗，确实管用，”孙承宗说着，问道，“老师后来为何又紧张起来？”

“这个缘故不仅查出来，结果查得贵人也脱不了干系，我怎能不紧张！”吴道南说着，反问道，“稚绳对此不担心吗？”

“也担心。”孙承宗道。

“那么，稚绳应该又从不紧张到紧张吧？”吴道南问。

“担心是有些，但还不至于紧张。”孙承宗说。

“却是为何？”吴道南问。

“晚生不紧张，在于分寸二字。”孙承宗说。

“分寸二字？怎讲？”吴道南问。

“请问老师，这个案子会不会止于张差一人？”孙承宗反问。

“不会。”吴道南道。

“为何不会？”孙承宗问。

“刑部王心一已问出有刘成、庞保二内臣；刑部会讯，张差已供出有刘成、庞保二人。把这两个人搁置一边，全不理会，说不过去。到那时，人人争相讨伐，如何收场！”吴道南道。

“仅于此吗？”孙承宗问。

“张差所犯者，太子也。既涉及刘成、庞保，若不鞫讯，无法向天下交代。”吴道南又说。

“这一层至关重要，”孙承宗道，又问，“再请问老师，这个案子会不会及于贵妃？”

“不会。”吴道南道。

“为何不会？”孙承宗问。

“一则，刘成、庞保虽是贵妃宫里的人，但和张差狱案究竟有无牵连，还有可疑之处；二则，即便有牵连，究竟是刘成、庞保等唆使张差闯宫、梃击，还是张差原有闯宫之意，而把刘成、庞保一起欺瞒，也很难说；三则，即便是刘成、庞保唆使张差闯宫、梃击，谁能说，贵妃亦知其事？四则，即便贵妃难脱干系，皇上可会允许追查到贵妃！”吴道南道。

“恐怕最难说的是最后一事吧？”孙承宗问。

“是，”吴道南应道，“不管前边怎审理，都进行得下去；但问到最后一事，势必僵持在那里。”

“所以，不是不会及于贵妃，而是不能及于贵妃。”孙承宗说。

“稚绳要这么说，也可以。”吴道南不反对。

“不止于张差，不及于贵妃，这就是我说的分寸。”孙承宗道。

“稚绳能不能说得再明白些？”吴道南问。

“晚生有四句话，请老师品味。”孙承宗说。

“好，你说。”吴道南道。

“事关东宫，不可不问；事连贵妃，不可深问。刘成、庞保而下，不可不问；刘成、庞保而上，不可深问。”孙承宗说。

“稚绳这个分寸，真乃说到点子上！”吴道南赞道。

第四百六十章

闯宫一事过去十几天，皇帝已经不太当回事，甚至可以拿这件事调侃几句。

“王之寀命好，朕想升他的职。”皇帝道。

“奴才记得，王之寀是万历二十九年进士，论资历，是该升职。”成敬顺着皇帝的话说。

“王之寀何官？”皇帝问。

“主事。”成敬回答。

“在哪个衙门供职？”皇帝问。

“刑部。”成敬回答。

“你说，可升何职？”皇帝问。

“奴才不敢妄言，”成敬道。他知道皇帝说的不是正经话，但为凑趣，他必须说得正经一些，“要不，让吏部议一议？”

“吏部若议，无非是升员外，不合朕意。”皇帝说。

“爷想升他何职？”成敬问。

“升他尚书如何？”皇帝反问。

“主事径升尚书，从未有过。”成敬说。

“谁让他有本事呢！”皇帝说着，问道，“今刑部尚书是谁个？”

“今刑部无尚书，由侍郎张问达署部。”成敬说。

“署部侍郎问不出来的事，他问出来；司官问不出来的事，他问出来。你说，该不该升他做尚书！”皇帝道。

“爷要重用他，倒也不必升他那么高的职位，不升职亦可。”成敬说。

“不升职，怎重用他？”皇帝问。

“让他署部呀。”成敬道。

“以主事署部？”皇帝问。

“是。”成敬应道。

“这怕也是从未有过的吧！”皇帝道。

“如果奴才记得不错的话，太祖爷曾使吏部主事翟善署部；后升侍郎，仍署部。”成敬说。

“既有一步登天的事例，朕真得琢磨琢磨，”皇帝说着，问道，“这个翟善，后来有没升尚书？”

“非但没升尚书，还被降为知县。”成敬说。

“原来一步登天的结果，即一落千丈。朕看，还是别让王之寀先尝甜头，后尝苦头。”皇帝道。

“爷说的是。”成敬应道。

皇帝和成敬调侃时，魏伸一直在一旁笑。调侃完，皇帝转向他问道：“老魏，笑够没有？”

魏伸忙收起笑，道：“奴才笑够。”

“朕要考较考较你，评阅者，”皇帝看看成敬，说，“成司礼也。”

“是，”魏伸应一声，对成敬说，“成哥嘴下留情。”

“在爷面前，我可不敢营私舞弊。”成敬说。

一句话，引得皇帝笑，两名太监也笑。

“王之寀此疏后，谁个又进言？”皇帝给魏伸出题。

“奴才记得，工科给事中何士晋进言。”魏伸说。

“他疏今日才上，用你记得吗？朕要你按照上疏的次序说。”皇帝道。

“先是大理寺丞王士昌、行人司正陆大受、户部主事张庭、给事中姚永济接连上疏；但谁个上疏在前，谁个上疏在后，奴才分别不出来。”魏伸说。

“老成，你说呢？”皇帝问成敬。

“他等同日上疏，不必分别先后。”成敬说。

“可以算老魏说对？”皇帝问。

“可以。”成敬应道。

“你没作弊吧？”皇帝问。

“奴才不敢。”成敬道。

“他等谁个把自家比作路人？”皇帝又给魏伸出题。

“路人？奴才不知。”魏深说不上来。

“老成，你告诉他。”皇帝命道。

“是王士昌，”成敬道，“他疏里有一句：乃奉旨仅曰‘法司提问’，似路人赴诉于不相知者。”

“老魏不能再说不知吧？”皇帝问。

“是。”魏伸应道。

“他等谁个提及‘奸戚’？”皇帝又给他出题。

“是张庭。”魏伸虽没太大把握，但也不能次次都说不知。

“他怎说的？”皇帝问。

“他说君侧藏奸。”魏伸说。

“老成，老魏说的对不对？”皇帝问成敬。

“不对，”成敬道，“君侧藏奸，可以指我，也可以指魏哥，也可以指别的内臣，但不会指戚臣。”成敬说。

“你告诉告诉老魏，‘奸戚’二字出自谁人之疏。”皇帝命道。

“是出自陆大受之疏。”成敬说。

“老魏不能再说不知吧？”皇帝问。

“是。”魏伸应道。

“你等须知，王士昌等疏，朕一概不报，是因为陆大受疏中有‘奸戚’二字。”皇帝说。

“是。”成敬、魏伸齐应道。

“王士昌等上疏后，谁个进言？”皇帝又给魏伸出题。

“似乎是蓟州州守戚延龄。”魏伸说。

“老成，对不对？”皇帝问成敬。

“差不多到戚延龄上疏。”成敬说。

“怎叫差不多？”皇帝问。

“在戚延龄上疏之前，御史刘廷元复上一疏，过庭训亦上一疏，这才引出戚延龄上疏。”成敬说。

“刘廷元疏怎写的？”皇帝问。

“简而言之：请速检诸臣奏疏，下法司讯断。”成敬述道。

“过庭训疏怎写的？”皇帝问。

“简而言之：祸生肘腋，亟宜剪除。”成敬述道。

“你为何又说，这才引出戚延龄上疏？”皇帝问。

“刘廷元、过庭训等疏未下，过庭训移文蓟州州衙查访蓟州之事，遂有戚延龄上疏，陈言张差致癫始末。”成敬说。

“老魏记得戚延龄奏疏，亦记得他怎样陈言否？”皇帝问魏伸。

“记得是记得，但奴才不似成哥懂得简而言之。”魏伸说。

“不碍事，你多说几句。”皇帝道。

“戚延龄奏道：张差供年三十五岁，唤名五儿，居住本州井儿峪。其于本年三月内割得柴草，堆集货卖。被内差官李自强、李万仓，欺差强买。张差不从，二人遂将柴草尽行烧毁。致张差气愤，要赴朝内喊冤。”魏伸述道。

“老魏所述如何？”皇帝问成敬。

“奴才记得的，一点儿也不比魏哥多。”成敬说。

“老魏难得，获考官褒奖，”皇帝说着，又给他出题，“戚延龄上疏后，谁个进言？”

“这回该何士晋吧？”魏伸仍没把握。

“老魏说的对不对？”皇帝问成敬。

“刑部会官讯问的供状不算的话，该说到何士晋的奏疏。”成敬说。

“这一节至关重要，怎能不算！”皇帝道，又对魏伸说，“经老成提醒，该供状看你记得几成。”

“供状太长，奴才只记得几句，”魏伸说着，述道，“据供：马三舅名马三道，李外父名李守才，不知姓名的公公是庞保，住大宅子的公公是刘成。庞保住蓟州黄花山，修铁瓦殿。看得张差闯入禁廷，呈狂之形显著；手持凶器，跋扈之势昭彰。非宗社有灵呵护，变且有不可言者矣。”

“老魏所述如何？”皇帝问成敬。

“有句至关重要的话，被魏哥遗漏。”成敬说。

“哪句话至关重要？”皇帝问。

“按所供口词，似疯魔而非疯魔。”成敬述道。

“老成为何以为，这句话至关重要？”皇帝问。

“刘廷元初疏，已疑张差疯癫；戚延龄访查，更证实张差疯癫。刑部会讯，却言非疯癫。若定以疯癫，则结案易；定以非疯癫，则结案难，除须由三法司会讯，又须提问刘成、庞保等人。”成敬说。

“有道理，”皇帝眉头一皱，问魏伸，“所言庞保，可是在爱妃宫里当差的庞保？”

“是。”魏伸应道。

“朕想起来，修蓟州铁瓦殿，是爱妃奏请的，”皇帝说着，又问他，“所言刘成，可是在爱妃宫里当差的刘成？”

“是。”庞保应道。

“朕想起来，前者妖人王三诏的案子，也牵涉到他二人，”皇帝说着，问成敬，“老成，是不是？”成敬点头应是，皇帝又问，“刘成的宅子不是在阜成门外吗，怎又搬到朝阳门外？”

“阜成门外的宅子，是姜严山的，刘成的外宅，的确在朝阳门外。”成敬说。

“姜严山也曾在爱妃宫里当差，是吧？”皇帝问。

“是。”成敬、魏伸应道。

“唉，”皇帝叹道，“真是一波未平一波又起呀。”

成敬、魏伸都看出，皇帝变得烦躁。所谓“波”，是指前者王三诏案牵涉到郑贵妃，今者张差案又牵涉郑贵妃。既牵涉郑贵妃，皇帝不可能置身事外，不会再有心情调侃。

成敬给魏伸使个眼色，让他设法把话题岔开。

魏伸会意，问皇帝：“爷，可以说说何士晋的奏疏吧？”

“可以说说；不过，朕不要听你说，要听老成说。”皇帝道。

“是。”成敬应道。

“爷考较成哥，奴才可以松口气。”魏伸说句笑话。

“朕听说，何士晋对国泰有十来问，是吗？”皇帝问。

“是，”成敬应道，“何士晋写的是：请陛下试问国泰。然后是九问，被他归结为三疑。”

“你先给朕说说，有哪九问？”皇帝道。

“第一问，三王之议何由起；第二问，《闺范》之序何由进；第三问，妖书之毒何由构；第四问，孟养浩等何由杖；第五问，戴士衡等何由戍；第六问，王德完等何由锢；第七问，南宗顺，刑余也，而阴募死士千人，谓何；第八问，顺义王，外寇也，而各宫门守以重兵，谓何；第九问，王曰乾，逆徒也，而疏中先有庞保、刘成名姓，谓何？”成敬述道。

“他这是在算二十年的总账呀！”皇帝一言以蔽之。

“爷说的是。”成敬应道。

“别事朕也不说；老成，朕只问你：何士晋这厮也承认，王曰乾乃奸徒，是不是？”皇帝道。

“是。”成敬应道。

“奸徒疏中牵连到刘成、庞保，故朕对他二人未加处分，有错吗？”皇帝问。

“没错。”成敬道。

“这一问即问的无理，是不是？”皇帝问。

“是。”成敬应道。

“由此可知，其他八问也未必问的有理，是不是？”皇帝问。

“是。”成敬问道。

“你说何士晋将九问归结为三疑，是哪三疑？”皇帝问。

“三王之议何由起，《闺范》之序何由进，妖书之毒何由构，归结为基祸之疑；孟养浩等何由杖，戴士衡等何由戍，王德完等何由锢，归结为挑激之疑；南宗顺阴募死士谓何，疑顺义王而各宫门守以重兵谓何，王曰乾疏中先有庞保、刘成名姓谓何，归结为不轨之疑。”成敬述道。

“何谓挑激？”皇帝问。

“他的意思或是，孟养浩、戴士衡、王德完等被惩处，是有人挑唆；为何用挑激二字，奴才也不解。”成敬说。

“好了，”皇帝摆摆手，命道，“给朕读读何士晋的奏疏。”

何士晋奏疏，是一定要让皇帝知道的；而且，成敬想得到，皇帝略知该疏的内容后，是一定会要他读的。所以，他把何士晋的奏疏放在今天所有奏疏的最上面。他没有想到的是，皇帝会把这些天朝廷上的奏议，都回顾一遍。

“是，”他应一声后，读道，“陛下与东宫，情亲父子，势共安危，岂有祸逼萧墙，不少动念者！候命逾期，旁疑转棘。窃详陆大受之疏，未尝实指国泰主谋，何张皇自疑乃尔！因其自疑，人亦不能无疑；然人之疑国泰，不自今日始也。”读到这里，他说，“下面是九问、三疑。”

“九问、三疑之后怎写？”皇帝问。

“三者积疑至今日，忽有张差一事，正与往者举措相符，安得令人不疑！且今日之疑国泰，又非张差一事已也。恐骑虎难下，骇鹿走险，一击不效，别有阴谋。陛下不急护东宫，则东宫为孤注；万一东宫失护，而陛下又转为孤注矣。”成敬读道。

“朕这位舅哥，当真是自讨无趣，”皇帝说，“陆大受疏又没点他的名，他为何要疏辩！这下可好，让人抓住把柄，被何士晋那厮一而再再而三地公然点他的名字！”

“爷说的是，”成敬应是应，但还要为郑国泰辩解，“不过奴才想，国舅爷也不是无事生非。陆大受奏疏虽未点他的名，但奸戚二字所指，人人心领神会，难怪国舅爷自疑。”

“该疏还怎写？”皇帝问。

“国泰欲释人疑，惟明告贵妃，力求陛下速执庞保、刘成下吏。如果国泰主谋，非但贵妃不能庇，即陛下亦不能庇也。借剑尚方，请自臣始。或别有主谋，无与国泰事，请令国泰自任，凡皇太子、皇长孙起居悉属国泰保护。若国泰畏有连引，荧惑圣聪，久稽廷讯；或潜散党与，俾之远逃；或阴毙张差，以冀灭口，则罪愈不容诛矣。”成敬读道。

魏伸轻咳一声。成敬知道，他是在提醒自己，皇帝已不仅仅是烦躁。其实，魏伸不提醒，他也知道，皇帝现在一定是脸色铁青，雷霆随时会爆发。这在他读何士晋奏疏之前，就已料到。

还好，皇帝的雷霆之怒没等爆发出来，就自行疏解。他没责骂何士晋，没针对何士晋此疏提出种种刁钻刻薄的问题发难，而是简单地问：“老成，读完没有？”

“奴才读完。”成敬应道。

“你说，何士晋那厮写得过分不过分？”皇帝问。

“过分之极。”成敬应道。

“怎的过分？”皇帝问。

“他不仅公然点国舅爷的名字，还公然提及贵妃娘娘。”成敬说。

“老魏，你说何士晋那厮写得过分不过分？”皇帝又问魏伸。

“过分之极。”魏伸的回答和成敬的回答一样。

“怎的过分？”皇帝问。

“他欲借爷之宝剑，以除国舅爷。”魏伸说。

“老成说的不错，”皇帝道，“求朕速执庞保、刘成，国泰本人不能上疏吗？为何还要明告爱妃，使爱妃求之！”

“诚如圣谕。”成敬应道。

“老魏说得也不错，”皇帝道，“国泰欲荧惑朕，朕就那么容易被荧惑！国泰欲阴毙张差，他有那么大的胆子，又何必上疏分辩！”

“诚如圣谕。”魏伸应道。

“朕初闻其疏，只觉怒火中烧，恨不得亲手杖之，亲手刃之。随即一想，朕不该发怒；朕若发怒，如国泰闻陆大受之疏，按捺不住，上疏申辩一样，才是上何士晋那厮的当。”皇帝略述自己的心情。

“爷心胸博大，令奴才景仰。”成敬颂道。

“爷心思缜密，令奴才景仰。”魏伸颂道。

“心胸博大也好，心思缜密也好，此疏定会得罪爱妃。对何士晋，朕不能不加处分。”皇帝说。

“是。”成敬、魏伸应道。

“你二人看，如何处分为好？”皇帝问。

“爷有如神灵相助，今日一开始说的话，即暗喻对何士晋如何处分。”成敬说。

“朕今日一开始说的话？”皇帝听不明白，问魏伸，“老魏，朕今日一开始是怎说的？”

“爷说，王之寀命好，爷想升他的职。”魏伸重复道。

“老成说这话暗喻对何士晋的处分，你懂吗？”皇帝问。

“奴才不懂。”魏伸道。

“老成，你该不会真要朕升何士晋的职吧？”皇帝问成敬。

“廷臣都不言升职，而言外放。”成敬说。

“外放？你是说，将何士晋那厮外放？”皇帝问。

“是，”成敬应一声，问道，“爷还记得疏中有‘候命逾期，旁疑转棘’两句吧？”

“好似开始有这两句。”皇帝说。

“实则，三年之前，吏部已拟何士晋出为浙江佥事。”成敬说。

“他为何未往浙江赴任？”皇帝问。

“那次所拟数人，朝廷未曾批复。”成敬说。

“佥事几品？”皇帝问。

“正五品。”成敬说。

“外放他佥事，是不是便宜他？”皇帝问。

“并不便宜，”成敬说，“当时吏部拟何士晋外放，是因朝中有人议论他为东林党人。爷想，怎会便宜他？即便当时吏部是以正常迁转拟之，今又过三年，即何士晋在谏垣又积资三年。仍外放佥事，按士大夫的话来说，明显是左迁。奴才唯一担心的是，吏部会提出异议。”

“外放佥事，是吏部拟的，吏部怎会提出异议？”皇帝问。

“异议有二，”成敬道，“异议之一，何士晋外放浙江佥事，是吏部三年前拟的。因朝命未下，吏部早又拟他人，今浙江佥事任上，并不缺员；其二，何士晋积资已深，不宜再以佥事外放。”

“异议之一，吏部会怎奏？”皇帝问。

“多半会请改何士晋他官。”成敬说。

“异议之二，吏部会怎奏？”皇帝问。

“多半会请升其秩，譬如外放从四品的参议。”成敬说。

“老成歇歇，朕再考较老魏一回，”皇帝说着，问魏伸，“老魏，吏部若提出这两个异议，你有没有法子应对？”

“奴才有个笨法子，在爷和成哥面前，说不出口。”魏伸故作扭捏。

“说说看！”因他的扭捏，皇帝更有兴趣听。

“成哥，三年前吏部拟外放何士晋浙江佥事的奏疏，在否？”魏伸先问成敬。

“此乃文档，当然还在。”成敬说。

“爷批复该疏，应能堵住吏部的嘴。”魏伸说。

“吏部若以浙江佥事并不缺员为言呢？”皇帝问。

“与其何士晋改官，不如现任浙江佥事改官。”魏伸说。

“令现任浙江佥事改官？这说得过去吗？”皇帝问。

“说得过去呀，”魏伸道，“凡事都有个先来后到。吏部拟何士晋外放浙江佥事在先，拟现任浙江佥事在后，虽何士晋外放之命晚下，浙江佥事也该改由他任。至于何士晋外放之命为何晚下，是该疏被扣留，抑或批复被扣留，谅吏部和其他衙门不敢追究。”

“虽强词夺理，但也搪塞得过去，”皇帝说着，又问，“吏部若以何士晋那厮积资已深为言呢？”

“可把责任推与吏部。”魏伸说。

“怎把责任推与吏部？”皇帝问。

“何士晋外放浙江佥事，不是吏部拟的吗？”魏伸道，“吏部若以为，拟时何士晋积资已深，则是吏部所拟不当；吏部若以为，事过三年何士晋积资已深，则爷是据三年前吏部所拟批复，并没有错。总之，责任都在吏部，何士晋本人有苦也说不出。”

“老魏，朕真没想到，你还能左右逢源，”皇帝说着，问成敬，“老成，你看如何？”

皇帝表示赞赏，成敬还能怎说！他说：“魏哥的法子呢，似拙实巧。最好是吏部并无异议；吏部若有异议，拿这个法子足以应付过去。”

何士晋外放之命下后，吏部果以此二事为言。皇帝按照魏伸所言，一一驳回。

第四百六十一章

相处三十多年，郑贵妃撒娇、发嗲，乃至搔首弄姿、曲意逢迎，皇帝可能都会无动于衷，但郑贵妃黯然泪下，皇帝绝不会无动于衷。

“爱妃怎了？”皇帝问。

郑贵妃不像往日那样，只要皇帝一开口，必有回应。她低着头不出声，还用手抹抹眼睛，好像怕皇帝看不见自己在落泪。

“是身子不舒服吗？有没找太医来看看？”皇帝又问。

郑贵妃还是不出声。

“是宫里有人调皮，不听话？你告诉朕是谁人，朕打他一顿，为爱妃出气。”皇帝道。

皇帝说杖责就杖责，说杖杀人就杖杀人，有时，完全没有理由。

郑贵妃担心皇帝真在自己宫里开杀戒，不得不说话。

“宫里没人调皮。”她说。

“那是别宫的人欺负爱妃？是皇后欺负爱妃？”皇帝又问。

“皇后对臣妾一直客客气气，不会欺负臣妾。”郑贵妃说。

既然已经开口，她就不能不说下去。何况，她的本意只不过是让皇上着着急；她也知道，沉默不语解决不了问题。

“不会是刘成、庞保辈，向爱妃告急吧？”皇帝接着问。

“他二人已关押在有司，谁还敢替他等传话！”郑贵妃说。

“不会是国泰，向爱妃诉苦吧？”皇帝问。

“兄长知臣妾比他还苦，他有苦，也不会向臣妾来诉。”郑贵妃说。

“朕猜不着，还是爱妃自个儿告诉朕吧。”皇帝道。

郑贵妃看似要说，但嘴一张，说的却是别事。

“陛下今日心情看来很好。”她说。

“爱妃看得出来？朕是很开心呀。”皇帝道。

“陛下为何事开心？”郑贵妃问。

“爱妃不告诉朕伤心为的何事，朕为何要告诉爱妃开心为的何事？说不定，朕开心，爱妃伤心，为的是同一件事呢，”皇帝说到这里，忽然觉得很有趣，他问，“若真是为的同一件事，是朕陪着爱妃伤心呢，还是爱妃陪着朕开心？”

“无论陛下开心，臣妾伤心，是不是为的同一件事，都是臣妾先陪着陛下开心。”郑贵妃说。

“你是说先陪着朕开心？”皇帝问。

“是。”郑贵妃应道。

“难道爱妃的伤心不会因朕的开心而烟消云散？”皇帝问。

“臣妾也希望，陛下的开心能驱散臣妾心中的烟云。”郑贵妃说。

“好，朕就试一试，”皇帝说着，问道，“爱妃痛恨一人，有机会掴他一掌，他却有苦说不出；遇到这等事，爱妃会不会开心？”

“臣妾会开心。”郑贵妃道。

“朕就为这样一件事开心。”皇帝告诉她。

“臣妾愿陪着陛下一起开心。”郑贵妃道。

“爱妃伤心，却是遇到何事？”皇帝问。

“陛下为一人痛恨，被他有机会掴一掌，却有苦说不出；遇到这等事，陛下会不会伤心？”郑贵妃反问。

“谁人敢掴朕！”皇帝道。

“是臣妾失言，”郑贵妃认过错，重新问道，“臣妾为一人痛恨，被他有机会掴一掌，却有苦说不出；陛下说，臣妾该不该伤心？”

“那是该伤心。”皇帝点头。

“臣妾不敢望陛下和臣妾一起伤心，唯望陛下懂得臣妾。”郑贵妃说。

“岂止懂得，又岂止一起伤心，谁个敢掴你，朕就去掴他！”皇帝说着，忽然一笑，“朕想，会不会朕掴的，和掴爱妃的，是同一人？”

“陛下掴的是谁人？”郑贵妃问。

“不，”皇帝摇摇头，道，“这次爱妃先说。”

“是工科给事中何士晋。”郑贵妃道。

“竟是他！”皇帝惊呼。

“陛下，怎么？”郑贵妃自然更加慌张。

“他怎掴爱妃的？”皇帝问。

“他是不是近上一疏？”郑贵妃反问。

“爱妃也知道？”皇帝又反问。

“臣妾不该知道吗？”郑贵妃又反问。

“那倒不是，”皇帝道，“朕在想，爱妃才说国泰不会向爱妃诉苦，爱妃怎知何士晋上疏的事？”

“臣妾兄长不向臣妾诉苦，自有为他抱打不平的人告诉臣妾此事。”郑贵妃说。

“这么说，爱妃也知道该疏是怎写的？”皇帝问。

“臣妾略知一二。”郑贵妃道。

“爱妃说一即可，不必说二。”皇帝让她说一句。

“他说，臣妾兄长是乾坤大逆，九庙罪人，臣妾不能包庇他，”郑贵妃显然没记住何士晋奏疏的原文，她粗略地复述一句后，满腹委屈地说，“在他看来，臣妾一心一意要包庇兄长，这是不是在掴臣妾？陛下想，兄长若真是乾坤大逆，九庙罪人，臣妾敢不敢包庇他！”

“他不但说你不能包庇他，还说朕也不能包庇他。”皇帝这么说，既在泄自己之愤，也在安慰郑贵妃。

“臣妾已告诉陛下，谁人掴臣妾；陛下掴谁人，是不是也可以告诉臣妾？”郑贵妃问。

“同一个何士晋。”皇帝道。

“是他！”郑贵妃惊呼。

“爱妃，怎么？”皇帝问。

“陛下为何掴他？”郑贵妃反问。

“爱妃不是已知他上一疏。”皇帝道。

“陛下真是料事如神，事先就想到，掴臣妾的和陛下掴的竟是同一人，竟指同一事！”郑贵妃奉承一句。

“此事也不难料，朕与爱妃同心嘛，”皇帝道，“爱妃感到痛，朕自然也会感到痛；爱妃感到痛，只能诉于朕，朕却可以出掌掴他。”

“陛下是怎么掴他的？”郑贵妃问。

“朕把他外放。”皇帝说。

“是外放，不是贬谪？”郑贵妃问。

“是外放，但相当于贬谪。”皇帝说。

“外放何官？”郑贵妃。

“浙江按察司佥事。”皇帝说。

“给事中外放州、县官，可以说贬谪，佥事官职不低，陛下怎说相当于贬谪？”郑贵妃不解。

“你知何士晋外放佥事，是吏部几时拟的？”皇帝问。

“臣妾不知。”郑贵妃道。

“是三年前拟的，”皇帝告诉她，“三年前，吏部拟何士晋外放佥事；即三年前，以资历而言，何士晋外放佥事刚刚好。今又过三年，何士晋积资又深，朕仍外放他佥事，爱妃说，是不是相当于贬谪，是不是相当于朕掴他一掌？”

“年资之事，臣妾说不清楚。只是被他掴一掌，陛下仍外放他如此高官，臣妾不甘心。陛下说相当于贬谪，相当于掴他一掌；可在臣妾看来，却相当于对他关照有加。”郑贵妃道。

“爱妃说的不对。”皇帝摇着头说。

“陛下说臣妾不对，肯定是臣妾不对；但臣妾实在不明白，错在哪里。”郑贵妃不服气。

“若言关照，朕的确是关照；不过，不是关照何士晋，而是关照爱妃。”皇帝说。

“怎是关照臣妾？”郑贵妃问。

“爱妃说被他掴一掌，就算被他掴一掌。但他这一掌掴的，还是很有分寸的。一则，他要爱妃请朕速执刘成、庞保下吏；一则，他要爱妃莫庇国泰。朕也掴他一掌，将他外放佥事。这一掌掴的，让他无话可说，也让别臣无话可说。若不是相当于贬谪地外放，而是堂而皇之地贬谪，他有没有话说，别臣有没有话说？他等会不会将何士晋被贬谪，与何士晋言及爱妃联系在一起？朕若堂而皇之地贬谪何士晋，何士晋虽没机会说话，他臣必争言之。到那时，就不是掴一掌、两掌那么简单。爱妃欲朕堂而皇之地贬谪何士晋，换言之，欲朕严厉惩处何士晋，无非是想贬谪之下，严惩之下，无人再敢借张差一案掴爱妃，无人再敢把该案和爱妃联系在一起；结果，却适得其反。”皇帝讲一大通道理。

这些道理，郑贵妃不是不懂，她的担心却不在这里。

“陛下相当于贬谪地外放何士晋，他或别臣，就不会有人掴臣妾，把张差一案和臣妾联系在一起吗？”郑贵妃问。

“朕也在想，相当于贬谪地外放何士晋，而不是堂而皇之地贬谪何士晋，能不能淡化其事，”皇帝承认，他也没把握，“时至今日，朕不能不速执刘成、庞保，不能不命法司会讯刘成、庞保，以及解自蓟州的一干人员；朕不知道刘成、庞保有何供状，解自蓟州的一干人员会有何供状；朕更不知道廷臣会怎样议论。但刘成、庞保既是爱妃宫里的人，还有以前的妖人王三诏案供出的姜严山，也是爱妃宫里的人，廷臣中或有人会借此以掴爱妃。”

“陛下就眼看着臣妾被掴不成？”郑贵妃带着几分怨气问。

“朕自然不会听之任之；但朕想，与其等风起云涌，再设法平息，不如防患于未然。”皇帝说。

“陛下禁廷臣涉及臣妾，不是最好的防范？”郑贵妃问。

“时至今日，朕不能公然禁之；即便朕以严命禁之，只怕也禁而不止。”皇帝说。

“那却怎好？”郑贵妃心慌意乱，“陛下尚且无可奈何，臣妾，还有臣妾的家人，岂不只好坐以待毙！”

“不至于到这步田地，”皇帝安抚道，“外间汹汹而言，朕的谕旨虽未必能解，有一人的话，却能解之。”

“陛下说的是——”郑贵妃似懂非懂。

“对，朕说的是洛儿。”皇帝只当她听懂。

“太子的话，怎能解之？”郑贵妃问。

“外间都以为，爱妃与洛儿有隙，洛儿若出面说，爱妃与他恩爱如同母子，外人还有话可讲吗？”皇帝道。

“太子出面，果能化解谣言，”郑贵妃也觉得这是个好主意，但又问，“太子肯出面说这话吗？”

“这也是朕担心的。”皇帝说。

“陛下的意思，他不肯出面说这话？”郑贵妃问。

“那倒不会，”皇帝摇摇头，说道，“朕在想，朕若传谕洛儿，让他如此这般地说，洛儿不会不从。但外间一旦获悉是朕命他说的，他的这番话等于白说；或许，比不说还要糟糕。”

“陛下的意思，这话须得太子自个儿说出来？”郑贵妃想了想，说道，“臣妾看，难。”

“爱妃为何以为难？”皇帝问。

“且不说他心中对臣妾是否有怨恨，但就见识而言，他未必想得到，眼下的局面正要他出面澄清。”郑贵妃说。

“他心中是否有怨恨，爱妃不必担心；他若真对爱妃有怨恨，朕自会训饬他。至于想不想得到——”皇帝顿了顿，道，“全看爱妃。”

“看臣妾？陛下是说，让臣妾去恳求太子？”郑贵妃问。

“不是恳求，是动之以情，”皇帝说，“爱妃自往慈庆宫见洛儿，真情表述，朕不信洛儿会拒绝。”

“谢陛下指点迷津，臣妾愿意一试。”郑贵妃道。

常洛完全没想到，郑贵妃会驾临慈庆宫，要不是郑贵妃主动招呼，两个人可能会僵持在殿上。

“见过太子殿下。”郑贵妃说着，上身稍屈，两手握在腰间，福了福。

“不知贵妃娘娘驾至，有失出迎，乞贵妃娘娘恕罪。”常洛躬身道。

“此宫我差不多有二十年不曾来，没想到败坏若此。”郑贵妃说。

“还好。”常洛不动声色地说。

“我要禀明皇上，既以太子殿下居住此宫，一定要修修。”郑贵妃说。

“谢过贵妃娘娘，”常洛身子躬了躬，又说，“慈庆宫年久失修，洛儿从来也不敢恭请贵妃娘娘大驾。今日怎么，今日怎么——”

郑贵妃越是客气，越是亲切，他越是心情忐忑。因为忐忑，原本不敢说的话，不知怎么就脱口而出；也正是因为忐忑，话说到一半，就再也说不下去。

“太子殿下想问我，今天怎么自个儿就来这里吧？”郑贵妃问。

“洛儿不会说话，贵妃娘娘恕罪。”常洛道。

“皇上对我说，洛儿受惊，爱妃该去看看他。所以，我可以说是奉旨而来。”郑贵妃说。

“洛儿叩谢父皇，谢过贵妃娘娘。”常洛躬身道。

“太子殿下无须客气，”郑贵妃说着，指了指椅子，“太子殿下请坐。”

“贵妃娘娘先坐。”常洛让道。

“我不能坐，我要站着，和太子殿下说话。”郑贵妃道。

“这是为何？”常洛惶惶不安地问。

“说到慰问太子殿下，我是可以坐的；但除慰问太子殿下，我还有话，却不便坐着和太子殿下说。”郑贵妃说。

“贵妃娘娘不便坐着说，洛儿也站着吧。”常洛当然也不能坐。

“你却要坐；你不坐，不便听。”郑贵妃说。

常洛早已习惯于服从。郑贵妃坚持让他坐，他不能不坐下；但坐得很拘谨，似乎只是屁股刚挨到椅子，人却是蹲着的，比站着还累。

郑贵妃深吸一口气，好像需要攒足气力，才能把这件事说出来。

常洛紧张等待，不知自己会面对怎样的难题。不料，他等来的，却是一声哭嚎。

“郑氏有难，乞太子殿下解救！”郑贵妃边哭边说，说罢拜下。

本来就没坐稳的常洛，一下滑下来，边回拜，边连声道：“贵妃娘娘行此礼，折煞洛儿，贵妃娘娘行此礼，折煞洛儿！”

互拜之后，二人逐渐恢复常态。

“贵妃娘娘说郑氏有难，是郑家有难吗？”常洛问。

“郑家有难，我也有难。”郑贵妃说。

“怎会！”常洛道，“贵妃娘娘在深宫，尊崇无比，怎会有难！”

“怎不会！”郑贵妃道，“张差闯宫一案，已牵连出我宫里当差的刘成、庞保，太子殿下难道不知？廷臣对我早有成见，对我兄长早有成见，一定会借助此事，将我兄妹置于死地！”

“廷臣对阿舅有成见，洛儿略有所闻；但对贵妃娘娘不恭敬，洛儿料他等不敢。他等欲加罪阿舅，倒有可能；欲加罪贵妃娘娘，洛儿料他等没有这等胆量。再者，廷臣即便有微言，父皇一言可斥退，贵妃娘娘无须忧虑。”常洛说几句宽慰的话。

“他事皇上一言可斥退，今事皇上开口也难。”郑贵妃说。

“却是为何？”常洛问。

“危及太子殿下，事体重大，皇上怎好堵住众人之口！”郑贵妃道。

“父皇的意思是——”常洛问。

“皇上没任何意思。”郑贵妃道。

“那么，贵妃娘娘的意思是——”常洛又问。

“此事皇上不便为我解之，只得恳乞太子殿下为我解之。”郑贵妃说。

“洛儿怎为贵妃娘娘解之？在父皇面前为贵妃娘娘开解？”常洛问。

“在皇上面前开解，尚在其次，主要是在廷臣面前开解。”郑贵妃说。

“洛儿怎在廷臣面前开解？请廷臣不再追究刘成、庞保？”常洛问。

“刘成、庞保不可能不被追究，我只望我不被追究。”郑贵妃说。

“洛儿怎能使得贵妃娘娘不被追究？可否直言贵妃娘娘与此事无涉？”常洛问。

“廷臣尚未言我与此事有涉，太子殿下却言我与此事无涉，岂不是此地无银三百两！如何对廷臣言之，我倒有个计较。”郑贵妃说。

“是，乞贵妃娘娘赐教。”常洛道。

“太子殿下可以说，必是刘成、庞保平日凌虐于张差，故张差肆行报复。”郑贵妃当真想出一个自己完全可以摆脱干系的说法。

“可以这么说吗？”常洛迟疑，“父皇命洛儿过问该狱，洛儿还没听有人这么说过。”

“他等不这么说，是因为他等疑国泰、疑我；太子殿下莫非也疑国泰、疑我？我服侍皇上三十余年，没想到落个被天下人疑、被太子殿下疑的下场！我也只有向皇上请死，以明心迹。”郑贵妃说罢，泪流满面。

常洛也忍不住落泪，但与其说是伤感，不如说是惊吓。郑贵妃是父皇最心爱的人，他怎能让郑贵妃走到请死这一步！

“贵妃娘娘懿旨，洛儿照办就是。”他说。

第四百六十二章

五月二十八日，廷臣陆续赶往慈宁宫。

一起走的是方从哲和本月才入阁办事的吴道南。二人边走边说。

“会甫先生是有福之人呀。”方从哲说。

“此话怎讲？”吴道南问。

“廷臣几二十年不曾面圣，会甫先生入朝不到一个月，圣上却宣召众臣，岂不都是托会甫先生的福！”方从哲道。

“这哪里是托我的福，分明是托上苍的福，”吴道南顾不得说再多的客套话，问道，“宣召是宣召，中涵先生确定，今日得以面圣？”

“大致可以确定。”方从哲说。

“愿闻其详。”吴道南揖道。

“我方才私下里问过，宣召的还有谁人。”方从哲说。

“宣召的还有谁人？”吴道南问。

“除你我外，六部及都察院掌部、署部堂官，六科十三道掌印，各司、寺堂官，都在宣召之列。”方从哲说。

“皇上或是宣召众臣，于慈宁宫候旨。”吴道南提出异议。

“也有此种可能，但还是面圣的机会大。”方从哲说。

“这是为何？”吴道南问。

“宣旨的公公还说，太子殿下亦被宣。”方从哲说。

“太子殿下也在？”这是吴道南没想到的。

“不仅太子殿下在，三皇孙亦被带至慈宁宫。”方从哲说。

“照此看来，宣召我等，倒不像仅是候旨，”吴道南说着，又问，“中涵先生看，皇上今日宣召众臣，为的何事？”

“太子殿下在，多半是为张差闯宫一事。”方从哲说。

“对，太子殿下才以此事谕廷臣；他在，可能是为的此事，”吴道南说着，问道，“中涵先生看，今次宣召众臣，此事会不会有个了结？”

“但愿有个了结。”方从哲说。

一起是部、院大臣，包括吏部尚书郑继之、户部署部侍郎李汝华、礼部署部侍郎何宗彦、兵部署部侍郎李鋕、刑部署部侍郎张问达、工部署部侍郎林如楚。张问达同时兼署都察院事。除李汝华署部已久，其他大臣都是去年三月以后，陆续掌部或署部的。

部、院大臣在朝房会齐后，一起进宫。他们也是边走边说，但被簇拥在当中的，不是吏部尚书郑继之，而是刑部署部侍郎张问达。

“贵部已讯过刘成、庞保？”林如楚问。

“道茂先生问的是刘成，还是庞保？”张问达反问。

“二人不是一回事吗，问谁有何区别！”何宗彦道。

“在别人看来，并无区别；但在刑部，是分开讯问的，还是小有区别。”张问达说。

“君美先生没听出来吗，德允先生是责怪道茂先生的问法不妥。”李汝华插话。

何宗彦字君美，湖广随州人，万历二十三年进士。

“请茂夫先生换个问法。”何宗彦道。

“好，”李汝华应一声，问张问达，“已讯过刘成否？”

“讯过。”张问达应道。

“是德允先生亲讯的吗？”李汝华问。

“是。”张问达应道。

“已讯过庞保否？”刘汝华又问。

“讯过。”张问达应道。

“是德允先生亲讯的吗？”李汝华问。

“是。”张问达应道。

“刘成可曾招认？”李汝华问。

“招认何事？”张问达反问。

“自是指使张差闯宫、梃击呀。”李汝华道。

“他若招认，岂不可以结案！”张问达道。

李汝华再问不下去，林如楚反讥道：“茂夫先生问的也不高明。”

“我败下阵来，道茂先生接着问。”李汝华道。

“好，”林如楚应一声，问张问道，“德允先生亲讯的刘成？”

“是。”张问达应道。

"有没问出惊人之事？"林如楚问。

"有。"张问达应道。

"却是何事？"林如楚问。

"刘成者，非刘成也。"张问达说。

一句话，把众大臣都吸引住。

"不是刘成，却是谁人？"李鋕问。

"刘成者，原名刘登云，进宫后改的今名。"张问达说。

"问来问去，竟问出个改名的刘成！"众大臣齐道。

林如楚见问的成功，接着问："德允先生亲讯的庞保？"

"是。"张问达应道。

"有没问出惊人之事？"林如楚问。

"有。"张问达应道。

"却是何事？"林如楚问。

"庞保者，非庞保也。"张问说。

"庞保又是何人？"李鋕问。

"庞保者，原姓郑，名进，进宫后改的今姓今名。"张问达说。

"问来问去，竟问出个连姓都改的庞保！"众大臣齐道。

林如楚觉得问到这里，恰到好处，不再问。

"还没问出子丑寅卯呢，道茂先生怎不再问？"李汝华讥道。

"子丑寅卯，非茂夫先生问，谁问得到点子上！"林如楚反讥道。

"我还真要问到点子上，"李汝华说着，问张问达，"刘成的名字是改的，刘成做的事，可能安在他的头上？"

"他不认账。"张问达道。

"他不认账，有何说词？"李汝华问。

"他说，张差供认在朝衙门外大宅内见的刘姓老公，他的外宅却在西城麻线胡同，不在朝阳门外，内臣多知。"张问达道。

"竟有这等事！"众大臣齐呼。

李汝华见问的成功，接着问："庞保连名带姓一起改的，庞保做的事，可能安在他的头上？"

"他也不认账。"张问达说。

"他不认账，又有何说词？"李汝华问。

"他说，张差闯宫在五月初四日，五月初三日，他在蓟州黄花山过的夜；初四日，他让厨夫蒸的点心；初五日，犒给众夫役。”张问达道。

“竟有这等事！”众大臣又齐呼。

李汝华觉得应该关心的事都问到，没的再问。

“茂夫先生，还有一事可问问德允先生。”郑继之在一旁说。

“何事？”李汝华问。

“皇上若问能否结案，德允先生怎回复？”郑继之道。

方才还有心谈论细枝末节的众大臣，顿觉一阵愁云席卷而来。

六科给事中、十三道御史合起来不过十几个人，所以，人到齐没有，很容易数清楚。刘廷元数几遍，都觉得御史人数不够，却又总看不出缺的是哪一个。

“缺哪一个呢？”他开始只是在心里琢磨，后来不经意地念叨出来。

见他紧蹙眉头、苦思苦想的样子，别人感到很有趣。

“良材兄，我在。”一名和他同年的御史捉弄他。

“我知。”刘廷元道。

“良材先生，我在。”一名和他不是同年的御史又说。

“我亦知。”刘廷元道。

其他御史也纷纷说自己在。

“我都看到。”刘廷元道。

“良材兄仍没发现谁人尚未到？”和他同年的御史问。

“就是想不出来。”刘廷元懊恼地说。

“是敦甫先生呀。”一御史提醒他。

刘光复字敦甫，南直隶青阳人，万历二十六年进士。

“敦甫先生没来吗？”刘廷元东看看，西看看，果然没找到刘光复。他拍拍脑门，道，“真怪，我怎就没想到他！”

“是啊，既为同姓，又为友好，良材先生怎就没想到敦甫兄？”一名和刘光复同年的御史取笑道。

刘廷元忽然双掌一击，道：“原来是先入为主！”

“良材先生怎的先入为主？”有人问。

“过来时，敦甫先生一直和我同行，我根本没想到他会不在，”刘廷元说着，问道，“有谁知敦甫先生去了哪里？”

御史们纷纷说不知，倒是一名给事中说：“我知。敦甫先生才说内急，去寻茅厕。”

“去这久，多半是大解，不是小解。”有人说。

“等不等他？”有人问。

“不能等，”有人说，“再等，众科、道一起迟到，一起受罚。”

大家都赞成，一行人匆匆赶往慈宁宫。

慈宁宫设几筵，是皇帝祭祀、追思母后的地方。

皇帝练冠练袍，西向而立。皇太子常洛玄冠青袍，侍立皇帝身后。他的三个儿子，依序站立于阶下。

群臣按照平日班序，站在阶下稍远处。

“洛儿可知，朕为何宣你和群臣来此？”皇帝问常洛。

“儿臣不知。”常洛道。

“昔日你皇祖母最心疼你，总担心你被欺负，今儿个你不是好好的！虽遇凶险，不还是安然无恙！所以，要你来告慰你皇祖母；让群臣来，也好作个见证。”皇帝说。

“儿臣谨遵圣谕。”常洛道。

“卿等怎说？”皇帝问群臣。

“臣等谨遵圣谕。”群臣应道。

“太子有话，遍谕廷臣，卿等有没听到的吗？”皇帝又问。

“臣等皆恭聆。”群臣应道。

“虽听到，却未必用心听，却未必记得住，朕要卿等再听一遍，”皇帝说着，命一近侍，“你来宣读！”

该近侍手捧常洛手谕，读道：“张差持棍闯入，当时就擒遍搜，除棍外，并无他物。其情实系疯癫，误入宫闱。后复招出庞保、刘成。本宫反复参详，料庞保、刘成素必凌虐于差，故肆行报复，诬以主使。本宫体念人命至重，造逆何等事情，岂可轻信！乞父皇速决张差，以安人心。况今拿到内官，名姓不同，当从轻拟罪，请父皇定夺。则刑狱平，而于本宫阴德亦全。先生等体悉遵行，不可因事积疑，惊骇中外。”

“朕料，这次卿等都在用心地听。”皇帝说。

“诚如圣谕。”群臣应道。

“洛儿，你写的都是真心话吗？”皇帝问常洛。

“谨禀父皇：儿臣写的都是真心话。”常洛道。

“是你自家要写的，不是朕让你写的？”皇帝问。

“是儿臣自家要写的；父皇但命儿臣过问其事，如何晓谕廷臣，并无谕旨。”常洛说。

“卿等都听清吧？”皇帝问。

“是。”群臣应道。

“太子言，张差实系疯癫，”皇帝说着，单问方从哲，“方先生，你以为如何？”

“太子英明，”方从哲称颂，并说，“臣亦以为张差实系疯癫。”

“太子欲安人心，欲平刑狱，”皇帝说着，单问张问达，“张侍郎以为如何？”

“太子仁慈，”张问达称颂，并说，“刑部议张差狱，亦望人心安，刑狱平。”

“癫人梃击，难道与朕会有牵连？外议纷纷，倒好似朕不欲严究。卿等谁个无父子？怎忍心离间于朕！适见刑部郎中赵会祯狱词，止磔张差、刘成、庞保，甚合朕意。余者无辜，毋得波及。”皇帝几句话，似是对张差一案作最终裁决。

“皇上圣明。”群臣颂道。

“此子极孝，”皇帝又指着常洛说，“朕甚爱之。卿等亦当有子，亦当长大；朕不信，卿等独无爱乎！”

群臣还没来得及回应，一人匆匆入宫。他没听到前面皇帝的话、太子的话、廷臣的话，只听到皇帝最后说的一句“卿等独无爱乎”，以为有人言及皇帝不爱太子，而皇帝在辩白。于是，他大声呼道：“臣知，陛下极慈爱，太子极仁孝！”

皇帝惊呆，皇太子惊呆，三皇孙惊呆，群臣无不惊呆。

皇帝向这个人看过去，不认得。

皇太子和皇孙们向这个人看过去，不认得。

阁、部大臣们向这个人看过去，有的认得，有的不认得。

科、道官向这个看过去，却都认得。他正是迟到的御史刘光复。

皇帝镇定下来，呼道：“缇校安在！”

无人回应。因临时在慈宁宫召见廷臣，仪仗、护卫都不齐备，当值的锦衣卫官校还没赶到。

“拿下！”皇帝命近侍。

几名名近侍冲到阶下，把刘光复围住。其中二人各按下他一肩，其他人等候皇帝进一步的旨意。

“正在说张差疯癫，朕看你也是个疯癫狂徒！此为何地，在场何人，你竟敢大声呼喝！”皇帝斥道。

近侍们把刘光复翻倒在地，有人找来棍子，准备行刑。

“且寄下这顿打，”皇帝制止他们，“这里是朕追念母后的地方，岂得用刑！且将他解下，待有司处分。”

近侍们推推搡搡，把刘光复拽曳出殿。

“洛儿还有没话说？”皇帝问常洛。

“儿臣唯请速诛张差。”常洛道。

“对众卿也说两句。”皇帝命道。

“外议纷纷，尔等难道甘为无君之臣，且使我为不孝之子！”常洛道。

“太子的话，卿等都听清吧？”皇帝问群臣。

“臣等听清。”群臣应道。

“太子手谕，或可疑为别人代笔；今太子亲口说的话，再有人不信其真，便如太子所言，是无君之臣，且欲陷太子为不孝之子！”皇帝道。

第二天，诛杀张差。

六月初二日，刘成、庞保死于司礼监拷讯。

六月二十五日，刑部拟狱：马三道、李守才流，李自强、李万仓笞。

第四百六十三章

亲军入报，安丘知县梁聘孟差人求见，让山东巡抚钱士完吃惊不小。安丘县属青州府，安丘有事，应该去和青州知府说呀，怎能越过知府，又越过布、按二司，直接找到巡抚衙门！如果安丘在青州和济南之间，甚至离济南比离青州更近，还有的可说，但又恰恰不是。钱士完记得，青州在济南东，而安丘在青州东南，不管怎么说，安丘到青州，也近过济南。

唯一的解释是，安丘出事。

“安丘有事。”钱士完对正和他谈事的幕僚说。

“都堂说的是，一定是安丘出事。”该幕僚附和道。

“难道又是盗入城中？”钱士完道。

“一定是盗入城中。”该幕僚附和道。

“这是第几起？”钱士完问。

“不是第五起，就是第六起。”该幕僚说。

“你可记得，第一起在哪处？”钱士完问。

“应该在蒙阴。”该幕僚说。

蒙阴县亦属青州府，在府城西南。

“第二起在哪处？”钱士完问。

“应该在沂州。”该幕僚说。

沂州属兖州府，在兖州和济南之间。

“第三起在哪处？”钱士完问。

“应该在费县。”该幕僚说。

费县属沂州，在州城西北。

“第四起在哪里？”钱士完问。

“应该在济阳。”该幕僚说。

济阳属济南府，在府城以北。

“第五起是今次盗入安丘吧？”钱士完问。

“不，此前盗曾入昌乐。”该幕僚说。

昌乐属青州府，在府城东。

“五县一州，分属三府，会是一伙盗贼所为吗？”钱士完问。

“不像是。”该幕僚道。

“我看也不像，”钱士完先是附和，然而叹息，“此事麻烦，就麻烦在这里。”

“大人为何以为，不是一伙盗贼所为，更为麻烦？”该幕僚问。

“若是一伙盗贼所为，或剿或抚，目标都很明确；你看今时，东西南北都有盗，宛若星罗棋布，不知该从何处下手。”钱士完说。

“大人说的是，”该幕僚附和之后，问道，“大人见不见安丘县？”

“别处盗入城中，县令、州守可是直接差人来告？”钱士完问。

“不是，”该幕僚道，“别处盗入城中，都是县令、州守禀于太守，太守禀于布、按二司，然后禀于军门。”

“今者梁县令却直接差人来会城，可知安丘的事件一定比另外四县一州的事件更为严重，怎可不见！”钱士完道。

他虽估计到安丘的事件严重，但当安丘送信之人告诉他有数千人倡乱，仍超出他的预料。别的州、县发生的动乱可以不报，但安丘的事件是一定要奏闻于朝的。

王榷带领一队狱囚，在安丘巡城。

强人占据县城后，做了两件事：一是劫库金，一是放狱囚。放出的狱囚编为一队，在城里巡逻。因为其他狱囚是被胁迫归顺，王榷却是主动归顺，所以，强人头领让王榷当这一队的头目。

“你等说，官库里还有无遗落的银子？”一狱囚问别人。

“你想银子想的发疯吧？官银的主意也敢打！”一狱囚斥道。

“不是我想银子想疯，反正库金已落入强人之手，若有遗落，我等顺手拿去，不也算发笔小财。”询问官库银子的狱囚说。

“去看看，不就知道？”另一狱囚道。

有好几个狱囚附和。

“王哥，一起去吧？”询问官库银子的狱囚想让王榷带头。

“你说呢？”王榷问反对打官银主意的狱囚。

“去不得。”反对打官银主意的狱囚说。

“为何去不得？”王榷问。

“别说官库里不可能有遗落的银子，即便还有，谁个敢伸手去拿？拿一小锭，就再无生路！”反对打官银主意的狱囚道。

“又无人知，怎就无生路？”王榷问。

“天知地知，你知我知，老天也不容的。”反对打官银主意的狱囚说。

“你等听到没？”王榷问其他狱囚。

“我等都听到。”众人应道。

因为询问官库银子的狱囚没张嘴，王榷问他：“你没听到？”

“听是听到，但心有不甘。”询问官库银子的狱囚说。

“理会得，理会得。”王榷连声道。

“王哥理会得？”询问官库银子的狱囚问。

“当然理会得，”王榷道，“你是听见银子在别人怀里响动就坐卧不安的人，今日让那么多银子落到别人怀里，当然不甘心。”

许多人都知道，询问官银的狱囚是个惯偷；而且，正是因为盗窃下狱的。听了王榷这话，都忍不住大笑。

“王哥别取笑我，我不信王哥不爱银子。”询问官库银子的狱囚说。

“我没说我不爱呀，但得看怎取。”王榷道。

“王哥说怎取？”询问官库银子的狱囚问。

“去官库取肯定是不可以的，”王榷说着，指了指反对打官银主意的狱囚，“这位仁兄说的两条都很重要，不过，我得倒过来说。第一，银子在官库，一厘一毫也动不得；若动，是自取灭亡。第二，官库已被搜索过，给你留下一星半点的可能性不大。”

“这个法子不可取，有没有可取的法子？”询问官库银子的狱囚问。

“有啊。”王榷道。

“请王哥点拨。”询问官库银子的狱囚说着，一抱拳。

“这个法子用的是你之长，再简单不过。”王榷说。

“用我之长？怎用？”询问官库银子的狱囚问。

“你知，官库里的银子被取走后，今在何处？”王榷问。

“不知。”询问官库银子的狱囚道。

“在大头领手里，”王榷告诉他，又问，“你知，大头领今在何处？”

“不知。”询问官库银子的狱囚道。

“在县衙。”王榷告诉他。

“也就是说，官库里的银子被取走后，今在县衙？”询问官库银子的狱囚不难推论出来。

“正是，”王榷应罢，问道，“以你的手段，可进得去县衙？”

“如入无人之境。”询问官库银子的狱囚道。

“你莫忘县衙有众多喽啰把守。”王榷提醒他。

“他等挡得住别人，却挡不住我。”询问官库银子的狱囚自信地说。

“我信你进得去，却不知能否找得到库金？”王榷又问。

“你不说，银子在大头领手里吗？”询问官库银子的狱囚道。

“我虽知银子在他手里，却不知他把银子藏在哪里。”王榷说。

“王哥放心，”询问官库银子的狱囚说，“只要银子在县衙，我保准找得出来。”

“我信你找得出来，却不知能否带得出来？”王榷又问。

“进得去，怎会出不来？”询问官库银子的狱囚道。

“进去时空手，出来时携带的银子不轻。”王榷说。

“王哥放心，”询问官库银子的狱囚说，“别物不敢说，银子在我手里，大可举重若轻。”

“我信你带得出来，却不知你能否带给我？”王榷又问。

“只要带出银子，总有王哥的。”询问官库银子的狱囚说。

“你没听明白我的意思，”王榷摇着头说，“我是问你，能否将取回的库金全部交给我。”

“全部交给王哥？”询问官库银子的狱囚惊问。

“对。”王榷应道。

“不留些给自个儿？”询问官库银子的狱囚问。

“不留。”王榷应道。

“不分些给众人？”询问官库银子的狱囚问。

“不分。”王榷应道。

“王哥太狠了吧？”询问官库银子的狱囚抱怨。

“我不是狠，是为让你等远离灾难。”王榷说。

“王哥把库金攫为己有，就不怕遭灾难？”一狱囚问。

“我若把库金攫为己有，必遭天谴。”王榷手指苍天作誓。

“那为何要把库金全部交给王哥？”另一狱囚问。

“你等日后便知，”王榷道，又对询问官库银子的狱囚说，“你答应把取出的库金全部交给我，你去；你不肯答应，就不用去。”

“我答应王哥就是。”询问官库银子的狱囚道。

“好，”王榷点点头，说道，“你且找个地方歇息，等天黑，再做你的勾当。”

询问官库银子的狱囚和众人别过，找地方去休息。

“你和我来。”王榷招呼反对打官银主意的狱囚。

别的狱囚知道他有机密的话要说，都远远离开。

“我知你是个奉公守法的人，入狱一定别有隐情，却不知你的见识如何。”王榷说。

“王哥让我做的事，我会做，这算不算有见识？”反对打官银主意的狱囚反问。

“为何我让你做的事，你会做？须知，我可是主动从贼的！”王榷道。

“王哥说我入狱别有隐情，我看，王哥主动从贼才是别有用心。”反对打官银主意的狱囚说。

“我是何用心？”王榷问。

“保境安民。”反对打官银主意的狱囚道。

“老兄把这四个字加在我头上，我可承受不起；不过，老兄能看出我的心思，应该说是有见识，”王榷笑着说，又问，“见识是有 胆量却不知如何？”

“王哥让我做的事，我敢做，这算不算有胆量？”反对打官银主意的狱囚反问。

“要是我让你做的事有风险呢？”王榷问。

“万死不辞。”反对打官银主意的狱囚道。

“难得，”王榷点点头，问道，“我想让你出城，你敢不敢出？”

“出城有风险？”反对打官银主意的狱囚反问。

“怎没有！”王榷道，“万一被盗贼查出你从狱中出来，被编派巡城，见你欲遁去，他等能放过你？就算你可以说我让你出城办事，谁知他等买不买我的面子？”

“生死有命，我不怕死；死在盗贼手里，也算死得其所。”反对打官银主意的狱囚说。

“我信你敢出城；可我想让你出城后见官，你敢不敢见？”王榷又问。

“见官有风险？”反对打官银主意的狱囚反问。

“怎没有！”王榷道，“万一官老爷知你曾下狱，又知你被盗贼编派巡城，疑你是盗贼坐探，说不定会不分青红皂白就杀了你。”

“官老爷应该不像盗贼般随意杀人，我为何出城，总是说得清的；即便他不肯听，死在官府，也算死得其所。”反对打官银主意的狱囚说。

“我信你敢见官；可我要你说的话，你敢不敢说？”王榷又问。

“说话有风险吗？”反对打官银主意的狱囚反问。

“没什么风险，但要在官老爷面前把我让你说的话说完，并让官老爷相信你说的话，比起出城、见官更难。”王榷道。

“王哥要我说的是何话，竟如此之难？”反对打官银主意的狱囚问。

“第一，你记住个日子。”王榷说。

“王哥说。”反对打官银主意的狱囚道。

“明日黄昏时分。”王榷说。

“好，我记住。”反对打官银主意的狱囚道。

“第二，你记住几件事。”王榷说。

“王哥说。”反对打官银主意的狱囚道。

“一是在县城外燃起篝火，越多越好；二是在县城外锣鼓齐鸣，越响越好；三是在县城外人声嘈杂，越乱越好。”王榷说。

“王哥要在城外造成攻城之势吧？”反对打官银主意的狱囚问。

“你老兄还真有见识。”王榷赞道。

“王哥还有何事要我记住？”反对打官银主意的狱囚问。

“第三，你记住句话。”王榷说。

“王哥说。”反对打官银主意的狱囚道。

“只要做这几件事，官军未集，亦可平贼。”王榷说。

“这句话对哪个官老爷说？”反对打官银主意的狱囚问。

“见到哪个官老爷，对哪个官老爷说。”王榷道。

“是，我遵王哥之命而行。”反对打官银主意的狱囚点头。

“你已没功夫歇息，趁着天还没黑，及早出城吧。”王榷嘱咐。

第二天黄昏时分，城外多处篝火燃起，锣鼓齐鸣，人声嘈杂，人影攒动。王榷对盗贼大头领说，官军要攻城，以盗贼之力，难以坚守，不如突出城去，再作打算。

盗贼大头领从之，率众人出城。但部属只出去半数，王榷忽关闭城门。在城内盗贼混乱之际，王榷手刃两名头目，其他狱囚也各有斩获。王榷大喊杀贼，城中市民纷纷出门，各执棍棒刀斧，把盗贼抓的抓，杀的杀。出城的盗贼被官军击败，多被杀、被擒。

盗平，库金还官，王榷仍回到县狱。有司奏闻于朝，有旨释之。

梁聘孟以临事出逃，削籍。

第四百六十四章

去京城打探消息的家仆一回来，立刻被李三才叫去。

“果有其事？”李三才问。

“回老爷话，果有其事。”家仆道。

“下狱待罪者，果是刘光复？”李三才问。

“回老爷话，下狱待罪者果是刘光复。”家仆道。

“前一个字，可是光亮的光；后一个字，可是恢复的复？”李三才问。

“回老爷话，是这两个字。”家仆道。

“可是御史刘光复？”李三才问。

“回老爷话，是御史刘光复。”家仆道。

“你能不能不用前缀？”李三才斥道。

“老爷，何谓前缀？”家仆问。

“你这句没说的‘回老爷话’，就是前缀。”李三才道。

“回老爷话，小人不能不用前缀。”家仆说。

“为何不能？”李三才问。

“回老爷话，不用前缀，小人说不出话来。”家仆道。

“哼，以后看我还用不用你去京城办事！”李三才警告他。

该家仆就愿在外面跑，更愿去京城，一听李三才这话，不能不急。

“老爷为何不用小人去京城办事？”他问。

“你一口一句‘回老爷话’，急煞我也。”李三才道。

“老爷不让小人用前缀，小人尽量不用还不成吗！”家仆终于退让。

“你有没问出，刘光复下狱多久？”李三才又问。

“回——”家仆才吐出一字，见老爷眼睛瞪起来，忙咳嗽一声，以为掩饰。他说，“有四五个月。”

“朝中有何动静？”李三才问。

家仆咳嗽一声，述道：“六月初，内阁两位阁老进揭，请释刘光复。”

“六月初，亦即刘光复下狱之初。”李三才说。

家仆咳嗽一声，道：“老爷说的是。”

“然后呢？”李三才问。

家仆咳嗽一声，述道：“六月中，刑部拟刘光复杖赎。皇上怒其轻拟，将署部侍郎张老爷罚俸二月，司官罚俸一年。其后，刑部、都察院复拟，以大不敬论死。”

“六月中，亦即闯宫一案结案之时。”李三才说。

家仆咳嗽一声，道：“老爷说的是。”

“然后呢？”李三才问。

家仆咳嗽一声，述道：“八月中，内阁两位阁老请释刘光复。”

“这个日子选得正好。”李三才说。

“老爷说哪个日子选得正好。”家仆问。

“八月中呀。”李三才道。

家仆咳嗽一声，说：“刘光复并未获释，仍在狱中。”

“但也没处死，是不是？”李三才道，“若无阁老此疏，待秋决之日，刘光复就要一命呜呼。”

家仆咳嗽一声，说：“阁老也是多事！一次做做样子，奏请释之；皇上不准，也算尽过人情。又何必再次奏请释之！”

“人命关天，别说阁老在任，要为刘光复说情；我这个赋闲之人，也要为刘光复说情。”李三才道。

“老爷要为刘光复说情？”家仆第一次问是不解。

“是啊。”李三才应道。

“老爷要为刘光复说情？”家仆第二次问是不满。

“有何不妥？”李三才反问。

家仆咳嗽一声，道：“老爷莫忘，一干人要置老爷于死地，其中第一人，正是这个刘光复！”

“他欲置我于死地，我也要为他说情，”李三才道，“若无他参劾我之事，我也懒得管他的事；他前者既参劾我，今者下狱，我若不为他说情，天下人岂不要嘲笑我李三才、李道甫无情！”说着，命道，“唤书童来，为我研墨！”

“是。”家仆应道。

皇帝听成敬禀奏前漕督李三才有疏，问道：“他奏何事？”

“请释刘光复。”成敬说。

“他会为刘光复求情，朕才不信！”皇帝道。

“如爷所谕，他是借题发挥。”成敬说。

“是不是又在为自家辩？”皇帝问。

“是在为自家辩；但表面上看，是为顾宪成等辩，”成敬说，“攻讦顾宪成的奏疏不少，为顾宪成辩的奏疏也不少，但借着为反顾宪成者求情而为顾宪成辩的奏疏，却难得一见，”皇帝说着，命道，“老成，读给朕听！”

“是。”成敬应一声，要从头读起。

“请释刘光复，言不由衷，不读也罢。”皇帝道。

“是。”成敬应道。

“李三才为顾宪成辩，是怎开场的？”皇帝问。

“广而言之，是从前阁臣沈先生假妖书案擅戮楚宗开场；具体来说，是以下一句开场：奸党仇正之报，不过两端，曰‘东林’，曰‘淮抚’。”成敬说。

“广而言之在前，具体来说在后吧？”皇帝问。

“是。”成敬应道。

“那就从广而言之读起。”皇帝命道。

“是，”成敬应一声，读道，“自沈一贯假妖书擅戮楚宗，举朝正人攻之以去。此是一贯自作之孽，与浙人无干，而浙人何必死与正人为仇也！及韩敬与汤宾尹交通关节，幸中会元，此是韩敬自作之孽，又与浙人、宣人无干，而浙人、宣人又何必死与正人为仇也！今挺身立盟，目无君父，为一贯、韩敬报仇者，则大理寺少卿王士性、御史刘光复也；甘为士性、光复效力者，则御史刘廷元、李征仪等，给事中商祚周、姚若水等，郎中聂心汤、陆梦龙等也。”

“如何，朕说他不会真心为刘光复求情吧！”皇帝道。

“爷明察秋毫。”成敬颂道。

“韩敬不是状元吗，怎又成会元？”皇帝问。

“韩敬先于会试中会元，复于殿试点状元。”成敬说。

“李三才说他‘幸中会元’，有没错？”皇帝问。

“奴才想，他幸亏写的是‘幸中会元’。”成敬说。

“怎么？”皇帝问。

“会元是考官选的，如若选错，是考官的责任；至多是阁臣、礼卿的责任。状元是爷钦点，于上，岂有点错的道理；于下，岂有幸中的道理！”成敬道。

“老成言之有理，”皇帝点点头，命道，“再读！”

“其腾说百端，攻击千状。以大臣之贤者言之，则叶向高、王象乾、孙玮、王图、孙慎行、许弘纲、胡桂芳、张涛去矣；卿寺则曹于汴、朱吾弼、叶茂才、胡忻、南企仲、朱国桢、郭湒、朱延禧、南师仲、朱世守、朱光祚、冯上知去矣。近有谋代总督，攻陈荐矣；谋代抚臣，攻荆州浚矣，攻马从聘矣。”成敬读道。

“陈荐官何总督？”皇帝问。

“漕运总督。”成敬回答。

“谁欲代他？”皇帝问。

“奴才不知。”成敬说。

“荆州浚巡抚何处？”皇帝又问。

“巡抚甘肃。”成敬回答。

“谁欲代他？”皇帝问。

“奴才不知。”成敬说。

“马从聘巡抚何处？”皇帝又问。

“巡抚延绥。”成敬回答。

“谁欲代他？”皇帝问。

“奴才不知。”成敬说。

“你给朕来个一问三不知呀。”皇帝半开玩笑半责备地说。

“李三才未明言，奴才不便揣度。”成敬说。

“陈荐等亦属大臣吧？”皇帝又问。

“爷说的是，他等亦属大臣。”成敬道。

“他等去任否？”皇帝又问。

“除荆州浚于年初召任刑侍，另二人仍在任。”成敬说。

“叶先生去矣，曹于汴等去矣，陈荐等却在任，不应该放在一起来说的。”皇帝评论一句。

“爷批的是。”成敬附和道。

“以大臣之贤者言之是这些人，还有以小臣之贤者可言吧？”皇帝问。

“是。”成敬应道。

“以大臣之贤者言之，不下二十人，以小臣之贤者言之，更多吧？”皇帝推测。

“确是更多。”成敬应道。

“一个也别落下，读给朕听！”皇帝命道。

“是，”成敬应道。读完各官姓名后，他说，“共计四十余人，比以大臣之贤者言之，多一倍。”

“李三才一下开出一个六十多人的名册，前所未有吧？”皇帝问。

“是前所未有。”成敬应道。

“他是不是要声讨朕呀？”皇帝问。

“声讨爷，谅他不敢，”成敬说，“他后面为顾宪成辩，开始写道：合于己则留，不合则逐；陛下第知诸臣之去，岂知诸党人驱之乎！这句话有两层意思：一是说，大臣之贤者，小臣之贤者，其所以去，是为党人所逐，二是说，爷不知他等为党人所逐。”

“不还是说朕失察！”皇帝道。

“这层意思是有的。”成敬附和。

“朕不和他怄气，且听听他如何为顾宪成等辩。”皇帝说。

“是，”成敬应一声，接着读道，“今奸党仇正之报，不过两端：曰‘东林’，曰‘淮抚’。何以谓之东林哉？乃光禄少卿顾宪成讲道东南之所也。宪成，忠贞绝世，行义格天，继往开来，希圣希贤。而从之游之者，如高攀龙、姜士昌、钱一本、刘元珍、安希范、薛敷教等，皆高世之彦也，何负于国家哉！即一时人望如邹元标、赵南星等，天下仰之，若景星庆云，亦以此名加之，斥而不推，推而不用。”

“又点出好几人姓名，朕看，李三才此疏的长处，就是敢于点名。”皇帝又评论一句。

“诚如圣谕。”成敬应道。

“下面还长吗？”皇帝问。

“不长。”成敬应道。

“把它读完吧。”皇帝命道。

“是，”成敬应一声，读道，“此衰宋伪学之禁，奸人乱政之术也。士性、光复何不羽翼圣学，辅赞皇朝，而乃谆谆汲汲，效衰宋奸邪之故智，以报朋友之私怨哉！若所称淮抚，一生清节，临老尽丧，无奈司官被胁，朦胧播美，毫不知觉。嗟乎！一负贤名，便遭罗网，在朝在野，除之必尽。国家三百年来，曾有此事例否耶？此严嵩、张居正之所不敢为也！”

“把王士性、刘光复等比之严嵩、张居正，未免太过，”皇帝道，又说，“李三才称别个逞其口，朕看，他本人才是逞其口。他这次嘴一张，自有人放不过他，朕倒不用急着评定是非。”

“爷圣明。”成敬颂道。

第四百六十五章

万历四十四年正旦日，廷臣从不同方向赶往会极门。如果说，这么多年正旦日免朝，使得廷臣懈怠，有越来越多的人在这一天偷懒，不去会极门外候旨；那么，去夏皇帝忽于慈宁宫宣召众臣，又使得廷臣紧张起来。万一皇帝借着这一次宣召，恢复一年中最重大的这次朝会，一旦被发现没去，罪莫大焉。

半数的廷臣，可能会经东华门，前往会极门；还有半数的廷臣，会经承天门、端门、阙左门，前往会极门。

这一天，各宫门的禁卫，尤其是东华门、承天等门的禁卫，都会特别警觉。

一虬髯大汉倒背双手，优哉游哉地走进承天门。

守承天门内臣认得他，招呼道："凌爷早啊。"

"早。"大汉应道。

守承天门内臣本来没想阻拦他，可他从面前走过时，守承天门内臣忽然发现，他倒背在身后的双手握着一柄铁锥，不由一惊，忙冲到他面前，把他拦住。

"凌爷这是去哪儿呀？"守承天门内臣问。

"转转。"大汉道。

"进去转转呀？"守承天门内臣问。

"进都进来，还会是出去转转？"大汉道，并问，"怎么，我不能进去转转？"

"凌爷随便进去转，不过——"守承天门内臣的话只说一半。

"不过怎的？"大汉问。

"凌爷手上的家什，还是留在我这里吧；我替凌爷看管着，等凌爷出来奉还。"守承天门内臣说。

"怎么，我不能带着它进去？"大汉问。

"凌爷平日带着它可以，今日带着它，多有不便。"守承天门内臣说。

"这是为何？"大汉问。

"凌爷是巡捕营提督，提督到哪里，手上都得有家什，不在话下；今者是大朝日，再拿着它进承天门，就不合适。再者，就算你拿着它进去此门，下一座门是绝不让你拿着它进去的。”守承天门内臣说。

“国法不禁我拿着它进承天门，你何必管这个闲事？国法不准我拿着它进端门，你让守端门的公公去管，不好吗？”大汉道。

“凌爷说的也是。”守承天门的内臣让到一旁，不再阻拦。

守端门的内臣也认得虬髯大汉，招呼道：“凌爷早啊。”

“早。”大汉应道。

“凌爷来转转？”守端门的内臣问。

“是，来转转。”大汉应道。

“不进去转转？”守端门的内臣问。

“想进去转转，”大汉说着，把手伸到身前，亮出手上的铁锤，“拿着这家什，公公让进吗？”

“不碍事，”守端门的内臣道，“凌爷把它放在我这里，待凌爷出来时，一定完璧归赵。”

“公公可曾见我把它交到别人手里？”大汉问。

“确不曾见过。”守端门的内臣说。

“所以，公公要说这话，免开尊口！”大汉道，又说，“若拿着它不便进去转，我就在外面转吧。”

“凌爷在外面转转也好。”守端门的内臣无可无不可地说。

大汉这边走走，那边走走，但不管走到哪边，只要有人从不同方向走到端门外的甬道上，他都会不经意地瞥去一眼。说是不经意地瞥去一眼，实则看得很专注，决不会让要找的人从眼皮底下溜过去。

甬道上的官员多时，他绝不向守端门的内臣靠近，绝不和守端门的内臣或禁卫官校说话；甬道上的官员少时，在确定自己找的人没有出现之后，他会向守端门的内臣靠近，并主动搭讪。

“公公，有没见姓凌的来？”他问。

守端门的内臣一愣，心想：你难道不姓凌？

又想：听说凌爷的儿子不争气，莫非说的是他？

但不管怎么说，这话问的都没道理。

“凌爷这不是来了一会儿。”守端门的内臣说。

“谁个问我！”大汉道。

“可凌爷姓凌呀，我当然首先想到凌爷。”守端门的内臣说。

“我姓凌不错，可我是姓凌的吗？”大汉问。

“凌爷不是姓凌的？”守端门的内臣反问。

“公公会叫我姓凌的吗？”大汉反问。

“大家相好，我怎会如此无礼！”守端门的内臣道。

“我会叫我自个儿姓凌的吗？”大汉又问。

“除非怄气，谁也不会这么叫自个儿。”守端门的内臣道。

“即便怄气，我也不会这么叫自个儿。”大汉说。

“是，是，凌爷不会这么叫自个儿，”守端门的内臣说着，问道，“凌爷要找哪个姓凌的呀？”

“朝廷上姓凌的很多吗？”大汉问。

“不多。”守端门的公公道。

“御史中姓凌的很多吗？”大汉又问。

“少之又少，”守端门的内臣想都不用想，就更正，“不对。似乎只有一人。”随即问道，“凌爷要找凌御史吗？”

“对，要找他！”大汉应道。

“凌爷看，那不是他！”守端门的内臣手指前方说。

大汉回头一看，果然御史凌汉翀和二三同僚边说着话，边往端门走来。

“公公回见。”大汉告别后急转身，迎着凌汉翀等走去。

“又把人家恨成那样，又急着见人家，却是怎么一回事？”守端门的内臣不知在问谁。

话音未落，只见虬髯大汉已到凌汉翀近前，只见两个人面对面地站立，只见和凌汉翀同行的官员向两旁躲闪，只见虬髯大汉手起锥落，打在凌汉翀头部，只见凌汉翀倒地，周围浸出血迹。

守端门的内臣和多名禁卫冲过去，把虬髯大汉拉开。

看凌汉翀时，已经奄奄一息。

“这厮好没用，一锥下去，就起不来。”虬髯大汉道。

他是原巡捕营提督凌应登。

凌汉翀奇迹般地起死回生，许多人去看望他。别人都是慰问，唯独孙承宗往他床边一坐，说句狠话。

“峻卿兄是自取其辱呀。”孙承宗道。

凌汉翀字峻卿，南直隶长洲人，和孙承宗是同年进士。

听了孙承宗的话，凌汉翀一愣，问道："稚绳兄这话从何说起？"

"峻卿兄在长洲是大族，宗谱应该完备吧？"孙承宗问。

"甚是完备。"凌汉翀道。

"峻卿兄宗谱中，可有凌应登一支？"孙承宗问。

"并无。"凌汉翀道。

"宗谱中既无，峻卿兄为何要和他通宗？"孙承宗问。

"大家都姓凌嘛。"凌汉翀说个通宗的理由。

"同姓一定是同宗？"孙承宗问。

"他不也是长洲人嘛。"凌汉翀又说个理由。

"长洲凌姓都是一家？"孙承宗问。

"却也不是；我和他是在京师相遇，在一起喝过两次酒，觉着投机，这才通宗。"凌汉翀说实话。

"是被他几句好话说到心坎里吧？"孙承宗问。

"话不能这么说。"凌汉翀否认。

"怎不能这么说！"孙承宗道，"本朝重文轻武，他是个习武之人，当然要巴结峻卿兄。"

"可我与他通宗时，尚未中第。"凌汉翀辩道。

"峻卿兄不是中进士后与他通宗的？"孙承宗问。

"不是，"凌汉翀道，"我是年轻时随乡老游于京师，经乡老引介，和他相识的。"

"那是我想错，"孙承宗勇于认错。不过，他只是以为，凌应登与凌汉翀交好，是武人巴结文史，这一点想错；而不是以为，凌应登巴结凌汉翀，这一点想错。他很容易又想到另一种巴结，即穷人巴结富人，"闻得与你通宗的武夫，曾穷困潦倒，是吧？"

"是，"凌汉翀应道，并说，"我所以愿与他通宗，也是为此。"

"为其贫穷？"孙承宗觉得这个说法很奇怪。

"不，"凌汉翀摇摇头，道，"为其贫而不馁。"

"这话怎讲？"孙承宗问。

"其人虽贫，然习武不辍，读书不辍，后来竟中武进士。"凌汉翀说。

"他与峻卿兄，谁个中第在前？"孙承宗问。

"我中第在前。"凌汉翀说。

"那他中武进士，多半也是拜峻卿兄所赐。"孙承宗道。

"不然，"凌汉翀摇摇头，说道，"稚绳兄是知道的，我第一任官职是外放知县，而且是远放福清；即便得以留朝，你我才登科的进士，于武会试取士，又能起多大作用！”

“又是我想错？”孙承宗的思绪不再停留在巴结上，而是想到更严重的方面。“闻得与你通宗的武夫，喜与中贵游，是吧？”

“确有其事。”凌汉翀应道。

“峻卿兄愿与他通宗，不会是因他喜与中贵游吧？”孙承宗问。

“在稚绳兄眼里，我如此不堪吗？”凌汉翀苦笑，并问，“两年前，我在朝门亦遭毒打，稚绳兄还记得吗？”

“是万历四十一年的冬至日，对吗？”孙承宗反问。

“对，”凌汉翀点点头，又问，“稚绳兄还记得，打我的是谁人？”

“是谁人？”孙承宗反问。

“一中贵也。”凌汉翀提醒他。

“是姓辛吧？”孙承宗有印象了。

“不姓辛，姓邢，叫邢洪。”凌汉翀说。

“对，是这个名字，”孙承宗应道，又问，“是御用监的太监吧？”

“不是御用监太监，是御马监太监。”凌汉翀说。

“对，是御马监太监。”孙承宗应道。

“稚绳兄可知，他为何毒打我？”凌汉翀问。

“好似为侵吞马料事，峻卿兄逮治其属下。”孙承宗说。

“不仅侵吞马料，而且为侵吞马料打死人。”凌汉翀说。

“对，邢洪还打算冲狱劫人来着。”孙承宗想起更多。

“若看重他喜与中贵人游，我又何必得罪中贵人！”凌汉翀道。

“这回我是真的想错，”孙承宗彻底认错，“我知峻卿兄巡城以来，对内臣从不假以颜色。凌应登得与中贵人游，是在他任武官以后，若是当初他喜与中贵人游，峻卿兄定不会与他通宗。”

“稚绳兄来后说过不少话，只这句中听。”凌汉翀笑道。

“那我再说句中听的。”孙承宗道。

“稚绳兄一次肯说两句中听的，着实难得，弟何其幸哉！”凌汉翀又笑道，并问，“稚绳兄怎说？”

“前次之事，峻卿兄众多同僚心怀不平，奏乞严惩邢洪，”孙承宗说着，问道，“峻卿兄，是吧？”

“是。”凌汉翀应道。

“众人上疏，如泥牛入海，绝无消息，是吧？”孙承宗又问。

“是。”凌汉翀应道。

“我要对峻卿兄说的是：今次之凶徒，绝不容逃脱！”孙承宗道。

“稚绳兄如此维护，在此谢过。”凌汉翀说着，一揖。

“峻卿兄且慢谢，我还有件事要问你。”孙承宗说。

“稚绳兄请问。”凌汉翀道。

“峻卿兄与凌应登既通宗，则形同手足，却怎反目？”孙承宗问。

“还不是因为巡城的差事。”凌汉翀道。

“对，我想起来，四十一年得罪邢洪，也是因为巡城，”孙承宗说着，问道，“峻卿兄，是吧？”

“是，”凌汉翀应道，“我那时初派巡城的差事，腾骧等卫千户等向我陈述邢洪侵吞马料，这才有逮治邢洪属下等事。”

“峻卿兄得罪凌应登，也是因为类似的事吗？”孙承宗问，并举例说，“譬如，他克扣营饷，有人告到峻卿兄那里。”

“巡捕营有多少营饷克扣？比这要严重。”凌汉翀说。

“比克扣营饷还要严重？却是何事？”孙承宗问。

“岁末在城中抓捕妖人王好贤，稚绳兄还记得吗？”凌汉翀反问。

“有点儿印象，”孙承宗道，并说，“是凌应登抓捕的吗？”

“若是他抓捕的，我倒要为他请赏。”凌汉翀道。

“可我记得，妖人王好贤是巡捕营查到踪迹的。”孙承宗说。

“要不是巡捕营查到，怎会结下这等深仇大恨！”凌汉翀说着，述道，“巡捕营营卒查到王好贤踪迹，报与凌应登。凌应登避开众人，单独去见王好贤，竟谈起生意：只要王好贤拿出四千两银子，他就网开一面，放王好贤出城。我得知此事，奏于朝廷。他心里有数，为此事或许会丢官。巡捕营多好的差事，丢了，他能不记恨？却没想到，他下手如此之狠，一锥欲取我性命！”

“你知他在外如何扬言？”孙承宗问。

“他如何扬言？”凌汉翀躺在家里，不可能知道。

“他说，这次没取得你性命，下次下手再重些，先取你命，再自刎以谢罪。”孙承宗道。

“他不杀我，不会甘心哪！”凌汉翀叹道，“稚绳兄，你说我命中是不是犯小人，一差三年，竟两遭厄运！”

“也说不定是他等恶鬼遇到你这个钟馗。”孙承宗说句笑话安慰他，然后告辞而去。

多官参奏，凌应登免官听讯，后戍澜沧卫。

第四百六十六章

兵部署部侍郎魏养蒙，拉署都察院事吏部侍郎李鋕，一起去给吏部尚书郑继之拜年。

“非去不可？”李鋕问。

“非去不可！”魏养蒙道。

“茂成先生只为拜年吗？”李鋕问。

魏养蒙听出他话里有话，反问一句：“铭之先生为何要问？”

李鋕字铭之，浙江缙云人，万历二年进士。

“茂成先生只为拜年，我则陪去；好歹我是吏部卿贰，理当给正卿贺新岁。茂成先生若还有别事，我则不去。”他说。

“别事是何事？”魏养蒙问。

“譬如，欲某官留任。”李鋕说。

“铭之先生如有神明相助呀！”魏养蒙惊呼，“我欲某官留任，铭之先生怎料到的？”

“年节之际，朝会之外，非见大冢宰不可，不为某官留任，还会为别事？”李鋕道。

“铭之先生会怪我吗？”魏养蒙问。

“我为何怪茂成先生？”李鋕反问。

“年节之际，朝会之外，为某官留任而奔波呀。”魏养蒙道。

“在其位，不得不言其事，情有可原。”李鋕却说。

“铭之先生这么说，算是应允我吗？”魏养蒙问。

“何事算我应允茂成先生？”李鋕问。

“和我一同为某官留任奔波呀。”魏养蒙说。

“这不能算，”李鋕摆手，“我的意思，茂成先生为他留任而奔波，情有可原；不是说，我为他留任而奔波，情有可原。我若为他的留任而奔波，就别想再进都察院的大门。”

“不过是为某官留任而奔波一番，不至于连都察院大门都进不去吧！”魏养蒙道。

“人命关天，怎不至于！”李鋕道。

“人命关天？此事怎还关乎人命？”魏养蒙被他说懵。

“铁锥击中颅部，若非命大，早死于非命，怎不关乎人命！”李鋕道。

“铭之先生说的是凌峻卿？”魏养蒙这才转过弯子。

“对呀，是他。”李鋕应道。

“铭之先生以为，我说的也是他？”魏养蒙问。

“对呀，”李鋕又应道，“或是某府某都督为凌应登那厮开脱，或某爵爷出面为他开脱，甚或是茂成先生看他还有长处可取，故欲保全之，这就是我说的情有可原呀。”

“铭之先生的以为有误。”魏养蒙道。

“有误？”李鋕问，“是我说凌应登那厮还有长处可取这句话有误，还是我估计有人为凌应登那厮开脱这句话有误？”

“铭之先生以为我欲凌应登那厮留任，有误。”魏养蒙道。

“茂成先生说的不是他？”李鋕也有点儿懵。

“当然不是，”魏养蒙道，“凌应登那厮在端门行凶，和在大内行凶有何不同！凌应登那厮突袭巡城御史，和突袭我辈有何不同！我再糊涂，也不会为他留任而奔波。”

“不是为他，是为谁人？”李鋕也觉察，自己先前的结论很可笑。

“治祯先生。”魏养蒙说。

“治祯先生？”李鋕一时想不起是谁。

“张治祯先生。”魏养蒙加上姓氏。

“是南司寇治祯先生？”李鋕问。

张鸣冈于万历三十八年以兵部右侍郎兼右佥都御史，总督两广军务；万历四十一年有旨，召任南京刑部尚书。

“是两广总督治祯先生。”魏养蒙说。

“不对呀，”李鋕道，“至少两年半之前，治祯先生已改任南司寇。”

“铭之先生说的是朝廷降旨。”魏养蒙说。

“朝廷降旨还不算数？”李鋕问。

“事实是，治祯先生仍在两广任上。”魏养蒙道。

“这是为何？”李鋕惊问。

“候代。”魏养蒙只回答两个字。

“茂成先生是说，治祯先生在等下一任总督到任？”李鋕问。

“不是等下一任总督到任，难道还是等上一任南司寇离任？”魏养蒙开句玩笑。

“那倒不会，”李鋕说，“今之大臣，一旦准休或调任，恨不得当日即去，谁人会久挨！”说着，问道，“我记得，治祯先生改南司寇，朝廷即推明卿先生接任两广总督，对吧？”

明卿即云南巡抚周嘉谟。

“对。”魏养蒙应道。

“就算云南路途遥远，旨意从京师到昆明，人从昆明到广州，不是一天两天的事；也不该两年半之后，人仍未到呀！”李鋕道。

“按说，明卿先生不应该仍未到广州；不过，铭之先生忽略一事。”魏养蒙说。

“我忽略何事？”李鋕问。

“若言候代，难道只有治祯先生须在广州候代？”魏养蒙反问。

“茂成先生是说，明卿先生在昆明也须候代？”李鋕问。

“难道不是？”魏养蒙反问。

“我记得，代任滇抚的是贵同年。”李鋕说。

“抑之兄，对吧？”魏养蒙问。

曹愈参字抑之，四川涪州人，和魏养蒙同是万历十四年进士。

“对，”李鋕点点头，反问，“广督候代，滇抚候代，不会耽搁在抑之先生那里吧？”

“抑之兄雷厉风行；再者，他无须候代，不会耽搁在他那里。”魏养蒙说。

“抑之先生为何无须候代？”李鋕问。

“他以山西右布政使升云南巡抚，方伯封疆，用得着候代吗？”魏养蒙道。他不是说布政使改巡抚为升职，所以不用候代；而是说布政使有二，其一闻旨即行，该衙门不会无人主持。

“其实，不仅方伯迁转不必候代，督、抚迁转也不必候代。不然，如治祯先生，候代两、三年，仍不得赴新任，天下的事岂不都要被耽搁！”李鋕说。

“铭之先生说的是，”魏养蒙应道，并说，“这些本来就是题外的话，我要和铭之先生说的是治祯先生仍在两广总督任上，而不是他为何仍在两广总督任上。”

“好吧，我说句题内的话：茂成先生欲治祯先生留任两广总督，还是留任南京刑部尚书？”李鋕问。

“他未赴南司寇之任，我当然想他留任两广总督。”魏养蒙说。

“茂成先生有这个心思，可是不厚道。”李鋕责备他。

“我知朝廷既置刑部尚书，铭之先生想南京亦置刑部尚书；不过，”魏养蒙口气一转，说道，“不管铭之先生怎想南京亦置刑部尚书，‘不厚道’三个字也不是可以随便说的。”

“我说错，我改。不是茂成先生不厚道，是此议不妥，”李鋕说着，问道，“我这么说可以吗？”

“可以；但我得问，有何不妥？”魏养蒙道。

“于私，督、抚召任尚书，是升职，茂成先生不该堵人家升职之路。于公，朝廷署衙缺员，南京更甚。新任一尚书有多不易，茂成先生是知道的；好不容易有一旨召任，茂成先生绝不该请朝廷收回。”李鋕说。

“照此说来，我请治祯先生留任两广总督，确是不妥；不过，我也有我的道理。”魏养蒙道。

“茂成先生有何道理？”李鋕问。

“铭之先生是浙人，不会不知倭酋有虎狼之心吧？”魏养蒙一下把话题扯远。

“知之。”李鋕应道。

“万历四十年，倭酋以三千人入犯琉球，掳其王，迁其宗器，铭之先生还记得吗？”魏养蒙问。

“记得。”李鋕应道。

“倭酋近者又有取我鸡笼山之谋，铭之先生知否？”魏养蒙问。

“鸡笼山在一岛上，其岛名台湾，是吧？”李鋕反问。

“是。”魏养蒙应道。

“此事我有所耳闻，不知确否。”李鋕道。

“粤、闽均有探报，应该不是空穴来风。”魏养蒙说。

“茂成先生欲如何应对？”李鋕问。

“我欲奏请海上警备。”魏养蒙说。

“应该的，”李鋕应道，随即又问，“但倭酋欲取我鸡笼山，即台湾岛，不知与治祯先生留任两广总督，有何关联？”

“处置倭事，治祯先生颇有见地，铭之先生难道不知？”魏养蒙反问。

“治祯先生干练，我有所闻；却不知茂成先生指的何事。”李鋕道。

“广东香山有香山澳、壕镜，铭之先生不会不知吧？”魏养蒙有意无意，又把话题扯远。

“知之。”李鋕应道。

“嘉靖中，佛郎机入香山澳为市，铭之先生不会不知吧？”魏养蒙问。

“知之。”李鋕应道。

“万历三十五年，番禺举子卢廷龙以会试入京，请尽逐澳中诸番，使出居，铭之先生还记得吗？”魏养蒙问。

“记得。”李鋕应道。

“尽逐澳中诸番，主要指佛郎机人。”魏养蒙强调一句。

“茂成先生说的是。”李鋕应道。

“结果如何？”魏养蒙问。

“朝廷未采用。”李鋕道。

“此事甚是可惜。”魏养蒙说。

“确是可惜，”李鋕应道，随即又问，“但朝廷未采用卢廷龙之言，不知与治祯先生留任两广总督，有何牵连？”

“处置番事，治祯先生颇有见地，铭之先生难道不知？”魏养蒙反问。

“愿闻其详。”李鋕揖道。

“一则倭酋有取我鸡笼山之谋，一则朝廷未采用卢廷龙之言，听任佛郎机入居香山澳，看似毫无关联；治祯先生却想到一句传之已久的箴言。我说他颇有见地，正是指此。”魏养蒙道。

“茂成先生想到的，是哪句箴言？”李鋕问。

“以夷制夷。”魏养蒙道。

听这四个字，李鋕似有所悟。他问：“茂成先生是否指治祯先生传檄番人，使驱倭入海？”

“是指其所为，更指其所言。”魏养蒙道。

“茂成先生说的是治祯先生近日所上奏议吗？”李鋕问。

“是。”魏养蒙应道。

“提及该疏，我赞同茂成先生的称许：治祯先生于倭事，于番事，颇有见地。该疏起篇，即不同凡响。”李鋕说。

“铭之先生还记得，该疏起篇两句吗？”魏养蒙问。

“是不是‘粤之有澳夷，犹疽之在背也；澳之有倭贼，犹虎之傅翼也’这两句？”李鋕反问。

“此一见识，的确高过一般人，”魏养蒙道，“疽之在背，虽不舒服，但不难治愈；如虎添翼，则为害无穷。两害相权，驱倭乃首要之务。而澳夷在澳，正可以用以对付欲入我疆的倭酋。”说到这里，他口气一转，“不过我以为，处置澳夷之计，更是他的高明之处。”

“茂成先生记得他是怎议的吗？”李鋕问。

“记得，”魏养蒙应罢，背诵道，“粤之有澳夷，犹疽之在背也；澳之有倭贼，犹虎之傅翼也。今一旦驱斥，不费一矢，此圣天子威德所致。唯是倭去而番尚存，有谓宜剿除者，有谓宜移之浪白外洋就船贸易者，顾兵难轻动。而壕镜在香山内地，官军环海而守。彼日食所需，咸仰于我。一怀异志，我即制其死命。若移之外洋，则巨海茫茫，奸宄安诘，制御安施！似不如申明约束，内不许一奸阑出，外不许一倭阑入，无启衅，无弛防，相安无患之为愈也。”

“准澳番居澳，如使之为我守疆，是这个意思吧？”李鋕问。

“是。”魏养蒙应道。

“此等处置，确是高明。”李鋕道。

“治祯先生的处置高明；我欲治祯先生留任两广总督，是不是也颇为高明？”魏养蒙问。

“比治祯先生处置倭事、番事，还要高明。”李鋕道。

“那么，铭之先生愿不愿与我去见大冢宰，议一议此事？”魏养蒙问。

“愿是愿去，但不能去；我劝茂成先生也不要去。”李鋕说。

“这是为何？”魏养蒙不解地问。

“茂成先生欲治祯先生留任两广总督，是因为他尚未赴南司寇任，对吧？”李鋕反问。

“对。”魏养蒙反问。

“治祯先生尚在两广任上，茂成先生几时听说的？”李鋕问。

“两个月前。”魏养蒙说。

“治祯先生两个月前听到的，应是四个月前的事，对吧？”李鋕问。

“对。”魏养蒙应道。

“这四个月里，茂成先生怎知有无改变？怎知明卿先生是不是已赴两广任，而治祯先生是不是已赴南司寇任？若是明卿先生已赴两广任，治祯先生已赴南司寇任，茂成先生难道还要明卿先生把两广的位置让出来，使治祯先生回任？”李鋕问。

“这一节我没想过。”魏养蒙承认。

“再者，大计定于朝廷；朝廷大计既定，谁个任其事，反而未必那么重要。”李鋕又说。

“铭之先生的意思是——”魏养蒙问。

“与其一番奔波使治祯先生留任，茂成先生不如奏请朝廷，准治祯先生所议。”李鋕道。

“有道理，我这就去拟复。”魏养蒙说着，告辞。

第四百六十七章

昆山县民张唯惠在县衙外求见知县陈祖苞，门役磨磨蹭蹭地不愿给他通报。

“我家老爷今日不见客。”门役先说。

“我不是客。”张唯惠说。

“你老这么一大把年纪，话该怎说，用不着我教你吧？”门役好像他说的是一句非常离谱的话。

“何事要你教我？”张唯惠问。

“不管生人、熟人，到我家老爷这里，都是客；除非你是我家老爷的家人。”门役说。

“我不是你家老爷的家人。”张唯惠道。

“所以，你就是客。”门役道。

“来这里告状的人也是客吗？”张唯惠问。

“谁家老爷会把告状的人当客！”门役道。

“那就请老兄把我当作来告状的人。”张唯惠说。

“你是来告状的？状纸呢？”门役问。

“我没写状纸。”张唯惠说。

“没写状纸，回家写好再来。客都不见，来告状而没状纸的人，我家老爷更不会见。”门役说。

“不见得。”张唯惠说着，用力地摇头。

“你不信我的话？”门役问。

“我信你老兄的话。”张唯惠说。

“你不信我作得我家老爷的主？”门役问。

“我信你老兄作得你家老爷的主。”张唯惠说。

“那你说不见得，却是何意？”门役问。

“我有句话，请你老兄禀白你家老爷，他说不定会见我。”张唯惠说。

“你的话那么管用，一句就够？”门役讥道。

“你老兄不妨试试呀，”张唯惠道，“你老兄禀白后，你家老爷仍不肯见我，我认罚。”

“你怎认罚？”门役问。

“我请你老兄饮酒。”张唯惠说。

“此话当真？”门役问。

“你老兄不信，我今儿个就把酒赀压在你老兄这里。”张唯惠说着，伸手去怀里掏银子。

“那倒不用，”门役拦住他，“我并非贪图你一口酒，只是想看看你的话灵验不灵验。”说着，问道，“你要我怎和我家老爷说。”

“七个字：周玄暐近邻求见。”张唯惠说。

“我先数数字数，”门役掰着手指数了数，果然是七字。他问，“周玄暐是人名吧？”

“是。”张唯惠应道。

“他是我家老爷好友？”门役问。

“不是。”张唯惠道。

“那是何人？”门役问。

“是你家老爷嫉恨之人。”张唯惠说。

“人家求见老爷，会说个老爷的好友，老爷爱屋及乌，说不定会答应见；你却说个老爷的仇人，这不是让我挨骂吗！”门役道。

“你老兄挨骂，我再奉送两只卤鸭，如何？”张唯惠又许给好处。

门役不再多说，入内禀报。没想到，知县陈祖苞听这句话后，还真把张唯惠让进内衙。

“门上说，你是周玄暐的近邻？”陈祖苞问。

“是。”张唯惠应道。

“有多近？”陈祖苞问。

“我家和他家之间，只隔一户人家。”张唯惠说。

“那是非常近，再近则毗邻而居。”陈祖苞说。

“大人说的是。”张唯惠应道。

“是他让你来的？”陈祖苞又问。

“他让小民来，小民才不会来！”张唯惠道。

“不是他让你来，你为何要说，和他是近邻？”陈祖苞问。

“他对大人不敬，说过许多难听的话；小民实在为大人不平，所以，才以近邻为言。”张唯惠说。

“你又怎能确定，以近邻为言，见得到本官？”陈祖苞问。

“小民不敢确定，”张唯惠道，“小民只是想，他对大人不敬，大人或许也感受得到；他说大人的那些难听的话，大人或许也略有所闻。所以，大人愿和小民说说他。”

“此翁对我不敬，我确感受得到；他说我的那些难听的话，我则没听到多少，”陈祖苞说到这里，揖道，“老丈能不能为我学上一二？”

“他说，和大人有三不同，有一同。”张唯惠道。

“有哪三不同？”陈祖苞问。

“第一，资格不同，”张唯惠道，“他是万历十四年进士，大人是万历四十一年进士。他说，他可以作大人座主的座主，大人是他门生的门生；换言之，他可以作大人的师祖，大人是他的徒孙。”

这话不仅难听，而且，毫无道理可言。

“他只知他可以作我的师祖，却不知循资格的话，可以作他师祖的，也大有人在！”陈祖苞冷笑道。

“大人说的是，”张唯惠应道，“周某自诩资深，有几个人在他眼里！”

“第二是何不同？”陈祖苞问。

“贫富不同，”张唯惠道，“海盐贫，昆山富；大人是海盐的小户人家，他周家在昆山以雄于赀称。一贫一富，不可同日而语。”

陈祖苞是浙江海盐人。海盐并非穷地方，但在周玄暐眼里，除苏州，除昆山，再无富庶之地，这也是有可能的。

“周家在昆山可是首富？”陈祖苞问。

“不是首富，但在十名以内。”张唯惠说。

“古人云沧海桑田；又说：君子之泽，三世而斩。我看，周家有他这等子孙，好运已交到头。”陈祖苞道。

“主公说的是，”张唯惠应道，“周家虽富有，怎经得住他败！”

“第三是何不同？”陈祖苞问。

“才学不同。”张唯惠道。

他没来得及具体说，被陈祖苞打断。

“这话是该我说！”陈祖苞道，“我和他都列名三甲，我在百名之内，他在二百名开外，怎能相比！”

“他才不以己之短，比人之长呢。”张唯惠说。

“他比的是何事？”陈祖苞问。

“他说，他有著述，大人却无。”张唯惠说。

“他所谓著述，是不是前两年刊印的那本小书？”陈祖苞问。

“是。”张唯惠应道。

“那书是何名？”陈祖苞问。

“《泾林续记》。”张唯惠道。

“雕虫之作，也敢称著述！”陈祖苞哂道。

“大人说的是，”张唯惠应道，“就因那本雕虫之作，所有的读书人都不在他话下。”

“他与我相同的是何事？”陈祖苞问。

“是大人与他相同。”张唯惠说。

“怎讲？”陈祖苞问。

“他以知县去官，他说，主公也不过终老于知县。”张唯惠说。

周玄暐做一任电白知县，无意仕途而归。他说陈祖苞终老于知县，则是想往上升，而升不上去。

“他这哪里是说同与不同，分明是在诅咒本官！”陈祖苞忿道。

“大人说的是，”张唯惠应道，“凡在我姑苏任官者，他无不诅咒；而以对主公的诅咒，最为恶毒。”

陈祖苞不知道，张唯惠与周玄暐有宿怨；如果知道的话，他未必会下那么大的工夫，来算计周玄暐。

进苏州之前，陈祖苞一直在琢磨，究竟去巡抚衙门，还是去督学衙门；或者说，究竟先去巡抚衙门，还是先去督学衙门。巡抚都御史和他的地位相差很远，而且没有私交，不能指望一下说动；督学御史和他的地位当然也相差很远，但今日督学是浙江同乡，私下交往也多。先见巡抚，再见督学，可谓先难后易：说动抚臣，不难说动按臣。不好的是，和抚臣言及此事，不易说深、说透。先见督学，再见抚臣，可谓从易处着手：容易谈深、谈透。不好的是，抚臣知道他先见督学，说不定会有反感，甚至会反其道而行之。

权衡再三，他还是决定先去巡抚衙门。巡抚王应麟乡里观念很重，他想，不妨就从乡里乡亲的小事说起。

“尔昌来了。”王应麟呼着陈祖苞的别字，随意地打个招呼，没有表示很意外，更没有表示他不该来。应天巡抚，又称苏、松巡抚，其实更多的时候是在苏州，而不是在南京。所以，苏州各州、县官来府衙办事，常会顺便谒见巡抚都堂，这已见怪不怪；如果南直隶别府的州、县官进巡抚衙门，他就不会那么随意。

“太守招下官问话，完事后，特来拜谒仁卿先生。”陈祖苞道。

“好，好，随便坐。”王应麟说着，手随便一挥。

王应麟字仁卿，福建漳浦人，万历八年进士。

陈祖苞坐下后，说道：“下官有一事不明，敢向仁卿先生请教。”

“你说！”王应麟道。

“仁卿先生是漳浦人吧？”陈祖苞问。

“是呀。”王应麟应道。

“漳浦属哪一府？”陈祖苞问。

“漳州府。”王应麟道。

“福建还有个晋江县吧？”陈祖苞又问。

“有啊。”王应麟应道。

“晋江属哪一府？”陈祖苞问。

“泉州府。”王应麟道。

“泉州和漳州相距是不是很远？”陈祖苞问。

“不远，”王应麟道，“泉、漳二府相邻，且都濒海，风土人情也有很多相似之处，故人常以泉、漳并言之。”

“原来是这样。”陈祖苞点头。

“我怎么觉得，尔昌很不以为然？”王应麟道。

“下官若不以为然，也不是对仁卿先生所言不以为然。”陈祖苞说。

“那是对何事不以为然？”王应麟问。

“仁卿先生既问，下官得从头说起。”陈祖苞道。

“好啊，”王应麟并不反对。“你从头说，我正好从头听。”

“有本书名《泾林续记》，不知仁卿先生是否听说过？”陈祖苞问。

“听说过。”王应麟道。

“那么，仁卿先生也知是谁人写的吧？”陈祖苞问。

“也知。”王应麟又点头。

“有人告诉下官，该书遍讽江南诸官，下官还不信；今日听仁卿先生告以泉、漳二府的提法，才知其言不谬。”陈祖苞说。

“我不懂，怎我告你有泉、漳二府的提法，尔昌就确信该书遍讽江南诸官？”王应麟问。

“江南诸官，仁卿先生居首，对吧？”陈祖苞反问。

“可以这么说。”王应麟道。

“敢讽仁卿先生，较讽他官，是不是更肆无忌惮？”陈祖苞又问。

“也可以这么说。”王应麟道。

“该书有一个晋江士人的故事，人皆言，影射的是漳浦人仁卿先生。”陈祖苞说。

“晋江士人？谁呀？”王应麟问。

“有位姓洪的前辈，名讳上澄下源。”陈祖苞说。

“原来是子清先生，”王应麟道，“尔昌，你大约还不知，子清先生和那位《泾林续记》的撰者，还是同年进士呢。”

“当真？”陈祖苞不知是真不知道，还是故作不知。

“子清先生还有故事吗？我怎不知！”王应麟道。

“故事荒诞不经，仁卿先生要不要听？”陈祖苞问。

“既是故事，为何不听！”王应麟道。

“却说洪进士登第后，见选期尚遥，借解银的差事南归。到则领解银两万余，洪进士分装五鞘，寄存于太仓银库堂中。次日清晨，启门登堂，发觉内有一鞘，其腹剖开一尺五寸。探其中，则失元宝十锭。太仓银库院墙高耸，堂外铜锁完好，且内外巡警多人，彻夜防守，盗贼何由而入？即入，携以重货，复何以出？”陈祖苞讲述。

他说的鞘，非剑鞘之鞘，而是装放银锭的木筒。

“原来是桩官银被盗的疑案。”王应麟插话。

“仁卿先生说的是，”陈祖苞应一句，继续讲述，“盗事奏闻，朝廷治典守罪，严令该城捕役限期缉拿。一个多月过去，杳无音讯，遂求助于善卜者。善卜者卜曰：盗得银，已远遁，急追之可及，株守京师何益！捕役各领文书，四处追寻。且说徐州城外三十里，有一乡村小店，夫妇二人卖酒饭为生。妇人稍有姿色，遇有吃饭、夜宿者挑逗之，亦不甚拒。一日，来一货郎，悦妇人姿色，勾搭到手，留恋不去，其夫稍露妒忌，则馈银以解，且曰：我京邸藏银甚多，日后携来购置田产，令汝二人安享不尽。这日数名捕役进店饮酒，货郎见之，惊惶而起。捕役觉有异，诘问货郎，应对支吾。捕役又私问店主，店主也说不出他的来历，捕役索货郎所付碎银，乃元宝之碎块。捕役伙同当地差役捕货郎，搜其行囊，得元宝半锭，所镌印记尚存。”

“货郎是否招供？”王应麟问。

“不仅招供，而且承认自家即解官，”陈祖苞道，“解官招实云：银入银库之夜，他混杂在更夫之中，入门后藏身僻静处。待夜深人静，入堂破鞘，取银十锭；其九埋于仓后北角，持其一越墙而出。他买些杂物，扮作货郎，潜遁至此。其本意，过淮往浙，俟一二年平息后，再返回京师取其他银锭。不想，被妇人迷住；又不想，正与捕役遭遇。”

“他埋的银锭找到否？”王应麟问。

“找到，”陈祖苞应道，“如他所指，从太仓后北角挖出九锭纹银。”

“故事到此结束？”王应麟问。

“是。”陈祖苞应道。

“故事很奇特，尔昌讲述的也很流畅；不过，”王应麟口气一转，问道，“子清先生至多是解银丢在他手里，能有多大过失？又怎能借子清先生这个故事，讥讽本堂？”

“仁卿先生没听出来？”陈祖苞问。

“没听出来呀。”王应麟道。

“洪进士借解银差南归，仁卿先生没忘吧？”陈祖苞问。

“没忘，”王应麟应罢，反问一句，“那又怎的？”

“这个故事，我完全是照本宣科。”陈祖苞说。

“这我听得出来。那又怎的？”王应麟问。

“解官招实云，即洪进士招实云呀！”陈祖苞道。

这五个字可以读作：解官招实云，也可以读作：解官，招实云；而且，应该读作：解官，招实云。王应麟不难听出陈祖苞的说法牵强，但他没读过该书，不知前后是怎样呼应的，不好贸然反驳。

“没听说子清先生曾下狱问罪呀。”他只能说。

“仁卿先生听说他借解银差南归吗？”陈祖苞问。

“也没听说。”王应麟道。

“所以，该书写的是故事呀，为的是影射呀。”陈祖苞说。

“尔昌是说，他借这个故事影射我监守自盗？”王应麟问。

“下官想，朝廷有朝廷的妖书，地方有地方的妖书。《泾林续记》即昆山的妖书，即南直的妖书。”陈祖苞说。

王应麟听明白他的用意，问道：“尔昌，你欲以该书参周某？”

“哪怕为仁卿先生出气，下官也肯定要参他；不过，下官人微言轻，一人参他，只怕不会有结果。”陈祖苞说。

“你要我也参他？”王应麟问。

“仁卿先生封疆一地，自会为地方除害。”陈祖苞说。

王应麟想一想，说道：“此公向来蔑视地方官员，蔑视朝规，参他是可以的；不过，尔昌得找本他的书来，让我读读。”

“下官已带来。”陈祖苞说着，将书奉上。

“撰书的事，有督学参他更好。”王应麟又说。

“下官去见督学，把仁卿先生的意思转达与他。”陈祖苞道。

督学御史王以宁瞥陈祖苞一眼，问道：“尔昌见过抚台？”

“祯甫先生怎知？”陈祖苞问。

王以宁字祯甫，浙江绍兴人，万历二十六年进士。

“是被下人见到，我还能差人暗随不成！”他说。

“在下没先来参谒祯甫先生，尚乞勿怪。”陈祖苞说着，揖了揖。

“我有何可怪的，”王以宁道，“以公而论，仁卿先生是封疆大吏；以私而论，你每次来，都会见我，而十次中有九次不会去巡抚衙门。于公于私，你都该先见仁卿先生。”

“还是祯甫先生体谅我。”陈祖苞讨好地说。

“尔昌谒见抚台，有事吧？”王以宁问。

“是有点儿小事，希望抚台大人出面。”陈祖苞说。

“何事？”王以宁问。

陈祖苞从怀里取出另一本《泾林续记》，递给王以宁，并说：“为它！”

“是周某人那本书？”王以宁看也不看。

“是。”陈祖苞应道。

“也给仁卿先生送去一本？”王以宁问。

“是。”陈祖苞应道。

“尔昌是受撰者所托，来送书的？”王以宁问。

“非也，”陈祖苞摇头，“我是来和祯甫先生议其罪的。”

“议罪？如何议罪？”王以宁问。

“《泾林续记》，妖书也！”陈祖苞道。

“我倒也很希望此书是妖书。周某自恃资历之深、学识之博、家赀之厚，从不正眼看我等。不过，”王以宁口气一转，又说，“可否定为妖书，须得证之。”

“我能证之。”陈祖苞道。

“好啊，我倒要听听，你怎证之？”王以宁说。

“祯甫先生且看他的书名。”陈祖苞指着书说。

“《泾林续记》，这个书名再普通不过；况且，既曰续记，必有前记，”王以宁说着，问道，“尔昌从这个书名怎能看出是妖书？”

“泾者，祯甫先生可以把它当作一水一山一镇，但也不能忘记，从一水中可以引出一个典故。”陈祖苞说。

“是泾渭分明吗？”王以宁问。

“是。”陈祖苞应道。

“以渭之清，衬泾之浊，我不会忘，”王以宁说着，问道，“从这个典故，尔昌怎解读《泾林续记》？”

“《泾林续记》者，浊世之记也。”陈祖苞道。

“这个，”王以宁当然难以接受，“太想入非非吧？”

“我有实证，并非妄想。”陈祖苞道。

“说说看！”王以宁道。

“祯甫先生记不记得，前一个癸卯是哪一年？”陈祖苞问。

“万历三十一年前的癸卯年吗？”王以宁反问。

“对。”陈祖苞应道。

“应该是嘉靖二十二年。”王以宁道。

“甲辰年呢？”陈祖苞又问。

“和该癸卯年相接者？”王以宁反问。

“对。”陈祖苞应道。

“自是嘉靖二十三年。”王以宁道。

“祯甫先生记得，嘉靖二十二、三年的首辅是谁人吗？”陈祖苞问。

“这得想想，”王以宁想了想，说，“嘉靖二十二年的首辅肯定是翟诸城，嘉靖二十三年前半年的首辅应该还是翟诸城，后半年不知几月，换作严分宜。”说罢，问道，“是吧？”

翟诸城即嘉靖年间的阁臣翟銮，山东诸城人。严分宜则是权相严嵩，江西分宜人。

“是，”陈祖苞点点头，述道，“《泾林续记》里记述一事：嘉靖二十二年，秦某、浦某等主顺天试。二人素附翟诸城，取其子汝俭、汝孝中式；嘉靖二十三年会试，江某主考，彭某房考，曲阿翟诸城意。使二子连捷。翟诸城罢，受此事牵连不少。”

“这件事我记得。”王以宁道。

“祯甫先生记不记得，丁丑是哪一年？”陈祖苞又问。

“好像是正德十二年吧。”王以宁说。

“不，”陈祖苞摇头，“我问的，是距今最近的丁丑年。”

“应该是万历五年。”王以宁道。

“庚辰年呢？”陈祖苞问。

“也是距今最近的庚辰年？”王以宁问。

“对。”陈祖苞应道。

“应该是万历八年。”王以宁应道。

“祯甫先生不会忘记，其年首辅是谁人吧？”陈祖苞问。

“尔昌问的奇怪，此事谁人会忘记！”王以宁道。

“《泾林续记》又记述一事，”陈祖苞说着，述道，“万历五年，房考陈某取张江陵次子嗣修为进士；万历八年，房考戴某、陆某取张江陵长子敬修、三子懋修为进士。以致京师童谣曰：张公若不身亡早，四官定作探花郎。张江陵亡后，其子或革或死。”

“张江陵有第四子吗？”王以宁问。

“即便当时没有，他若活得长久，可以生呀。”陈祖苞道。

“也是，”王以宁笑道，又道，“说起来，此二事均浊，岂有清者！”

“但二事的结局不同，翟诸城则人以事败，张江陵则事以人败。”陈祖苞说。

“尔昌这等区别，不无道理，但该书是怎议的？”王以宁问。

“前一事，该书议曰：盖世庙英断，真如雷霆，故奸宄慑服破胆。即得君怙，势如严嵩，其子孙不敢一窜名于试籍中，诚畏圣上严明故也。后一事，该书议曰：当时习见，毫不为异。且推恩诸权贵，子弟多得幸进。科、道悉钳口结舌，不敢发一语。回视世庙昔时处分，岂不天渊也哉！”陈祖苞述道。

“泾、渭之别，这下看出来；尔昌为何以该书为妖书，我也理会得。”王以宁说。

“我知祯甫先生会同意。”陈祖苞没白费口舌，心中甚慰。

“同意是同意；但尔昌也知道，感慨世风日下、今不如昔者，大有人在。仅以这一条定为妖书，恐有非议。”王以宁又说。

“当然不会仅此一条；还可以告诉祯甫先生，我以该书为妖书，这一条并不是主要的。”陈祖苞道。

“主要的是哪一条？”王以宁问。

“抵诬朝廷，涉事宫禁。”陈祖苞道。

“这一条尔昌也有实证？”王以宁问。

“有，”陈祖苞应罢，反问道，“张大参的事，祯甫先生还有印象吗？”

“哪个张大参？”王以宁问。

“河南人张助甫。”陈祖苞说的，是曾官湖广参政的张九一。

“张助甫我有印象，却不知尔昌说的是他何事？”王以宁问。

“多以奇珍异物馈张江陵。”陈祖苞说。

“其时何人不馈张江陵，尔昌为何单说张助甫？”王以宁问。

“《泾林续记》记述一事，”陈祖苞说着，述道，“张江陵梦人赠以一鉴，长尺许，光耀四壁，皆有铭。醒而怪之。天明，宪长张九一差官贡镜，其背文曰：张氏受命膺大宝，亿世子孙其永昌。其文宛若梦中所见，江陵大喜。未几，即超擢张九一开府，且欲召为腹心。”

“这件事确系大逆，但恐怕作不得证。”王以宁摇着头说。

“为何作不得证？”陈祖苞问。

“一则，此事纯系传闻，后籍没张江陵家，没人见过这面镜子；二则，张助甫官宁夏巡抚，是在万历十一年，张江陵已没，更说不上召为腹心；三则，即便有贡镜一事，即便有张江陵欲召入张助甫为腹心一事，该书记述，也只是披露，难以径列为妖书。”王以宁说。

“祯甫先生说的是，”陈祖苞先附和一句，然后说，“披露其事和以其事蛊惑，大不相同。”

“尔昌的意思，该书不是披露其事，而是以其事蛊惑？”王以宁当然听得懂他这句话的意思。

“是。”陈祖苞应道。

“有何实证？”王以宁问。

“记述此事后，该书议曰：有术士善能先示梦兆，而后以镜实之，”陈祖苞说。

书中原文是：此魏见泉为予说。魏，端人也，其言必不妄。且云有术士善能先示梦兆，而后以镜实之。九一得其人，故敢献谄。江陵堕其术中，遂深信弗疑。

《泾林续记》里的故事，应该是这样开始的：张九一得术士，能先示梦中情境，而后梦中的情境重现在镜中。于是，使他先示张居正以梦，自己再献镜。

张九一献镜的故事以及这一段叙述，都是魏允贞讲给周玄暐听的。周玄暐特别强调，魏允贞是正人，所以，他的讲述是可信的。

但陈祖苞掐头去尾，只说“有术士善能先示梦兆，而后以镜实之”一句，听起来好像这是周玄暐本人的议论；亦即，周玄暐对献镜的故事有着特殊的兴趣和特殊的看法，并在书中加以发挥。

这无疑有利于证实他的结论。

“如此记述，倒有点儿像是妖书。”王以宁说。

王应麟、王以宁相继上疏参劾周玄暐，周玄暐下刑部狱。

第四百六十八章

领詹事府事礼部尚书刘楚先见了吴道南，只叹气，不说话。他一手捂住腮帮子，一手不停地挠着额头。

吴道南觉得有趣，所以看了一会儿才问："邦彦先生牙疼呀？"

刘楚先字邦彦，湖广江陵人，隆庆五年进士。

他捂住腮帮子的手挪开，指着自己的心说："不是牙疼，是这里疼。"

"病入腑脏，不轻呀！"吴道南道。

"所以，特来向会甫先生求药。"刘楚先说着，一揖。

"向我求药？我不懂医，怎给邦彦先生开处方？"吴道南问。

"会甫先生不必懂医，说句话就成。"刘楚先道。

"说句何话？"吴道南问。

"会甫先生说：刘邦彦，我不怪你。"刘楚先道。

"好，我说，"吴道南学着说，"邦彦先生，我不怪你。"

"得照着我的话说，一个字也不能改动。"刘楚先道。

"我有改动吗？"吴道南问。

"会甫先生有改动。"刘楚先道。

"对，是有改动，"吴道南点了点头，重新说，"刘邦彦，我不怪你。"

"很灵验，牙已不疼。"刘楚先道。

"邦彦先生的牙不疼，我的牙却疼起来。"吴道南说着，也用一手捂住腮帮子。看得出，他是开玩笑，并非真的牙疼。

"会甫先生为何也牙疼？"刘楚先问。

"我根本不知邦彦先生如何得罪我，却说不怪你；说出这等毫无由头的话，还不该牙疼！"吴道南道。

"不是没有由头，是我连累会甫先生。"刘楚先说。

"邦彦先生连累我？这话从何说起！"吴道南惊道。

刘楚先看他不像是作态，问道："会甫先生不知出岔？"

“何事出岔？”吴道南问。

“会甫先生，与你我相关，最大者何事？”刘楚先道。

“邦彦先生是说春闱出岔？”吴道南问。

会试是今年最大的事，至少到目前为止是最大的事。吴道南、刘楚先为考试官，因此，会试出岔，他二人责任最大。

刘楚先没回答。他的眼神表达出两层意思：第一层意思，确是会试出岔；第二层意思，奇怪吴道南怎会毫不知情。

“此事已传开？”吴道南又问。

“已传得沸沸扬扬。”刘楚先说。

“怪不得中涵先生方才有话要说，却支支吾吾地不肯说。原来是会试出岔！殿试在即，这会儿若出岔，事情可不小。”吴道南自语。

“谁说不是！”刘楚先附和道。

“有人作弊？”这是吴道南最先想到，也是最容易想到的。

“是。”刘楚先应道。

“考生作弊，抑或考生会同考官作弊？”吴道南问。

“考生作弊；是否牵连考官，尚不得而知。”刘楚先说。

“有人夹带入闱？”吴道南问。

“不仅夹带，而且捉刀。”刘楚先说。

“捉刀？科场上竟找得人代笔！”吴道南惊呼。

“说起来，令人难以置信吧？”刘楚先问。

“确实难以置信，却不知谁人有这大的胆子？”吴道南问。

“要是别人，还没什么；此人偏偏不是一般的人。”刘楚先说。

不是一般的人，有两种情形：一是有背景，二是名次在前。所谓背景，是指朝中主要大臣的子侄，吴道南想想，似乎没有；同时，也没什么名气很大的士人。所谓名次在前，应该特指会试中的第一名。会试中的第一名未必是状元，而且，从以往的春闱来看，会试第一名和状元多半不是同一人。但会试第一名称会元，是要记录备案的，这和会试中的其他名次都不同。会试中其他名次的举子出问题，还好办；会元出问题，真是天大的麻烦。想到这里，吴道南不由惊出一身冷汗。

“是沈君出岔？”他问。

“是。”刘楚先应道。

“沈君的试卷竟是他人代笔？”吴道南又问。

“是。”刘楚先应道。

“谁人代笔？”吴道南问。

“据说是邻舍姓赵的举子。”刘楚先说。

“怎会如此？”吴道南愈发想不通，“且不说考场中搜检甚严，有什么法子为人代笔；只说姓赵的举子亦与会试，为沈君代笔，自家的文章难道就不作？即便他笔下快，别个作一篇策、论，他可作两篇策、论，他也应该把好的那篇留给自家呀！”

“会甫先生说的是，其中疑点不少，”刘楚先说着，问道，“其事若实，会甫先生看如何应对？”

“别说其事若实，即便其事不实，已传得沸沸扬扬，你我亦须自请斥退。”吴道南说。

“是我连累会甫先生。”刘楚先旧话又提。

皇帝等魏伸到来，等得急不可耐。

“老魏到没到？”皇帝问。

“没到。”近侍应道。

“去催呀！”皇帝道。

“已去好几拨人催。”该近侍说。

“再去！”皇帝命道。

“是。”该近侍应道。

“爷，成叔到。”另一近侍小心地说。

“老成既到，你怎不早说！”皇帝斥道。

“爷一直在问魏叔，奴才没敢奏。”该近侍道。

“着老成速进！”皇帝命道。等成敬进殿，皇帝抱怨说，“你看他等是什么脑子！朕找你和老魏来，为的是同一件事；只因我问句老魏有没到，你老成已到，他等却不禀奏！”

“按照事发的顺序，爷理当先问魏哥查的事。”成敬说。

“不用，你两个谁先来，谁先说。”皇帝道。

“是，”成敬应一声，说道，“今次会元选取一事，奴才已查明。”

“会元姓沈吧？”皇帝问。

“是。”成敬应道。

“名字呢？”皇帝问。

“同和，相同的同，和气的和。”成敬说。

“沈同和在哪一考房？”皇帝问。

“易四房。”成敬道。

“房考谁个？”皇帝问。

“吏科给事中韩光祐。”成敬道。

“沈同和的会元，可是韩光祐力荐？”皇帝问。

“韩光祐似未力荐，”成敬道，“据另一房房考、给事中姚永济说，韩光祐原拟，沈同和可中，不曾拟为第一。”

“姚永济是说，韩光祐原未拟沈同和房首？”皇帝问。

“姚永济说的不是此意，”成敬道，“沈同和为易四房首卷，是韩光祐定的；姚永济说的第一，乃会元。”

“以沈同和为会元，却是谁人提议？”皇帝问。

“是副主考、领詹事府事礼部尚书刘楚先，”成敬道，“易四房分属刘尚书。韩光祐以沈同和卷呈与刘尚书阅，刘尚书击节称赏，以为非第一不可。”

“今次正主考是吴先生，他也赞同？”皇帝问。

“其实，吴先生开始另有所选。”成敬说。

“他选中的是哪个？”皇帝问。

“工科给事中徐绍吉为另一房房考，该房分属吴先生。徐绍吉以举子董廷列本房首卷，并呈与吴先生阅，吴先生许以会元。”成敬述道。

“也就是说，正、副两位主考都以为，自家所属某一房首卷，堪为会元。”皇帝道。

“爷说的是。”成敬应道。

“二人可有争执？”皇帝问。

“二人议过，却不曾有大的争执。”成敬说。

“吴先生后来改变主意？”皇帝问。

“是。”成敬应道。

“据吴先生说，他反复比较两卷之后，也以为沈卷的确优于董卷。加之韩光祐官在吏科，乃首垣，徐绍吉在工科，当让之，他就同意以沈同和为会元。”

“韩光祐首垣，徐绍吉当让之，这可不像是阁臣的话！”皇帝道。

“爷圣明，”成敬颂道，“据奴才查访，这话的确是刘尚书说的。刘尚书也很后悔自个儿太看重六科的排序。”

“不管怎说，以沈同和列第一，是二主考议定的，是吧？”皇帝又问。

“也不光是二位主考议定，”成敬道，“刘尚书说，他曾将二十房首卷一并送于辅臣，当晚辅臣曰：二十房首卷，唯易四卷为最。遂定。”

“吴先生不是已与刘尚书议过吗？刘尚书说的辅臣，应该是方先生吧？”皇帝道。

“爷说的是，”成敬应道，又补充道，“或是吴先生与刘尚书议过之后，回到内阁，又与方先生议。”

“看来，以沈同和为会元，虽刘尚书提议，吴先生的责任也并不比他的责任小。”皇帝得出结论。

“诚如圣谕，”成敬应道，“所以，事发后，吴先生和刘尚书各自上疏，乞请斥退。”

“不忙处置，你和朕说说，其事是怎引发的！’皇帝命道。

“会试张榜，都下大哗，台省亦交章论劾。”成敬说。

“都下大哗，及台、省交章论劾，都是为的沈同和的策、论实则抄袭自旧文吗？”皇帝问。

“是。”成敬应道。

“会试才一张榜，原卷便传得人人皆知，你说奇不怪！”皇帝道。

“此事也怪，也不怪。”成敬却说。

“你说也不怪，倒是说说看！”皇帝命道。

“会试一张榜，甚至不待张榜，只要略有风声传出，会元及前若干名的策、论即被刻印售卖。对书商来说，谁个抢得先机，谁个可以发一笔不大不小的财。”成敬说。

“不想，今次书商为发这笔不大不小的财，却把会元断送。”皇帝说句笑话。

“爷说的是。”成敬应道。

“你为何又说，此事也怪？”皇帝问。

“学子争购中式策、论，无非是自家学习之用，或子弟学习之用；而一两日间人人皆知，却也颇不寻常。”成敬说。

“朕想，这是上苍眷顾于朕。”皇帝道。

“爷是说——”成敬没听明白。

“你想呀，会元是大臣们定的，状元却是朕钦点的。若是沈同和抄袭旧文一事，未在会试中披露，待殿试时，朕可能也会点他的状元。到那时，贻笑大方的就不是大臣们，而是朕。”皇帝说。

“爷说的是，”成敬应道，“此事于此时披露，确是上苍眷顾于爷。”

“老成，你说这件事还有没别的隐情？”皇帝又问。

“爷是不是问，沈同和抄袭旧文，是事先知道策、论的题目，还是夹带许多旧文入场？”成敬反问。

“对。”皇帝应道。

“这一层，魏哥在查，奴才想，他应该已查出眉目。”成敬说。

“咦，老魏还没到吗？”皇帝问。

“奴才已到。”魏伸在殿外应道。

“既到，为何不进殿？不知朕在等你！”皇帝喝道。

“奴才听得爷在问成哥的话，不敢贸然进殿。”魏伸说着，步入殿内。

“正好老成说完，该轮到你说。”皇帝道。

“是。”魏伸应道。

“你先告诉朕，沈同和是哪里人？”皇帝命道。

“回爷话，他是南直隶吴江人。”魏伸道。

“朕记得，二阁老都不是南直人。”皇帝对成敬说。

“是，”成敬应道，“二阁老都是浙江人，方先生乡贯德清，吴先生乡贯崇仁。”

“刘尚书呢？”皇帝问。

“刘尚书是湖广江陵人。”成敬说。

“还有个韩光祐，是哪里人？”皇帝问。

“也是湖广人，其乡贯湖广光化。”成敬说。

“亦即，将沈同和捧上会元位置的，没有一个和他是同乡，”皇帝说着，问成敬，“老成，你说是不是？”

“是。”成敬应道。

“亦即，将沈同和捧上会元位置，应该不是因为私情，”皇帝说着，问魏伸，“老魏，你说是不是？”

“是。”魏伸应道。

“好，朕再问你下一件事，”皇帝说着，问道，“沈同和策、论抄袭自旧文，有没证实？”皇帝问。

“回爷的话，奴才不仅证实抄袭，还证实捉刀。”魏伸说。

“捉刀？在考场中竟找得到人代笔？”皇帝惊问。

“不是在考场中找人代笔，是在考场外先找人代笔。”魏伸说。

“这又是怎回事？”皇帝问。

“容奴才先禀抄袭旧文一事。”魏伸道。

“好。”皇帝应允。

“沈同和策、论乃抄袭旧文，奴才查出三则证据，”魏伸说，“一则，刘尚书找到旧时刻文两篇，除结尾一段之外，与沈同和原卷相对，竟无一字不同。”魏伸列举第一个理由后，唯恐皇帝发问，所以顿了顿。

“会不会是巧合？”皇帝果然有话问。

“若仅此一则，可能是巧合。”魏伸说。

“朕还有个疑问：刘尚书事后找得出旧时刻文，事先难道不知有此旧文？”皇帝问。

“于此，刘尚书有个说法。”魏伸道。

“他怎说？”皇帝问。

“他说，辅臣与他数次翻阅沈卷，又约四位房考给事中共阅，并无一人知其为旧文。”魏伸道。

“那么，他以沈同和列会元，实为文好，非是徇私。”皇帝评论一句。

“诚如圣谕。”魏伸应道。

“二则是何事？”皇帝又问。

“二则，议论初起，韩光祐将沈同和呼来家中。”魏伸说。

“他倒不知避讳。”皇帝道。

“奴才想，他是为求证，顾不得避讳。”魏伸说。

“他怎求证？”皇帝问。

“他交给沈同和一文，谎称是儿子的习作，请沈同和改窜。时在正午，韩光祐关闭书房，自个儿到外面去等。直到暮时，韩光祐推门而入，只见沈同和呆坐在桌前；再看文章，竟一字未改。韩光祐叹曰：我一生功名，为汝所败！”魏伸述道。

“如此求证，虽不见得最佳，但至少说明，韩光祐将沈同和列为本房首卷，并非徇私作弊。”皇帝又评论一句。

“诚如圣谕。”魏伸应道。

“所以，会试张榜后，都下大哗，科、道交亘论劾，未必是人人皆知其策、论系抄袭；而是有人知道，沈同和平庸不文。”皇帝对成敬说。

“爷说的是，”成敬应道，“奴才听魏哥所述，也发觉自个儿判断失误，却不知误在哪里。恭聆圣谕，奴才顿悟。”

“还有第三则吗？”皇帝又问魏伸。

“有，”魏伸应道，“第三则不仅可证实抄袭，亦可证实捉刀。”

“是吗？说说看！”皇帝命道。

“奴才从沈同和身上，搜得蝇头小楷抄录的两篇文章。”魏伸说。

“和他原卷相对，也无一字不同？”皇帝问。

“爷圣明。”魏伸颂道。

“朕又有疑问：会不会是沈同和与印书者有约，出考场后，把自家的策、论抄录下来，以供印书之用？”皇帝作一假设。

“若是没有前两个证据，倒是有此可能；既有前两个证据，奴才以为，则无此可能。”魏伸说。

“那么，他为何还留在身上，不及时销毁之？”皇帝问。

“奴才想，夹带带入时，惶惶不安；既蒙混带入，带出时便不以为意，说不定已忘到脑后。”魏伸说。

“如此大事也会忘到脑后，此人够糊涂的，”皇帝说着，又问，“你说此事可证实捉刀，是怎么一回事？”

“奴才前面提到，沈同和原卷，除结尾一段，和刘尚书找到的旧时刻文，无一字不同。”魏伸重复才说过的话。

“朕记得。”皇帝道。

“所谓结尾不同，其实是刘尚书找到的旧时刻文，短缺结尾的几句话。”魏伸说。

“你从沈同和身上搜出的夹带，有没有最后几句？”皇帝问。

“有。”魏伸应道。

“老成，你看老魏是何意？”皇帝问成敬。

“魏哥或是说，沈同和的策、论，通篇都是抄袭，最后几句则是请人捉刀。”成敬回答。

“老魏，可是此意？”皇帝问。

“是。”魏伸应道。

“怎见得最后几句是请人捉刀？”皇帝问。

“最后几句，和前边通篇，笔迹不同；换言之，前边通篇是沈同和抄录的，最后几句则是他人所撰。”魏伸说。

“夹带中最后几句是他人所撰，原卷中最后几句亦是他人所撰，以此而言，说是捉刀，亦无不可，”皇帝说着，问成敬，“老成，你说呢？”

“诚如圣谕。”成敬应道。

“捉刀之人，查到没有？”皇帝又问魏伸。

“已查到。”魏伸应道。

“却是谁人？”皇帝问。

“举子赵鸣阳。”魏伸说。

“你说的举子，是何意？”皇帝问。

“即今次会试的举子。”魏伸说。

“朕又有疑问：这个赵鸣阳，本人既与会试，怎有心思为别个儿补写文章？”皇帝问。

“奴才查实，赵鸣阳亦是来自吴江的贡举。”魏伸说。

“同乡未必会帮这么大的忙，除非交情深厚。”皇帝说。

“爷圣明，”魏伸颂道，“赵鸣阳和沈同和两个果然交情深厚，而且是打出来的交情。”

“打出来的交情？怎回事？”皇帝问。

“沈同和父沈季文是万历五年进士，官至河南巡抚。沈同和以父荫入太学，在地方供事则列在孝廉。赵鸣阳前已举孝廉，对沈同和甚是排斥，乃至不容同事。沈同和无奈之下，广托亲友调停，并延请赵鸣阳馆于自家，以师友待之。二人这才化敌为友。今次同赴会试，沈同和不知从何处找到两篇旧刻文章，却短少最后一段，遂请赵鸣阳撰写。赵鸣阳欣然命笔补齐。”魏伸述道。

“他补撰的结尾，和前文能够呼应吗？”皇帝问。

“奴才问过方先生、吴先生、刘尚书等，都称赞呼应得很好，若浑然一体。”魏伸说。

“既然吴先生、刘尚书都称赞，那两篇旧刻文章应该是佳作，”皇帝说着，问成敬，“老成，你说是不是？”

“是。”成敬应道。

“方先生、吴先生、刘尚书等都称赞补撰得好，赵鸣阳应该才学不错，”皇帝说着，又问成敬，“老成，你说是不是？”

“是。”成敬应道。

“老魏，”皇帝又问魏伸，“这个赵鸣阳帮着沈同和登上会元高第，他自个儿不会却落榜吧？”

“回爷的话，他未落榜，亦名列前茅。”魏伸道。

“却是第几？”皇帝问。

“第六。”魏伸道。

“果有才学，但不能姑息，”皇帝说着，命道，“传旨：沈同和、赵鸣阳一并除名，沈同和且下法司，重治其罪。至于沈同和如何夹带，如何找的赵鸣阳代笔，都不再深究，以免波及众卿。”

“是。”成敬、魏伸齐应道。

第四百六十九章

四月，以户部侍郎署部的李汝华升任本部尚书。五月，以吏部侍郎署都察院的李鋕升刑部尚书，仍署都察院事。

两件事似乎都是很自然的，没有廷臣道贺。

李鋕大概觉得寂寞，在两人之间自家道贺。

“茂夫先生终于修成正果，可喜可贺。”他说。

“铭之先生是想说，自家修成正果吧？”李汝华问。他脸上不带丝毫喜色，绝无道贺的意思。

“我和茂夫先生不能比。”李鋕说。

“为何不能比？是不是因为铭之先生乃吏侍，顺理成章地胜任别部尚书？”李汝华问。

“非也，”李鋕道，“茂夫先生自三十九年署部，迄今已五年，当得起个‘修’字；我四十三年才署院，还没一年工夫，要说，也只能说幸运，而不是修成。”

“若言幸运，我看铭之先生也算不上。”李汝华摇着头说。

“茂夫先生还是以为自家幸运？”李鋕问。

“我更算不上幸运。”李汝华道。

“在茂夫先生看来，谁个幸运？”李鋕问。

“冀德兄大概算得一个。”李汝华说。

“茂夫先生说的是前两个月卸任的山东抚台？”李鋕问。

“是。”李汝华应道。

“我记得，冀德先生的前任济美先生也是茂夫先生同年，冀德先生算得幸运，济美先生是不是也算得幸运？”李鋕问。

钱士完字冀德，浙江归安人。李同芳字济美，南直隶昆山人。二人同是万历八年进士，且同是告病还乡。

“他算不得。”李汝华道。

“看来，冀德先生算得幸运，并非因他巡抚山东，亦非因他告病获准，离任还乡，是不是？”李鋕问。

“是因他巡抚山东，又不完全是因他巡抚山东；是因他告病获准，离任还乡，又不完全是因他告病获准，离任还乡。”李汝华说。

“我本就糊涂，茂夫先生这么一说，我更加糊涂，”李鋕笑道，并问，“茂夫先生为何说是因他巡抚山东？”

“他不巡抚山东，怎有后来的离任还乡！”李汝华道。

“茂夫先生为何又说，不完全是因他巡抚山东？”李鋕问。

“巡抚山东者多，难道人人都算得幸运？”李汝华道。

“茂夫先生为何说，是因他告病获准，离任还乡？”李鋕又问。

“他不告病获准，离任还乡，怎知他离任适逢其时！”李汝华道。

“茂夫先生为何又说，不完全是因他告病获准，离任还乡？”李鋕问。

“若告病获准，离任还乡都算得幸运，我就不说济美兄算不得幸运。”李汝华道。

“我听出来，所谓幸运，在‘适逢其时’四字。”李鋕说。

“然也。”李汝华点头道。

“冀德先生离任，是在二月吧？”李鋕问。

“是。”李汝华应道。

“为何他二月离任，就‘适逢其时’？”李鋕问。

李汝华看他一眼，反问：“铭之先生不知？”

“不知。”李鋕道。

“酉卿先生新疏，径下户部议之，难怪铭之先生不知。”李汝华说。

李长庚字酉卿，湖广麻城人，万历二十三年进士，官顺天府尹。钱士完去官后，他以右副都御史巡抚山东。

“酉卿先生新近有疏？所言何事？”李鋕问。

“山东、江北，遭遇数十年不见之大蝗。”李汝华说。

“几时的事？”李鋕问。

“四、五月间。”李汝华说。

“难怪茂夫先生说冀德先生算得幸运；不运，”李鋕口气一转，说道，“灾异是常事，未必躲开就是幸运，躲不开就是不幸。”

“我不能说躲不开就是不幸，譬如酉卿先生恰好到任，不能说是他的不幸；但据他所言蝗情，我宁愿躲得开。”李汝华说。

“茂夫先生既曰几十年未见之大蝗，其情状一定惊人。”李鋕接过他的话茬。

“对。”李汝华应道。

“酉卿先生是怎写的？”李鉽问。

“蝗虫无处不有，铭之先生想必也见过蝗灾。”李汝华说。

“不错，我亲眼见过。”李鉽道。

“但浙江的蝗灾，似乎不如中原厉害。”李汝华说。

“茂夫先生见过的蝗灾是怎样情景？”李鉽问。

“方圆数十里，乃至百里，遍地铺满蝗虫。”李汝华说。

“这等情形，我确实不曾见过。”李鉽道。

“但与今次山东、江北的蝗灾比起来，我见过的蝗灾，不过是小巫见大巫。”李汝华说。

“今次的大巫，能有多大？”李鉽问。

“据酉卿先生所言，也是方圆百里，遍布蝗虫。不过，不是一只挨着一只，而是一只压着一只。”李汝华说。

“亦即，方圆百里遍布蝗虫，即方圆二百里遍布蝗虫。”李鉽引申道。

“不止！”李汝华摇头。

“怎还不止？一只压着一只，不是茂夫先生说的吗？”李鉽问。

“我是说一只压着一只，可我没说仅压一层。”李汝华道。

“那是压几多层？”李鉽问。

“铭之先生可以自个儿算算，”李汝华道，“据酉卿先生所言，蝗过之处，积地尺许。”

“积地尺许，应该有这么厚。”李鉽比画着说。

“是几层呢？”李汝华问。

“十层不止。”李鉽道。

“铺开成一层，遍布几多里，铭之先生可以计算出来吧？”李汝华问。

“还是不要算吧，太恐怖！”李鉽也听得直打冷战。

“据酉卿先生所言，仅过两日，禾苗皆无。”李汝华又问。

“禾苗既无，蝗虫却吃何物？”李鉽问。

“禾苗吃尽，蝗虫一片一片飞赴大海。”李汝华说。

“我不信，蝗虫还能飞洋过海，飞往他国？”李鉽道。

“不是飞洋过海，是赴海而死，”李汝华说，“蝗虫飞过时，但觉黑云压顶；蝗虫落海后，海水为之猛涨。”

“蝗虫竟尽数赴海而死？”李鉽问。

“也有少数不赴海的。”李汝华说。

“不赴海的，却飞往何处？”李鋕问。

“这又是另一奇特情景，”李汝华说，“蝗虫与蜂杂飞，蝗虫被蜂螫而死，死后化作蜂。蝗虫化作的蜂又为群蜂所螫，这才落地而死。大约也是两日后，未赴海的蝗虫死绝。”

“只知蛹化蝶，从未闻蝗化蜂，”李鋕叹道，又道，“如此大蝗，山东难民定然不少。”

“据西卿先生说，有三十余万流民集聚淮上，”李汝华说着，回到开始的话题，“才升户部正卿，即遭遇此等灾异；救灾之粮、之银不知从何筹集，铭之先生能说是幸运吗？”

翰林院检讨缪昌期没想到会碰上大司徒，更没想到大司徒叫得出他的名字，并主动和他说话。

“当时比我有志气。”李汝华说。

缪昌期字当时，南直隶江阴人，万历四十一年进士。

“茂夫先生是赞我呢，还是骂我呢？”他问。

“当时为何以为我会骂你？”李汝华感到奇怪。

“中第之初，有人将我列为东林；复得罪科、道，被严加参劾。茂夫先生要骂我，在情理之中。”缪昌期说。

他为诸生时，已负盛名，同年进士有忌之者，扬言他为东林党人于玉立所荐，因此他也被列为东林党人。至于得罪科、道，则是因为梃击一事，他坚决反对以“疯癫”二字草草结案。不过，他一直没正式授官，刘廷元、刘光复、刘文炳等也没把他放在眼里。前几日，累积十年之久的庶吉士一并授官，缪昌期在其中。因此，他成为科、道攻讦的对象，如刘文炳参劾阁臣吴道南时，对他也加以诋毁。

“我信奉君子不党，”李汝华说，“当时是东林党人也好，不是东林党人也好；科、道参劾，因当时是东林党人也好，不因当时是东林党人也好，我都不会为此而赞当时，更不会为此而骂当时。”

“倒是晚生往歪处想，茂夫先生勿罪。”缪昌期说着，深做一揖。

“好说，”李汝华道，并说，“其实，我是由衷赞当时的。”

“茂夫先生为何赞之，且以有志气赞之，晚生想不出个理由呀。”缪昌期说。

“我既这么说，怎会没理由！”李汝华说着，问道，“当时是癸丑科进士，并选庶吉士，是吧？”

“是。”缪昌期应道。

“亦即，当时中进士三年多，散馆也两年多，这才得以授官，是吧？”李汝华问。

“是。”缪昌期应道。

“当时可知，我是哪一年署部的？”李汝华又问。

“晚生听说，是万历三十九年。”缪昌期道。

“亦即，我由佐卿升正卿挨过五年。”李汝华说。

“五年是挨过来的？”缪昌期问。

“可不！”李汝华道，“当时挨两年多，挨到实授，以一言被参，即以疾告退，是何等气概；我挨五年，挨到正卿，其间，不知被参劾几回，不知被参劾几事，却依然忝居其位。我说当时比我有志气，有何不对！”

“话不能这么说，”缪昌期辩道，“茂夫先生掌部，且掌的是户部，责任重大，自不可贸然言去。”

“有志无志，不在职位。”李汝华摇着头说。

缪昌期看得出，李汝华摇头，不是因为自己的话错得有多离谱，而是借着摇头，把这个话题甩掉。于是他问：“茂夫先生有正事要说吧？”

“说不上正事，只是有件小事想问问。”李汝华说。

“茂夫先生请问。”缪昌期道。

“当时是江南人，去过南京吧？”李汝华问。

“居家时，常去。”缪昌期说。

“见识过南京的老鼠吗？”李汝华问。

“见识过。”缪昌期道。

“有何异样？”李汝华问。

“和我江阴的老鼠并无不同。”缪昌期说。

“这么大的老鼠也见过？”李汝华比画一下，约两寸长。

“这等小鼠也见过。”缪昌期说。

“见过很多吗？”李汝华问。

“无非是小住时，在寓所偶见一只；或从店铺前过，偶见两三只。还能见几多！”缪昌期说。

“那当时只能说见过，不能说见识。”李汝华道。

“怎才算见识？”缪昌期问。

“其鼠首尾衔接，列队渡江，终日不绝。”李汝华说。

“此等景象茂夫先生见识过？”缪昌期问。

“对。”李汝华应道。

“我知二十年前茂夫先生在南京任过官，但未闻其时南京有这等鼠灾呀。”缪昌期说。

“不是二十年前的鼠灾，是日前的鼠灾；我也不是于实地见识，而是从各官的奏章中得知。”李汝华说。

“照此看来，今年是个大灾之年！”缪昌期惊呼。

“可不！”李汝华又道，“当时说我责任重大，这个责任我真不知能否承担得起！”

第四百七十章

署部事礼部左侍郎何宗彦正在阅读朝廷发下的一篇奏议，见礼科给事中余懋孳进来，高兴地说："舜仲来得正好，帮我解读此疏。"

"谁人之疏？"余懋孳问。

"士登先生之疏。"何宗彦说。

"可是前陕西副使邢士登先生？"余懋孳问。

"是。"何宗彦应道。

"可是言历法？"余懋孳又问。

"舜仲怎知？"何宗彦好不奇怪。

"此公无论任何官职，都不忘说一说历法；今既休致在家，更要言之不辍。"余懋孳道。

"让舜仲说着，士登先生此疏仍议历法。"何宗彦道。

"仍言修历？"余懋孳问。

"仍言修历。"何宗彦道。

"仍言七政之要？"余懋孳问。

"仍言七政之要。"何宗彦道。

"君美先生要我帮着解读该疏，我却连七政也不了然。"余懋孳说。

"我为议复该疏，曾翻阅两本典籍，舜仲愿不愿听听？"何宗彦问。

"君美先生愿说，我当然愿听。"余懋孳无可无不可地说。

"七政者，有四说，"何宗彦说着，伸出一指，"其一，以北斗七星为七政。"

"此说我知，是出自《史记·天官书》。"余懋孳道。

"其二，"何宗彦又伸出一指，说，"以春、秋、冬、夏、天文、地理、人道为七政。"

"此说出自何典？"余懋孳问。

"《尚书·尧典》。"何宗彦说。

"出自书经，应该更为经典吧？"余懋孳问。

"未必，"何宗彦说，"后世治历学者，很少从其说。"说着，又伸出一指，"其三，以日、月及金、木、水、火、土五星为七政。”

“我虽不懂历学，但觉此说可取。”余懋孳说。

“舜仲可知，此说出自何典？”何宗彦问。

“出自何典？”余懋孳反问。

“出自《史记·五帝本纪》裴注。”何宗彦说。

“即裴駰的《史记集解》吧？”余懋孳问。

“是。”何宗彦应道。

“怪不得我这个外行觉着可取，原来是后人之说。”余懋孳道。

“裴駰是南朝人，还不算甚后之人。”何宗彦说。

“君美先生是说，第四说出自更后之人？”余懋孳问。

“是。”何宗彦应道。

“其说以何者为七政？”余懋孳问。

“其四，以北斗七星对应日、月及金、木、水、火、土为七政。”何宗彦说着，伸出第四指。

“亦即，第四说将第一说、第二说合而为一。”余懋孳道。

“不是简单地合而为一，是有新意。”何宗彦说。

“对，是有新意，”余懋孳应道，又问，“其说出自何典？”

“出自《史记·天官书》司马注。”何宗彦说。

“即司马贞的《史记索隐》吧？”余懋孳问。

“是。”何宗彦应道。

“司马氏乃唐朝人，果然比裴駰更后。”余懋孳说。

“不过，其说更后，却又两说。”何宗彦道。

“怎么？”余懋孳问。

“裴駰南朝人，司马贞唐朝人，故其说出自《史记索隐》比出自《史记集解》要迟。但裴駰引的是郑玄之说，司马贞引的是马融之说，马融却比郑玄早四五十年。若裴駰引的果是郑玄之说，司马贞引的果是马融之说，岂不第三说比第四说更后？”何宗彦道。

“君美先生考证得好详尽呀，佩服。”余懋孳揖道。

“为议复，不得不考证之。”何宗彦说。

“那么，邢士登先生采纳哪一说？”余懋孳问。

“以第三说为主。”何宗彦说。

“既以日、月及金、木、水、火、土为言，君美先生不妨在日、月及金、木、水、火、土上多下工夫。”余懋孳道。

“说的虽不过日、月及金、木、水、火、土，但要读懂，却不是那么容易。不信的话，我读几句，舜仲愿不愿听听？”何宗彦问。

“君美先生愿读，我当然愿听。”余懋孳仍是无可无不可的态度。

“凡步历之法，必以两交相对。彼交即此交，此交符彼交，”何宗彦读过简短的两句后，问道，“舜仲，此言何意？”

余懋孳不说自己听懂，也不说自己没听懂，但说：“君美先生再读。”

“日、月之交食，即五星之交食；五星之凌犯，即日、月之凌犯，”何宗彦又读两句，问道，“舜仲，此言何意？”

“君美先生再读。”余懋孳仍说。

“日、月食为日、月交；五星在黄道间，复为日与五星交；月与五星凌犯，为月与五星合；木星与火星凌犯，为木星与火星交；推之五星，莫不皆然，”何宗彦这次多读两句。读罢，问道，“舜仲，此言何意？”

“有一个意思，我听出来。”余懋孳说。

“哪一个意思？”何宗彦问。

“如君美先生所言，邢士登先生以第三说为主。”余懋孳说。

“别的呢？”何宗彦问。

“别的嘛，还得细细琢磨；或许，等君美先生详尽考证之后，说与我听，我亦能有所悟。”余懋孳说。

何宗彦怎听不出，这是在和他说笑！而且，他觉得余懋孳有理由和他说笑。人家是自个儿找上门来的，又不是你请来帮着解读的，陪着说这么多话，已经很给面子。须知，六科和六部是一对一对的冤家。别官来部衙，可以没有特别的缘故；给事中来相对应的部衙，一定是有特别的缘故的。何宗彦终于想到，应该问问余懋孳。

“舜仲今日来，有事吧？”他问。

“有件小事，须请教君美先生。”余懋孳说。

“但问就是，莫言请教。”何宗彦道。

“河套虏使逗留京师几久，君美先生知否？”余懋孳问。

“似有半年多。”何宗彦说。

“已逾期吧？”余懋孳问。

“逾期久矣。”何宗彦道。

“此事责任在礼部吧？”余懋孳问。

“舜仲说责任在礼部是何意？”何宗彦反问。

"至少期限一到，礼部应告知虏使离京返回。"余懋孳说。

"舜仲怎知礼部未告知虏使？"何宗彦问。

"君美先生的意思，已告知？"余懋孳反问。

"已不止一次告知！"何宗彦道。

"君美先生以为，既已告知，礼部就没责任？"余懋孳问。

"不是我以为，是舜仲以为。"何宗彦道。

"怎成我以为？"余懋孳当然不会承认。

"舜仲不是说，礼部的责任是期限一到，应告知虏使离京返回吗？既已告知，礼部可不就没责任！"何宗彦道。

"君美先生别忘，我说这话是有前提的：我是说礼部至少要做到告知，并非说只要告知就尽到责任。"余懋孳说。

"舜仲还要我怎做？将虏使悉数驱逐吗？"何宗彦问。

"驱逐这等粗活，顺天府去做就可以，巡城御史去做就可以。礼部不宜出面。"余懋孳说。

"何事礼部宜出面？"何宗彦问。

"至少应该查实，虏使为何逾期不去。"余懋孳说。

"舜仲怎知礼部没查实？"何宗彦问。

"君美先生的意思，已查实？"余懋孳反问。

"其实，此事无须查，亦知其实。"何宗彦说。

"为何无须查，亦知其实？"余懋孳问。

"虏酋入贡，朝廷颁赏，历来如此，天经地义。今套虏贡物已入，朝廷赏赐未颁，虏使当然不肯离京。"何宗彦说。

"君美先生以为，既已查实，礼部就没责任？"余懋孳又问。

"不是我以为，是舜仲以为。"何宗彦又道。

"怎又成我以为？"余懋孳还是不承认。

"舜仲不是说，礼部的责任是查实虏使为何不去吗？既已查实，礼部可不就没责任！"何宗彦道。

"君美先生别忘，我说这话是有前提的：我是说礼部至少要查实虏使为何逾期不去，并非说查实虏使为何不去就尽到责任。"余懋孳说。

"还须查实何事？"何宗彦问。

"至少还应该查实，朝廷为何未颁赏赐。"余懋孳说。

"舜仲怎知礼部没查实？"何宗彦问。

“君美先生的意思，也查实？”余懋孳反问。

“其实，此事同样无须查，亦知其实。”何宗彦说。

“为何同样无须查，亦知其实？”余懋孳问。

“朝廷颁赏是由礼部经手，我自然知道；赏赐迟迟未曾颁下，是因为迟迟拿不出赐物。”何宗彦说。

“君美先生说的赐物都有哪些？”余懋孳问。

“如表笺，如弓矢，如鞍辔。”何宗彦举例。

“京师之大，礼部居然找不出表笺！”余懋学道。

“不是找不出表笺，是找不出作为赏赐之用的表笺。”何宗彦说。

“京师之大，礼部居然找不出弓矢！”余懋孳道。

“不是找不出弓矢，是找不出作为赏赐之用的弓矢。”何宗彦说。

“京师之大，礼部居然找不出鞍辔！”余懋孳道。

“不是找不出鞍辔，是找不出作为赏赐之用的鞍辔。”何宗彦说。

“作为赏赐之用的表笺、弓矢、鞍辔等物，礼部通常去哪里找？”余懋孳问。

“去工部库房。”何宗彦说。

“何不仍去工部库房找！”余懋孳道。

“舜仲怎知礼部未去工部库房找？”何宗彦问。

“君美先生的意思，去找过？”余懋孳问。

“不错，去找过。”何宗彦道。

“工部库房却没有？”余懋孳问。

“不错，工部库房却没有。”何宗彦道。

“君美先生怎不问问，存放的赐物为何没有？”余懋孳问。

“问是自然要问的。”何宗彦说。

“工部怎说？”余懋孳问。

“工部言，已转委内库。”何宗彦说。

“何不再去内库找！”余懋孳道。

“舜仲怎知礼部未去内库找？”何宗彦问。

“君美先生的意思，也去找过？”余懋孳反问。

“不错，也去找过。”何宗彦道。

“内库也没有？”余懋孳问。

“不错，内库也没有。”何宗彦道。

“君美先生怎不问问，管理的赐物为何没有？”余懋孳问。

“问是自然要问的。”何宗彦说。

“内库怎说？”余懋孳问。

“内库言，未入库中。”何宗彦说。

“是根本没转委内库这么一回事，还是虽转委内库，工部却未将赐物转交？”余懋孳问。

“据内库说，转委内库一事是有的；但内库无赐物，也不是因为工部未转交。”何宗彦道。

“那是何故？”余懋孳问。

“是旧物已尽，新物未到。”何宗彦说。

“表笺、弓矢、鞍辔等，无一解进？”余懋孳问。

“对，”何宗彦点头，“表笺、弓矢、鞍辔等，无一解进。”

“这可是件麻烦事，”余懋孳道，“据我所知，表笺、弓矢、鞍辔等解自不同产地，往各处去催解，不知哪一天才到得齐！”

“倒也没这么麻烦。”何宗彦却说。

“怎么？”余懋孳问。

“表笺、弓矢、鞍辔等无一解进，是未解进内库，不是未解进京师。”何宗彦说。

“解进京师，却未解进内库？我怎越听越糊涂！”余懋孳道。

“其实很简单，舜仲不该听糊涂的，”何宗彦说着，问道，“舜仲说，各物解来京师，该哪个衙门去接收呀？”

“入工部库，则工部接收；入内库，则内库接收。”余懋孳说。

“内库不差人接收，却怎入内库！”何宗彦道。

“该等物件解入京师后，存放何处？”余懋孳问。

“张家湾。”何宗彦道。

“亦即，该等物件解运至张家湾，内库却未接收，是吧？”余懋孳问。

“是。”何宗彦应道。

“内库不知去张家湾接收，抑或不愿去张家湾接收？”余懋孳问。

“舜仲说呢？”何宗彦反问。

“工部转委内库，不会不交代；解官解物到，不会不告知。所以内库不是不知往张家湾接受，是不愿往张家湾接收。”余懋孳推断。

“正是。”何宗彦应道。

“内库为何不愿去张家湾接收？”余懋孳问。

“舜仲说呢？”何宗彦反问。

“莫非是刁难？”余懋孳推测。

“正是，”何宗彦应道，“需索不能如意，接收遂加留难。交割之难，无过今日者。”

“该查实的事，君美先生倒是都查实。”余懋孳说。

“舜仲先生总算说句公道话。”何宗彦道。

“君美先生以为，该查实的事都查实，礼部就无责任？”想不到，余懋孳又问。

“不是我以为，是舜仲以为。”何宗彦又道。

“怎又成我以为？”余懋孳问。

“舜仲不是说，礼部的责任是查实朝廷为何未颁赏赐吗？既已查实，礼部可不就没责任！”何宗彦道。

“君美先生别忘，我说这话是有前提的：我是说至少礼部应该查实朝廷为何未颁赏赐，并非说查实朝廷为何未颁赏赐礼部就尽到责任。”余懋孳说。

“那么，礼部还该查何事，或做何事？”何宗彦问。

“至少——”余懋孳才说两个字，被打断。

“请舜仲一气呵成，别再说至少，行吗？”何宗彦道。

“行，不再说，”余懋孳应罢，说道，“我看，君美先生应该把内库留难之事，奏明朝廷。”

“舜仲怎知——”何宗彦多说两个字，也被打断。

“君美先生别再问我怎知，行吗？”余懋孳道。

“行，不再问，”何宗彦应罢，说道，“此事不仅礼部曾奏闻于朝，工部亦曾奏闻于朝。我看，科臣也该尽尽力。”

第四百七十一章

礼部郎中徐如珂走进衙门时，本部侍郎沈潅向他招招手，然后转身而去。徐如珂确定他是在招呼自己，于是跟在后面，被他带进角落里的一间小室。

“这里安静，和季鸣先生说说话。”沈潅第一句话是解释。

“是。”徐如珂应一声，把门带上，沈潅既然要找安静的地方说话，当然不希望被别人打扰。

“季鸣先生，你办了一件大快人心的事呀。”沈潅第二句话是称赞。

“铭缜先生是指——”徐如珂不知他指的什么事。

沈潅字铭缜，浙江乌程人，万历二十年进士。徐如珂字季鸣，南直隶吴县人，万历二十三年进士。两个人前后脚中的进士，因为徐如珂宦途坎坷，所以，沈潅已升至佐贰，他仍是司官。

“季鸣先生不是出题考过两个大西洋国人吗？”沈潅道。

“有这事。”徐如珂承认。

“你怎想出这么一个绝妙的主意？”沈潅问。

“他辈常自夸，其国风土人情，远胜我中华。我气愤不过，让提督四夷馆找两个人来，随便问上几句，看看他等有何高明之处。”徐如珂说。

“季鸣先生用我中土语言提问？”沈潅问。

“是。”徐如珂应道。

“他二人听得懂吗？”沈潅问。

“在我中华生活十年，若是连普通的话都听不懂，我只能称他二人是愚夫。”徐如珂说。

“他二人用中土语言回答？”沈潅又问。

“是。”徐如珂应道。

“季鸣先生听得懂吗？”沈潅问。

“南腔北调，勉强可听。”徐如珂道。

“季鸣先生问他等何事？”沈潅又问。

“我先问他二人的名字。”徐如珂说。

“他二人何名？”沈漼问。

“一人名某某。”徐如珂说。

“另一人呢？”沈漼问。

“另一人名某某。”徐如珂说。

“原来季鸣先生一个名字也没听清楚！”沈漼道。

“他两个的名字古怪，即便听清楚，谁记得住！”徐如珂说。

“也是，”沈漼点点头，又问，“季鸣先生然后问何事？”

“我又问他二人的国度。”徐如珂说。

“他二人来自哪国？”沈漼问。

“一人说来自大西洋国。”徐如珂道。

“另一人呢？”沈漼问。

“另一人说来自意大利亚。”徐如珂道。

“他两个不是同一国度的人？”沈漼问。

“其实是一国，譬如我朝人到别处，或称来自大明，或称来自中华。”徐如珂解释道。

“季鸣先生然后问何事？”沈漼又问。

“我又问他二人怎称呼我。”徐如珂说。

“此事问得有趣，”沈漼笑道，并问，“他二人怎称呼你？”

“一人称我徐大人。”徐如珂道。

“另一人呢？”沈漼问。

“另一人称我徐老爷。”徐如珂道。

“你有没问问，这两个称呼有何不同？”沈漼问。

“有问。”徐如珂道。

“他两个怎说？”沈漼问。

“茫然相对，不知所云。”徐如珂道。

“那真是愚夫不如，”沈漼说着，又问，“季鸣先生然后问何事？”

“我又问二人怎称呼利玛窦。”徐如珂说。

“此事问得更有趣，”沈漼又笑道，并问，“他二人怎称呼利玛窦？”

“一人称利玛窦先生。”徐如珂说。

“另一人呢？”沈漼问。

“另一人称利玛窦老师。”徐如珂说。

“你有没问问，这两个称呼又有何不同？”沈漼问。

“有问。”徐如珂道。

“他两个怎说？”沈漼问。

“他两个竟用本国语言争论起来。”徐如珂说。

“可见，在我中华生活十年，对我中华语言，也不过一知半解。”沈漼评论一句。

“铭缜先生说的是。”徐如珂应道。

“语言尚且一知半解，我中华文化之广博，之深邃，他两个大概更难以领会。”沈漼又说。

“可不，”徐如珂道，“我出几个简单的题目，他二人却说得牛头不对马嘴，让人哭笑不得。”

“季鸣先生出的何题？”沈漼问。

“譬如，我问他二人，何为七政。”徐如珂道。

“季鸣先生是由士登先生奏疏想到这个题目的吧？”沈漼问。

“一则是由士登先生的奏疏想到，一则是大西洋国人自诩历学天下第一，我朝读书人也多有追捧者。”徐如珂说。

“数祖忘典，可恨，可叹！”沈漼颇有同感地说，并问，“他两个是怎回答的？”

“一人想许久，答曰‘朝政’。”徐如珂道。

“他把朝廷归为七政之一？”沈漼不知该吃惊，还是该哂笑。

“铭缜先生吃惊吗？我倒觉着，他能说出‘朝政’这两个字来，实属不易。”徐如珂道。

“另一人怎说？”沈漼问。

“另一人想了更久，答曰‘兵政’。”徐如珂道。

“季鸣先生应该让他两个把七政凑齐。”沈漼说。

“我是让他两个再说。”徐如珂道。

“他两个又想起何政？”沈漼问。

“一人似乎受到鼓励，又答以‘屯政’。”徐如珂道。

“另一人呢？”沈漼问。

“另一人似乎不甘落后，又答以‘马政’。”徐如珂道。

“前一人又想到何政？”沈漼问。

“前一人由马政而想到盐政。”徐如珂说。

“后一人又想到何政？”沈漼问。

“后一人由盐政而想到茶政。”徐如珂说。

“最后一政是前一人想到的？”沈漼问。
“是。”徐如珂应道。
“他说是何政？”沈漼问。
“榷政。”徐如珂道。
“我国人似乎从未以榷税为政，倒被一个番人说出此政！”沈漼道。
“铭缜先生说的是。”徐如珂笑道。
“后一人少说一政，不以为憾？”沈漼问。
“怎不以为憾！”徐如珂道，“不过，七政已被说足，他只能以问作答。”
“他怎问的？”沈漼问。
“他问，榷政为一政，矿政是不是也为一政？”徐如珂道。
“我想到他会问矿政，”沈漼说着，问道，“季鸣先生怎回复他？”
“今日只有七政，日后，八政、九政或许都会有的。”徐如珂道。
“季鸣先生答得妙！”沈漼击掌叫好，又问，“季鸣先生还出何题考他两个？”
“我问他二人，何为九州？”徐如珂道。
“季鸣先生是因大西洋国人自诩擅长地理才出此题目吧？”沈漼问。
“是。”徐如珂应道。
“他两个是怎回答的？”沈漼问。
“一人想了想，答曰‘通州’。”徐如珂道。
“另一人怎说？”沈漼问。
“另一人想了想，也答曰‘通州’。”徐如珂道。
“你有没问问他为何重复？”沈漼问。
“有问。”徐如珂道。
“他怎说？”沈漼问。
“他说，同伴说的是南通州，他说的是北通州。”徐如珂道。
“他居然知道通州有南、北之分，真够难为他的。”沈漼说。
“他在南京住过几年，在京师住过几年，自然南、北通州皆知。”徐如珂道。
“前一人又想到哪州？”沈漼问。
“广州。”徐如珂道。
“后一人又想到哪州？”沈漼问。
“潮州。”徐如珂道。
“是不约而同地回到广东吧？”沈漼推测。
“或许。”徐如珂应道。

“前一人又想到哪州？”沈潅问。

“漳州。”徐如珂道。

“后一人又想到哪州？”沈潅问。

“泉州。”徐如珂道。

“由闽南而上，居然没人提到福州！”沈潅讥道。

“对，”徐如珂应道，“没等到福州，就出闽省。”

“前一人又想到哪州？”沈潅问。

“温州。”徐如珂道。

“后一人又想到哪州？”沈潅问。

“杭州。”徐如珂道。

“到杭州，离南京已不远。”沈潅道。

“确实不远。”徐如珂应道。

“广东二州，福建二州，浙江二州，加上南、北通州，已是八州，最后一州，应该在南直隶找吧？”沈潅问。

“铭缜先生所料不差，果然是在南直隶找的。”徐如珂道。

“仍是前一人多说一个吗？”沈潅问。

“这次不是，是后一人多说一个。”徐如珂道。

“他说的是哪州？”沈潅问。

“苏州。”徐如珂道。

“苏、杭并称，他应该想得到苏州。”沈潅说。

“我当时也是这么想的。”徐如珂道。

“前一人少说一个，不想找补回来吗？”沈潅问。

“怎不想找补！”徐如珂道，“不过，九州已经说足，他也只能以问作答。”

“他怎问的？”沈潅问。

“他问，常州距离南京比苏州更近，为何第九州不是常州，而是苏州？”徐如珂道。

“季鸣先生怎回复他？”沈潅问。

“我问他，知不知有冀州？”徐如珂道。

“他怎说？”沈潅问。

“他反问：可是顺天府所辖冀州？”徐如珂道。

“季鸣先生怎回复他？”沈潅问。

“我告诉他，他说的是今冀州，我问的是古冀州。”徐如珂道。

“这么一说，我已懂得季鸣先生的用意。季鸣先生应该继续问下去才是。”沈淮说。

“我是继续问下去，不过不是问他。”徐如珂道。

“问后一人，对吧？”沈淮问。

“对。”徐如珂应道。

“季鸣先生问他哪州？”沈淮问。

“我问他，知不知有兖州？”徐如珂道。

“他怎说？”沈淮问。

“他反问：可是山东的兖州府？”徐如珂道。

“季鸣先生告诉他，他说的是今兖州，季鸣先生问的是古兖州，对吧？”沈淮问。

“对。”徐如珂应道。

“季鸣先生接着问谁个？”沈淮问。

“接着问前一人。”徐如珂道。

“季鸣先生问他哪州？”沈淮问。

“我问他，知不知有青州？”徐如珂道。

“他怎说？”沈淮问。

“他反问：可是山东的青州府？”徐如珂道。

“季鸣先生告诉他，他说的是今青州，季鸣先生问的是古青州，对吧？”沈淮问。

“对。”徐如珂应道。

“季鸣先生接着问谁个？”沈淮问。

“接着问后一人。”徐如珂应道。

“季鸣先生问他哪州？”沈淮问。

“我问他，知不知有徐州？”徐如珂道。

“他怎说？”沈淮问。

“他反问：可是南直隶的徐州？”徐如珂道。

“季鸣先生告诉他，他说的是今徐州，季鸣先生问的是古徐州，对吧？”沈淮问。

“对。”徐如珂应道。

“季鸣先生接着问谁个？”沈淮问。

“接着问前一人。”徐如珂道。

“季鸣先生问他哪州？”沈淮问。

“我问他，知不知有扬州。”徐如珂道。

“他怎说？”沈淮问。

“他反问：可是南直隶的扬州。”徐如珂道。

“季鸣先生告诉他，他说的是今扬州，季鸣先生问的是古扬州，对吧？”沈淮问。

“对。”徐如珂应道。

“季鸣先生接着问后一人，对吧？”沈淮问。

“对。”徐如珂应道。

“季鸣先生问他知不知有荆州吧？”沈淮问。

“对。”徐如珂应道。

“他反问，可是湖广的荆州，对吧？”沈淮问。

“对。”徐如珂应道。

“季鸣先生告诉他，他说的是今荆州，季鸣先主问的是古荆州，对吧？”沈淮问。

“对。”徐如珂应道。

“季鸣先生接着问前一人吧？”沈淮问。

“对。”徐如珂应道。

“季鸣先生问他知不知有豫州，对吧？”沈淮问。

“对。”徐如珂应道。

“今无豫州，他想答错都无可能。”沈淮说。

“可不，”徐如珂应道，“所以，他竟问我，是否把豫省说成豫州？”

“季鸣先生接着问后一人，对吧？”沈淮问。

“对。”徐如珂应道。

“季鸣先生问他知不知有梁州，对吧？”沈淮问。

“对。”徐如珂应道。

“今连梁省亦无，不知他会有怎样稀奇古怪的联想！”沈淮道。

“他联想到梁园，”徐如珂说，“他竟问我，今之梁园可是古之梁州？”

“季鸣先生怎回复他？”沈淮问。

“我告诉他，今之中华，即他之梁园。”徐如珂说。

“好，季鸣先生在下逐客令！”沈淮笑道，又问，“还有雍州，季鸣先生是问前一人，问后一人，抑或一并问之？”

“我既没问哪人，也没一并问之。”徐如珂说。

“季鸣先生为何不问？”沈淮问。

“我怕他两个由雍州联想到辟雍。”徐如珂说。

沈淮呵呵大笑。笑罢，说道：“不知七政，却来我中华大谈天文；不知九州，却来我中华大谈地理。容留此辈，有何益处！”

“铭缜先生说的是。”徐如珂应道。

“不如你我合上一疏，将此辈系数驱逐，”沈淮说着，问道，“季鸣先生，如何？”

“好是好，但我还有个想法。”徐如珂说。

“你说！”沈淮道。

“不如和君美先生议一议，以礼部名义上疏，岂不更好？”徐如珂道。

“这恐怕行不通，”沈淮边说，边摇头，“我和君美先生议过此事，他似乎并不赞成。”

“既如此，我愿与铭缜先生进言。”徐如珂道。

第四百七十二章

安顺是由黔入滇的主要通道。贵州巡抚张鹤鸣巡视至此，没有进城，而是绕至安顺西南的北盘江，在江边找个地方，安顿下来。

张鹤鸣和两名随行的幕僚一起吃饭。吃到一半时，他忽问："你二位谁在衙门里办事的年头久？"

"他久。"年纪较轻的幕僚指着年长的幕僚说。

见该幕僚未否认，张鹤鸣问他："仁兄在抚衙几多年？"

"十五六年。"年长的幕僚说。

"这么说，青螺公抚黔时，仁兄已在巡抚衙门办事。"张鹤鸣说。

"是，"年长的幕僚应一声，说道，"青螺公抚黔，我才入抚衙，然后是金溪胡公，然后是新建张公，然后就是元平先生。"

张鹤鸣字元平，南直隶颍州人，万历二十年进士。他的前任张偲，江西新建人；再前任胡桂芳，江西金溪人；再前任，是名气很响亮的郭子章，号青螺。

"青螺公抚黔，有两大功绩：一是平播，一是讨苗。但平播之功，更多地应记在霖寰公的头上，讨苗才是青螺公本身的功绩，"张鹤鸣说着，问道，"你等说，是不是应该这么看？"

霖寰是时任四川巡抚的李化龙的别号。

"诚如元平先生所论。"二幕僚齐应道。

"仁兄还记得，青螺公讨苗是在哪一年吗？"张鹤鸣问年长的幕僚。

"学生记得，是在万历三十四年。"年长的幕僚说。

"亦即，正好是十年前。"张鹤鸣道。

"元平先生说的是。"年长的幕僚应道。

"所斩获酋领，是不是叫吴老乔？"张鹤鸣问。

"是。"年长的幕僚应道。

"招降诸苗有多少人？"张鹤鸣问。

"男妇共计一万三千三百余人。"年长的幕僚说。

“当时所上奏表称讨平贵州苗，是吧？”张鹤鸣问。

“是。”年长的幕僚应道。

“然不过十年，又生动荡；讨平黔苗，谈何容易！”张鹤鸣叹道。

“元平先生说的是。”年长的幕僚应道。

“所谓讨平，实为暂平，譬如江水，一波才平，一波又起。”年纪较轻的幕僚说。

“你这个比喻很恰当。”张鹤鸣称赞。

年纪较轻的幕僚被称赞，感到鼓舞，话也多起来。

“晚生以为，贵州今之动乱，其源有三。”他说。

“老弟说说有哪三源？”张鹤鸣命道。

“其一，窜入黔境的瑶人；其二，播州杨氏余孽；其三，贵州本地的红苗。”年纪较轻的幕僚说。

“仁兄有何高见？”张鹤鸣问年长的幕僚。

“他说的不错，贵州今之动荡，不外乎这三种人。”年长的幕僚说。

“那就一一议之，好不好？”张鹤鸣道。

“好。”二幕僚应道。

“老弟把窜入黔境的瑶人列在第一，是何道理？”张鹤鸣问年纪较轻的幕僚。

“晚生将瑶人列在第一，不是因其实力最强，而是因为自贵阳行来，星罗棋布，遍山都是瑶人的寨子。”年纪较轻的幕僚说。

“此即所谓苗仲部，是吧？”张鹤鸣问。

“是。”年纪较轻的幕僚应道。

“名曰苗仲，却非苗人，而是瑶人，可谓古怪。”张鹤鸣道。

“学生想，此部或是入黔境之后，为了拉拢苗人，才给自个儿取了个苗仲的名字。”年长的幕僚说。

“老弟意下如何？”张鹤鸣问年纪较轻的幕僚。

“如此推测，应该是不错的。”年纪较轻的幕僚说。

“既曰瑶人，应该来自粤西吧？”张鹤鸣又问年长的幕僚。

“是，”年长的幕僚应道。

“瑶种西来，是入黔者多，抑或入滇者多？”张鹤鸣问。

“应该是入黔者多。”年长的幕僚说。

“这是为何？”张鹤鸣问。

“或因其人喜山居。”年长的幕僚说。

“有道理，”张鹤鸣点点头，又问年纪较轻的幕僚，“你说贵阳以下，瑶人山寨星罗棋布，可知有山寨几多？”

“晚生留意此事，故沿途考察过，自贵阳至滇境，约有瑶人山寨一千四百七十个。”年纪较轻的幕僚说。

“有这多？”这个数目大大超出张鹤鸣的预想 “若以每寨一二百人计，窜入黔境的瑶民不少于二十万。这还不是实力最强的？”

“没那么多，”年纪较轻的幕僚道，“瑶人习俗，聚室而居，故山寨虽有一千四百七十个，人数不过三万左右。”

“如此说来，每寨不过十几二十人。”张鹤鸣算出。

“是。”年纪较轻的幕僚说。

“分则不足为虑，合则酿成大患。”张鹤鸣说。

“元平先生所论极是，”年纪较轻的幕僚应道，“苗仲分则为民，合印为盗，若使其分而不合，事半功倍矣。”

“那好，我等就多想想，如何使其分而不合，”张鹤鸣说着，问年长的幕僚，“仁兄有何良策？”

“圣祖曰：有恒产者有恒心。”年长的幕僚说。

“老弟有何良策？”张鹤鸣又问年纪较轻的幕僚。

“孟子曰：谨庠序之教，申之以孝悌之义。”年纪较轻的幕僚说。

“一则温饱，一则教化，听起来简单，做起来却难。”张鹤鸣说。

“学生愿教他等垦荒种植。”年长的幕僚请命。

“晚生愿为他等传布圣训。”年纪较轻的幕僚请命。

“具体如何实施，不妨慢慢再议，”张鹤鸣说着，问年长的幕僚，“我记得，仁兄曾提醒我，杨氏余孽，不可小觑，是吧？”

“是。”年长的幕僚应道。

“他老弟查实窜入瑶人有三万左右，仁兄有无查实，残存于黔境的杨氏余孽有几多？”张鹤鸣问。

“学生亦曾查实，有万余。”年长的幕僚道。

“分布于何处？”张鹤鸣问。

“镇远、清平两县之间。”年长的幕僚说。

“镇远县是不是属镇远府？”张鹤鸣问。

“是。”年长的幕僚应道。

“镇远府是不是在贵阳以东？”张鹤鸣问。

“是。”年长的幕僚应道。

“清平是不是属都匀府？”张鹤鸣又问。

“是，”年长的幕僚应道，并说，“清平属都匀府独山州。”

“都匀府是不是在贵阳东南？”张鹤鸣问。

“是，”年长的幕僚应道，并说，“独山又在都匀南，清平则在独山与都匀之间。”

“据我所知，都匀距贵阳二百六十余里，镇远距贵阳五百三十余里，亦即都匀、镇远间相距二百六七十里，则清平、镇远间相距不会少于三百里，”张鹤鸣说着，问道，“对吧？”

“元平先生计算得对。”年长的幕僚说。

“万余人，分布于三百余里的范围内，太分散。”张鹤鸣道。

“听起来分散，实则只有几股。”年长的幕僚说。

“几股？”张鹤鸣问实。

“大则三股：一曰大江，二曰小江，三曰九股。”年长的幕僚说。

“九股加大、小江二股，应是十一股。”年纪较轻的幕僚插话。

“老弟没听明白，我却听明白：九股者，其名曰九股，非杨氏余孽分为九股，”张鹤鸣说着，问年长的幕僚，“仁兄，对吧？”

“对。”年长的幕僚应道。

“万余人，与窜入瑶人相比，人数少得多。”张鹤鸣说。

“元平先生说的是。”年长的幕僚应道。

“人数少得多，是不是为害也小得多？”张鹤鸣问。

“这却未必。”年长的幕僚道。

“怎么？”张鹤鸣问。

“入黔瑶人未必人人思乱，杨氏余孽却是人人思乱；入黔瑶人，可使其分而不合，杨氏余孽却难以分离。”年长的幕僚说。

“仁兄是说，入黔瑶人或可抚之，杨氏余孽未必能抚定？”张鹤鸣问。

“学生是这个意思。”年长的幕僚应道。

“老弟意下如何？”张鹤鸣问年纪较轻的幕僚。

“杨氏余孽，不可不试抚之，亦不可不常备之。”年纪较轻的幕僚说。

“那好，我等就剿、抚兼行之，”张鹤鸣说着，问二幕僚，“二位可知，我为何最后才言及红苗？”

“红苗人数最多。”年纪较轻的幕僚说。

“红苗分布最广。”年长的幕僚说。

“老弟说红苗人数最多，知有几多？”张鹤鸣问年纪较轻的幕僚。

“往少估计，十数万；往多估计，数十万。”年纪较轻的幕僚说。

“亦即，多过窜入瑶人数倍至十数倍，多过杨氏余孽十数倍至数十倍。”张鹤鸣道。

“元平先生说的是。”年纪较轻的幕僚应道。

“仁兄说红苗分布最广，知有几广？”张鹤鸣问年长的幕僚。

“红苗环铜仁、石阡、思州、思南四郡而居，其分布之广，由此可知。”年长的幕僚说。

“铜仁、石阡、思南皆在贵阳东北，唯独思州在贵阳以东，是吧？”张鹤鸣问。

“是。”年长的幕僚应道。

“贵阳东北三府各相距几远？”张鹤鸣问。

“同仁距贵阳七百七十里，石阡距贵阳六百三十里，思南距贵阳六百二十里。”年长的幕僚说。

“三府间相距并不远。”张鹤鸣道。

“相距虽不远，但环府而居，范围还是很大的。”年长的幕僚说。

“仁兄说的是，”张鹤鸣应道，又问，“于窜入瑶人，二位偏于抚之；于杨氏余孽，二位主张剿、抚兼之；于红苗，仁兄意欲何为？”

“学生偏于剿。”年长的幕僚说。

“仁兄为何偏于剿？”张鹤鸣问。

“一则，在贵州，窜入瑶人、杨氏余孽为客，红苗为主。为客，则立足未稳；为主，则扎根深远。”年长的幕僚说。

“还有呢？”张鹤鸣问。

“二则，如元平先生所言，窜入瑶人、杨氏余孽人数少，当地红苗人数多。人少，或抚，或剿，或留，或逐，易于掌控；人多，则难抚，难剿，难留，难逐。”年长的幕僚说。

“还有吗？”张鹤鸣问。

“还有一事，”年长的幕僚说，“红苗之势初炽，若听任其燃之，后果难以预料；不如趁此时机，用兵征剿。”

“有道理，”张鹤鸣点了点头，转问年纪较轻的幕僚，“老弟之见呢？”

“我亦以为，眼下是征剿的机会；不过，”年纪较轻的幕僚顿了顿，说道，“以本地官军征剿，恐怕没多大把握。”

“老弟是担心黔兵不能战，还是担心黔兵不足？”张鹤鸣问。

“主要是不足，”年纪较轻的幕僚说，“征剿窜入瑶人，或杨氏余孽，或可全用土兵；征剿当地红苗，主要却不能用土兵，更不能全用土兵。以今贵州官军，欲征剿红苗，相差甚远。”

“这么说，你知本都堂手里的官军有几多？”张鹤鸣问。

“晚生知之，”年纪较轻的幕僚说，“元平先生交代晚生核查，巡抚衙门能调集用于征战的官军究竟有多少，晚生再三核查，不过是一万三千人而已。元平先生用于征剿杨氏余孽，底气还足；用于征剿窜入瑶人，已捉襟见肘；用于征剿红苗，则远远不够。”

“仁兄有何高见？”张鹤鸣问。

“奏请增兵、增饷，实为第一要务。”年长的幕僚说。

“增兵、增饷，是要奏请的；但增至足够的兵、足够的饷，二位想都不要想。一则，今日之红苗，不同于十几二十年前的播州，在朝廷看来，红苗还没到非征剿不可的地步；二则，今日之朝廷，不同于十几二十年前的朝廷，要朝廷征集如此之多的官军，动用如此之多的粮饷，实在是件大难之事。所以，我等只能谋事；能否成事，须看天意。”张鹤鸣道。

“元平先生说的是。”二幕僚齐应道。

第四百七十三章

家仆入禀，有一公公来见。

“哪个衙门的？”林如楚问。

“他自个儿说，是从内官监来的。”家仆道。

“他自个儿说？莫非你疑之？”林如楚问。

“小人不敢疑之；不过内官监的公公，小人见过不少，这一位看着眼生。”家仆说。

内官监和工部的来往多，有人来私邸相见，也很正常。林如楚相信家仆的怀疑是有道理的：他在私邸见过的内官监的太监，家仆都见过，而且是在他见之前见的。

“他没报姓名吗？”他问。

“报了，”家仆说，“他自称姓汪，叫汪良德。小人不记得内官监有这么一位公公。”

林如楚也不记得内官监有这么一位公公。不过，来者既然自称是内官监来的，多半不会是胡说，须得见过，才知分晓。

“请进来吧。”他命道。

汪良德进到书房，躬身道：“在下见过大司空。”

一见果然面生，林如楚沉吟着，没马上答话。

“道茂先生不认得在下吧？”汪良德问。

“看着面熟。”林如楚言不由衷地说。

“道茂先生别骗自个儿吧，你我根本不可能见过面。”汪良德说。

“公公不是在内官监当差吗，为何不可能见过面？只要公公在内官监当差，总是有机会见面的。”林如楚辩道。

“在下并不在内官监当差。”汪良德说句实话。

“不在内官监当差？难道公公为混入工部衙门，撒个弥天大谎？”林如楚有些愤怒。

“一来，并非撒谎；二来，即便撒谎，也是个小小的谎言，算不得弥天大谎。”汪良德说。

“不在内官监当差，却说从内官监来，还没撒谎！”林如楚斥道。

“不在内官监当差，就不能从内官监来？”汪良德问。

“这个——”林如楚被问住。是啊，人家不在内官监当差，就不能从内官监来？要怪，只能怪门役没问清楚。他说句“那是我理会错”表示歉意，然后问，“公公在哪个衙门当差？”

“在下不在哪个衙门当差。”汪良德说。

无职位、闲住或候选的内臣也是有的。但无职位而来求见工部署部侍郎，就一定是为的私事，而不会是为的公事。林如楚开始琢磨，怎样尽快把他打发走。

汪良德好像看出他的心思，说道：“在下不在衙门里当差，却不是闲住；在下是在宫里当差。”

宫里来的！难怪这样一个无论从年龄判断，还是从服饰判断，地位都不会高的内臣，敢来私宅，求见署部侍郎！

“公公在哪宫当差？”林如楚问。

“咸安宫。”汪良德说。

林如楚知道，大内有两处宫室叫过咸安宫：一是旧的咸安宫，嘉靖十四年改名为咸福宫，是西六宫之一；一是旧的咸熙宫，也是在嘉靖十四年改名为咸安宫。后者曾是穆宗皇帝陈皇后，即仁圣皇太后的居所。

“公公说的是哪个咸安宫？”林如楚问。

“当然是今之咸安宫。”汪良德说。

“对，对，应该是今之咸安宫，”林如楚点点头，又问，“汪公公说，才从内官监来？”

“是啊，”汪良德应道，“在下从内官监来，对道茂先生和贵衙守门的，都是这么说的。所以，在下并未撒谎，心里很坦然。”

“撒谎的话，不必再提吧！不如汪公公和我说说，为何去的内官监，又为何从内官监来的舍下。”林如楚赔着笑说。

“为何去的内官监，又为何从内官监来的府上，在下是要说的；但说为何去的内官监、又为何从内官监来的府上之前，在下可不可以先问道茂先生件事？”汪良德问。

“当然可以！”林如楚道。

“道茂先生没想到在下会来吧？”汪良德问。

“坦率地说，是没想到。”林如楚承认。

“道茂先生为何没想到？”汪良德问。

提这样的问题，让林如楚哭笑不得，但又不得不想办法应付。

“汪公公自个儿不也说，我两个不可能见过。”他说。

“还有吗？”汪良德问。

“汪公公在宫里当差，不可能找工部办事。”林如楚说。

“还有吗？”汪良德问。

“并无其他。”林如楚道。

“不对，在下看，还有个原因。”汪良德说。

“还有何原因？”林如楚问。

“以在下的身份，根本没资格请见大司空。”汪良德说。

的确如此！这话林如楚只能放在心里说，不能放在嘴上说；但不能说出来是不能说出来，林如楚也不愿反驳。因为反驳的话，等于表明任何一个内臣都可以找工部办事，都可以见他说事。

最明智的选择是不置可否。

“我并不知汪公公的身份。”林如楚说。

“正要禀告，在下是咸安宫的奉御。”汪良德说。

奉御从六品，在有职衔的内臣中差不多是最低的。难怪他要强调自己的身份。如果说，一名奉御径来部衙，还不算太离奇；那么，他要找的应该是和他对应的主事，至多是郎中，而不是署部的堂官。

好像林如楚的心思，汪良德都能揣摩出来。他问：“道茂先生大概在想，我为何不去见主事、员外、司官，而径来府上吧？”

“我没这么想。”林如楚否认。

“不管道茂先生有没想，此事我都得说说。”汪良德倒像得着理。

“汪公公说！”林如楚道。

“我进来先称呼一声大司空，后来却不再称呼，道茂先生知是为何？”汪良德问。

“汪公公自觉称呼错。”林如楚说。

“我并非自觉称呼错，我是怕道茂先生难堪。”汪良德说。

“怕我难堪？我为何难堪？”林如楚问。

“道茂先生是以少司空署大司空事，并非名副其实的大司空，”汪良德说着，问道，“我说得对吧？”

“汪公公说得对。”林如楚应道。

“所以，在下先要禀告在下的身份，免得道茂先生问起来，在下难堪。”汪良德说。

“恕我年纪大，人变得迟钝。汪公公的意思，我有点儿听不明白。”林如楚当真听不出这两个难堪之间有什么联系。

“在下说并非自觉称呼错，是何道理？因为道茂先生署大司空事，即相当于大司空，”汪良德说着，问道，“但朝廷为何以道茂先生署大司空事呢？”

“大司空位空缺呀。”林如楚道。

“若是少司空位亦空缺呢？”汪良德问。

“可以他部或都察院堂官兼署，”林如楚道，并说，“近年以来，部、院兼署，比比皆是。”

“若是他部或都察院堂官都空缺呢？”汪良德问。

“这等情形，却是没有过的。”林如楚说。

“在下不是说若是吗！”汪良德道。

“前朝以司官署部，甚至以主事署部，也是有的。”林如楚说。

“宫里的情形其实和外廷一样，各宫有管事的太监，管事的太监管各宫的事；哪宫没管事的太监，则由少监管该宫的事；哪宫太监、少监都没有，则由长随、奉御等管该宫的事。”汪良德说。

“原来汪公公是咸安宫管事的公公，这可失敬得很。”林如楚道。咸安宫是一座几乎废弃不用的宫室，不设管事太监等高职位内臣，是预料中的事。不过，林如楚与其说在道歉，不如说在嗤笑。

“好说，”汪良德不是没听出来，就是听出来也不在乎。他说，“在下斗胆找到道茂先生，这是第一个缘故。”

“汪公公还有第二个缘故？”林如楚问。

“是，”汪良德应一声，说道，“万岁爷传下圣谕着咸安宫办的事，别个都是办不成的，于是只好在下来办。在下斗胆找到道茂先生，这是第二个缘故。”

“原来汪公公是奉旨办事，这可怠慢得很。”林如楚道。这一次的回应，他道歉的成分增加，嗤笑的成分减少。

“好说。”汪良德可以完全不在乎对方是道歉，还是嗤笑。

“不知汪公公奉旨办何差事？”林如楚问。

“修缮咸安宫。”汪良德道。

“修缮咸安宫？”林如楚既感意外，又感吃惊。意外的是，咸安宫是位于大内西端的一座废弃许久的宫室，从来没人提及修缮，今日皇上忽然要修缮；吃惊的是，虽然咸安宫不是什么重要的宫室，虽然还不知道要修缮到什么程度，但修缮宫室，终究不是一件小差事，皇上怎么会随随便便地交代给一个职位很低的内臣来办？他问道，“汪公公是奉旨修缮咸安宫？”

“道茂先生在想，这等大事怎会交给一名奉御来办吧？”汪良德又揣摸出他的心思，并说，“首先在下得告诉道茂先生，修缮咸安宫，在下是办不了的，在下是到工部来传谕的。”

“谕旨呢？”林如楚忙问。

“万岁爷是口谕。”汪良德说。

“臣恭领圣谕，”林如楚躬身做做样子，疑窦并未消除。毕竟，一名奉御随随便便来部衙传示圣谕，太不合常规，他不得不再问问清楚。但他开口，只说出“可是”二字，就被汪良德打断。

“道茂先生在想，怎会由在下来传谕吧？”汪良德问。

“我是在想。”林如楚觉得，没必要隐瞒自己的这个想法。

“因为修缮咸安宫，是在下奏准的呀。”汪良德道。

“是汪公公奏准的？”林如楚将信将疑，疑多过信。

“是啊。”汪良德应道。

“那么——”林如楚接下来的问话又被打断。

“道茂先生在想，在下一名区区奉御的奏请，万岁爷为何会准吧？”汪良德问。

“除去区区二字，我是这么想的。”林如楚说。

“因为修缮咸安宫，关系到一位贵人呀。”汪良德说。

“关系到一位贵人？哪一位贵人？”林如楚问。

“皇长孙，算是位贵人吧？”汪良德反问。

“皇长孙自是贵人，可皇长孙随皇太子居住慈庆宫，皇上怎会使其自东宫西迁？”林如楚道。

“不是皇长孙要入居咸安宫。”汪良德说。

“那是谁人？”林如楚又问。

“宫里有位客老太，道茂先生知道吧？”汪良德仍以反问作答。

宦官称资深宫人为老太。如果汪良德说的是别姓的老太，林如楚未必知道；但客氏是个很稀少的姓，他说的是客老太，林如楚不会不知道。

“汪公公说的，是皇长孙的乳媪吧？”林如楚道。

“是，”汪良德应一声，说道，“皇长孙是贵人，他的乳媪应该也是贵人吧？皇长孙渐长，客老太不适宜再居住慈庆宫。她老人家看中咸安宫，但不略加修缮，怎住得进去！”

皇长孙由校诞于万历三十三年，已经十二岁，早可以离开乳媪。

林如楚更感意外，更感吃惊。更感意外的是，汪良德竟然是为一名乳媪奏请修缮宫室；更感吃惊的是，皇帝竟然会准其奏。不管是皇长孙的乳媪，还是别的皇子皇孙的乳媪，总归是乳媪而已，为她大兴土木，是没有过的事。

“原来是皇长孙乳媪要迁出慈庆宫；她看中咸安宫，但咸安宫年久失修，所以，汪公公奏请修缮；汪公公一奏，皇上即准；汪公公先去内官监商办此事，内官监的公公告诉汪公公，须得来工部商办，”林如楚把事情的来龙去脉想清楚，说清楚，并问道，“是这样吧？”

“是。”汪良德应道。

“汪公公的来意我已知；此事不便在私宅议，汪公公明日去衙门里，再从长计议吧。”林如楚说。

第二天，林如楚没有在衙门里等汪良德，而是把两位阁臣约到朝房里，对他们讲述昨天发生在自己家里的事。

“修缮咸安宫？道茂先生没问问茂夫先生，拿不拿得出这笔款项？”方从哲首先想到的是会计。

“还没问；不过，不用问也知道，茂夫先生一开口，肯定是叫苦不迭。”林如楚说。

“眼下不管谁人来当这个家，都会叫苦不迭。”吴道南说。

“会甫先生说的是。已有一部为难，犯不上再使一部为难。”方从哲附和道。

“会甫先生的意思，与其去和茂夫先生计议此事，不如干脆奏请暂缓修缮咸安宫？”林如楚问。

“奏请暂缓修缮咸安宫，与挖空心思筹钱筹料相比，算得上策；不过，这并不是我的意思。”吴道南说。

“那么，会甫先生是何意？”林如楚问。

“道茂先生确定，修缮咸安宫，的确出自圣意？”吴道南反问。

“会甫先生是说，汪公公假传圣旨？”林如楚大为吃惊。他想了想，说，“我看不会。”

“道茂先生为何断定不会？”方从哲问。

“一则，他假传圣旨，未必有胆量；二则，皇帝准允修缮咸安宫，有可能；三则，他奏请修缮咸安宫，有原因。”林如楚说。

“有何原因？”方从哲问。

“二位可知宫里有位客老太？”林如楚也问。

“谁人不知！”方从哲、吴道南齐道。

“汪公公告诉我，是客老太看中咸安宫，他这才奏请修缮的。”林如楚说。

"这是道茂先生说的原因？"吴道南显然不认可。

"道茂先生是说，客老太和这位汪公公相好？"方从哲则问。

"怎么可能！"林如楚道，"听说这位客老太眼光极高，怎看得上他！客老太的相好，是司礼太监魏朝魏公公。"

"道茂先生专门打探过此事？"方从哲问。

"是，"林如楚应道，"我觉着事有蹊跷，所以去问个明白。"

"问出客老太的相好是魏公公，道茂先生不觉蹊跷？"方从哲问，"今日司礼监，魏公公得宠，不在成掌印、魏厂臣之下，宫中上下无不竭力巴结。他要给客老太修缮咸安宫，自有人出面奏请，他自有法子使皇上准允。"林如楚说。

"道茂先生这么一说，汪公公还真不是假传圣旨，"方从哲说着，问吴道南，"会甫先生，你说呢？"

"我并未断定汪公公假传圣旨，我只想问问，汪公公自称奉旨而来，道茂先生见旨否？"吴道南道。

"他说是皇上口谕，并未写旨。"林如楚说。

"既无谕旨，就好办。不是有句话叫作'口说无凭'吗？道茂先生不妨以汪公公之言奏进，看看究竟有无此事，"方从哲说着，问吴道南，"会甫先生是此意吧？"

"奏言此事，以辨明真伪，与奏请暂缓相比，更是上策；不过，我的意思也不在此。"吴道南说。

"会甫先生以为，怎做才是最上策？"林如楚问。

"第一，此事与其由部臣奏言，不如由阁臣奏言。"吴道南说。

"二位如肯奏言，我可真要谢天谢地；我想，茂夫先生也会感激不尽。"林如楚揖道。

"阁臣奏言，不成问题，关键是怎样奏言。"方从哲说。

"第二，与其奏言辨明真伪，不如奏言内臣径往私邸传布圣意，不合制度。"吴道南说。

"甚是，"方从哲应道，"按照制度，谕旨须发自内阁，然后下相应之科垣，方得颁发至部，焉得由内臣擅自传布！"

"奏请辨明真伪，皇上若谕曰有此事，我辈再无话可说。还是阐明制度为上。"林如楚说。

阁臣上疏，言内臣驰白修缮宫室事于工部 非制。皇帝不报。

第四百七十四章

八月初四日，皇帝忽降旨，命皇太子出阁讲学。皇太子讲学，已停一十二载，今日得以恢复，举朝欢腾。

侍班、侍讲都是詹事府官。侍班二人：一是詹事刘一燝，一是少詹事韩爌；侍讲六人：一是右庶子张邦纪，一是右庶子赵师圣，一是左谕德公鼒，一是右谕德龚三益，一是右谕德薛三省，一是右谕德杨守勤。他们自然比其他官员更加兴奋，更加努力地准备讲稿。

谁知锣鼓只响一锤，连三板斧都没使上，从此再没消息。不管有多少个正旦日没举行大朝，每到正旦日，还总会命内臣来宫门宣旨：今日免朝；而于皇太子出阁讲学，皇帝说都懒得说一声，就自行停止。

廷臣重又陷入惶惑之中、愁闷之中、敦请之中。而侍班、侍讲们，比其他官员更加惶惑，更加愁苦。与其他官员的努力敦请不同，每到皇太子应该出阁讲学的日子，他们会聚集在文华殿外候旨，希望皇帝忽然降下一旨，再次命皇太子出阁讲学。

不记得来过几次，不记得度过多少日子，始终没等到旨意。

“今日仍不会有旨，回去各做各的吧。”刘一燝说。

“回去吧。”韩爌也说。

“是。”张邦纪应道。

“是。”赵师圣也应道。

“回去再拟新的讲稿。”公鼒说。

“对，回去再准备新的讲稿。”龚三益也说。

“状元公，怎样？”薛三省却问杨守勤。

“季晦先生，象云先生，再等等吧。”杨守勤对两位侍班说。

刘一燝字季晦，江西南昌人，万历二十三年进士。韩爌字象云，山西蒲州人，万历二十年进士。

“象云先生意下如何？”刘一燝问韩爌。

“再等等就再等等。”韩爌无可无不可。

“二庶子说呢？”刘一燝问张邦纪、赵师圣。

“我等听季晦先生、象云先生的。”张邦纪、赵师圣道。

“孝与先生怎说？”刘一燝问公鼐。

“暂不回去，就在这里打腹稿。”公鼐说。

“仲友先生怎说？”刘一燝问龚三益。

“暂不回去也好。”龚三益说。

“鲁叔先生不必说，是愿等等的。”刘一燝对薛三省说。

龚三益字仲友，南直隶武进人，万历二十六年进士。公鼐字孝与，山东蒙阴人。薛三省字鲁叔，浙江定海人。二人都是万历二十九年进士。

“未必。”薛三省却说。

“未必？”刘一燝一怔，“要不是鲁叔先生问状元公的那句话，我等已往回走，鲁叔先生怎倒没准谱？”

“是我问的克之先生；但我问他的意思，是想知道有无诸位有兴趣听的话可说。如果有，不会太无聊，再等等不妨；如果没有，已经闷头呆两三个时辰，不如回去。”薛三省说。

他这么一说，众人的注意力转向杨守勤。

“鲁叔先生说的有道理。一个时辰一个时辰地默等，真是难挨，”刘一燝说着，问杨守勤，“状元公，你究竟有无可说的？”

“鲁叔先生自个儿有可说的，却想知道我有无可说的，真有点儿滑稽。”杨守勤说。

“你确定鲁叔先生有可说的？”刘一燝问。

“晚生确定。”杨守勤应道。

“那我等就听鲁叔先生说说，如何？”刘一燝问众人。

“好。”众人齐道。在这里是闷头等着，回衙门是闷头坐着，既然有人要说他们有兴趣的话，不如在这里听听。

“鲁叔先生，请吧。”刘一燝对薛三省说。

“我说过，我有诸位有兴趣的话说吗？”薛三省问。

“鲁叔先生没说过？”刘一燝又是一怔。

“鲁叔先生是没说过，是状元公说他有我等有兴趣的话可说。”韩爌为薛三省作证。

“克之，你说鲁叔先生有话可说，得有证据呀。”刘一燝对杨守勤说。

“晚生有证据。”杨守勤道。

“有何证据？”刘一燝问。

“季晦先生不妨问问鲁叔先生，近日他兄台有没信来。”杨守勤说。

“你是说，仲孺先生？”刘一燝问。

薛三才字仲孺，万历十四年进士，官蓟、辽总督，是薛三省的兄长。

“是。”杨守勤应道。

“人家兄弟家书，克之也有兴趣听！”刘一燝道。

“季晦先生不妨问问鲁叔先生，他兄台家书中写的，是家事，还是国事？”杨守勤说。

“鲁叔先生方便说吗？”刘一燝问薛三省。

“有何不方便说的！”薛三省道，“我兄弟都是吃皇粮的人，虽则家书，怎可能只写家事，不写国事！当然，也不会只写国事，不写家事。”

“克之听到没有？人家兄弟家书，家事、国事是交替写的，你也有兴趣听？”刘一燝道。

“季晦先生不妨问问鲁叔先生，他兄台的家书，是家事写得多，还是国事写得多？”杨守勤问。

“鲁叔先生方便说吗？”刘一燝又问薛三省。

“有何不方便说的！”薛三省道，“今日之天下，辽东事最棘手，家兄又守蓟、辽，家书中自然辽东事写得多一些。”

“辽东事，季晦先生也没兴趣听吗？”杨守勤马上转守为攻。

“我倒有兴趣听，却不知别人如何？”刘一燝说。

“我等都有兴趣听。”别人齐道。

“鲁叔先生，”刘一燝转向薛三省，道，“我是一直在为你开解的，克之却穷追不舍，步步紧逼，只得请你说一回。”

“不碍，我只开个头，最后还得克之先生说。”薛三省满不在乎。

“鲁叔先生此言何意？”刘一燝问。

“季晦先生不用想着怎为克之先生开解，他非要我说，其实是他自个儿有的可说，”薛三省说着，言归正传，“吾兄家书中，言及辽东一地、一人、一事。”

“何地？”众人齐问。

“公等知清河否？”薛三省反问。

“听说辽东有大清河，有小清河，不知鲁叔兄问的是大清河，还是小清河？”公鼐道。

“我问的不是河，是关。”薛三省说。

“这却知之不详。”公鼐说。

“我等亦知之不详。”其他人也说。

“开原城公等应该是知道的。清河关在开元城西南，是最逼近建州的一个关隘。”薛三省说。

“原来如此。”众人齐道。

“仲孺先生言及的人，与清河关分不开吧？”公鼐又问。

“是分不开。”薛三省道。

“鲁叔先生说的，却是何人？”众人又齐问。

“公等知冯有功否？”薛三省反问。

“鲁叔先生问的是古人，是今人？”张邦纪问。

“是今人。”薛三省道。

“鲁叔先生问的是官，是民？”赵师圣问。

“是官。”薛三省道。

“鲁叔先生问的是文，是武？”龚三益问。

“是武。”薛三省道。

“鲁叔兄问的是参将以上，是参将以下？”公鼐问。

“是参将以下。”薛三省道。

“辽东文官未必知之，况是武官；参将以上未必知之，况是参将以下。”公鼐道。

“还是请鲁叔先生告知吧。”其他人都说。

“冯有功官游击将军，守清河镇。”薛三省说。

“原来如此。”众人齐道。

“仲孺先生言及的事，即出在冯游击身上吧？”公鼐又问。

“对。”薛三省应道。

“鲁叔先生问的，却是何事？”众人又齐问。

“公等知游击将军冯有功出清河关否？”薛三省把地和人连在一起，成了事。

“鲁叔先生问的，可是此事？”刘一爆也忍不住要问。

“是。”薛三省应道。

“仲孺先生言及的，可是此事？”韩爌也问。

“是。”薛三省应道。

“边将出关，怎成为事？”张邦纪问。

“在别镇不成其为事，在该镇却成为事。”薛三省说。

“辽东边将出关，为何就成为事？”赵师圣问。

“在别处不成其为事，在该处却成为事。”薛三省说。

“清河镇边将出关，为何就成为事？”龚三益问。

“在别时不成其为事，在今时却成为事。”薛三省说。

“鲁叔兄说的‘今’，是今日，是今月，是今年？”公鼐问。

“是近几年。”薛三省道。

“为何近几年清河关守将出关，就成为事？”公鼐问。

“清河关外有金石台，我大明与建酋镌文立约，汉人不出关，建夷不入关。冯有功出关，违背约定。”薛三省说。

“原来如此。”众人齐道。

“违约出关，是个事，但似乎并非大事。”公鼐说。

“我也觉着，只是违约出关，不算大事。”薛三省说。

“鲁叔兄也觉着？却是何意？”公鼐奇怪。

“也觉着就是也觉着，并无别意？”薛三省道。

“莫非鲁叔兄不打算告诉我等，仲孺先生为何把冯有功出关当作大事，写在家书里？”公鼐问。

“家兄没写。”薛三省道。

“仲孺先生没写？”公鼐更加奇怪，“难道仲孺先生并没当作大事，只是在家书中随意写上一笔？”

“这却不然，”薛三省摇头，“家兄写得明白：近清河关出一大事，后果堪忧。家兄显然把冯有功出关当作大事；但为何是大事，家兄没写。”

“鲁叔兄煞有介事地说，仲孺先生家书中言及辽东一地、一人、一事，结果只是一句话，未免过分。”公鼐嘟嘟囔囔地说。

“孝与兄是说我过分，还是说家兄过分？”薛三省问。

“我是说鲁叔兄过分；仲孺先生写的是家书，又不是奏章，怎写都不能说过分。”公鼐道。

“一则，游击将军冯有功出清河关，难道不是一地、一人、一事？二则，不是我要说的，是克之先生把我挤对在那里，诸公命我说的，”薛三省说着，又加上一句，“述说之际，孝与兄穿针引线，尤其活跃，这会儿又来怪我过分！”

“鲁叔兄别误会，”公鼐不能不解释，“我并没怪鲁叔兄的意思，只是以为还有下文，谁知却没有下文，故颇感失望。不仅是我，我相信，在座诸公都颇感失望。”说着，问刘一燝，“季晦先生不感失望吗？”

“我很想知道，冯有功为何要出关？”刘一燝道。

“象云先生不感失望吗？”公鼐问韩爌。

“我很想知道，仲孺先生为何以为，冯有功出清河关是件大事？”韩爌道。

公鼒还要接着问张邦纪，张邦纪抢在他前面说：“孝与先生不必一一问下去，你若记得鲁叔先生有句关键的话，就不会失望。”

“鲁叔兄有句关键的话？怎说的？”公鼒也许真的太活跃，所以没能记住薛三省关键的一句话。

“他说，他只开个头，最后还得克之先生说。”张邦纪重复道。

“是有这句话。”其他人附和。

“不错，鲁叔兄是说过这句话。”公鼒也想起来。

“诸公都记得，克之先生，下面该你说。”薛三省说着，招呼杨守勤站到自己的位置，好像他的位置就是讲席。

“季晦先生公道，我就说。”杨守勤道。

“怎又关我的事？且何来公道之说？”刘一燝问。

“我说鲁叔先生有话可说时，季晦先生可是要求我得有证据的。”杨守勤提醒他。

“对，是有此话，”刘一燝说着，对薛三省重复道，“鲁叔先生，你说克之有话可说，得有证据呀。”

“我有证据。”薛三省道。

“有何证据？”刘一燝问。

“季晦先生不妨问问克之先生，近日按臣有没信来。”薛三省道。

“鲁叔先生说的是何处按臣？”刘一燝问。

“当然是辽东按臣。”薛三省道。

“今辽东按臣是何人？”刘一燝问。

“王君涵，王御史，是克之先生的同年友好。”薛三省说。

王雅量，字君涵，山东费县人，和杨守勤是同年进士。

“难怪鲁叔先生要我问辽东按臣有没信来，原来他是克之的同年友好，”刘一燝说着，问杨守勤，“王君涵有信给克之？”

众人都以为杨守勤会说有信；不料，他说的是另外两个字：并无。

众人的目光本来聚集在他身上，现在又转而聚集在薛三省身上。

“克之先生怎可如此作弄人！”薛三省嗔道，“君涵兄来信，难道不是克之先生告诉我的？”

“是我告诉鲁叔先生的。”杨守勤道。

“那为何对季晦先生却不承认？”薛三省质问。

“我没不承认呀。”杨守勤道。

“季晦先生，你听！”薛三省道。

刘一爆知道，薛三省是要自己出来作证。但他感觉得到，杨守勤的否认是别有用意；在弄清楚杨守勤的用意之前，他不想说什么。

“克之先生，你确曾对季晦先生否认。”公鼐插话。

“我怎否认的？”杨守勤问。

“你说并无。”公鼐道。

“何事并无？”杨守勤问。

“君涵先生没有给你来信。”公鼐道。

“我对鲁叔先生怎说的？”杨守勤问。

“你对鲁叔兄说：君涵兄来信。”公鼐重复。

“君涵兄来信，一定是君涵兄给我来信吗？”杨守勤问。

众人这才清楚他的意思。刘一爆也才清楚他的意思。

“鲁叔先生，错在你。”刘一爆对薛三省说。

“是，错在我，”薛三省承认，然后说，“季晦先生不妨问问克之先生，王君涵的信函写的是否也是冯有功出关一事？”

“君涵写的是不是冯有功出关一事？”刘一爆问杨守勤。

众人都以为，杨守勤用一个字来回答，会说“是”；用两个字来回答，会说“正是”。谁也没想到，他会说“不是”。

“君涵兄查实冯有功出关一事，难道不是克之先生告诉我的？”薛三省嗔道。

“是我告诉鲁叔先生的。”杨守勤道。

“那为何对季晦先生却否认！”薛三省质问。

“我没否认呀。”杨守勤道。

“克之先生，你确曾对季晦先生否认。”公鼐又插话。

“我怎否认的？”杨守勤问。

“你说不是。”公鼐道。

“何事不是？”杨守勤问。

“君涵先生不是写的冯有功出关一事。”公鼐说。

“我对鲁叔先生怎说的？”杨守勤问。

“你对鲁叔兄说：君涵兄查实冯有功出关一事。”公鼐说。

“查实冯有功出关一事，和简单地陈述冯有功出关一事，可是一回事？”杨守勤问。

众人都听出，薛三省的话又被他钻个空子；刘一爆也听出，薛三省的话又被他钻个空子。

“鲁叔先生，错又在你。”刘一燝对薛三省说。

“是，错又在我，”薛三省承认，然后问，“不过，冯有功一事的前因后果，季晦先生想知道吧？”

“想知道。”刘一燝应道。

“象云先生也想知道吧？”薛三省问韩爌。

“也想知道。”韩爌应道。

“诸位都想知道吧？”薛三省问其他人。

“我等都想知道。”其他人应道。

“克之先生，你听！”薛三省转向杨守勤，“挑我这么多的错，你也该说到正题上吧！”

“正题鲁叔先生说过，是游击将军冯有功出关；我不过能补充两句题外的话。”杨守勤道。

“我等要听题外的话。”众人都有点儿不耐烦。

“好，”杨守勤见好就收，转到正题，“据君涵兄查问，冯有功出关，为的是一己私欲。这是第一句题外的话。”

“一己私欲？怎讲？”刘一燝问。

“清河关外有孤山堡，原有官军驻守，今已弃之。冯有功出关，是奔孤山堡而去。”杨守勤说。

“他若为恢复孤山堡，不能说是一己私欲。”赵师圣道。

“他若为恢复孤山堡，岂止不是一己私欲，应该说他出自一己公心才是！”杨守勤道。

“他却是为何而去？”刘一燝问。

“孤山堡有两株大树，两三人才抱得住。冯有功修建新宅，正用得上其材。”杨守勤说。

“那确是一己私欲。”刘一燝道。

“为一己私欲而违约出关，该治其罪。”韩爌说。

“克之先生，第二句题外的话呢？”龚三益问。

“冯有功草菅人命，其心可诛！”杨守勤道。

“一己私欲不假，怎又成草菅人命？”刘一燝问。

“为探虚实，冯有功纵边民出关，越金石台，致使四十余人被杀。待抚、按追究其事，他又在界石旁杀十余属下，以示悔罪。”杨守勤说。

“为两株大树，死五十余人，难怪克之要说其心可诛！”刘一燝道。

“后杀的属下或罪有应得，被纵之出关的百姓却是无辜的。我看，不仅其心可诛，其人亦可诛！”公鼐则说。

众人无不愤慨，韩爌却泼桶冷水。

“说来说去，都是法司的事，我等不可再议下去。”他说。

“象云先生欲议何事？”公鼐问。

“克之说，游击将军冯有功出关是正题，我看他说得不错。”韩爌道。

“没人说克之先生错呀，却不知象云先生为何提及？”公鼐问。

“我仍在想，仲孺先生为何把冯有功出关当作件大事？”韩爌道。

“为一己私欲而违约出关，还不是大事？”张邦纪说个理由。

“为取树木而草菅人命，还不是大事？”赵师圣又说个理由。

“为一己私欲而违约出关是大事，为取树木而草菅人命也是大事；但我以为，仲孺先生把冯有功出关当作件大事，不在于此。”韩爌说。

“不在于此，却在于何事？”众人问。

“仲孺先生或是担心，冯有功既违约出关，建酋或有理由违约入关。”韩爌道。

“象云先生说的是，”杨守勤马上回应，“我所以断言鲁叔先生有话可说，所以说仲孺先生写的那句‘游击将军冯有功出关’是正题，就是在琢磨，仲孺先生把此事当作大事，定有深意。”

众人缄默。他们找个话题，本想轻松一下，但说到建酋眼看着日益做大，却不知下面会有什么动作，人人心里像压块石头。

第四百七十五章

前阁臣李廷机是万历四十四年十一月中旬去世的，李日华却在万历四十五年正旦后才得知这个消息。他正在琢磨自己该如何凭吊，寄托哀思，家中来个客人，竟是浙江巡抚刘一焜。

“元丙兄怎驾临？”李日华惊道。

“不仅我来，还有一位。”刘一焜说。

他闪开身子，露出一脸，却是徐必达。

“近在咫尺，德夫兄总不来，今日怎随元丙兄来？”李日华边揖边问。

“我也正想说，近在咫尺，怎总不见君实兄身影。”徐必达说。

三人都是万历二十年进士。刘一焜字元丙，是刘一燝长兄。李日华字君实，浙江嘉兴人。三人中，除刘一焜仍从政，李日华、徐必达已乡居。因嘉兴、秀水二县均属嘉兴府，且均与府治同城。故二人都说近在咫尺。

“元丙兄不是从杭州来吧？”李日华问。

“不是，”刘一焜道，“我在湖州办事，特意转来嘉兴。我想的是，若先遇到君实兄，则约君实兄一同见德夫兄；若先遇到德夫兄，则约德夫兄一同见君实兄。不想，尚未进城，遇到德夫兄，所以，德夫兄没顾上回家，就与我一同来见君实兄。”

“是为尔张师的噩耗吧？”李日华问。

“君实兄和德夫兄，真是心有灵犀呀。”刘一焜道。

“怎么？”李日华问。

“德夫兄见我，说我是为尔张师噩耗而来；君实兄见我，也说我是为尔张师噩耗而来。这可不是心有灵犀！”刘一焜说。

“这有什么好奇怪的，”李日华道，“杭州离嘉兴有多远？元丙兄抚浙三年，何曾来过嘉兴！”

“来过。”徐必达插话。

“来过吗？”李日华问。

“来过，”徐必达点头，“悄悄地来，悄悄地去。”

"那不是怕打扰二兄的清静嘛。"刘一焜分辩一句。

"不管是根本没来过，或是悄悄地来，悄悄地去，反正不与我二人相见；今日不为尔张师噩耗，怕也不会来嘉兴，更不会在年节时来嘉兴。"说着，问道，"元丙兄，我说得不错吧？"

"不错，但也不全对。"刘一焜说。

"怎不全对？"李日华问。

"我来嘉兴，固是为忽闻尔张师噩耗；但仅为尔张师噩耗，我或许仍不会来嘉兴。"刘一焜说。

"元丙兄还为何事？"李日华问。

"想请二兄领我去个地方。"刘一焜说。

"元丙兄——"李日华才要问他欲去何处，忽然心里一动，"元丙兄来得正好！"

"君实兄怎也说我来得正好？"刘一焜问。

"德夫兄也说过吗？这不更可见我和德夫兄心有灵犀！"李日华说着，问道，"他有没说，为何元丙兄来得正好？"

"这不，德夫兄没来得及说。已到君实兄府上，正好请君实兄一并说吧。"刘一焜道。

"德夫兄没来得及说，我也不说，"李日华道，"二兄在我家里小息片刻，解解乏。我吩咐厨上备桌斋饭，吃过之后，即去元丙兄要去的地方。等到那里再说。"

"与其坐等斋饭，君实兄不如备些果品，先去元丙兄要去的地方，也是你我想去的地方。"徐必达说。

"我也是这个想法，只怕元丙兄怪我怠慢。"李日华说。

"求之不得，怎会怪罪！"刘一焜道。

巡抚巡视，自有随行官校、幕僚、亲军等，刘一焜一概不让跟随，而是由李日华找个家仆挑着果品、素酒、香烛等，跟随在后；马匹、轿子都有，也一概不用，三人步行而去。

出嘉兴北门，往东行不多远，到运河畔。一行四人来到一个叫杉青的去处。杉青设水闸，附近停泊着一些船只。李仆根据老爷的吩咐，放下挑子，先去找船。

"是此地？"刘一焜问。

"是此地。"李日华、徐必达齐道。

"此处名杉青闸，说起来，应该德夫兄是东道主。"李日华又说。

"怎么？"刘一焜问。

“此地归于秀水。”李日华告诉他。

刘一焜点点头，问道：“二兄还记得日子吗？”

“记得。”李日华、徐必达齐应道。

“是十一月初四日。”李日华又说。

“四十年的十一月初四日。”徐必达补充道。

“是未时到的。”李日华又补充。

“离时已三鼓。”徐必达又补充。

才说几句话，李仆跑回来，边跑边叫：“老爷 船找到！”

“是该船？”李日华指着方才李仆站住和上面的人说话的那条船问。

“是该船。”李仆道。

“人呢？”李日华问。

“仍是那人。”李仆道。

“难得，”李日华叹息一声，让道，“二兄请。”

到船泊的地方，从岸边到船上铺两条木板，李仆站在岸上，把三人一一搀扶上船，然后自己挑着筐也上船进舱。

舱中央摆张矮几，矮几三边各摆两把矮凳，只有一边是一把矮凳。不管船往哪个方向行驶，都把那一边设定为上座。

“当真是此船？”刘一焜问。

“确是此船，不会有错。”李日华、徐必达齐道。

李日华又指着只有一把矮凳的那边说：“尔张师当时就坐在那里。我认得出，那把凳子都没换过。”

“我也认得出。”徐必达说。

“君实兄，摆上供品吧。”刘一焜说。

“好。”李日华应一声，从家仆挑的筐里取出果盘、酒坛、香烛等，递给刘一焜一件，递给徐必达一件，又递给刘一焜一件，又递给徐必达一件。他二人把这些东西在矮几上摆好。

“君实兄，德夫兄，给尔张师叩头吧。”刘一焜道。

三个人向单独摆放矮凳的那面跪拜下去，行礼如仪，好像他们的恩师就坐在那把椅子上一样。

行礼毕，三个人又各坐在一边，好像在陪伴恩师说话。

“二兄说，尔张师是初四日到的嘉兴？”刘一焜问。

“十一月的初四日。”李日华补充道。

“万历四十年十一月的初四日。”徐必达又补充道。

“对，是万历四十年十一月的初四日，”刘一焜重复之后，问道，“二兄可知，尔张师是哪一天离开京师的？”

“当时未问尔张师，故而不知。”李日华说。

“元丙兄当时不在朝中吗，应该知道呀。”徐必达说。

“我的确知道，”刘一焜应道，“尔张师是九月十九日陛辞出城，二十日颁旨准允辞官，二十一日始登归途。尔张师自行出城，在辅臣中是唯一一人。”

“既说到这里，倒要问问元丙兄，”李日华道，“听说尔张师南下前，杜门谢客，静慑数年，是真的吗？”

“是真的，”刘一焜应道，“准确地说，尔张师不见客整整四年，如我辈欲往府上敬致问候，都不可得。”

“听说尔张师辞疏逾百，是真的吗？”徐必达问。

“是真的，”刘一焜应道，“准确地说，四年里，尔张师共上百二十余辞疏，差不多十一二日上一疏。”

“唉，四年呀！”李日华叹道。

“唉，百二十余疏呀！”徐必达叹道。

“二兄一定在想，四年里上百二十余篇辞疏，尔张师该是何等愤懑、何等抑郁的心情！”刘一焜说。

“元丙兄难道不是这么想的？”李日华、徐必达问。

“眼见尔张师一疏一疏地上时，怎会不这么想！但今日作实一个日子，我又从另一方面看出尔张师的愤懑、抑郁。”刘一焜说。

“元丙兄说的是十一月初四这个日子吧？”李日华推测。

“是，”刘一焜应道，“九月二十一日启程，十一月初四日到嘉兴，计四十余日；京师、嘉兴间，计四千余里。日行百里，对一个举家而迁的人来说，可见其归心似箭。”

“我不知尔张师离京时是怎样的规模，但在此处所见，不过图书数匣，僮仆三四人而已。其舟飘然而行，吃水甚浅。所以，日行百里应该不是难事。”李日华说。

“再者，尔张师与我辈侃侃而谈长安旧事，间杂诙谐，愈见神采，略无老翁疲惫之态，及被谗去国之牢骚。”徐必达说。

“君实兄说尔张师轻车简行，一则尔张师或与宝眷分开走，二则尔张师原本也不甚治家业，故我信；但德夫兄说尔张师精神焕发，从离京前及离京时的情形来看，却很难想象。”刘一焜道。

“我知元丙兄不信，君实兄有例证呀。”徐必达说。

“我有例证，德夫兄就没有！”李日华道。

“二兄不必推托，都有例证才好，”刘一焜说着，一指徐必达，“我不信的是德夫兄的话，德夫兄先举例。”

“好，”徐必达应道，并说，“要不是看在元丙兄的面子上，我才不会先说，让君实兄占这个便宜。”

“德夫兄该先说，和面子无关，和占便宜更无关。”李日华道。

“怎无关！”徐必达反驳，“最能体会到尔张师淡定心境的，你我都知有段长话，无论谁先说，都会复述。我先复述长话，君实兄可挑句短话复述，岂不占便宜！”

“这也算便宜，德夫兄眼里的便宜，未免太便宜！”李日华道。

“二兄别斗嘴，我已经迫不及待，”刘一焜说着，问徐必达，“德夫兄说有段长话，有多长呀？”

“我数数啊，”徐必达掰着手指数了数，说，“六句。”

“第一句，尔张师怎说？”刘一焜问。

“为秀才时，无一日不作文。”徐必达述道。

“第二句怎说？”刘一焜问。

“入中秘时，无一日不课馆业。”徐必达述道。

“第三句怎说？”刘一焜问。

“为祭酒时，无一日不升讲。”徐必达述道。

“第四句怎说？”刘一焜问。

“为礼部与兼摄各衙门时，无一日不公座。”徐必达述道。

“第五句怎说？”刘一焜问。

“迨入阁，无一日不进阁票拟。”徐必达述道。

“第五句已说到入阁，第六句该说无一日不思去。”刘一焜推测。

“若言思去，立意不高。”徐必达说。

“尔张师却是怎说？”刘一焜问。

“事随到随了，久之，精神益涌出，至今更历百变，吾心湛然如一日耳。”徐必达述道。

“这是尔张师原话？”刘一焜问。

“元丙兄不信，问君实兄，看有没错一字。”徐必达道。

“确是一字不差。”李日华证实。

"德夫兄说的是。这一段话若以无一日不思去言之，立意不高，"刘一焜说着，检讨自己，"立意不高，是因为心境不高。尔张师更历百变，仍能其心湛然，比较之下，真是惭愧。"

"元丙兄是这会儿就面壁自责，还是等君实兄举证后一并面壁自责？"徐必达开玩笑地问。

"当然要先听君实兄举证。"刘一焜说。

"如德夫兄所言，他复述的确是那天尔张师说的最长的一段话，"李日华对徐必达前面的说法先认可，再否定，"不过，他说这句话最能体会到尔张师的淡定心境，我看未必。"

"君实兄的意思，你要复述的那段话，虽不如德夫兄复述的这段话长，却一样可以体会到尔张师的淡定心境？"刘一焜问。

"不是一样能体会到，是更能体会到。"李日华说。

"君实兄承认是段短话，却是几句？"刘一焜问。

"我数数啊，"李日华掰着手指数了数，说道，"四句。"

"第一句，尔张师怎说？"刘一焜问。

"近日朝士忧吾甚于忧边。"李日华述道。

"第二句怎说？"刘一焜问。

"防吾甚于防寇。"李日华述道。

"第三句怎说？"刘一焜问。

"不知我原无出意。"李日华述道。

"第四句怎说？"刘一焜问。

"乃不必忧者。"李日华述道。

"其实，君实兄说的四句话，合起来是一句完整的话，"刘一焜说着，把四句话重复一遍，"近日朝士忧吾甚于忧边，防吾甚于防寇，不知我原无出意，乃不必忧者。"重复之后，说道，"尔张师为众人忧之，为众人防之，万般无奈之中，只说一句'乃不必忧者'，其心境之淡定，果然不亚于那句'吾心湛然如一日耳'。不过，"说到这里，口气一转，"有君实兄复述的这一段话，又不止体会得到尔张师之淡定。"

"元丙兄还体会到何事？"李日华问。

"我还体会到尔张师之识见，"刘一焜道，"尔张师不言甚于忧别事，而言甚于忧边；不言甚于防别事，而言甚于防寇。可见，在尔张师心里，而今大事有二：一曰边事，一曰寇事。我在朝日，以及在外日，深切体会此二事的确是朝廷今日最大之事；如果说今日还体会不深，日后会更深体会。所以我说，尔张师虽则淡定，但识见实在我辈之上。”

“元丙兄所论极是。”李日华、徐必达齐道。

“君实兄，德夫兄，我等上岸，遥祭尔张师吧。”刘一焜说。

“好。”李日华、徐必达应道。

第四百七十六章

吏部尚书郑继之、礼部署部侍郎何宗彦，共约阁臣方从哲、吴道南，在朝房议事。但来的只有方从哲一人。

“会甫先生仍不肯出门？”郑继之问。

吴道南遭科、道攻讦、谩骂，不堪忍受，好几个月前已经杜门不出，不复入阁办事。

“我倒希望借今日机会把会甫先生请出来，可惜未能如愿，”方从哲说着，反问一句，“铭之先生没来吗？”

郑继之知道他为什么会问。今年是丁巳年，又是京察之年，而京察应该由吏部和都察院共同主持。

“大计之事，可稍迟再议，今日是以五年之例，议谥先臣。”他说。

先臣往往有该谥而未谥、或所谥不当的情形，不知从几时起，五年一议其事，成为惯例。

“这么说，今日的主角是君美先生。”方从哲说。

“对。”郑继之应道。

“此事君美先生已琢磨很久吧？”方从哲问何宗彦。

“并没专门琢磨，只是日积月累，有时是自家想到一人，记下一人，有时是听人议及一人，记下一人。待五年之期到时，好拿出来请教诸公。”何宗彦说。

“君美先生是记在这里，还是记在这里？”方从哲前一问时，指的是自己的头；后一问时，做书写状。

“我记性不好，记在这里。”何宗彦说着，也作书写状。

“既开列出来，就请读读吧。”方从哲道。

“礼部列出四十余人，公等以为多，可边议边删。”何宗彦说着，把开列的名单放在桌上，同时拿起笔来。拿笔的目的，主要不在删除，而在修改，或添加。所列先臣，有的已拟出谥，有的还没拟出谥。拟出谥的，若不合适，则加以修改；没拟出谥的，则当场拟谥。

“前南京户部尚书雍泰。”他读第一个人。

“雍公竟未谥？没弄错吧？”方从哲惊问。

雍泰从地位来说，跻身公卿；从名气来说，堪称名臣。他未曾赐谥，难怪方从哲会吃惊。

“再三复核，不会错。”何宗彦说。

“我没想到，伯孝先生想到吗？”方从哲问郑继之。

郑继之字伯孝，湖广襄阳人，嘉靖四十四年进士。

“我也没想到。”他说。

“我记得，余公子俊、马公文升、刘公大夏等，对雍公均很看重，交荐于朝。”方从哲道。

“我也记得，科、道对雍公也是称赏有加。有敢死之节，有克乱之才，这十个字就是加于雍公的。”郑继之说。

“对，”方从哲又想起一事，“雍公是陕人，累朝均未拟谥，会不会是受刘瑾牵累？”

“不会，”郑继之道，“刘瑾柄政时，最憎恶的一人，正是雍公；当时因荐举雍公而被革职或罚米输边者，达五十余人。”

“雍公当补谥，”方从哲说罢，又问，“礼部拟的何谥？”

“端惠。”何宗彦道。

“此谥似乎很少用于大臣。”郑继之说。

“是，”何宗彦应道，“这两个字以前仅用于亲藩，但我以为，‘敬止勤民’四字，用在雍公身上，更为恰当。”

“中涵先生说呢？”郑继之问方从哲。

“我看可以。”方从哲道。

都没提出异议，何宗彦读下一个：“前南京户部尚书谭太初。”

“南京户部尚书一职，谭公似未任吧？”方从哲略有印象。

“是，”郑继之应道，“雍公任南京户部尚书，数日即罢；谭公则升之而未任之。未谥，或是这个缘故。”

“几时的事？”方从哲问。

“中涵先生是问，谭公几时升南京户部尚书？”何宗彦反问。

“是。”方从哲应道。

“在隆庆四年。”何宗彦告诉他。

“惭愧，雍公是百年前的人物，说起来还有印象，谭公是四十年前的人物，说起来却没多少印象。”方从哲说。

“中涵先生是不是想知道，为何今日为他拟谥？”何宗彦问。

“是啊，君美先生有特别的理由吗？”方从哲反问。

“我给中涵先生讲件事，”何宗彦说着，述道，“谭公以兵科左给事中出为江西副使。适清军，逃军到谭公手里，多释之。清军御史以失额为虑。谭公曰：失额罪小，殃民罪大。”

“说得出这等话，当谥，”方从哲说罢，又问，“礼部拟的何谥？”

“庄懿。”何宗彦道。

“此谥是否优于端惠？”方从哲问。

“应该不相上下，”何宗彦道，“如果说有所不同，不过是端惠未用于大臣，庄懿却屡用于大臣；而且，多用于南部尚书。”

“中涵先生是否有异议？”郑继之问方从哲。

“没有，就用它吧。”方从哲道。

“南京户部侍郎、赠工部尚书余懋学。”何宗彦读道。

“好！”方从哲马上表示赞同。

“中涵先生为何独于余公叫好？”郑继之问。

“余公是今人呀，去世没多久。”方从哲说。

“余公是今人，中涵先生为何就叫好？”郑继之问。

“《阿房宫赋》曰：秦人不暇自哀，而后人哀之；后人哀之而不鉴之，亦使后人而复哀后人也。我等今叹先臣当谥而未谥者，切莫使后人再叹今臣当谥而未谥者。况且，余公《十蠹疏》在本朝奏议中，堪称经典。有此一善，不可不谥。”方从哲说。

“中涵先生说的是，”郑继之点点头，问何宗彦，“余公，礼部拟的何谥？”

“恭穆。”何宗彦道。

“恭穆似亦少见。”方从哲说。

“是，”郑继之应道，“我印象里，唯周府的应城王睦桎用过此谥。”

“文臣未用过的谥，有两种情形：一是该谥不适用于文臣，二是没有文臣适用该谥。”方从哲说。

“中涵先生看，文臣未曾谥恭穆，是哪种情形？”郑继之问。

“应该是后一种情形。”方从哲说。

“那么，恭穆于余公，是否适用？”郑继之问。

“敬顺事上、中情见貌曰恭穆，用于余公，我看很形象。”方从哲说。

“伯孝先生以为如何？”何宗彦觉得应该问问郑继之。

“中涵先生用上形象二字，我没的可说！”郑继之道。

“君美先生，继续。”方从哲让何宗彦往下说。

“户部尚书毕锵。”何宗彦读道。

“议毕公谥，恐怕有些为难。”方从哲说。

“中涵先生是说，他介于先臣和今人之间吗？”郑继之问。

毕锵是嘉靖三十二年进士，迄今已六十多年，所以他这么问。

“不止于此，”方从哲道，“你看啊，毕公最终是任户部尚书，在此之前，他历任南京户部尚书、南京工部尚书、南京吏部尚书。此等经历者，不多有吧？”

“是不多有。”郑继之应道。

“再者，毕公以九十三岁高龄而卒，堪称寿者，是吧？”方从哲又问。

“是。”郑继之应道。

“我是说，要在谥中把这两层意思体现出来，有些难处。”方从哲道。

“不知礼部怎拟的谥？”郑继之问何宗彦。

“恭介。”何宗彦道。

“介字是如何诠释的？”方从哲问。

“执一不迁。”何宗彦道。

“执一从何说起？”方从哲问。

“毕公有个故事，”何宗彦说着，讲述道，“海刚峰巡抚江南时，毕公官应天府尹。海刚峰视其若属吏，动辄移檄。毕公一概却之不受。按常理说，二人间当生芥蒂，然海刚峰更善待毕公。”

“这是为何？”方从哲问。

“以其政善也。”何宗彦说。

“毕公之‘介’，堪与海刚峰媲美，恭介就恭介吧。”方从哲说。

“南京刑部尚书赵参鲁。”何宗彦读下一人。

“赵公的名字有点儿怪。”郑继之说。

“怎怪？”方从哲问。

“他是浙人，却要参鲁，且字宗传。”郑继之道。

“他祖上或是鲁人。”何宗彦说。

“说不定另有一种解释。”方从哲道。

“哪种解释？”郑继之问。

“参，鲁也，”方从哲说罢，解释道，“参，曾参也；鲁，性鲁也。”

“这不是夫子的话吧？”郑继之问。

“我没说是夫子的话呀，这是我的话。”方从哲道。

说笑几句，又归于正题。

“礼部怎拟谥？”方从哲问何宗彦。

“端简。”何宗彦道。

“隆庆以来，此谥用过数次。”郑继之说。

“譬如？”方从哲让他举个例子。

“譬如，郑司寇淡泉公。”郑继之说。

他举例的是个同姓之人。郑晓别号淡泉，是嘉靖年间的名臣。他的名气来自被严嵩排挤，更来自他的著述。

“和淡泉公同官，又同谥，对赵公来说，应是幸事。”方从哲肯定礼部所拟之谥。

“南京刑部尚书魏时亮。”何宗彦读下一人。

“魏公和伯孝先生同年吧？”方从哲问郑继之。

“不，”郑继之摇头，“他比我早两科。”

“魏公于隆庆年间曾言，今天下大患有三，伯孝先生有印象吗？”何宗彦插话问。

“有印象，”郑继之述道，“今天下大患三：藩禄不给也，边饷不及也，公私交困也。”

“伯孝先生可有印象，他于藩禄不给是怎议的？”何宗彦问。

“这却没印象。”郑继之道。

“宗藩有一时之计，有百世之计。亟立宗学，教之礼让，禄万石者岁捐五之一，二千石者十之一，千石者二十之一，以赡贫宗，立为定制。此一时计也。各宗聚居一城，贫日益甚。宜令就近散处，给闲田使耕以代禄；奸生之孽，重行黜削。此百世计也，”何宗彦背诵一段，赞道，“魏公着实敢言。”

“边饷不及，魏公怎议？”郑继之问。

“边饷莫要于屯、盐。今选大臣庞尚鹏、邹应龙、凌儒经理，事权虽重，顾往河东者兼理四川，往江北者兼理山东、河南，往江南者兼理浙、湖、云、贵，是重内地而轻塞下，非初旨也。”何宗彦又背诵一段。

“公私交困，魏公怎议？”郑继之问。

“今天下府库殚虚，百姓困瘁，而建议者欲罄天下库藏输内府，以济旦夕之用。脱州、郡有变，何以待之！夫守、令以养民为职，要在劝农桑，轻徭赋，重乡约，严保甲；而簿书狱讼，催科巧拙，不与焉。”何宗彦背诵第三段。

“罄天下库藏输内府，今日听起来，更觉亲切。”方从哲有感而言。

“以此三议，亦当与以美谥。”郑继之说。

“谥以庄靖，如何？”何宗彦问。

“我看可以。”方从哲道。

他不反对，郑继之也不反对。

“南京礼部尚书黄凤翔。”何宗彦接着读道。

“黄公是翰林出身吧？”方从哲问。

“是，”郑继之应道，“他是隆庆戊辰科的榜眼。”

“既翰林出身，又终于礼部尚书，谥文中当有个文字。”方从哲说。

“中涵先生说的是，礼部拟谥文简。”何宗彦说。

“君美先生可知，本朝谥文简者，有位大儒？”方从哲问。

“中涵先生说的是甘泉先生吧？”何宗彦反问。甘泉是正、嘉年间学者湛若水的别号。

“是，”方从哲点点头，问道，“那么，黄公会不会有愧于此谥？”

“以学问而言，不好说能不能媲美甘泉先生；但以进言规避、循循善诱而言，则不唯不遑多让，且有过之，”何宗彦说着，举一例，“本朝校刻《十三经注疏》，中涵先生还记得吧？黄公疏言：顷陛下去《贞观政要》，进讲《礼经》，甚善。陛下读《曾子》论孝曰：敬父母遗体，则当思珍护圣躬；诵《学记》言：学然后知不足，则当思缉熙圣学；察《月令篇》以四时数政、法天行健，则可见圣治之当勤励；释《世子篇》陈保、傅之教，则可见皇储之当早建、豫教。”

“听君美先生一言，始知文简二字拟得极当。”方从哲道。

“南京工部尚书刘一儒。”何宗彦读下一人。

“刘公是张江陵姻亲。”郑继之提醒道。

“伯孝先生的意思，暂不拟其谥？”何宗彦问。

“那倒不是，”郑继之否认，“我是说，刘公之谥可拟，但一定要拟的有分寸。”

“礼部怎拟？”方从哲问何宗彦。

“庄介。”何宗彦道。

“伯孝先生看，分寸如何？”方从哲问郑继之。

“介字没问题，庄字会不会有些过？”郑继之质疑。

“庄者，于文臣则曰履正志和，于武臣则曰威而不猛，我等议时，都以为可用于刘公，”何宗彦说着，证以一事，“张江陵女嫁入刘家，珠宝连箧盈箱，刘公一概封存于别室。江陵败，刘公乃以所存之物还之。”

“是还于江陵，而不是还于朝，是吧？”郑继之问。

“是。”何宗彦应道。

“我以为，若还于朝，才说得上‘正’。”郑继之道。

“我与伯孝先生所见不同，”何宗彦辩道，“珠宝来自江陵，江陵败，贪财者会据为己有，怕事者会私匿不露，刘公却坦然奉还江陵。伯孝先生能说不正？再者，珠宝来自江陵，奉还江陵，当籍没，朝廷仍可籍没；径还于朝，当属江陵，朝廷如何归还？伯孝先生能说不正？”

“倒也不能说。”郑继之承认。

“以庄介谥之吧。”方从哲拍板。

后面又议几名过世的尚书，然后议过世的侍郎，然后议过世的寺卿、祭酒、科道、翰林等。议到最后一人时，天差不多要黑。

“还多的话，明日再议吧。”方从哲道。

“应该不多。”郑继之说。

“伯孝先生怎知不多？”方从哲问。

“君美先生开始不说过，有四十余人？我算了算，所议已超过四十人，未议的可不是不多！”郑继之说。

“可是？”方从哲问何宗彦。

“伯孝先生说未议的不多，也不确切；尚未议的，实则只有一人。”何宗彦道。

“却是谁人？”方从哲问。

“霍州学正曹端。”何宗彦读道。

“可是人称月川先生者？”方从哲问。

“可是人称‘得经师易，得人师难’者？”郑继之问。

“是他。”何宗彦一并答之。

曹端字正夫，河南渑池人，永乐时举人，官山西霍州学正。

“月川先生于乐仁颇有心得，”方从哲说，“其论曰：孔、颜之乐仁也，孔子安仁而乐在其中，颜渊不违仁而不改其乐，程子令人自得之。”

“曹公于道一颇有心得，”郑继之说，“其论道曰：天下无性外之物，而性无不在焉。性即理也。理之别名曰太极，曰至诚，曰至善，曰大德，曰大中，名不同而道则一。”

“公等看，当如何拟谥？”何宗彦问。

“礼部未拟？”方从哲问。

“未拟。”何宗彦道。

“为何不拟？”方从哲问。

“一则年代太过久远，一则曹公官职太低，一则学术历来有争议，我等但以为当谥之，如何拟谥，却把握不定。”何宗彦说。

“要我说，不谥亦可。”方从哲道。

“中涵先生说不谥亦可？”何宗彦想到郑继之会说这话，却没想到方从哲会说这话。

“是。”方从哲应道。

“愿闻高论。”何宗彦揖道。

“曹公逝后，天下学者私谥之，有这事吧？”方从哲问。

“有，”何宗彦应道，“其私谥曰静修。”

“可见公道自在人心，”方从哲说，“静修不在王谥中，但君美先生能说，换用哪个正谥，比这两个字更为贴切？再者，诚如君美先生所说，年代太过久远。曹公逝时，于谥法尚未有太多的规矩。譬如，曹公官职邑低，亦可谥以文。但以后规矩越来越多，非翰林出身者不得谥以文，非掌礼部者不得谥以文，非入阁者不得谥以文。虽则，曹公谥以文最恰当，又焉可得之！”

“中涵先生说的是。”何宗彦应道。

“就着他仍用私谥吧。”郑继之则说。

第四百七十七章

京察说是由吏部、都察院主持，但吏科掌科所起的作用，一点儿也不比掌部、掌院小。到关键时刻，即到该下结论的时刻，不是吏部掌部和本部考功司郎中议定，都察院掌院和本院河南道掌道御史议定，而是考功郎中、河南道掌道和吏科掌科议定，然后报与吏部掌部、都察院掌院，然后禀与朝廷。

考功郎中、河南道掌道、吏科掌科的三方会商，往往选择在吏科值房举行。一来，吏部、都察院人多嘴杂，而吏科值房安静；二来，如果选择在吏部，吏部掌部参加也不好，不参加也不好，如果选择在都察院，都察院掌院参加也不好，不参加也不好，反倒让他们为难。

所以，吏科掌科给事中徐绍吉开始的问话，显得多余。

“謇卿先生和贵部掌部尚书打过招呼吗？”他问考功司郎中赵士谔。

“不打招呼，回去怎交代！”赵士谔道。

“謇卿先生怎打的招呼？”徐绍吉问。

“我说，我先来探探都察院和吏科的口风。”赵士谔道。

“掌部怎说？”徐绍吉问。

“伯孝先生说，后生辈肯担责任，很好。”赵士谔道。

“邃之先生和贵院署院尚书打过招呼吗？”徐绍吉又问河南道掌道御史韩浚。

“不打招呼，岂不自讨苦吃！”韩浚道。

“邃之先生怎打的招呼？”徐绍吉问。

“我说，我且去坐山观虎斗。”韩浚道。

部、科在许多事情上都有分歧，所以，他开句玩笑。

“这次不是二虎相争，而是二虎扑食；邃之先生也是一虎，也得扑食，也不能坐观。”徐绍吉说。

“不须提醒，扑食是我本性。”韩浚说。

“署院怎说？”徐绍吉问。

“铭之先生叮嘱我，多听少说。”韩浚道。

“他为何要邃之先生多听少说？”徐绍吉问。

“在他看来，京察虽是两个衙门的事，到底以吏部为主，都察院协同而已。”韩浚说。

“何谓有主有从，我看，铭之先生心里，第一是掌部，第二才是署院，所以他的心思多半放在刑部的事务上。”赵士谔说。

“所以，他可多听少说，邃之先生却不可多听少说。”徐绍吉道。

“这一层，我自有分寸。”韩浚说。

“二位和上司都打过招呼，二位的上司又都通情达理，事情会好办得多。”徐绍吉欣慰地说。

“还是宗祥先生的差事好，没上司须打招呼。”赵士谔说。

“也不用管上司是否通情达理。”韩浚说。

徐绍吉字宗祥，湖广平江人，万历二十三年进士。赵士谔字謇卿，南直隶吴江人，万历二十九年进士。韩浚字邃之，山东淄川人，万历二十六年进士。

“嗨，是我的错。”徐绍吉忽道。

“宗祥先生有什么错？”赵士谔、韩浚齐问。

“我说，二位的上司通情达理，故事情好办，不对；事情好办，主要是因为我等三人有相通之处。”徐绍吉说。

“宗祥先生所言相通之处，不知指的何事？”赵士谔问。

“我等均是漏网之鱼呀。”徐绍吉道。

“方才还都是虎，怎么一下成鱼？”韩浚问。

“一个比喻，邃之先生切不可沮丧，”徐绍吉说着，问赵士谔，“謇卿先生姑苏人也，是吧？”

“是。”赵士谔应道。

“可是昆党？”徐绍吉问。

“不是，”赵士谔否认，“我和顾学士素无来往。”

“但在有些人眼里，你是昆党，对不对？”徐绍吉问。

“或许有人这么看。”赵士谔道。

“邃之先生山东人也，是吧？”徐绍吉又问韩浚。

“是。”韩浚应道。

“可是齐党？”徐绍吉问。

“不是，”韩浚否认，“我和亓兄、周君等并无私交。”

“但在有些人眼里，你是齐党，对不对？”徐绍吉问。

“别人怎看，我无法管。”韩浚道。

“二位都知我是楚人吧？”徐绍吉又问。

“知之。”赵士谔、韩浚齐道。

“二位可知，我是否楚党？”徐绍吉问。

“不知。”赵士谔、韩浚齐道。

“我说我不是楚党，二位信不信？”徐绍吉问。

“为何不信！”赵士谔、韩浚齐道。

“但在有些人眼里，宗祥先生是楚党。”赵士谔又说。

“而且，在楚党中的地位，和官兄等不相上下。”韩浚又说。

“所以，我说我三人是漏网之鱼。”徐绍吉说。

“可我等仍不知，我三人怎成漏网之鱼？”赵士谔、韩浚道。

“辛亥大计，谁人主持，二位不记得吗？”徐绍吉问。

“部臣则尚书孙，院臣则署院许，部曹则司官王，科臣则都谏曹，道臣则掌道汤。”韩浚一一说出万历三十九年京察的关键人物：吏部尚书孙丕扬、署院副都御史许弘纲、考功司郎中王宗贤、吏科都给事中曹于汴、河南道御史汤兆京。

“对，”徐绍吉点点头，说道，“辛亥大计，在此数人把持之下，专门庇护东林人士，其他党人无不摈斥之。謇卿先生作为昆党余孽，邃之先生作为齐党余孽，我作为楚党余孽，仍立于朝中。二位说，我等算不算是漏网之鱼？”

“这么说来，我等确似漏网之鱼。”赵士谔、韩浚齐道。

“宗祥先生不用别字，而用这四个字，必有深意。”韩浚又说。

“我有两层意思。”徐绍吉道。

“第一层意思：以其人之道还治其人之身，效法辛亥大计，专门摈斥东林，”赵士谔说着，问道，“宗祥先生，是吧？”

“第二层意思：不留漏网之鱼，免得下次大计时，我同志为其算计，”韩浚说着，问道，“宗祥先生，是吧？”

“二位说的是，”徐绍吉应道，并问，“今次京察，你我定下摈斥东林的宗旨，二位意下如何？”

“甚合吾意。”赵士谔、韩浚齐道。

“却不知定下这一宗旨，在掌部、署院那里，会不会遇到阻碍？”徐绍吉又问。

“不会！”赵士谔、韩浚齐道。

“实不相瞒，我已对伯孝先生透露过这层意思。”赵士谔又说。

“伯孝先生赞成不赞成？”徐绍吉问。

“虽未明言，却似默许。”赵士谔道。

“实不相瞒，我曾以数人试探铭之先生。”韩浚又说。

“铭之先生反对不反对？”徐绍吉问。

“不唯不反对，还说处分得少。”韩浚道。

“如此说来，我等若凑出一干东林党徒，无论在吏部，还是在都察院，都不会有麻烦？”徐绍吉问。

“绝不会！”赵士谔、韩浚齐道。

“那还不抓紧来凑！”徐绍吉道。

三人你说一个，我说一个，很快凑出呈部的名单，包括不谨十三人，浮躁六人，不及三人。

论以不谨者是：给事中张国儒、麻僖、彭唯诚，御史李炳恭、史记事，吏部周士显、冯上知、涂一臻，户部李朴、贺烺，礼部丁元荐，刑部沈应奎，工部沈正宗；论以浮躁者是：翰林邵景尧、李胤昌，御史王时熙、陈一元、史学迁，兵部茅瑞征；论以不及者是：御史荆养乔、彭瑞吾、潘之祥。

“二十二人，不多吧？”徐绍吉问。

“不多。”赵士谔、韩浚应道。

“不少吧？”徐绍吉又问。

“也不少。”赵士谔、韩浚应道。

“以人数而言，可以说适中；不过——”徐绍吉顿了顿，说道，“我在想，这个名单二位是今日回去即呈堂，还是再等上一二日。”

“为何再等上一二日？”赵士谔问。

“若有遗漏，便于添补呀。”徐绍吉道。

“我倒无所谓，只怕謇卿先生回衙后，不好交代。”韩浚说。

“我好不好交代，还在其次，关键是再等上一二日，添补之后，一定无遗漏？”赵士谔道。

“那倒也是，”韩浚点点头，说道，“宗祥先生一切言行都立足于不使有漏网之鱼；但要一网打尽，也难。”

“二位今日回去，即将它呈堂亦可；不过，总得有弥补之计。”徐绍吉退一步说。

“弥补之计是有的，”赵士谔说，“一则，我将此单呈堂，伯孝先生还要斟酌；邃之先生将此单呈堂，铭之先生还要斟酌。二公斟酌之后，说不定还要议一议。一斟酌，一计议，或许也须一二日。这一二日里，宗祥先生发现有遗漏，邃之先生发现有遗漏，可告我，我可提请伯孝先生添补；当然，我发现有遗漏，也会提请伯孝先生添补。二则，吏部将京察形成奏章，进呈朝廷之后，科、道尚可拾遗。宗祥先生发现有遗漏，邃之先生发现有遗漏，可以纠拾进呈朝廷；我发现有遗漏，也会提请二位纠拾。”

“謇卿先生这么一说，我再无担心，”徐绍吉说着，揖道，“以后几日，还赖謇卿先生在部、院、科之间联络。”

“应该的。”赵士谔应道。

“伯孝先生，等等！”何宗彦边呼叫，边追上来。

郑继之这两天不愿和何宗彦单独见面；准确地说，是不愿和各部的堂官单独见面。京察的结果才奏入，难免会有大臣要和他说道说道。但何宗彦呼叫的声音很大，前后的人都听见，他又不能假装没听见。

他停下来，转身道：“君美先生别急，我等着呢。”

“借一步说话，”何宗彦说着，和他走到路旁。估摸着不会被别人听到，他说，“有句话，请教伯孝先生。”

“是句话，不是件事？”郑继之问。

“话与事连着，先请教话，再请教事。”何宗彦说。

“请教不敢当，君美先生先问话吧。”郑继之道。

“何谓六经？”何宗彦问。

郑继之眼睛已瞪得很大，但恨不得再瞪大些。这是个童子试中都不会出现的问题，堂堂署礼部侍郎却拿来问他这个五十多年前就中进士的人，岂不是滑天下之大稽！

不过，反过来想一想，何宗彦拿这个问题来问，一定有他的道理。与其赌气不理，不如且听他的下文。

“六经者，诗、书、礼、乐、易、春秋也。”他不动声色地说。

“六经乱天下，伯孝先生以为此言若何？”何宗彦问。

“此大逆之言，君美先生何须问！”郑继之道。

“伯孝先生可知，此大逆之言却出自乡试的策问中？”何宗彦问。

“有这等事？”郑继之亦感震惊。

“确有这等事，”何宗彦道，又问，“伯孝先生说，策问中出现此等大逆之言，要不要批驳，要不要究问？”

“当然要批驳，要究问！”郑继之道。

“在伯孝先生看来，怎样批驳，怎样究问，最为有力？”何宗彦问。

“有许多批驳、究问之法，采用哪一种，要看各人习惯。”郑继之说。

“有两句批驳、究问的话，不知合不合伯孝先生的习惯。”何宗彦道。

“君美先生说来听听，”郑继之说着，问道，“第一句怎说？”

“此言以乱政而叛高皇帝。”何宗彦说。

“怎讲？”郑继之问。

“所谓乐经，后代大儒均以为应含于诗及礼中，故六经者，即四书五经也。本朝科举取士，以四书五经为根本，是我太祖高皇帝确定的。所谓六经乱天子，是不是乱政，是不是叛高皇帝！”何宗彦道。

“此句批驳、究问得透彻，”郑继之会应一句，又问，“第二句怎说？”

“此言以邪说而叛孔夫子。”何宗彦说。

“此句容易理会，君美先生不必解说。”郑继之道。

“但此句是否批驳、究问得透彻？”何宗彦问。

“也很透彻。”郑继之道。

“也就是说，这两句话批驳、究问得都很透彻，是吧？”何宗彦好像怕他反悔，又追问一遍。

“是。”郑继之应道。

“伯孝先生可知，这两句话是谁说的？”何宗彦转到下一个问题。

“不知，”郑继之道，并问，“是谁人说的？”

“是长孺先生。”何宗彦告诉他。

“长兴丁先生？”郑继之问。

“对。”何宗彦点头。

他们说的是浙江长兴籍官员丁元荐。

“丁长孺言辞犀利，不改昔时呀！”郑继之叹道。

“伯孝先生还记得他昔时言辞之犀利？”何宗彦问。

“怎不记得！”郑继之道，“他中第八载之后，始谒选入朝。入朝不数日，即上万言书，言今日之事可寒心者三，可浩叹者七，坐视不可救药者二。饥民四乱，可寒心者一也；武备积弛，可寒心者二也；日本封贡，可寒心者三也。征敛苛急，可浩叹者一也；赏罚不明，可浩叹者二也；忠贤废锢，可浩叹者三也；辅臣妒忌，可浩叹者四也；议论滋多，可浩叹者五也；士习败坏，可浩叹者六也；褒功恤忠未备，可浩叹者七也。纪纲，不可救药者一也；人心，不可救药者二也。”

“事过多年，难得伯孝先生记得如此清晰，”何宗彦叹罢，问道，“但伯孝先生可知，有人不忘长孺先生言辞之犀利，也有人不忘疾恨、挤陷长孺先生？”

终于说到事上，郑继之心中暗道。此事想糊弄，是没办法糊弄过去的；而且，也用不着糊弄。

“君美先生为京察事找我？”他问。

“坦率地说，是的。”何宗彦道。

“君美先生以何名分？”郑继之问。

“以何名分？”何宗彦一怔。

“譬如，前者拟谥，君美先生约我去。我想，我掌吏部，谥者关乎吏治，所以我去，”郑继之说着，问道，“君美先生今日找我说京察事，是以礼部尚书的身份吗？”

何宗彦想了想，说道：“就算是吧。伯孝先生说，谥者关乎吏治；我也可以说，京察者关乎礼教。”

“我知君美先生爱惜人才，亦知长孺先生去官前任礼部官；不过，京察以不谨论长孺先生，却不知与礼教何干？”郑继之问。

“日本封贡，与礼教可相干？士习败坏，与礼教可相干？纪纲不振，与礼教可相干？”何宗彦反问。

“日本封贡关乎礼教，但长孺先生可是议日本封贡而被论不谨？士习败坏关乎礼教，但长孺先生可是议士习败坏而被论不谨？纪纲不振关乎礼教，但长孺先生可是议纪纲不振而被论不谨？”郑继之驳道。

“这个——”何宗彦语塞。

“己亥京察，长孺先生以浮躁论调，君美先生还记得吧？”郑继之又提起另一件事。

“记得。”何宗彦应道。

“长孺先生上万言疏，是在万历二十年。己亥京察过去七年，长孺先生被论浮躁，应该说和他议日本封贡，议士习败坏，议纪纲不振，没多大关系；今已过二十五年，长孺先生被论不谨，更不能说和他议日本封贡，议士习败坏，议纪纲不振，有多大的关系吧？”郑继之道。

“伯孝先生倒是说说，和何事有关？”何宗彦问。

“我记得，长孺先生在礼部日，君美先生掌詹事府。科、道交章论劾长孺先生，君美先生难道一无所知？”郑继之问。

“所谓交章论劾者，伯孝先生倒是说说，都是何人！”何宗彦道。

“君美先生要我一一数出，我可数不出来。”郑继之避重就轻地说。

“我没想请伯孝先生一一数出；但我要说，交章论劾者都是立党之人，尤其是所谓浙党，伯孝先生不会反对吧？”何宗彦问。

“论劾长孺先生者，果是立党之人，果是浙党。然长孺先生难道不是立党之人，难道不是以东林而被论劾？”郑继之道。

“同是党人，也有是非之分吧？”何宗彦分辩。

“君美先生可以东林之是非为是非，我却不能，”郑继之道，“长孺先生被各党人交章论劾，吏部以不谨上之，我以为没错；同样，其他党人若被东林交章论劾，吏部以不谨上之，我以为也没错。”

何宗彦无话可说。

第四百七十八章

成敬读完吏部拟上的不谨、浮躁、不及三类官员的名单后，皇帝说："朕觉着被参论者不足。"

"爷说的是，"成敬应道，"此名册是吏部照各衙门访单拟上的；此外，科臣、道臣还有拾遗。"

"科臣是谁？"皇帝问。

"吏科徐绍吉。"成敬说。

"哪里人？"皇帝问。

"湖广平江。"成敬说。

"道臣是谁？"皇帝问。

"河南道韩浚。"成敬说。

"哪里人？"皇帝问。

"山东淄川。"成敬说。

"朕记得，向来科臣、道臣于京察中拾遗，以大僚、庶僚分之，这次也是吗？"皇帝问。

"这次也是。"成敬应道。

"朕记得，向来科臣、道臣于京察中拾遗，以大僚居多，庶僚则少，这次也是吗？"皇帝问。

"这次也是。"成敬说。

"科臣拾遗，大僚几人，庶僚几人？"皇帝问。

"大僚八人，庶僚二人。"成敬说。

"道臣拾遗，大僚几人，庶僚几人？"皇帝问。

"大僚六人，庶僚二人。"成敬说。

"好，老成从科臣拾遗的大僚说起。"皇帝命道。

"科臣拾遗的大僚第一人，是都察院孙玮。"成敬说。

"他是掌院，还是署院？"皇帝问。

“先以仓场尚书署院，后以都御史掌院。”成敬说。

“朕记得，他自行出城待命，过了好几个月后，朕才准他致仕的。”皇帝说。

“爷说的是，”成敬应道，“他是万历四十一年二月自行出城待命的；十月，爷始命其归。”

“就此事而言，拾遗他没错。”皇帝说。

“科臣拾遗他，主要正是为此；另外，还论劾他与前吏部孙尚书结党。”成敬说。

“结党之事不必理会，论劾别人结党，自个儿未必不结党。”皇帝说。

“爷圣明。”成敬颂道。

“下一人纠拾的谁？”皇帝问。

“吏部王图。”成敬说。

“朕记得，他是侍郎，未曾署部。”皇帝道。

“爷说的是。”成敬应道。

“他也是自行出城待命的吧？”皇帝问。

“是，”成敬应道，“他比孙尚书等得更久，孙尚书等三个月有旨，他则等十个月。”

“科臣第三个纠拾的是谁？”皇帝问。

“太仆寺李时华。”成敬说。

“可是寺卿？”皇帝问。

“是。”成敬应道。

“朕对他几无印象，这至少说明，其政绩平平。”皇帝道。

“爷说的是，”成敬知道皇帝不想评论他，接着说，“科臣第四个拾遗的是南京太仆寺刘汝康。”

“这就从朝中说到南京？”皇帝问。

“是，”成敬应道，“南京仅刘汝康，接下来的二人，又出南京。”

“谁人？”皇帝对刘汝康也没多少印象，所以马上转问到其他人。

“一个是漕运总督陈荐，一个是陕西三边总督刘敏宽。”成敬说。

督、抚都带部、院衔，虽是兼衔，也在京察之列。

“陈荐出自哪一科？”皇帝问。

“隆庆辛未科。”成敬说。

“是老臣。”皇帝道。

“确是老臣。”成敬应道。

“他是哪里人？”皇帝问。

“湖广祁阳。”成敬说。

“科臣也是湖广人？”皇帝问。

“是。”成敬应道。

“陈荐哪年督漕？”皇帝问。

“万历四十年。”成敬说。

“是不是李三才免官，即以陈荐接任？”皇帝问。

“是。”成敬应道。

“进次京察，陈荐有没自陈？”皇帝问。

“有。”成敬应道。

“有没请辞？”皇帝问。

“有。”成敬应道。

“陈荐是老臣，朕本不想处分他的，但有几件事，朕却非处分他不可，”皇帝说。“其一，徐绍吉若不是湖广人，他拾遗陈荐，还可以说是地域之见，实则他二人是同乡；其二，李三才屡被论劾，陈荐接其任，却无一疏言其是非；其三，他自知今次京察有可能被拾遗，故先自陈，以逃避被拾遗。有此三者，朕若不处分他，可谓姑息。”

“爷圣明。”成敬颂道。

“刘敏宽出自哪一科？”皇帝又问。

“万历丁丑科。”成敬说。

“他是哪里人？”皇帝问。

“山西安邑。”成敬说。

“朕记得，去年他曾报功来着。”皇帝道。

“是，”成敬应道，“去岁套酋吉能犯孤山，刘敏宽督总兵杜文焕等大破之。”

“刘敏宽之后，又拾遗谁人？”皇帝又问

“兵部魏养蒙。”成敬说。

“在外面转一圈，又回到朝廷？”皇帝问。

“又回到朝廷。”成敬笑着应道。

“有件事，朕想不明白，”皇帝道，“朝廷已命协理京营尚书黄嘉善为兵部尚书，怎还由魏养蒙署部？”

“虽有回部之旨，但黄嘉善尚未回部。”成敬说。

“尚未回部？这是为何？”皇帝问。

“前者传旨，以黄嘉善为兵部尚书，并未言及掌部，故黄尚书以为仍是协理京营。”成敬说。

“如此说来，是阁臣拟旨不明？”皇帝问。

“也不能这么说，黄嘉善原本以兵部尚书协理京营，这次传旨为兵部尚书，很明显是回部掌印。”成敬说。

“那么，是黄嘉善不愿回部？”皇帝问。

“奴才想，黄尚书也没理由不愿回部，或是他想要朝廷再颁旨，明确他是回部掌印。”成敬说。

“他爱回部不回部，朕才不会另行颁旨呢，”皇帝说着，问道，“魏养蒙是科臣拾遗的第七个大僚，最后一个大僚是谁人？”

“国子监朱国桢。”成敬说。

“他任过祭酒吧？”皇帝问。

“是。”成敬应道。

“朕记得，他回籍养病多年。”皇帝说。

“是，”成敬应道，“他的确回籍养病有年。”

“他回籍养病，是朕准的，此事有何好拾遗的！”皇帝道，又问，“科臣拾遗的庶僚是哪两个？”

“一个是刑部王之寀，一个是刑科邓士龙。”成敬说。

“有王之寀那厮？”皇帝问。

“是。”成敬应道。

“为的何事？”皇帝问。

“说他任性淫刑，杖毙多命，谋骗赃私，声名狼藉。”成敬道。

“好生可恶！他杖毙多命，怎不当时就把张差杖毙！”皇帝说他可恶，竟是气他杖毙的人少一个，“要不是王之寀那厮，梃击一事怎会牵连到爱妃宫里？爱妃怎会惶惶不安？朕怎会心思不定？但梃击一事已有处分，朕不便当即假以颜色。方才读吏部所上大计时，朕就在想，其中会不会有王之寀那厮？他会列在不谨，还是会列在浮躁，还是会列在不及？不谨中读到刑部时，朕想，定是王之寀那厮无疑！谁知却不是，让朕好不失望。还好，吏部虽忘他，科臣没忘他，今次京察算有成效，因为有件让朕开心的事。这个徐绍吉不错，懂得朕的心思！”

另外一个邓士龙，在皇帝眼里根本无关紧要；说不定，连他的名字，皇帝都没听清。

“道臣拾遗庶僚，也有王之寀。”成敬说。

“是吗？”皇帝似乎才想起还有另一篇拾遗，问道，“道臣拾遗的第一名大僚，却是谁人？”

“也是孙玮。”成敬说。

“看来，就是朕想保他，也保不住，”皇帝说着，问道，“纠拾的下一大僚是谁个？”

“礼部孙慎行。”成敬说。

“他曾署部吧？”皇帝问。

“是。”成敬应道。

“他几时署的部？”皇帝问罢，补充一句，“朕想知道具体月份。”

“他是万历四十一年五月署部，四十二年八月自免。”成敬说。

“老成，你知朕为何问你月份？”皇帝问。

“奴才不知。”成敬道。

“洵儿就藩，是在四十二年；朕记得，催促洵儿就藩，这位孙署部可是拼尽全力。”皇帝说。

“道臣拾遗他，主要为催逼福王殿下就藩。”成敬道。

“道臣是怎写的？”这无疑是皇帝最有兴趣听的。

“舍宇宙内所不必有之事，让臣子所不敢居之功，若暗伏异日之杀机，必得流毒赤渭；即潜为邪说之盟主，亦能震惊朕师。欲维世道而正人心，宜斥憸壬以安善类。”成敬读道。

“宇宙所不必有之事，臣子所不敢据之功，这两句对的堪称绝妙，用在催逼洵儿就藩一事上，再恰当不过！”皇帝赞罢，问道，“道臣纠拾的第三人是谁个？”

“太常寺曹于汴。”成敬说。

“他不是寺卿吧？”皇帝问。

“不是，”成敬应道，“曹于汴官少卿。”

“三十八年外察，三十九年京察，朕知道他得罪不少人。”皇帝说。

“爷说的是，”成敬应道，“自三十九年京察后，攻其者甚众。”

“道臣拾遗是怎写的？”皇帝问。

“钩党横连朝野，阴谋暗泣鬼神。”成敬读道。

“就这两句？”皇帝问。

“是。”成敬应道。

“有这两句已够。”皇帝说着，示意成敬再读。

“道臣纠拾的第四个大僚，是工部丁启浚。”成敬说。

“是佐贰吧？”皇帝问。

“是。”成敬应道。

“可曾署部？”皇帝问。

“不曾。”成敬道。

皇帝挥挥手，似说：侍郎而不曾署部，不值得一提。

“下一人是吏部朱之蕃。”成敬说。

“他是朕点的状元。”皇帝有印象。

“爷说的是，他是万历二十三年的状元。”成敬道。

“对他，朕倒是想保一保，”皇帝说着，问道，“还有最后一名大僚吧？却是谁人？”

“大同巡抚王士琦。”成敬说。

“科、道似有默契，科臣拾遗一督臣，道臣则拾遗一抚臣。”皇帝道。

“诚如圣谕。”成敬应道。

“王士琦可是今抚？”皇帝问。

“是，”成敬应道，“王士琦去岁七月，以山西左布政使升右副都御史，巡抚大同。”

“好，六名大僚说完，两个庶僚是谁？”皇帝问。

“一个也是王之宷，一个是翰林鲍应鳌。”成敬说。

皇帝听进去的，仍然只有王之宷一人；不过，已经不像上次那么激动。他说：“你告诉过朕，道臣也拾遗王之宷那厮。”

“道臣拾遗王之宷，言辞倒也平常；但拾遗鲍应鳌，言辞甚是尖刻。”成敬说。

“是怎写的？”皇帝问。

“从师讲道，未闻入室升堂；结党营私，唯解依傍门户。暗结山林之脉，明掺廊庙之权。”成敬读道。

“照他写的，这个鲍应鳌不能不处分，”皇帝说着，问道，“科臣拾遗的另一庶僚，叫什么来着？”

“邓士龙。”成敬说。

“京察拾遗的大僚、庶僚，向来是分开批复的，是吧？”皇帝问。

“是。”成敬应道。

“三庶僚，你这样拟复，”皇帝想了想，口述道，“这本内考察各官邓士龙等，都照例调降。内王之宷任性淫刑，杖毙多命，却又谋骗赃私，甚是狼藉。着照贪酷例，姑免提问、追赃；着革了职为民，追夺诰命。”

“奴才记下。”成敬应道。

“科臣拾遗大僚，你这样拟复，”皇帝说着，口述道，“魏养蒙着留用，朱国桢照旧调理，刘汝康调外用，陈荐、刘敏宽致仕，王图、李时华着冠带闲住。”

“是。”成敬应道。

“道臣拾遗大僚，你这样拟复，”皇帝说着，口述道，“朱之蕃着留用，孙慎行等照旧调理，丁启浚调南京用，王士琦调南京别衙门用。”

“是。”成敬应道。

第四百七十九章

户部郎中袁世振外放山东按察司副使兼布政司右参议，专管两淮盐运司事。如果只是外放这两个职位中的任何一个，都不能说是超擢，但同时兼这两个职位，而且是管两淮盐运司事，意义则大不一样。

因此，临行前本部尚书李汝华请他去家中饮酒，他并不感到意外；他感到意外的是，李汝华竟提出，要和他行酒令。别说无论是他，还是李汝华，都不善此道；即便善此道，在户部繁杂的事务、枯燥的数字中磨砺多年，这方面也该迟钝。

“茂夫先生要行酒令？”他问。

“不可以吗？”李汝华反问。

“不是不可以；但行酒令为的是热闹，今日只茂夫先生和下官两个人，再怎样，也热闹不起来。”袁世振说。

“那你我今日就反其道而行之，不求闹，但求静。”李汝华说。

“以行令求静？”袁世振觉得太不可思议。

“不可以吗？”李汝华又问。

“不是不可以，是不知如何求之。”袁世振说。

“我已想好，”李汝华说着，问道，“去岁，时懋上盐法十议，是吧？”

袁世振字时懋，湖广蕲州人，万历二十六年进士。

“是，”他应一声，说道，“该疏上后，茂夫先生不亦题行十议疏？”

“你我以盐法十议为令，岂不静而不闹！”李汝华道。

“下官还是不解，盐法十议怎能成为酒令？”袁世振问。

“时懋的十议，我说一篇篇目，再背诵一两段能表达篇目的文字。若对，时懋饮一盅；若错，罚我一盅。我拟的行十议疏，时懋背诵一两句。若对，我饮一盅；若错，罚时懋一盅，”李汝华说着，问道，“如何？”

“茂夫先生行的哪是酒令，分明是策论。”袁世振笑道。

“时懋不喜欢这个酒令，就自个儿想一个。”李汝华说。

“我可不敢喧宾夺主！”袁世振道，“最多是我多饮，茂夫先生少饮。”

“那我先说，”李汝华斟上酒，说，“盐法第一议，积引之弊。”

袁世振要饮酒，被李汝华止住。

“还得背诵呢，”李汝华说着，背诵道，“夫理盐法，如人治病。语云：急则治其标，缓则治其本。今两淮盐政，内商、边商皆极困重惫，而边商尤甚。”

“茂夫先生让我很为难呀。”袁世振说。

“我知，”李汝华道，“我说出该篇的篇目，又背诵出该篇的一段话；但这一段话，并未涉及积引之弊。所以，时懋饮也不是，不饮也不是，对不对？”

“对。”袁世振应道。

“时懋不必为难，”李汝华道，“我背诵的是十议的通引，并非专为积引之弊而写，时懋可以不饮的。”

“茂夫先生这么一说，我倒不好意思不饮。”袁世振说着，饮酒。

李汝华边为他斟酒，边背诵另一段：“边引随到随卖，内盐随支随掣，此所谓盐法之经常，国计之根本也。迨至近年以来，阻滞日甚，敝套相沿。即如行引一节，边商执仓勘到运司矣，展转羁延，河清难俟，此边商之苦也。至于内商掣盐，常压十载，此内商之苦也。总此一纸引耳，买者常逾干一两，卖者苦不得二钱，利归于囤户，而害及于两商，岂非法之未善，使人得操缓急以为高下耶！”背诵到这里，他顿了顿，然后接着背诵，“查嘉靖末年，称引壅矣，然犹止五百万，而都御史庞尚鹏为小盐之法以疏之。今称壅至八百余万，尚不亟为设法疏通，是徒抱积薪之叹也。”

盐商交税，朝廷给引，赴仓支盐，是盐法正常推行时的情况。大明立国二百余年，盐法的各个环节都出现问题，盐商得引而支不到盐，是主要的问题之一，略如袁世振所述。

“听茂夫先生诵之，下官简直坐立不安。”袁世振说。

“不是为难，是坐不住？”李汝华问。

“是，”袁世振应一声，说道，“如此之长的一段文字，下官自个儿都背诵不出来，却让茂夫先生背诵出来，下官好不惭愧！”

“你先说，有没有错？”李汝华问。

“虽未原文对照，但我敢说，一字不差。”袁世振说。

“那么，这酒——”李汝华指着酒问。

“这酒一定要饮；不过，有点儿亏。”袁世振说。

“你是说，一议饮两盅，有点儿亏？”李汝华问。

“不，”袁世振摇着头说，“我是说，茂夫先生行这么大段的酒令，我才饮一盅，茂夫先生有点儿亏。”

“依着时懋，当怎饮？”李汝华问。

“下官连饮三盅。”袁世振说。

“时懋有此勇气，我除为你叫好，还能怎说！”李汝华道。

袁世振自斟自饮，一口气喝三盅。

“请时懋行令。”李汝华让道。

“复祖制、行正盐、大疏边内二商之壅、以急拯边储敝坏事。”袁世振只背诵一句话。

这是李汝华代户部拟的题行十议疏篇目，李汝华什么也没说，饮酒。

“请茂夫先生行令。”袁世振让道。

“盐法第二议，正行现引，”李汝华说罢篇目，背诵道，“今闻两淮之疏引也，新旧兼行，裁省搭套之半，渐销旧引之积。盖自四十三年以前，边中仓勘，多以贱值投之囤户，与边商无涉矣。故今欲肇自四十五年，复祖制行正盐，必以行现引为主；而行现引，必以四十四年所到边钞为正。”

这一段文字不算太多，也没多余的话可说，袁世振饮酒。

“国家财赋，盐法居半。该岁计所入，止四百万，半属民赋，其半则取给于盐策。两淮岁解六十八万有奇，长芦十八万，山东八万，两浙十五万，福建二万，广东二万，云南三万八千，各有奇。除河东十二万，及川、陕盐课，虽不解太仓，并其银数，实共该盐课银二百四十余万两。”袁世振背诵道。

他这次背诵的，并不比李汝华背诵的少，李汝华却说：“这盅酒我不太想饮。”

“是数字不对？”袁世振问。

“数字并没错，”李汝华道，“正因为数字没错，可见户部官员对这些数字太熟悉，时懋原本可以不背诵的。”

“可‘国家财赋，盐法居半’这句话实在太重要，茂夫先生若以为这两句也可以不背诵，我认罚。”袁世振说着，要拿酒盅。

“还是我饮吧。”李汝华道。

“请茂夫先生行令。”袁世振让道。

“盐法第三议，疏积之法，”李汝华说着，问道，“时懋记得，盐引大包是几多斤？”

“五百七十斤。”袁世振道。

“庞公所行小盐，是几多斤？”李汝华问。

“四百八十五斤。”袁世振道。

“时懋疏积之法，是在大包、小包上打主意，”李汝华说着，背诵道，“两淮岁掣十二单，即行九十万引矣。内除七十万八千一百八十引不可增减一引者，谓之正行现盐，其余十九万四千八百二十引，当以小盐之法，剖而分之，则倍行引三十八万九千六百四十引矣。”

袁世振拿起酒盅，并不即饮，而是问：“一法立，一弊生，则今新旧兼行之说，毋增蛇足之见乎？”

这是他奏疏里的一句话，他引此话，是指出疏积不仅在大包、小包兼用，更在新引、旧引兼行。

“新旧兼行，就淮南论以六十八万引，剖而二之，半行新引，半行旧引，幸免预征，似亦有利矣。然旧引二八套验，仍费买引之价。新引断自三十六年，无救边商之急；且正价八钱，余银一两四钱五分，牵制繁重，未称简便。若臣今所议疏积引，则行积引而已，不复有套搭之费也。”李汝华背诵一段。

“酒令须赏罚分明，茂夫先生，是不是？”袁世振问。

“时懋何意？”李汝华问。

“茂夫先生背诵此一段，我理当饮酒；然我不提醒，茂夫先生也不会背诵此一段，故茂夫先生亦须表示表示。”袁世振说。

“怎么表示？”李汝华问。

“我仍饮三，茂夫先生陪一，公平不公平？”袁世振问。

“公平之至。”李汝华道。

二人如数饮酒。饮罢，李汝华说：“我怕时懋饮得太多，欲将这一段文字略去。我饮这盅酒，是自找的；时懋饮这三盅酒，也是自找的。”

“饮得痛快，多饮不妨。”袁世振道。

“请时懋行令。”李汝华让道。

“两淮盐课，停压两年有半，已少银一百七十余万有奇，今岁又复愆期，此于秋仲，而上解方至，则下解必更逾越，是将又压半年矣。合三年，则欠二百余万矣。又加云南额解，执留二十余年，少银七十余万，此皆举朝能知之、言之者。”袁世振背诵一段。

李汝华不出一声，饮酒。

“前次背诵数字，茂夫先生欲饮不饮；这次背诵数字，为何却饮得如此痛快？”袁世振问。

“前次的数字和这次的数字不同：前次的数字是额定的数字，这次的数字是计算出来的数字；前次的数字是没多大用的数字，这次的数字却关系重大。”李汝华说。

“请茂夫先生行令。”袁世振让道。

“盐法第四议，平场盐之法，”李汝华说着，背诵一段，“场盐踊贵，有当亟为议处者。盖十年以前，甚苦盐贱病灶；近十年以来，又苦盐贵病商。往一桶重一百五十斤者，为价仅七八分，今渐增至三钱。每一引需火盐五桶，则去价一两五钱。又去正、余价并包索、赈济、挑河诸项杂费，难以枚举。及卖与水商，仅得价三两二钱，必至亏本。”

以背诵的数量，袁世振饮一盅正合适。

“请时懋行令。”李汝华让道。

“四十三年以前，各镇所中盐粮，皆应全完。然宁夏只缴至三十六年，欠八年。延绥虽缴至三十九年，中有三十六、七、八等年未到，加后四年，共欠七年。固原缴至三十二年，欠十一年。宣府、辽东，俱缴至四十年，欠三年。甘肃、大同、山西及神池等堡，缴至四十一年，欠二年。蓟州缴至四十二年，欠一年。以各镇额数扣其欠数，实共欠盐粮银二百三十余万。”袁世振又背诵一堆数字。

李汝华举盅示意，一饮而尽。

“请茂夫先生行令。”袁世振让道。

“盐法第五议，行盐次第之法，”李汝华说着，背诵一段，“欲行今法次第，惟刊定积引名册，为第一义；其次，则刊定边引名册；其次，则节清商贿，以速掣挚；其次，则严禁月利，以速运卖；其次，则查刷所书之弊，以公派口岸文册，而行盐之事毕矣。”

袁世振亦举盅示意，一饮而尽。

“请时懋行令。”李汝华让道。

“茂夫先生这次未言及数字，下官亦当避开数字，”袁世振说着，背诵一段，“夫现今壅阻之祸，何以救之？救之则莫有急于两淮者。盖九边盐法之坏，因于两淮；各运司盐引之阻，亦并受累于两淮。”

“这回我要饮双盅。”李汝华说。

“却是为何？”袁世振问。

“一则为时懋背诵得不错，一则为时懋即将前去管淮盐。”李汝华说。

“朝廷付下官以重任，下官陪饮一盅，以壮胆气。”袁世振道。

二人各如言饮酒。

“请茂夫先生行令。”袁世振让道。

“盐法第六议，边、内诸商平允之法，”李汝华说着，背诵一段，“今日淮盐壅阻，在上则欲增，在下则欲减，在内商则欲行旧引，在边商则欲行新引，在囤户则欲假边商新引之名，而操内商旧引之利。”背诵之后，道，“和时懋商量件事吧。”

“茂夫先生欲商量何事？”袁世振问。

“欲增、欲减、欲行旧引、欲行新引四者，时懋都有大段阐述。我若一一背诵之，则太劳累；若皆不述之，则太可惜。不如我每事简述一两句，述之不错，则时懋饮半盅；述之有误，则我罚一盅，”李汝华说着，问道，“时懋看如何？”

“茂夫先生责己则严，待我则宽，我无话可说。”袁世振道。

“为何在上欲增？”李汝华自问自答，“两淮行盐地方，岁可办盐三百万引，岁食三百七十万引，正课仅七十万引。即官盐五分之一，私盐反有五分之四。欲增，即欲增官盐，减私盐。”说着，问道，“然否？”

他话没说完，袁世振已经把半盅酒喝下。

“为何在下欲减？奸商夹带私盐盛行，套搭虽苦，犹可坐邀月利；今若增正课，行之江楚，则盐稍多，而价稍贱矣。故商人利于减少正额，”李汝华说着，问道，“然否？”

“然。”袁世振应一声，又喝半盅酒。

“为何内商欲行旧引？朝廷预借商银四百万，不言借而言征。岁解不足，逃亡日众。逃亡之额，加于现在者，复驱现在者逃亡。”李汝华说。见袁世振不动酒盅，他问，“我说得不对？”

“茂夫先生说得对；但我想听完下句，一并再饮。”袁世振道。

“为何边商欲行新引？边商往岁携仓勘至两淮，卸之囤户，尚卖银二三钱，今求一钱七八分而不可得者，倘新引得售，即得凑办下次国课，故欲新引之亟行。”李汝华说着，问道，“是时懋饮一盅，还是时懋饮半盅　我饮一盅？”

“下官饮一盅。”袁世振说着，饮酒。

“请时懋行令。”李汝华让道。

“顷大同五路商人刘尚质等，告称粉骨碎身，所济几何，哀求本部设法通理两淮盐政。山西镇商人赵一鹤等，告称本镇一十八万盐粮，今经四载，尚未完纳，商命殆尽，军需无输，哀求本部疏理盐法，责令两淮新旧均行。宣府镇商人徐恕等，抱其不售仓钞，赴部投告，极称两淮盐法坏极，引目壅积不售，家产赔尽，无路可逃；只得将往淮上所卖不售仓钞寄库，哀缓比追新粮，仍求本部设法疏通，超活蚁命。凡今九边万商，赴部诉告者，无不抢地呼天，拊膺泣血。且谓及今不清，终无望清之日。”袁世振背诵一段。

李汝华饮酒。

“请茂夫先生行令。”袁世振让道。

“盐法第七议，运司择人，”李汝华说着，背诵一段，“倘行盐法之官，本清心以行俭政，彼商灶安有不奉法者！故国家所取于盐课者有限，而盐官所取于商贿者甚苛，事事皆须侈费，而盐政愈坏，可为痛哭者此也。”

“茂夫先生当与下官同饮一盅。”袁世振说。

“这是为何？”李汝华问。

“我听茂夫先生背诵这一段时，亦唏嘘不已。”袁世振说。

“好，共饮一盅就共饮一盅。”李汝华道。

二人举盅，彼此示意后，各饮一盅。

“请时懋行令。”李汝华让道。

“大凡立法不因于祖制，即权宜终碍于经常。近来淮上盐法，屡变屡更，内商之旧引既不能行，边商之新钞更何所用！”袁世振背诵一段。

“时懋也该与我同饮一盅吧？”李汝华道。

“又是为何？”袁世振问。

“淮上盐法，屡变屡更，难道不是时懋反复阐述者？”李汝华道。

“茂夫先生，请！”袁世振先把酒盅举起。饮酒之后，他让道，“请茂夫先生行令。”

“盐法第八议，禁私盐之法，”李汝华说着，背诵一段，“盐法申明以后，各省府、州、县掌印官，派卖引盐。如一万，引缴到不及六千六百六十引，一千引，不及六百六十引，三百引，不及二百引，径自提问；一万引，缴到不及三千三百三十引，一千引，不及三百三十引，三百引，不及一百引，参问降调。一引不缴，即系纵容私贩，阻止官盐，坐以疲软罢黜。如果引目尽销，以贤能论。”背诵到这里，他顿了顿，问道，“时懋的意思，全缴是一个档次，缴到三分之二是一个档次，缴到三分之一是一个档次，三分之一以下及全未缴到是一个档次，对吧？”

“对，”袁世振应道，并问，“三分之一降调，一引不缴罢黜，茂夫先生看处分得重不重？”

“我倒想处分得更重些，但恐怕这等处分朝廷也未必通得过，”李汝华说着，问道，“这盅酒时懋饮不饮？”

“当饮则饮。”袁世振饮酒。

“请时懋行令。”李汝华让道。

“今者淮盐日壅，所幸浮课已去，如人病根已拔，是乃粱肉充养之时，而非药石攻疾之时，正不必过为一切之法以束缚之。”袁世振读罢一段，问道，“乃粱肉充养之时，非药石攻疾之时，茂夫先生是在告诫我吧？”

“一点儿心得，说不上告诫。”李汝华道。

“但我愿陪茂夫先生饮一盅。”袁世振说。

李汝华说声“请”，二人共饮。

“请茂夫先生行令。”袁世振让道。

“盐法第九议，复淮、扬二府食盐旧额，”李汝华说着，问道，“时懋还说得出，淮安府额该行盐几多引？”

“三万六千。”袁世振道。

“扬州府额该行盐几多？”李汝华问。

“三万。”袁世振道。

“六万余引，时懋专列一篇，可谓用心，”李汝华说着，背诵一段，“隆庆二年，总理盐法都御史庞尚鹏，因据铺户诉称官盐价贵，私盐价贱，遂将二府额盐，不行一引，毋乃惩噎而废食乎！是淮、扬之废旧额，尽食私盐，非制也，自尚鹏始也。至隆庆六年，巡盐御史张守约，虑民间尽食私盐殊非法纪，于扬州府派盐五千引，淮安府派盐三千引。然稽掣未严，多捆滋弊。”

袁世振饮酒。

“请时懋行令。”李汝华让道。

“淮盐大壅，庞尚鹏仿小盐之法以疏之。今珰课横行，淮盐复益大壅，谓亦宜仿小盐之法，师其意以疏之。臣兹不揣，窃谓今日两淮盐法，须以急救二商为主，以急复祖制为经，以正行现引、附疏积引为题目，以预关引目、改行小盐、仿前人已行之事为方略。”袁世振背诵一段。

李汝华饮酒后，说：“最后一议，今日酒能否饮得痛快，在此一举。”

“请茂夫先生行令。”袁世振笑道。

“盐法第十议，处停压之课，”李汝华说着，背诵一段，“夫损上益下为益，损下益上为损，此《易》之明训也。所谓正行现引、附疏积引之法，盖损上益下之道。”

“寥寥数句，茂夫先生就想尽欢呀！”袁世振道。

“虽寥寥数句，但句句不寻常。”李汝华说。

“愿聆教诲。”袁世振揖道。

“以损上而益下，谁敢言之？时懋却说：损上益下为益，”李汝华道，“这句值得几盅？”袁世振问。

“至少三盅。”李汝华说着，伸出三指。

“还有呢？”袁世振问。

“以损下而益上，谁敢诘之？时懋却说：损下益上为损。”李汝华道。

“这句值得几盅？”袁世振问。

“也是至少三盅。”李汝华道。

“还有呢？”袁世振问。

“以损上而益下，谁敢请之？时懋却倡言损上益下之道！”李汝华道。

“这句值得几盅？”袁世振问。

“切入主题，应该比前两句略多。”李汝华道。

“合而计之，岂不要引十盅！”袁世振呼道。

“时懋说，足不足以尽欢？”李汝华问。

“绰绰有余，绰绰有余！”袁世振连声道，顿了顿，又说，“不过，就此而连饮十盅，下官还真有点儿不甘心。”

“时懋欲怎的？”李汝华问。

“下官也背诵几句，看茂夫先生应当饮几盅，然后下官和茂夫先生同饮。”袁世振说。

“好，我且听你背诵。”李汝华道。

“使我祖宗简易良法，尽付湮沉，臣窃悼焉。以是不惜繁词，上渎君父，下告专司，虽千万言语，其要不过一言以蔽之，曰：正行现引，附疏积引而已。此我祖宗典制，万世不易之经也。即补偏救弊，时有变通，而此制终不可改，岂不易简，岂为难行！自是而平场盐之价，自是而酌行法之叙，自是而折中淆乱，风励盐官，自是而禁私贩，行食盐。议处停压之课，无非求所以复祖制之旧，要平准之规。”袁世振背诵的一段，比李汝华方才背诵的一段略长。

“时懋背诵的虽多，就足以尽欢？”李汝华质疑。

“平场盐之价，难道不合祖制？”袁世振问。

“这句值得几盅？”李汝华反问。

“至少两盅。”袁世振道。

“还有呢？”李汝华问。

“酌行法之叙，难道不合祖制？”袁世振问。

“这句值得几盅？”李汝华反问。

“也是至少两盅。”袁世振道。

“还有呢？”李汝华问。

“折中淆乱一句，难道不合祖制？”袁世振问。

“这句值得几盅？”李汝华反问。

“至少三盅。”袁世振道。

“还有呢？”李汝华问。

“禁私盐一句，难道不合祖制？”袁世振问。

“这句值得几盅？”李汝华反问。

“也是至少三盅。”袁世振道。

“时懋之意，我须陪饮十盅？”李汝华问。

“谁人该饮，谁人陪饮，怎分得清！”袁世振道。

二人呵呵大笑，相互斟酒共饮。

第四百八十章

吴道南听说方从哲来看望自己，忙迎出门。

“不知中涵先生大驾光临，有失远迎。”他边揖边说。

“会甫先生看我有大驾的样子吗？”方从哲自嘲。

吴道南这才认真看他一眼，还真不像：帽冠有点儿歪，官服有点儿皱，脸上惊魂未定的表情还没散尽。

“中涵先生怎会如此狼狈？”他忙问。

“能不能进去说？”方从哲道。

“中涵先生请。”吴道南往院子里让。

进到院子里，方从哲显得平静一点儿。进到书房里，方从哲显得更平静一点儿。端起茶盅，饮口茶，方从哲完全平静下来。不等吴道南发问，他先开口。

“会甫先生有多久没出门？”他问。

“五六个月。”吴道南不经意地说。

“不会少于半年。”方从哲说。

“那就七八个月吧。”吴道南又说。

“我看，得有十个月。”方从哲说。

“不会！”吴道南否认，“九个月或有，十个月肯定不到。”

他认可九个月，方从哲不再往多逼问。

“会甫先生足不出户，外面的情形也能听到一些吗？”方从哲问。

“也能听到一些。”吴道南说。

“一般事发后几日可听到？”方从哲问。

“三五日后。”吴道南说。

“三五日后，会甫先生不妨多留意今日发生的事。”方从哲道。

他如果直接述说今日出的何事，吴道南不一定有太大的兴趣听；他这么一说，倒引起吴道南的注意。

“中涵先生今日告诉我不好吗，为何要等三五日后？”吴道南道。

“会甫先生当真今日要听？”见他有兴趣，方从哲拿捏一把。

“其事令得中涵先生如此狼狈，为何不听！”吴道南道。

“今日离阁后，遇到两起事端，一起与伯孝先生有关，一起与铭之先生有关，会甫先生先听哪一起？”方从哲问。

“按照顺序听吧？”吴道南说。

“会甫先生是说，先听与伯孝先生有关的一起，再听与铭之先生有关的一起？”方从哲理解的顺序，是先吏部，后刑部。

“不，”吴道南摇头，“我是说，先听中涵先生先遇到的那起，再听中涵先生后遇到的那起。”

“先遇到的那起，却是和铭之先生有关，”方从哲说着，讲述道，“会甫先生是知道的，我向来是出长安门、走长安街的，但今日要出长安门乘轿，却被守门的公公拦住。”

“他为何拦住中涵先生？”吴道南问。

“他劝我改道。”方从哲说。

“劝中涵先生改道，还是，还是——”吴道南问。劝改道，是因为不好走；还有种情形，是不让走。不让走，他想不出用哪个字好。

“还是命我改道？”方从哲替他选择个字。

“是这个意思吧。”吴道南说。

“是劝我改道。”方从哲说。

“他为何劝中涵先生改道？”吴道南问。

“他说，长安门外聚人无数，哭天抢地，堵塞道路。”方从哲道。

“聚人无数，却有几多？”吴道南问。

“我也问守门的公公，聚人无数是几多。”方从哲道。

“他怎说？”吴道南问。

“他说没数，但几百人总是有的。”方从哲道。

“几百人人和无数相差太远；不过，几百人聚于长安门外，也不是小事，”吴道南说着，又问，“这几百人，都是何许人？”

“我也问守门的公公，他等都是何许人？”方从哲道。

“他怎说？”吴道南问。

“他说一个不识；不过，应属同一类人。”方从哲道。

“怎叫同一类人？”吴道南问。

“同一类人，即都是家属。”方从哲说。

“家属，谁人家属？”吴道南问。

“罪囚家属。”方从哲说。

“罪囚家属群聚长安门外，这事更大，”吴道南说着，又问，“罪囚家属群聚长安门，哭天抢地，是为亲人喊冤吗？”

“我也问守门的公公，他等是否喊冤？”方从哲道。

“他怎说？”吴道南问。

“他说，喊冤的也有几个，但多数人吁请速定亲人之罪，哪怕重判亦可。”方从哲说。

“对亲人吁请定罪，甚至不惜重判，这可是闻所未闻。”吴道南说。

“我开始也大惑不解，但听守门公公一言，猛然领悟。”方从哲道。

“他怎说？”吴道南问。

“他说，但非大逆，判得再重，也不至于命丧黄泉。”方从哲说。

“中涵先生是说，若不速判，反而会猝死狱中？”吴道南问。

“会甫先生想呀，牢狱那种地方，特别是诏狱那种地方，多呆一天，就会少一分生机；何况入狱数月不加审讯者有之，入狱数年不加审讯者有之。”方从哲说。

“听这话，不难想明白：早判，重判，总比羁死牢狱，要强得多，”吴道南说着，问道，“中涵先生怎办？只好改道？”

“可不只好改道！”方从哲道。

“改出哪门？”吴道南问。

“东华门。”方从哲道。

“那可是绕个大圈子。”吴道南说。

“可不绕个大圈子！”方从哲道。

“圈子再大，也不过多走些路，不至于如此狼狈。”吴道南又说。

“不是还有一起事端吗！”方从哲道。

“我倒忘记，还有一起与伯孝先生有关的事端，”吴道南说着，问道，“与伯孝先生有关的，是何事？”

“我虽不是每日出入东华门，但守门的公公和我也算很熟，他见我要出东华门，劝我改道。”方从哲说。

“他也劝中涵先生改道？”吴道南诧道。

“对，”方从哲点点头，说道，“趁着会甫先生没问，我先说吧：他是劝我改道，不是命我改道。”

“他为何劝中涵先生改道？”吴道南问。

“他说，东华门外聚集黑压压一群人，哭天抢地，把道路堵塞。”方从哲道。

“黑压压一群人，又是几多？”吴道南问。

“我也问守门的公公，黑压压一群人是几多？”方从哲道。

“他怎说？”吴道南问。

“他说没数，但数千人是有的。”方从哲道。

“竟有数千人之多！”吴道南惊呼。

“会甫先生别不信，他给我数过。”方从哲说。

“他怎数的？”吴道南问。

“他说，历来大选，文臣未得授官者千余人。”方从哲道。

“这是有的，”吴道南说着，问道，“还有呢？”

“他又说，武臣未得授官者亦不下千人。”方从哲道。

“这也是有的，”吴道南说着，问道，“还有呢？”

“急选官没千人，也有五六百人。”方从哲说。

“这也是有的，”吴道南说着，问道，“还有呢？”

“四方教职聚于京师，没有千人，也有七八百人。”方从哲说。

“这也是有的，”吴道南点点头，说道，“这么一算，真有数千人。”

“会甫先生还用问，黑压压一群人都是何许人吗？”方从哲问。

“不用再问，都是候选的官员。”吴道南说。

“会甫先生还用问，他等为何聚于东华门外哭天抢地吗？”方从哲问。

“不用再问，他等皆候选未得，”吴道南说着，又道，“我只想问一事：中涵先生又改道否？”

“再怎改道？是绕道玄武门，还是绕道西华门？”方从哲问。

“不管绕道哪门，圈子都更大。”吴道南说。

“再者，我在宫里绕圈子，轿夫们抬着轿子在宫外绕圈子，传出去，岂不成天大笑柄！”方从哲又说。

“于是，中涵先生决心出东华门？”吴道南问。

“对。”方从哲应道。

“于是，中涵先生出东华门，遭遇数千候选之官？”吴道南问。

“对。”方从哲应道。

“于是——”吴道南即便说得出后面的事，也要让方从哲自己来说。

“有人见我从东华门出来，叫喊‘方阁老出来’；有人认得我的轿子，又叫喊‘方阁老要走’。于是，我才上轿，众选官纷纷拥到轿子周围，里外围好几层。他等有的推开轿夫，有的扳住轿杆，有的在轿前叩头哭诉，有的伸手去轿里拉扯，”方从哲说着，指指自己的帽冠，“会甫先生看到吧，这不知是被谁个拉扯的！”又指指自己的官服。“会甫先生看到吧，这又不知是被谁个拉扯的！”

“都已看到，”吴道南回应道，又问，“既被重重围困，中涵先生是怎样摆脱的？”

“巡城御史闻讯赶来，连吓带劝，候选之官才渐次散去，我的轿子才得以离开。”方从哲说。

“于是，中涵先生来到我家？”吴道南问。

“对。”方从哲应道。

“一路上，中涵先生连衣冠都来不及整理？”吴道南问。

“为的是让会甫先生看到我的狼狈样，为何要整理衣冠！”方从哲道。

“有件事我不明白，请教中涵先生。”吴道南说着，一揖。

“会甫先生请说。”方从哲还揖道。

“狱中罪囚不得议罪，候选官人不得任用，都不是一天两天的事。中涵先生不来看我，也不见有这多人请审定狱囚，这多人请拟授官职，中涵先生一来看我，就有这多人请审定狱囚，这多人请拟授官职，却是为何？”吴道南问。

“会甫先生还是颠倒过来想想吧。”方从哲道。

“颠倒过来想？不是因为中涵先生要来看我，才有这多人请审定狱囚，请拟授官职，而是有这多人请审定狱囚，请拟授官职，中涵先生才来和我说说，”吴道南颠倒过来后，问道，“中涵先生是这个意思吧？”

“是这个意思。”方从哲应道。

“我又不明白，”吴道南道。“中涵先生遇到这多人请审定狱囚，遇到这多人请拟授官职，为何要来和我说说？”

“遇到此等事，不和会甫先生说说，却和谁个去说？”方从哲反问。

“中涵先生不是说，长安门外遇到的事端，和铭之先生有关吗？何不去和他说说？”吴道南道。

“和铭之先生说说，有何用？”方从哲问。

“审定狱囚，职在刑部；和铭之先生说说，怎会没用！”吴道南道。

“审定狱囚，职在刑部，这话不错；但职在刑部，是否职在司寇？”方从哲问。

“这个——”吴道南被问住。

“刑部为何设十三司？各司其职也。该着浙江司审定的狱案，江西司不得代庖；该着山东司审定的狱案，山西司不得越职。十三司官本就实职少，空缺多，张差梃击案后，又罢黜一批，真可谓所剩无几，”方从哲说着，问道，“总不能分属各司的狱案，都由铭之先生去审定吧？”

“不能，”吴道南应道，“分属十三司的狱案，铭之先生一人审定得了，刑部十三司大可不必设置。”

“再者，京师又不止刑部一狱，还有都察院狱，还有顺天府狱，还有大兴、宛平县狱，兵马司狱，最重要的，还有锦衣卫狱，”方从哲又说，“就算铭之先生有分身之术，把刑部狱的狱案一一审定，其他各狱，特别是锦衣卫狱的狱案，他也能一一审定吗？”

“不能，”吴道南应道，“都察院、顺天府、大兴县、宛平县，以及锦衣卫狱的狱案，铭之先生一人审定得了，各狱大可不必设置，有一刑部狱足矣。”

“再者，刑部审定的狱案，须经大理寺审谳平反；须经刑科拾遗、稽查。今大理寺官缺，刑科掌印缺。刑部审定的狱案，送去大理寺，没有下文；送去刑科，也没有下文，”方从哲说着，问到，“会甫先生说，刑部审定的狱案，到底作数不作数？”

“以制度而言，是作不得数的。”吴道南说。

“那么，审狱之事，我找铭之先生去说说，有用没用？”方从哲问。

“是没用，”吴道南承认，同时又问，“中涵先生不是说，东华门外遇到的事端，和伯孝先生有关吗？和伯孝先生说说，不会也没用吧？”

“或许应该说，更没用。”方从哲道。

“怎会！”吴道南不信。

“内外官职，不会已无空缺吧？”方从哲问。

“不会，”吴道南道，“说起长安门外的事端，虽则出面的是罪囚家属，但归根结底，还是因多个衙门职位空缺而起，怎会无空缺！”

“那是说的朝廷各衙门，在外各衙门会不会已无空缺？”方从哲问。

“更不会，”吴道南道，“在外各衙门，除督、抚及布政使、按察使还能较快递补，布、按二司属官，府、州、县正职，空缺甚多。以通判、推官而署府事，以县丞、主簿而署县事，比比皆是，怎会无空缺！”

“空缺既多，数千人汇聚京师候选，伯孝先生却一官也不拟授。会甫先生相信，会有此事吗？”方从哲问。

“不会，”吴道南道，“就算伯孝先生不出自公心，数千候选之官中，应该也有他的友好吧，应该也有他的乡邻吧，应该也有和他沾亲带故的吧，应该也有他的门生故吏吧，怎可能一个不拟授！”

“再者，会甫先生一心想着辞官，当初如何授官的，一点儿都不记得吗？”方从哲取笑道。

吴道南当初授官，差不多在三十年前，他还真记不起来。

“中涵先生有没替我记着？”他回一句玩笑话。

“其实，会甫先生不记得当初如何授官，再正常不过，”方从哲话又说回来，“会甫先生出身一甲，直接授的翰林，没有多余的手续；我由庶吉士授翰林，也不须特别的手续。选授外官则不同，有两件事，是一定要做的。”

“哪两件事？”吴道南问。

“第一，吏部引选之后，吏科都给事中或掌印给事中，须与吏部尚书，同至御前请旨。”方从哲说。

“皇上久不召见大臣，同至御前，无从谈起。”吴道南说。

“虽同至御前无从谈起，但吏科掌印，还是要和吏部掌部，同至宫门外请旨。”方从哲说。

吴道南点点头，问道：“另一件是何事？”

“外官领取文凭后，皆须赴吏科划字。”方从哲说。

“所谓划字，即须吏科加印吧？”吴道南问。

“对，”方从哲应道，“今六科值房加起来，不过三四人。吏科无员，更无掌印，谁和吏部同至御前请旨？谁为选官划字？吏科不请旨，不划字，吏部的拟授是不是一纸空文？”

“以制度而言，确是一纸空文。”吴道南说。

“那么，选官之事，我和伯孝先生说说，有用没用？”方从哲问。

“是没用，”吴道南又承认，同时又说，“审狱之事，中涵先生和铭之先生说说没用；选官之事，中涵先生和伯孝先生说说没用。但审狱之事，选官之事，中涵先生和我说说，岂不是更没用！”

“至多也是没用，并不会更没用；而且，在我看来，和会甫先生说说，比和铭之先生说说，和伯孝先生说说，还要强些。”方从哲道。

“不知强在哪里？”吴道南问。

“一则，铭之先生掌刑名，伯孝先生掌铨政。铭之先生不是不想正刑名，是欲正刑名而不可得；伯孝先生不是不想理铨政，是欲理铨政而不可得，”方从哲说着，问道，“会甫先生想想看，我若和铭之先生说刑名，是我的抱怨多一些，还是铭之先生的抱怨多一些？我若和伯孝先生说铨政，是我的抱怨多一些，还是伯孝先生的抱怨多一些？”

“恐怕是铭之先生、伯孝先生的抱怨多一些。”吴道南说。

“伯孝先生、铭之先生是可以给我安慰，还是更需要从我这里得到安慰？”方从哲问。

“恐怕他二位更需要从中涵先生这里得到安慰。’吴道南说。

“和会甫先生说说则不同，”方从哲道，“会甫先生对审狱一事、选官一事，不会比我有更多的抱怨；会甫先生听完我遭遇的事端，会给我一些安慰。”

“这算是个理由吧，还有呢？”吴道南问。

“二则，审狱、选官二事中，我若择一事上言，铭之先生站在他的立场，会说审狱一事更为重大，伯孝先生站在他的立场，会说选官一事更为重大；会甫先生的立场则不偏不倚，判断更为公允。”方从哲说。

“铭之先生说审狱一事更为重大，伯孝先生说选官一事更为重大，都没错。”吴道南还真是不偏不倚。

“我是说，二者择一呢？”方从哲问。

“长安门外聚集的人群，虽少过东华门外聚集的人群，但人命关天，中涵先生若择一事，似宜先以审狱事议上。”吴道南说。

“所见略同，今日来和会甫先生说说此事，真是值得。”方从哲道。

第四百八十一章

福建巡海道副使韩仲雍听说台山游军捕获从大洋中漂泊来的一条船，船主自称来自日本，马上命找通事。

“小人看不用找。”通报的吏目说。

“怎么？”韩仲雍问。

“是我中土之人。”该吏目说。

“不是来自日本吗？”韩仲雍问。

“船是来自日本，船主却是中土之人，而且不是闽人。”该吏目说。

“不是闽人，却是哪里人？”韩仲雍问。

“是浙人。”该吏目道。

那就真的不用找通事。一来，浙江人的话不似福建人的话难懂；二来，韩仲雍是南京人，江、浙离得近，语言也相通。

船主被带进来。看他服饰，极似倭人；但仔细看的话，会发觉他的相貌与真正的倭人有区别，他的做派与真正的倭人区别更大。而他一开口，更可以断定他是中土之人。

“衣着改换，不会姓名也改换吧？”韩仲雍问。

“小民姓名没改。”船主说。

“用句戏文来说，坐不更名，行不改姓？”韩仲雍开着玩笑。

“是。”船主应道。

“先报上姓氏。”韩仲雍命道。

“小民姓董。”船主说。

“董卓的董？”韩仲雍问。

“董仲舒的董。”船主道。

“名是单字，还是双字？”韩仲雍问。

“双字，上伯下起。”船主说。

他不仅姓名未改，连说话的句式都没改，譬如这句上某下某，就是士人被问及名字时回答的方式。

“董伯起，是吧？”韩仲雍问。

“是。”董伯起应道。

“看来，还读过几年书。”韩仲雍道。

“小民幼时读过私塾；稍长，还参加过童子试。”董伯起说。

“既读过圣贤书，为何不守故土？”韩仲雍问。

“我家乡有句话：无利不起早。”董伯起道。

“为利，祖宗也可以不要？”韩仲雍问。

“小民不敢不要祖宗，小民这次回来正是为祭祀祖宗。”董伯起说。

“还嘴硬！你且告诉我，从何处来？”韩仲雍问。

“小民已告诉将爷们，确是从倭国来。”董伯起说。

“从倭国何地来？”韩仲雍问。

“肥前洲。”董伯起道。

“肥前洲？”韩仲雍问堂上站的一二吏目，“你等都是本地人，可知日本有个肥前洲？”

“我等不知。”吏目们回答。

“你还说不敢不要祖宗，说个地名，都不是祖宗的！”韩仲雍斥道。

“肥前洲即长崎岛。”董伯起换个叫法。

“长崎岛？”韩仲雍又问一二吏目，“你等可知日本有个长崎岛？”

“我等不知。”吏目们回答。他们看出韩仲雍就是要刁难董伯起，即便知道，也说不知。

“董伯起，你说你回来正是为祭祀祖宗，却打算去哪里祭祀呀？”韩仲雍又问。

“浙南。”董伯起道。

“哪个府呀？”韩仲雍问。

“似是温州。”董伯起说。

“似是温州？亦即，你也不知道是不是温州。”韩仲雍道。

“是温州。”董伯起说。

“怎又确定？”韩仲雍问。

“小民有个习惯，说是时，前面加个似字；小民说似是温州，则即是温州。”董伯起道。

“这是从哪儿学来的习惯！从倭人那里吗？”韩仲雍斥道，又问，“温州的哪个县呀？”

“或是平阳。”董伯起说。

“这次怎换成或字？”韩仲雍问。

“小民没把握，不敢加似字，只得加或字。”董伯起说。

“你大概不知，或是比似是，其实把握更大些吧？”韩仲雍问。

“小民的确不知。”董伯起说。

“祖籍在哪个县，你为何不知？”韩仲雍问。

“小民听父辈说，父辈又听其父辈说，瑞安县的罗洋镇改置泰顺县，以平阳县地益之。小民的父辈无法确定，父辈的父辈也无法确定，我家所在乡是属平阳县，还是属泰顺县。”董伯起说。

“我来告诉你吧，罗洋镇改置泰顺县，并以平阳县地益之，是在景泰年间，别说你父辈的父辈无法确定，再多搬出两个父辈，恐怕也无法确定。”韩仲雍说。

“多谢大人赐教；小民回去，转告父辈，及父辈的父辈，他等也要感激大人赐教。”董伯起说。

“你看，露出马脚吧！”韩仲雍道。

“小民的话说错？”董伯起没醒悟过来。

“你说你回去转告父辈，及父辈的父辈，不还是把倭国当作你自个儿的家！”韩仲雍指出。

“大人错怪小民。”董伯起却说。

“本官的话说错吗？”韩仲雍问。

“小民不敢说大人的话说错；但小民说的回去，的确不是说回倭国。”董伯起道。

“不是回倭国，难道还是回浙南不成？”韩仲雍问。

“小民也不是说回浙南。”董伯起道。

“却是回哪里？”韩仲雍问。

“鸡笼山。”董伯起说。

“可是台湾的鸡笼？”韩仲雍问。

“是。”董伯起应道。

“这么说，你是以鸡笼为家？”韩仲雍问。

“是。”董伯起应道。

“你父辈，你父辈的父辈，也都以鸡笼为家？”韩仲雍问。

“小民的父辈，父辈的父辈，在台湾居住两处，一是鸡笼，一是淡水。”董伯起说。

“你在台湾，做何营生？”韩仲雍又问。

“小民监管市贩。”董伯起说。

“据本官所知，台湾岛有倭人居住，还有红毛番居住。你是监管倭人市贩，还是监管红毛番市贩？”韩仲雍问。

“小民不是在台湾监管市贩。”董伯起说。

“不是你说在鸡笼居住吗，不是你说监管市贩吗，怎又不是在台湾监管市贩？”韩仲雍问。

“小民及小民父辈，父辈的父辈，是都居住在台湾；但小民监管市贩，却是在肥前洲，即长崎岛。”董伯起说。

“你在倭国监管市贩？”韩仲雍目光久久停留在他的脸上，意思很明显：倭人市贩，成帮成伙，持刀持枪，会听你监管？

董伯起懂得他的意思，解释说：“小民是无法监管，但小民的主人可以监管。”

“你主人是谁？”韩仲雍问。

“小民主人叫柴田胜。”董伯起说。

“听起来像是倭人的名字呀。”韩仲雍道。

“他是倭人。”董伯起说。

“如此说来，你所谓监管，实为帮办。”韩仲用道。

“是，”董伯起应道，“小民是在柴田胜手下办事。”

“你在柴田胜手下办事，是他去哪里，你也去哪里；还是你去哪里，他也去哪里？”韩仲雍提个很拗口的问题。

“是他去哪里，小民也去哪里。”董伯起说。

“这么说，你去台湾，他也会去台湾？”韩仲雍问。

“是。”董伯起应道。

“这我得问问你，”韩仲雍说着，问道，“你有亲人在台湾，去台湾省亲，没的可说；柴田胜去台湾，却是为的何事？莫非他监管倭人市贩，监管到台湾？”

“大人说对，柴田胜去台湾，真是为监管倭人市贩。”董伯起道。

“鸡笼、淡水乃我大明地域，整个台湾皆我大明地域，你难道不知？”韩仲雍斥道。

“小民知道，”董伯起应道，“小民的父辈，父辈的父辈的父辈，都告诉小民，台湾乃我大明所有。”

“柴田胜难道不知？”韩仲雍问。

“他应该也知道。”董伯起说。

“那他怎说？”韩仲雍问。

“他说，倭人市贩到哪里，他就要监管到哪里。”董伯起道。

“笑话！”韩仲雍喝道，“倭人市贩到晋江、龙溪二县，莫非他就监管到晋江、龙溪二县？倭人市贩到福宁州，莫非他就监管到福宁州？倭人市贩到泉、漳二府，莫非他就监管到泉、漳二府？倭人市贩到福州，莫非他就监管到福州？”

“福宁州有大人，福州有都堂，他到都别想到，更别说去监管。他只到他去得了的地方监管。”董伯起说。

“你倒是说说，他还到得了哪里监管？”韩仲雍问。

“譬如北港。”董伯起说。

“何地的北港？”韩仲雍问。

“在台湾岛北端。”董伯起说。

“台湾各地且不必说。”韩仲雍摆手道。

“台湾各地且不必说，还有个台山。”董伯起道。

“哪个台山？”韩仲雍问。

“哪个台山？”董伯起眨眨眼，不解地反问道，“莫非还有好几个台山不成？”

“可不还有好几个台山，”韩仲雍说着，一一数道，“福州南有座山，名钓台山，又名南台山；延平府大田县北有座山，名五台山；邵武府东有座山，名三台山，东南有座山，名七台山。说不定还有别的台山，为我所不知。”

“大人说的钓台山、三台山、五台山、七台山，是在陆上，是在海上？”董伯起问。

“在陆上，至多是濒海。”韩仲雍说。

“小民敢说，柴田胜欲监管倭人市贩的台山，不是钓台山、不是三台山，不是五台山，不是七台山；因为它在海上。”董伯起说。

“海上还有座台山？你等可知？”韩仲雍问吏目们。

“回大人话，海上确有个台山。”一吏目说。

“近何府、州、县？”韩仲雍问。

“近福宁州，在州城东南海上。”该吏目说。

“本官没去过吧？”韩仲雍问。

“大人没去过，大人之前多少任巡海道都没去过。”该吏目说。

“名曰巡海，却不知海上有座台山，传出去，岂不让人笑掉大牙！”韩仲雍道。

“谁笑掉大牙，活该他吃不了饭！”该吏目道，“巡海道巡的是海滨，并非外海，闽省海外岛屿成千上万，有远有近，谁能保证岛岛都到！”

“这话也有道理，”韩仲雍稍一沉吟，又问，“台山有无我大明居民？”

“在下不知。”该吏目道。

“我没问你，我问的是他。”韩仲雍说着，一指董伯起。

“有。”董伯起回答。

“多不多？”韩仲雍问。

“不多。”董伯回答。

“你知怎叫多，怎叫不多？”韩仲雍问。

“小民不知。”董伯起道。

“你说柴田胜欲在台山监管市贩倭人，是吧？”韩仲雍又问回来。

“是，”董伯起应道。“这话小民说过。”

“那么，台山有市贩倭人，是吧？”韩仲雍问。

“是，”董伯起应道，“市贩于大明朝的倭人，往往在台山中转。”

“我是问你，海上台山的大明居民多，还是市贩倭人多。”韩仲雍道。

“应该是大明居民多。”董伯起道。

“那么，你说不多，就不对。”韩仲雍指出。

“是，”董伯起应道，“小民应该说多。”

“再者，是大明居民先到海上台山，还是市贩倭人先到的海上台山？”韩仲雍问。

“应该是大明居民先到的台山。”董伯起说。

“好，记住你的话，”韩仲雍道，又问，“除台山，柴田胜还欲在何处监管市贩倭人？”

“嵛山。”董伯起道。

“海上也有座嵛山吗？”韩仲雍问吏目们。

“有。”还是方才那名吏目回答。

“距台山远不远？”韩仲雍问。

“不远。”该吏目回答。

“也是巡海未至之处？”韩仲雍问。

“是。”该吏目回答。

“嵛山有无我大明居民？”韩仲雍问董伯起。

“有。”董伯起回答。

“多不多？”韩仲雍问。

“多。”董伯起回答。

“除台山、嵛山，柴田胜还欲在何处监管市贩倭人？”韩仲雍又问。

“彭湖。”董伯起道。

“是彭州外海的那个彭湖岛？”韩仲雍问。

“是。”董伯起应道。

“你想必到过彭湖吧？”韩仲雍问。

“小民到过。”董伯起说。

“他想必也到过吧？”韩仲雍问。

“他也到过。”董伯起说。

“官军不时会巡至彭湖，柴田胜难道不知？你难道不知？”韩仲雍问。

“小民知道，并劝告柴田胜，不可轻率行事。”董伯起说。

“除这三处，柴田胜还欲在何处监管市贩倭人？”韩仲雍问。

“金门。”董伯起道。

“同安外海的那个金门？”韩仲雍问。

“是。”董伯起应道。

“你想必到过金门吧？”韩仲雍问。

“小民到过。”董伯起说。

“他想必也到过吧？”韩仲雍问。

“他也到过。”董伯起说。

“金门设有守御千户所，柴田胜难道不知？你难道不知？”韩仲雍问。

“小民知道，并告诫柴田胜，暂不可染指金门。”董伯起说。

“好，你不用再说柴田胜的图谋，本官要和你说说道理，”韩仲雍说着，问道，“你知本官为何要问你台山、嵛山，是我大明居民先入，还是市贩倭人先入，是我大明居民居多，还是市贩倭人居多？”

“小民知道。”董伯起说。

“本官何意？”韩仲雍问。

“大人是告诉小民，台山、嵛山亦大明疆域。”董伯起说。

“本官为何言及官军不时巡至彭湖，为何言及金门设守御千户所，你更不会不懂吧？”韩仲雍问。

“小民懂得。”董伯起道。

“本官何意？”韩仲雍问。

“大人是告诉小民，彭湖、金门更是大明疆域。”董伯起道。

“台山、嵛山、彭湖、金门等皆为我大明疆域，市贩倭人未奉我朝廷堪合，未报我官府审核，即辗转于此，已有违我大明律例；柴田胜欲监管市贩倭人于此，更是犯我疆域，”韩仲雍说着，问道，“董伯起，这个道理你可听得懂？”

“小民听得懂。”董伯起道。

“你可说得明白？”韩仲雍问。

“小民说得明白。”董伯起道。

“好，我再给你说个道理，”韩仲雍说着，又问，“你劝告柴田胜，不可在彭湖轻率从事，告诫柴田胜，暂不可染指金门，是不是扪心自问，以为无愧于祖先？”

“小民是这么想的。”董伯起道。

“那我告诉你，作为中土子孙，你劝告倭酋不可轻率从事，告诫倭酋暂不染指，还远远不够；你应该告诉他等，永远也不可犯我疆域，”韩仲雍说着，问道，“董伯起，这个道理你可听得懂？”

“小民听得懂。”董伯起道。

“你可说得明白？”韩仲雍问。

“小民说得明白。”董伯起道。

“该说的话本官都说与你听，本官先答应你一件事，你再答应本官一件事，如何？”韩仲雍问。

“大人答应小民何事？”董伯起反问。

“你不是要回浙南祭祀祖先吗？不管是真是假，我差人把你送到定海，那里距你的故乡应该不远。”韩仲雍说。

“小民叩谢大人，”董伯起没想到会有这样的待遇，惊喜异常。他问，“大人要小民答应何事？”

“我讲给你听的道理，你回去之后，要明明白白地讲给柴田胜听。”韩仲雍说。

“小民遵命。”董伯起道。

第四百八十二章

六月酷热。成敬报上写疏人的名字和奏疏的篇目时，打不起精神；皇帝听起来，就更没情绪。直到报上：应天巡按骆骎曾上荐举地方人才疏，皇帝才第一次开口。

“这个姓骆的巡按何名？”皇帝问。

“骎曾。”成敬一字一顿地说。

“哪两个字？”皇帝问。

“骎者，侵犯的侵，人字旁换上马字旁，马急速奔驰状曰骎；曾者，姓曾的曾，又同尝，同层。”成敬解释说。

“这两个字连在一起是何意？是不是说他曾耐驰驱？”皇帝问。

“除此之外，奴才不知还能如何诠释。”成敬说。

“名字古怪，疏上的想必也古怪，”皇帝说着，问道，“他举荐的地方人才，都是哪些古怪之人？”

“以二三人陪衬，骆御史要举荐的，其实只有汤宾尹一人。”成敬说，“谁？”皇帝听着太熟悉，不能不追问一句。

“汤宾尹。”成敬重复。

“你看，他疏上的古怪吧！”皇帝道。

“是古怪，”成敬附和是附和，但并没理解皇帝的本意。他问，“爷是说，他不该举荐汤宾尹，还是说——”

“朕是说，他怎把汤宾尹作为地方人才举荐！”皇帝道。

“骆骎曾巡按南直隶，汤宾尹是宣城人，属南直隶，骆骎曾以地方人才举荐他，似乎也说得过去。”成敬稍辩。

“老成，你告诉朕，汤宾尹最后任的何职？”皇帝问。

“祭酒。”成敬说。

“官至祭酒，还能算作地方人才吗？”皇帝问。不等成敬回答，他又问，“譬如前阁臣王先生致仕后，举荐他的人不少吧？”

“爷说的是太仓王先生？”成敬反问。

“老成说的是苏州太仓？”皇帝又反问。

“奴才说的是苏州太仓。”成敬道。

“朕说的是太仓王先生。”皇帝亦道。

“诚如圣谕，王先生致仕后，廷臣多有举荐。”成敬道。

“南京各官，如应天抚、按等官，有没举荐的？”皇帝问。

“也有。”成敬道。

“他等可说举荐地方人才？”皇帝问。

“这却没说。”成敬道。

“再譬如，前尚书孙先生致仕后，举荐他的人也不少吧？”皇帝又问。

“爷说的是富平孙尚书？”成敬反问。

“老成说的是陕西富平？”皇帝又反问。

“奴才说的是陕西富平。”成敬道。

“朕说的是富平孙尚书。”皇帝亦道。

“诚如圣谕，孙尚书致仕后，廷臣多有举荐。”成敬道。

“陕西各官，如陕西抚、按等官，有没举荐的？”皇帝问。

“也有。”成敬道。

“他等可说举荐地方人才？”皇帝问。

“这也没说。”成敬道。

“曾官阁臣者，不能再说是地方人才；曾官尚书者，不能再说是地方人才；曾官祭酒者，也不能再说是地方人才。”皇帝总结一句。

“诚如圣谕，”成敬应道，“骆骎曾以地方人才为名，举荐汤祭酒，着实古怪。”

“朕想，他举荐之人古怪，举荐之词一定也古怪。”皇帝又说。

“是古怪，”成敬附和之后，又问，“爷已料到，骆骎曾举荐汤宾尹，一定是满篇溢美之词？”

“举荐离不开溢美之辞，是不用说的；朕倒是想知道，他用的是哪些溢美之词。”皇帝道。

“前有四句，写的是：百尺无枝，孤干亭亭，白眼虽存，赤心自若。”成敬读道。

“以二字言之，孤忠也。”皇帝概括道。

“爷说的是。”成敬应道。

“后面有几句？”皇帝问。

“十句左右。”成敬说。

“朕倒要数数，是不足十句，还是十句以上。”皇帝说着，命道，“老成，你一句一句读给朕听！”

“是，”成敬应一声，把每句都断开来读，“宾尹以舌取訾。”

“一句。”皇帝数道。

“曾经辛亥察处。”成敬读道。

“两句。”皇帝数道。

“顾其文章光焰万丈。”成敬读道。

“三句。”皇帝数道。

“虽甚恶者。”成敬读道。

“四句。”皇帝数道。

“不能掩也。”成敬读道。

“五句。”皇帝数道。

“气节笼罩千古。”成敬读道。

“六句。”皇帝数道。

“虽甚爱者。”成敬读道。

“七句。”皇帝数道。

“不必讳也。”成敬读道。

“八句。”皇帝数道。

“大丈夫宁玉碎。”成敬读道。

“九句。”皇帝数道。

“毋宁瓦全。”成敬读道。

“十句，”皇帝数罢，问道，“还有没？”

“最后还有两句，是骆骎曾自表其情。”成敬说。

“他怎自表其请？”皇帝问。

“则有臣如宾尹者，职请附于内举不避之谊，特为表而出之，以俟论定于他年可矣。知职罪职，何计焉！”成敬读道。

“老成把溢美之词止于‘毋宁瓦全’，朕看，还可以把溢美之词断于‘以俟论定于他年可矣’。”皇帝说。

“奴才断得早，爷断的是。”成敬道。

“但这样一来，多出好几句，不能说是十句左右。所以，前面的话得压缩出两句来。”皇帝说。

“虽甚恶者不能掩也，成一句；虽甚爱者不必讳也，成一句；然后，则有臣如宾尹者，职请附于内举不避之谊，成一句；特为表而出之，以俟论定于他年可矣，成一句，”成敬改后，问道，“爷看可否？”

“甚好，”皇帝点头认可，随即又说，“溢美之词，美则美矣，但朕还是要说，他的溢美之词甚是古怪。”

“是古怪，”成敬附和之后，问道，“爷是不是说，这些溢美之词，应该用在圣贤身上，但汤宾尹并非圣贤之士？”

“他是否圣贤之士，朕且不说；是否过誉，朕也不说。朕只问一句，”皇帝说着，背诵一句骆骎曾的疏文：职请附于内举不避之谊。背诵之后，问道，“老成，你说骆骎曾举荐汤宾尹，怎成内举？”

“奴才不曾留意这句话，被爷一问，竟茫然不知。”成敬说。

“朕看你不会茫然不知；有些事情，你应该知道，”皇帝说着，问道，“譬如，汤宾尹是南直隶宣城人，骆骎曾却是哪里人？”

“浙江武康。”成敬说。

“因此，骆骎曾和汤宾尹并非同乡。”皇帝道。

“确非同乡。”成敬应道。

“其实，即便二人是同乡，也不能算作内举。’皇帝说。

“爷说的是。”成敬应道。

“再譬如，汤宾尹是哪年的进士？”皇帝又问。

“万历二十三年。”成敬说。

“骆骎曾呢？”皇帝问。

“万历二十六年。”成敬说。

“因此，骆骎曾和汤宾尹并非同年。”皇帝道。

“确非同年。”成敬应道。

“其实，即便二人是同年，也不能算作内举。”皇帝说。

“爷说的是。”成敬应道。

“朕听说，万历二十三年、二十六年，虽只相差一科，但万历二十六年的进士或尊汤宾尹为师。有没有这回事？”皇帝又问。

“有，”成敬应道，“甚至有人称汤宾尹为一代宗师。”

“骆骎曾会不会也尊汤宾尹为师？”皇帝问。

“有这个可能。”成敬道。

“其实，即便二人是座主、门生的关系，门生举荐座主，也不能算作内举。”皇帝说。

“爷说的是。”成敬应道。

“朕再问的，或许你真茫然不知，”皇帝说着，问道，“一个在南直隶宣城，一个在浙江武康，可能不可能有血缘之亲？”

“可能，”成敬应道，“比如，汤宾尹之母是骆骎曾的姨妈或姑妈，或骆骎曾之母是汤宾尹的姨妈或姑妈，二人为表兄弟。”

“那么，究竟汤宾尹之母是骆骎曾的姨妈或姑妈，还是骆骎曾之母是汤宾尹的姨妈或姑妈？”皇帝问。

“奴才茫然不知。”成敬道。

“二人可能不可能是姻亲？”皇帝又问。

“可能，”成敬应道，“比如，汤宾尹之子娶骆骎曾之女，或骆骎曾之子娶汤宾尹之女，二人为儿女亲家。”

“那么，究竟是汤宾尹之子娶骆骎曾之女，还是骆骎曾之子娶汤宾尹之女？”皇帝问。

“奴才连汤宾尹究竟有无子，有无女，骆骎曾有无子、有无女，都茫然不知，更不要说二人是否结成姻亲。”成敬道。

“那你说，这句‘请附于内举不避之谊’，古怪不古怪？”皇帝问。

“着实古怪。”成敬应道。

“其实，无论汤宾尹、骆骎曾是堂兄弟，还是表兄弟，无论是汤宾尹子娶骆骎曾女，或骆骎曾子娶汤宾尹女，骆骎曾举荐汤宾尹，都不应该说是内举。”皇帝道。

“爷是说——”成敬这次没琢磨出皇帝的心思，所以不敢随便附和。

“朝中盛传有个宣党，是不是？”皇帝问。

“是，”成敬应一声，说道，“以汤宾尹为宣城人，故有宣党之称，汤宾尹即宣党领袖。”

“朕看，骆骎曾举荐汤宾尹，和此事有关。”皇帝道。

“爷是说，骆骎曾附于宣党？”成敬问。

“或是他附于宣党，或是他受宣党所托，总之和此事有关。”皇帝说。

“爷圣断，不会有错。”成敬道。

“老成，你猜猜，想到这一层时，朕心里是何滋味？”皇帝问。

“是觉可气？”成敬猜测。

“朕没觉可气。”皇帝道。

“是觉可笑？”成敬又猜测。

“朕没觉可笑。”皇帝道。

“奴才猜不出。”成敬说。

“朕颇感失落。”皇帝道。

“爷失落？是因为廷臣各立其党吗？”成敬问。

“不是，”皇帝摇摇头，说道，“朕在想，朝中有宣党，还有这党、那党，为何没个京党！”

“京党？”成敬更无法琢磨皇帝的心思，他问，“爷说的京党是——”

“宣党得名，不就因为汤宾尹是宣城人吗？京党得名，当然因为其党主要人物是京城人。”皇帝说。

“可爷为何希望朝中有个京党？”成敬问。

“爱妃是京城人，你不知吗！”皇帝道。

“爷是说，朝中有个京党，也好为贵妃娘娘办事？”成敬问。

“是啊，”皇帝应道，“前者国泰病卒，朝中但有人称养性不当袭职，竟没一人出面为他说话。要是有个京党出面为之奏请，朕何至于找个连朕自个儿都觉着说不过去的理由！”

郑养性是郑国泰子，亦即，是皇帝的外甥。郑国泰死，皇帝命郑养性袭官左都督，理由是：郑国泰护送圣母梓宫，略效勤劳。兵科给事中赵兴邦等上疏，称戚畹世袭无例，请止之。

第四百八十三章

兵部署部侍郎崔景荣，逢人叹气，必说兵部的事难办。

性子好的会劝他：公署部才几日？等熟悉部务，就不难办。

他是今年四月，前署部侍郎魏养蒙免职后署部的，的确没多久。

性子不好的会反驳他：公见哪个衙门的事好办？

家家有本难念的经，朝廷各衙门的确也都有难办的事。

最有耐心的是署都察院事刑部尚书李鋕。他说：“部、垣是对冤家，自强先生不必和科臣怄气。”

崔景荣字自强，北直隶长垣人，万历十一年进士。

“铭之先生知我在和科臣怄气？”他问。

“难道不是？”李鋕反问。

“铭之先生说是，就算是吧，”崔景荣说着，问道，“但我为何要和科臣怄气？”

“科臣疏谏养性袭职呀。”李鋕说。

“科臣疏谏养性袭职，我为何就要和他怄气？”崔景荣问。

“武臣授官袭职，掌于兵部。科臣谏止养性袭职，即参劾兵部准养性袭职失当。”李鋕说。

“养性袭职若出自我本意，科臣参劾其事，我或会和他怄气；但养性袭职非出自我本意，科臣参劾其事，我还会和他怄气吗？”崔景荣问。

他以为，李鋕会纠正先前的结论。不料，李鋕愣了愣神，却说：“自强先生还是会和他怄气。”

崔景荣也不由一怔。他问：“我为何还会和他怄气？”

“因为他疏谏养性袭职的理由，是自强先生没想到的呀。”李鋕道。

“我怎没想到！”崔景荣辩驳，“科臣的理由是：查得兵部现行事例，武职不由军功升授，子孙不许承袭；皇亲子孙有世袭字样者，许令承袭一辈，无世袭字样者，止荣本身。实不相瞒，该事例还是我详细说与科臣听的呢。”

“是自强先生详细说与科臣听的？”李鋕问。

“是啊，”崔景荣点点头，说道，“我的意思是，科臣欲谏止此事，不妨从这一兵部事例下手。”

“这么说，科臣谏止，倒是自强先生授意的？”李鋕问。

“我不敢说科臣谏止是我授意；但我敢说此事的是非我心里还是有数的，科臣谏止的理由，我还是能想到。”崔景荣道。

“原来科臣谏止此事的理由，自强先生不仅想到；而且，科臣也许是在自强先生提醒之下，才想到这个理由的。”李鋕重复道。

“铭之先生说，我还会为此事和科臣怄气吗？”崔景荣问。

“还会呀。”李鋕道。

“还会？”崔景荣更感到意外。

“是啊，”李鋕又应一声，说道，“科臣谏止的这个理由，自强先生或许是想到，但未必科臣谏止的所有理由，自强先生都能想到。”

“他还有何谏止的理由？”李鋕问。

“自强先生果然有没想到的理由吧？”李鋕好似抓住崔景荣的把柄，“郑氏授官始于谁个，自强先生记得吗？”

“始于郑承宪，我怎会不记得！”崔景荣道。

“郑养性袭都督职是否得当，应该从郑承宪说起，自强先生有没想到？”李鋕又问。

“这却没想到。”崔景荣承认。

“郑承宪授官始于何时，自强先生记得吗？”李鋕问。

“始于万历十年，我怎会不记得！”崔景荣道。

“郑养性袭都督职是否得当，应该从郑承宪最初授官说起，自强先生想到吗？”李鋕又问。

“这却没想到。”崔景荣承认。

“郑承宪初授何官，自强先生记得吗？”李鋕问。

“初授千户，我怎会不记得！”崔景荣道。

“郑养性袭都督职是否得当，应该从郑承宪初授千户说起，自强先生想到吗？”李鋕又问。

“这却没想到。”崔景荣承认。

“郑承宪几时始升职，自强先生记得吗？”李鋕问。

“逾年升职，我怎会不记得！”崔景荣道。

“升得何职，自强先生记得吗？”李鋕问。

“升指挥使，我怎会不记得！”崔景荣道。

“郑养性袭都督职是否得当，还应该言及郑承宪逾年升指挥使，自强先生想到吗？”李鋕又问。

“这却没想到。”崔景荣承认。

“郑承宪几时再升职，自强先生记得吗？”李鋕问。

“又逾年再升职，我怎会不记得！”崔景荣道。

“再升何职，自强先生记得吗？”李鋕问。

“再升都指挥使，我怎会不记得！”崔景荣道。

“郑养性袭都督职是否得当，还应该言及郑承宪又逾年升都指挥使，自强先生想到吗？”李鋕又问。

“这却没想到。”崔景荣承认。

“郑承宪止于何官，自强先生记得吗？”李鋕问。

“止于都督同知，我怎会不记得！”崔景荣道。

“几时升都督同知，自强先生记得吗？”李鋕问。

“升都指挥使两年之后，我怎会不记得！”崔景荣道。

“郑养性袭都督职是否得当，还应该言及郑承宪再两年后升都督同知。此乃其最终官职，自强先生想到吗？”李鋕又问。

“这却没想到。”崔景荣承认。

“郑承宪故后，谁为其子郑国泰请封，自强先生还记得吗？”李鋕问。

“郑承宪妻马氏为郑国泰请封，我怎会不记得！”崔景荣道。

“朝旨如何批复，自强先生记得吗？”李鋕问。

“朝旨批复：兵部查例来说。我怎会不记得！”崔景荣道。

“兵部如何复旨，自强先生还记得吗？”李鋕问。

“兵部复旨：查无承袭事例。我怎会不记得！”崔景荣道。

“皇上复有何旨，自强先生还记得吗？”李鋕问。

“皇上传旨：特恩郑国泰，准与做都指挥使一辈，我怎会不记得！”崔景荣道。

“郑养性袭都督职是否得当，还应该言及当年郑国泰袭职一事，自强先生想到吗？”李鋕又问。

“这却没想到。”崔景荣承认。

“郑国泰如何官至左都督，自强先生还记得吗？”李鋕问。

“历升而至，我怎会不记得！”崔景荣道。

“郑养性袭都督职是否得当，还应该言及郑国泰历升至左都督，自强先生想到吗？”李鋕又问。

“这却没想到。”崔景荣承认。

“郑养性袭都督职是否得当，为何要从郑承先最初授官说起？为何要言及郑承宪官至都督同知？为何还要言及郑国泰袭都指挥使？为何还要言及郑国泰历升左都督？”李鋕一连数问。

回答起来太麻烦，崔景荣干脆不回答。

“正要请教铭之先生。”他说。

“其一，查事例来说，不始于今次，郑国泰袭职时，皇上已有旨意，”李鋕说着，问道，“此一事不能说和郑养性袭职无关吧？”

“不能说无关。”崔景荣道。

“其二，郑国泰袭职，皇上是特恩，而不是事例，”李鋕说着，问道，“此一事也不能说和郑养性袭职无关吧？”

“也不能说无关。”崔景荣道。

“其三，郑国泰特恩袭职，仅袭都指挥使，而不是袭郑承宪最高一职都督同知，”李鋕说着，问道，“此一事更不能说和郑养性袭职无关吧？”

“更不能说无关。”崔景荣道。

“结论呢？”李鋕问。

“郑养性袭职，亦须皇上颁以特恩，此其一也。”崔景荣说。

“还有呢？”李鋕问。

“郑养性不得袭左都督一职，此其二也。”崔景荣说。

“还有呢？”李鋕问。

“郑养性无论袭指挥使、都指挥使、都督佥事、都督同知，仅一辈，并非世袭，此其三也。”崔景荣说。

李鋕总结出三条，崔景荣也总结出三条。所以，李鋕不再问他还有没有别的结论，又回到和科臣怄气的话题。

“郑国泰袭职是特恩，郑养性袭职也须特恩，科臣已写到，自强先生这会儿也想到，事先却没想到；郑国泰未袭郑承宪最终的官职都督同知，郑养性也不得袭郑国泰最终的官职左都督，科臣已写到，自强先生这会儿也想到，事先却没想到；郑国泰袭职仅一辈，郑养性袭职也仅一辈，科臣已写到，自强先生这会儿也想到，事先却没想到。欲附和科臣之议，则兵部前之处置失当；欲批驳科臣之议，则科臣所言无不合理。自强先生还能说，没和科臣怄气？”李鋕问。

“部臣计事，本来就和科臣不同。科臣事后算计的，要是部臣事先都能算计到，还要科臣何用！而且，有些事部臣不便议之，须待科臣议之。如果说，我未写到之事，科臣写到，我因而和科臣怄气，未免气量太小；那么，我不便议论之事，科臣议之，我因而和科臣怄气，更是毫无道理，”崔景荣说着，问道，“铭之先生以为然否？”

“看来，自强先生的确没和科臣怄气。”李鋕道。

“谈论这久，铭之先生终于信我！”崔景荣松口气。

“那么，自强先生感慨兵部的事难办，为的何事？”李鋕问。

“辽东、西北，今日何地为重？”崔景荣反问。

“辽东为重。”李鋕毫不犹豫地说。

“为何辽东为重？”崔景荣问。

“辽东各夷日衰，而建州日强；建州各酋日衰，努尔哈赤日强。此诚朝廷大患，天下大患。自强先生如果为辽东的事发愁，我则要说：今日辽东的事，不仅是兵部的事，也是朝廷的事；不仅自强先生以为难办，朝廷上下无不以为难办。”李鋕说。

“可我觉着难办的，恰恰是西北的事。”崔景荣道。

“自强先生竟会以为，西北之事重过辽东之事？”李鋕难以理解。

“未必西北之事重过辽东之事；我是说，今日让我觉着难办的是西北之事，”崔景荣说着，又问，“文臣、武将，今日何者为重？”

“文臣为重。”李鋕又毫不犹豫地说。

“为何文臣为重？”崔景荣道。

“本朝重文轻武，别说一般武将，即便如宁远伯者这等大帅，镇辽东数十载，内则统辖诸军，外则震慑夷虏，不还是要受督、抚节制！自强先生如果为边镇督、抚之选发愁，我则要说：今日边镇督、抚之选，不仅是兵部的事，也是朝廷的事；不仅自强先生以为难办，朝廷上下无不以为难办。”李鋕说。

“可我觉着难办的，恰恰是武将的事。”崔景荣道。

“自强先生以为，武将的事重过文臣的事？”李鋕问。

“未必武将的事重过文臣的事；我是说，今日让我觉着难办的是武将的事。”崔景荣道。

“武将何事，让自强先生觉着难办？”李鋕问。

“元卿先生近日上一疏，铭之先生有没读过？”崔景荣反问。

“元卿先生？”才听这个名字，李鋕一头雾水，需要想一想，才能有头绪。他问，“是巡抚延绥都御史元卿先生吗？”

“是他。”崔景荣道。

金忠士是去年七月，自陕西右布政使进佥都御史，巡抚延绥的。

“元卿先生近日之疏，我没留意，”李鋕说着，担心地问，“莫非近日延绥出大事，或西北别镇出大事？”

“都没有，”崔景荣摇着头说，“元卿先生近疏提到的，其实是件小事；以小之又小之事言之，亦不为过。”

“不对，”李鋕看他一眼，说道，“若是件小事，自强先生不会说兵部的事难办，不会说西北的事难办，不会说武将的事难办。”

“铭之先生难道不觉着，难办的正是些小事？”崔景荣问。

这话不仅有道理，还有哲理，李鋕不能再坚持。他问：“自强先生感慨的，真是件小事？”

“是。”崔景荣应道。

“却是何事？”李鋕问。

“元卿先生说，边将失守之律过重。”崔景荣道。

“这可有些怪。边臣失守，治罪都很重，元卿先生为何只说边将失守之律重，不说在边文臣失守之律重？莫非他以为，在边文臣失守，须治以重罪；边将失守，却无须治以重罪？”李鋕说着，连连摇头。又评论一句，“这毫无道理嘛！”

“我看，并非毫无道理。”崔景荣却说。

“自强先生倒是说说，有何道理？”李鋕问。

“边臣失守，无论文臣、武将，都应治以重罪，本来是没区别的，”崔景荣说着，反问道，“但铭之先生不妨想一想，当真没区别吗？”

“我想不出有何区别，”李鋕道，“边地失守，总兵官有被治罪的，督、抚也有被治罪的；守备有被治罪的，监军御史等也有被治罪的；参将、游击有被治罪的，府、州、县官也有被治罪的。譬如庚戌年间，俺答入犯，威逼京师，宣、大总督郭公宗皋、大同巡抚陈公耀，不是一样被逮下狱，陈公死于廷杖，郭公谪戍极边？兵部尚书丁公汝夔、保定巡抚杨公守谦，不是一样论死？论守土之责，我看不出对文臣治罪，轻过对武将治罪；对廷臣治罪，轻过对边巨治罪。”

“就一事而言，是这样，但就总体而言，却未必。”崔景荣说。

“怎叫就整体而言？”李鋕不解。

“譬如，近二十年，近三十年，甚至近五十年，近百年，边臣因失守治罪，是文臣多，还是武将多？”崔景荣问。

“自然是武将多。”李鋕道。

“铭之先生的意思，武将应该多？”崔景荣问。

“对。”李鋕应道。

“却是为何？”崔景荣问。

“边地墩、堡多过州、县，武将多过文臣，此其一也；墩、堡之守，难过州、县之守，墩、堡之失，多过州、县之失，此其二也。故以失守治罪，武将肯定多过文臣。”李鋕说。

“铭之先生不是问何谓总体吗？这就叫总体。”崔景荣道。

“自强先生若以治罪多少而言，强调边将失守之律过重，还说得过去；不过，治军在严，在赏罚分明，对失守边将网开一面，会不会是妇人之仁？”李鋕表明他的态度。

“严于治军，赏罚分明，都无可厚非；但是，”崔景荣口气一转，问道，“边将失守之律重至为虏所用，还不应引起朝廷警觉吗？”

“重至为虏所用？自强先生此言何意？”这话首先引起李鋕警觉。

“虏酋知其一入，朝廷立刻治边将之罪，故威胁道：我一入犯，尔罪立至；尔欲免罪，以利啖之，”崔景荣说着，问道，“铭之先生想，边将闻此言，会怎做？”

“严阵以待，不使入境。”李鋕说。

“这个想法，有人会有，但并非人人会有。”崔景荣说。

“自强先生的意思，有人宁愿啖之以利，使之他往，以保其境平安？”李鋕问。

“对。”崔景荣应道。

“这个想法，也有人会有，亦非人人会有。”李鋕说。

“那就要看，何者害轻，何者害重。”崔景荣道。

“自强先生说，何者害轻，何者害重？”李鋕问。

“我虽严阵以待，谁能保证，我严阵以待，彼则望而却步；我严阵以待，则能御彼于外？彼一旦入，朝廷立刻加以重罪，谁能不以此害为重？”崔景荣道。

“此事还可以反过来想一想。”李鋕说。

“怎反过来想一想？”崔景荣问。

“边将人人啖之以利，使之他去，又会怎样！”李鋕道，“虏当真得利后不再入犯，还是择利少之处入犯？若虏得利后不再入犯，我看，不须边将偷偷摸摸啖之以利，可由朝廷降一道旨意，命各边将行之；若虏择利少之处入犯，则边将无不权衡利之轻重。你啖以一金之利，我啖以二金之利；你啖以十金之利，我啖以百金之利。虏胃口越来越大，一旦边将再无利可以啖之，则虏大犯之日至矣！”

“铭之先生这是以大局观之，是从朝廷的角度观之；但铭之先生不能要求边将都能以大局观之，都能从朝廷的角度观之。一边将啖之以利，而暂保平安，则十边将效之；十边将啖之以利，而暂保平安，则百边将效之。使边将皆无心于边备，但思趋利避害，嫁祸于邻，则我边防大毁之日至矣！”崔景荣说。

“所以自强先生以为，元卿先生所言不无道理？”李鋕问。

“对，”崔景荣点点头，说道，“与其重失守之律，却不能责其成；倒不如稍宽文网，以责其成。”

“自强先生的用意是好的，但只怕今日宽之，使得边镇军心更为涣散。”李鋕不乐观地说。

第四百八十四章

江西吉水是出名臣的地方。但问吉水人会把邹元标列入名臣，还是列入名士，多数人宁愿选择后者。一来，邹元标自朝中还乡的年头太久，很多人都忘记他曾经在朝为官；二来，还乡后越来越多的人随他游学，他俨然已成为一代宗师。

从他游学的士人中又多一个，是去年从浙江巡按任上以疾请归的李邦华。其实，李邦华早年即受业于邹元标，万历三十二年会试中第后，二人分开十几年，现在又聚在一起。李邦华敬邹元标若神明，邹元标也很器重李邦华。

“孟闇是来辞行的吗？”邹元标问这话时，流露出不舍之情。

“我是来辞行的？”李邦华被问得莫名其妙。

“本想这次能和孟闇多切磋些日子，谁知也只聚一年的光景，孟闇又要离我而去。”邹元标自顾自地说。

“尔瞻师，谁说学生要离去？”李邦华问。

“许多人在说呀。”邹元标道。

“许多人说我要离去，我本人却一无所知。好不可笑，好不荒唐！”李邦华说着，连连摇头。

“怎么，朝廷起用孟闇，竟是误传？”邹元标怪道。

“此事是有的，并非误传。”李邦华说。

“可是外放山东布政司参议？”邹元标问。

“是。”李邦华应道。

“御史外放参议，虽非美迁，亦非左迁；山东虽不是天下最富庶之地，但也是天下最要紧之地，”邹元标说着，问道，“孟闇不会辞之吧？”

“原本有心赴任；但近得一消息，学生改变主意。”李邦华说。

“孟闇得何消息？”邹元标问。

“家父辞官得准，已离开南京。”李邦华说。

“老先生即将还乡，这可真是好消息。”邹元标欣然言道。

李邦华的父亲李廷谏，和李邦华同举于万历三十一年乡试，并同赴次年会试。

结果，李邦华中第，李廷谏却落榜。他没再参加会试，而是以贡士授官，官至南京刑部郎中。

以年纪而言，邹元标和李廷谏相差无几，但他不仅是李邦华的启蒙老师，而且愿与李邦华以友相交，所以称李廷谏一声老先生。

“学生与家父暌违多年，今家父还乡，学生想　还是在家中恭候，以享天伦之乐吧。”李邦华说。

“应该的，”邹元标不仅简单地赞同，还说出一个理由，“其实我知，出为参议并非孟闇志愿。”

“尔瞻师以为，学生是何志愿？”李邦华问。

“近而言之，巡按一方，造福一方。”邹元标说。

“尔瞻师这么说，有依据吗？”李邦华问。

“有，”邹元标道，“我就说说孟闇在浙江巡按任上的故事。”说着，问道，“孟闇告诉我，刘成何许人也？”并说明，“我是问一内臣。”

“叫刘成的太监有两个，宫里一个，在外一个，尔瞻师问哪一个？”李邦华反问。

“我问在外的一个。”邹元标道。

“前浙江织造太监也。”李邦华说。

“吕贵何许人也？”邹元标问。

“也问内臣吗？”李邦华反问一句后，说道，“宫中太监也；刘成死后，吕贵奉差前往浙江，查收刘成遗赀。”

“纪光何许人也？”邹元标问。

“浙江奸民也；纪光受吕贵唆使，假冒机户赴京师，奏请吕贵留浙，监督织造。”李邦华说。

“纪光，普通民人，其疏要上达天听；所请太监外差，要经内阁拟旨，非轻而易举可以做到。”邹元标道。

“二事难不倒他，”李邦华说，“疏上，根本不由通政司；拟复，根本不下内阁。吕贵以中旨而留。”

“看来，中贵人中有其党。”邹元标判断。

“这是肯定的。”李邦华道。

“孟闇，你如何对待其事？”邹元标问。

“上疏争之。”李邦华说。

“你先后共上几疏？”邹元标问。

“三疏。”李邦华说。

“写的何事？”邹元标问。

“吕、纪二人交关作奸。”李邦华说。

“还写别事否？”邹元标问。

“略及中官外差，每有进献，名曰孝顺，以逢迎圣意。”李邦华说。

“还有呢？”邹元标问。

“略及皇上左右大阉党护吕贵。”李邦华说。

“三疏言三事，孟闇得罪的可不止吕贵一人。”邹元标道。

“我知道。”李邦华应道。

“御史外差一般两年。孟闇巡按浙江，已届三载，仍无更代，是吧？”邹元标问。

“是。”李邦华应道。

“孟闇有没想到，和争吕贵事有关？”邹元标问。

“想到。”李邦华应道。

“孟闇不后悔吗？”邹元标问。

“尽职尽责，有何后悔！”李邦华道。

“孟闇初官县令，深知县令遇到此等之事，无能为力；后按浙江，见上自布、按二司官，下至州、县官，对吕贵事皆无能为力。所以我说，官参议，非孟闇志愿。孟闇宁愿仍为御史，仍按一方，可以畅快议论。”邹元标说。

“其实，我为县令，遇到吕贵这等事，也会上疏言之。不过，下场可能会更为凄凉，”李邦华说着，问道，“尔瞻师说，学生志愿，近而言之，是巡按一方，造福一方；若远而言之呢？”

“远而言之，或掌铨政，或主纠察，以改良吏治。”邹元标说。

“亦即，在吏部尚书，或掌院都御史？”李邦华说得更直白。

“对。”邹元标应道。

“尔瞻师这么说，有依据吗？”李邦华问。

“有，”邹元标道，“我就说说孟闇初官御史时的故事。”说着，问道，“孟闇征授御史，即上法祖用人疏，是吧？”

“是。”李邦华应道。

“该疏言及十事，对吧？”邹元标问。

“对，”李邦华不是一般地应道，而是略带惊诧地应道。他问，“学生该疏，尔瞻师曾读过？”

“不仅读过，而且印象颇深，说不定今日还说得出来。”邹元标道。

“当真？”李邦华更加惊诧。

“孟闇不信的话，我试着说说。第一事，内阁不当专用词臣，”邹元标说罢，问道，“对吧？”

“对！”李邦华应道。

“文皇帝初设内阁，全部用的翰林；后虽间用非翰林出身者，但十有八九仍以出身翰林者入阁。孟闇为何提出不当专用词臣？”邹元标问。

“学生首先要说的是，今之内阁不同于初之内阁。”李邦华说。

“有何不同？”邹元标问。

“文皇帝设内阁初衷，乃顾问之司也，既不能左右圣祖决断，亦不得干预有司行政，故可概用词臣。今之内阁，中枢之司也，朝廷大计多决于阁臣，须得熟悉典章，又熟悉庶务，故不当专用词臣，”李邦华说到这里，顿了顿。然后接着说，“这是就制度而言。就个人而言，远者如无锡叔时先生、南乐懋中先生、通州道甫先生、高邑梦白先生，近者如尔瞻师，皆为栋梁之才，又皆非翰林出身，若得入阁，于时政必有裨益。”

顾宪成、魏允贞、李三才、赵南星和邹元标，皆负盛名。其中，顾宪成、魏允贞已故。

“区区邹某，怎能和群贤并列，”邹元标客套一句，接着说，“第二事，词臣不当专守馆局。”说罢，问道，“对吧？”

“对。”李邦华应道。

“此一事与前一事相辅相成：内阁不当专用词臣，是说内阁专用翰林出身者，夸大翰林出身的作用；词臣不当专守馆局，是说翰林出身者只用于史馆、坊局，压制出身翰林者，”邹元标议论两句后，问道，“孟闇，不知我理解得对不对？”

“尔瞻师所议极是，”李邦华应道，并举例，“远者如我邑前贤周公忱，选庶吉士，未留馆而授王府官，则成一代名巡抚；如刘公大夏，选庶吉士，未留馆而授部属官，则成一代名尚书；近者如张公养蒙、万公象春，选庶吉士，未留馆而授科、道官，则成一代名谏臣。”

“孟闇举的例子，几乎包罗万象，”邹元标评论一句，接着说，“第三事，词臣不当教习内书堂。”说罢，问道，“对吧？”

“对。”李邦华应道。

“孟闇说说，词臣教习内书堂，有何不好？”邹元标问。

“内书堂自宣庙时设置。内臣出身内书堂，有内翰之称；内臣入司礼监，有内相之称。非出身内书堂者，不得入司礼，一如非出身翰林者，不得入阁。再以词臣教习内书堂，使内翰、外翰浑然一体，内相、外相浑然一体，此等局面，对朝廷来说，绝不是一件好事。”李邦华说。

“不以词臣教习内书堂，却以谁人教习内书堂？”邹元标问。

“最好是废除内书堂，使皇上不得不亲阅奏章，不得不面咨阁臣，不得不垂询外廷；若内书堂不可废除，或国子监，或顺天府学，择教职教习可也。”李邦华说。

“最好废除内书堂，这话说得大胆，”邹元标评论一句，接着说，“第四事，六科都给事中不当内外间阻。”说罢，问道，“对吧？”

“对。”李邦华问。

“何谓内外间阻？”邹元标问。

“上情不得下达，下情不得上达也，”李邦华道，“何谓上情不得下达？制敕宣行，六科大事复奏，小事署而颁之。其不复奏，不署而颁之，是上情不得下达也。何谓下情不得上达？内外章疏，六科分类抄出，参署付部。其不抄出，不参署，是下情不得上达也。”

“孟闇这话似更宜用于眼下，六科缺员嘛，”邹元标评论一句。接着说，“第五事，御史升迁不当盖论考满。”说罢，问道，“对吧？”

“对。”李邦华应道。

本朝考察官吏，三年曰初考，六年曰再考，九年曰通考，综合论之，列为上、中、下三等，或曰称职、平常、不称职三等。此即考满之法。

“职官皆以考满定升降，孟闇为何只说御史升迁不当概论考满？”邹元标问。

“首先，并非职官皆以考满定升降，”李邦华驳道，“譬如，御史、县令都是七品。天下县令，有几个是熬到九年才得升迁的？而御史一任十几二十年，比比皆是；甚至有逾三十年者。所以，我说御史升迁不当概论考满，正是因为御史并非论考满即可升迁。”

“科、道与庶官不同，或正在于此，”邹元标说，“孟闇也不妨反过来想一想，御史、县令都是七品，御史内升寺卿，外升参议、副使，并非怪事，县令能升何官？内升主事、外升知州而已，脱颖而出，选授科、道，则是难之又难的。”

“这也是因为御史并非论考满而升迁，若考满而升迁，能骤升寺卿？能骤升参议、副使？再者，”李邦华又作另一番比较，“阁臣、尚书、都御史，考满留任，则加公、孤衔；御史考满留任，则无衔可加，而略升品秩，则非事例。是公卿大夫以考满论升迁，适宜也；御史以考满论升迁，不宜也。”

“孟闇拿御史和公卿大夫比较，可见重其任，”邹元标评论一句，接着说，“第六事，吏部乞假不当积至正郎。”说罢，问道，“对吧？”

“对。”李邦华应道。

“孟闇是说各部乞假可积至正郎，独吏部乞假不当积至正郎；还是说，各部乞假皆不当积至正郎，吏部乞假尤不当积至正郎？”邹元标问。

“是各部乞假可积至正郎，独吏部乞假不当积至正郎。”李邦华说。

“孟闇是说吏部主事乞假不当积至正郎，还是说，吏部员外、主事乞假皆不当积至正郎？”邹元标又问。

“是员外、主事乞假皆不当积至正郎。”李邦华说。

“孟闇为何对吏部职官特别严苛？”邹元标问。

“不是我对吏部职官严苛，而是吏部职官特殊，”李邦华道，“尔瞻师想想，别部主事、员外乞假后回朝，有几人可径升本部郎中，或调升他部郎中？吏部主事、员外乞假后回朝，遇各部正郎有缺，往往补之。”

“这等情形，十年前或有之；今则任其空缺，不令补之，”邹元标评论一句，接着说，“第七事，关、仓诸差不当专用举贡、任子。”说罢，问道，“对吧？”

“对。”李邦华应道。

“不当专用举贡、任子，孟闇欲用何人？是用甲科出身者，还是用乙科出身者？”邹元标问。

“均无不可。”李邦华道。

“孟闇难道不知，关、仓大使的官品都极低？”邹元标问。

“知之，”李邦华道，“一般是从九品，还有未入流者。”

“但孟闇仍主张，关、仓用甲科出身者，或乙科出身者？”邹元标问。

“对。”李邦华应道。

“却是为何？”邹元标问。

“一则，关、仓非可有可无之职；不仅是非设不可的差事，而且是甚为劳苦的差事；不仅是甚为劳苦的差事，而且是责任重大的差事。二则，人不重其职，在于朝廷不重其职；关乎国计民生，朝廷若重其职，天下臣民怎会不重其职！”李邦华道。

“朝廷如何重其职？提升其品秩吗？”邹元标问。

“提升品秩，有何不可！”李邦华道。

“孟闇这么想，恐怕朝廷不会这么想。”邹元标说。

“不提升品秩，亦当多与褒奖。”李邦华道。

“孟闇的想法，总是出人意表，”邹元标评论一句，接着说，“第八事，调简推知不当骤迁京秩。”说罢，问道，“对吧？”

“对。”李邦华应道。

“调简即由繁调简吧？”邹元标问。

“是。”李邦华应道。

“推知即由正官推同知吧？”邹元标问。

“是。”李邦华应道。

“骤迁京秩即骤迁同品的京官吧？”邹元标问。

“是。”李邦华应道。

“譬如，府同知正五品，部郎中亦正五品，某官甫推府同知，随即迁部郎中，这一升迁的确可以说是骤升，不宜！”邹元标自己解释，而没把这话留给李邦华说。

“尔瞻师说的是。”李邦华应道。

“第九事，进士改教不当概从内转，”邹元标说罢，问道，“对吗？”

“对。”李邦华应道。

“而今教职概从内转吗？”邹元标问。

“是，”李邦华应一声，说道，“尔瞻师虽则离开朝廷久远，难道京师多次发生候任教职事端，就没听说？”

“亦有所闻。”邹元标道。

“尔瞻师想，若不是教职概从内转，何至于数千教职聚集在京！”李邦华道。

“有道理，”邹元标回应一句，接着说，“第十事，边方州、县不当尽用乡贡。”说罢，问道，“对吧？”

“对。”李邦华应道。

“孟闇此处说尽用，而不说专用，有点儿意思。”邹元标道。

“有何意思？”李邦华问。

“边方州、县，除任用乡贡之外，还成为朝廷惩处臣子、上司惩处下官的一种手段。”邹元标说。

“尔瞻师说的是，”李邦华应道，“重内轻外，重腹里轻边方，已成共识。学生记得，当年尔瞻师议吏治十款，其中两款，一则曰审边臣，一则曰恤远臣，即是指此。学生议十事，实受尔瞻师启迪。”

“孟闇客气，”邹元标摆摆手，说道，“你议十事之细致、之独到，远胜于我。”说着，问道，“我说或许说得出来，不是吹嘘吧？”

“尔瞻师如此用心于学生奏议，学生真不知怎说才好！”李邦华道。

“我说你志在改良吏治，不是没依据吧？”邹元标回到开始的话题。

“学生日后若得掌铨政，或主纠察，也是步尔瞻师后尘。”李邦华说。

后邹元标果于天启初掌都察院，李邦华果于崇祯末掌都察院。

第四百八十五章

辽阳卫学生员范文程学的是文，但喜欢和武人打交道。万历四十六年正旦期间，他回到抚顺家中，城里无论哪个武官邀他喝酒，他都欣然前往，而且不计较出钱做东。

“范兄回来，喝酒去！”最先邀他的是千户王命印。

“好啊，”范文程应道，“抚顺城里，我最喜欢和王大哥痛饮。”

“我有酒德，从不偷奸耍滑。”王命印大拇指一竖，不无得意地说。

“不光为这个。”范文程说。

“还有别的缘故？”王命印问。

“有，”范文程应道，“王大哥酒德好，名字更好。”

“我名字怎好？”王命印问。

“王大哥命硬啊，”范文程道，“武将在疆场厮杀，全凭着命硬，才可以杀敌，而不被敌所杀。”

“范兄记差，我是印信的印，不是软硬的硬。”王命印颇为沮丧，有点儿责怪爹爹没把名字取好。

“我没记差，”范文程道，“命不硬，命中怎得印？而且，王大哥知命中得到的是何印？”

“我不知，范兄知否？”王命印问。

“帅印，”范文程道，“不是总兵官的帅印，也是副总兵官的帅印。”

“范兄看得准？”王命印问。

“看得准，”范文程道，“今次的酒喝好，帅印少不了王大哥的。”

“一定喝好，一定喝好！”王命印连声道，并问，“范兄说，今日去哪里喝酒？”

“不去你家里喝！”范文程道，“大嫂凶悍，孩子吵闹，喝不痛快。”

“在范兄这里喝吗？”王命印问。

“也不在我家里喝！”范文程道，“我家中冷清，也喝不痛快。”

“去酒馆喝吗？”王命印问。

“对。”范文程应道。

“范兄，”王命印挠了挠头，不好意思地说，“实不相瞒，我近日囊中颇为羞涩。”

“不碍，我请王大哥的客。”范文程说着，手一挥，二人奔酒馆而去。

与其说王命印酒德好，不如说他馋酒。小二拿来两壶酒，不等放到桌上，被他抢去一壶。他屏住呼吸，把鼻子对准壶嘴后，深深地吸进一口气，又浓又浊的乡醪气味，让他陶醉。

可以下酒的，无非是一两碟荤不荤、素不素的冷菜。他等不及小二把菜端上来，给自己的碗里斟上酒，说道：“范兄不惯空腹喝酒，我先尝尝这酒的味道。”

“王大哥请便。”范文程道。

菜端上来后，王命印又说：“范兄先吃菜，我自个儿再喝一口。”

“好。”范文程应道。

王命印随便找个理由就喝一碗，等范文程拿起碗来，他已三五碗下肚；等范文程喝一碗，他的酒壶已干。

范文程知道，他虽馋酒，但酒量不大，再喝一壶的话，肯定要醉倒。真要醉倒，就有大麻烦。他的酒德在于喝酒爽快，不在于醉酒之后。于是，范文程把自己那壶酒推给他。

“有句话不知王大哥听说过没有？”范文程问。

“哪句话？”王命印反问。

“人无远虑，必有近忧。”范文程道。

“这话说得好！我就是因为过一天，算一天，没有远虑，乃至范兄节下回来，手边竟没闲钱请范兄喝酒。”王命印说。

“我说的不是这事。”范文程道。

“不是这事，却是何事？”王命印问。

“那边的动静，王大哥见得到见不到？”范文程手指东方，反问道。

“见得到。”王命印说。

“王大哥见到何事？”范文程问。

“老李和我一样，手头也很紧。”王命印说。

抚顺城以东不远，是抚顺关。王命印说的老李，即游击将军李永芳，驻守抚顺关。

“抚顺关太近，我问的稍远一点儿。”范文程说。

“抚顺关外一二十里有农户，三五十里有猎户，不知范兄远到哪里？”王命印问。

“一二百里外。”范文程说。

“那却太远，”王命印道，“出关一百里，或许还离抚顺近，离建州远；出关二百里，应该离建州近，离抚顺远。建州人马出没无常，别说我不去，老李守关，也未必去过。”

“也就是说，王大哥见不到？”范文程问。

“没去过，自然见不到。”王命印并不否认。

“见不到，听得到吗？”范文程问。

“听得到。”王命印说。

“王大哥听到何事？”范文程问。

“听说建酋努尔哈赤有点儿不安分。”王命印道。

“可是有点儿不安分？”范文程问。

“也有人说，很不安分。”王命印道。

“十七年前，王大哥还没做到千户吧？”范文程问。

“十七年前，是不是万历二十九年？”王命印反问一句。

“是。”范文程应道。

“那年老爹尚在军中，我不过军余而已。”王命印说。

“不在其位，不谋其政。王大哥当然不会留意建州那边出些什么事，是吧？”范文程推测。

“是不留意，”王命印道，并问，“那年出过何事？”

“建酋将其军民编为四旗，以颜色区别，分别是黄旗、白旗、红旗、蓝旗。”范文程说。

“似听人说过。我觉得以颜色区别各军，挺有意思。”王命印道。

“只觉着有意思吗？”范文程不由摇头。又问，“三年前呢，王大哥该做到千户吧？”

“三年前，是万历四十三年，我还是名百户，第二年才升到千户。”王命印说。

“虽在其位，但不在今日之位，还没被赋予守城之责。建州那边出些什么事，王大哥或许会稍稍留意，但还不会放在心上。是吧？”范文程又推测。

“是不太放在心上，”王命印道，并问，“那年又出过何事？”

“建酋又以黄、白、红、蓝增置四旗，”范文程说，“前所置四旗之前，加一正字，成正黄旗、正白旗、正红旗、正蓝旗；后所置四旗之前，加一镶字，成镶黄旗、镶白旗、镶红旗、镶蓝旗。建酋属下，置有八旗。”

“也听人说，当时有点儿想不通：除黄、白、红、蓝四色外，还有黑、绿、橙、紫等色，他为何宁用正、镶二字，也不愿用其他各色为名目建制军民？”王命印说。

“只是想不通吗？”范文程不由又摇头，然后说，“第二年王大哥升千户，有守城之责，建州也出更大之事。”

"更大的是何事？"王命印问。

"建酋不再是大明朝的都督，不再是大明朝的龙虎将军，他自称为汗，曰'覆育列国英明汗'。这个汗有自己的国家，曰'金'；有自己的年号，曰'天命'。在他那里，前年不再是万历四十四年，而是天命元年；去年不再是万历四十五年，而是天命二年；今年不再是万历四十六年，而是天命三年。"范文程说。

"范兄，这些都是真的吗？"王命印问。

"过去两年的事，声声入耳，历历在目，仍不相信？难怪王大哥只是觉着有意思，只是想不通！"范文程道，又说，"还有一事，在别人眼里，或许是小事，但在我看来，却是比建金国、建年号、自称汗更大的事。"

"还有比这些更大的事？"王命印问。

"有，"范文程应道，"在建制八旗和建立金国之前，建酋使人参照前元文字，自创一套文字。"

"我以为多了不起的事，他自创一套文字，又有何用！"王命印说。

"王大哥千万别看不起文字，"范文程道，"拿大明朝来说，若无文字，二百多年的国史怎流传下来？若无文字，天子的意旨怎传送于外？若无文字，文武百官如何将天下大事奏明朝廷？若无文字，拿什么来教化天下万民。创立文字，实在是件天大的事。"

这个道理，王命印很难理解。范文程见他对这几年建州发生的翻天覆地的变化完全没当回事，也无心和他多说。

"东边若生变故，王大哥有何打算？"他最后问一句。

"吃过几年皇粮，除捐躯报国，还能怎的！"王命印拍着胸膛道。

范文程见他已经半醉，不再多说。

范文程和李永芳喝酒，是在抚顺关。抚顺设千户所，王命印应该算是城里最高的长官，但游击将军的地位远远高过千户。王命印在城里约他喝酒，他不能拒绝；李永芳约他去抚顺关见个面，吃个年饭，他更没有理由拒绝。

他知道李永芳有酒，只烧盆肉带去。

"我出酒，公子出肉，凑成一席，甚好。"李永芳说。

"将军知我为何不带酒来？"范文程问。

"公子为何不带酒来？"李永芳不知。

"我家中的酒，不如将军营中的酒好。"范文程说。

"这么说，我营中烧的肉，不如公子家中烧的肉好？"李永芳道。

“不是这个意思，”范文程摇着头解释说，“酒好不好，肉好不好，都在其次，重要的是宾主情意相投，可以尽欢。”

“公子的话只说对一半。”李永芳道。

“另外一半，请将军示下。”范文程说着，抱拳一揖。

“公子从辽阳来，辽东大局如何，还望告知一二。”李永芳说着，也抱一抱拳。

“好说。”范文程道。

趁着家丁热酒、热肉的工夫，二人聊起正事。

“将军关心大局，必是对大局不甚放心吧？”范文程问。

“老实说，是甚不放心。”李永芳道。

“将军为何甚不放心？”范文程问。

“在我看来，建酋不是寻常之人，公子以为如何？”李永芳反问。

“将军看得很准，我有同感。”范文程说。

“辽阳城里的大人们怎看？”李永芳问。

“或没把他放在眼里；或虽以为他不是寻常之人，但不似将军这样，敢公然说出来。”范文程道。

“公子说，面对此人，谁能放心？”李永芳问。

“将军言之有理。”范文程点头称是。

“再者，建酋属下建立八旗，公子知否？”李永芳又问。

“已知。”范文程应道。

“辽阳城里的大人们知否？”李永芳问。

“亦知。”范文程应道。

“我以为，建酋八旗军与我官军对峙于疆场，官军胜算很小。”李永芳坦率地说。

“请将军具体说说。”范文程揖道。

“建酋以一旗加于抚顺，公子可知结果会如何？”李永芳问。

“结果会如何？”范文程不答。

“抚顺官军不敌，”李永芳说着，问道，“建酋以二旗加于沈阳，公子可知结果会如何？”

“结果会如何？”范文程反问。

“沈阳官军不敌，”李永芳说着，问道，“建酋以三旗加于辽阳，公子可知结果会如何？”

“结果会如何？”范文程反问。

“辽阳官军不敌，”李永芳说着，问道，“建酋以八旗加于辽东，公子可知结果会如何？”

“结果会如何？”范文程反问。

“辽东官军不敌。”李永芳说。

“再往下呢？”范文程问。

“我只能说辽东；关内之事，不敢妄言。”李永芳道。

“那么，辽东之事我能不能问几句？”范文程还有话说。

“公子随便问。”李永芳道。

“建酋以一旗加抚顺，若沈阳官军援之，结果如何？”范文程问。

“那要看沈阳官军十日内能否赶到抚顺。”李永芳说。

“将军之意，十日内赶不到，抚顺官军肯定不敌？”范文程问。

“我是这个意思。”李永芳说。

“若十日之内赶到呢？”范文程道。

“那要看建酋是否增兵于抚顺。”李永芳说。

“将军之意，建酋增兵于抚顺，官军仍是不敌？”范文程问。

“我是这个意思。”李永芳说。

“若建酋不增兵于抚顺，是不是胜负难料？”范文程问。

“虽则胜负难料，但在我看来，官军胜算仍小。若沈阳官军十日内驰援，建酋未增兵于抚顺，结果是城池残破不堪，守城官军损失殆尽，”李永芳说着，问道，“这不能算是官军获胜吧？”

“着实不能算，”范文程道，又问，“建酋以二旗加沈阳，若辽阳官军援之，结果如何？”

“那要看辽阳之军一月内能否赶到沈阳。”李永芳说。

“将军之意，一月内赶不到，沈阳官军肯定不敌？”范文程问。

“我是这个意思。”李永芳说。

“沈阳距辽阳仅百余里，没有理由一月之内赶不到呀。”范文程说。

“要是辽阳大帅判断失误呢？要是辽阳官军畏缩不前呢？要是辽阳之地自顾不暇呢？”李永芳一连三问。

“那又当别论，”范文程道，又说，“将军好似把可能出现的情势都已估计到。”说着，问道，“辽阳官军若一月之内赶到呢？”

“那要看建酋是否增兵于沈阳。”李永芳说。

“将军之意，建酋增兵于沈阳，官军仍是不敌？”范文程问。

“我是这个意思。”李永芳说。

“建酋不增兵于沈阳，是不是胜负难料？”范文程问。

“我不能贸然断言，官军必败；但在我看来，官军胜算仍小。辽阳援军一月之内驰援，建酋未增兵于沈阳，结果是沈阳城残破不堪，守军损失殆尽，”李永芳说着，问道，“这也不能算是官军获胜吧？”

“着实也不能算，”范文程道，又问，“建酋以三旗加辽阳，若辽东各镇官军援之，结果如何？”

“那要看各镇官军三月内能否赶到辽阳。”李永芳说。

“三月之内赶不到，主要也是因为自顾不暇吧？”范文程问。

“还有调度失当。”李永芳说。

“将军之意，三月之内赶不到，辽阳官军肯定不敌？”范文程问。

“我是这个意思。”李永芳说。

“若三月之内赶到呢？”范文程问。

“那要看建酋是否增兵于辽阳。”李永芳说。

“将军之意，建酋增兵于辽阳，官军仍是不敌？”范文程问。

“我是这个意思。”李永芳说。

“建酋不增兵于辽阳，是不是胜负难料？”范文程问。

“这可能是最难预料的；但在我看来，官军胜算仍小。辽阳为辽东重镇，战事之后，成一座残破的空城，”李永芳说着，问道，“无论如何，这也不能算是官军获胜吧？”

“无论辽阳不守，或辽阳残破，着实都不能算，”范文程道，又说，“在将军看来，官军在辽东岂不是败局已定？”

“公子难道不这么看？”李永芳问。

“其实，我很赞同将军的这个说法：官军和建酋八旗对峙于战场，官军胜算很小。”范文程说。

“辽阳城里的大人们怎看？”李永芳问。

“像你我这等看法的人也有，但像你我这般坦率谈论的人则无。”范文程说。

“公子说，面对此酋、此军，谁能放心？”李永芳问。

“将军言之有理。”范文程肯定的不是这一句话，而是就建酋八旗一事，他提的许多问题，他做的许多判断。

“再者，建酋称汗立国，公子知否？”李永芳又问。

“已知。”范文程应道。

“辽阳城里的大人们知否？”李永芳问。

“辽阳城里的大人们，不在于知与不知，在于信与不信。不仅辽阳城里的大人们有人相信，有人不信；即便沈阳城里，也有人相信，有人不信。不仅沈阳城里，有人相信，有人不相信；即便抚顺城里，也有人相信，有人不相信。”范文程说。

“我看，他等是闭上眼睛，不愿看眼前的实事；塞住耳朵，不愿听别人的实话。”李永芳道。

“有人的确是这样。”范文程附和。

“建酋不仅建国、建年号，称汗，且建都，公子知否？”李永芳问。

“不在建州城？”范文程反问。

“不在，”李永芳摇摇头，又问，“有个地方叫赫图阿喇，公子有没听说过？”

“听说过，”范文程道，“也在建州境内，对吧？”

“虽在建州境内，但建都于建州城和建都于赫图阿喇，大不一样。”李永芳说。

“有何不一样？”范文程问。

“卫城是大明认可的，建卫，是羁縻卫；建国，是羁縻国。赫图阿喇是建夷祖先李满住选择的居住地，也可以说，是建州女真的发祥之地。建酋建都于赫图阿喇，表明他不再承认和大明朝廷的羁縻关系，要和大明朝廷公然对抗。”李永芳说。

“将军剖析得深刻。”范文程赞道。

“公子于建酋建都一事，亦不甚了然；不用说，辽阳城里的大人们更是茫然无知。”李永芳道。

“或是茫然无知，或是知之不详。”范文程说。

说到这里，正好家丁们把酒、肉送上来。其实，他们早就热好酒，热好肉，但看二人说得投入，说得热烈，没敢打扰。现在看说得差不多，该是喝酒、用饭的时候。

范文程端起酒杯，说：“将军想让我告知辽东大局，实则给我讲述一通辽东大局。敬酒一杯，聊表谢意。”

“公子客气。”李永芳道。

他喝酒，范文程却不喝。

“公子为何不饮？”李永芳问。

“我还有件事要问将军，问过再饮。”范文程说。

“好，你问。”李永芳道。

“辽东官军已呈败势，建酋若犯抚顺，将军欲怎应付？”范文程问。

“走一步看一步吧。”李永芳道。

第四百八十六章

巡城御史薛贞家在顺天府衙附近，四月初二日，他回家路过府衙时，数骑从衙门里冲出，要不是他躲闪及时，险些被撞到。

骑者也勒住马缰，停下来。头匹马上的人认出他，跳下马；他也认出，那人是顺天府丞董可威。

“德纯先生，多有冒犯。”董可威揖道。

“好说，”薛贞除还一揖，还开句玩笑，“端甫先生回家，也用不着这般猴急。”

董可威字端甫，山东益都人，万历二十三年进士。薛贞字德纯，陕西韩城人，万历二十九年进士。

“不是回家，”董可威解释说，“要出城，所以有点儿急。”

“这时出城？所为何事？”薛贞问。

“所为何事，德纯先生不知吗？”董可威反问。

“看来，是出大事。”薛贞根据他的语气和表情判断。

“大事说不上，却是异事。”董可威道。

“是何异事？”薛贞问。

“是——”董可威正准备告诉他，忽又改变主意。他问，“德纯先生不急着回家吧？”

“端甫先生不见我迈着方步过来，回家我从来不急。”薛贞说。

“正好，一同去看看，”董可威道，“德纯先生名曰巡城，不能才一出城，就撒手不管。”

“和我有关？那我得去看看，”薛贞回答得很爽快，但他马上发现有麻烦，“我的马放在衙门里，端甫先生驰驱，我的两条腿可追不上。”

“这还不好办！”董可威指着一名属员，命道，“你不用去，把坐骑给薛大人。”

“不好意思，”薛贞和该属员客气一句，又问董可威，“端甫先生，出哪座门？”

“两条路径选一：一则出正阳门，西行至宣武门；一则出宣武门，东行至正阳门。”董可威说。

“端甫先生原本打算出哪座门？”薛贞又问。

“出宣武门。”董可威说。

“那就出宣武门。”薛贞道。

他和董可威踏镫上马，顺天府衙的属员们也上马，奔宣武门而去。

如果只有董可威和顺天府的几名属员，他们一路上可能会说些闲话；但和巡城御史难得有机会单独在一起，而且有挺长的一段路要同行，自然有些正经事好说。

“相公的事了结没有？”董可威问。

“相公有何事？”薛贞反问。

“别人可说相公无事，德纯先生不可说相公无事，”董可威道，“相公子世鸿殴人致死，不是德纯先生一纸诉状，告到御前？”

“端甫先生说的是这事呀！”听薛贞的口气，好像是许久以前的事。其实，方从哲子方世鸿与人殴斗，致人于死，不过是两个月前的事。街上出人命，巡城御史当然是首先要过问的。薛贞说，“那件事，我只当做方世鸿的事，没想到是相公的事。”

“但相公因此上疏引咎。”董可威说。

“那是做做样子！内阁只相公一人还呆得住，谁都知道，相公本人也知道，皇上是不会因为这件事让他辞官的，”薛贞道。顿了顿，又说，“端甫先生若问相公引咎一事有没了结，我得告诉端甫先生，相公不会因此罢官，这就是了结。”

“世鸿呢，也未追究？”董可威问。

“说起来，这事真是荒唐，”薛贞道，“相公若不引咎，世鸿说不定早就下狱，或者相公自个儿把他送去有司；相公一引咎，皇上批复：不予追究。你说，是不追究相公教子不严呀，还是不追究世鸿殴人致死？”

“人命官司，不应该就此了结吧？德纯先生一疏之后，就这么放弃？”董可威略有微词。

“如果是良人被殴致死，尤其是被权贵之子殴死，我是不会放过的；但与世鸿起衅者是个泼皮无赖，我懒得再管。”薛贞说。

“如此说来，世鸿反而是为民除害！”董可威道。

京师泼皮无赖多，人人皆知。他不好再问下去，只能用一句玩笑带过。

“他若真有为民除害之心，相公真要烧高香。”薛贞却说。

出宣武门约三里，有河，名三里河。它与其说是河，不如说是沟渠，一月不雨，则枯涸；稍有雨，则河流不断；雨稍大，则四外漫流。

去冬有雪，今春有雨，三里河水流如常。

虽说不是正经的河，仍修座桥。

“过河吗？”薛贞问。

“过不过两可。”董可威说。

“端甫先生说过不过？”薛贞道。

“先不过吧。”董可威说。

薛贞欲勒转马左转，董可威把他拉住。

“德纯先生何往？”董可威问。

“端甫先生不是说，出宣武门东行吗？怎么，才一出城，就改主意？”薛贞道。

“一会儿肯定是要东行的，但在东行之前，请德纯先生先移尊步西行。”董可威说。

“不是我移尊步，是它移尊蹄。”薛贞指着马说。

“德纯先生说的是，”董可威笑着应道，“请德纯先生勒转马头，让它抬起尊蹄，往西走上一段。”

“一段是多长？”薛贞问。

“德纯先生嫌三十丈长，就走上二十丈；嫌二十丈长，就走上十丈。”董可威商量着说。

“取其中，走二十丈吧。”薛贞道。

“好。”董可威应道。

二十丈路，片刻即到，薛贞、董可威几乎同时勒马停下。

“够不够？”薛贞问。

“够。”董可威道。

“然后呢？”薛贞问。

“请德纯先生下马。”董可威说着，自己先下马。

“然后呢？”薛贞下马后问。

“这回真要请德纯先生移尊步。”董可威说着，做个手势，示意走近河边。

站在河边，薛贞又问：“然后呢？”

“看。”董可威的回答只有一个字。

“看对岸，还是看身后？”薛贞问。

“看脚下，看河水。”董可威说。

薛贞按照他的指示，看脚下的河水。

“有没看出异常？”董可威问。

“没看出，”薛贞道，并反问，“端甫先生看出异常？”

“也没看出，”董可威说着，伸臂让道，“德纯先生，走吧。”

“该往东去？”薛贞问。

“对。”董可威应道。

“去多远？”薛贞又问。

“走走看。”董可威说。

“端甫先生既说走走看，不如走过去。”薛贞提议。

“也好。”董可威不反对。

顺天府的属员牵过马，走在后头，让他二人走在前面。河边的小路，刚好够二人并排走着，边走边说。

“看来，所谓异事，是河水异常。”薛贞说。

“是南三里河的水异常。”董可威更正道。

“此水怎的异常？”薛贞问。

“我先不说，等一会儿德纯先生自个儿看。”董可威道。

走回宣南桥，继续往东走。这次，薛贞知道该看什么。

看着河水，他说：“并无异常呀。”然后，转身问董可威：“是否再走一段？”

“也二十丈吧。”董可威道。

走过二十丈后，薛贞惊叫：“端甫先生看！”

董可威也惊叫：“德纯先生看！”

河水变赤！或许，在这之前，河水的颜色已经发生变化，但不是骤然的变化，而是渐进的变化，变化小得不足以引起任何人的注意；到这里，河水的颜色骤然改变，变成赤色，完全的赤色，真正的赤色！

稍稍平静之后，薛贞问：“端甫先生已来看过？”

“没有啊，”董可威道，“我接城南各坊之报后，才来观看。一出衙门，和德纯先生不期而遇，德纯先生是知道的呀！”

“没来看过，怎知二十丈后河水变赤？”薛贞问。

“我并不知二十丈后河水变赤呀。”董可威说。

“可再走二十丈，不是端甫先生才说的吗？”薛贞道。

“我的意思，再走二十丈，若无异常，你我可驰马而去。谁知就见异常！”董可威说。

“端甫先生这是一语成谶呀。”薛贞道。

“再走走？”董可威问。见薛贞摇头，他问，“不想再走？”

“不是不走，”薛贞道，“端甫先生说过，出宣武门，东行至正阳门。你我不是简单地再走走，是有好一段路要走呢。”

继续往东走，河水的颜色或深一些，或浅一些．但都不离赤色。

“端甫先生说说，怎会如此？”薛贞问。

“不会是因为相公子殴人致死吧？”董可威与其说是应付他，不如说是拿他开回心。

“不会，”薛贞却很认真，“不会因为相公子殴人致死，也不会因为我告发其事于朝，也不会因为相公引咎。”

“为何不会因为相公子殴人致死？”董可威颇有兴致地问。

“我说过，与方世鸿争执的，是个泼皮无赖。就算世鸿乃一纨绔子弟，也不过是纨绔子弟殴打泼皮无赖致死。上苍才懒得过问这等人的事呢！”薛贞道。

“为何不会因为德纯先生告发相公子于朝？”董可威问。

“我不过是个小人物，上苍不会因为我没再管这桩人命官司，而警示我吧？”薛贞道。

“为何不会因为相公引咎？”董可威问。

“相公是个大人物，但不是天大的人物；教子不严是个错，但不是天大的错。上苍不会因此而警示他。”薛贞道。

不知不觉，距正阳门外的官道越来越近。官道上南来北往的行人、骡马、车辆，也看得越来越清晰。

“端甫先生看！”薛贞忽又惊呼。

“德纯先生看！”董可威也惊呼。

河水和平常的河水仍有不同，但看上去赤色已淡。

“各坊报，正阳门、宣武门间三里河河水变赤　看它还真是这样。”董可威道。

“端甫先生看，此处距前面官道，有没有二十丈？”薛贞则问。

“应该相差不多。”董可威说。

“最奇特的是，东距正阳门二十丈，西距宣武门外二十丈，其间河水异常。若非上苍示警，怎会如此整齐！”薛贞又回到方才的话题。

“德纯先生说，上苍为何人而警示？”董可威问。

“不管为何人而警示，最终都须奏上朝廷。”薛贞说。

“上苍为何事而警示？”董可威又问。

“这也是我想知道的。”薛贞说。

“会不会是西南将有异常？”董可威问。

“为何是西南将有异常？”薛贞反问。

“宣武门不是西南之门吗？”董可威又反问。

“可正阳门是正南之门呀。”薛贞说。

“那么，正阳门、宣武门之间，算不算正南方向，而偏于西南？”董可威退一步说。

“端甫先生分得如此细致，是不是想到什么事？”薛贞问。

“想到是想到，但不一定准确。”董可威说。

“却是何事？”薛贞问。

“有两件事：一是安南翁朝禄与弟翁兴晓启衅，却战于我钦州境内，且有深入我两广腹里之势；二是贵州两江苗人作乱，贵抚请用兵征剿。”董可威说。

“此二事倒是都在西南方向，不过，事体有多重大，得兵部等议过后才知。”薛贞说。

“德纯先生看来不以为然。”董可威道。

“我的确想的是别处。”薛贞说。

“何处？”董可威问。

“会不会是示警相反的方向？”薛贞反问。

“相反的方向，即正北，或正北偏于东北，”董可威说着，问道，“德纯先生的意思，西南河水异常，或正南方向偏于西南的河水异常，却是正北方向会有事，或正北偏东北方向会有事？”

“我更倾向于东北方向。”薛贞道。

“德纯先生是指辽东吧？”董可威问。

“是。”薛贞应道。

“辽东之事有多重大，更须兵部等议过后才知。”董可威说。

两个人带着一肚子的困惑，从正阳门进城，回家。

第四百八十七章

赫图阿喇城里，宫室虽不完备，戒备已称得上森严。努尔哈赤闻得外面有个姓佟的求见，命宣入。

汉人报上姓名，叫佟养真。

“佟养性是你何人？”努尔哈赤问。

“兄长。”佟养真道。

“他早已归顺英明汗，你怎才来？”努尔哈赤问。

“兄长为民，臣为军；兄长为大汗故人，臣却为大汗敌军。兄长可只身一人来投奔大汗，臣却须带进献大礼来见大汗。”佟养真说。

“你来见我，你本人可以助我，你兄长更可以全心全意地助我。这已是大礼，不须别的大礼。”努尔哈赤道。

“大汗不求臣献礼，是大汗宽仁；臣须以大礼进献，是臣的忠忱。”佟养真说。

“说得好！”努尔哈赤大悦，随即问道，“养真可知，今日之英明汗，非昔日之指挥使？”

“臣知。”佟养真道。

“养真可知，今日之英明汗，非昔日之都督？”努尔哈赤问。

“臣知。”佟养真道。

“养真可知，今日之英明汗，非昔日之龙虎将军？”努尔哈赤问。

“臣知。”佟养真道。

“养真应该知道，今日之英明汗非昔日之指挥使，非昔日之都督，非昔日之龙虎将军；在今日英明汗眼里，并非所有的东西都是大礼。”努尔哈赤说。

“臣知道。”佟养真说。

“那你改不改口？”努尔哈赤问。

“臣不改口。”佟养真说。

“好吧，我倒要看看，你献的是何大礼！”努尔哈赤道。

“臣进献的，正是大汗没有的。”佟养真说。

“何物我没有？”努尔哈赤问。

“城。”佟养真道。

“谁说我没城！”努尔哈赤道，“赫图阿喇不是城吗，建州卫不是城吗，南关、北关不是城吗？这等城池，我大金已有多处！”

“臣说的城，和这些城不一样。”佟养真说。

“怎不一样？”努尔哈赤问。

“用汉人的话来说，这些城都是夷人之城；用大汗族人的话来说，这些城都是同族之城。这样的城池，大汗确实有不少；但大汗还没得到汉人之城。”佟养真说。

“这么说，养真进献者，是汉人之城？”努尔哈赤问。

“是。”佟养真应道。

“取汉人之城，我运筹良久，但不知时机是否恰到好处，”努尔哈赤说着，问道，“养真以为，时机已然恰到好处？”

“是。”佟养真应道。

“说来听听。”努尔哈赤命道。

“臣乃抚顺人，大汗是知道的。”佟养真说。

“我知道。”努尔哈赤道。

“我有把握，大汗旗军取抚顺，三五日可下。”佟养真说。

“还有呢？”努尔哈赤问。

“辽东巡抚、总兵，旧设于辽阳，辽阳乃辽东第一重镇，大汗是知道的。”佟养真说。

“我知道。”努尔哈赤道。

“臣曾在辽阳军中，不知兄长有没对大汗说过？”佟养真问。

“说过。”努尔哈赤道。

“我有把握，大汗旗军取辽阳，一月可下。”佟养真说。

“还有呢？”努尔哈赤问。

“辽东巡抚、总兵，今移驻广宁，广宁成为今日辽东第一重镇，大汗是知道的。”佟养真说。

“我知道。”努尔哈赤道。

“臣曾充辽抚中军，不知兄长有没对大汗说过？”佟养真问。

“说过。”努尔哈赤道。

“我有把握，大汗旗军取广宁，二月可下。”佟养真说。

“取抚顺，取辽阳，取广宁，辽东岂不尽在我囊中！”努尔哈赤道。

“诚如大汗所言。”佟养真应道。

“养真打算把此三城都献与我？”努尔哈赤问。

“臣没这么大的本事，臣只有一城献与大汗。”佟养真说。

“是抚顺吧？”努尔哈赤问。

“是。”佟养真应道。

“养真有十分的把握吗？”努尔哈赤问。

“有。”佟养真应道。

“我也有十分的把握，”努尔哈赤说着，问道，‘可养真知我为何迟迟未取抚顺？”

“臣不知。”佟养真道。

“抚顺关，普通一关；抚顺城，千户所城。取这等城池，我不欲太多的虎豹狼儿把性命丢在那里。”努尔哈赤说。

“臣说的是献礼，大汗旗军死伤应该不会太多。”佟养真道。

“养真有何妙计？”努尔哈赤问。

“臣在抚顺城为内应，旗军死伤可减半。”佟养真说。

“死伤减半是份大礼，但不知是几多人减半？”努尔哈赤问。

“大汗有没合计过，取抚顺，须损失几多人马？”佟养真反问。

“我没合计过，你帮我合计合计。”努尔哈赤命道。

“譬如损失千人。”佟养真说个数目。

“取抚顺损失千人，我宁愿不取。”努尔哈赤摇着头说。

“五百人呢？”佟养真减少一半。

“仍多。”努尔哈赤说。

“三百人呢？”佟养真又减少一些。

“仍多。”努尔哈赤说。

“大汗，抚顺不是一堡一墩，而是一城！”佟养真道。

“我知是一城，”努尔哈赤说着，问道，“养真，我若合计，取抚顺仅损失百人，你看有没可能？”

“大汗合计得好，就有可能。”佟养真说。

“我若合计得好，取抚顺仅损失百人，你还能减半吗？”努尔哈赤问。

“只要大汗合计得好，臣为内应，损失定能减半。”佟养真说。

“养真，一言为定！”努尔哈赤道。

“一言为定！”佟养真道。

“养性，见到养真没有？”努尔哈赤问。

“怎么，养真来过？”佟养性反问。

努尔哈赤一怔。佟养真来见自己之前，没先见佟养性，他想得到；不然，应该是佟养性带着佟养真来见自己。然而，佟养真离开自己之后，没去见佟养性，他却没想到。

“养真没见你一面就回抚顺？难怪养性说这个兄弟生性鲁莽。”努尔哈赤道。

“臣倒以为，他这次不与臣见，恰是不鲁莽。”佟养性说。

“这话怎讲？”努尔哈赤问。

“他来见大汗，必有所谋。臣那里人多嘴杂，知道他来过不好，知道他所谋更不好。”佟养性说。

“不错，”努尔哈赤点头，“听你一说，我对养真又平添几分信任。”

“大汗召我来，就是为养真所谋吧？”佟养性问。

“是，”努尔哈赤点点头，问道，“养真提议先取抚顺，你看如何？”

“可谓不谋而合；我也以为，欲取辽东，须先取抚顺。”佟养性说。

“不会因为你兄弟是抚顺人吧？”努尔哈赤问。

“这是个次要的原因；主要的原因是：抚顺近建州，近赫图阿喇，一旦得抚顺，大汗进可以取，退可以守。”佟养性说。

“好，我就和你议议取抚顺的事，”努尔哈赤道，“养真说，他为内应，取抚顺，损失可减半。养性，你看他的话说得大不大？”

“不大，”佟养性道，“一般人为内应，损失可减三分之一；养真是土生土长的抚顺人，在守军中有众多好友，损失减半还是往少说。”

“如果损失原本应该在百人以下，养真为内应，是不是可减至五十人以下？”努尔哈赤问。

“是，”佟养真应道，“原本损失百人以下，养真为内应，可减至五十人以下。”

“养性帮我合计合计，损失怎样才能在百人以下？”努尔哈赤命道。

“欲使损失在百人以下，只可智取，不可强攻。”佟养性说。

“养性帮我想想，该如何智取？”努尔哈赤命道。

“抚顺关历来是建州与明朝官民交易的场所，不妨在交易上打打主意。”佟养性说。

“养性是说，以交易为名，出其不意袭之？”努尔哈赤懂得他的意思。

“是。”佟养性应道。

“具体该怎办？”努尔哈赤问。

“大汗可知会抚顺守将，约以交易之日。”佟养性说。

“守将会允吗？”努尔哈赤问。

“自大汗得南、北关后，与明朝成剑拔弩张之势；大汗提议开市，借以缓和局面，守将没理由不允。”佟养性说。

“与守将约以交易之期，就可智取？”努尔哈赤问。

“三分中有一分胜算。”佟养性说。

“还有何胜算？”努尔哈赤问。

“与守将约以大市。”佟养性说。

“大市？多大？”努尔哈赤问。

“譬如，三千人。”佟养性说着，伸出三指。

“非年非节，开三千人大市，守将会允吗？”努尔哈赤问。

“那得看拿何物诱之。”佟养性说。

“养性拟拿何物诱之？”努尔哈赤问。

“大汗可知，关内之人，尤其是汉人文武官员，最稀罕的是何物？”佟养性反问。

“我不知，养性说是何物？”努尔哈赤问。

“有二物最为稀罕，”佟养性说，“第一是人参。关内士大夫望长生者越来越多，欲得人参以养生者也越来越多。在关外购得人参，回到关内，一定可以赚到大钱。”

“还有何物？”努尔哈赤问。

“第二是貂皮，”佟养性说，“今日关内之人，不仅以穿戴貂皮为富有，且以穿戴貂皮为高贵。”

“养性之意，以参、貂诱之？”努尔哈赤问。

“对。”佟养性应道。

“以三千人请市，会不会吓住守将？”努尔哈赤担心地问。

“抚顺关交易，向来以参、貂为主，只不过很少达到千人之市。今以三千人请之，看上去的确有些多。但抚顺已多时未市，参、貂积压得多，在情理之中。”佟养性说。

“但三千人赴市，守将即便允之，也一定会格外警觉。”努尔哈赤道。

“所以，大汗须得消除守将疑心。”佟养性说。

“如何消除？”努尔哈赤问。

“譬如，令三千人一律不着铠甲，不携兵器，看上去和民人无异。”佟养性说。

“不着铠甲，不携兵器，守将固不疑之；但取城之际，如何战之？”努尔哈赤仍有疑虑。

“可使三五人，七八人赶一牛车、马车，铠甲、兵器置于其上。交战之际，迅即披戴铠甲，取出兵器，整理成军。”佟养性说。

“养性的意思，只要守将允开三千人大市，三分中又多一分胜算，”努尔哈赤说着，问答，“是吧？”

“是。”佟养性应道。

“最后一分胜算是何事？”努尔哈赤问。

“使城里军民皆出城赴市。”佟养性说。

“如何使城里军民皆出城赴市？”努尔哈赤问。

“守将于各处张贴告示，再使人广为传告。”佟养性说。

“如何使守将于各处张贴告示，再使人广为传告？”努尔哈赤问。

“以利啖之，”佟养性说，“大汗许以好处，城里每有一人出城赴市，便与守将多少好处。大汗以利啖守将，守将以利啖城里军民，不愁城里军民不倾城而出。”

“养性看，可许与多少好处？”努尔哈赤问。

“反正用不着兑现，愈多愈好；但许的太多，反而使守将生疑。总之，适中为好。”佟养性说。

“好，”努尔哈赤决心已定，“养性此计可谓瞒天过海；瞒天过海的事，我来做。养真之计可谓里应外合，里应外合的事，养性可差人与养真联络行之。”

“是。”佟养性应道。

四月十五日，抚顺城外大市。建州方面赴市的人一起又一起，数不清来了多少人；抚顺城里的人出来一批又一批，不知道出来多少人。建州方面来的人，早做好交战的准备，一声号令，人人从车中取出铠甲，兵器，立刻投入战事。城里的人一心做着低价购买人参、貂皮的美梦，没想到会成为刀下冤鬼。

抚顺当日失陷，根本不用十日。

守将李永芳等归降，王命印等战死。

努尔哈赤先以侄女嫁与佟养性，又以孙女嫁与李永芳，以笼络汉人。

第四百八十八章

听到消息，不用人召集，大臣们不约而同地赶往朝房。其中缺少吏部的正卿，并没太引起注意：郑继之在二月致仕，朝廷以户部尚书李汝华署吏部。而缺少兵部的堂官，却人人感到缺少个中心。该部已有尚书：万历四十五年十月，起前协理京营兵部尚书黄嘉善回部掌印；但黄嘉善至今未赴任。这样一来，该部眼下却连署部者也没有：署部侍郎崔景荣已于今年二月封印出城。

“朝无大司马，就是这样的结果。”礼部署部侍郎何宗彦叹道。

“是怎样的结果？”李汝华问。

“辽东出这等大事，兵部也不议议应对之策。”何宗彦说。

“若是大司马平庸，虽有，也不一定议得出应对之策。”李汝华道。

“若是更平庸的大司马，说不定抚顺失陷在你我眼里是大事，在他眼里根本不算大事。”工部署部侍郎林如楚说。

“二公之意，无大司马，也无关紧要？”何宗彦问。

“我可没这么说。”李汝华否认。

“我可没这么想。”林如楚否认得更彻底。

“难得能来的都来，请中涵先生主持吧。”李鋕想结束你一嘴我一嘴的混乱局面。

所谓能来的都来，是指除兵部以外的五部，还有都察院，六个衙门，掌印、兼署四人。加一阁臣方从哲，共五人。另一阁臣吴道南，在去年七月以丁忧，已去官。

“今日是奉旨议事吗？”方从哲却问。

“不是。”李鋕道。

“有旨：内阁会部、院大臣议之，我不得不主持；今日既无旨，为何还由我主持？”方从哲推托道。

“中涵先生不肯主持，请茂夫先生主持吧。”李鋕又说。

“为何由我主持？”李汝华问。

“茂夫先生署吏部，是外廷首臣。”李鋕道。

“署部，却非掌部，我的正职是户部尚书。”李汝华也推托。

“茂夫先生不肯主持，请君美先生主持吧。”李鋕又说。

“为何由我主持？”何宗彦问。

“君美先生今日是第一个开口的。”李鋕道。他指的是众人都到之后，何宗彦叹息的那句“朝无大司马，就是这样的结果”。

“谁说我第一个开口！我和茂夫先生一同来的，一路上都是他在说。再者，掌部不主持，却由署部主持；正卿不主持，却由卿贰主持，哪有这等道理！”何宗彦也推托。

“君美先生不肯主持，请道茂先生主持吧。”李鋕又说。

“为何由我主持？”林如楚问。

“最后一句是道茂先生说的。”李鋕道。他指的是林如楚最后的那句否定：我可没这么想。

“我赞同君美先生之言，除非一名正卿也没有，轮不到卿贰主持。再者，最后一句话怎是我说的？铭之先生不是一直在说这说那吗？”林如楚把何宗彦的两层意思颠倒次序说。

“道茂先生说得好，”何宗彦称赞林如楚，也是称赞自己。他说，“与其让道茂先生勉为其难地主持，不如由我主持。”

“君美先生肯主持，好啊！”李鋕道。

“与其让君美先生勉为其难地主持，不如由我主持。”李汝华也说。

“茂夫先生肯主持，好啊！”李鋕道。

“与其让茂夫先生勉为其难地主持，不如由我主持。”方从哲也说。

“中涵先生早出来主持，何至于说这多无用的话！”李鋕道。

“我不答应，是怕铭之先生后悔。”方从哲说。

“理所当然之事，我为何后悔！”李鋕道。

“铭之先生肯定不后悔？”方从哲问。

“肯定不后悔！”李鋕道。

“好，”方从哲点点头。别人以为他会对李鋕说点儿什么，他却问林如楚，“在你我眼里抚顺失陷是大事，这话是道茂先生说的吧？”

“我说的是君美先生和我。”林如楚解释。

“我只问话，不问人。”方从哲说。

“这话是我说的。”林如楚道。

“道茂先生难道不知，抚顺失陷之后的事情，比抚顺失陷更是大事？”方从哲问。

“抚顺失陷之后，又出何事？”林如楚问。

“看来，道茂先生还真的不知，”方从哲说者，转向李鋕，“铭之先生，就请你把抚顺失陷之后的战事给我等说说吧。”

“知道抚顺失陷之后战事的，不止我一人。”李鋕说着，指指李汝华、何宗彦。

“我等皆知之不详。”李汝华、何宗彦齐道。

“虽知之不详，有必要详述吗？”李鋕问。

“有必要。”众大臣齐道。

“原来为此，中涵先生才说我会后悔，”李鋕道，“我来是想听诸公议论的，中涵先生一句话，却成我给诸公讲述。”

“我等主持，也会如此。”方从哲以外的另外三名大臣齐道。

“众望所归，铭之先生，今日你是主角。”方从哲说着，作个滑稽的手势。

“我说的是知道抚顺失陷之后战事的，不止我一人；茂夫先生、君美先生说的是知之不详。若以为我知之甚详，二位可能会失望。”李鋕说。

“我料定铭之先生知道的一定比我多，不会让我失望。”李汝华说。

“即便知道的一般多，经铭之先生之口说出来，一定也更清晰，不会让我失望。”何宗彦说。

“二位如此抬举，我就先讲件小事吧，”李鋕说着，问道，“建夷有一酋，叫红把兔，据说是大酋努尔哈赤子，公等听说过这个人吗？”

“不曾听说。”众人都摇头。

“红把兔曾赴总兵衙门，与张帅饮酒。酒酣之际，他问张帅：家父志向不小，一旦挥兵南下，大将军计将安出？”李鋕讲述道。

他说的张帅，是镇守辽东总兵官张承荫。

“张帅怎答？”众人齐问。

“但称我大明盛德。”李鋕说。

“文不对题呀。”林如楚道。

“也不能说全不对题，”何宗彦反驳，“称我大明盛德，警告建夷不得妄动，也不失为一种有力答复。”

“朝廷晓谕夷、虏，哪一次不是首先谕以我大明盛德，却有何用！夷、虏还不是欲掠则掠，欲犯则犯！”林如楚辩道。

“照道茂先生所说，谕以盛德根本没用？”何宗彦问。

“也不能说没用，但谕以盛德之后，须得有武备为后盾。”林如楚道。

“那个红——”李汝华要插话，但只听一遍古怪的名字，没记住。

“红把兔。”李鋕告诉他。

“那个红把兔听张帅称我大明盛德，有何表示？”李汝华问。

“哂笑而去。”李鋕道。

“如何？”林如楚好似找到根据，“称我大明盛德，连红把兔都震慑不住，更不要说建夷大酋！”

“红把兔告以建夷大酋志向不小，不是件小事，张帅不奏于朝廷，也当和督、抚说说呀。”方从哲说。

“他怎奏于朝廷，或和督、抚说说？就说建酋红把兔告诉他，其父努尔哈赤志向不小吗？”李鋕问。

“铭之先生说的也是，”方从哲同意他的说法，“努尔哈赤志向不小，辽东许多人都知道，朝中许多人都知道，但没几个人当回事。张帅奏于朝廷，或与督、抚说说，哂笑的就不是红把兔，而是别人。”

“应该说，张帅起初也没当回事；后来想起来，应该和李抚说说，为时已晚。”李鋕说。

他说的李抚，是巡抚辽东右副都御史李维翰。

“铭之先生说的起初，是何时？”何宗彦问。

“准确的日子不好说，只能说是建酋取抚顺之前。”李鋕道。

“那么，铭之先生说的后来，是建酋取抚顺之后？”何宗彦问。

“确切地说，是得知建酋出兵取抚顺、李抚命我辽东各军往抚顺驰援之后。”李鋕道。

“是不是张帅早和李抚说说，抚顺或不会失陷？”何宗彦问。

“那却未必，”李鋕摇着头说，“我是说，张帅若早和李抚说说，后面一战，可能不会输得那么惨。”

“好，铭之先生要说到正题上，”李汝华说着，问道，“张帅后来和李抚说时，是在李抚传檄之后，对吧？”

“对。”李鋕应道。

“他怎和李抚说的？”李汝华问。

“他往军门请见李抚，建议慎出兵。”李鋕说。

“如何！”林如楚好似又找到根据，“在张帅眼里，仅称我大明盛德，也是不够的。”

“道茂先生，能不能先把大明盛德放在一边？”李汝华说罢，见众人的目光都呈异样，知道这句话说错；而且很快醒悟，错在哪里：大明盛德是根本，怎能放在一边！他更正道，“我是说，道茂先生能不能先把张帅对红把兔的答复放在一边。”

“好，先放在一边。”林如楚道。

“李抚怎答复的？”李汝华问李鋕。

“李抚不允，但催促速出。”林如楚说。

“张帅大概不敢抗命。”李汝华估计。

“且以建酋红把兔一句‘其父志向不小’抗命，在朝廷，在军中，都交代不过去。”林如楚说。

“其实，不在于辽东官军是否慎出兵，而在于亟出兵，亦无济于事。”李鋕说。

“这话怎讲？”何宗彦问。

“因为建夷取抚顺甚速，在辽东官军出动之前，甚至在李抚、张帅等得到建酋欲取抚顺的消息之前，抚顺已失陷。”李鋕说。

“所以我说，抚顺失陷和抚顺失陷之后官军败绩比较起来，可能真不算是大事。”方从哲道。

“张帅既有慎出兵之议，抚顺失陷之后官军却因轻敌而败绩，真有些令人不解。”何宗彦道。

“君美先生疑的是，”李鋕点点头，分析道，“在我看来，官军与其说败在轻敌，不如说败在寡谋。”

“寡谋二字怎讲？”林如楚问。

“曾听兵部人称，张承荫勇而有谋，良帅也。铭之先生为何说他寡谋？”李汝华则问。

“两军在抚顺以南对峙，官军分五路，建夷分三路。从兵力上来说，任何一方不能说处在优势，或处在劣势。若就地决战，胜负难料。但建夷忽而退兵，诱官军追击，致使官军陷入敌围，”李鋕述罢，问道，“官军追击，虽是李抚催促在先，但张帅看不出敌在诱我，能说勇而有谋？”

“确不能说。”李汝华承认。

“铭之先生能不能具体说说战事进程？”林如楚问。

“太具体的，我也说不出，只能说个大概，”李鋕道，“张帅依据山险立营，本得地利。然甫交手，建夷退，官军拔营追击，忽遭伏军。张帅和参将蒲世芳当即战死；副总兵顾廷相、游击将军梁汝贵等已突出，见失主将，复杀入敌围。于是全军覆没。”

“所谓全军覆没，将士死者有多少人？”林如楚又问。

“据报，不下万人，得生还者，十无一二。”李鋕说。

“张帅出身将门，父子相继镇西北，也称得上身经百战。今辽东一战而亡，真是可惜！”李汝华叹道。

张承荫父张臣，卒伍出身，积功至总兵官，先后镇陕西、甘肃。张承荫亦积功，先后为延绥副总兵、总兵官，后代麻贵为辽东总兵官。

“李抚贸然促战，难辞其咎，朝廷不能不处分吧？”方从哲的提问，把众人的注意力转到善后的处分上。

“罢免是肯定的，至于做不做其他处分，再议吧。”李汝华说。

“李抚罢后，辽地恐怕更令人谈之色变。”何宗彦不无担心。

“君美先生的意思，不如暂不处分？”李鋕问。

“不，”何宗彦摇摇头，说道，“我只想问诸公，既罢免李抚，有没恰当的人选。”

“我想到一人，却不知是否恰当。”林如楚说。

“道茂先生想到的是谁？”方从哲问。

“京甫先生。”林如楚说的是先经略朝鲜军务后巡抚辽东的杨镐。

“京甫先生一则谙熟军事，二则谙熟辽东事务，我看，不仅是恰当的人选，简直可以说是不二人选。”方从哲力表赞成。

他一表态，别人就不好再说什么；况且，除杨镐之外，谁也想不出更恰当的人选。

“罢免李抚，起用杨抚，此一事可算议定吧？”李汝华问。

“可算议定。”众人应道。

“还有一事，我希望也能议定。”何宗彦又说。

“何事？”方从哲问。

“朝中不可无大司马。”何宗彦说。

“不错，这其实是今日提出的第一件事，却被岔开。”方从哲说。

“岔开也好，”何宗彦说，“不议彼事，还看不出此事有多要紧。”

“以近二十年来事例，有四个法子：其一，促黄赴任；其二，另任兵部尚书；其三，另任兵部侍郎，使之署部；其四，使他部堂官兼署兵部，”李汝华说着，问道，“君美先生拟选哪一法子？”

“我不说选哪一法，只说不选哪一法，可否？”何宗彦反问。

方从哲觉得应该负起主持的责任。他说：“也可以呀。”

“我不选兼署一法。”何宗彦说。

“君美先生为何不选兼署一法？”方从哲问。

“我知君美先生为何不选兼署一法，”李鋕道，“茂夫先生和我已在兼署，再选兼署兵部之员，不是君美先生，就是道茂先生。若以道茂先生兼署，还好说；若以君美先生兼署，可要贻笑大方。”

“君美先生兼署兵部，怎就贻笑大方？”林如楚问。

“从来只听人说先礼后兵，几时听人说过复礼复兵？复礼复兵自君美先生始，他岂不要贻笑大方！”李銡说的显然是笑话。

何宗彦却没当笑话听。他很认真地说：“我不怕贻笑大方，也不怕肩上再多付担子。若在太平之日，朝廷命我复礼复兵，我没二话；但今日非太平之日，复礼复兵这两副担子，我怕挑不起来。若朝廷命我不署礼部，专署兵部，我没二话；但让我自家挑选的话，我宁署礼部。此乃扬长避短，非有私也。”

“没人会说君美先生有私，”林如楚道，又说，“除不选兼署一法，我也不选另任兵部尚书。”

“道茂先生为何不选另任兵部尚书？”方从哲问。

“朝廷召黄尚书，黄尚书不赴任；朝廷再召别个任兵部尚书，别个也不赴任呢？”林如楚道。

“此即所谓择之不如撞之。”方从哲说。

“中涵先生，人家说的是择日不如撞日。”李汝华纠正他。

“今日说的是人，不是日。”方从哲道。

“那应该说择人不如撞人。”林如楚又纠正他。

“择人不如撞人，道茂先生觉着好听，我也不反对。”方从哲说。

“是不好听。”林如楚道。

“照此说来，另任兵部侍郎，使之署部，也不可选。”李銡说。

“铭之先生为何不选另任兵部侍郎，使之署部？”方从哲问。

“也是择之不如撞之，”李銡道，“尚书尚且召之不来，侍郎就一定召得来吗？”

“茂夫先生听出诸公之意没有？”方从哲问李汝华。

“听出来，诸公都倾向促黄公赴任。”李汝华道。

“茂夫先生意下如何？”方从哲又问。

“我说的诸公，也包括我自个儿。”李汝华道。

“今日所言二事，不能以廷议上之，只能我二人和铭之先生分别言之。”方从哲又说。

“好。”李汝华、李銡应道。

“我看，这次铭之先生做恶人，茂夫先生和我做善人。”方从哲问。

“我如何做恶人？”李銡问。

“提请罢免李抚。”方从哲说。

“我兼署都察院，职责所在，说不上做恶人。”李銡应允。

“我如何做善人？”李汝华问。

“请促黄公赴任。”方从哲说。

“我兼署吏部，职责所在，说不上做善人。”李汝华也应允。

“中涵先生却如何做善人？”众人齐问。

“请朝廷起用杨公。”方从哲说。

“此事须得中涵先生出面。”李汝华说。

“分派已定，散吧！”何宗彦道。

第四百八十九章

皇帝看一眼成敬的脸色，问道："是不是辽东又有事？"

"是。"成敬应道。

"是官军又有败绩，还是哪城又失陷？"皇帝问。

"都不是，是建酋努尔哈赤遣还七名汉人来京。"成敬说。

"建酋遣还汉人来京？"皇帝问。这事说古怪则古怪，说荒唐则荒唐；但皇帝首先想到的，既不是古怪，也不是荒唐。他问，"老成，你知朕怎想的？"

"奴才不知。"成敬道。

"朕在想，一张一弛，夷人竟也学会。"皇帝道。

"爷说的是，"成敬应道，"今之夷人真非昔之夷人可比。"

"不对呀！"皇帝接着才想到古怪或荒唐，"建酋获取的汉人成千上万，他为何仅遣还七人；而且，遣还到京师？"

"此七人有些来头。"成敬说。

"有何来头？"皇帝问。

"据建酋称，此七人都是进士。"成敬说。

"都是进士！"皇帝惊呼，"朝廷竟有七名进士，为建酋俘获？"

"是。"成敬应道。

"老成，你是说，建酋称此七人都是我大明进士，对吧？"皇帝问。

"对。"成敬应道。

"你对七人的身份是否疑之？"皇帝问。

"奴才开始曾疑之。"成敬说。

"后来呢？"皇帝问。

"后来一查，竟然真是进士。"成敬说。

"把你查的结果告诉朕。"皇帝命道。

"譬如，一名张栋，福建平和人，是万历十四年进士。"成敬说。

"三十年前的进士，又是福建人，怎到的辽东？"皇帝问。

“当初授官，张栋以下僚往辽东，为建酋俘获。”成敬说。

“那时，努尔哈赤还没成气候吧？”皇帝问。

“努尔哈赤一统建州各部，是在万历十六年，恰是张栋去辽东任官之际；朝廷以努尔哈赤势强，册封他为龙虎将军，是在万历二十三年。故张栋归于建酋，是在他渐强之时。”成敬说。

“老成，你说张栋是被努尔哈赤所擒，归顺于他；还是见他日强，归顺于他？”皇帝问。

“奴才想，张栋是被努尔哈赤所擒。”成敬说。

“老成据何而判断？”皇帝问。

“张栋主动归顺努尔哈赤，必为所用，努尔哈赤为何要遣还他？”成敬的理由很简单。

“有道理，”皇帝点点头，说道，“他少说在建夷处逗留二十年吧？若不肯效顺，可以说是第二个苏武。”

“这也不好说，”成敬道，“自失去踪迹后，他在建夷处的作为，朝廷和辽东有司一无所知。”

“不说他，”皇帝摆摆手，问道，“还有哪名进士？”

“又譬如，一名杨希舜，浙江西安人，万历二十六年进士。”成敬说。

“应该也是授官辽东，在任上被建酋所俘。是吧？”皇帝问。

“是。”成敬应道。

“虽则在建酋册封龙虎将军之后，但他若主动归顺建酋，建酋应该也不会遣还他。”皇帝说。

“是。”成敬应道。

“所以，他应该也是被建酋所擒。”皇帝说。

“是。”成敬应道。

“建酋遣还的七名进士，朕估计都是这样的情形，”皇帝说着，一指成敬，“老成，可见你先前怀疑他等身份，是错的。”

“也不完全错。”成敬壮起胆子辩道。

“怎么？”皇帝问。

“七人中，至少有一人非进士，亦非授官辽东。”成敬说。

“是吗？此人是谁个？”皇帝问。

“姓张，名儒绅。”成敬报上姓名。

“张儒绅是何等人物？”皇帝问。

“虽非进士，亦有功名，是顺天乡试的举人。”成敬说。

“不是授官，他怎到的辽东？”皇帝问。

“说起来，和宫里的人有些干系。”成敬说。

“和宫里的人有些干系？又是谁个？”皇帝问。

“卢受卢叔，爷还记得吗？”成敬反问。

“东厂的老卢？朕记得，他曾掌过司礼监印；虽则不久。”皇帝说。

“是他。”成敬应道。

“但他已不在，此事怎会和他有干系？”皇帝想不通。

“也不是直接和他有干系，”成敬解释，“卢叔手下有名舍人，叫王朝弼，在宫里改名应朝。张儒绅是受王朝弼之托，前往抚顺关市交易，被建酋所得。”

“你是说，七人中，只查出张儒绅一人不是我朝进士？”皇帝问。

“是。”成敬应道。

“为何他却与另六名进士一并遣还？”皇帝问。

“奴才想，多半建酋并不知张儒绅的真实身份。”成敬说，“张儒绅这个名字，比其他几人的名字更似进士；而张儒绅又将错就错，冒充进士，故得与别的进士一并遣还。”

“这么说，此人还颇有心计。”皇帝道。

“爷说的是。”成敬应道。

“建酋取抚顺，败官军，却又连真带假，遣还天朝七名进士。此事阁、部议过没有？”皇帝问。

“还没来得及议。”成敬道。

“那就让阁、部先议一议吧。”皇帝命道。

“奴才领旨。”成敬应一句，却没有立即去传旨的意思。

“还有事？”皇帝问他。

“是。”成敬应道。

“你说！”皇帝问道。

“建酋除连真带假，遣还七名进士，还有一篇奏表，不知是否亦命阁、部议之。”成敬说。

他先说努尔哈赤遣还汉人，然后再说努尔哈赤有一奏表，皇帝立刻反应过来，他企图用前一事来冲淡后一事。换句话说，后一事一定比前一事更能触动自己，激怒自己，这件事绝不是“一张一弛”那么简单。

“奏表所言何事？”皇帝问。

“言七件恨事，所谓七大恨也。”成敬说。

“七大恨？谁人的七大恨？”皇帝问。

“建酋本人的。”成敬说。

“谁人造成的七大恨？”皇帝问。

“表面上看，是辽东边臣。”成敬说。

“实际上呢？”皇帝问。

“是朝廷。”成敬说。

“亦即是朕！”皇帝道。

“是。”成敬应道。

“他说的是哪七件恨事？”皇帝问。

“其祖其父被杀，此一大恨也。”成敬述道。

“就此一句？”皇帝问。

“前面还有一句，甚是无礼。”成敬道。

“怎写的？”皇帝问。

“说我大明无故而生边外事。”成敬道。

“努尔哈赤其祖、父被杀，朕还有些印象，他的祖父叫——”皇帝有的是模糊的印象，当事人的名字肯定叫不出来。

“其祖名觉昌安。”成敬说。

“对，叫觉昌安。”皇帝重复之后，等成敬再说其父的名字。

“其父叫塔克世。”成敬说。

“对，叫塔克世。”皇帝重复之后，等成敬说事情发生的年份。

“觉昌安、塔克世被杀，是在万历十一年。”成敬说。

“对，是在万历十一年。”皇帝重复之后，等成敬说事情的经过。

“觉昌安官建州左卫都指挥使，塔克世官建州左卫指挥使。时建州右卫将将领阿台，因其父王杲被杀，起兵寻仇于我边臣。宁远伯率官军讨之，觉昌安、塔克世随军前往，并立有战功。事平，另一建州左卫将将领尼堪外兰唆使宁远伯并杀觉昌安、塔克世，”成敬述罢，总结一句，“此其事之大概。”

“说起来，是我边臣亏欠努尔哈赤。但一则，宁远伯是上尼堪外兰的当，当恨者在其族人，不在朝廷；二则，觉昌安、塔克世被杀后，宁远伯已觉其错，将塔克世二子，即努尔哈赤及其弟，收养麾下，朝廷亦命努尔哈赤袭父职，后又不断予以升迁，这些足以弥补；三则事情过去三十多年，他今又提及，却是何意！”皇帝道。

“爷说的是。”成敬应道。

“况且，他说我大明无故而生边外事，分明是说建州不在我大明疆域之内。”皇帝指出这句话的关键。

“他是这个意思。”成敬应道。

“其次为何事？”皇帝问。

“二大恨：朝廷背盟，出兵保护叶赫氏。”成敬述道。

“叶赫氏是南关，还是北关？”皇帝问。

“是北关。”成敬说。

“北关保住没有？”皇帝问。

“建酋虽不断遣人在北关周围垦地，但北关尚未被他吞并。”成敬说。

“南关已被他吞并，是吧？”皇帝问。

“是。”成敬应道。

“是几时被其吞并？”皇帝问。

“万历二十七年。”成敬说。

“他应该说，南关、北关，朝廷都想庇护；但南关早被他吞并，朝廷不得不尽力庇护北关。”皇帝道。

“爷说的是。”成敬应道。

“努尔哈赤说朝廷背盟，老成，朝廷和建酋确有盟约吗？”皇帝问。

“建州不过是羁縻之卫，朝廷怎会和他订立盟约！奴才想，南关、北关皆海西人，当年为害或甚于建州，故朝廷和建酋约定，共同应对海西。今建州危害，远远超过海西，朝廷自然不会再和建州一起压制海西。”成敬说。

“应该是这么回事，”皇帝点点头，又问，“再其次呢？”

“三大恨：建酋与我边将约定，许捕杀越界大明居民，朝廷反而责令偿命。”成敬述道。

“朕记得，不准我大明居民越境，朝廷确有旨意；但准建酋捕杀越境居民，朕不记得朝廷有旨意。”皇帝说。

“建酋也不敢说朝廷有旨意，只能说，和我大明边臣约定。”成敬道。

“他说的边臣，是指宁远伯吗？”皇帝问。

“应该是，”成敬道，“辽抚更换甚频，宁远伯地位最尊，镇守辽东最久。与建酋定约，舍他而谁！”

“朕记得，宁远伯在世时，参劾他的科、道甚众。”皇帝说。

“爷说的是。”成敬应道。

“朕真应该好好查一查，说不定当时就能查出，他当时是否和建酋有这等密约！”皇帝说句后悔的话。

“爷圣明，宁远伯久镇辽东，爷当时不查，也有不查的道理。”成敬替皇帝遮掩。

“再其次呢？”皇帝又问。

“四大恨：得朝廷之助，北关敢于悔婚。”成敬述道。

“朕记得，悔婚一事，已有许多年。”皇帝说。

“是，”成敬应道，“北关悔婚，应该在四十年或四十一年。”

“他说北关因朝廷助之，故敢悔婚，是不是这样？”皇帝问。

“奴才想，没有朝廷做靠山，北关的确不敢悔婚。”成敬说。

“这么说，建酋以此事责我，有他的道理？”皇帝问。

“这却不然。”成敬道。

“说说看！”皇帝命道。

“一则，北关后既悔婚，可见初之许婚并非自愿，而是被逼无奈。二则，北关与建酋缔结婚约，成为盟友，于朝廷不利；而北关悔婚，于朝廷有利。”成敬说。

“老成，朕若差你往建州答辩，你还应该加上一条。”皇帝道。

“乞爷垂示。”成敬躬身道。

“北关悔婚之恨，岂能与其祖、其父被杀之恨，相提并论！”皇帝道。

“爷说的是，”成敬应道，“祖、父被杀若称大恨，悔婚只能算作小恨。建酋把祖、父被杀和其他事并列，显见是为其黩武罗织借口。”

“老成，你终于说到要害，”皇帝说着，又问，“再其次呢？”

“五大恨：建夷开垦柴河、三岔儿、抚安三堡地，明边臣阻之、毁之。”成敬述道。

“不是有界碑吗？柴河等地在界碑内，在界碑外？”皇帝问。

“奴才不知。”成敬道。

“建酋没写明？”皇帝问。

“是。”成敬应道。

“他不写明，朕想，应该是他闯入界碑内垦地，不会是边臣出界碑外阻之、毁之。”皇帝推测。

“爷明鉴。”成敬道。

“再其次呢？”皇帝又问。

“六大恨：朝廷偏袒叶赫氏，压制建州。”成敬述道。

“前者说保护，此处又说偏袒，只是重复而已，”皇帝说着，问道，“再其次呢？”

“七大恨：明内臣遣人出关交易，逞威逼胁。”成敬述道。

“建酋有没有点张儒绅的名？”皇帝问。

“有点。”成敬应道。

“他是想让朕替他惩处张儒绅，并约束内臣呀！”皇帝道。

“此事更可见其罗织借口。”成敬说。

“张儒绅在境外惹事，朕不是不可以惩处他；真是王朝弼差他往辽东，朕不是不可以管束内臣。但今日朕首先要惩处的，不是张儒绅，而是努尔哈赤；朕首先要约束的，不是王朝弼，也是努尔哈赤！”皇帝道。

“爷圣明。”成敬颂道。

“难脱干系的辽抚是谁个来着？”皇帝忽问。

“李维翰。”成敬道。

“他不是已罢免吗？”皇帝问。

“是。”成敬应道。

“方先生力荐的新抚是谁来着？”皇帝又问。

“杨镐。”成敬道。

“他到任没到？”皇帝问。

“尚未。”成敬道。

“新任大司马是黄嘉善黄尚书吧？”皇帝又问。

“是。”成敬应道。

“他来京没来？”皇帝问。

“尚未。”成敬道。

“传旨：着黄嘉善速来京，就任兵部尚书一职；着杨镐速赴辽，就任辽东巡抚一职；着大臣速议，怎回复建酋这个、这个《七大恨书》。”皇帝命道。

“是。”成敬应道。

第四百九十章

蓟、辽总督汪可受抵达山海关，召巡关主事邹之易面议。

“子常来山海关多久？”汪可受问。

“近两年。”邹之易道。

“不算太短，也不算太长，”汪可受说着，又问，“子常曾出关否？”

“曾出关。”邹之易道。

“曾深入辽东否？”汪可受问。

“下官责任在守关。所谓出关，不过在左近巡视，不似思承先生，深入辽东多远，都在职权之内。”邹之易说。

汪可受字思承，湖广黄梅人，万历八年进士。邹之易字子常，湖广黄冈人，万历三十八年进士。汪可受一到山海关就把邹之易找来，不仅因为他官兵部侍郎时，邹之易官兵部主事，曾是卿贰和部属的关系，也因为他二人是湖广同乡。

“虽未深入，但辽东局势之坏，不绝于耳，不会一点儿想法也没有吧？”汪可受问。

“有的岂止一点儿想法！”邹之易道，“下官自官兵部以来，朝思暮想者，是辽东局势；自巡关以来，寝食不安者，更是辽东局势。不过，下官的感慨都是望舆图而生，定然肤浅之极。”

“纵然是纸上谈兵，我也想听子常谈一谈。”汪可受说。

“一定要谈？”邹之易问。

“我不能强迫子常一定要谈，只是希望子常谈一谈。”汪可受说。

“下官的想法其实很简单，一言可蔽之。”邹之易道。

“是哪一言？”汪可受问。

“不可坐以待毙。”邹之易道。

“子常的意思，朝廷若不着手解决辽东局面，无异坐以待毙？”汪可受把他话里的意思加以引申。

“下官是此意。”邹之易道。

“子常说的坐以待毙，不仅指辽东，也指辽东以外的地方，”汪可受进一步引申，并问，“是吧？”

“是。”邹之易应道。

“但解决辽东局面，不在于守关，而在于出战，”汪可受说着，又问，“是吧？”

“是。”邹之易应道。

“这句话的意思我替子常补充完毕，子常接着说吧。”汪可受道。

“是，”邹之易应一声，问道，“思承先生自京师来，建酋陷抚顺，应该是知道的吧？”

“知道。”汪可受应道。

“但建酋近又陷边政堡，思承先生知否？”邹之易问。

“边政堡在哪里？”汪可受反问。

“在沈阳和抚顺之间，辖于沈阳卫。”邹之易道。

“此事似尚未传报朝廷。”汪可受说。

“建酋以所谓旗军陷抚顺，思承先生应该是知道的吧？”邹之易又问。

“知道。”汪可受应道。

“但建酋约同西虏，以二万人入边政堡，思承先生不见得知道吧？”邹之易问。

“确实不知道。”汪可受道。

“更有宰赛、煖兔诸虏集于辽河西岸，虎墩、兔憨诸虏屯于镇靖堡外，东西呼应，思承先生也不见得知道吧？”邹之易又问。

“也不知道。”汪可受道。

“在我看来，官军与建夷决战于辽东，在所难免，”邹之易说着，问道，“思承先生以为如何？”

“我也是这么想的，”汪可受道，又说，“子常别尽问我呀，我是想知道子常的具体想法。”

“下官以为，有三事是当务之急。”邹之易说。

“哪三事？”汪可受问。

“其一，补将领。”邹之易道。

“补将领应该有两层意思：一是与建酋抗衡已久，历次交战中，尤其是抚顺之役以来，将领死伤者多；二是与建酋抗衡日久，将领与之暗通者多。”汪可受说。

“思承先生说的是。”邹之易应道。

“其二是何事？”汪可受问。

“发饷银。”邹之易道。

“在辽东，小战无益，须得大战；既是大战，所需饷银不是三万五万可以应付的，”汪可受说着，问道，“在子常心目中，战于辽东，计须饷银若干？”

“往少说，须五十万；往多说，须百万。”邹之易道。

“我看，少于百万，于事无补，”汪可受说着，又问，“其三是何事？”

“出援兵。”邹之易道。

“建夷骑师不下五万，且随时可招来北胡，”汪可受说着，问道，“在子常心目中，战于辽东，援军须得几多？”

“我说不出个数目，但用多多益善四字，是不会错的。”邹之易道。

“增派援兵，谈何容易！”汪可受叹道，并问，“子常可知，发宣府、大同、山西军出关，须银几多？”

“下官粗略计算过，人均约需四两。”邹之易说。

“发延绥、宁夏、固原等镇军出关，须银几多？”汪可受问。

“约倍之。”邹之易说。

“你说多多益善，譬如发宣、大军一万，陕西三边军五千，不得少于十万金。”汪可受道。

“下官知道这个口很难开，但欲辽东大战，用兵、用饷，恐不能少于播州之役，不能少于朝鲜之役。”邹之易说。

“子常既知这个口难开，不如待兵部迎来当家之人，让他去和朝廷讨之，和朝廷议之。”汪可受道。

“思承先生说的是，”邹之易应道，“这本来也不是我要说的，是思承先生一定要我说的。”

“我是要你说些议之可行之事。”汪可受道。

“怎叫议之可行？”邹之易问。

“譬如，与建酋之战，我宜攻、宜守、宜进、宜退？”汪可受举例。

“思承先生，朝廷决定起用京甫先生抚辽，有没有这事？”邹之易不答反问。

“有这事。”汪可受点头。

“宜攻，宜守，宜进，宜退，何不让他酌定！”邹之易道。

“朝廷虽有此意，京甫兄若不赴命呢？京甫兄虽接旨，若迟迟不到呢？京甫兄虽赴辽东，若于攻、守、进、退之间难以决断呢？我总督蓟、辽，虽不主管辽东的事，但也不能对辽东的事放手不管。所以，我很想听听子常的高见。”汪可受说。

“既如此，我姑妄言之，”邹之易顿了顿，果断地说，“我在辽东，宜攻不宜守，宜进不宜退。”

“这是为何？”汪可受问。

“在抚顺是彼攻我守，结果不守；在边政堡是彼攻我守，结果又不守。在沈阳若形成彼攻我守之势，我担心亦不守；在辽阳若形成彼攻我守之势，我担心亦不守。既曰决战，官军仍不能逐彼、降彼，仍使之占据攻势，辽东局面还怎么挽回！”邹之易道。

“言之有理，”汪可受点点头，拿他的四个字开头，问道，“既约决战，子常有没做过通盘的考虑？”

“仍是纸上谈兵，也可以说吗？”邹之易反问。

“本来就是纸上谈兵，有何不可！”汪可受道。

“下官以为，官军若进，可分三路。”邹之易说。

具体到不能再具体，汪可受的关注程度大大提高。他伸出一指，问到，“第一路？”

“出广顺。”邹之易说。

“广顺是关名吧？”汪可受问。

“是。”邹之易应道。

“距哪城近？”汪可受问。

“开原，即今之三万卫城，广顺关在开原以东。”邹之易说。

“子常为何选择出此关？”汪可受问。

“关下空旷，便于集结大军。”邹之易说。

“不对呀，”汪可受发现问题，“子常不是没出过关吗，怎知广顺关下空旷？”

“一是看书，二是询问出入山海关的商贾。”邹之易说。

“难得子常有心，”汪可受称赞他一句后，问道，“大军出广顺，往哪里去？”

“直走宁宫塔。”邹之易说。

“宁宫塔在何处？”汪可受问。

“在老城。”邹之易说。

“听说，建夷称赫图阿喇为老城。”汪可受说。

“对，”邹之易应道，“不过，赫图阿喇是建酋新建之城，被称作新老城；建酋祖先在浑河畔旧居地，被称作旧老城。宁宫塔在旧老城。”

“安排此一路，拟捣建酋老巢？”汪可受问。

“是。”邹之易应道。

“第二路？”汪可受又问。

“出叆阳。”邹之易说。

“叆阳是堡名吧？”汪可守问。

“是。”邹之易应道。

“距哪城近？”汪可受问。

“思承先生还记得宽奠吗？”邹之易反问。

“宽奠六堡？”汪可受又反问。

“对。”邹之易应道。

“莫非叆阳近宽奠六堡？”汪可受问。

“叆阳堡在辽阳和宽奠之间，当然，较近辽阳。”邹之易说。

“以宁远伯及督、抚等议，朝廷弃宽奠六堡。在辽阳和宽奠之间，应该直接面对建夷。”汪可受道。

“差不多是直接面对。”邹之易回应道。

“子常选择出叆阳堡，当然是因为叆阳堡便于集结大军；但我还是想知道，子常为何选择出叆阳？”汪可受道。

“出广顺，为的直捣建夷巢穴，如思承先生所言；出叆阳，为的堵截其前锋。”邹之易说。

“第三路？”汪可受又问。

“出辽阳。”邹之易说。

“出辽阳，路途极多，譬如，往叆阳也是一途；但子常说的出辽阳，肯定不是往叆阳，对吧？”汪可受问。

“对。”邹之易应道。

“子常拟取哪一途？”汪可受问。

“有二途可取，”邹之易道，“或走蒲河，或走懿路。”

“蒲河是所名吧？”汪可受问。

“是。”邹之易应道。

“是千户所，是百户所？”汪可受问。

“是蒲河千户所。”邹之易说。

“属哪卫？”汪可受问。

“属沈阳中卫，在卫城北。”邹之易说。

“懿路也是所名吧？”汪可受问。

“是。”邹之易应道。

“也是千户所吧？”汪可受问。

“是。”邹之易问。

“属哪卫？”汪可受问。

“属铁岭卫，在卫城北。”邹之易说。

“沈阳在辽阳北，对吧？”汪可受问。

“对。”邹之易应道。

“铁岭又在沈阳北，对吧？”汪可受问。

“对。”邹之易应道。

“不管趋蒲河，抑或趋懿路，都是往北。”汪可受说。

“是往北。”邹之易应道。

“子常选择出辽阳、蒲河，或辽阳、懿路，目的何在？”汪可受问。

“横遏其冲。”邹之易说。

“出广顺，直捣其巢；出靉阳，堵截其锋；出淯河，或出懿路，横遏其冲，这是子常在辽东的完整部署吗？”汪可受问。

“是。”邹之易应道。

“不管怎样，说得出广顺，说得出靉阳，说得出蒲河，说得出懿路，可见子常对辽东之事，是用过许多心思的。子常不妨把三路出兵再想具体些，待京甫兄主政辽东时，可以和他详议，”汪可受说着，问道，“子常看如何？”

“详议于京甫先生，不如直接详议于朝廷。”邹之易说。

汪可受愣了愣，道：“也可以呀。”

第四百九十一章

五月初一日午后未时左右，南京大理寺少卿董应举洗过脸后，端起铜盆出屋，站在门口，把水泼在院子当中。

盛夏时节，正午才过，阳光照射在院子里，照射在才泼出去的水上，似蒸笼一般，眼看着水气一股一股地升起，地面很快又变得干燥。

董应举看着地面的变化，若有所思。本来拎着铜盆，发觉盆里还有水渍，他把盆举起，让阳光照进盆里。很快，盆里的水渍也被晒干。

他看着盆里，本来是想看看水干没干，结果，却发现铜盆明亮无比，底部似一片镜子，可以看得出小半个太阳的影像。

他往前走两步，从铜盆底部可以看见半个太阳的影像。

他走到院子当中，从铜盆底部可以看见整个太阳的影像。

他才要放下胳臂，忽然停住。从太阳的影像中，他似乎看到什么。于是，他把胳臂举得更高，换个角度，再看铜盆底部太阳的影像。这次，原来似乎看到的东西，变得清晰。他专注地看着太阳的影像，专注地看着太阳影像中那个让他感到奇特、感到不安的东西，忘记盛夏午后的酷热，忘记在太阳暴晒之下已经大汗淋漓。

一个家仆从旁边走过，提醒他："老爷往树阴里挪挪呀。"

"为何要挪？"董应举问。

"老爷一头的汗，再晒下去，要中暑的。"该仆说。

"挪不得，一挪，则见不到。"董应举说。

"老爷在看何物？"该仆问。

"你也来看看。"董应举不但自己不挪到阴凉里去，还把该仆招呼到太阳直晒之下。

"小的看哪儿？"该仆问。

"盆里。"董应举指着铜盆说。

"小的自个儿举着。"该仆接过盆去，模仿董应举的样子，把铜盆举起来，往里面看。

“看不看得到？”董应举问。

“看得到。”该仆应道。

“看到何物？”董应举问。

“干干净净，一尘不染。”该仆说。

“谁问你干净不干净！”董应举道，“我是问，盆底有没有映出天来！”

“老爷一说，小的看到，盆里着实有片天。”该仆说。

“有没映出日来？”董应举又问。

“盆里还真有个日。”该仆说。

“你仔细看日。”董应举命道。

“是，”该仆应道，“小的再仔细看过。”

“有没看到奇特之处？”董应举问。

“老爷一说，小的还真看到奇特之处。”该仆说。

“是何奇特之处？”董应举问。

“天上的日头，谁个敢抬头望之？铜盆里的日头，尽管放眼望去。”该仆说。

“谁问你敢不敢望去！”董应举道，“我是问，除日头外，你还看到何物！”

“老爷说的是天上之物，还是日头里之物？”该仆问。

“日头里之物。”董应举道。

“日头里有物，小的没看到。”该仆说。

“你睁大眼睛看！”董应举道。

“小的眼睛小，睁不了老爷那么大。”该仆说。

“你全神贯注看！”董应举道。

“小的是在全神贯注看。”该仆说。

“你看这个地方。”董应举说着，指了指太阳影像的某处。

“是。”该仆应道。

“看到奇特之物吗？”董应举问。

“小的没看到。”该仆说。

“你离近些看。”董应举命道。

“是。”该仆边应，边把脸往前凑。

“这次看到吧？”董应举问。

“小的还是没看到。”该仆说。

“你再离近些看。”董应举又命道。

“是。”该仆几乎把头探进铜盆里。

董应举见他不再动弹，问道：“还没看到吗？”

“还没看到。”该仆说。

“我看你就是个瞎子！”董应举恼道。

一个多时辰以后，南京两名大臣，一是南京吏部署部侍郎沈应文，一是南京刑部署部侍郎卫一凤，在街上相遇。

“鸣岐先生见到崇相否？”沈应文问。

“崇相也去过吏部？”卫一凤反问。

“看来，鸣岐先生见到崇相。”沈应文从卫一凤话里听出来。

“看来，崇相去过吏部，”卫一凤也从沈应文话里听出来。他问，“鸿儒先生，崇相不是空手去的吧？”

沈应文字鸿儒，浙江余姚人，隆庆二年进士。卫一凤字鸣岐，山西阳城人，万历八年进士。

“这个后生拿那家什也去过刑部？”沈应文反问。他的官宦生涯有五十年，虽然董应举也是一大把年纪，但在他眼里，仍是后生一个。

“那可是崇相祖传的宝贝，不是一般的家什。”卫一凤说。

“这却没听他炫耀过，”沈应文回应一句，又问，“他去刑部，是不是要鸣岐先生借着它来观天？”

“更准确地说，是借着它来观日。”卫一凤道。

“对，是观日，”沈应文点点头，又问，“鸣岐先生看到他家那祖传宝物映出的日头吗？”

“看到。”卫一凤应道。

“看到的日头很完整吗？”沈应文问。

“很完整。”卫一凤道。

“看到的日头很清晰吗？”沈应文问。

“很清晰。”卫一凤道。

“但崇相要你看的，并不是完整的日头，对吧？”沈应文又问。

“对。”卫一凤应道。

“也不是清晰的日头，对吧？”沈应文问。

“对。”卫一凤应道。

“他要你从日像中找出奇特之处，对吧？”沈应文问。

“更准确地说，是要从日像中找出黑眚。”卫一凤道。

“对，是找出黑眚，”沈应文点点头，又问，“鸣岐先生从日像中找出黑眚来吗？”

“没有，”卫一凤道，并反问，“崇相是不是也要鸿儒先生从日像中找出黑眚来？”

“是。”沈应文应道。

“鸿儒先生找出来没有？”卫一凤问。

“也没有，”沈应文道，并反问，“他是不是要鸣岐先生睁大眼睛看？”

“是。”卫一凤应道。

“你怎说？”沈应文问。

“我说，眼睛已睁到最大。”卫一凤道。

“他是不是要鸣岐先生全神贯注看？”沈应文问。

“是。”卫一凤应道。

“你怎说？”沈应文问。

“我说，已全省贯注，”卫一凤道，并问，“崇相是不是也要鸿儒先生睁大眼睛看？”

“是。”沈应文应道。

“鸿儒先生怎说？”卫一凤问。

“我说，我眯起眼睛才看得清。”沈应文道。

“他是不是也要鸿儒先生全神贯注看？”卫一凤问。

“是。”沈应文应道。

“鸿儒先生怎说？”卫一凤问。

“我说，老眼昏花，越集中精神，眼前越是模糊一片。”沈应文道。

“鸿儒先生回答得比我高明。”卫一凤说。

“但崇相不管回答高明不高明，仍不罢休，对吧？”沈应文又问。

“对。”卫一凤应道。

“不管是回答眼睛已睁到最大，还是回答只能眯起眼睛看，无论是回答已经全神贯注，还是回答老眼昏花，他仍要鸣岐先生看，对吧？”沈应文问。

“对。”卫一凤应道。

“他会指着日像中的一处让鸣岐先生看，对吧？”沈应文问。

“对。”卫一凤应道。

“鸣岐先生所见若何？”沈应文问。

“似明似晦。”卫一凤说。

“有无阴影？”沈应文问。

“似有似无。”卫一凤说。

“是否黑眚？”沈应文问。

“似是似非。”卫一凤说。

“崇相却怎说？”沈应文问。

“他说，似明似晦，即晦也；似有似无，即有也；似是似非，即是也，”卫一凤道，并反问，“不管是回答只能眯起眼睛看，还是回答眼睛已经睁到最大，无论回答老眼昏花，还是回答已经全神贯注，他也仍要鸿儒先生看，对吧？”

“对。”沈应文应道。

“他会指着日像中的某一处让鸿儒先生看，对吧？”卫一凤问。

“对。”卫一凤应道。

“鸿儒先生所见如何？”卫一凤问。

“似晦似明。”沈应文说。

“有无阴影？”卫一凤问。

“似无似有。”沈应文说。

“是否黑眚？”卫一凤问。

“似非似是。”沈应文说。

“鸿儒先生把晦置于明前，把无置于有前，把非置于是前，是为说明，你的回答和我的回答有所区别？”卫一凤问。

“不是为说明你我回答的区别，而是告诉崇相，在晦明、无有、非是之间，哪一头的成分多些。”沈应文道。

“鸿儒先生回答得比我周全。”卫一凤说。

“但崇相不管回答得周全不周全，仍不罢休，对吧？”沈应文又问。

“对。”卫一凤应道。

“他会苦口婆心地给鸣岐先生讲解，要鸣岐先生相信日中确有黑眚，对吧？”沈应文问。

“对。”卫一凤应道。

“他会苦口婆心地给鸣岐先生讲解，要鸣岐先生相信，他曾见日旁黑气游移，忽入日中，日光荡转不定，旋为黑饼，盖于日上；黑出，日光奄奄如紫，少顷，黑气又作；复入，日光荡转，黑盖如前，变为淡黄。对吧？”沈应文问。

“对。”卫一凤应道。

“鸣岐先生怎回复他？”沈应文问。

“我说，崇相形容黑眚之出，有如亲眼所见，”卫一凤道，并反问，“他也会苦口婆心地给鸿儒先生讲解，要鸿儒先生相信日中确有黑眚。对吧？”

“对。”沈应文应道。

“他会苦口婆心地给鸿儒先生讲解，要鸿儒先生相信他所见黑眚游移之状。对吧？”卫一凤问。

“对。”沈应文应道。

“鸿儒先生怎回复他？”卫一凤问。

“我说，崇相亲眼所见，为何必要我信之？”沈应文道。

“鸿儒先生回答得比我尖刻。”卫一凤说。

“但崇相不管回答得尖刻不尖刻，仍不罢休，对吧？”沈应文问。

“对。”卫一凤应道。

“他还会不厌其烦地给鸣岐先生讲解，要鸣岐先生相信唐人李淳风的阐述：政法不明，号令不常，君德不光，日生青黑。对吧？”沈应文问。

“对。”卫一凤应道。

“他还会不厌其烦地给鸣岐先生讲解，有曰‘郊祀勿恭，乃生黑氛’。对吧？”沈应文问。

“对。”卫一凤应道。

“他还会不厌其烦地给鸣岐先生讲解，有曰‘臣挟私党，乃生黑氛’。对吧？”沈应文问。

“对。”卫一凤应道。

“他还会不厌其烦地给鸣岐先生讲解，有曰‘黑日与日对或合，胡狄来华’。对吧？”沈应文问。

“对。”卫一凤应道。

“他还会不厌其烦地给鸣岐先生讲解，有曰‘日出入时，有黑日掩日，化外侵中国，掩尽则祸不可言’。对吧？”沈应文问。

“对。”卫一凤应道。

“他还会不厌其烦地给鸣岐先生讲解，省咎补过则吉。对吧？”沈应文问。

“对。”卫一凤应道。

“鸣岐先生怎回复他？”沈应文问。

“我说，崇相欲上言时政，此事大可写疏，”卫一凤道，并反问，“他也会不厌其烦地给鸿儒先生讲解，要鸿儒先生相信李淳风所言。对吧？”

“对。”沈应文应道。

“他也会不厌其烦地给鸿儒先生讲解，要鸿儒先生相信，有郊祀勿恭、臣挟私党、胡狄来华、化外侵中国等事，黑眚乃生。对吧？”卫一凤问。

“对。”沈应文应道。

“他也会不厌其烦地给鸿儒先生讲解，要鸿儒先生相信，省咎补过则吉。对吧？”卫一凤问。

“对。”沈应文应道。

“鸿儒先生怎回复他？”卫一凤问。

“我说，崇相为官二十年，我为官五十年。以灾异陈言，你我听到的还少吗？”沈应文道。

“鸿儒先生回答得比我犀利。”卫一凤说。

“但不管回答得犀利不犀利——”沈应文开个头，却没说下去。

卫一凤觉得他这次开口和前面好似一样，又好似不一样；没说下去，是因为没什么可说的，董应举在刑部见他时，也是到此为止。

但沈应文还有话说。他问：“鸣岐先生说，究竟是崇相辈没见识，还是我已老朽，已麻木？”

“鸿儒先生为何这么问？”卫一凤没办法回答，只好反问。

“鸣岐先生回复道，此事大可写疏，多少还有激励之意，我却是一桶冷水，劈头盖脸地泼过去。”沈应文说。

“老实说，我也并没想激励他，”卫一凤无法接受沈应文为他说的好话，“说到老朽，说到麻木，我和鸿儒先生是一样的。我难道看不出，灾异因时政而生？我难道不懂得，灾异既生，正是臣子力陈时政弊端的机会？但我却没接受他的邀请，一起以天变上疏，请朝廷修省。唯愿我等之老朽，之麻木，不会打消崇相辈的激情。”

“是啊，但愿崇相不因我辈之老朽、之麻木，而变得萎靡；更愿崇相上疏后，皇上自省，廷臣踊跃。”沈应文说。

董应举没因为沈应文、卫一凤等老资格官员的无动于衷而放弃，仍然上疏，以天变而言及朝政；但皇帝并没有因为沈、卫等的反省和祈愿而改变，对董应举的奏言置之不理。

第四百九十二章

江西饶州城里，最华贵的院落当属淮王府。

天色已晚，常洪在淮王府较为偏僻的一侧围墙外，走来走去。他在王府外而不在王府内，是因为父王已经把他打发到王府外居住。他在王府外的侧面而不在正面，一是因为担心被别人看到，二是进王府办事的人让他在这一侧接应。

角落的小门打开，从里面出来的不是一个人，而是两个人。

前一人是宗人翊鉟，不会有错。论辈分，他是常洪的叔叔，但他出自旁系的旁系，别说将军，连中尉也没封上。常洪住在王府时，绝想不到会和他有交情，会和他一起商量事，一起办事。离开王府后，二人开始来往，短短一两个月，竟成莫逆之交。常洪发觉，翊鉟不但很有心计，而且很有胆量。

比如，今日去王府盗物，就是翊鉟策划的，也是他自告奋勇亲自出马。

但跟在翊鉟身后，又出来一人，让常洪心头一紧。

那人比翊鉟矮有半头，从身段上看，更像个女子，但却是男人的装束。更引起常洪紧张和警觉的是，一块头巾遮住他的脸，看上去连眼睛有没露出来。

莫非他们合计的事情败露？莫非跟在翊鉟身后的是王府的承奉，而跟在他二人身后的，还有一队王府的甲士，他们是来抓捕自己的？

还好，二人出来后，翊鉟随手把门带上，他们后面没有一队甲士。

翊鉟转过身来向他招手，看来，不存在危险。

常洪迎过去，他们走过来。越走越近，当面对面时，常洪忽然呆住。

他无法相信眼前的事实：跟随翊鉟出来的，果然是个女子；而且，不是别的女子，是他这些日子朝思暮想的女子！

“爱儿，是你吗？”常洪问。

“你应该叫我母妃，至少应该叫我庶母。”那女子虽然这么说，却一下扑到他怀里。

“这是怎么一回事？”常洪转过头问翊鉟。

“我知道殿下心里惦记何事，所以，顺便把你母妃带来。”翊鉟说。

“那件事呢？是否得手？”常洪问。

“我既答应殿下出手，怎会得不了手！”翊鈋说着，从怀里取出一个黄锦包裹的匣子，在常洪面前一晃。

“你顺便给我带来一个大活人，自个儿有没有顺便也取点儿什么东西？”常洪问。

黄锦包裹的匣子，翊鈋是从左边的怀里取出来的，他指指右怀，说：“都在这儿呢，回去再看。”

“淮府之事可查清楚？”皇帝问。

司礼掌印太监和提督东厂太监都在，皇帝不指明谁来回话，亦即，谁回话都可以。但皇帝既然用个“查”字，成敬以为，还是由魏伸回话为好。所以，他没出声。

魏伸也知道，应该由自己回话；但他还是略等了等，确定成敬不会回话，这才开口。

“奴才已查清楚。”他说。

“确如守臣所言？”皇帝又问。

第一代淮王，是仁宗皇帝第七子，初封于广东韶州，后改封于江西饶州。皇帝说的守臣所言，应该是饶州府，分守、分巡道，布、按二司，江西巡抚，以及监造瓷器太监和榷税太监所上奏章；其中，以巡抚所上奏章最为权威，也是最后的结论。

“确如守臣所言。”魏伸应道。

“你具体给朕说说。”皇帝命道。

“奴才先给爷说说案中牵涉的四个人吧？”魏伸请旨。

“好。”皇帝点头。

“守臣疏中涉及的第一人，是今淮王殿下。”魏伸说。

“今淮王是谁个？”皇帝问。

“翊钜。”魏伸道。

“和朕是同辈。”皇帝对成敬说。

“爷说的是。”成敬应道。

“今淮王哪年袭封？”皇帝问。

“前淮王殿下万历二十三年薨，今淮王殿下同年封世子，二十六年袭封淮王。”魏伸说。

“这么说，翊钜封世子和前淮王薨在同年？”皇帝又问魏伸。

“是。”魏伸应道。

“前淮王是哪年袭封的？”皇帝问。

“这个，奴才没查过。”魏伸被问住。

“老成，你记得吗？”皇帝问成敬。

“似于万历八年。”成敬说。

“你不用留余地。你既记得，是不会错的，”皇帝说着，问魏伸，“八年袭封，二十三年薨，中间相隔十五年，却未封世子，其中原委，你查过没有？”

“这事奴才倒是查过。”魏伸说。

“是何缘故？”皇帝问。

“前淮王无嫡子，翊钜是庶一子。”魏伸说。

“朕想也是如此，”皇帝说着，命道，“老魏，接着说！”

“守臣疏中涉及的第二人是世子常清。”魏伸说。

“和洵儿、洛儿等同辈。”皇帝对成敬说。

“爷说的是。”成敬应道。

“常清何人所出？”皇帝问魏伸。

“陈妃。”魏伸道。

“陈妃可是正妃？”皇帝问。

“是。”魏伸应道。

“这么说，常清是嫡子？”皇帝道。

“爷说的是。”魏伸应道。

“他哪年封的世子？”皇帝问。

“四十四年。”魏伸道。

“名分已定两年，怎还闹出事来？”皇帝问。

“名分未定，或许还闹不出这大的事。”魏伸道。

“也是，”皇帝点点头，命道，“老魏，接着说！”

“守臣疏中涉及的第三人是王府女子王爱。”魏伸说。

“你说王府女子是何意？”皇帝问。

“她以今淮王偏妃名义住进王府，实际上，却并非妃子。”魏伸说。

“你是说，她冒妾额？”皇帝问。

“是。”魏伸应道。

“翊钜为何要她冒妾额？”皇帝问。

“因为今淮王殿下喜爱她。”魏伸说。

“既喜爱，何不设法奏请立为偏妃？”皇帝问。

“以王爱的身份，不可能册为偏妃。”魏伸说。

“她是何身份？”皇帝问。

“青楼女子。”魏伸道。

“这就难怪，”皇帝点点头，命道，“老魏，接着说！”

“守臣疏中涉及的第四人是庶子常洪。”魏伸说。

“常洪何人所出？”皇帝问。

“今淮王殿下偏妃某。”魏伸道。

“守臣未详述？”皇帝问。

“守臣未详述，奴才也没查出来。”魏伸说。

“按照你排列的顺序，常洪是最后一人；实则，淮府事变中，他是最重要一人。是不是？”皇帝问。

“是。”魏伸应道。

“好，你下面可以讲述淮府的事变。”皇帝命道。

“是，”魏伸应一声，请旨道，“奴才再给爷说说四件事吧？”

“好。”皇帝点头。

“第一事，今淮王殿下喜妓女王爱，使她冒妾，住入王府。”魏伸说。

“此事你已说过。”皇帝指出。

“奴才说是说过，但只说一半。”魏伸道。

“另一半是何事？”皇帝问。

“使常洪抚于王爱名下，为之子。”魏伸说。

“老成看，王爱、常洪，本来是两个毫不相干的人，被翊钜生拉硬拽到一起。”皇帝对成敬说。

“爷说的是。”成敬应道。

“第二事呢？”皇帝又问魏伸。

“今淮王殿下爱屋及乌，由喜爱王爱，而惠及常洪，陈妃与常清皆失其爱。”魏伸说。

“四十四年，常清已册封世子。”皇帝指出。

“但由此而埋下祸根。翊钜有易嫡之意，王爱、常洪有夺嫡之意。”魏伸说。

“老成看，礼卿等会不会拿这件事作文章？”皇帝问成敬。

成敬知道，皇帝是以淮府易嫡，类比朝廷易储。但福王殿下已然就藩，这两件事应该没有什么可比的。

“礼卿等只可就事论事，没理由影射其他。”他说。

“第三件是何事？”皇帝又问魏伸。

“江西巡按陈于廷，晓之以理，翊钜不得不使常洪迁出王府居住。”魏伸说。

“老成，你记得此事吗？”皇帝问成敬。

“奴才不记得。”成敬道。

“你若不记得，朝廷应该不知此事。”皇帝说。

“奴才也是这么想的，”成敬道，“或许陈于廷见今淮王殿下既被说动，没将此事奏闻于朝。”

“朕就是想知道，陈于廷是哪方神圣，能说动翊钜，将所爱女子名下之子，迁出王府？会不会是因为他有个曾为阁老的兄长，翊钜才听从他的劝告？”皇帝问。

成敬知道皇帝说的是前阁臣陈于陛。他说：“陈阁老应该不是陈于廷的兄长。”

“不是吗？”皇帝问。

“不是，”成敬道，“据奴才所知，陈阁老是四川南充人，陈于廷却是南直隶宜兴人。”

“他是哪年进士？”皇帝问。

“隆庆二年。”魏伸说。

“五十年前的进士，仍官御史？仍派外差？”皇帝不由吃惊。

“陈御史巡按江西，不在今日，在将近二十年前。”魏伸说。

“亦即，在翊钜袭封王位之初，是吧？”皇帝问。

“是。”魏伸应道。

“第四件是何事？”皇帝问。

“常洪与宗人翊鍘合谋，自宫中盗出册宝、王爱，还有财货等。”魏伸说。

“他两个大概以为，册宝拿在手上，常洪今日即成为世子，日后即成为淮王。”皇帝道。

“他两个一定是这么想的。”魏伸附和道。

“他两个大概还以为，怀里揣着元宝等，即便成不了世子，成不了淮王，也可以衣食无忧。”皇帝又道。

“他两个一定也是这么想的。”魏伸附和道。

“老成，你说他两个是不是没长脑子？”皇帝转问成敬。

“爷为何说他两个没长脑子？”成敬反问。

“册宝在谁个手里，朝廷就册封谁个为藩王，天下藩府的册宝岂不都要被人盗走！”皇帝道。

“恐怕真的保不住。”成敬应道。

“再者，淮府若报失，他手里的财货，都成贼赃，哪个铺子敢收赃，哪个铺子敢为他销赃！”皇帝道。

“是没人敢收赃，敢销赃。”成敬应道。

“既然盗出册宝、财货，全无用处，他两个却还自鸣得意，是不是没长脑子？”皇帝问。

“爷这么一说，他两个是没长脑子。”成敬道。

“最让朕不解的是，翊鈏为何要把王爱盗出，”皇帝又说，“王爱若是常洪生母，常洪想母子团聚，把王爱接出来，还情有可原；王爱既然并非常洪生母，他为何在心里还惦念王爱？莫非不忘她养育之恩？”

“这一层，奴才也不解。”成敬说。

“老魏，你可知其中缘故？”皇帝又问魏伸。

“守臣倒是说过，奴才倒是也查过，常洪心里惦念王爱，是别有私情。”魏伸说。

“何谓私情？”皇帝问。

“奴才应该说，是别有奸情。”魏伸道。

“你是说，常洪烝其庶母？”皇帝恍悟。

“是。”魏伸应道。

“翊钜以常洪抚于王爱，给王爱一个名分；不料却成全王爱、常洪间的奸情。朕想，翊钜或许并非被陈于廷说动，而是得知他两个之间的奸情，故而将常洪迁出王府。”皇帝推测。

“爷说的是。”魏伸应道。

“老成，去听听礼卿如何议处！”皇帝命成敬。

“是。”成敬应道。

礼部议，王爱论死，常洪令自尽，翊鈏永锢高墙。

第四百九十三章

位于辽河上游的清河堡，建于山岭中，位置重要，是官军必守之地。守堡将领以为守堡兵力不足，请增援兵；以经略名义督战辽东的杨镐，也以为守堡兵力不足，增派一支援军。

驻守清河堡的参将邹储贤和他的副将凌云程翘首以待。几天后，援军赶到，二人出城数里相迎。

率领援军的将领是游击将军张旆。三将相见，先说两句客气话。

“张将军赶路辛苦。”邹储贤、凌云程齐慰劳道。

“好说，”张旆道，并说，“二位将军远迎，不敢当。”

因为熟悉，接下来的话就很随意。

“张兄，你得有个交代。”邹储贤说。

“交代？我有何事须交代？”张旆奇怪。

“张兄来前，可曾谒见部堂大人？”邹储贤问。

杨镐以兵部右侍郎经略辽东军务，并代替免职的李维翰，兼抚辽东，已于五月末出山海关。邹储贤说的部堂，只能是他。

“曾谒见。”张旆应道。

“部堂大人有何明谕？”邹储贤问。

“守住清河堡。除此之外，部堂大人还能有别的话！”张旆道。

“怎可能没别的话！”邹储贤摇头，“本月连失抚安、三岔儿、白家冲三堡，部堂大人没派一兵一卒；今清河堡周围尚未见敌，部堂大人却差派你老兄率兵来援，怎能一句交代也没有！”

“清河堡要紧，部堂大人倒是反复交代几遍。”张旆说

“这不用部堂大人说，我等心里都有数。”邹储贤说。

“那邹兄还想知道何事？”张旆问。

“张兄怎不开窍！”凌云程在一旁搭腔。

“我还真不懂邹兄的意思，老凌给我说说。”张旆道。

“家有千人，主事一人。清河堡的事，是邹兄作主，你和我辅之；还是你张兄作主，邹兄和我辅之？”凌云程问。

“部堂大人没说二兄听我号令。”张旆道。

“那是要张兄听邹兄号令？”凌云程问。

“部堂大人也没这么说。”张旆道。

“不是邹兄听张兄的，也不是张兄听邹兄的，只好各自号令。”凌云程说。

“两军共守一地，须得协同，怎可各自号令！”张旆道。

“张兄是何意？”凌云程问。

“邹兄、凌兄为主，我为客；邹兄为守堡参将，我为游击。攻守之计，大家商量，最终由邹兄裁定。”张旆说。

“张兄，这可是你说的！”邹储贤马上咬住他这句话。

“是我说的，怎么？”张旆问。

“不是我计较名分；但临战之际，何等之事都可能发生，总得有人出面决断。张兄今日说这话，日后可别后悔。”邹储贤道。

“我不后悔，邹兄也别后悔。”张旆说。

两天之后，三人在营帐议事。

“张兄已在堡城周围转过吧？”邹储贤问。

“是，”张旆应道，“这两天，凌兄陪我到处转了转。”

“哪处是水，哪处是路，张兄可有印象？”邹储贤问。

“已有印象。”张旆说。

“如何守堡，张兄可有想法？”邹储贤问。

“大致有些想法。”张旆说。

“愿闻高见。”邹储贤揖道。

“四个字：以攻为守。”张旆说。

“怎样以攻为守？出兵收复抚顺吗？”邹储贤问。

“收复抚顺肯定是做不到的；我是说，可于险要处设伏，待建夷攻清河时，袭击其后。”张旆道。

“此计虽妙，但张兄以为可行吗？”邹储贤问。

“我和凌兄议过，他以为可行。”张旆说。

“老凌以为可行？”邹储贤问凌云程。

“是，”凌云程应道，并反问一句，“邹兄是否以为不妥？”

邹储贤没回答他的反问，而问张旆：“部堂大人给张兄多少人马？”

“邹兄希望是多少人马？”张旆反问。

“当然是多多益善。”邹储贤道。

“这个数，够不够？”张旆说着，伸出三指。

“张兄是说，三万？”邹储贤问。

“邹兄说笑吧！”张旆道，“部堂大人在广宁城中，一下子未必集结得出三万大军，怎能以三万人与我！况且，部臣大人若以三万大军援守清河堡，那也不会着我率领，而会亲自统领。”

“我也知道，不可能是三万；我是想告诉张兄，部堂大人若给你三万人马，你怎样设伏都可以，但给你三千人马——”邹储贤顿了顿，又问，“你知我清河堡原有多少守军？”

“不知，”张旆摇头，并转问凌云程，“凌兄，清河堡有多少守军？”

“这个数。”凌云程说着，五指伸开。

“不会是五万人吧？”张旆也开个玩笑。

“清河堡有守军五万，还用得着张兄以三千军来援手吗！再者，张兄看，以清河堡城的规模，怎驻扎得下五万大军！”凌云程道。

“再者，”邹储贤补充一句，“五万大军也不是我和老凌指挥得了的。”

“那么，是五千。”张旆道。

“准确地说，是五千两百。”邹储贤告诉他具体的数字。

“足足一个整卫的兵力！”张旆叹道，“整个辽东，除清河，我不知还有哪个堡会用整整一卫人马来守！”

“但张兄并不觉着，率兵来援是多余的吧？”邹储贤问。

“我是否觉着多余，无关紧要；重要的是，部堂大人并不觉着派兵来援多余。”张旆指出。

“对，是部堂大人并不觉着派兵来援多余，”邹储贤重复之后，问道，“部堂大人并不觉着派兵来援多余，但部堂大人只差三千人来援。张兄说，他是以为差三千人马来援，可大破建夷于清河；还是以为差三千人马来援，才可守住清河？”

“应该是可守住清河。”张旆说。

“我还有一事请教张兄，”邹储贤说着，问道，“张兄拟用多少人马在堡外设伏？”

“借用邹兄的一句话，多多益善。”张旆道。

“这个数，够吗？”邹储贤边问，边伸出一指。

“储兄不会说一万人马吧？”张旆反问。

“两军合计八千人而已，我从哪儿给张兄找来万人！”邹储贤道。

“一千人设伏，是少。”张旆道。

“两千人呢？”邹储贤问。

“也少点儿。”张旆说。

“看来，张兄非得把带来的三千人用上不可。”邹储贤道。

“邹兄若再借拨一二千人，更佳。”张旆得陇望蜀。

“老凌，你听到吧？”邹储贤打算先扭转凌云程的想法，“你我曾议过，以五千人守堡，颇感捉襟见肘，今张兄还要再借去一二千人，是你部借给好，还是我部借给好？”

“不是你我小气，都难以借给。”凌云程说。

“那么张兄说的设伏——”邹储贤拖个长音，让凌云程自己说。

“如邹兄所言，此计虽妙，未必可行。”凌云程果然改口。

“张兄说呢？”邹储贤这才问张旆。

“二兄都以为不可行，我还有何话说！不过——”张旆口气一转，说，“有件事，我得提醒邹兄。”

“何事？”邹储贤问。

“建酋最爱读的书是《三国志演义》，邹兄可有所闻？”张旆反问。

“有所闻。”邹储贤道。

“我也爱读该书，张兄要说哪一段故事？”凌云程插话。

“诸葛孔明失街亭。”张旆道。

“《三国志演义》我没读过，是张兄给我讲讲这个故事，还是老凌给我讲讲这个故事？”邹储贤问。

“请凌兄讲吧。”张旆道。

“好，”凌云程应一声，讲述道，“却说蜀师出祁山，魏将张郃来战。蜀将马谡请为先锋，诸葛孔明虽知马谡言过其实，不堪委以重任，但禁不住他再三恳请，并愿立军令状，还是让他前去。马谡到街亭，不听副将王平苦劝，扎营山上。结果，被魏军切断水源，蜀军无心恋战，导致大败。后面就是诸葛孔明挥泪斩马谡的故事。”

“张兄，书中是这么说的吗？”邹储贤问张旆。

“大致不差，但还有个细节，”张旆补充道，“王平和马谡争执的结果是，马谡扎营山上，王平扎营山下。如果不是王平在山下策应，马谡根本无法突出重围，也就没有挥泪斩马谡的故事。”

“张兄是以马谡喻我吧？”邹储贤问。

“不敢，”张旆揖道，“储兄起自卒伍，身经百战，和只读兵书的马谡，不是同类人物。”

“不管张兄是不是以马谡喻我，但今清河堡建在山上，关门守堡，和马谡扎营山上有类似之处。这点不错吧？”邹储贤问。

“不错。”张旆应道。

“张兄提醒我，不可效仿马谡，被建夷围困在山，战不能战，守不能守，乃至一败涂地。这点不错吧？”邹储贤问。

“不错。”张旆应道。

“我也有件事，要提醒张兄。”邹储贤说。

“何事？”张旆问。

“若使张兄率一军驻扎山下，和当年王平扎营山下，是不是也有相似之处？”邹储贤反问。

“应该说，也有相似之处。”张旆道。

“王平扎营山下，不过是救出马谡一命，并未阻止蜀军大败，街亭失守。是不是这样？”邹储贤问。

“是这样。”张旆应道。

“莫非张兄也料定官军必败，清河堡必不守，故欲驻扎在外，也好救我一命？”邹储贤问。

“我并非此意，”张旆道，“一则，官军未必败，清河堡未必不守；二则，王平下山，只是另建一营，我却议设伏，是有区别的。”

“但伏军不足，结果却是一样的；张兄充其量赁应我突围，你我同到部堂大人帐下领罪，”邹储贤说着，问道，“张兄说，有没有这个可能？”

“有这个可能。”张旆承认。

“张兄受命，援我守堡，而不是援我歼敌。我看，不如你我同心，固守清河。建夷来攻，部堂大人自会再差援军，那时里应外合，胜算或许更大一些。”邹储贤说。

“也好，”张旆不再坚持，“我说过攻守之计最后由邹兄裁定；邹兄既裁定宜固守，我自当听命。”

七月十六日，建州旗军入鸦鹘关，逼近清河堡。清河堡三面为山谷，唯东面稍微平坦。建州旗军自东面入，对清河堡形成攻击之势。

官军紧闭城门，固守待援。

“大人，外出卒伍乞开门纳入。”守城门的官校来报。

“确是城中卒伍？”邹储贤问。

“卑职辨认过，确是城中卒伍。”守门官校道。

“他等为何出城？”邹储贤问。

“营中缺少柴火，不得不入山砍樵。”守门官校说。

“有多少人？”邹储贤问。

“约三五百人。”守门官校道。

“三五百人一起入山砍樵？”邹储贤连连摇头，并问其他将领，“说出来，你等信吗？”

“此事或有。”凌云程说。

“怎么？”邹储贤问。

“前两日我等议过：城中粮草充足，尚须多备柴火，免得建夷攻城之际，断了炊火。不想，建夷这快就攻上来。”凌云程说。

“但老凌命过三五百人入山砍樵吗？”邹储贤问。

“这却不曾命过。”凌云程道。

“张兄命过吗？”邹储贤问张旆。

“我也不曾命过。”张旆道。

“此事定有可疑，”邹储贤说着，又问守门官校，“你说辨认过，难道三五百人一一辨认过？”

“卑职只是一眼看上去，有许多人熟悉，怎可能一一辨认！”守门官校说。

“你能保证，除你一眼看上去熟悉的人之外，没有再多看几眼也认不出的人吗？”邹储贤问。

“卑职不能保证。”守门官校道。

“你能保证，这些无论看多少眼都不熟悉的人中，没有建酋的细作？”邹储贤问。

“卑职更不能保证。”守门官校说。

“张兄，”邹储贤转问张旆，“如果三百人中有一个细作，其他二百九十九人都是我卒伍，或五百人中有两个细作，其他四百九十八人都是我卒伍，放他等进城，你看是利大于弊，还是弊大于利？”

“千里之堤，毁于蚁穴，一细作混入城中，或会断送一城。”张旆说。

“老凌，你说呢？”邹储贤又问凌云程。

“张兄说的是。”凌云程道。

“故不可因小而失大，”邹储贤作出决断，命守门官校，“看好城门，不准放一人进来！”

数百城外的官军进不来城，只得四散逃去。他们有的被杀，有的被擒，有的擒后被杀；逃出去的，只有极少数人。

建州旗军围城数日，与其说在攻城，不如说在挖城，十人中两三人做出攻城的样子，七八个人倒在城墙下挖土。城上官军往下射箭，投掷石头，被其他人用盾牌挡开。

“张兄见识多，可见过这等攻城的？”邹储贤问张旆。

“没见过。”张旆摇头。

“老凌见过吗？”邹储贤又问凌云程。

“我更没见过。”凌云程道。

“你看他等这里挖一个坑，那里挖一个坑，莫非是想挖我墙角，把城墙挖塌？”邹储贤问。

“他要真这么想，邹兄尽管放宽心。此城修建得极为坚固，想城墙倒塌，够他挖上一阵子的。”凌云程说。

“他会不会挖洞之后，安放火药炸开城墙？”邹储贤担心地问。

“从未闻建夷会用火药，”凌云程说着，问张旆，“张兄听说过吗？”

“我也没听说过。”张旆道。

“但张兄看上去面有忧色呀。”邹储贤说。

“我在想，不是为的挖塌城墙，就是为的挖出这些土来。”张旆说。

“为的挖出这些土来？张兄何意？”邹储贤问。

张旆刚要说自己的想法，又摇摇头，道：“也不对呀！”

“何事也不对？”邹储贤、凌云程齐问。

“但愿我是胡思乱想。”张旆的回答让人不得其解。

等到第五天黄昏时，城外出现一员将领，骑在马上，向着城上高声叫道：“请出你家主帅，我有话对他说！”

说的是纯正的汉话，肯定是个汉人。

登上城门的，不止邹储贤一人，还有其他将领。

骑马的将领看清是邹储贤，招呼道：“邹兄，别来无恙！”

“李——”邹储贤也看清他，本来要像平常一样称呼他，想想不对。于是直呼其名，“李永芳，你来作甚！”

那将正是原抚顺关守将、关破后归降建州的李永芳。

“一来，给邹兄指条明路；二来，为我新主人夺取此城。”李永芳说。

“你说的明路，就是你走过的那条路吧？”邹储贤问。

“正是。”李永芳应道。

“你说的新主人，就是建酋努尔哈赤吧？”邹储贤又问。

“我新主人，乃大金国英明汗，邹兄不得出言不逊！”李永芳道。

“什么大金国，什么英明汗，我一概不关心！我只想知道，做异族爪牙，心里是不是很安逸呀？”邹储贤问。

“邹兄，实话告诉你，是朝廷视人家为异族，人家从不视我辈为异族！我一归顺，英明汗即封我为将，并应允以孙女下嫁。只要攻下清河，我就是额驸。你说，为大明朝廷卖命，几时能有这等待遇！”李永芳道。

“只有无耻之徒，才说得出如此无耻之话！再者，你断定攻得下清河？攻不下清河，建酋会给你怎样的赏赐？我看，他会拿你这颗人头徇众！”邹储贤说着，命道，“放箭！”

城楼上一阵乱箭射下，李永芳退出箭的射程之外。

次日拂晓，本来也睡不安稳的邹储贤被外面的呐喊声惊醒。他和其他将领登上城门时发现，建州旗军已发起总攻。最让他们触目惊心的是，昨日天黑前还散堆在各处的泥土，已被垒成和城墙齐高的高台。高台一面挨着城墙，另外三面用泥土都垒起一层一层的台阶。建州官兵从台阶拥上高台，跳上城墙，和守城的官军厮杀起来。

“挖出泥土的用处，我模模糊糊想到；我没想到的是，一夜之间能完成这个工程！”张旆叹道。

“张兄，没听从你议，于城外设伏，我有些后悔。”邹储贤则说。

当日，清河堡失陷，邹储贤等战死。

第四百九十四章

新任辽东巡抚周永春赶到广宁，和杨镐会合。

“汝欣先生再等一两日，我挥师东进，就把衙门腾出来。”杨镐说。

周永春字汝欣，山东金乡人，万历二十九年进士。

“京甫先生是不是嫌我来得太快？”周永春笑道，“京甫先生在辽东一日，此衙门一日姓杨，不姓周。”

“此言差矣，”杨镐道，“衙门是巡抚衙门，汝欣先生一日不来，此衙门一日姓杨；汝欣先生今日既来，此衙门则改姓周。莫非汝欣先生以为，朝廷既已委任辽抚，无须另差大臣经略？”

“好，好，算我言之有误，”周永春又笑着说。“不过，实不相瞒，我真是日夜兼程赶来的。”

“汝欣先生为何匆匆赶来？”杨镐问。

“一则为公贺，一则为己忧。”周永春说。

“我有何喜事，值得汝欣先生赶来道贺？”杨镐问。

“我抚辽的旨意颁下之前，皇上刚好赐予京甫先生尚方宝剑，”周永春说着，问道，“有这事吧？”

“有这事。”杨镐道。

“所以，我得赶来向京甫先生道贺。”周永春说。

“汝欣先生是说，皇上赐我尚方宝剑，此事值得一贺？”杨镐问。

“是啊，”周永春应道，“手上握有尚方宝剑，和手上无尚方宝剑，差别还是很大的。譬如，清河逃将陈大道、高炫等在押。京甫先生手上没有尚方宝剑，须得奏请朝廷，方可处置；京甫先生手上有尚方宝剑，不必奏请朝廷，即可斩之。”说着，问道，“京甫先生，是吧？”

“那倒是。”杨镐应道。

“京甫先生当真打算斩此二将？”周永春问。

“我决心才下，汝欣先生欲为之说情吗？”杨镐反问。

“不敢，”周永春道，“我也看出，此二将非斩不可；不斩。京甫先生难以立威。再者，清河守将，斩之不足惜。”

“斩之不足惜，这话怎讲？”杨镐问。

“京甫先生可知，京师人怎看抚顺、清河之失？”周永春反问。

“抚顺之失，听过京师的一些议论；清河之失是近日的事，未听到京师的议论。”杨镐说。

“建酋先取抚顺、清河，抚顺、清河先失，是因二地临近建州。抚顺、清河之人，始而与建夷以兄弟相结，继而与建夷以婚姻相通，开市年久，华夷防疏。”周永春述道。

“这话有失公允，”杨镐驳道，“抚顺有降夷之李永芳，亦有战死之王命印；清河有逃之夭夭之陈大道，亦有为国捐躯之邹储贤，怎可不分良莠，一概而论！”

“所谓抚顺、清河之人如此，并非抚顺、清河人人如此。要是人人与建夷以兄弟相结，以婚姻相通，建酋何须起兵取之？但既有与建酋以兄弟相结、以婚姻相通之人，不管是一两个，是三五个，再要二地官军齐心御贼，是不可能的，”周永春说着，问道，“京甫先生难道不这么看？”

“我是这么看。”杨镐认可。

“所以，似陈大道、高炫这等将官，斩之不足为惜。”周永春说。

“我把汝欣先生的意思归纳一下，”杨镐道，“朝廷赐我尚方宝剑，我可以不用请于朝廷，径斩清河逃将。”说着，问道，“是这样吗？”

“还有一层意思：斩此逃将，京甫先生正可借以立威。”周永春说。

“好，不管斩此逃将，是否正可立威，我把这层意思加上，”杨镐说着，重述一遍。“朝廷赐我尚方宝剑，我可以不用请于朝廷，径斩清河逃将，借以立威。”述罢，问道，“是这样吗？”

“是。”周永春应道。

“故朝廷赐我尚方宝剑，对我来说可贺，是吧？”杨镐又问。

“是。”周永春应道。

“我真该和汝欣先生有一样的想法。”杨镐叹道。

“京甫先生难道不这么想？”周永春转过来问他。

“且不说我怎想，请汝欣先生再说说，为何事而忧？”杨镐道。

“同样为朝廷才赐京甫先生尚方宝剑。”周永春说。

“不错，我手上是有尚方宝剑，但与汝欣先生有何干系？皇上赐我尚方宝剑，得斩总兵以下官。巡抚都御史，是总兵以下官，还是总兵以上官？当初宁远伯镇守辽东，恐怕也不敢以巡抚都御史为总兵以下官吧？”杨镐不仅从他话里引申出这一层意思，还加以批驳。

“巡抚都御史与巡抚都御史不同，京甫先生不知吗？”周永春道。

“有何不同？”杨镐问。

“京甫先生知我是哪科出身？”周永春反问。

“这却不记得。”杨镐说。

“是辛丑科。”周永春告诉他。

“汝欣先生升迁之速超乎常人。”杨镐说。

“京甫先生也觉我升迁之速吧？”周永春道，又问，“京甫先生知我抚辽前为何职？”

“是寺卿吧？”杨镐似乎有点儿印象。

“是太常寺少卿。”周永春告诉他。

“少卿外差巡抚，间或有之。”杨镐说。

“但不是常规，对吧？”周永春问。

“对。”杨镐点头。

“今天下之事，辽东最棘手，朝廷却差资历不深、官位不高的人抚辽，其中深意，京甫先生不会品不出来吧！”周永春道。

“朝廷有何深意？”杨镐问。

“今日辽抚，经略大臣属僚也。”周永春道。

“辽抚就是辽抚，怎会成属僚！汝欣先生来前，我兼抚辽东，难道我自个儿也成属僚。”杨镐说着，连连摇头。

“京甫先生莫忘，我这么说是有前提的：京甫先生是哪一科的，我是哪一科的？京甫先生来前何职何衔，我来前何职何衔？总之，朝廷以辽东大局付与京甫先生，毋庸置疑。”周永春道。

“我再把汝欣先生的意思归纳一下，”杨镐不和他争辩这个问题，“朝廷把辽东大计付与我，汝欣先生受命抚辽，即为属僚。”说着，问道，“是这个意思吧？”

“朝廷任用资浅位轻的官员抚辽，这一点须得强调。”周永春说。

“好，我把这层意思加上，”杨镐说着，重述道，“朝廷把辽东大计付与我，而以资浅位轻的汝欣先生抚辽，足见有以辽抚为我属僚之意。”述罢，问道，“是这样吗？”

“是。”周永春应道。

“故朝廷赐尚方宝剑，对汝欣先生来说可忧，对吧？”杨镐又问。

“我的意思，是担心因我迟到而误事，并非朝廷赐京甫先生尚方宝剑对我来说可忧。”周永春解释。

“但总是可忧，对吧？”杨镐问。

“对。”周永春应道。

“汝欣先生大概不知，朝廷赐我尚方宝剑，可忧的不是你，也不是辽东的文臣武将们。”杨镐说着，脸上露出忧色。

“那是谁人？”周永春问。

杨镐没回答，只是指指自己。

“是京甫先生本人？”周永春问。

杨镐仍没回答，只是点点头。

“怎讲？”周永春边问，边自己推论，“是不是朝廷以辽东大计付与京甫先生，辽地再有失，京甫先生固然可以尚方宝剑斩失事官员，但朝廷也要追究京甫先生？”

“这是个原因，但还有更重要的原因。”杨镐说。

“愿闻其详。”周永春揖道。

“若守辽东，有辽抚足矣，无须另差员经略，汝欣先生说是不是这个道理？”杨镐问。

“是这个道理。”周永春应道。

“故朝廷命我经略辽东事务，不是要我屯兵守辽，而是要我出兵剿夷，汝欣先生说是不是这个道理？”杨镐问。

“是这个道理。”周永春应道。

“朝廷赐我尚方宝剑，是在催促我迅速出兵，汝欣先生说是不是这个道理？”杨镐问。

“是这个道理，”周永春应道，并问，“怎么，京甫先生不愿出兵？”

“出兵与否，不在愿与不愿，而在宜与不宜，”杨镐道，“近二十余年来，朝廷三次用兵，第一次用兵宁夏，第二次用兵朝鲜，第三次用兵播州。三大征中，我预其二，深知兵者，危道也，一定要慎之又慎。”

“京甫先生以为，今者不宜出兵？”周永春问。

“是，”杨镐应道，“汝欣先生不会不知道，征宁夏用多少人马，多少粮饷，今日朝廷还拿得出来吗？征朝鲜用多少人马，多少粮饷，今日朝廷还拿得出来吗？征播州用多少人马，多少粮饷，今日朝廷还拿得出来吗？故今日辽东之事，须得从长计议，不宜仓促出兵。”

“京甫先生的这些想法，可奏闻于朝呀。”周永春说。

“没用的，”杨镐道，“朝廷若不赐尚方宝剑，尚可言之；朝廷既赐尚方宝剑，促战之意既明，言之还有何用！所以我说，朝廷赐我尚方宝剑，是加在我头上的第一个紧箍咒。”

“京甫先生头上还有第二个紧箍咒？”周永春又问。

“对。”杨镐应道。

“却是何事？”周永春问。

“连日以来，相公、大司马及兵垣掌印等私函发之不断，红旗发之不断，”杨镐说着，反问，“汝欣先生不会不知道，这是何意吧？”

发红旗，乃促之出兵，周永春是知道的。阁臣方从哲、兵部尚书黄嘉善致私函与杨镐，发红旗与杨镐，催促出兵，他觉得是正常的；但兵科掌印也致私函与杨镐，发红旗与杨镐，他就觉得不太正常。毕竟都给事中，或者掌科给事中，比起阁臣、兵部尚书，地位相差太远；比起经略大臣，地位也相差太远。

“澹含兄也致私函与京甫先生？”周永春问。

兵科掌科给事中赵兴邦字澹含，北直隶高邑人，和周永春是同年进士。

“是。”杨镐应道。

“也发红旗与京甫先生？”周永春问。

“是。”杨镐应道。

“诸公催促京甫先生出兵，有何说法？”周永春问。

“师久饷匮。”杨镐说。

“说起来，还是粮饷一事。”周永春道。

“是。”杨镐应道。

“京甫先生头上还有第三个紧箍咒吗？”周永春又问。

“有。”杨镐应道。

“又是何事？”周永春问。

“恰是汝欣先生。”杨镐说。

“是我？”周永春大吃一惊。

“对。”杨镐应道。

“我怎也成紧箍咒？”周永春问。

“汝欣先生未来，我兼辽抚，以统筹辽事为名，留在广宁，还说得过去；汝欣先生既来，辽事有汝欣先生统筹，我只需专心应付与建夷的战事，还有理由赖在城里不走吗！”杨镐道。

“看来真是怪我，”周永春自责，“早知我也是加在京甫先生头上的紧箍咒，我用不着匆匆离京，匆匆赶路。迟到几日，也好多给京甫先生几日来筹措战事。”

“怪不得你，”杨镐宽慰他，“一则，朝命不可违，朝廷既降旨，你没有滞留京师、不即赴任的道理；二则，不管汝欣先生在京中拖延，还是在途中拖延，朝廷一句限期到任，汝欣先生还不是得匆匆离京，匆匆赶路；三则，即便暂缺汝欣先生这个紧箍咒，其他两个紧箍咒能松得了吗？所以，与建夷一战难免。”

“京甫先生说的是。”周永春应道。

第四百九十五章

户部主事洪启初主今年云南乡试，夏日离京，冬日还朝，一走就是半年，难怪本部尚书李汝华见到他，要道声辛苦。

“奉朝廷差遣，不敢言辛苦。”洪启初说。

“今差如何？”李汝华问。

“茂夫先生不是问下官，今次云南乡试，发现几个人才吧？”洪启初笑道。

“若在半年前，我或许乐意听尔还说说云南的才俊，”李汝华也笑道。朝廷推前吏部尚书赵焕再掌吏部，赵焕六月到任，他兼署吏部的差事即告终止。

洪启初字尔还，福建南安人，万历四十一年进士。

“有一事，正要禀告茂夫先生。”洪启初说。

“你说。”李汝华命道。

“下官以为，云南贡金是个大问题。”洪启初开宗明义地说。

“云南贡金有限呀，怎成大问题？”李汝华不解，并问，“尔还的意思，不会是再减吧？”

“下官说的，不是贡金之多寡。”洪启初道。

“那是何事？”李汝华问。

“滇地偏远，路途遥远，多激流恶水、崇山峻岭。云南贡金不多，然解之入京，却是个繁重的差役。”洪启初说。

“这我知道。”李汝华说。

“解贡金入京，会出人命，茂夫先生也知道吗？”洪启初道。

事情说得严重，李汝华问：“是因疾病而死，还是遇劫被杀？”

“都不是。”洪启初道。

“那是怎死的？”李汝华问。

“溺水而亡。”洪启初道。

“道路湿滑，跌入水中，也是有的。”李汝华说。

“并非因湿滑跌入水中。”洪启初道。

“那是因何跌入水中？”李汝华问。

“翻船。”洪启初道。

“水急浪高，舟行其中而翻，也是有的。”李汝华说。

“茂夫先生可知，在哪条江上翻的船？”洪启初问。

“不知。”李汝华摇头。

“在盘江。”洪启初道。

“应该是南盘江吧？”李汝华问。

“是南盘江。”洪启初应道。

“南盘江在云南境内，发于曲靖府南宁县，环云南、澂江、广西三府，复于曲靖府罗平州入黔，”李汝华述罢，问道，“尔还，我说的对不对？”

“对，”洪启初应道，并说，“没想到茂夫先生知道的这么清楚，该不是去过吧？”

“舆图志上读到的，没去过。”李汝华说。

“我却去过。而且，船翻人亡的事，就是在我过盘江前发生的；官府征集民夫打捞尸体，是我亲眼所见。”洪启初说。

“死多少人？”李汝华问。

洪启初五指平伸出来，摇了摇。

“五人？”李汝华问。

“是五十人！”洪启初道。

“竟有这多？”李汝华惊呼。

“贡金虽少，以五十军卒解之，却是不能再少。船翻于江，无一人生还。”洪启初说。

“可怜。”李汝华叹道。

“仅是可怜？”洪启初追问。

“尔还还要怎的？”李汝华反问。

“茂夫先生至少得说说，云南贡金是否害滇人？”洪启初道。

“是害滇人。”李汝华顺着他的意思说。

“我说云南贡金是个大问题，茂夫先生以为然否？”洪启初问。

“然。”李汝华应道。

“那么，云南贡金当废止否？”洪启初问。

“尔还若问应该不应该废止，我可以回答：应该废止。”李汝华道。

“茂夫先生是何意？”洪启初问。

“我意，尔还若问可以不可以废止，我却只能回答：不可废止。”李汝华道。

“既应该废止，怎却不可废止？”洪启初问。

“大战在即，尔还难道不知！”李汝华道。

“茂夫先生说的是辽东大战在即？”洪启初不会一无所知。

李汝华点点头，说道，“抚顺失陷，尔还应该是知道的。”

“是，”洪启初应道，“消息传来，差命甫下，下官尚未离开京师。”

“建酋公然启衅，上所谓七大恨书，尔还也应该知道。”李汝华说。

“消息传布，举朝震惊，我恰出京门。”洪启初道。

“其后，建酋连下沈阳之数堡，并攻占清河，尔还未必也知。”李汝华说。

“略有所闻，不知其详。”洪启初道。

“朝廷以京甫先生督师辽东，并赐给尚方宝剑，尔还也未必知道。”李汝华说。

“还京途中，听到只言片语，亦知之不详。”洪启初道。

“总之，眼下辽东大战一触即发。举朝上下议的都是加赋，尔还让我奏请废止贡金，恐怕不合时宜。”李汝华说。

“加赋？怎加？”洪启初问。

“天下田亩加赋，初步议定，亩加三厘五毫。因为辽东战事而加，已有名目，曰‘辽饷’。”李汝华说。

“亩加三厘五毫，不是个小数目。”洪启初道。

“在尔还看来，不是个小数目；在我看来，如昊亩加三厘五毫，能把辽事应付过去，就该多叫几声阿弥陀佛。”李汝华说。

“茂夫先生是说，‘辽饷’还要加？”洪启初问。

“很有可能。”李汝华道。

“不能不加辽饷吗？”洪启初问。

“不加辽饷，则弃辽东，尔还选哪一个？”李汝华反问。

“辽东不可弃；看来，辽饷非加不可。”洪启初说。

“朝廷上下对此几乎没有异议。”李汝华道。

“茂夫先生，下官还有个疑虑。”洪启初说。

“你是不是想说，加辽饷虽可应付辽东的局面，但势必引起天下动荡，好比是医得眼前疮，剜却心头肉？”李汝华问。

“此事利害，茂夫先生和满朝公卿一定再三权衡过；若有良策，朝廷一定不会采用医得眼前疮、剜却心头肉的拙劣法子。下官疑惑的，不是朝廷的大计，而是须得我户部处置的具体事项。”洪启初说。

“具体事项却是何事？”李汝华问。

“所加辽饷，如何运抵辽东？”洪启初道。

“此事朝廷已议定。”李汝华说。

“朝廷怎议的？”洪启初问。

“海运。”李汝华道。

“海运？”洪启初更加疑惑，“茂夫先生说的海运，不会是漕粮改海运而北吧？”

“不是。”李汝华道。

“那么，是辽饷自山东或北直隶入海，海运抵辽东？”洪启初问。

“对。”李汝华应道。

“下官记得，此前曾有议海运辽东者，未被朝廷采纳。”洪启初说。

“不错，此前朝廷确未采纳。”李汝华道。

“今次又有人议？”洪启初问。

“对，又有人议。”李汝华道。

“一议，朝廷即采纳？”洪启初问。

“对，一议，朝廷即采纳。”李汝华道。

“谁人有此力道，把一盘死棋盘活？”洪启初问。

“未必其人有力道，而是时势使然。”李汝华道。

“此人是谁？”洪启初追问。

“我的本家，西卿先生。”李汝华道。

“鲁抚西卿先生？”洪启初追问一句。

“对。”李汝华应道。

其实，李汝华和山东巡抚李长庚，一是豫人，一是楚人，不可能同宗；李汝华说本家，是句玩笑。

“不对呀！”洪启初忽道。

“怎的不对？”李汝华问。

“下官记得，西卿先生是万历四十四年巡抚山东的。自到任后，他一直言海运不便，”洪启初说着，问道，“茂夫先生，有这事吧？”

“有这事。”李汝华应道。

“他怎忽的转个弯，赞同海运？”洪启初问。

“朝廷不是一直也以为海运不便，今也忽的转个弯，采纳海运之议吗？”李汝华道，又说，“或许正因为西卿先生一直言海运不便，他忽的转个弯，才使得朝廷易被说服。”

“是吗？”洪启初却没那么容易被说服，他说，“下官记得，前言海运辽东者，议自登、莱入海。”

登即登州府，莱即莱州府，二府都在山东东北，与辽东隔海而望，应该是关内距辽东最近的地方。

“对。”李汝华应道。

“酉卿先生议从何处入海？”洪启初问。

“也从登、莱入海。”李汝华道。

“也从登、莱入海，和前议有何不同？”洪启初问。

“应该说，有同，有不同。”李汝华道。

“何谓有同？”洪启初问。

“前议海运者，曾以自登、莱下海至辽东的海运，和从淮安下海至辽东的海运、自天津下海至辽东的海运做过比较，尔还记不记得？”李汝华反问。

“记得。”洪启初应道。

“自淮安下海至辽东的海运，有何不便？”李汝华问。

“自淮安至胶州，虽仅三百里；但自胶州至登州，有千里之遥，且处处礁石阻碍，难以行船。”洪启初说。

“自天津下海至辽东的海运，有何不便？”李汝华问。

“天津至辽东，皆是大洋，无岛屿可借以泊船。”洪启初说。

“自登、莱下海至辽东的海运，有何便利？”李汝华问。

“一则，登、莱入海，至金州六七百里，至旅顺仅五百里，顺风时一二日可至；二则，即便逆风，须多几日，途中有沙门、皇城等岛居其中，天设屏障，可宿以避风；三则，皇城岛距旅顺，仅二百里，海舟候顺风时，半日可至。”洪启初说。

“可见，海运辽东，以登、莱为便，已是公论。朝廷昔日以为海运不便，酉卿先生昔日言海运不便，都是因为其他的缘故，而不是不宜自登、莱入海。”李汝华说。

“同者如此，何谓不同？”洪启初又问。

“行程不同。”李汝华道。

“酉卿先生以为，还有更好的行程？”洪启初问。

“对。”李汝华应道。

“他怎设计的行程？”洪启初问。

“自登州望铁山西北口开洋，至羊头凹；历中岛、长行岛，抵北信口；又历兔儿岛，至深井，抵达盖州。”李汝华述道。

“这就到辽东！”洪启初道。

“是啊，这就到辽东。”李汝华应道。

“这段行程，有多少里？”洪启初问。

“约千里。”李汝华道。

“茂夫先生是说，登、莱至盖州约千里？”洪启初问。

“不是我说的，是酉卿先生说的；酉卿先生也不是空口一说，他是一段一段计算出来的。”李汝华道。

“登、莱至金州仅六七百里，至旅顺仅五百里，至盖州则千里，舍金州、旅顺，而取盖州，岂不是舍近求远？”洪启初问。

“不仅路程较远，而且，金州东、西、南三面滨海，盖州则仅西面临海。”李汝华说。

“我以为茂夫先生要说，酉卿先生改变行程有改变行程的道理；这么一比较，改变得更没道理。”洪启初道。

“一则海运的路程远，一则仅以一面临海，看似改变的没道理，实则有改变的道理。”李汝华说。

“怎讲？”洪启初请教。

“譬如，辽饷运至辽东，用在何处？”李汝华问他。

“这还用说，何处官军集中，则用在何处。”洪启初道。

“何处官军集中？”李汝华又问。

“一则辽阳，一则广宁。”洪启初道。

“以辽阳而言，尔还可知，金州距辽阳多少里？”李汝华问。

“下官记得，约六百里。”洪启初说。

“盖州距辽阳多少里？”李汝华问。

“二百余里。”洪启初说。

“尔还该懂得，改变行程有好处吧！”李汝华道。

“下官看出来，”洪启初点点头，说道，“至金州，陆运须六百里；至盖州，陆运仅须二百里。海运之费远低过陆运之费，原来酉卿先生改变行程的目的，在于加长海运，缩短陆运。”

“朝廷原来不采纳海运之议，酉卿先生原来言海运不便，都是因为海运之后又须长途陆运。今开辟另一航道，使陆运之程大为减少，所以，酉卿先生改而赞同海运，朝廷改而采纳海运之议。”李汝华进一步引申。

“但盖州一面临海，金州三面临海，优劣又该怎说？”洪启初问。

“优劣不在一面临海，抑或三面临海。”李汝华道。

“那在何事？”洪启初问。

“辽河在盖州入海，入海前一段，河面宽阔，海舟可驳入约一百二十里，抵达娘娘宫，再登陆。”李汝华说。

“亦即，陆运又可减少一大段。”洪启初道。

“对，”李汝华应道，“自娘娘宫陆运至辽阳，仅一百六十里，至广宁，仅一百八十里。”

“此一海运，耗费几多？”洪启初提出最后一个问题。

“每石不超过一金。”李汝华说。

“那可真是节省不少，户部没有不赞成的道理！”洪启初道。

第四百九十六章

万历四十七年年节前后，原驻辽东官军、新近招募官军、各地援辽官军，陆续会聚。杨镐邀蓟、辽总督汪可受、辽东巡抚周永春、辽东巡按陈王庭，共议进兵大事。

“思承兄鞍马劳顿，要不要先歇歇？”杨镐问。汪可受来程未必最远，但在邀来的三人中资历最深，所以，他客气一句。

“京甫兄手捧尚方剑，我可不敢误你的事。”汪可受说。

“汝欣先生，还记得我对你说的话吗？”杨镐问周永春。

“尚方宝剑是加在京甫先生头上的第一个紧箍咒，是这句吗？”周永春反问。

“等等，”杨镐没来得及回答，汪可受抢先问道，“尚方剑怎成加在京甫兄头上的紧箍咒？”

“汝欣先生既然提到这一句，还是请汝欣先生告诉思承兄吧。”杨镐对周永春说。

“京甫先生的意思，朝廷赐下尚方宝剑，想要不出兵都不可能。”周永春简而言之。

“看来，京甫先生对进兵有顾虑。”陈王庭插话。

“他有顾虑，却召我等来议进兵之事；看来，他是想摘下头上的紧箍咒，套在我等头上。”汪可受说。

听他这话，周永春、陈王庭忍不住要笑。

“我倒想改套在思承兄头上，但改得了吗？”杨镐苦笑道，又说，“我问的不是这一句，汝欣先生须得自罚。”

“是。”周永春应一声，作饮酒状。

“不是罚酒。”杨镐道。

“不罚酒，怎罚？”周永春问。

“罚你再想。”杨镐道。

“不是问紧箍咒这句，一定是问尚方宝剑斩不得思承先生那句。”周永春说。

“我不在场，京甫兄就说到以尚方剑斩我首级？”汪可受呼道。

“汝欣先生，你这不是在挑拨是非吗！”杨镐责备周永春。

“是我叙述得不准确，”周永春忙解释，“京甫先生绝没提到以尚方宝剑斩思承先生首级。他说的是，朝廷赐尚方宝剑，得诛总兵官以下，而我这个巡抚都御史不属于总兵官以下。我想，抚臣既然不属于总兵官以下，督臣更不属于总兵官以下。故他的尚方宝剑斩不得思承先生。”

“汝欣先生，真不知你在宽慰我，还是在威慑我。”汪可受道。

“是宽慰。”周永春说。

“对下官才是威慑呢。”陈王庭插话。

“对子藩怎会是威慑？”汪可受问。

陈王庭字子藩，北直隶卢龙人，万历三十五年进士。

“督臣、抚臣都不在总兵官以下，唯按臣在总兵官以下，京甫先生随时可取我项上人头呀。”他说。

“我初以为京甫先生手捧尚方宝剑，对我是个威慑，今思承先生、子藩先生也都以为对自己是威慑，可谓人人自危。”周永春说。

“思承兄威慑二字用得好！”杨镐称赞一句，道，“说到威慑，对我本人才是最大的威慑。”

“京甫先生问的是这句吗？”周永春问。

“不是，汝欣先生须得再罚。”杨镐说。

“京甫先生别再罚我想，还是自个儿说吧。”周永春道。

“我说汝欣先生是加在我头上的第三个紧箍咒，是不是？”杨镐问。

“是。”周永春应道。

“这回好，我头上又多两个紧箍咒，一个是他，一个是他。”杨镐说前一个“他”时，指指汪可受，说后一个“他”时，指指陈王庭。

“我等都是紧箍咒，京甫兄还不要头痛欲裂！”汪可受笑道。

周永春、陈王庭都跟着他笑起来。

杨镐仍是苦笑。他说：“思承兄以为我没头痛欲裂！”

说笑之后，言归正传。

“我曾告京甫兄，山海关守关主事邹子常有辽东用兵之议，京甫兄以为可行否？”汪可受先问。

“分兵并进，这一条不谋而合。不过，他议分三路进兵，我拟增加一路；发兵之处及进兵线路，也有所不同。”杨镐说。

“那就请京甫兄说说，如何分兵四路吧。”汪可受道。

“你二位看呢？”杨镐问周永春、陈王庭。

“子常先生有三路进兵之策，我却不知。”陈王庭说。

“不如思承先生先说说三路进兵，京甫先生再说四路进兵，我等听后，好做个比较。”周永春提议。

“我也是这个意思，思承兄请吧。”杨镐让道。

“也好。”汪可受才要叙述，被陈王庭拦住。

“思承先生，稍等，”陈王庭说着，转向杨镐，“下官欲向京甫先生借一物件。”

“子藩不会是借尚方宝剑吧？”周永春和他开玩笑。

“首先，尚方宝剑不可以物件呼之；其次，就算京甫先生敢借，我也不敢碰，”陈王庭道。并对杨镐说，“下官向京甫先生借支笔，把三路、四路记下来，以便比较。”

“还是子藩想得周到。”杨镐说着，取来纸笔，放在陈王庭面前。

“邹子常所议三路，一则出广顺，间道直走宁宫塔，以捣建夷巢穴，”汪可受述罢第一路，停下来，问陈王庭，“子藩记好没？”

“思承先生尽管说，我跟得上。”陈王庭道。

“二则出叆阳，以堵截其前；三则出辽阳，或走蒲河，或走懿路，以横遏其冲，”汪可受述道，喘了口气，对杨镐说，“京甫兄，该你。”

“第一路，出开原。”杨镐说。

“广顺关近开原吧？”汪可受记得邹之易说过。

“是。”周永春应道。

“此一路和邹子常出广顺一路，有异曲同工之妙。”汪可受说。

“思承兄说的是。”杨镐应道。

“邹子常议兵出广顺，为直捣建夷巢穴；京甫先生拟出兵开原，用意何在？”周永春问。

“兵出开原，是可直捣建夷巢穴，但我想说得有余地一些：为的是攻建夷之北。”杨镐道。

“第二路自何地出？”汪可受问。

“出宽奠。”杨镐道。

“叆阳在辽阳、宽奠间。是吧？”汪可受问周永春。

“是。”周永春应道。

“那出宽奠的一路，也要经叆阳吧？”汪可受问杨镐。

“或经叆阳，或不经叆阳，这不是要点；要点是，出宽奠后，大军如何进之。”杨镐说。

“京甫兄所拟进军线路和邹子常所议进军线路不同吗？”汪可受问。

“应该是不同。”杨镐道。

“京甫兄何以断定？”汪可受问。

“因为我拟出宽奠，是要经凉马佃的。”杨镐说。

“邹子常说过不经凉马佃吗？”汪可受问。

“他没说过。”杨镐道。

“他没说过，京甫兄又怎能断定？”汪可受问。

“邹子常没说过不经凉马佃，但他说过，这一路是为堵截建夷之前；而我拟出兵宽奠，为的是攻建夷之后。”杨镐说。

“或许，邹子常所谓的前，正是京甫先生所谓的后。”陈王庭推测。

“应该不会，”杨镐道，“我所谓攻建夷之后，即攻建夷之东南。邹子常所议，出广顺一路才直捣建夷巢穴。”

“京甫先生说的是。”陈王庭应道。

“第三路自何地出？”汪可受又问。

“出抚顺。”杨镐道。

“欲出抚顺，须得先收复抚顺。”汪可受提醒他，抚顺已被建夷攻占。

“我以大军趋抚顺，建酋必不守之。”杨镐说。

“京甫先生拟兵出抚顺，用意何在？”周永春问。

“攻建夷之西。”杨镐道。

“第四路自何地出？”汪可受又问。

“出鸦鹘关。”杨镐道。

“即建夷攻清河所经之鸦鹘关吧？”汪可受问。

“是，”杨镐应道，“此一路须先趋清河，扫除清河之敌。”

“清河关在开原西南。是吧？”汪可受问周永春。

“是。”周永春应道。

“鸦鹘关亦在开原西南，是吧？”汪可受问。

“是。”周永春应道。

“那么，出鸦鹘关，亦可谓出清河。”汪可受又对杨镐说。

“思承兄说的是。”杨镐应道。

“三面都有官军攻之，京甫先生兵出鸦鹘关，或兵出清河关，为的是攻建夷之南吧？”周永春问。

“是。”杨镐应道。

“兵出四路，分别攻其北、西、南、东南四面，京甫先生是要对建夷形成环攻之势呀。”周永春道。

“诚是，”杨镐应道，“我不知邹子常议三路出兵，是不是有攻其三面、网开一面之意。这本来是很高明的谋略，但不宜于今日。”

“为何不宜于今日？”陈王庭问。

“朝廷的目的很明确，要歼灭建夷，而不是驱逐建夷；辽东的局势也很明朗，须歼灭建夷方可安定，非驱逐建夷即可安定。既须歼灭，则不可网开一面。”杨镐说。

“京甫先生说的是。”周永春、陈王庭齐应道。

“以环攻而言，邹子常的三路出兵，的确不如京甫兄的四路出兵严谨。”汪可受也说。

“诸位有没以六路攻之、或以八路攻之之议？”杨镐问。

“若分得再细，又太繁琐。”汪可受说。

“思承先生说的是。”周永春、陈王庭又齐应道。

“那么，出兵四路之计，可以定下来？”杨镐问。

“是。”这回是三个人一起应道。

“接下来，是不是该议将？”汪可受又问。

“是该议将。”杨镐应道。

“四路大军，每路设主将一员，应该不成问题吧？”陈王庭又问。

“应该不成问题。”杨镐应道。

“恰有四员大将，地位、名望相埒，可各统率一路。”周永春说。

“汝欣先生说的是。”杨镐应道。

“京甫先生拟四路出兵，该不会是量体裁衣吧？”周永春开句玩笑。

“汝欣先生可以说量体裁衣，但也可以说削足适履。”杨镐道。

“这话怎讲？”周永春问。

“分兵四路是先确定的，后来才发现，恰好有四员大将，地位、名望相埒。你说，应该算作量体裁衣，还是应该算作削足适履？”杨镐道。

“削足适履更为恰当；不过，并非刻意削之。”周永春说。

汪可受不太清楚，问陈王庭：“他二人说的是哪四员大将？”

“刘帅綎，马帅林，杜帅松，李帅如柏。”陈王庭告诉他。

“如柏是经廷臣荐，现任的辽东总兵官，其他三将也都和辽东有渊源，果然是地位、名望相埒。”汪可受道。

“思承兄熟知四将？”杨镐问。

“不如京甫兄知之，还请京甫兄略述。”汪可受道。

“好，”杨镐点头应允，“我一边说，诸位一边想想，由哪一将统辖哪一路，更为适当。”

四将中，论资历，论军功，李如柏并不居首位；但因为李成梁的关系，又因为他是现任的镇守辽东总兵官，汪可受又首先提到他，所以，杨镐也首先说他。

“御倭朝鲜，如柏以署都督佥事率师赴援。以功擢五军营副将，先后镇贵州、宁夏，进右都督。以疾辞官，家居二十年。今辽东事棘，文武大臣合力举荐，诏以故官镇守辽东。”杨镐述道。

“其实，如柏可述可不述。”汪可受的意思，李如柏无人不知，不仅可以不述，也可以不议。

“马帅，曾官大同参将、副总兵官，万历二十七年，以署都督佥事镇辽。因得罪税监高某，竟戍烟瘴地，久之赦免。今辽东用兵，马帅以故官被召，从征。”杨镐又述道。

“我记得，马帅乐交游名士，文章也写得好。”汪可受说。

“一般的文章不必说，他曾陈上边务十策，据说很有见地；不知怎的，却杳无音信。”陈王庭说。

“子藩说很有见地，却不知他边务十策多讥刺士大夫吧？”周永春问。

“果真？”陈王庭还真是不知，“他怎讥刺士大夫的？”

“我也只是听说，”周永春道，“况且，事过多年，恐怕也没人说得出他是怎讥刺士大夫的。”

“不管他是否曾讥刺士大夫，既奉旨从征，但愿他这次有所作为。”汪可受说。

“思承先生说的是。”周永春、陈王庭齐道。

“刘帅是员宿将，历官广西参将、四川参将及五军三营参将。第一次朝鲜用兵，刘帅率川军赴援；第二次朝鲜用兵，刘帅拜御倭总兵官。班师后，改四川总兵官，讨播州杨应龙。四将中，经历宁夏之役和朝鲜之役的是李帅，经历播州之役和朝鲜之役的是刘帅。刘帅后以拾遗罢归。今辽事紧急，皇上召他以左军都督府佥书来辽。”杨镐又述道。

“刘帅号称‘刘大刀’，京甫兄见过他使用的兵器吗？”汪可受问。

“见过。”杨镐道。

“听说是口镔铁长刀，是吗？”汪可受问。

“是。”杨镐应道。

“听说大刀重一百二十斤，有吗？”汪可受问。

“我没试过，但确实很重。”杨镐说。

“但愿刘帅和他手中那柄大刀，能震慑建夷。”汪可受道。

“但愿如此。”周永春、陈王庭齐道。

“杜帅起自宁夏，积功升参将、副总兵、总兵官，相继镇延绥、蓟州、辽东。万历四十五年，设镇守山海关总兵官，以杜帅任之。今次他以山海关总兵身份赴辽。”杨镐又述道。

“前者张帅承荫败没，朝廷即命杜帅驰援辽阳。”周永春补充道。

“这么说，四将中，杜帅最早出关。”汪可受说。

“不错，”周永春应道，“除子藩外，他出关比我等都要早。”

“听京甫先生叙述后，诸公可知我的想法？”陈王庭问。

“子藩是何想法？”杨镐、汪可受、周永春齐问。

“似乎天下名将已齐集辽东。”陈王庭道。

“辽东一战，关乎社稷安危，当然要以天下名将齐集。”汪可受说。

“皇上赐尚方宝剑，又以天下名将齐集，朝廷渴望辽东捷报的殷殷之情，可见一斑。”周永春说。

“言归正传吧，”杨镐道。作为主帅，似乎很怕听到这些只能使心中负担更加重的话，他问，“哪将统率哪一路，诸位有何高见？”

“我倒是有个想法，算是抛砖引玉。”汪可受说。

“思承先生的想法是砖，谁人的想法敢说是玉！”周永春道。

“汝欣先生别抬举我，我的想法还真是块砖，”汪可受说，“我的想法很简单，就是想知道京甫兄的想法。”

“我的想法？思承兄想知道，我拟如何分派众将？”杨镐问。

“我要是这个想法，岂不是对京甫兄不恭！”汪可受道，“我只想知道：兵分四路，在京甫兄心目中，有没有哪一路畸重，哪一路畸轻？”

“这却没有，”杨镐摇摇头，说道，“一则，建夷哪一面设有重兵，哪一面未设重兵，我并不很清楚；二则，我军一动，建夷会怎动，难以预料。在我心目中，四路大军同等重要。”

“既如此，哪将统率哪一路，也无须议。”汪可受说。

“但总得确定一下吧？”陈王庭一个字没记，颇不甘心。

“是啊，”杨镐附和道，“可以不议，却不可以不确定。”

“京甫兄愿意花费心思呢，就自个儿想想；不愿花费心思呢，抓阄即可。”汪可受说。

“那就抓阄。”杨镐宁愿简单一点儿。

陈王庭在四张纸片上写开原、抚顺、鸦鹘、宽奠，在另外四张纸片上写刘、李、马、杜，折叠后两两相配。结果：马林领开原一路，杜松领抚顺一路，李如柏领鸦鹘关一路，刘𬘩领宽奠一路。

“另外几名总兵官，是不是也要派定？”周永春提议。

“还有几名？”汪可受问。

“四名，”周永春道，“其一，官帅秉忠；其二，李帅光荣；其三，王帅宣；其四，赵帅梦麟。”

“官帅、李帅已在辽东，王帅、赵帅正自保定赶来。”陈王庭补充说。

“官帅、李帅，京甫兄拟怎分派？”汪可受问杨镐。

“官帅屯守辽阳，李帅屯守广宁。”杨镐说。

“我看，此事亦无须议。”汪可受道。

“思承先生说的是。”周永春、陈王庭都赞成。

“除辽阳、广宁，他处似无须总兵官屯守，王帅、赵帅如何分派？”陈王庭又问。

“我倒有个想法。”周永春说。

“不会也是想知道我的想法吧？”杨镐笑着问。

“说到底，真要知道京甫先生的想法，”周永春也笑了笑，并说出自己的想法，“各佐一路，如何？”

“我的想法还真和汝欣先生有所不同。”杨镐说。

“京甫先生拟留二人屯守某处？”周永春问。

“不是，”杨镐摇摇头，说道，“从征，我和汝欣先生的想法是一样的；但我的意思，二人不是各佐一路，而是共佐一路。”

“共佐哪一路？”周永春问。

“杜帅那路，”杨镐道，“亦即，出抚顺、攻建夷之西的那一路。”

“看来，在京甫兄心目中，兵分四路，还是有轻有重的。”汪可受说。

“我并非以为攻建夷之西一路更重，”杨镐道，“我是想，此一路居中，攻建夷北、南两路若生变故，便于策应。”

“京甫先生虑的是。”周永春、陈王庭齐道。

“武将分派已定，是不是该分派文臣？”汪可受问。

“四路大军，须得监军文臣四人。”杨镐说。

“我等正好四人，何不各监一路？”汪可受道。

这话听起来就像说笑，其他三人笑笑而已。笑得恰到好处时，周永春说：“我等皆可监军，独京甫先生不可。”

“为何我不可？”杨镐问。

“京甫先生要掌控全局，怎可独监一路！”周永春道。

“思承兄还要兼顾蓟镇，他可以吗？子藩有按辽东全境之责，他可以吗？汝欣先生有守辽东全境之责，你可以吗？所以，我等四人都不可独监一路。”杨镐说。

“我随口一说，并非真去监军，京甫兄别想多。”汪可受道。

“我知思承兄是随口一说，监军须得选派道臣。”杨镐说。

“分守、分巡、兵备各道正好有四人堪用。”周永春道。

“哪四人？”汪可受问。

“兵备道副使康应乾，分守道参议阎鸣泰，分巡道副使张铨，开原兵备道佥事潘宗颜。”周永春告诉他。

“除开原兵备道，其他各道都是辽东道吧？”汪可受问。

“是。”周永春应道。

“思承先生看，是不是也可抓阄？”陈王庭问汪可受。

“不用，”汪可受摇着头头，问杨镐，“康君监刘帅军，京甫兄以为如何？”

“可。”杨镐应道。

“阎君监李帅军，京甫兄以为如何？”汪可受又问。

“可。”杨镐应道。

“张君监杜帅军，如何？”汪可受又问。

“可。”杨镐应道。

“潘君监马帅军，如何？”汪可受最后问。

“可，”杨镐应罢，说道，“誓师及出塞之日，也请思承兄定之。”

“这是京甫兄的职权，我不敢妄言。”汪可受说。

“于二月十一日誓师，二十一日出塞，诸位以为如何？”杨镐问。

“好。”汪可受、周永春、陈王庭齐应道。

第四百九十七章

江西巡抚包见捷不苟言笑，但见到巡按御史张铨时，总忍不住取笑一句：“大名张，这个年过得好不好呀？”

“不好。”张铨道。

“怎的不好？”包见捷问。

“敏之先生又把沁水张当作大名张。”张铨说。

包见捷字敏之，云南临安人，万历十七年进士。张铨字宇衡，山西沁水人，万历三十二年进士。

万历三十二年那科，还有个张铨，是北直隶大名人。包见捷时不时地故意把此张铨唤作彼张铨，以换他一嗔，博己一笑。

“又错？”包见捷笑道，“抱歉，抱歉，我见到的是宇衡，心里想到的是才读的邸抄，故把此张铨唤作彼张铨。”

“邸抄写的辽东事？”张铨问。

“是辽东事。”包见捷应道。

“提及我大名兄？”张铨问。包见捷既然一直大名张、大名张地叫着。他干脆也以大名兄称呼自己这位同名姓的年兄。

“不错，提及他。”包见捷应道。

“经略大臣拟兵分四路，有此一说吗？”张铨问。

“有此一说。”包见捷应道。

“我大名兄被授以监军？”张铨问。

“是，被授以监军。”包见捷应道。

“监哪一军？”张铨问。

“老杜一军。”包见捷说。

“唉！”张铨深叹口气。

包见捷看他一眼：“宇衡问我这么多句，我可不可以问宇衡几句？”

“有何不可！”张铨道。

“宇衡一声长叹，是为大名张，还是为辽东？”包见捷问。

“既为我大名兄，更为辽东。”张铨说。

“大名张在先，宇衡就先说说，为他叹息何事？”包见捷道。

“要说为我大名兄叹息，先得说说老杜。”张铨却说。

“好啊，宇衡就先说说老杜。”包见捷道。

“老杜为将若何？”张铨问。

“是员宿将，”包见捷道，“有过胜绩，也有过败绩，但胜绩肯定多过败绩；不然，不会到今日的地位。”

“下官问的不是他的战绩。”张铨说。

“不问战绩，却问何事？”包见捷问。

“问他的性情。”张铨道。

“问他的性情？”包见捷重复，是没明白他这话的意思。

“譬如，老杜负气。”张铨举例。

“这倒是常听人说。譬如为一小小争执，竟薙发为僧，让人爱也不是，恨也不是。”包见捷道。

“因一时负气，而不惜个人进退，其事还小；因一时负气，而酿战事成败，其事则大。”张铨说。

“老杜因一时负气，而酿战事成败，有实例吗？”包见捷问。

“有，”张铨应一声，述道，“老杜代宁远伯镇守辽东，时朵颜部酋赖晕歹与东虏黄台吉谋，自喜峰口入犯。总督王公子廓先生传檄老杜，潜捣黄台吉营地，以为牵制。老杜自宁远中左所发兵，连夜驰至哈流兔，掩杀拱兔部百四十余人，并以大捷上奏朝廷。”

“此事我有印象，”包见捷道，“后来，希文兄参奏，拱兔部已内属，不当剿之；且言，无罪而见剿，拱兔部必报复。”

马拯字希文，广东南海人，和包见捷是同年进士，时官分巡辽东副使。

“是。”张铨应道。

“我倒是觉着，此次老杜是奉督臣之命行事，和他的性情无关；如果有错，也不尽在他一人。”包见捷说。

“下官并不是说，他剿拱兔部是天大的错；和他性情有关的，也不是这件事本身，而是后续之事。”张铨道。

“后续之事？不是朝廷颁赏吗？不是老杜的许多部属得升吗？”包见捷问。

“朝廷颁赏，是老杜力争来的，”张铨说，“希文先生若不参奏，朝廷颁不颁赏，老杜可能并不介意；希文先生既参奏，此次颁赏他非得之不肯罢休。老杜如何与希文先生互讦，敏之先生想必也是知道的。由此正可看出老杜不能容人。”

“我倒是觉着，他争功不全是为己，更是为部属。这也不能算大错。”包见捷为杜松辩。

“但后来拱兔部果然报复，对不对？”张铨问。

“对，”包见捷应道，“我记得，拱兔部以五千骑攻陷大胜堡，肢解守将；并深入小凌河，肆意凌虐。游击于守志与之遇于山口，交战大败，官军损失千余人。”

“那敏之先生还记得，朝廷对此事的结论吗？”张铨问。

“记得，”包见捷道，“朝廷的结论是：老杜出师距锦州十里，未尝出塞，所杀乃保塞部落。”

“可见，朝廷也意识到颁赏有误。”张铨说。

“但朝廷作出这个结论可能也是迫于无奈，”包见捷辩道，“因拱兔部报复，因于守志被杀及官军千余人被杀，辽人多咎老杜。朝廷总不能因为老杜一人，得罪全辽吧？”

“拱兔入犯，还可以说责任不全在老杜。但接下来呢？”张铨亦与之分辩，“拱兔深入小凌河时，老杜率部驻于大凌河，却不发一卒救之。敏之先生又怎说？”

“我无话可说，”包见捷虽然说是无话可说，其实还是有话可说，“不过，掩杀启衅在前，听任凌虐、不发兵救之在后，但究其缘故，是因老杜怯懦，而不是因他负气。”

“接下来呢？”张铨又问，“因朝廷加以诘责，老杜激愤，提兵出塞，欲雪前耻。结果，杀敌不过数级，官军陷于大凌河者，不计其数。老杜本人且愤且愧，几欲自裁。”

“以一时负气，而酿战事成败，这个结果倒可以说是实例。据我所知，朝廷也是因为这个结果，勒老杜归里，”包见捷说着，问道，“是吧？”

“是。”张铨应道。

“宇衡也因此事而为大名张叹息？”包见捷进一步问。

“是，”张铨应道，“大名兄不似我，遇事会当面争辩。设监军，为的是制约将领，我敢说，大名兄制约不了老杜。”

“那么，宇衡再说说，为何为辽东叹息吧？”包见捷引到下一个话题。

“士瓒君，敏之先生熟不熟？”张铨问。

“是潘士瓒吗？”包见捷反问。

“是。”张铨应道。

潘宗颜字士瓒，北直隶保安人，万历四十一年进士。

“不熟，只见邸报上写有，以开原兵备佥事潘宗颜监老马军，”包见捷说着，问道，“宇衡为辽东叹息，不会因潘士瓒吧？”

“我为辽东叹息，不为士瓒，但和士瓒不无干系。”张铨说。

“此话怎讲？”包见捷问。

“且将士瓒置于一边，敏之先生先说说，老马为将若何。”张铨道。

“是员宿将，”包见捷的回答和刚才一样，“有过胜绩，也有过败绩，但胜绩肯定多过败绩，不然，到不了今日的地位。”

“下官问的不是他的战绩。”张铨的回应也和刚才一样。

“不问战绩，却问何事？”包见捷问。

“问他的性情。”张铨道。

“也问他的性情？”包见捷更想不起来，马林的性情有什么特点。

“譬如，老马亲近文士。”张铨提示。

“这也常听人说。老马能诗，工书，交游多名士，在当朝武臣中首屈一指；文士亦多誉之。”包见捷道。

“敏之先生说文士多誉之，可知士瓒怎说他？”张铨问。

“士瓒怎说他？”包见捷反问。

“他说，老马为将怯懦，不堪为一面主将，乞易他将，而以老马为后继，不然必败。”张铨述道。

“邸抄中未见此言呀。”包见捷先对这话的出处表示怀疑。

“士瓒是致函京甫先生，非奏言于朝。”张铨说。

“辽东的私函也传播至赣？”包见捷又对该函传播的迅速表示吃惊。一个多月的工夫，至多两个月，潘宗颜致杨镐私函的内容就传播到江西，的确让人吃惊。

“希文先生上疏朝廷的内容可传播至赣，士瓒致函京甫先生的内容，怎就不能传播至赣！再者，希文先生疏中的内容，敏之先生是在邸抄中读到的，亦即，是先到京师，再传播至赣；而士瓒私函，却有可能直接从辽东传播至赣。”张铨分辩。

“言之有理，”包见捷点点头，问道，“宇衡相信，在潘士瓒心目中，老马真是为将怯懦？”

“我相信。”张铨应道。

“会不会因为亲近文士，故老马看上去较为怯懦？”包见捷又问。

“不管是因为亲近文士看上去较为怯懦，抑或因为其他缘故被指为怯懦，我都相信士瓒的评语。”张铨说。

“宇衡会不会因此对辽东各将都不放心？”包见捷又问。

“敏之先生说的是，我对辽东各路将领还真是都不放心。”张铨道。

“所以，宇衡为辽东叹息，是为此事？”包见捷归结到最初的话题。

“这又不尽然。”张铨道。

“怎么？”包见捷问。

“我为辽东叹息，怀疑各将不能胜任，只是一个较为次要的原因。”张铨说。

“还有主要的原因？”包见捷颇感意外。

“对。”张铨应道。

“宇衡说说看。”包见捷道。

“京甫先生分兵四路，而攻建夷，在敏之先生看来，他心里有没有底？”张铨的阐述又从提问开始。

“是和督、抚、按诸臣一同议定的，应该心里有底吧。”包见捷说。

“下官不问督、抚、按诸臣，只问经略大臣。”张铨道。

“那我说不好。”包见捷摇头。

“我料定他心里没底。”张铨说。

“宇衡为何料定他心里没底？”包见捷问。

“下官听说，刘、李、马、杜四将，谁个领哪一路，不是议出来的，而是抓阄抓出来的。”张铨道。

“抓阄抓出来的，那又怎样？”包见捷问。

“不知各将之长，此所谓不知己也，”张铨说，又问，“我兵分四路，而各临建夷何将，其军几多，其山川险易，京甫先生可曾奏闻于朝？”

“邸报抄录其疏节要，未见奏闻。”包见捷道。

“敌情不详，此所谓不知彼也。”张铨说。

“宇衡这么说，是不是求全责备？”包见捷的见解似有不同。

“我怎求全责备？”张铨问。

“塞外作战，多敌情不明，如胪朐河之战，便是一例。”包见捷说。

胪朐河即今之饮马河。永乐年间，因朝廷使臣、给事中郭骥被鞑靼可汗本雅失里所杀，成祖皇帝命淇国公黄福率十万大军征讨。黄福在不明敌情的情况下，贸然渡胪朐河，深入漠北。结果，他本人被杀，全军覆没，这才有成祖皇帝五征漠北。

“我正要和敏之先生说说胪朐河之战。”张铨道。

“你说。”包见捷也正要听他说。

“淇国公轻率深入，致使官军大败，是吧？”张铨问。

“是。”包见捷应道。

“于是，我成祖皇帝决意御驾亲征，是吧？”张铨问。

“是。”包见捷应道。

“我成祖皇帝雄才大略，其时兵强国盛，有一次胪朐河之败，不在话下。今之国力若何，今之民心若何，今之军心若何，今之将帅若何？如果辽东战而不胜，后果可想而知！”张铨道。

“听宇衡的口气，辽东不可出战？”包见捷不难得出这样的结论。

“不是不可出战，而是一定要慎出战，一定要准备充分再出战。”张铨说。

“何谓慎出战？”包见捷问。

“不谙敌情，悬车深入，非慎战之道。且突骑野战，敌所长，我所短。以短击长，以劳赴逸，以客当主，皆非长计。”张铨说。

“何谓准备充分？”包见捷问。

“人以征兵四方为准备，田亩加赋为准备；下官以为，加赋选丁，徒滋扰天下，于辽事无补。所谓准备充分者，当有四事。”张铨说着，伸出四指。不过不像别人那样，表示四时，会伸出大拇指以外的其他四指，他是把小拇指按下，伸出其他四指。

“第一事？”包见捷问。

“屯集要害以固我边。”张铨说着，按下无名指。

“宇衡回到攻守兼备那句老话。”包见捷说。

“是。”张铨应道。

“但宇衡今日能说守重于攻吗？”包见捷问。

“不能守，何谈攻！”张铨道。

“第二事？”包见捷问。

“厚抚北关以树其敌。”张铨说着，按下中指。

“宇衡回到以夷制夷那句老话。”包见捷说。

“是。”张铨应道。

“北关还可用吗？”包见捷问。

“下官以为还可用。”张铨道。

“第三事？”包见捷问。

“多行间谍以探其实。”张铨说着，按下食指。

“宇衡回到知己知彼那句老话。”包见捷说。

“是。”张铨应道。

“建夷猖獗有日，我仍不知其实，是何缘故？”包见捷问。

“朝廷不以探建夷虚实责边臣，边臣不以探建夷虚实为己任。”张铨言简意赅地说。

包见看着他唯一还竖起的大拇指，道：“在宇衡看来，第四事比前面三事都重要。”

“敏之先生说的是，”张铨道，“做到前三者，可谓万事俱备；所缺少者，东风也。第四事则是送来东风。”

“却是何事？”包见捷问。

“慎推主帅以担其纲。”张铨说着，把大拇指按下。

“宇衡回到千军易求、一将难得那句老话。”包见捷说。

“是。”张铨应道。

“宇衡以为，京甫先生非佳选？”包见捷问。

“岂止非佳选！”张铨道，“如果说，刘、李、马、杜四将，虽各有其短，仍差强人意；那么，以京甫先生为主帅，堪称一大败笔。”

“京甫先生不可为主帅，宇衡心目中有没人选？”包见捷问。

“有。”张铨应道。

“是谁？”包见捷问。

“飞百先生。”张铨看好的是熊廷弼。

“昔日按辽的熊飞百？”包见捷问。

“是。”张铨应道。

“不管他是不是恰当的人选，但我觉着宇衡对辽东情势甚有见地。何不献言于朝廷，以为补天的一块小石？”包见捷道。

“多谢敏之先生谬奖，下官正有这个想法。”张铨揖道。

第四百九十八章

二月二十九日，杜松率军夜出抚顺关，行百余里后，到达浑河岸边。前部到达，不会比大部早一个时辰，但已竭尽所能地搜罗到几十条船，陈列河边，准备渡大军过河。

杜松手里提着酒囊，饮一大口后，递给站在自己左首的王宣。王宣也喝一大口，递还给他。他再喝一大口，递给站在自己右首的赵梦麟。赵梦麟喝一大口后，也递还给他。杨镐安排王宣、赵梦麟佐杜松军，其实还有一个很重要的原因：三人都出自榆林卫，交情很深。

二月底的塞外，白日也有几分寒冷，何况天色已晚。但杜松喝下几口酒后，身子燥热。他脱去战袍，扔到马背上；仍觉得燥热，他又脱去夹衣，扔到马背上。身上只有薄薄一件内衣，他还把扣子解开，让胸膛直接对着河边的寒风。

“河边风硬，大哥别冻出病来。”王宣劝道。

“冻出病来？我从不知冻，更不知病！”杜松道。

“大哥不惧寒冷，我等何惧！”赵梦麟说着，学他的样子，脱去战袍，脱去夹衣，身上只剩件内衣。

“好个老赵，你不帮我劝大哥，反而帮大哥激我！”王宣道。

“我可没有激你的意思，”赵梦麟说，“大哥脱袍脱衣，是大哥愿脱。我脱袍脱衣，也是我愿脱。你不愿脱，不脱就是；即便嫌穿得不够厚实，再加件皮袍，谁会说你！”

“二位哥哥穿得少，我怎有脸多穿！”王宣说着，也把战袍和夹衣都脱掉。他身子比杜松、赵梦麟单薄，脱衣后，不禁打个冷战。他赶紧又喝一大口酒，压压寒气。

“你两个数数，孩儿们找来几条破船？”杜松命道。

“不是几条，有几十条。”王宣说。

“不是破船，都能用的。”赵梦麟说。

“就算几十条，到底几十条呀？”杜松问王宣。

“我看有三十条。”王宣说。

“没有三十条，也有二十七八条。”赵梦麟插话。

“就算能用，一船能载几人？”杜松问赵梦麟。

“我看能载四十人。”赵梦麟说。

“载不了四十人，也能载三十多人。”王宣插话。

“你两个知咱三人麾下有几多人马？”杜松又问。

“六万。”王宣说。

“是实打实的六万。”赵梦麟补充说。好像他不用这三个字，王宣说的六万就不实。

“老赵，干吗要用‘实打实’这三个字？”王宣不满地问。

“你难道不知，今假事太多？”赵梦麟道，“譬如今次杨经略集合的官兵，分明只有十万，却号称四十七万！”

“我怎不知！”王宣争道，“有人说，四路并重。实则辽东半数以上官军，都在我三人麾下，能并重吗？”

“大哥是谁，二哥是谁，我是谁！当然以我为重。”赵梦麟说。

“你两个别自鸣得意，且帮我算算，以这几条破船渡河，要渡到几时！”杜松命道。

“以三十条船计，以每船四十人计，一次渡过一千二百人，五十次可全部渡完。”王宣很快计算出。

“要是几条破船呢？”赵梦麟问。

“譬如几条破船？”王宣反问。

“五条。”赵梦麟道。

“譬如每船几人？”王宣问。

“五人。”赵梦麟道。

“五条破船，每条破船载五人，每次渡过二十五人，六万人，须两千四百次才可以全部渡完。”王宣又很快算出。

“两千四百次呀！”赵梦麟惊呼之后，笑着对杜松说，“大哥，幸亏不是几条破船。”

“五十次，你以为我等得及吗！”杜松道，又说，“我不是问你两个要渡几多次，我是问你两个要渡到几时！譬如，今夜能全部渡过吗？”

“不能。”王宣、赵梦麟齐道。

“明日呢？”杜松又问。

“难说。”王宣、赵梦麟齐道。

“但后日应该可以全部渡过。”王宣又说。

“后日！”杜松咬着牙重复这两个字，然后问，“老王，还记得今日是何日吗？”

“记得，是三月初一日。”王宣道。

“后日是何日？”杜松问。

“三月初三日呀。”王宣道。

“你等说，咱能等到后日吗？”杜松问。

“我想起来，大哥和老李约定，初三日会师于二道关。”赵梦麟说。

“对，初三日会师于二道关，还是大哥提出来的。”王宣也想起来。

“你两个说，咱能言而无信吗？”杜松问。

“不能！”王宣、赵梦麟齐道。

“咱能后于人吗？”杜松问。

“不能！”王宣、赵梦麟齐道。

“我说几条破船，你两个还觉着我说错！”杜松嗔道。

“大哥，怎办？”王宣、赵梦麟齐问。

“下水！”杜松果断地说。

“下水？”王宣、赵梦麟虽听得很清楚，还是忍不住再问。

“蹚过去！”杜松道。

“蹚过去？”王宣、赵梦麟又问。

“你两个看，河水深不深？”杜松反问。

“看似不深。”王宣、赵梦麟齐道。

“这等深的河水，水性再差的孩儿，也蹚得过去。”杜松说。

“可是——”王宣觉得不妥。

“你是又要说，别冻出病来吧？”杜松讥道。

“身体稍弱，肯定要冻出病来；况且，人蹚得过去，全身铠甲，能蹚得过去吗？”王宣说着，问赵梦麟，“老赵，你能全身披挂蹚过河吗？”

“我不能。”赵梦麟承认。

“我也不能，”王宣道，又说，“别人无铠甲不妨，大哥却不能不着铠甲。”说着，问杜松，“大哥能全身披挂渡河吗？”

“先不说我能否全身披挂渡河，我为何不能不着铠甲？”杜松问。

“大哥是军中主将，着铠甲，既是为大哥金身不伤，又是为保持军伍威严。”王宣说。

“入阵披坚，岂大丈夫所为！我冲龄结发从军，今已老矣，从不知铠甲几重！”杜松豪迈地说。

“铠甲可以不计，火炮呢？怎扛得过去！”王宣道。

“几条破船，不足以运送数万大军，运送我的火炮，却绰绰有余。待大军过河后，再用船把火炮运送过去。”杜松说。

“可是——”王宣还有更要紧的话说。

“老王，你还有何话？”杜松问。

“我在想件怪事。”王宣说。

“何事可怪？”杜松问。

“去冬雪大，这会儿正该雪化水涨，但河水将将没膝，大哥不觉着奇怪？”王宣反问。

“说怪不怪，这正是老天眷顾我老杜！”杜松说着，拉起赵梦麟下河，“老王谨慎，我两个蹚水过去，让他在后押船。”

“好。”赵梦麟应道。

“二兄蹚水，我怎好落后。”王宣也跟着下河。

主将一声令下，而且率先下水，将士们咬咬牙，纷纷跳下水去。

将近河中心时，杜松忽听王宣叫声“大哥小心”，他一分心，险些倒在水中。开始，他以为是没站稳。左右看看，发觉不是：王宣、赵梦麟及离得近的亲军护卫等，人人都在摇摆。他又以为，浑河近岸处水浅，越往河中心走，越是水深。前后看看，发觉也不是：不仅河中心的水急，近岸处的水流也比方才急许多。

他一手拉住王宣，一手拉住赵梦麟。三人站稳，调整步伐，一齐前行，总算穿越急湍，到达彼岸。

先下水的将士，已到达河中心的将士，相互提携，也到达彼岸。

后下水的将士，尚未到达河中心的将士，因水流太急，不管怎么努力，也难前进半步，他们不得不退回原处。有的人马则被沿河冲下。

站在岸上，杜松有点儿后怕。他不善水，他知道，王宣、赵梦麟也不善水，要是早一刻水势猛涨，后果不堪设想。

“老王，让你说着。”他对王宣说。

“二哥，怎么回事？”赵梦麟问。

“应该是发水。”王宣战战兢兢地说。

“我还不知发水，我是问为何会发水！”赵梦麟道。

“我怎知！”王宣道。

他的担心是有道理的，河水太浅的确异乎寻常；不过，他并不知道，河水太浅是人为的。杜松、赵梦麟当然就更不会知道。后金可汗努尔哈赤事先命部下将浑河上游堵住，河水明显浅过往年。当明军渡河时，他命部下将堵截河水的堤坝掘开，河水急剧冲击而下，将明军分割成两部，渡过河的不足半数。

杜松为抢在李如柏前抵达二道关，顾不得多想，命已渡河的官军先行。

接连攻克建州二砦，杜松气势更壮。

“多称建夷攻坚守固，我看也不过如此。”他说。

“大哥，此二砦乃小砦，守军薄弱。”王宣提醒他。

“老王是说，遇到大砦，我老杜就束手无策？”杜松问。

“我不是这个意思；我是说，大战还在后面。”王宣解释。

“好啊，我正等与建夷大战！”杜松道。“到时，我率军与敌战，老王给我压阵即可。”

“对，”赵梦麟附和，“我和大哥率军与敌战，二哥压阵。”

“怎叫我压阵！”王宣道，“有大战，自是老赵和我先上，大哥压阵。”

边行进、边说话之间，探军回报敌情。

“前方之山何名？”杜松问的是正面的山。

“回大帅们话，该山名界凡山。”探军道。

“我大哥问你话，你回大帅话就可以，不必回大帅们话。”王宣虽时不时给杜松泼点儿冷水，但不忘在军士前树立杜松的权威。

“对，你回大哥话即可。”赵梦麟附和道。

“回大帅话，该山名界凡山。”探军专门向杜松禀报。

“那山呢？”杜松又问侧面的山。

“该山名萨尔浒山。”探军道。

“二山之间的谷口何名？”杜松问。

“名萨尔浒谷口。”探军道。

“二山之间那片水呢？”杜松问。

“即名萨尔浒。”探军道。

“我看界凡山比萨尔浒山大，比萨尔浒山险。谷口却不名界凡谷口，而名萨尔浒谷口；该水不名界凡湖，而名萨尔浒，”杜松说着，问王宣，“老王，你说这事怪不怪？”

“是有点儿怪。”王宣道。

“当初为何这么取名？”杜松问。

“不知。”王宣道。

“老赵，你知不知？”杜松又问赵梦麟。

“我更不知。”赵梦麟道。

“所以，遇有怪事，不必多想。”杜松说。

“大哥说的是。”王宣、赵梦麟齐道。

“界凡山不仅比萨尔浒山高，比萨尔浒山险，而且建夷驻军也多，”杜松说着，又问，“你两个看出否？”

“我等看出。”王宣、赵梦麟应道。

“界凡山上驻几多敌军？”杜松问探军。

“四百。”探军道。

“不可能！”杜松道，“一眼看上去，四千人都不至！”

“大帅若是说人，一万也不止。”探军说。

“你这话何意？”杜松问。

“建州军，不过四百人；但建夷在界凡山上正修城堡，所役民夫据说有一万五千人。”探军说。

“这么说，四百人是守护界凡山的。”杜松道。

“是。”探军应道。

“老王，你说大战在后面，这算不算大战？”杜松问王宣。

“算是大战。”王宣道。

“四百人也算大战，二哥未免小家子气。”赵梦麟道。

“不在人马多少，建酋在此山修建城堡，可见看重此山。夺下此山，是与建酋争夺要害之地。”王宣说。

“老王言之有理，”杜松道，“既然是大战，既然是与建酋争夺，此山由我老杜攻取。”

“大哥，杀鸡焉用牛刀，分我一支人马，大哥在后面看看热闹吧。”赵梦麟说。

“既是大战，大哥哪儿有心思看热闹！”王宣道。

“二哥的意思，须得大哥亲自督战？”赵梦麟问。

“那倒也不是，”王宣摇摇头，说道，“我的意思，我率部攻山即可；但我也不会让你老赵看热闹。”

“你要我作甚？”赵梦麟赌着气问。

“老赵看看那边的萨尔浒山，”王宣指着侧面的山说，“建夷得萨尔浒山，与守界凡山建夷相呼应，建夷占得先机；官军得萨尔浒山，与攻取界凡山官军相呼应，官军占得先机。老赵可率一军，迅即攻占萨尔浒山。”

“你和大哥都说界凡山是要害，别以为我没听见！”赵梦麟道，“要呼应，你去呼应，我定要攻取界凡山！”说着，向杜松求助，“大哥，还须你来做个决断。”

“好，老赵和我攻界凡山，老王夺萨尔浒山。”杜松说。

“大哥有失公允。”王宣不满意。

“那老王和我攻界凡山，老赵夺萨尔浒山。”杜松又说。

“大哥不能朝令夕改。”赵梦麟不满意。

“依你两个呢？”杜松问。

“我两个攻界凡山，大哥夺萨尔浒山。”王宣、赵梦麟齐道。

“岂有主将不攻要害的道理！”杜松不满意。他想了想，重新部署，“算了，我等不分开，另着人攻萨尔浒山吧。”

“这才对。”王宣、赵梦麟又齐道。

守护界凡山口的后金军见明军来攻，伏于山谷。明军过半，伏兵出，击其尾部。

杜松志在夺取界凡山城堡，以为己用，对身后数量不多的伏兵并不在意，且战且进。伏兵则且追且击，一直纠缠到吉林崖。

吉林崖是界凡山的主要山崖，即努尔哈赤命修建城堡处。在吉林崖，伏兵与修建城堡的夫役会合，固守待援。

后金援兵陆续抵达。先是千人，与守吉林崖的后金军会合。后又增二旗兵，与守崖后金军，对明军形成夹击之势。

这时，杜松遣派的另一军已在萨尔浒山扎营。努尔哈赤以六旗兵攻取萨尔浒山。双方的大战，实际上是从萨尔浒山开始的。后金军强悍，明军不支，死者相枕。

吉林崖的后金军奉命出击，呐喊驰下。在外的二旗兵，呐喊前冲。明军大乱，溃不成军，横尸山野，流血成渠。杜松、王宣、赵梦麟三总兵，亦战死于阵前。

第四百九十九章

周永春再见杨镐时，感觉他不仅憔悴，而且沮丧。

“汝欣先生可知，杜帅等已殁？”杨镐问。

“有所闻，”周永春应道，并反问，“看来已查实？”

“已查实。”杨镐说着，长叹口气。

“京甫先生，我想不通呀。”周永春说。

“何事想不通？”杨镐问。

“据闻，建州军不过三万。”周永春说。

“汝欣先生是说，杜帅部六万人马，不该一战而败北？”杨镐问。

“是啊，”周永春应道，“杜帅久经沙场，并非庸将，手下又有六万精锐之师，怎会一战而败？”

“六万人马或是有的，至于是否精锐之师——”杨镐把后面的话咽回去，又把话说回来，“况且，渡浑河之际，被阻留一部；交战之际，又分出一部。他手下哪里还会有六万人马！最糟糕的是，渡浑河时，车营、火炮都不得渡，官军的长处全无。他是以己之短，战建夷之长，焉有不败的道理！”说着，连连跺脚，“杜松啊杜松，死不足惜；你丧师偾事，让我怎向朝廷交代！”

“事已至此，京甫先生急也没用，还是给我讲讲杜帅失事的经过，好奏闻于朝。”周永春说。

杨镐实在不愿重复探军的那些话。又一想，周永春是守臣，此事应该让他知道。二人达成共识，共言于朝廷，效果会更好些。

可他正要叙述时，探军又报来新的消息。

“报！”探军叩道。

“说！”杨镐命道。

“马将军兵败。”探军道。

“哪个马将军？”杨镐情急之下，忘了辽东重将中只有一个马林姓马。

“马林，马将军。”探军道。

“他亦兵败？”杨镐问。

“是。”探军应道。

“又一处兵败，又一处兵败！”杨镐嘴里反复念叨着，竟不知道该问探军何事。

“他兵败于何处？”周永春不得不替他问。

“尚间崖。”探军道。

“马将军是在尚间崖安营的？”周永春问。

“是，”探军应一声，叙述道，“马将军由开原出三岔口，与北关军齐头并进，并于尚间崖安营扎寨。”

“京甫先生当初是这样部署的吗？”周永春问杨镐。

“以北关军与之相呼应，是事先部署的，我并使游击将军窦永澄监北关军，”杨镐说着，担心地问，“如此部署，有何不妥吗？”

“以北关军与之相呼应，并无不妥；但安营于尚间崖，并非京甫先生部署的。是吧？”周永春反问。

“是，”杨镐应道，“战局瞬息即变，何时当行进，何时当安营，何处宜攻，何处宜守，不可能在事先部署。”

“看来，尚间崖不宜守。”周永春说。

话是对杨镐说的，但探军应道：“都堂大人说的是。”

“你怎知该地不宜守？”杨镐问。

“小人探得，马将军得知杜将军兵败，曾欲移营。小人想，尚间崖若宜守，马将军何必移营？”探军道。

“你倒会推论。”杨镐哂道。

“都堂大人才会推论，小人不过先探得消息。”探军说。

“马将军为何欲移营，为何却不曾移营，快说说吧！”周永春命道。

“建州人马忽至。”探军道。

杨镐、周永春相互看一眼，心里都在说：好快！他们说不出尚间崖的准确位置，也说不出萨尔浒的准确位置，但杜松是攻建夷之西，而兵败萨尔浒；马林是攻建夷之北，而兵败尚间崖。两地总不可能近在咫尺吧？和杜松战的建州人马，和马林战的建州人马，一定是同一拨。因为在萨尔浒，建州把八旗人马都用上，除非有好几个八旗，不可能分头迎战官军。试想一想，头一天还在和萨尔浒与杜松鏖战，第二天就移师尚间崖，击败马林，能说不快吗？

“然后呢？”杨镐问。

“马将军退还。”探军道。

“尚间崖有旧营，退还守御，不失为一策。”周永春说。

“马将军未退还旧营地，而是另择一地安营。”探军道。

“他怎安的营？”杨镐问。

“先于营地外挖壕沟。”探军道。

“挖有几重壕沟？”杨镐问。

“三重。”探军道。

“临敌之际竟挖三重壕沟，看来还没乱方寸。”周永春说。

“还有呢？”杨镐问。

“壕沟外列火器。”探军道。

“他可曾用上火器？”杨镐问。

“虽列火器，但未能用之。”探军说。

“我才想，马帅知道用我所长，这一节胜过杜帅。谁知他也只是拿来摆摆样子！”周永春说。

“还有呢？”杨镐问。

“布骑兵于火器外。”探军道。

“布骑兵于火器外，为的是护卫火器；但也有个弊病，骑兵一败，火器就派不上用场。”杨镐对周永春说。

“想来是如此。”周永春道。

“还有呢？”杨镐问探军。

“主力下马，结方阵于壕内。”探军道。

“三重壕沟，三重兵力，总的来看，马帅的部署没多大的漏洞，”杨镐说着，问周永春，“汝欣先生，你说呢？”

“京甫先生说的是。”周永春同意他的结论。

“然后呢？”杨镐又问探军。

“建夷以精锐骑师冲入我阵，两军骑兵交手，我军不敌。骑兵之阵既溃，火器之阵亦溃。建夷突入壕内，冲我方阵，我军不支，大溃。”探军简单述道。

“就这么一战即败？”杨镐问。

“是。”探军应道。

“布阵无大错，也说不上仓促应战，马帅又不是庸将，怎就一战即败？”杨镐不得其解。

“是啊，怎就一战即败？”周永春也不得其解。

“然后呢？”杨镐又问探军。

“官军突围，麻将军战死。监军潘大人断后，于飞芬山殒命。马将军仅以数骑突出。”探军述道。

他说的麻将军，是副将麻岩，潘大人即兵备佥事潘宗颜。

“士瓒亦亡？”杨镐惊呼。

“部堂大人问的是——”探军不知潘宗颜的别字。

“即潘大人。”杨镐道。

“是，潘大人亦亡。”探军重复道。

“唉！”杨镐叹道。

“京甫先生是不是想到他那封私函？”周永春问。

“是，”杨镐点点头，复叹，“不幸被他言中！或许，当时应该再认真议一议他的那些话。”

“怎认真再议？是临阵换将，还是止其进军？”周永春自问自答，“且不说临阵换将是兵家大忌，即便可以换之，几位主将都是朝廷选定的，由不得京甫先生任意更换。至于止其进军，就更不可能。四路部署、进军日期、用兵方略，都是奏明朝廷的；私自改变哪一项，都不是小事。止军不前，罪过和兵败相当。”

“我知无法改变，”杨镐说着，问探军，“马将军还活着？”

“小人离开开原时，他还活着。”探军道。

“他退至开原？”杨镐问。

“是。”探军应道。

“汝欣先生看，此事当如何处置？”杨镐问周永春。

“尚间崖兵败，不管马帅的责任是大是小，他活着，士瓒阵亡，他都罪责难逃。此事须如实奏明朝廷。另外，他侥幸逃至开原，也有个好处：可传檄于他，命他戴罪立功，固守开原。”周永春说。

“只得如此。”杨镐道。

两天后，周永春再来杨镐处，见他脸色稍微清朗。

“京甫先生，又有新消息？”周永春不敢奢望是好消息；自用兵以来，也从不敢说出好消息这几个字。

“是啊，”杨镐点点头，说道，“幸亏另一路传送捷报，不然，真是阴霾满天。”

“报捷的是李帅一路，还是刘帅一路？”周永春问。

“是刘帅一路。”杨镐道。

“胜绩如何？”周永春问。

“一则深入三百里，一则于董鄂路败建州人马，杀二裨将。在杜、马二军大败之际，刘帅此胜，聊可长一长我官军士气。”杨镐说。

“我死三总兵，跑一总兵，副将以下死伤不知有几，而杀敌者，仅二裨将，也只能说是聊胜于无。”周永春道。

“我才想松一口气，又被汝欣先生扫兴。”杨镐苦笑道。

“京甫先生想松一口气，不会是因为杀敌二裨将，而是因为在董鄂路败建州人马，对吧？”周永春问。

“对。”杨镐应道。

“守董鄂路的建州人马有几多？”周永春问。

“五百。”杨镐道。

“我记得，官军数量，杜帅一军最多，其次则是刘帅一军，对吧？”周永春问。

“对。”杨镐应道。

“刘帅麾下有几多人马？”周永春问。

“四万。”杨镐道。

“刘帅不必全军齐上，只用一部，也会十倍、二十倍于敌，京甫先生说是不是？”周永春问。

“汝欣先生是何意？”杨镐不想再回答，干脆反问一句。

“京甫先生别误会，”周永春忙加解释，“十倍、二十倍于敌，能胜之，也是件让人兴奋的事；况且，十倍、二十倍于敌，未必能胜之。我想说的是，刘帅若与数量相当的建州人马遭遇，结果又会如何？京甫先生有把握必胜吗？”

“今日之情势，谁个敢说有把握！”杨镐道。

“我其实更想和京甫先生说的，是刘帅深入三百里，”周永春说着，问道，“京甫先生想松一口气，还因为刘帅一军深入三百里，对吧？”

“对。”杨镐应道。

“定的刘帅攻建夷东南，长途奔袭，是路途最远的一路，深入三百里，势在必然。杜、马二军不败，刘帅深入三百里，是件好事，适足以对建夷形成合围之势；但杜、马二军既败，刘帅部深入三百里，就未必是件好事。以攻而言，合围之事早就无望；以守而言，刘帅孤军深入，一旦被敌所围，谁能救之！”周永春道。

“汝欣先生之意，传檄刘帅，迅即还师？”杨镐问。

“京甫先生经略过朝鲜，经略过辽东，不会看不出刘帅一军面临的凶险局面吧？”周永春道。

“我知刘帅孤军深入有凶险，我只是想，能不能迟几日，再定进退。”杨镐说。

“即刻传檄，只怕已晚，哪容京甫先生再迟几日！”周永春道。

“汝欣先生之意，我即刻传檄刘帅；同时，还要传檄李帅，令二人一并还师？”杨镐说罢，一边琢磨着这道命令该怎样写，一边拿起笔来。他有时会迟疑，但一旦决定下来，动作还是很快。

但被周永春说中，已经晚了。

又过两日，周永春正在杨镐处饮茶，探军来报。

“部堂大人大事不好！”探军道。他本该呼过“部堂大人”后顿一顿，但一着急，连着说下来。

“部堂大人还好。”杨镐沉下脸说。

“是，部堂大人还好，是前方战事不好。”探军说。

“官军又遭败绩？”杨镐问。

“是，官军又遭败绩。”探军说。

“是哪一路？”杨镐问。

“刘将军兵败身亡。”探军说。

杨镐心一紧，手一松，杯子跌落在地。

“刘将军身亡？”他问。

“是。”探军应道。

“怎死的？”杨镐又问。

“战死的。”探军道。

不用他说，杨镐也想得到。刘綎虽已老迈，身体却好，不会是病死的。

“本是胜利之师，怎就战死？”杨镐问周永春。

“让他说！”周永春手指探军道。

杨镐让自己镇定下来，一件事一件事地问。

“哪天的事？”他问。

“初七日。”探军道。

“兵败何处？”杨镐问。

“阿布达里。”探军道。

“汝欣先生知道这个地方吗？”杨镐问周永春。

“似乎是片山冈的名字。”周永春说。

“是个冈名，”探军证实，“建夷称阿布达里，我汉人则称清风山。”

“你难道不是汉人，为何不用汉人的名字！”杨镐斥道。

“是，”探军应一声，重报，“刘将军兵败于清风山。”

“该地有建夷的名字，应该是在敌境吧？”杨镐问。

“是。”探军应道。

“建夷先败我军于西，复败我军于北，这回又败我军于东南，我怎觉着，恰可用神出鬼没四字？”杨镐这话是对周永春说的。

“京甫先生，还是快问他刘帅是怎战败身亡的吧。”周永春道。

“对，刘将军是怎战败身亡的？”杨镐问探军。

“刘将军中敌圈套。”探军说。

“中敌圈套？谁个设的圈套？”杨镐问。

“自是建酋设的圈套，”探军说着，述道，“小人探明，杜将军兵败，建夷得杜将军令箭一枚，乃使间谍假作杜将军部属，持令箭向刘将军告急求援，将刘将军诱入敌围。”

“刘将军身经百战，就这么轻易上当？”杨镐问。

“刘将军起初不信；无奈间谍狡诈，刘将军有一句来言，他有一句去语，不由得刘将军不信。”探军说。

“刘将军怎说的？”杨镐问。

“刘将军说：老杜领一军，某亦领一军，今以令箭着我援之，莫非以我为属将！”探军述道。

“建州间谍怎说？”杨镐问。

“间谍说：持令箭者，以为信物，非为传令。”探军述道。

“刘将军又怎说？”杨镐问。

“刘将军说：出师时，我与老杜约定，互放炮为号，怎未闻炮声？”探军述道。

“建州间谍又怎说？”杨镐问。

“间谍说：放炮仅传三里。夷地烽堠不备，未必能够炮炮相传，不如以人送信，更为快捷。”探军述道。

“刘将军又怎说？”杨镐问。

“刘将军没再说。”探军道。

“他已信？”杨镐问。

“已信。”探军道。

“他于是进兵？”杨镐问。

“他于是进兵。”探军道。

“不该呀！”杨镐连连摇头。

“京甫先生是说，他不该信之？”周永春问。

“是，”杨镐应道，“虽则建州间谍狡诈，刘帅仅凭一令箭信之，岂不是太轻信！”

“确是轻信，”周永春附和道，“刘帅无备，建夷有备，两军不必交锋，胜负已定。”

“建酋可是在清风山设伏？”杨镐又问探军。

“是，”探军应一声，述道，“刘将军在清风山与敌遭遇，于一冈布阵。不料，建州人马占据更高一冈，另以一军绕道刘将军西侧。冈上敌军自上而下，从正面冲击我阵；西面敌军从侧冲击我阵。我军不能支，溃败。刘将军战死，刘将军养子刘招孙亦战死，部下生还者无几。”

“惜哉！”杨镐哀叹。

“我记得，朝鲜援军是与刘帅军并行的。”周永春提醒他。

朝廷与建州大战即起之际，朝鲜王表示，愿意从征助战，并派兵赴辽东。杨镐命游击将军乔一琦监朝鲜军，和刘綎一路并进。

“不错，”杨镐这是回复周永春。然后问探军，“朝鲜军在何处？”

“在富察。”探军道。

“刘将军被围，朝鲜军不曾往援？”杨镐问。

“刘将军败得太快，朝鲜军未得消息，官军已覆没；没等朝鲜军决定进否，建州人马已至富察邀战。”探军说。

“我不知朝鲜军能战否，但知朝鲜军火器很强，”周永春插话，并问，“朝鲜军有没用火器？”

“回都堂大人话。朝鲜军不用火器，还不至于速败。”探军道。

“怎么？”周永春问。

“建州人马到富察，朝鲜军迎战。忽狂风大作，沙石飞扬。朝鲜军发火器，反炸己营，阵脚大乱，被建夷掩杀殆尽。”探军述道。

“此一路完败，只能说是天意，”杨镐叹道，又问探军，“乔将军是否也被杀？”

“他是投崖自尽的。”探军道。

“还有监刘将军部的康大人呢？他是死在清风山，还是死在别处？”杨镐问。

“康大人却不曾死，”探军道，“刘将军兵败，他率数百人突围，奔至朝鲜军；朝鲜军兵败，他又率数百人突围。”

“他倒似有福，”杨镐苦笑道，他对周永春说，“四路大军，三路已覆，再传报李帅兵败，我只有以尚方剑自刎，以谢朝廷。”

“京甫先生稍安。李帅不似刘帅深入，得京甫先生檄，或可及时回师。”周永春说。他虽然在安慰杨镐，心里却在想：李如柏一军即便能全师而退，朝廷大概也不会放过杨镐；当然，他也要考虑自己的退路。

如他所言，李如柏一路撤退得及时，得以保全。也如他所料，杨镐先是被罢免，然后被下狱。这是后话。

第五百章

歙县人曹致廉来到京师后，连日光顾于各茶楼酒肆。品茶、饮酒还在其次，他的目的是找人。他要找的不是具体的人，而是他心目中的人；而他心目中的人，至少要符合三个条件：第一，须得是内臣；第二，须得搭讪得上；第三，须对他的话感兴趣。

符合这三条的人，看上去很容易找到，其实不然。

譬如内臣。

宫中及内府各衙门的内臣，数以万计；但能出宫走动的内臣，大概只数以千计。出宫走动的内臣，数以千计；但出入茶楼酒肆的内臣，大概只数以百计。

再者，京师的茶楼酒肆，数以千计；但有内臣出入的茶楼酒肆，大概只数以百计。有内臣出入的茶楼酒肆，数以百计，但当日有内臣出入的茶楼酒肆，大概只数以十计。

再者，他每日经过的茶楼酒肆，数以百计；但他每日进去的茶楼酒肆，大概只数以十计。他每日进去的茶楼酒肆，数以十计；但他每日点茶叫酒的茶楼酒肆，大概只一两家。

所以，他进去的茶楼酒肆，恰好有内臣在，不是每日都能遇到。

又譬如搭讪得上。

人少的茶楼酒肆，内臣进出的机会也小；人多的茶楼酒肆，内臣出入的机会也大。这是个普通的道理。

茶楼酒肆人少的时候，内臣进出的机会也小；茶楼酒肆人多的时候，内臣出入的机会也大。这也是个普通的道理。

但人少的茶楼酒肆，在茶楼酒肆人少的时候，你可以随便坐。有可能两名内臣占张三人、四人的桌子；人多的茶楼酒肆，在茶楼酒肆人多的时候，坐得紧凑，两名内臣坐的一般是二人的桌子，不大可能占张三人、四人的桌子。

再者，两名内臣占张三人、四人的桌子，你过去作个揖，问句“可否同坐”，说句“账算在小民头上”，碰到随和的内臣，大概会同意，这算搭讪上。但碰到一脸横肉的内臣，一脸傲慢的内臣，眼睛一瞪，连说几声“去”，斥道“我兄弟说话，岂容他人在旁”，你怎搭讪？

再者，虽碰上随和的内臣，同意你同坐，但人很贪心，知道你付账，命茶博士倒去旧茶，换上新茶。旧茶是二、三钱一壶，新茶却是二、三两一壶。或命小儿撤去旧酒，换上新酒。旧酒是五钱一壶，新酒却是五两一壶。还没说话，先要割肉，谁受得了！

所以，他能够搭讪的上、又愿意搭讪的的内臣，不是每日都能遇到。

又譬如，对他的话感兴趣。

世上有那么一类寡言少语的人，也有那么一类寡言少语的内臣。你说十句，他只应一个字，保证你过不了多会儿，也不想再说。再者，世上有那么一类话多得停不下来的人，也有那么一类话多得停不下来的内臣。你才一开口，就被他抢过话头；你说上一句，得听他一百句。到最后，你不是说累，而是听累。

再者，世上有那么一类木讷的人，也有那么一类木讷的内臣。一件事，你说第一遍时，他问“是吗”；你说第二遍时，他问“怎会”；你说第三遍时，他呼“天哪”；你说第四遍时，他呼“娘啊”。你说十遍，也别想听到他一声回应。你还想说第十一遍吗？

再者，世上有那么一类不近人情的人，也有那么一类不近人情的内臣。你帮他发一笔横财，想从中分一杯羹；他会说，我的钱财，为何分给你？你帮他得到天大的好处，想从中沾一点儿光；他会说，我的光，为何让你沾？这样的人，这样的内臣，你敢和他共事吗？

所以，对他的话感兴趣的人，不是每日都能遇到。

但工夫不负有心人，他还真遇到这么两个内臣。

酒肆里，一张四方桌子，两个内臣打横而坐，上首、下首都空着。

“二位公公，小民这厢有礼。”曹致廉说着，向这人作一揖，向那人作一揖。

“好说。”这人道。

“这座位——”曹致廉不敢贸然说下去。

“你是不是想同坐？”这人问。

“公公明鉴，小民就是这个意思。”曹致廉道。

“同坐可以，但有件事，得听我两个的。”这人说。

“公公吩咐。”曹致廉揖道。

“你须上座。”这人开出的条件出人意料。

“小民怎敢！”曹致廉道，“两位公公容小民同坐，小民已经感激不尽。小民只配坐在末席。”

“你不答应？”这人问。

“不是不答应，小民着实不敢。”曹致廉道。

“那你去别处吧，别坐在这里。”这人翻脸。

“可小民实在是想和两位公公同坐。”曹致廉不愿失去这个机会。

“那就坐在那儿。”这人手指上座说。

曹致廉看看另一人。那人摇头晃脑，好像对这人的每一个字都赞同。

“如此，小民得罪。”曹致廉说着，小心地坐在上首的椅子上。

“四哥，这下你我不必再推让。”这人对那人说。

“真是天无绝人之路。”那人道。

这话有些吓人，曹致廉不由一惊。

“这账——”他还是不敢贸然说下去。

“你是不是想说，这账算在你头上？”那人问。

“公公明鉴，小民就是这个意思。”曹致廉道。

“你做东可以，但有件事，得听我两个的。”那人说。

“公公吩咐。”曹致廉揖道。

“从这两块银子中，拿一块付账。”那人说着，把两块碎银放在桌上。

“小民怎敢！”曹致廉道，“两位公公容小民同饮，是给小民天大的面子，小民理当孝敬两位公公。”

“你不答应？”那人问。

“不是不答应，小民着实是不敢。”曹致廉道。

“那你去别处吧，别坐在这里。”那人也翻脸。

“可小民实在是想和两位公公同饮。”曹致廉更不愿失去这个机会。

“那就挑块银子付账。”那人手指桌上的银子说。

曹致廉看着前一人，前一人摇头晃脑，好像对那人的每一个字都赞同。

“如此，小民得罪。”曹致廉说着，伸出手去，随意取块碎银。

“不能用那块，该用这块。”这人说。

曹致廉想也没想，换取另一块。

“不能用这块，得用那块。”那人也说。

“请教两位公公，二银有何不同？”曹致廉问。

“你用那块银子，他高兴，我不高兴。”这人说。

“你用这块银子，我不高兴，他高兴。”那人说。

“既如此，不如多要些酒，多要些菜，把两块银子一起用掉。”曹致廉提议。

“三哥，这下你我不必再争抢。”那人对这人说。

“真是两全其美。”这人道。

这是句鼓舞人心的话，曹致廉主动和两个内臣攀谈起来。

“小民姓曹，名致廉，敢问两位公公尊姓大名。”他说着，揖了揖。

“我姓张，没听四哥唤我三哥吗，我就叫张三。”这人说。

“我姓李，没听三哥唤我四哥吗，我就叫李四。”那人说。

不管是不是真名，总有的称呼。

“我也唤三哥吧。”曹致廉对自称张三的内臣说。

“好说！”张三道。

“我也唤四哥吧。”曹致廉对自称李四的内臣说。

“有何不可！”李四道。

“这个上座，三哥和四哥谁都可坐，为何都不肯坐？”曹致廉问张三。

“我和四哥有个约定，谁做东，谁坐上座。”张三说。

“这个约定好，今日为何不遵行？”曹致廉问。

“你得问四哥。”张三道。

“四哥，今日为何不照约定办？”曹致廉问李四。

“我和三哥有个约定，一月出来喝一次酒，轮流坐庄。”李四说。

“今日该谁坐庄？”曹致廉问。

“我说这月该我做东，三哥说这月该他做东，所以，谁也坐不成上座。”李四道。

“原来两位公公没记住今日该谁做东，倒让小民捡个便宜。”曹致廉说着，招手叫来小二，让他上好酒、好菜。

酒、菜端上后，曹致廉给两个内臣斟酒、夼菜。

“两位公公真乃诚信君子，我敬两位公公一杯。”曹致廉道。

“老曹今日坐上座，我敬老曹一杯。”张三道。

“老曹今日付账，我敬老曹一杯。”李四道。

“老曹今日帮我两个解决难题，我两个敬老曹一杯。”张三、李四又齐道。

几杯酒下肚，三个人无话不说。

“我说句话，两位公公别不高兴。”曹致廉道。

“你说！”张三、李四齐道。

“两位公公一月出来喝一次酒，手头并不宽裕呀。”曹致廉说。

“谁说不是！”张三、李四齐道。

“爷给的俸银就那么点儿。”张三又说。

“将将够一个月出来喝一次酒。”李四又说。

“我两个还从未捞到过美差。”张三又说。

“我两个也不会巧取豪夺。”李四又说。

“今日得与两位公公同坐、同饮，也是缘分。我有笔财富奉送，还望两位公公笑纳。”曹致廉说。

“有笔财富奉送，老曹，这话是你说的？”张三怀疑听错。

“是。”曹致廉应道。

“老曹，十两八两银子，不能叫财富。”李四话里明显有讥笑的味道。

“不会是十两八两。”曹致廉保证。

“那有几多？”李四问。

“没有定数。”曹致廉说。

“何谓没有定数？”李四问。

“可多可少。”曹致廉说。

“老曹的意思，是多是少，要看我两个自个儿？”张三问。

“是这个意思。”曹致廉道。

“老曹别忘记，四哥才说，我两个不会巧取豪夺。”张三提醒他。

“既在其位，两位公公不用巧取豪夺。”曹致廉说。

“老曹的意思，得到其位，财富自然滚滚而来？”李四问。

“是这个意思。”曹致廉道。

“老曹别忘记，三哥才说，我两个从未捞到过美差。”李四提醒他。

“以前从未捞到过美差，未必以后也捞不到。”曹致廉说。

“老曹这话何意？”张三、李四齐问。

“以前的各项美差，不是因两位公公而设，故两位公公捞不上；以后的美差，因两位公公而设，两位公公怎会捞不上！”曹致廉道。

“因我两个而设？何等美差会因我两个而设？”张三、李四又问。

“譬如，小民所议之事，因两位公公而达于圣驾前，皇上派差，会不会优先选择两位公公？”曹致廉反问。

“这倒有可能，”张三说，“昔日，某人因某叔，请于山西开矿，爷即命某叔去山西；某人因某叔，请于河南开矿，爷又命某叔去河南。今老曹所议之事，因我两个而奏请，爷多半也会命我两个去办。”

“三哥，还是先问问老曹是何事吧，”李四道，“别美差没捞到，却害我两个挨顿毒打。”

“可不！”张三应道，并问曹致廉，“老曹欲议何事？”

“劫富济贫。”曹致廉回答四个字，差点儿让两个内臣跳起来。

“老曹，你要造反呀！”张三道。

“三哥，小点儿声！”李四说着，还四面看看。

“我欲劫富济贫，怎是造反？”曹致廉问。

“从来劫富济贫都是造反，难道不是！”张三道。

“是啊，”李四附和，“怎到老曹这儿，却不是造反？”

“我倒要请教两位公公，今日谁个最贫？”曹致廉道。

“我两个一月可以出来喝一次酒，不会是我两个吧？”张三问。

“不是两位公公。”曹致廉道。

“老曹看曾打算替我二人付钞，不会是老曹自个儿吧？”李四问。

“不是我自个儿。”曹致廉道。

“你说是谁个！”张三、李四齐道。

“是皇上。”曹致廉道。

“是爷！”张三、李四惊呼，“天下都是爷的，爷怎会最贫！”

“皇上本该是最富有的，但今日疏浚河道，从皇上那里要去一笔款项；明日修筑宫室，从皇上那里要去一笔款项。特别是辽东战事，还不知要用多少银子；即便把皇上内库掏空，也不见得够用，”曹致廉说着，问道，“两位公公说，皇上今日是不是最贫？”

“要是这么说，爷倒沾得上个贫字。”张三、李四齐道。

“我等为臣为子，该不该济皇上之贫？”曹致廉问。

“要是这么说，我等倒是该济。”张三、李四齐道。

“再请教两位公公，今日谁个最富？”曹致廉道。

“不会是我。”张三说。

“也不会是我。”李四说。

“不会是你老曹。”张三说。

“也不会是爷。”李四说。

“你说是谁个！”张三、李四齐道。

“是江南。”曹致廉道。

“四哥，天下有姓江的吗？”张三问李四。

“肯定有姓江的，”李四说，“天下之姓，无奇不有；况且，江姓并不奇特，怎会没有！”

“我是问四哥，有江南其人否？”张三道。

“肯定有叫江南的，”李四说，“天下之名，无奇不有；况且，东南西北并不奇特，怎会没有！”

“我是问四哥，知天下最富之人江南否？”张三道。

“这却不知，”李四说着，问曹致廉，“老曹说的江南，是哪里人？”

“江南。”曹致廉道。

“我已知江南是天下最富之人，我在问，他是哪里的人！”李四说。

“江南。”曹致廉道。

李四还要问，被张三拦住。

“四哥别再问，我懂得老曹的意思：这个江南，乃江南人也，”张三说着，问曹致廉，“老曹，对吧？”

曹致廉先点头，又摇头。

“究竟是或不是，老曹倒是说呀！”张三道。

“我说的江南，是江南其地，非江南其人。”曹致廉说。

“老曹是说，天下最富之人，是在江南？”张三问。

“是。”曹致廉这回只点头，不摇头。

“江南者，指的是大江以南？”李四问。

“是。”曹致廉问。

“江南者，特别是指的太湖周边？”张三又问。

“是。”曹致廉应道。

“其中是不是有苏州？”李四又问。

“是有。”曹致廉应道。

“其中是不是有松江？”张三又问。

“是有。”曹致廉应道。

“其中是不是有常州？”李四又问。

“是有。”曹致廉应道。

“其中是不是有嘉兴？”张三又问。

“是有。”曹致廉应道。

“其中是不是有湖州？”李四又问。

“是有。”曹致廉应道。

“常听人说，天下以此五府最为富庶。”张三道。

“常听人说，太湖熟，天下足。”李四道。

“小民说江南最富，有没道理？”曹致廉问。

“有道理。”张三、李四应道。

“小民欲劫江南富民以济皇上，有没道理？”曹致廉问。

“有道理。”张三、李四应道。

“但怎么个劫法，老曹有没进一步想？”张三又问。

“是啊，总不能明火执仗吧！”李四附和。

“明火执仗，别说官府不答应，朝廷也不答应。”张三又说。

“别说有司不答应，爷也不答应。”李四又说。

“爷不答应的事，我两个是绝不会做的。”张三、李四齐道。

“两位公公放心，小民守法，不会教两位公公做违法事。”曹致廉道。

“但一个劫字，听起来却似违法。”张三说。

“是啊，老曹不如改个字。”李四附和。

“字好改，”曹致廉道，“譬如改成劝字，两位公公以为如何？”

“四哥，你看行吗？”张三问李四。

“我看不行！劝富济贫，劝得出银子才怪，”李四说着，反问道，“三哥，你看行吗？”

“我看也不行！”张三道，“即便劝的出银子，爷会让有司劝，美差落不到你我头上。”

“老曹，劝富济贫行不通！”张三、李四齐道。

“改成命者，两位公公以为如何？”曹致廉换个字。

“三哥，你看行吗？”李四问张三。

“我看不行！命富济贫，命得出银子才怪，”张三说着，反问道，“四哥，你看行吗？”

“我看也不行，”李四道，“即便命得出银子，也是一级一级官府命下去，和你我无关。”

“老曹，命富济贫行不通！”张三、李四齐道。

“那就只好改成搜字。”曹致廉又换个字。

“搜字用得好！”张三喜欢这个字。

“搜字行得通！”李四也喜欢这个字。

“搜江南富户，以足朝廷之用，这就是我奉送两位公公的一大笔财富。”曹致廉说。

“老曹，来，边饮酒，边议！”张三、李匹邀道。

第五百零一章

通政司在西城，通政使姚思仁照例要先来东朝房，看朝中有事无事。

“善长兄见到子简兄吗？”方从哲问他。

姚思仁字善长，浙江秀水人。子简则是兵部侍郎杨应聘的字，他是南直隶怀远人。二人都是万历十一年进士。

“未见到。”姚思仁道。

“他在找你。”方从哲说。

“好，我去趟兵部。”姚思仁说着，和方从哲道别，往兵部去。

杨应聘见到他，从鼻腔里哼一声，然后说出四个字：“害人害己！”

“子简兄说谁个？”姚思仁问。

“谁个存害人之心，我就说谁个；谁个以害人始，以害己终，我就说谁个！”杨应聘道。

“看来，子简兄说的是我。”姚思仁点着头说。

“看来，善长兄已悔悟。”杨应聘针锋相对地说。

“我犯何错，须得悔悟？”姚思仁问。

“善长兄不知？”杨应聘反问。

“不知。”姚思仁道。

“善长兄不知自个儿有何错，怎知我说的是你？”杨应聘问。

“看子简兄的神色，听子简兄的话音，说的不是我，还会是谁个！”姚思仁说着，揖了揖。“我犯的究竟是何错，还请子简兄明示。”

“善长兄先告诉我，对江南人究竟有多大偏见。”杨应聘道。

“我本人也可以说是江南人，我对江南人并无偏见。”姚思仁说。

“江南人中，善长兄没几个仇家？”杨应聘问。

“一个也没有，别说几个！”姚思仁道。

“善长兄不觉着江南人多为富不仁？”杨应聘问。

“从未觉着。”姚思仁道。

“善长兄不觉着，江南富户皆朝廷罪人、国家罪人？”杨应聘问。

“我家算得富户，我不知怎有罪于朝廷，有罪于国家。”姚思仁道。

“善长兄真以为，搜括江南富户，得数百万军饷，不在话下？”杨应聘问。

“或可得之；但为数百万军饷，而使天下最富庶之地尽为疮痍，绝非朝廷之福，社稷之福。”姚思仁说。

“这个道理善长兄看得很透彻嘛。”杨应聘讥道。

“小儿都懂的道理，我不会看不透彻。”姚思仁说。

“小儿都懂的道理，善长兄偏偏背道而驰，更令人费解。”杨应聘说。

“背道而驰？我怎背道而驰？”姚思仁大惑不解。

“你不是欲朝廷搜括江南富户吗？”杨应聘问。

“我欲朝廷搜括江南富户？子简兄从谁那儿听说的！”姚思仁道。

“歙人曹某上疏，请搜括江南富户，善长兄敢说没此事？”杨应聘问。

“此事是有的。”姚思仁道。

“曹某上疏，善长兄敢说与善长兄无关？”杨应聘问。

“子简兄说有关无关，不知是何意？”姚思仁反问。

“一则，有人说，曹某上疏，是善长兄授意。”杨应聘说。

“是我授意？”姚思仁本想反驳，但只连说两声“好”，然后问，“其二怎说？”

“有人说，即便不是善长兄授意，善长兄也乐于呈进。”杨应聘说。

“为何我乐于呈进？”姚思仁问。

“曹某不过一小民，其所上奏疏，善长兄以为是胡言乱语，完全可以扣在通政司。”杨应聘说。

“还有其三吗？”姚思仁问。

“没有。”杨应聘道。

“我也以二事辩之，”姚思仁说着，伸出一指，“其一，通政司的职责是上通下达，胡言乱语之疏则不上，谁个赋予通政司这等权柄！”说着，问道，“子简兄能赋予吗？”

“不能。”杨应聘道。

“其二，我倒要问一句：曹某上疏，子简兄敢说与子简兄无关？”姚思仁说着，又伸出一指。

“善长兄说有关无关，又是何意？”杨应聘问。

“一则，子简兄敢说，曹某上疏，不是子简兄授意？”姚思仁道。

“曹某上数，是善长兄授意，是有人说的，非我猜测。”杨应聘虽然没正面反驳，但已表明，姚思仁的话毫无道理。

“子简兄怪我不该猜测，但我的猜测不是没道理呀。”姚思仁说。

“有何道理？”杨应聘问。

“子简兄是淮人，奏请搜括江南富户，在我是害人害已；在子简兄，却绝对不会害已。”姚思仁说。

“我敢说，曹某上疏，不是我授意，”杨应聘说着，问道，“善长兄，你信不信？”

“子简兄既敢说，我怎会不信！”姚思仁道。

“其二怎说？”杨应聘问。

“二则，子简兄敢说，不乐意曹某上此疏？”姚思仁道。

“善长兄怎会以为我乐意曹某上此疏？”杨应聘问。

“曹某写得明白，他要为朝廷凑粮饷，”姚思仁说着，反问道，“粮饷不足，难道不是子简兄为之烦恼的事？”

“我确为粮饷不足烦恼。”杨应聘承认。

“子简兄看！”姚思仁觉得自己的理由很充分。

“但善长兄不会以为，我对江南富户有切齿之恨吧？”杨应聘问。

“我没这么以为。”姚思仁道。

“善长兄不会以为，我对天下富户有切齿之恨吧？”杨应聘问。

“要搜括的是江南富户，怎又扩大至天下富户？”姚思仁反问。

“搜括江南富户，若粮饷仍不足，就该搜括天下富户。”杨应聘说。

“也是。”姚思仁应道。

“善长兄不会以为，我杨应聘的智力，连小儿都不如吧？”杨应聘问。

“我没这么想过。”姚思仁道。

“善长兄不会以为，巨奸巨蠹都不敢为之的事，我却敢为之吧？”杨应聘问。

“说的是道理，怎又扯到巨奸巨蠹？”姚思仁反问。

“先令江南之地尽为疮痍，复令天下之地尽为疮痍，这不正是巨奸巨蠹所为！”杨应聘说。

“也是。”姚思仁应道。

“善长兄还以为，曹某上此疏与我有关吗？”杨应聘问。

“我从未以为曹某上此疏与子简兄有关，只不过子简兄把这么大一顶帽子戴到我头上，我不得不摘下奉还。”姚思仁说。

“如此说来，我该向善长兄赔罪？”杨应聘道。

“彼此彼此。”姚思仁道。

二人相互一笑，都知道对方没当真。

“不过，有句话我还是要对善长兄说。”杨应聘忽然又认真起来。

“子简兄请说。”姚思仁道。

“曹某之疏荒诞不经，一旦摇惑圣心，江南将受其害，天下将受其害。该疏通政司不得不为之呈进；但既呈进，而不置一言，难免有人会责难。道善长兄看似尽职，实未尽职。”杨应聘说。

“子简兄是说，对曹某之疏，我应加以批驳？”姚思仁问。

“一定要痛加批驳。”杨应聘道。

“多谢子简兄提醒，”姚思仁揖了揖，也认真起来，“有句话，我不得不对子简兄再说说。”

“善长兄请说。”杨应聘道。

“辽东之事，不仅在粮饷。兵部若只知在粮饷上作文章，难免有人会责难。道子简兄看似尽职，实未尽职。”姚思仁说。

“善长兄是说，对辽东兵败，我须加以检讨？”杨应聘问。

“一定要从长计议。”姚思仁道。

“多谢善长兄提醒，”杨应聘也揖了揖，然后问，“朝廷决意起用熊飞百，善长兄知否？”

“熊飞百以大理寺丞兼河南道御史宣慰辽东，是一个多月前的事，我当然知道！”姚思仁说。

“可见，兵部不只盯在粮饷上，更看重的是用人。”杨应聘说。

“熊飞百已赴辽东否？”姚思仁问。

“尚未。”杨应聘道。

“熊飞百会不会应召赴任？”姚思仁又问。

“朝廷寄以重任，他怎会不应召，怎会不赴任！”杨应聘道。

“我看难说，”姚思仁道，“即便他赴任，一边是京甫先生经略辽东，一边是熊飞百宣慰辽东，会有结果吗？”

“对京甫先生，朝廷一定会有处分的。”杨应聘说。

“兵部议过吗？”姚思仁问。

“尚未。”杨应聘道。

“万众瞩目之事，兵部为何尚未议之？”姚思仁问。

“善长兄应该知道，有难议之处。”杨应聘说。

“我并不知。”姚思仁道。

"京甫先生是如何起用的，善长兄不会不知吧？"杨应聘反问。

"子简兄是说，乃相公力荐？"姚思仁问。

"对，"杨应聘点点头，反问道，"中涵兄力荐，他若不松口，兵部是不是难议？"

"中涵兄尚未松口？"姚思仁问。

"尚未。"杨应聘道。

"难怪！"姚思仁连连点头。

"难得！"杨应聘却说，"一两句话，就让善长兄开窍。"

"谁说我开窍？"姚思仁摇头，"所谓难怪，是说子简兄今日为何找我，又为何把扯不上的罪责加在我头上！"

"善长兄说说看。"杨应聘道。

"处分京甫先生的事，兵部不便对相公说，子简兄不便对相公说；所以，想让我对相公说。"姚思仁道。

"善长兄肯对相公说吗？"杨应聘问。

"此事宜速决，不然，对相公不利，对子简兄不利，对兵部不利。有利朝廷的事，我为何不肯说！"姚思仁道。

"多谢！"杨应聘揖道。

姚思仁回到朝房，方从哲仍在。

"中涵兄还没走呀？"姚思仁问。

"善长兄不是还要回来吗？"方从哲好像料到他会回来。

"中涵兄知道子简兄找我何事？"姚思仁问。

"不知。"方从哲道。

"既不知，怎知我要回来？"姚思仁问。

"善长兄提的问题，还真不好回答，"方从哲顿了顿，问道，"我这么说吧，善长兄先前见我，要不是被我支去见子简兄，当真没话对我说？"

"实不相瞒，我真有话要对中涵兄说。"姚思仁道。

"见过子简兄，善长兄本来要对我说的话，就不想说？"方从哲问。

"不，是更想说。"姚思仁道。

"所以我料定善长兄还要回来。"方从哲说。

"中涵兄推论缜密，让我无话可说。"姚思仁道。

"不管善长兄有话要对我说，还是子简兄有话拜托善长兄对我说，有件事还是我先告诉善长兄吧。"方从哲采取主动。

“好，中涵兄请说。”姚思仁揖道。

“子简兄见到我时，不止让我转告善长兄，他要找你。”方从哲说。

“子简兄还说何事？”姚思仁问。

“还提及一篇奏疏。”方从哲道。

“可是歙人曹某的奏疏？”姚思仁问。

“善长兄为何以为是他的奏疏？”方从哲反问。

“因为他责怪我，呈进该疏而不加批驳，是未尽职。”姚思仁说。

“这不过提个话头，他不会为此把善长兄找去。”方从哲道。

“中涵兄懂得子简兄，这果然是个话头。”姚思仁说。

“这是他和善长兄提及的话头，他和我的话头不是该疏。”方从哲否定他前面的推测。

“不是曹某人的奏疏，是谁人的奏疏？”姚思仁问。

“是元平先生的奏疏。”方从哲道。

“对，元平先生日前是上一疏，”姚思仁点点头，问道，“我却不曾留意，他议的是贵州之事，还是西北之事？”

近有旨，张鹤鸣升陕西三边总督。因他在离旧职、赴新任之际，姚思仁才有此问。

“西北之事，他一时半会儿还说不出什么来，他议的是贵州之事。”杨应聘道。

“是红苗之事？”姚思仁问。

“善长兄也知道，红苗之事若不处置将酿成大患？”方从哲肯定他的猜测。

“以前不知，故对元平先生所议不曾留意，但子简兄既和中涵兄提及，可见看重此事；子简兄既看重，可见不是小事。”姚思仁说。

“这话得两说着。”方从哲道。

“怎的两说？”姚思仁问。他本来的确没把这件事看得很大，只不过方从哲提到，他不得不应付；现在，“两说着”这句话引起他的兴趣。

“元平先生奏疏中，提及许多数字，在我都是闻所未闻。善长兄说不是小事，的确不是小事。”方从哲道。

“都有哪些数字？”姚思仁问。

“譬如，红苗共计多少寨，善长兄知否？”方从哲问。

“不知。”姚思仁道。

“有这多。”方从哲先比画了个二。

“不会只有两寨吧？”姚思仁开玩笑地问。

“当然不会。”方从哲道。

“是二十寨吗？”姚思仁问。

“是二百寨。”方从哲说着，又比画个六。

“还要再加六十？”姚思仁问。

“对。”方从哲应着，又比画个六。

“共计二百六十六寨？”姚思仁问。

“是。”方从哲应道。

“统称红苗，竟如此分散！”姚思仁惊呼。

“就是如此分散，”方从哲说着，又问，“二百六十六寨红苗，分隶于几布政司，善长兄知否？”

“不知。”姚思仁道。

“分隶于三布政司。”方从哲告诉他。

“可是湖广、四川、贵州？”姚思仁问。

“按照分部的多寡而言，应该是贵州、湖广、四川，”方从哲说着，又问，“四川有红苗几多寨，善长兄知否？”

“不知。”姚思仁道。

“有这多。”方从哲连着比画两个四。

“四十四寨？”姚思仁问。

“是，”方从哲应一声，问道，“湖广有红苗几多寨，善长兄知否？”

“不知。”姚思仁道。

“有这多。”方从哲连着比画两个九。

“九十九寨？”姚思仁问。

“是，”方从哲应一声，问道，“贵州有红苗几多寨，善长兄知否？”

“不知。”姚思仁道。

“有这多。”方从哲先比画个一，又比画个二，又比画个三。

“一百二十三寨？”姚思仁问。

“对。”方从哲应道。

“我原以为，红苗仅在贵州，谁知四川、湖广也有。这个误解今日才被纠正。”姚思仁说。

“四川四十四寨红苗分辖于几土司，善长兄知否？”方从哲又问。

“不知。”姚思仁道。

“三土司，”方从哲告诉他，并数道，“酉阳宣抚司，其一也；石耶长官司，其二也；邑梅长官司，其三也。”

“湖广九十九寨红苗辖于几土司？”姚思仁问。

“亦三土司，”方从哲告诉他，并数道，“永顺宣慰司，其一也；保靖宣慰司，其二也；镇溪土千户所，其三也。”

“贵州一百二十三寨红苗辖于几土司？”姚思仁问。

“不知其数。”方从哲道。

“怎不知其数？”姚思仁问。

“各宣慰司、各宣抚司、各长官司几乎都有红苗之寨，可不是不知其数！”方从哲道。

“我原以为，贵州红苗最为集中，谁知贵州红苗反而最分散。这个误解今日也解开。”姚思仁说。

“元平先生上疏，为何详述红苗，善长兄知否？”方从哲又问。

“不知。”姚思仁道。

“元平先生是向朝廷诉苦。”方从哲说。

“向朝廷诉苦？怎讲？”姚思仁问。

“红苗分辖于三布政司各土司，贵州却独当其害，积困为邻壑。”方从哲说。

“元平先生的意思，四川、湖广有司以贵州为壑，是吧？”姚思仁问。

“是。”方从哲应道。

“元平先生欲怎扭转之？”姚思仁问。

“请朝廷敕四川、湖广各要隘，列戍严防；红苗出劫，则追究所辖有司。如湖广，则责令永顺、保靖宣慰司等严加防守；如四川，则责令酉阳宣抚司等严加防守。”方从哲述道。

“若贵州呢？”姚思仁问。

“若贵州，则责令自治，毋使彼顺此逆，以酿祸端。”方从哲述道。

“我原以为，是贵州红苗搅得四川、湖广等邻省不安，谁知反是四川、湖广等红苗搅得贵州不安。这个误解是个极大的误解，今日终于解开。”姚思仁说。

“听善长兄的口气，对元平先生此疏很是赏识。”方从哲道。

“中涵先生难道不以为然？”姚思仁问。

“我也很赏识，所以对子简兄说，可如议行。”方从哲道。

“元平先生所议不是小事，说得够多的，”姚思仁说着，问道，“中涵兄不是两说着吗？另一说呢？”

“今天下风雨飘摇，比较起来，特别是和辽东之事比较起来，贵州红苗又算不得大事。”方从哲道。

姚思仁未出声，但略有所思地摇着头。

“善长兄以为这话不对？”方从哲问。

“不是这话不对；我是想，中涵兄的另一说，似乎不是这个意思，”姚思仁说着，又加上一句，“也许是我想错。”

“善长兄没想错，”方从哲道，“另一说的意思是，子简兄并没把红苗事看得很重，他其实并不是来和我说红苗事的。”

“我也是这么想的，”姚思仁回应一句，又问，“中涵兄既然想到子简兄不是来说红苗事的，可知他欲说何事？”

“子简兄欲说之事，就是善长兄马上要对我说的事呀。”方从哲道。

“这么说，中涵兄知道我又返回，要说何事？”姚思仁问。

“当然，”方从哲道，“子简兄欲说之事，却不便直接对我说，须得由第三者来对我说。他真是想得太多！”

“子简兄不便直接对中涵兄说，中涵兄是不是也不便直接对子简兄说？”姚思仁问。

“善长兄说得对，”方从哲道，“子简兄若直接对我说，我也不妨直接对子简兄说；子简兄既不肯直接对我说，我却直接对他说，岂不又成对兵部发号施令！”

“那么，中涵兄有话要我传达给子简兄否？”姚思仁问。

“有，”方从哲应道，“一则，我向朝廷力荐京甫先生，京甫先生兵败，我难辞其咎。此事我自会向朝廷请罪。二则，我力荐京甫先生，朝中多名大臣，包括大司马、少司马等力荐京甫先生，是因为他曾经略朝鲜与倭寇之战，并最终告捷。举荐时，我和京甫先生并无私情；今朝廷要处分，我也不会袒护他。”

“有中涵兄这几句话，子简兄大可无所顾忌。”姚思仁道。

第五百零二章

熊廷弼到京，比去年杨镐到京，引起更大的关注。毕竟，起用杨镐时，仅失辽东一二城镇，而且不是主要的城镇，还看不出事态的严重；今起用熊廷弼，号称四十余万至少也有十几万的官军，一败涂地。再没眼光的人也看得出，辽东大局危殆。

陛见之后，有数不尽的应酬。有的大臣是他必须要拜见的，有的衙门是他必须要洽谈的；同年的进士不能一个一个相见，只好约在一起聚聚；可以不见的官员，则想方设法推托掉。

有个官员来馆驿造访，别人都以为熊廷弼不会见他，连该官自己都觉得熊廷弼不会见他，熊廷弼却偏偏与他相见。

此官是国子监司业张鼐。

“飞百先生一身而系辽东大局，有许多事情要办。无暇见在下，乃情理之中，在下不会见怪。”张鼐实话实说。

“哪里的话！”熊廷弼道，“我向来敬重教职，况侗初先生以司业而署太学，乃今日天下第一教职，我怎敢托大，拒公于门外！”

张鼐字侗初，南直隶华亭人，万历三十二年进士。

“飞百先生客气。”张鼐揖道。

宾主就座，奉上一杯清茶，熊廷弼开门见山地说：“侗初先生既来，必有谠言，请不吝赐教。”

“赐教不敢当，只想问问，何谓宣慰，何谓经略？”张鼐咬文嚼字，应该说是他的本色。

“宣慰者，代朝廷劳军而已；经略者，主持攻守大计也。”熊廷弼说。

“朝廷前者以飞百先生宣慰辽东，是吧？”张鼐问。

“是。”熊廷弼应道。

“颁旨是在几月？”张鼐问。

“三月。”熊廷弼说。

“对，是在三月，”张鼒道，“在下记得那月有两件大事：一是春闱张榜，二是起用飞百先生。”

“春闱是朝廷大典，某之起用，不可与之相提并论。”熊廷弼说。

“在我看来，”张鼒顿了顿，接着说，“不，在朝廷上下许多人看来，起用飞百先生是件更大的事。”

“诚惶诚恐，诚惶诚恐。”熊廷弼连连揖道。

“朝廷三月颁旨，飞百先生六月到京，不怪飞百先生。”张鼒说。

他这话可以有许多种解释，但有个前提是肯定的：以为熊廷弼来得有点儿慢。以单程五千里、双程万里计之，只要稍微快一点儿，应该用不了三个月。

“实是家中有些事须处置，我并非有意耽搁。”熊廷弼说。

“我才说，不怪飞百先生。”张鼒道。

“侗初先生的意思是——”熊廷弼不得不问。

“朝廷以飞百先生宣慰辽东，是朝廷用之不当；飞百先生若早日到京，早日陛见，而以宣慰名义出关，枉费此行。”张鼒说。

“以某宣慰辽东，亦是朝廷重用；某亦是惴惴不安，不知能否胜任。侗初先生说朝廷用之不当，言之过矣。”熊廷弼道。

“不，是朝廷用之不当，”张鼒坚持自己的说法，“不然，朝廷为何要改以飞百先生经略辽东；为何朝廷一旦改以飞百先生经略辽东，飞百先生不两三天即到京师？”

以熊廷弼经略辽东，是在六月二十一日。当日，朝廷颁两道旨意：一是免去杨镐官职，候勘；二是熊廷弼升兵部右侍郎兼右佥都御史，接替杨镐经略辽东。

和大理寺丞兼河南道御史比较，这个职衔当然要高得多。

“我可不是为高官才赶来京师、赶来陛见的。”熊廷弼觉得需要略加分辩。

“我才说，是朝廷先前的任用不当。”张鼒道。

“侗初先生似乎相信，某经略辽东之事，能够胜任？”熊廷弼问。

“在下相信。”张鼒道。

“我自家都无自信，侗初先生凭何者相信？”熊廷弼道。

“凭着飞百先生按辽时的作为，凭着飞百先生按辽时的议论，还凭着飞百先生的胆略和见识。”张鼒道。

“侗初先生如此激励，熊某谢过。”熊廷弼说着，一揖。

“飞百先生别以为，在下只是口头上激励，在下还真能具体帮上飞百先生的忙。”张鼒道。

朝廷用兵，国子监司业能帮上什么忙？难道动员国子监生去辽东军中当书记之类？对于张鼐的话，熊廷弼本该一笑了之，但他还是问道："侗初先生能帮上我什么忙？"

"飞百先生需要帮什么忙？"张鼐反问。

"譬如，辽东战事不是一天两天可以结束的，或须三月五月，或须一年半载，或须三年五年，十数万、数十万大军绝不能断粮草，"熊廷弼说着，问道，"这个忙侗初先生帮得上吗？"

"帮不上。"张鼐摇头。

"再譬如，经略一方，贵在事权专一，最怕朝廷再差派大臣，从中掣肘，"熊廷弼说着，问道，"这个忙侗初先生帮得上吗？"

"帮不上。"张鼐又摇头。

"再譬如，将在外，贵在信任无间，最怕被进谗言，格于中朝，"熊廷弼说着，问道，"这个忙侗初先生帮得上吗？"

"帮不上。"张鼐又摇头。

熊廷弼不再提什么要帮忙的事。他揖了揖，道："好意心领，侗初先生请回去休息吧。"

"飞百先生再无别事需要帮忙？"张鼐却问，好像熊廷弼前面提到的那些事，他都能帮上忙似的。

"暂时没有。"熊廷弼说。

"我懂了，飞百先生欲请于朝廷者，有三事：一则毋缺粮饷，一则毋掣肘，一则毋中格，"张鼐替他总结之后，问道，"是吧？"

"是。"熊廷弼应道。

"毋缺粮饷不妨改作毋窘飞百先生之用，其中包括遣将士、备刍粮、修器械，"张鼐提议，并问，"飞百先生以为如何？"

"很好，"熊廷弼道，"使之完备，侗初先生具然帮上我个忙。"

"这不算，"张鼐却摇着头说，"毋窘飞百先生之用，毋掣飞百先生之肘，毋格飞百先生之行，除此三者之外，还有件事，是飞百先生不宜自言之，而在下可以实实在在帮到飞百先生的。"

"却是何事？"熊廷弼问。

"为飞百先生壮行色。"张鼐道。

"为我壮行色，怎讲？"熊廷弼问。

"飞百先生以经略名分赴辽东，而不是以宣慰名分赴辽东，不可孤身出关。"张鼐说。

“熊某并非孤身出关。”熊廷弼说。

“还有数名幕僚，数十护卫，是不是？我指的不是他等。”张鼐道。

“那是何人？”熊廷弼问。

“一支精锐之师。”张鼐道。

“精锐之师？几多人？”熊廷弼问。

“不少于三千。”张鼐道。

“来自哪里？”熊廷弼问。

“选自京营。”张鼐道。

“从京营挑选三千精锐之师，随我赴辽东，为我壮行色，侗初先生是这个意思吧？”熊廷弼问。

“是。”张鼐应道。

“此事我的确不宜自言；而且，我劝侗初先生也不必为我言之。三千京营赴辽东，如扬箕土入海，于事无补。”熊廷弼说。

“不为作战，只为立威，这事我一定要帮飞百先生争取。”张鼐道。

“侗初先生美意，在此谢过。”道谢之外，熊廷弼没别的话可说。

数日后，翰林院检讨丁绍轼的名刺递入时，熊廷弼已准备就寝。

听馆役说明情形，丁绍轼大叫：“经略大人今时还睡得着觉！”

熊廷弼听到这话。他起身更衣，命把丁绍轼请进来。

“宗立倒是说说，我为何该睡不着觉？”他问。

丁绍轼字宗立，南直隶贵池人，万历三十五年进士。

“开原告失，飞百先生不知？”他反问一句。

“我已知之。”熊廷弼道。

“飞百先生以为，开原失陷，不是大事？”丁绍轼又问。

“是大事。”熊廷弼道。

“既受命经略辽东，未出京门，又失重镇，飞百先生难道不觉着，针对此事，不容缄默？”丁绍轼问。

“宗立先生怎知我会缄默？”熊廷弼反问。

“别事不知，却知飞百先生迄今未出一言。”丁绍轼道。

“私下未出一言，却对朝廷已进千言。”熊廷弼说着，指指桌案。桌案上散放着几页奏本纸，从页数判断，应不止千言。

“飞百先生已写奏议？”丁绍轼问。

“还缺个结尾，本想睡一觉，明日早起补上。”熊廷弼说。

“是我错怪飞百先生！不敢再打搅，请飞百先生就寝。”丁绍轼说着，作出起身告辞的姿态。

“既来之，何不多坐一会儿。”熊廷弼留住他。

“是。”丁绍轼本来也没想走，顺势坐稳。

“宗立先生知开原已失，可知开原是怎失的？”熊廷弼反问他。

“莫非飞百先生已知？”丁绍轼显然不知。

“我询问过送疏表的官校，”熊廷弼道，“据他说，建州人马是在十日前，忽拥至开原的。马帅以大部列阵于城外，以小部守城。建夷以精锐骑师冲击官军城外之阵；阵乱，城外官军把住城门，竞奔入城。建夷追击，亦乘势入城。而攻城建夷借助长梯，夺得城门。守城官军又争相外逃，遇壕沟，不得过，被全歼壕下。马帅及副将于化龙、参将高贞、游击于守志、守备何懋官等，皆战死。”

“这么说，马帅未死于攻敌，而死于守城？”丁绍轼问。

“对。”熊廷弼应道。

“以大部列阵城外，以小部守城，是不是败着？”丁绍轼问。

“在我看来，以大部列阵城外，以小部守城，或以小部列阵城外，以大部守城，不是最主要的；要命的是，列阵城外者不能战，登于城障者不能守，乃至一败再败。”熊廷弼说。

“照理说，人既死，不该再说坏话；但马帅征而失军，守而失城，绝非良将。”丁绍轼评论说。

“宗立先生说的是，”熊廷弼应道。“前者所用四帅，刘、李、杜都屡经征战，独马帅有宿将之名，无宿将之实，并未经历重大战事。如果说四人中有一人用之不当，那就是他。”

“敢问飞百先生，是如何看待开原之失的？”丁绍轼揖道。

“如宗立先生所说，是件大事。”熊廷弼道。

“我想知道，飞百先生具体是怎看的，”丁绍轼说着，瞥桌案一眼。他是在告诉熊廷弼，他问的是：该疏有没有议及开原失陷；如果议及，又是怎么议的？

“我写有这样两句话，宗立先生看是否妥当，”熊廷弼说着，背诵道，“辽左者，京师肩背也；欲保京师，则辽左不可弃。河东者，辽左腹心也；欲保辽左，则河东不可弃。开原者，河东根底也；欲保河东，则开原不可弃。”

“开原之重要，正该这么写，”丁绍轼道，又问，“在飞百先生看来，建夷接下来会犯何处？”

“首则铁岭，次则沈阳，再次则辽阳。”熊廷弼说。

“为何是这个次序？”丁绍轼问。

“建酋用兵，一是自北而南，一是自东而西；先自北而南，再自东而西，井然有序。自北而南，最终的目标是辽阳；自东而西，最终的目标是广宁。开原、铁岭、沈阳皆为辽阳北重镇，开原距辽阳三百三十里，铁岭距辽阳二百四十里，沈阳距辽阳一百二十里。故建酋在夺取开原后，会先取铁岭，再取沈阳，再取辽阳。”熊廷弼陈述道。

“晚生看，飞百先生所述才井然有序，”丁绍轼赞道，又问，“在飞百先生看来，铁岭、沈阳、辽阳是否必守？”

“必守无疑，”熊廷弼道，“今开原被攻破，清河被放弃，庆云被劫掠，铁岭、沈阳、辽阳为河东孤立之城，若一一被攻破，则河东尽失。我须再重申：河东为辽左腹心，河东不保，则辽左不保。”

“在飞百先生看来，欲守辽、沈，有无把握？”丁绍轼又问。

“并无把握，”熊廷弼道，“前者接报，铁岭、懿路等城军民逃矣，唯辽阳、沈阳尚在我掌握之中；今又接报，沈阳民逃，军亦逃。我担心，不数日再报，辽阳也会出现民逃、军亦逃的局面。军民官兵全无斗志，辽、沈怎可守！”

“在飞百先生看来，欲守辽、沈，何为关键？”丁绍轼又问。

“收复开原，”熊廷弼道，“前者开原为我所有，东有朝鲜，北有北关，西南有辽阳等镇，唯东北一路可通于外，我可不急于战，当事者亦不急于战。其或议复清河、抚顺，或议守宽奠，或议设城于柴河、靖安间，互为掎角，以逼蹙建夷。此皆为穴守之策耳。今我三路败没，开原一带尽失，朝鲜、北关皆阴顺建夷，建夷得以出没无常。故开原不复，辽、沈难以固守；欲守辽、沈，须先复开原。”

“今日辽东，飞百先生最担心的是何事？”丁绍轼又问。

“勾结西部套虏，”熊廷弼道，“建酋若以重金为饵，诱得鞑靼虎憨等诸酋，入犯昌平、蓟州、宣化、大同等镇，使我京军不敢出京城一步，援辽各路官军被迫助守京城，则辽东官军势必难以支撑。辽东官军难以支撑，则建夷势必挥师而南，入山海关，或取海道至天津、登、莱。真到这等地步，不知大局当如何收拾！”

“飞百先生勾勒出一幅好恐怖的图画，”丁绍轼说着，打个冷战，好似真被惊吓住。他问，“飞百先生所言重金，是几多？”

“譬如数万。”熊廷弼道。

“建酋以数万金可笼络虎憨等部？”丁绍轼问。

“数万金或少，然以数十万金，虎憨等必为之心动。”熊廷弼说。

“飞百先生说，建酋凑得出数十万金否？”丁绍轼问。

“今日凑得出凑不出，不好说；一旦取辽、沈等城，凑出数十万金，不在话下。”熊廷弼道。

“为防止建夷与西虏勾结，辽、沈也不可失。”丁绍轼说。

“正是。”熊廷弼应道。

“真是听君一席话，胜读十年书。今晚与飞百先生纵谈辽东形势，大有收获，多谢！”丁绍轼说着，一揖。

“不必客气，”熊廷弼回作一揖，并说，“宗立先生以天下为己任，令人敬佩。若于辽事有何高见，还望赐告。”

丁绍轼正不知该怎样开口，听他这话，马上回应道：“晚生正欲向飞百先生献上一策。”

熊廷弼颇为吃惊，又颇为期待。丁绍轼不光是来听自己议的，他也有话要说，这一点熊廷弼早看出来；而在自己针对辽东的战守发一大通议论，把才写的奏议几乎从头到尾地捋一遍之后，他仍欲献策，是他自视太高，还是真有高明之策？

“宗立先生请说。”熊廷弼让道。

“晚生以为，飞百先生可效范文正公遗元昊书，修书晓以大义，戒谕建酋，并寓以反己自责之意。”丁绍轼说。

他说的典故，熊廷弼是知道的。范仲淹曾以户部郎中兼知延州。时西夏主元昊向大宋示好，归还所俘宋将高延德，范仲淹乃修书戒谕之。

熊廷弼记得，该书《宋史》未载。他不知自己是否读过该书，如果读过，一定也不曾特别留意，因为现在对该书一点儿印象都没有。按照一般的交谈，他应该向丁绍轼请教，范文正公的戒谕元昊书，是怎么写的；以及，今日又该如何效法。

但他实在不想这么做。

一来，范文正公的戒谕元昊书，可以说没起到任何作用。正是在答书将送出之际，元昊因在好水川打败宋将任福，出言不逊，使得范仲淹不得不当着元昊信使的面，把该书焚烧。

二来，戒谕番邦，如宋时戒谕西夏，今时戒谕建州，不在边臣的职权范围之内。范文正公正是因为修书、焚书这样两件前后相接之事，遭廷臣参劾，甚至有人请斩范仲淹，以正朝纲。难道丁绍轼想自己还没出京门，就被科、道论之？

三来，丁绍轼以昔年的元昊，喻今时的建酋努尔哈赤，除了说他无知，还能说他什么！对，或者还可以说他书生气十足。

熊廷弼只想尽快把客人请走；而尽快请走客人的最好办法，是以进为退，以攻为守。

“宗立先生是翰林，专在文字上下工夫，若请代拟这篇戒谕建酋书，宗立先生允否？”熊廷弼道。

“飞百先生委托我草拟该书？”丁绍轼显得很吃惊。

“是啊，”熊廷弼应道，“既是宗立先生之策，宗立先生又擅长此道，由宗立先生草拟该书，岂不是适逢其人？”顿了顿，他又吐出两个字来，“除非——”

“除非怎的？”丁绍轼忙问。

“除非宗立先生不愿帮这个忙。”熊廷弼说。

“我不是不愿帮忙，只怕书生文笔，失之柔弱，不合飞百先生心意。”丁绍轼辩道。

“宗立先生不拟，怎知合不合我心意？”熊廷弼道。

“那好，我回去试拟之，”丁绍轼不能再拒绝。但临走时，他又不甘心地说一句，“飞百先生不妨也试拟之。”

“一定。”熊廷弼道。

被搅扰一番，熊廷弼再也无法入睡。他干脆拿起笔来；当然，他不是草拟丁绍轼提议的戒谕建酋书，而是把自己的奏疏写完。

张鼐所议，丁绍轼所议，在他看来，均无聊之极；比较起来，丁绍轼所议，更是不着边际的空谈。他回忆着日前和张鼐的谈论，觉得可以拿来作为自己奏议的结尾。

他写道：乞速遣将士、备刍两、修器械，毋窘臣用，毋缓臣期；毋中格以沮臣气，毋旁挠以掣臣肘；毋独遗臣以艰危，以致误臣，误辽，兼误国也。

疏入，报允。皇帝命赐尚方剑，以重其权柄。

第五百零三章

八月初，熊廷弼开府辽阳。

辽阳的文武官员本以为，他会和杨镐初到时一样，召集众官议事，他没有；本以为，他会杀几个逃将立威，他也没有。

第一个被他找来的官员，是分巡开原道佥事韩原善。

“请鹏南先生来，有件事请教。”熊廷弼说。

韩原善字鹏南，山西赵城人，万历三十二年进士。

“下官已准备好。”韩原山说着，呈上一份名单。

熊廷弼接过名单后，读道：“刘遇节、王捷、王文鼎。”读过三人后，他说，“都是辽东各部的将领吧？”

“是，”韩原善应一声后，加以纠正，“确切地说，他等都是三路兵败之后，守各城堡的逃将。”

“鹏南先生是给我准备的？”熊廷弼问。

“是。”韩原善应道。

“鹏南先生以为，这是我要请教的事？”熊廷弼问。

“请教不敢当；但辽东各将谁个有功，谁个有过，谁个当奖，谁个当罚，飞百先生或会垂询我等。再者，朝廷不是也赐飞百先生尚方剑吗？不杀几人，不足以扭转辽东官军颓势。”韩原善说。

“言之有理，”熊廷弼点点头，指着名单问道，“鹏南先生列出各将中，为何没有陈伦？”

“为何该有陈伦？”韩原善反问。

“我在京师就听说，辽东各将中，以他最贪。逃将该杀，贪将就不该杀！”熊廷弼道。

“这份名帖，开列的是逃将，飞百先生若是需要贪将的名帖，下官可以再开列一份。”韩原善说。

“再说吧，”熊廷弼道，又问，“这里为何也没有李如桢？”

“为何该有李如桢？”韩原善问。

“如桢初守铁岭；后守沈阳，以所部参将守铁岭。建夷攻铁岭，如桢不出兵援之，坐视其陷。逃将该杀，失律之将就不该杀！”熊廷弼道。

“这份名帖，开列的是参将以下，飞百先生若是需要参将以上失律之将的名帖，下官可以再开列一份。”韩原善还是那句话。

“再说吧，”熊廷弼也用同样的话回复。他把手里的名单交还给韩原善，并说，“不过，今日请鹏南先生来，要说的不是这件事。”

“是。”韩原善应一声，听他的下文。

“鹏南先生看，沈阳要不要守？”熊廷弼问。

“难守。”韩原善道。

“我不问难不难守，只问要不要守？”熊廷弼道。

“沈阳乃河东重镇，要守。”韩原善说。

“既要守，如何守得住？”熊廷弼问。

“增兵增将。”韩原善说。

“沈阳驻有重兵，并无大战，为何要增兵增将？”熊廷弼问。

“原驻官军多逃，民亦多逃。”韩原善说。

“此事我知，”熊廷弼道，“我一路过来，遇不少逃亡兵、民，鹏南先生知我是怎做的？”

“飞百先生定是谕令他等返回。”韩原善说。

“对。”熊廷弼点头。

“他等是否返回？”韩原善问。

“有的返回，有的没返回；有的返回后，又出逃。”熊廷弼说。

“下官以为，返回的，不如没返回的多；返回后留城的，不如又出逃的多。”韩原善道。

“很有可能。”熊廷弼同意。

“所以，下官以为，要守沈阳，须得增兵增将。”韩原善说。

“这却不然，”熊廷弼摇摇头，问道，“鹏南先生可知，离京时，朝廷曾给我一千甲士？”

“下官有所耳闻，此亦朝廷特别的恩典。”韩原善说。

“鹏南先生知我是如何处置的？”熊廷弼问。

“似被飞百先生遣还。”韩原善说。

“是将出关时，我将马匹留下，而将军士遣还。”熊廷弼道。

“乘骑而来，步行而还，他等一定多有抱怨。”韩原善说。

“简直是怨声载道，”熊廷弼笑道，又问，“鹏南先生可知，我为何不让他等随我出关？”

“飞百先生的心事，下官琢磨不透。”韩原善说。

“我带他等来，算怎么一回事？是作为一支援军，还是作为我的护卫？作为援军，能派得上什么用场；作为护卫，岂不更让人以为，辽东大势已去，经略大臣离开护卫，寸步难行！”熊廷弼道。

“飞百先生所虑，不无道理。”韩原善说。

“在我看来，欲守沈阳，也不在增兵增将，”熊廷弼道，“以辽阳增兵沈阳，一则，守辽阳，更重于守沈阳，能派去多少人马？二则，沈阳有逃军逃民，辽阳也有逃军逃民；剜肉补疮，非智者所为。三则，沈阳人心惶惶，辽阳军援之；辽阳军逃，京营援之；京营逃，却以何军援之？所以，欲守沈阳，不在增兵增将。”

“那在何事？”韩原善问。

“安抚。”熊廷弼只说两个字。

“安抚？”韩原善想听他多说两句。

“对。”熊廷弼却只以一字应之。

“以今日沈阳之局面，安抚能否起作用？”韩原善问。

“能起作用，”熊廷弼信心十足地说，“有两个道理，对沈阳之军，沈阳之民说清楚，安抚就一定能起作用。”

“哪两个道理？”韩原善问。

“其一，让他等相信，朝廷决心要守住沈阳，官军一定能守住沈阳；其二，让他等明白，他等与沈阳城命运相关，只有守住沈阳，他等才有活路。”熊廷弼说。

“飞百先生谕令逃军、逃民返回，说的不是这两个道理？”韩原善问。

“也是这两个道理。”熊廷弼说。

“那为何返回者仍少？”韩原善问。

“一来，我急于赶路，不可能对所有的逃军、逃民把道理讲透；二来，逃军、逃民既在逃亡路上，即便我能定下心来，把道理讲透，他等也未必听得进去。”熊廷弼说。

“飞百先生的意思，若在沈阳城里，则可抚定？”韩原善问。

“在逃亡路上谕令，返回的少，没有返回的多；在城里安抚，则留城的多，外逃的少。”熊廷弼说。

“或是如此。”韩原善半信半疑。

“就请鹏南先生辛苦一遭，前去沈阳安抚军民。”熊廷弼道。

“飞百先生是命我去吗？”韩原善问。

“我说得很清楚，是请鹏南先生去。”熊廷弼道。

“飞百先生非命之，下官可以不去，是吧？”韩原善问。

“是，”熊廷弼应一声，说道，“鹏南先生可以不去，但总得说个不去的理由。”

“飞百先生相信，差一官往沈阳安抚，可使军民安堵，守备坚固；在下却若信若疑。下官前往，必辱使命，必误大事。再者，下官的职责是守辽阳，下官愿与辽阳共存亡。”韩原善陈述理由。

“鹏南先生有鹏南先生的想法，我不勉强你。”熊廷弼道。

兵备佥事阎鸣泰受命，前去沈阳抚定军民。他头一天一大早离开辽阳，第二天黄昏时刻回到辽阳。他本想挨到天黑后再进城，这样，可以好好睡一觉，有什么话第二天再说。不料，熊廷弼已经得报，命中军官迎出城，直接把他接去。

他一路上都没想好，该怎样向熊廷弼禀白。本打算晚上再好好想一想，既然熊廷弼没给他机会，他只有随机应变。

“沈阳有变？”熊廷弼惊问。

难怪他有此担心。不是沈阳失陷，或有更重大的军情，阎鸣泰应该不会这么快回到辽阳。

“应该没出事。”阎鸣泰道。

“子岳兄，怎叫应该没出事？”熊廷弼问。

阎鸣泰字子岳，北直隶清苑人，和熊廷弼是同年进士。熊廷弼和他说到安抚沈阳的事，他毫不犹豫地应承下来，也有义不容辞之意。

“应该没出事，即未闻建夷兵犯沈阳。”阎鸣泰说。

“建夷未兵犯沈阳，子岳兄不是未见，而是未闻？”熊廷弼又问。

“是未闻。”阎鸣泰确定。

“子岳兄难道未至沈阳？”熊廷弼不得不问。

“是未至沈阳。”阎鸣泰又确定。

熊廷弼气不打一处来，但又不好发作。毕竟阎鸣泰在出抚沈阳一事上的表现，比起韩原善来，要好得多。

“子岳兄人到何处？”熊廷弼问。

“虎皮驿。”阎鸣泰道。

“一程路，只行半程吧？”熊廷弼问。

“差不多只行半程。”阎鸣泰说。

“子岳兄为何行其半而返？”熊廷弼问。

“说不得。”阎鸣泰连连摆手。

“怎么？”熊廷弼问。

“虎皮驿本是个热闹的去处，今次一看，驿递内空无一人。原本想在该驿补充粮草，但厩中无一匹马，无一束草，厨中无斗升米谷，无斤两菜蔬。加之辽阳至虎皮驿的前半程路途中，未遇一人；虎皮驿至沈阳的后半程路途，更不知是何情形。思忖再三，不如先返回辽阳，向飞百兄禀报。”阎鸣泰说。

“子岳兄就这么返回？”熊廷弼问。

“当然不会就这么返回。”阎鸣泰道。

“子岳兄做过何事？”熊廷弼问。

“对着虎皮驿的房屋草木恸哭一场，这才返回。”阎鸣泰说。

“若带有香烛，子岳兄还会焚香礼拜吧？”熊廷弼讥道。

“一定！”阎鸣泰并不以为是羞辱。他极不情愿地说，“飞百兄若命我再往沈阳，我会多带些兵丁，多带些粮草。”

“不劳子岳兄大驾，”熊廷弼道，“沈阳军民确须安抚，我将自往之。而且，我会带上香烛，经过虎皮驿时，我替子岳兄焚香礼拜。”

八月底，辽东已是大雪封门。

驻沈阳总兵官贺世贤知得知熊廷弼要连夜出城，命军士在南门外清扫出一段路来。送熊廷弼出城时，他说：“本想请飞百先生天明后再走，又一想，飞百先生须回辽阳主持大计。所以，不敢请留，但命军士扫出一段路来，以示恭送之意。”

“贺帅大概还在想，我早一刻离开沈阳，你也好早一刻安下心来吧？”熊廷弼笑着问。

“实不相瞒，我确有这个心思。”贺世贤也笑道。

出官衙，他亲自牵过熊廷弼的马，让马头朝南。

“请飞百先生上马。”他说。

“贺帅这是想让我出哪个城门呀？”熊廷弼问。

“自是南门。”贺世贤道。

“为何要出南门？”熊廷弼问。

“我命军士打扫的是南门外呀。”贺世贤道。

“贺帅扫错门也。”熊廷弼说着，接过缰绳，拉着马转个方向。

"飞百先生不是回辽阳吗？理当出南门呀！"贺世贤道。

"谁说我回辽阳？"熊廷弼问。

的确没人说过，贺世贤是想当然耳。

"飞百先生不回辽阳？"他问。

"辽阳是要回的，但今日不回。"熊廷弼说。

"飞百先生要去哪里？"贺世贤问。

"抚顺。"熊廷弼道。

"飞百先生要去抚顺！"贺世贤惊呼。

"对，去抚顺。"熊廷弼点头。

"去不得，去不得！"贺世贤连声道。

"为何去不得？"熊廷弼问。

"抚顺已为建夷掌控。"何世贤说。

"何谓掌控？建夷可在抚顺城里驻兵？"熊廷弼问。

"据探，仅小部，未驻重兵。"贺世贤说。

"抚顺近沈阳，离辽阳也不远，建酋今以主力攻城略地，我料定不会在抚顺驻重兵。"熊廷弼道。

"但我以沈阳之军予飞百先生，建夷知我沈阳空虚，或会犯之。"贺世贤又说个反对的理由。

"我率数十军来，不要贺帅一兵一卒。"熊廷弼道。

"飞百先生拟率数十人去抚顺！"贺世贤又惊呼。

"是啊。"熊廷弼应道。

"万万不可，万万不可！"贺世贤连声道。

"有何不可？"熊廷弼问。

"飞百先生身为主帅，系辽东安危，不可以身涉险。"贺世贤说。

"连日大雪，又在夜间，建夷万万想不到官军会至。他等闻讯后必弃城而去，我说不上涉险，"熊廷弼道。贺世贤还要劝，他摆摆手，说道，"我意已决，贺帅不必多言，只告诉我出东门便，还是出北门便。"

"出东门便。"贺世贤说。

熊廷弼率数十军，星夜疾驰。在距抚顺城还有一二里时，命击鼓吹号。城里的建州守军不知来多少人马，果然弃城而去。

熊廷弼在城头摆设香案，哭祭死于战事的文武官员和军民人等。

第五百零四章

徐光启已厌倦对人说：天恩浩荡，何以克当！但是，当杨守勤祝贺他时，他不得不把这句话再说一遍。毕竟，由詹事府赞善升本衙门少詹事兼河南道御史，是名副其实的超擢；毕竟，杨守勤是他那一科的状元，也是他由衷敬佩的人。

杨守勤是实在人。该道贺，他一定会道贺；该质疑，他也一定会质疑。

“今之官制，变化挺大呀。”他说。

“克之兄指的何事？”徐光启问。

“我从未听过以大理寺丞兼御史的，更未听过以少詹事兼御史的，”杨守勤说着，反问道，“子先兄说，是不是我孤陋寡闻？”

“不是克之兄孤陋寡闻，是时势不同。”徐光启道。

“怎叫时势不同？”杨守勤问。

“譬如，克之兄可曾听说过，前朝各衙门官位空缺有如今日者？”徐光启反问。

“确不曾闻。”杨守勤道。

“所以，今日兼官者多，是因为官位空缺者多，”徐光启说着，伸出一指，道，“此其一也。”

“其二呢？”杨守勤问。

“飞百先生以大理寺丞兼的是河南道御史，我以少詹事兼的也是河南道御史。”徐光启说。

“兼河南道御史，和兼别道御史，有何不同？”杨守勤问。

“本无不同；但朝廷前者命飞百先生以大理寺丞兼河南道御史，为的是宣慰辽东，今又命我以少詹事兼河南道御史，应该是同样的用意。”徐光启说。

“子先兄是说，后飞百先生改经略，朝廷仍要择员宣慰辽东，并选中子先兄？”杨守勤问。

“不一定是宣慰辽东，”徐光启道，“克之兄也知道，杨京甫丧师后，我曾多次奏请练兵自效。皇上骤升我职，或是要命我以少詹事兼河南道御史练兵。不管是练兵，或是宣慰，总之，一定和辽东之事有关。”

“这么说，虽然少詹事一职贵过御史，但在子先兄心目中，是以河南道御史为重？”杨守勤问。

“当然，”徐光启应道，“少詹事是在本衙门的升迁，加上一个和本衙门无关的官衔，才是朝廷骤升我的本意；而我要为朝廷练兵，仅有少詹事的身份是不够的，一定要有个河南道御史的兼衔。”

“看来，除辽东事，子先兄不再挂念别事。”杨守勤说。

“克之兄倒是说说，今日还有比辽东事更为重大之事吗？”徐光启问。

“确实没有，”杨守勤想也不用想，就可以回答。他又问，“不过，朝廷骤升子先兄已过数日，准予练兵之旨也已颁下，怎仍不见子先兄操练起来？”

“旨意虽颁，军士何在，器械何在？”徐光启问。

“这却不知。”杨守勤道。

“准予练兵之旨虽颁，准予募兵之旨何在？准予筹措器械之旨何在？”徐光启情绪有些激动。

“均未颁旨吗？”杨守勤问罢，自己说，“看来，子先兄欲练兵自效，还得多下些工夫。”

“我已下过工夫。”徐光启又回复平静。

“子先兄下的是怎样的工夫？”杨守勤问。

“详议练兵之事，乞朝廷付诸实施。”徐光启道。

“所谓详议，有哪几件事？”杨守勤问。

“譬如待士，譬如拣选，譬如军资，譬如招募，譬如征求，譬如劝义，等等。”徐光启略述。

“何谓待士？”杨守勤问。

“古之兵，皆称士。”徐光启道。

“子先兄的意思，当以待士之礼待兵？”杨守勤述说自己的理解。

“是。”徐光启应道。

“何谓劝义？”杨守勤又问。

“输财助饷，为义；然输财助饷，不如输饷募兵。”徐光启说。

“其中奥秘，似难体会。”杨守勤道。

“克之兄愿听的话，我愿详为解读。”徐光启说。

“不必，”杨守勤摇摇头，说道，“但愿子先兄这篇文章，能打动皇上，朝廷能早颁旨，子先兄能早练兵，边地能早用之。”

于成敬捧来的一摞疏中，皇帝一眼看出其中一本，厚度超过其他。

“老成，谁写篇长疏？”皇帝问。

“是徐光启。”成敬奏道。

“是朕超擢的徐卿光启？”皇帝问。

“是。”成敬应道。

“他不是自请练兵吗，怎还没动？”皇帝问。

“朝廷未颁明旨，他不敢擅动。”成敬说。

“是这么回事，”皇帝记起来，“朕当时也说过，他自请练兵，勇气可嘉，却不知懂不懂如何练兵。”说着，问道，“他今次上疏，是不是具体阐明练兵之法？”

“主要说练兵，兼及其他。”成敬说。

“此疏朕要听，你给朕读读。”皇帝命道。

“全篇都读吗？”成敬问。

“对，全篇都读！”皇帝道。

“是。”成敬应罢，从前文读起：

欲使智勇材艺，人尽其长，工械技巧，物究其极。再写练兵的责任：臣三疏一一致行而兵不可用，臣任其咎；如言之不用，臣亦知言之不用，而但就目前事势，冒昧支吾，日复一日，仓促有警，伊谁之责？最后写皇帝的信任：伏望皇上俯允臣言，使得展布四体，以图尺寸之效；并敕下该部，作速施行。

后面是具体举措，成敬知道该停顿。

“他亦知言之不用，此言何意？”皇帝不高兴地问。

“他这是妄自揣摩爷的心思。”成敬说。

“朕若用其言，岂不是迫于其言而用之；朕若不用其言，岂不是让他说对？”皇帝道。

“他确是给爷出个难题。”成敬顺着皇帝说。

“朕只好既不说用其言，也不说不用其言，且听听他的具体议论再说。”皇帝道。

“爷圣明。”成敬称颂一声，读道，“一，议待士。”

“是哪两个字？”皇帝问。

“待遇的待，士人的士。”成敬说。

“待士与练兵，也有关系？”皇帝问。

“徐光启所言士，其实非士人，而是兵士。”成敬说。

“朕知你为何要说待遇的待，而不说等待的待。徐光启是要朕给予兵者以士人的待遇呀，”皇帝说着，问道，“老成，是不是？”

“诚如圣谕。”成敬应道。

“此一说倒有些意思，读给朕听听！”皇帝命道。

“是。”成敬应一声，读道：

臣闻古之兵皆称为士，贵之也；贵之者，所以劝为士也。后世视如隶役，有身家、顾体面者，不入其中。岳飞治兵，角其勇力，层累擢用。其尤者，便置亲随背嵬军，勇健无比。

成敬读到这里，见皇帝嘴动动。他知道皇帝有话要问，停下来。

“背嵬何意？”皇帝问。

“奴才查阅《宋史》等典籍，岳飞、韩世忠的亲随军，称为背嵬。”成敬说。

“疏中亲随背嵬军是连在一起的，朕还不知背嵬军即亲随军！朕问的是，为何亲随军称背嵬军？”皇帝道。

“据典籍所释，嵬者，酒瓶也。将领的酒瓶都由亲随军背负，故以背嵬喻亲随军。”成敬说。

“这个注释倒是有趣，”皇帝道。又命，“老成，接着读吧。”

成敬读道：

臣愿一军皆依此法，收用者考其勇力、捷技，分为队兵、

锋兵二等，一体教练。队兵进益，升为锋兵；锋兵之尤者，升为壮士；壮士之尤者，升为上士。上士待之，如武举之礼；壮士待之，如武学生之礼。每队长、哨官缺，于上士中角技补之；千总、把总缺，于队长、哨官中角技补之；将领缺，于千总、把总中角技补之。其有殊材异能，比拼无对，可径补将领。

“徐光启所议待士，即以官职诱之。”皇帝评论道。

“不仅诱以官职，还诱以饷银。”成敬说。

“饷银是怎议的？”皇帝问。

“依等加之。”成敬简单地说一句，接着读道：

其队兵，应照例给月银一两二钱；四等兵士，每加六钱；上士照东征事例，

月给三两而止。至于大小将领，则优其俸给，劝以忠义。臣所知者，养士如买市物，价高一分，货值一分。臣请与兵部约曰，量有若干之饷，可付若干之兵；请与户部约曰，欲练何等之兵，即发何等之饷。如臣所谓队兵者，只可以守堵；所谓锋兵者，可为守城、游弋；所谓壮士者，可以小战取胜；所谓上士者，可以大战破敌。今京营之兵，食饷一二石，又须日日肄习，必皆化为饿殍矣。

臣故言新兵日用最少者，必须四分，差等而上，愈精愈厚。

读的这一段内容多，皇帝的话也多。

“朕看，于官职、饷银二者中，徐光启更看重饷银。”皇帝说。

“爷说的是。”成敬应道。

“新练之兵，月饷一两二钱至三两不等，别说多过京营之兵，今天下之兵，恐怕也没这么优厚的。”皇帝说。

“确实没有。”成敬应道。

“以这多月饷，能不能练出精锐之师且不说；但朕可以断言，此营绝不会哗乱，”皇帝说着，问道，“老成，你说呢？”

“诚如圣谕。”成敬应道。

“此营不会哗乱，但京营闻之，天下之营闻之，恐怕却要处处哗乱。”皇帝道。

“爷说的是。”成敬应道。

“养士如买市物，他是这么写的吧？”皇帝忽问。

“他是这么写的。”成敬应道。

“新兵若是知道，朕养他等，不过是从市上买个物件，你猜他等会怎想？”皇帝问。

“会埋怨徐光启看轻他等。”成敬说。

“或自暴自弃。”皇帝道。

“是。”成敬应道。

“大小将领，则优其俸给，劝以忠义，这也是他写的吧？”皇帝又问。

“是他写的。”成敬应道。

“无论兵将，他重点写的是优其俸给，是不是劝以忠义，在他心目中一文不值呀？”皇帝道。

“他最后专写一篇劝义。”成敬说。

“后面写的劝义，和这里写的劝以忠义，是一回事吗？”皇帝问。

“爷说的是，”皇帝一提醒，成敬发觉自己说错，“后面的劝义，是劝人捐赀；这里的劝以忠义，是以忠义激励军士，的确不是一回事。”

“朕倒是希望他能在劝以忠义上下些工夫，别一味地向朝廷要官、要饷。”皇帝道。

“奴才向他宣示圣谕吧？”成敬请旨。

“先不忙，”皇帝摆摆手，问道，“第二议的何事？”

“议拣选。”成敬说着，读道：

精选勇力、捷技之士者，谓其体质、本领，臣愿与部、司议定册式，颁行各该地方。所定格式，大略以臂力、便捷、技艺三事分别等第。

他定的具体标准是：臂力能提石二百斤为合式，力及千斤者为优等。

跃起高三尺，跳越过六尺为合式，捷逾丈数、日行数百里者为优等。

技艺则分为谙晓、纯熟、精妙三等。

“真有能日行数百里者吗？”皇帝问。

“应该是有的。”成敬说。

“多募几名日行数百里者，安置各个驿递，连马都省下。”皇帝说。

“一日行数百里可以，第二日再行数百里或许也可以，第三日再让他行数百里，可能已趴在床上起不来。”成敬笑着说。

“第三议的何事？”皇帝问。

“议军资。”成敬说着，又读起来。但只读一句，被皇帝打断。

这句写的是：臣唯凡人之情，皆有保国保家之公心。

“老成，你没读错吧？”皇帝问。

“奴才没读错，他是这么写的。”成敬说。

“难得他一开始即以忠义立论！”皇帝道。

“但后面仍离不开银两。”成敬说。

“看来，是万变不离其宗，”皇帝说着，命道，“读来听听！”

成敬读道：

臣惟凡人之情，皆有保国保家之公心，皆有好高好胜之习气。然欲我制敌，先议器械；欲敌不能制我，先议盔甲。此二物，每人一具，断不可少。其甲衣甲裳、头盔等，酌量中等费用，每副非十二两不可。乌铳酌量中价，非四两不可。此外，每人用枪、叉等长短兵器，酌量中价，非每人三两不可。以上诸项，皆须给银付饷，有司兼管。

成敬见皇帝有话要说，停下来。

“老成说的离不开银两，是这几件事吗？”皇帝问。

“是。”成敬应道。

“这几笔账，他倒是算得仔细。朕看，户部掌会计，工部掌匠作，户、工二部官，未必有几个能说得出这几笔账来。”皇帝说。

“爷说的是。”成敬应道。

“军资还有别的要议吗？”皇帝并不需要回答，只要他往下读。

成敬接着读道：

> 若战车之制，臣拟用数等：一，辎重大车，只须临时查刷民车赁用；一，双轮战车，一，独轮轻车，一，大小炮车，须工部给银，本营自造。兑马市马，须本营将士自买自养。其买价，或太仆寺动支库银，或于俵马地方，改折解寺给发；其养料，或户部拨给牧地，或于寄食地方，改折料银解太仆寺给发。

“徐光启要的，都是该要的；但一要内府厂库给，二要工部给，三要太仆寺给，四要户部给，不知这些衙门会不会给，或给的出给不出。”皇帝说。

“他自个儿去这几个衙门要，恐怕一文钱也要不出来，所以想爷替他去要。”成敬说。

“朕说是他该要的，就该替他去要；不过，”皇帝顿了顿，说道，“朕还是先听听他后面怎说吧。”

下一议是议近募，略曰：新营创造，百无一有，乞敕户、兵二部，速行议措饷银数万两应用。其教师、工匠、投充人等，每募到若干，可省远方招募若干，容臣等不时移会兵部，行文扣减。

“还有没言别事？”皇帝问。

“没有。”成敬说。

“述之过简，不过，意思还是说得很清楚。”皇帝道。

“爷说的是，”成敬应罢，接着读道，“五、议征求。军中所需精好器甲，大小神器及军火器材料，教师、巧匠，有远方所有、近地所无者，须一一征求，以便传授制造。”

被他提及招募武术教师和制作巧匠，买解火药和其他制作材料的地区包括南直隶、浙江、福建、广东、湖广、云南、贵州、河南、山西、山东及宣府、大同、宁夏、甘肃等镇。

“还有其他吗？”皇帝问。

成敬笑了笑，说：“臣数过，还有陕西、四川、江西、广西四布政司没被提到。”

“滋扰朝廷各衙门还不满足，这个徐光启，为建一营，非扰遍天下不可！”皇帝道。

“爷说的是。”成敬应道。

“还有几事未读？”皇帝问。

“还有最后一事。”成敬说。

“是募义吧？”皇帝问。

“是，”成敬应道，并奉承一句，“奴才只是随便应一句，爷就记在心里，真是天纵聪明。”

“快读吧，朕要仔细听听。”皇帝命道。

“是。”成敬应道。

劝义一节，徐光启概括成两句话：输财助饷，不若使输饷募兵；官选兵，不若使人人选兵也。

具体为三义激励之法，即义募、义饷、义荐也。

所谓义募，即自选壮士，给予安家银两、盘费到京，依式制造精好器甲。着伍之后，官给粮饷。编为一营，徐光启名之曰“协忠营”。

所谓义饷，即自选、自饷，安家、器甲、月粮，俱不烦官。着伍之后，不论年月，通行资给。编为一营，徐光启名之曰“大义营”。

所谓义荐，即不能输赀而能招徕豪杰，与所在官司验试起送着伍。

选中兵士册籍填入荐者姓名，给予执照。

徐光启最后写道：其饷至十名以上、募至三十名以上、荐至五十名以上者，所在官司，或送匾额，或行奖赏，先示劝励。而自募自饷者，亦须练成之后，人人智勇，然后惟皇上所用耳。

“有一句话，他写得很好。”皇帝说。

“是‘唯皇上所用耳’吗？”成敬问。

“是，”皇帝点点头，反问一句，“老成，他若练出这一营兵，你知朕会怎用？”

“奴才不知。”成敬道。

“朕要用它守护皇城，拱卫京师！”皇帝道。

“爷拟全部准徐光启所奏？”成敬问。

“这却未必，”皇帝又摇摇头，并问，“你读该疏时，觉着朕是褒奖的地方多，还是贬抑的地方多？”

“爷有褒有贬，似乎差不多。”成敬说。

“若褒奖的地方多，朕一定准允其奏；若贬抑的地方多，朕一定斥退其疏。既然差不多，先放在朕这里，过几日再说。”

第五百零五章

周永春与熊廷弼相见，互作一揖。

“汝欣先生，见你一面不易。”熊廷弼说。

“非飞百先生见我一面不易，乃我见飞百先生一面不易。”周永春说。

“都说不易，可见你我二人尚属称职。”熊廷弼说。

“怎讲？”两件事没有必然的联系，难怪周永春不解。

“我坐镇辽阳，两眼盯着河东；汝欣先生坐镇广宁，两眼盯着河西。各司其职，可不是见面不易！”熊廷弼道。

“这么简单的道理，我却想不出来，实是庸人一个，”周永春笑道，又说，“不过，说到称职，是飞百先生，非我二人。飞百先生抵辽东，短短数月，辽东局面完全改观，飞百先生不仅是称职，而且是成绩斐然。”

“若有成绩，你我都有，汝欣先生不必自谦。”熊廷弼道。

“不，我说的是实话，并非自谦，”周永春态度很认真。说着，他揖了揖，“有两件事，我始终想不明白，今日正好请教飞百先生。”

“别说请教，你我同僚，还是切磋吧。”熊廷弼道。

“昔日京甫先生经略，杀清河逃将陈大道、高炫；今日飞百先生经略，也杀逃将刘遇节、王捷、王文鼎等。前后效果为何不一样？”周永春问。

“这是第一件事吗？”熊廷弼反问。

“是。”周永春应道。

“皆杀逃将，效果有何不一样？”熊廷弼问。

“京甫先生杀逃将，令人敬畏，然未稳定局面；飞百先生杀逃将，杀得人口服心服，被杀者亦口服心服。”周永春说。

“我得纠正汝欣先生一个说法。”熊廷弼说。

“哪个说法？”周永春问。

“并非人人口服心服，”熊廷弼道，“如铁岭游击王文鼎，抵任一日，铁岭城即失陷。我杀他，不知他本人是否委屈，但许多人为他抱屈。”

“飞百先生杀他，不会后悔吧？”周永春问。

“我不后悔，”熊廷弼道，“他在铁岭任职十年也罢，任职一日也罢，既到铁岭，就该与铁岭共存亡。建夷攻城，游击刘应节逃，中军王捷逃，王文鼎也逃，没有杀刘应节、王捷，单独放过王文鼎的道理；也没有为王文鼎而赦免刘应节、王捷的道理。王文鼎或觉委屈，或有人为王文鼎抱屈，我却不后悔。”说着，问道，“汝欣先生说，我纠正的对不对？”

“好，算飞百先生纠正得对。”周永春说。

“若是我纠正得对，那么，汝欣先生说的第一件想不明白的事，就不存在；汝欣先生说第二件事吧。”熊廷弼道。

“且慢！”周永春不同意，“人人口服心服，被杀者亦口服心服，我或说得不妥；但我改说多数人口服心服，飞百先生还会纠正吗？”

“逃将多数人以为当杀，这个说法我赞成。”熊廷弼道。

“故第一件事并非不存在，飞百先生还得帮我想想。”周永春说。

“好，我和汝欣先生一起来想想，”熊廷弼说着，问道，“我杀刘应节、王捷、王文鼎等，多数人口服心服；汝欣先生的意思，京甫先生杀陈大道、高炫等，多数人并非口服心服？”

“我是这个意思。”周永春道。

“我想，或是因为京甫先生只杀陈大道、高炫等逃将，我除杀刘应节、王捷、王文鼎等逃将，还杀陈伦。”熊廷弼说。

“贪将陈伦，对吧？”周永春问。

“对，”熊廷弼应道。见周永春摇头，他问，“汝欣先生以为，陈伦不该杀？”

“贪将怎不该杀！”周永春道，“我是说，在平日，贪将最该杀；在战时，逃将最该杀，也可以说，逃将、贪将同样该杀。但京甫先生杀几名逃将，不能使多数人口服心服；飞百先生仅比京甫先生多杀个贪将，多数人就口服心服，这个理由难以令人信服。”

“那么，或是因为京甫先生处分的都是参将以下，我除处分参将以下，还劾罢总兵官李如桢。”熊廷弼说。

“宁远伯子、李帅如柏弟如桢，对吧？”周永春问。

“对，”熊廷弼应道。见周永春摇头，他问，“汝欣先生以为，如桢不该劾罢？”

“庸帅怎不该劾罢！”周永春道，“我是说，劾罢一帅，哪怕他位再高，权再重，也不如杀一逃将更具震慑。京甫先生杀几名逃将，不能使多数人口服心服；飞百先生仅比京甫先生多劾罢一总兵，多数人就口服心服，这个理由也难以令人信服。”

“非此非彼，我也想不出是何缘故。”熊廷弼说。

“听飞百先生说时，我倒是想出个缘故。”周永春道。

“我并未以为这是个事，既然汝欣先生以为是个事，凡事必有因，还望汝欣先生告我。”熊廷弼说着，一揖。

“或是因为飞百先生没急着处置诸将。”周永春说。

这话不明不白，熊廷弼自然要问：“汝欣先生是说——”

“飞百先生是在夜闯抚顺城之后，才逐一处置诸将，该杀的杀，该劾罢的劾罢，谁个还能不口服心服！”周永春道。“飞百先生说，王文鼎会觉着委屈，我看，他也不会有委屈；飞百先生说，许多人会为王文鼎抱屈，我看，也不会有许多人为他抱屈。我倒是想说，人人口服心服，这句话并没多大的错，不纠正也罢。”

“汝欣先生这么快就翻案？”熊廷弼笑道，又问，“汝欣先生想不明白的第二件事，却是何事？”

“第二件事，方才提及，即飞百先生夜闯抚顺城。”周永春道。

“此事算件事吗？”熊廷弼问。

“怎不算件事！”周永春道，并反问，“飞百先生出巡前，曾欲请佥事韩鹏南往沈阳抚定军民，是不是？”

“汝欣先生也听说此事？”熊廷弼没正面回答。

“是，”周永春应一声，又问，“韩鹏南心怯未往，是不是？”

“他未言心怯。”熊廷弼道。

“不管他怎说，其实就是个怯字。”周永春断言。

“汝欣先生以为是，或许是。”熊廷弼没必要替韩原善辩解。

“飞百先生又欲请佥事阎子岳安抚沈阳军民，是不是？”周永春问。

“他是我年兄。”熊廷弼仍不正面回答。

“我知道，若得罪贵同年，还望见谅，”周永春一揖之后，又问，“阎子岳先生亦心怯，半途而返，是不是？”

“半途而返，未必因心怯。”熊廷弼稍辩。

“不是心怯，却是为何？”周永春问。

熊廷弼不能强辩，也不愿强辩。他说：“我还是不懂，汝欣先生所谓不明白，究竟是何事不明白？”

“韩佥事心怯，阎佥事心怯，连沈阳都不敢去，飞百先生怎如此大胆，敢闯已陷敌手的抚顺？”周永春问。

“或是应了那句老话：初生牛犊不怕虎，”熊廷弼开句玩笑，并说，“我说的不是年纪。他二位都在辽东有些日子，深知建夷来势凶猛，心存忌惮可以理解；我初来乍到，不知深浅，故敢于涉险。”

“不知深浅，不像个理由。”周永春摇着头说。

“好吧，我再说个像理由的，”熊廷弼道，“人人都以为沈阳去不得，遑论抚顺；我却想，沈阳、抚顺皆我大明疆域，我既经略辽东，为何去不得？所以，我坦然而去。”

“想去就去，更不像个理由。”周永春摇着头说。

“我说时，汝欣先生有没有又想出个理由？”熊廷弼问。

“实不相瞒，我还真想出个理由。”周永春说。

“是何理由？”熊廷弼问。

“探敌虚实，以图恢复；激我斗志，以利进剿。”周永春说。

“这是两个理由，不是一个理由。”熊廷弼说。

“怎是两个理由？”周永春问。

“恢复是恢复，进剿是进剿，可不是两个理由！”熊廷弼道。

“好吧，就算是两个理由，”周永春说着，问道，“飞百先生看，这两个理由，是不是比飞百先生说的理由，更像理由？”

“若说像，倒似更像；若说对，则可惜不对。”熊廷弼道。

“不对？哪个理由不对？”周永春问。

“两个理由都不对。”熊廷弼道。

“为探敌虚实不对？”周永春具体地问。

“探敌虚实之意，肯定是有的；但以图收复，则须两说。”熊廷弼道。

“为激我斗志不对？”周永春又问。

“激我斗志之意，肯定是有的；但以利进剿，则须两说。”熊廷弼道。

“我被飞百先生绕糊涂，还望飞百先生解之。”周永春说。

“好，”熊廷弼点点头，问道，“而今辽事，汝欣先生看有几议？”

“大致三议。”周永春说。

“第一议？”熊廷弼伸出一指问。

“恢复。”周永春道。

“第二议？”熊廷弼伸出二指问。

“进剿。”周永春道。

“第三议？”熊廷弼伸出三指问。

“固守。”周永春道。

“探敌虚实，为的是恢复；激我斗志，为的是进剿。还有固守呢？我夜闯抚顺，难道就没固守之意？”熊廷弼问。

“为着固守，不必甘冒凶险，夜闯抚顺。”周永春说。

“再者？”熊廷弼问。

“再者？”周永春没理解他的意思。

“汝欣先生说我夜闯抚顺，并无固守之意，应该还有别的缘故吧？”熊廷弼道。

“果如飞百先生所料，还有别的缘故。”周永春并不否认。

“何不说来听听！”熊廷弼道。

“不守辽、沈，必不能保辽东；不复开原，必不能保辽、沈，”周永春背诵两句熊廷弼奏疏里的话，并问，“这两句话，是飞百先生陈奏于朝的吧？”

“是。”熊廷弼应道。

“飞百先生此文立意，应该不是固守，而是恢复吧？”周永春问。

“应该是。”熊廷并点头。

“使当事者不急战，议复清河、抚顺，守宽奠，再建城设将，于柴河、靖安间悉宿重兵，互为掎角，以渐蹙之，不过穴守耳，”周永春接着背诵几句熊廷弼奏疏里的话，并问，“这几句话，也是飞百先生陈奏于朝的吧？”

“是。”熊廷弼应道。

“飞百先生此文立意，应该不仅是恢复，而且要进剿吧？”周永春问。

“应该是。”熊廷弼点头。

“飞百先生日前所陈奏于朝者，不在固守，而在恢复；不仅在恢复，而且在进剿。今日怎么偏要说固守？”周永春概括道。

“以前议驳之，驳得好！”熊廷弼喝彩。

“再者，自经略辽东以来，都办过哪些事，飞百先生还记得吗？”周永春又问。

“记得。”熊廷弼应道。

“飞百先生第一会说何事？”周永春问。

“造战车。”熊廷弼说。

“造战车可是为固守？”周永春问。

“主要不是。”熊廷弼说。

“飞百先生第二会说何事？”周永春问。

“治火器。”熊廷弼说。

“治火器可是为固守？”周永春问。

“主要也不是。”熊廷弼说。

“飞百先生第三会说何事？”周永春问。

“浚壕修城，”熊廷弼说着，揖了揖，表示歉意，“我知汝欣先生想我仍说主要不是，但抱歉。我得说，浚壕修城，主要是作固守计。”

“非也，我不想飞百先生仍说主要不是。”周永春道。

“不想我这么说？”熊廷弼似乎不信。

“对，”周永春点点头，说道，“我是想问：以这三件事而言，飞百先生为何第一会说造战车，第二会说治火器，第三才会说浚壕修城？”

“因为我的确第一做的是造战车，第二做的是治火器，第三做的才是浚壕修城呀。”熊廷弼说。

“飞百先生为何第一做的是造战车，第二做的是治火器，第三做的才是浚壕修城？”周永春问。

“因为我第一想的是造战车，第二想的是治火器，第三想的才是浚壕修城呀。”熊廷弼说。

“所以，在飞百先生心目中，最主要的是造战车，其次是治火器，最后才是浚壕修城。而战车、火器主要用于攻城；换言之，在飞百先生心目中，恢复、进剿才是主要的，固守则是次要的。”周永春又概括道。

“以我日后所为驳之，驳得好！”熊廷弼又喝彩。

“总之，我说飞百先生志在恢复，志在进剿，错没错？”周永春问。

“错倒没错，但还是得两说着。”熊廷弼道。

“这话怎讲？”周永春问。

“首先，汝欣先生援引我前疏，援引的没错，阐述的没错，但把一个‘守’字的位置放错。为何要恢复开原？为的守辽、沈也；为何要守辽、沈？为的守辽东也。就我总的立意而言，固守岂可置于恢复、进剿之后？”熊廷弼道。

“其次呢？”周永春问。

“其次，汝欣先生列举我所为，列举的没错，阐述的没错，但同样把一个‘守’字的位置放错。首先想的是造战车，其次想的是治火器，最后想的是浚壕修城；首先做的是造战车，其次做的是治火器，最后做的是浚壕修城，只是想事的顺序，做事的顺序，未见得可以分出主次。实则，众多之事，后想的比先想的更重要，后做的比先做的更重要，汝欣先生难道没体会？”熊廷弼道。

“我也有体会，”周永春回应一句，又问，“再次呢？”

“人经历事情后，想法会有变化。如我前疏，是在我接手经略之前；那时，我或把恢复、进剿看得比固守重要。如我所为，是在我接手经略之初；那时，我或把恢复、进剿看得比固守重要。但遍巡辽东各城堡之后。我的想法改变，我把固守看得和恢复、进剿一样重要，甚至比恢复、进剿更为重要。汝欣先生的想法就没有过这样的变化？”熊廷弼道。

“我的想法也有过这样的变化，”周永春回应一句，又问，“再次呢？”

“没有再次。”熊廷弼道。

“飞百先生用三个理由来说明，固守和恢复、进剿一样重要，甚至比恢复、进剿更重要，一定在酝酿固守的文章吧？”周永春问。

“不仅在酝酿，而且已作。”熊廷弼说。

“飞百先生这篇文章怎作的，可否示下？”周永春揖道。

熊廷弼还以一揖，道：“正要请汝欣先生教正。”

“飞百先生以何事起篇？”周永春问。

“正是汝欣先生言及的制敌三议，”熊廷弼说着，述道，“今日制敌，曰恢复，曰进剿，曰固守。而此时语恢复、进剿，未敢草草；不如分布险要，守正所以为战也。”

“飞百先生起篇起得好！”周永春赞道。

“好在哪里？”熊廷弼问。

“一则，三议并列，不可分割；二则，恢复、进剿不是不能议，而是不敢草草而议；三则，以议固守为主，但不是只言守，同时也言战，亦即，固守正所以为恢复、进剿也。”周永春道。

“汝欣先生已听懂，但愿在朝诸公也读得懂。”熊廷弼说。

“飞百先生以为，哪几处当固守？”周永春问。

“东南一路为叆阳，南路为清河，西路为抚顺，北路为柴河、三岔口。”熊廷弼说。

“此等要塞，并非都在官军手里。”周永春说。

“对，”熊廷弼点点头，说道，“汝欣先生不是说，固守正所以为恢复吗？我还要补充一句，固守之前，须得有所恢复；亦即，恢复正所以为固守也。”

“此四路须设重兵，是吧？”周永春问。

“是。”熊廷弼应道。

“每路设兵若干？”周永春问。

“三万。”熊廷弼道。

“不可少之？”周永春问。

“不可少之。”熊廷弼道。

“无须多之？”周永春问。

“亦无须多之。”熊廷弼道。

“每路设将若干？”周永春问。

“除主帅一员外，设裨将十五六员。”熊廷弼说。

“是四路共设裨将十五六员吧？”周永春需要求证一下。

“不，每路设裨将十五六员。”熊廷弼说。

“为何设将如此之多？”周永春问。

“以三万之师而言，裨将十五六员，听起来多，其实并非多得离谱。再者，四路守军相互配合，各路人马不时会分分合合，每战则须一二裨将率领。故而，裨将须得多设。”熊廷弼说。

“飞百先生说的分分合合，不知是何意？”周永春问。

“各路分前、后、左、右、中五营。一路与敌对垒，本路前锋迎之，中军继之，左、右横击之，后军殿之。各路又分奇军、正军，使各当一面，又相互策应。如敌在西路，则南路、北路出奇军击之，东路出正军捣之；敌在南路，则东路、西路出奇军击之，北路出正军邀之。再者，固守为的恢复、进剿。善行师者，行必结阵，止必立营，见可而进，知难而退。每行一次，必立一营，贮收粮草，兼作退步。各路兵虽三万，如深入百数十里，须留营数所，拨兵差将防守，所需裨将之处实多。”熊廷弼阐述他的用兵方略。

“飞百先生深谙用兵之道，我辈深愧不及；不过——”周永春欲言又止。

“汝欣先生有话尽管说，无须顾忌。”熊廷弼道。

“好吧，”周永春顿了顿，直率地问，“前者京甫先生兵分四路，今者飞百先生亦兵分四路；京甫先生惨遭败绩，飞百先生却有几分胜算？”

“一分也没有。”熊廷弼的回答更直率。

“一分也没有？”周永春大为意外。

“是啊，”熊廷弼应道，“这些才写到纸上，能有几分胜算？”

“飞百先生的意思是——”周永春问。

“待照此布置妥当，才能说得上胜算，”熊廷弼说着，举例，“譬如，叆阳、清河、抚顺、柴河及三岔口皆驱除建夷，各屯驻三万官军，我可以说，始有一分胜算。”

“才一分胜算？”周永春问。

“汝欣先生别嫌少呀，”熊廷弼道，又举例，“再譬如，每路各部署主帅及十五六员裨将，又多一分胜算。”

“再譬如呢？”周永春问。

“再譬如，各路皆能以五营迎敌，彼此皆能以奇、正军相策应，又多一分胜算。”熊廷弼说。

“再譬如呢？”周永春问。

“再无。”熊廷弼道。

“再无？”周永春失望地说，“加起来，才有三分胜算。莫非飞百先生以为，我在辽东只有三分胜算？”

“那却不是，”熊廷弼道，“兵分四路，只是为固守计的一部分部署；此外，还须作其他部署。”

“何处还须部署？”周永春问。

“镇江南障辽阳四卫，东顾朝鲜，亦为一险要去处。”熊廷弼说。

“镇江设军若干？”周永春问。

“二万。”熊廷弼道。

“设将若干？”周永春问。

“副总兵一员，裨将七八员。”熊廷弼道。

“何处还须部署？”周永春又问。

“海州联络东西，金州、复州防护海运，皆须布兵。”熊廷弼说。

“各须设军若干？”周永春问。

“海州设军一万，金州、复州共设军一万，或五五分之，或四六分之，或七三分之。”熊廷弼说。

“各须设将若干？”周永春问。

“海州、金州、复州皆卫城，原本设将数名，无须增设。”熊廷弼说。

“何处还须部署？”周永春又问。

“辽阳重镇，以目下兵力，自守尚可，策应四路，则略显不足，故须增兵。”熊廷弼说。

“增兵若干？”周永春问。

“二万。”熊廷弼道。

“辽阳集中大小裨将无数，更不必另外设将。”周永春说。

“汝欣先生说的是。”熊廷弼应道。

“辽阳、镇江各设兵二万，海州设兵一万，金州、复州共设兵一万，共计六万，”周永春计罢，问道，“得此六万军，飞百先生的胜算是不是又多一分？”

“我这次不是这么估算的。”熊廷弼说。

“飞百先生是怎样估算的？”周永春问。

“镇江设军二万，裨将七八员，胜算又多一分。”熊廷弼说。

“然后辽阳增兵二万，不必增设裨将，胜算多一分；海州增设兵一万，金州、复州共设兵一万，皆无须设将，胜算多一分？”周永春类推。

“对。”熊廷弼笑着点头。

“另外还有四分胜算，飞百先生向哪里要？”周永春问。

“向朝廷要。”熊廷弼说。

“不对吧，”周永春道，“眼下是朝廷向飞百先生要胜算，怎容飞百先生反而向朝廷要胜算！”

“我自个儿办不到的，可不要向朝廷要！”熊廷弼说着，举例，“譬如，建夷计十五万军，我四路、五城，共须官军十八万，可与匹敌。然目下辽东官军，报上来的仅有八万，尚未简汰老弱，作不得实数。即便以八万计之，还缺少十万。欲足其数，无非二法：一曰招募，二曰征调。这两件事，都得朝廷来做。汝欣先生，这个胜算我是不是得向朝廷要？”

“飞百先生的意思，朝廷为辽东凑足十八万军，在四路集兵十二万、五城集兵六万之上，又可增加胜算？”周永春问。

“对。”熊廷弼应道。

“可增加一分胜算？”周永春问。

熊廷弼摇了摇头，没有答话。

“不止一分？”周永春问。

“不够一分，”熊廷弼道，“辽东多野战，多需战马。朝廷若能为辽东凑足十八万官军，又能为辽东凑足九万匹战马，可多一分胜算。”

“飞百先生计之于朝廷的，当真够苛刻，”周永春评论一句，又问，“飞百先生还怎向朝廷要胜算？”

“十八万官军、九万匹战马，须得粮草充足。”熊廷弼说。

“粮饷怎计？”周永春问。

“兵一员，岁饷一十八两；十八万兵，岁饷三百二十万两。马日给豆三升，九万匹马，岁须九十七万二千石；又日给草一束，一五斤，有青草日除外，岁以八月计，须草二千一百六十万束。”熊廷弼计道。

“两笔账可都不是小数目，”周永春说着，又问，“飞百先生还怎向朝廷要胜算？”

“我初到京师，曾上一疏，汝欣先生有所闻吧？”熊廷弼反问。

“岂止有所闻！我得邸抄，曾熟读之。”周永春说。

“那么，其中有两句：毋中格以沮臣气，毋旁挠以掣臣肘，汝欣先生还记得吧？”熊廷弼问。

“记得。”周永春道。

“这就是我还要向朝廷要的胜算。”熊廷弼说。

“飞百先生是说，只要朝廷不中格，不掣肘，还能多一分胜算？”周永春问。

“是。”熊廷弼应道。

“最后一处胜算，飞百先生拟怎向朝廷要？”周永春问。

“没的可要。”熊廷弼道。

“飞百先生之意，至多是九分胜算？”周永春不甘心地问。

“自古战事，汝欣先生见谁能全操胜券！能有九分胜算，已是求之不得，”熊廷弼道。顿了顿，又说，“如果一定要十全十美，则朝廷不中格，不掣肘，比起其他各事更为紧要。汝欣先生不妨把不中格当作一事，把不掣肘当作一事。朝廷不中格，可以多一分胜算；朝廷不掣肘，又可以多一分胜算。这样算起来，可有十分胜算。”

“但愿朝廷不中格，不掣肘，但愿飞百先生稳操胜券。”周永春祝道。

第五百零六章

万历四十八年正旦日，以仓场尚书署理刑部的张问达去给方从哲拜年，并给他带去一个好消息。

“中涵兄有没听说？”他见面先问。

“何事我有没听说？”方从哲反问。

“刘敦甫获释，已出诏狱。”张问达说。

“当真？”方从哲听说刘光复被释，不由惊喜交加。

刘光复下诏狱，是因梃击案后，皇帝召廷臣于慈宁宫议其事时，他高声疾呼。这一关，将近五年。在这五年里，不少人上疏论救。而方从哲请之尤频，不下数十疏；也就是说，一两个月就有一疏。因此，听到这个消息，他心中之喜更多过惊。

“此事我怎敢信口雌黄。”张问达道。

“几时的事？”方从哲问。

“大约一个时辰前吧。”张问达估摸着。

“大约一个时辰前，大约一个时辰前。”方从哲不停地念叨。

张问达知道他心里在想什么。抛开尊贵的地位不说，刘光复终于得释，最该感谢的就是方从哲，出狱后家不回，也该先来拜谢。一个时辰，足够他走来方府。他没来，也不知会不会来，这让方从哲感到失望。

“中涵兄无须沮丧，他今日不来叩谢，总有一日会遥拜致谢；他嘴上不致谢，心里也会致谢。”张问达说。

“德允兄以为我惦记他致谢？”方从哲苦笑着摇头，“今日得释，他要叩谢的是皇恩，为何要来叩谢我？再说，即便他即刻就来，虔诚叩谢，我又何所得？是这个年会过得舒坦一些，还是自今而后会过得舒坦一些？我不过有所感慨而已。”

“中涵兄说的是，”张问达附和道，又问，‘中涵兄有何感慨？”

“刘敦甫下狱，一晃五年。我算了算，我入阁，一晃近七年；为首辅，一晃六年；独自支撑内阁，一晃三年。人多以一事无成责我，我亦以一事无成自责。我常想，以前屡次奏事，哪怕皇上有一次恩准，我也算不负皇恩。今日终成一事，我即刻离任，也可对得起皇上，对得起朝廷，对得起言路诸君。”方从哲说。

张问达心想：此位仁兄还是把刘光复获释当作自己的功劳。但他更多的是同感：今日之大臣，皇上不体谅，下臣不体谅，日子真是难过得很。或许，还可以把“不体谅”三个字另外换个说法：不当回事。

“中涵兄思去，朝中大臣哪个不思去！”他回应一句。

“人人思去，到底有所不同。”方从哲道。

“中涵兄是说，身为辅臣，和别的大臣仍有区别？”张问达问。

“对，”方从哲点点头，说道，“譬如德允兄，官仓场尚书，会为仓场之事遭非议；署都察院，会为都察院事遭非议；署刑部，会为刑部事遭非议。是不是？”

“不为各衙门事，也会遭非议。”张问达说。

“会事事都遭非议吗？”方从哲问。

“那倒不会。”张问达说。

“会时时都遭非议吗？”方从哲问。

“那也不会，”张问达说着，反问道，“难道中涵兄事事、时时都遭非议？”

“德允兄亦在朝中，难道不曾体会？”方从哲道。

“人人有体会，到底有所不同。”张问达模仿他的话说。

“那我举个例子吧，”方从哲道，“岁末廷推阁员，德允兄说，此事与我有何相干？”

“怎不相干！”张问达态度认真，不像开玩笑。

方从哲愣了愣，问道：“德允兄是说，与我相干？”

“当然相干！”张问达道，“自会甫先生丁忧还乡，中涵兄自个儿说说，前后共几多次奏请增补阁员？廷推阁员，怎会与中涵兄不相关！”

方从哲这才醒悟，不是张问达的理解有问题，而是自己提的问题本身有问题。

“我是问德允兄，科、道对廷推阁员一事喋喋不休，与我有何相干？”他对自己提的问题加以校正。

“中涵兄可谓问错人，”张问达道，“科、道为何对此事喋喋不休，我到今日也没弄明白。”

“还不是因为君美先生未列名其上。”方从哲说。

“礼卿未列名，还真是个事。”张问达道。

或是礼卿在廷推阁臣时为首选，或是增补阁臣首先都是加礼部尚书或侍郎衔，所以他以为，廷推名单中没有署部事多年的礼部侍郎何宗彦，是个事。

“但德允先生说，此事与我有何相干？”方从哲叫起屈来

“除非中涵兄极力反对君美先生入阁，此事确与中涵兄无关；而我从未听中涵兄

说过，君美先生不宜入阁。”张问达道。

“说君美先生不宜入阁的，另有其人。”方从哲告诉他。

“却是谁个？”张问达问。

“吏科给事中张君。”方从哲说。

“张君公然反对推君美先生入阁？”张问达问。

“他也没公然反对，只是不肯在廷推奏表上署名。”方从哲说。

他们说的张君，即张延登。吏科眼下没有都给事中，因此，他这个吏科给事中署名不署名，至关重要。

“他不署名，廷推奏章岂不成一张废纸！”张问达道。

“所以，廷推奏表才不得不除君美先生名。”方从哲说。

“中涵兄可知，张君为何反对君美先生入阁？”张问达问。

“我倒是问过他。”方从哲道。

“他怎说？”张问达问。

“他的理由其实挺简单，”方从哲道，“他说，鲁人不喜君美先生。”

“张君是山东人？”张问达问。

“是，”方从哲应道，“他是山东邹平人。”

“他的理由岂止简单，简直是荒诞！”张问达道。

“确有些荒诞。”方从哲也承认。

“中涵兄没劝劝他，宜从众议？”张问达问。

“劝过。”方从哲道。

“他怎说？”张问达问。

“他说，他正是从众议；所谓鲁人者，不止他一人。”方从哲说。

“中涵兄没问问他，还有谁人？”张问达问。

“问过。”方从哲问。

“他怎说？”张问达问。

“譬如，其同侪亓君。”方从哲道。

“此亓君乃被视为齐党魁首者，张君举出他一人已够，”张问达说到这里，似有所悟，“看来，君美先生不是鲁人不喜，而是齐党不喜；张君既曰同侪，不仅为同乡、同僚，而且为同党。”

“君美先生不为齐党所喜，想必是如此；张君是否齐党，还不好确定。”方从哲却说。

“怎么？”张问达问。

“因为他还说一句话。”方从哲道。

“他怎说？”张问达问。

“他说，一旦推举君美先生，朝中将大乱。”方从哲道。

“亦即，亓君辈将兴风作浪，大闹朝堂。”张问达把这层意思具体化。

“应该是此意。”方从哲点头。

“不错，推举奏表一上，亓君辈没闹；但张君大概没想到，君美先生却因此不安其位，坚请辞官。”张问达说。

何宗彦予告，是在去年十一月。所谓予告，是对以养病而辞官的一种客气的提法，源于汉朝。何宗彦辞官，不一定完全是因为廷推阁臣，自己被排除在外；但这无疑是个重要的原因。

“看来他是没想到。”方从哲道。

“他也没想到，亓君辈没闹，有人却闹起来。”张问达又说。

“看来他也没想到，”方从哲道，并反问一句，“道臣们闹起来时，德允兄是不是已兼署都察院？”

张问达两次兼署，都和李鋕有关。第一次，李鋕由刑部尚书改任掌院都御史，张问达以仓场尚书署理刑部，这是万历四十六年十一月的事；第二次，李鋕致仕，张问达兼署都察院，这是万历四十七年十二月的事。

“还没有。”张问达说。

“我记得，铭之先生去秋已致仕。”方从哲说。

“铭之先生致仕是在秋日，朝廷命我兼署都察院，却是在腊月，”张问达说，“我到都察院视事的第一天，道臣们已经闹得沸沸扬扬；还没等我弄清原委，另一边也闹起来。”

“不说那一边，先说这一边，”方从哲说着，问道，“德允兄有没留意，闹的都有哪些道臣？”

“似有薛君以心。”张问达说。

薛以心，名敷政，南直隶武进人，万历三十五年进士。

“我看，他不是似有，应该是倡言。”方从哲说。

“中涵兄为何以为是他倡言？”张问达问。

“以身、以心，同胞兄弟也。以心名气，远不及其兄，遇到这样一个机会，当然不甘寂寞。”方从哲说。

“有一事，怕是中涵兄误会。”张问达道。

“何事？”方从哲问。

“薛氏兄弟，以心为兄，以身为弟。”张问达说。

“当真？”这是方从哲没想到的。因为薛敷教不仅比薛敷政名气大得多，而且万历十七年中的进士，比薛敷政也早得多。方从哲说，“弟科第早于兄，不乏其例，但一下早六科，肯定不多。”

“是不多，但子侄辈科第早于父叔辈，也是有的。中涵兄不妨把武进薛氏事例，归于这一类。”张问达说。

“看来，德允兄就是不愿承认薛以心为倡言者。”方从哲道。

“是。”张问达点头。

“却是为何？”方从哲问。

“中涵兄知道，还有别的道臣，和他等比较起来，薛以心未必更似倡言者。”张问达说。

“德允兄说的更似倡言者，又是谁人？”方从哲问。

“譬如左君遗直。”张问达道。

左光斗字遗直，南直隶桐城人，也是万历三十五年进士。

“可是大闹吏部衙门，令得京师震悚的左侍御？”方从哲问。

他说的是左光斗巡视中城时侦破的一桩大案。在该案中，捕治吏部奸吏数人，获假印七十余枚，假官一百余人。

“是他。”张问达应道。

“以干练而言，左遗直更似倡言者。”方从哲说。

“不仅与以心比较，遗直更似倡言者；和闹事的其他道臣比较，譬如，和萧君比较，和李君比较，和倪君比较，和彭君比较，和张君比较，他都更似倡言者。”张问达又说。

萧君名毅中，李君名征仪，倪君名应春，彭君名际遇，张君名新诏，除李征仪是万历二十九年进士，其他几人都是万历三十五年进士。

“德允兄既署院，应该比我更知各道臣，此事我不与德允兄争辩；不过，”方从哲口气一转，问道，“道臣闹事，乃惜君美先生去官，是吧？”

“是。”张问达应道。

“君美先生去官，乃源于吏科张给谏不署名，是吧？”方从哲问。

“是。”张问达应道。

“既如此，道臣们要过不去，应该和张给谏过不去；要疏参，应该疏参张给谏。是吧？”方从哲问。

“是，”张问达应道，并说，“我看他等是和张给谏过不去呀，是在疏参张给谏呀。”

“明着和张给谏过不去，实则和我过不去；明着疏参张给谏，实则疏参我，”方从哲说到这里，冷笑一声，“德允兄在朝为官几十年，不会连这也看不出来吧！”

“不是看不出来，是往好处想，”张问达辩道，“既然他等明着和张给谏过不去，中涵兄为何不能以为他等是和张给谏过不去，而非得断定他等实则是和自家过不去？既然他等明着疏参张给谏，中涵兄为何不能以为他等是疏参张给谏，而非得断定他等实则疏参自家？”

“被人夹枪夹棒地攻讦，那滋味不好受，”方从哲道，“德允兄可以让我不与后辈计较，但不能连冤屈都不让我喊一声呀！”

“中涵兄有冤屈，尽管喊；我虽不能为中涵兄申冤，但我可以听中涵兄喊冤。”张问达说。

“原本和我并不相干的事，薛以心、左遗直辈为何偏偏要把它和我拉扯上关系？我就是不懂，我并不想和薛以心、左遗直辈为敌，他等为何偏偏要和我为敌？”方从哲问。

“中涵兄是在问我吗？”张问达问。

“是啊！”方从哲应道。

“我就事论事地说两句；若说错，中涵兄不要介意，”张问达说着，问道，“可以吗？”

“可以呀。”方从哲应道。

“说讲道理吧，和中涵兄无关的事，薛以心、左遗直辈偏偏要和中涵兄拉扯上关系，真是不讲道理；说不讲道理吧——”张问达拖个长音，不往下说。

“我说过不介意，德允兄放心地说吧。”方从哲道。

张问达点点头，直言道：“说不讲道理吧，也不能说薛以心、左遗直辈毫无道理。”

“此言何意？”方从哲问。

“中涵兄说，薛以心、左遗直等闹事，乃惜君美先生去官。这话不错，但还应该有更深一层的意思：薛以心、左遗直等辈闹事，乃惜君美先生不得入阁，”张问达说着，问道，“中涵兄以为如何？”

“我同意。”方从哲道。

“有人以为君美先生当首推入阁，有人以为君美先生不当入阁，而中涵兄从未说过君美先生当首推入阁。是吧？”张问达问。

“是，”方从哲应一声，辩道，“我是从未说过君美先生当首推入阁，可我也从未说过君美先生不当入阁。”

“以为君美先生当首推入阁者，只看中涵兄有没说君美先生当首推入阁，不看中涵兄有没说君美先生不当入阁。”张问达说。

“于是，就把我和君美先生没入阁，及君美先生去官，生拉硬扯上关系？”方从哲问。

“正是。”张问达应道。

“德允兄说，这算不算欲加之罪？”方从哲问。

“算，”张问达回答得很痛快。但紧接着他又说，“薛以心、左遗直等辈，欲加罪中涵兄，还有说词。”

“还有何说词？”方从哲问。

“吏科张给谏不署名，中涵兄找他问过，而张给谏未改初衷。薛以心、左遗直等辈很难相信，中涵兄如果决意要他改变初衷，他会不为所动。”张问达道。

“德允兄的意思，我把笔硬塞到张给谏的手里，并按住他的手，他就会签署？”方从哲哂道。

“不是我的意思，是薛以心、左遗直辈的意思。”张问达纠正。

“好吧，是薛以心、左遗直等辈的意思，”方从哲道，“其实，我想对德允兄说的是，薛以心、左遗直等偏偏要把君美先生去官归罪于我，我虽然委屈，但还能忍受。毕竟，此辈从未说过我的好话。我更不能容忍的，是后面闹事的一干人。”

“中涵兄说的是亓君等几名科臣？”张问达问。

“对，”方从哲应道，并问，“几名科臣，除礼科都给谏亓君外，德允兄还说得出谁人？”

“似还有兵科给事中薛君。”张问达说。

薛君，即薛凤翔，山东滨州人，万历三十五年进士。

“不错，有他，”方从哲点点头，又问，“亓给谏、薛给谏辈为何事而闹，德允兄不会不知吧？”

“我知，”张问达道，“他等闹起来，为的是薛以心、左遗直等辈攻讦张给谏，为的是不让朝廷召还君美先生。”

“德允兄看，鲁人不喜君美先生，是句实话吧？”方从哲问。

“确是句实话。”张问达附和道。

“将近年关时，道臣们知趣地安静下来；谁知未过除夕，科臣又闹起来。看来，这个年别想过得消停。”方从哲发着牢骚。

“科臣们在年底闹起来，确是不懂事。但他等明显是和道臣们过不去，中涵兄为何更不能容忍？”张问达问。

“说过前事之后，德允兄不该再问。”方从哲道。

“中涵兄的意思，他等也是明着和薛以心、左遗直辈过不去，实则和中涵兄过不去；明着疏参薛以心、左遗直辈，实则疏参中涵兄，是吧？”张问达问。

“德允兄是否不以为然？”方从哲反问。

“并非不以为然，我只是想不通。”张问达说。

“德允兄有何想不通的！”方从哲道，“按照德允兄的说法，我从未说过君美先生当首推入阁，可我也从未说过，君美先生不当入阁。这就足以令亓给谏、薛给谏辈归罪于我。”

“但薛以心、左遗直辈明着和张给谏过不去，实则和中涵兄过不去，明着疏参张给谏，实则疏参中涵兄，还因为中涵兄询问过张给谏呀！”张问达驳道，“难道薛以心、左遗直等辈闹事之后，中涵兄也约他辈密谈，以致给亓给谏、薛给谏等辈留下把柄？”

“约薛以心、左遗直等辈密谈，肯定是没影的事。”方从哲说。

“所以，亓给谏、薛给谏等辈明着和薛以心、左遗直辈过不去，实则和中涵兄过不去，明着疏参薛以心、左遗直辈，实则疏参中涵兄，没理由呀！”张问达道。

“德允兄真想不出理由？”方从哲问。

“真想不出。”张问达道。

“德允兄想不出理由，我倒想出个理由。”方从哲说。

“是何理由？”张问达问。

“薛以心、左遗直等辈夹枪夹棒，矛头对准我，亓给谏、薛给谏等辈若不夹枪夹棒，矛头也对准我，岂不是输给薛以心、左遗直等辈！”方从哲道。

“中涵兄是说，亓给谏、薛给谏等辈其实并不想和中涵兄过不去，并不想疏参中涵兄，只是为和薛以心、左遗直等辈赌气，才和中涵兄过不去，才疏参中涵兄？”张问达问。

“正是。”方从哲应道。

“前之廷争，一方攻讦辅臣，另一方为攻讦该方，必维护辅臣；今之廷争，一方攻讦辅臣，另一方为攻讦该方，亦攻讦辅臣。想一想，真是太可怕！”张问达感慨。

“所以我说，亓给谏、薛给谏闹起来，更让我无法容忍。”方从哲道。

“不知中涵兄作何打算？”张问达问。

“除引咎请辞，我还能作何打算！”方从哲道。

第五百零七章

两名暂在辽东办事的廷臣，一是赞划辽东军务的兵部主事刘国缙，一是阅视辽东士马的吏科给事中姚宗文，于正旦节期间，在辽阳相约喝酒。

“第一杯酒以何名目而饮？”姚宗文问。

“现成的名目，就为新年的来临。”刘国缙说。

“不好。”姚宗文摇着头说。

“那为何名目？”刘国缙让他说。

“为敬夫师和学生师、弟一场。”姚宗文道。

他两个一是赣人，一是浙人，一是万历二十三年进士，一是万历三十五年进士，如果说二人之间有什么联系的话，那就是刘国缙资深，姚宗文资浅，姚宗文出自刘国缙门下。

“为此而饮一杯，何时不可，不一定过年时饮。”刘国缙道。

“但学生今日特别想为此而饮。”姚宗文说。

“好，我陪子翰饮一杯。”刘国缙道。

二人饮第一杯酒，姚宗文复斟。

“第二杯可以为新年来临而饮吧？”刘国缙问。

“还是不好。”姚宗文仍摇头。

“那为何事而饮？”刘国缙问。

“为敬夫师和学生同官一场，同志一场。”姚宗文说。

姚宗文原官户科给事中，刘国缙原官御史，科、道都属于言官，此所谓同官；姚宗文、刘国缙同在科、道时，皆以攻讦东林人士为己任，此所谓同志。如果说二人之间还有什么联系，那就是他们都是挑战东林、棒杀东林的干将。

“子翰怎想到为此事而饮？”刘国缙问。

“为此事而饮，有何不妥？”姚宗文反问。

“我只是问问，并无不妥。”刘国缙说。

“那就请敬夫师同饮。”姚宗文邀道。

二人饮第二杯酒，姚宗文复斟。

“子翰提及此事，知我怎想？”刘国缙问。

“敬夫师怎想？”姚宗文知道也不会说。

“我大有兔死狗烹之感慨。”刘国缙道。

经过二三十年朝野之争，东林党人是被打压，被清除，但反对东林党人最力的廷臣，尤其是科、道等官，也在岁月的磨蚀下，在历次大计中，被打压，被清除。而今的朝廷不容东林党人，同样也不容其他党人；不需要东林党人，同样也不需要其他党人。

如果说二人之间还有什么联系的话，那就是先后去官。

姚宗文是以丁忧去官，刘国缙则以大计去官。

“第三杯酒，我正想为此事而饮。”姚宗文说。

“此事值得一饮？”刘国缙问。

“值得！”姚宗文道，“敬夫师和我原本是师、弟，是同志，后又同难，为何不值得饮一杯？”

刘国缙想说，一个是以制度去官，一个是以考察去官，并非同等去官；但想了想，没说。姚宗文自己愿意把二人去官等同起来，他为何偏要分个子丑寅卯呢！

“也罢，我再和子翰饮一杯。”他说。

二人饮第三杯酒，姚宗文复斟。

“子翰，接下来是不是随意？”刘国缙问。

“还有两三杯酒，是要饮的。”姚宗文说。

“亦即，子翰还有两三个名目？”刘国缙问。

“对。”姚宗文应道。

“下一杯为何事而饮？”刘国缙问。

“为走狗终究没被烹。”姚宗文说。

二人先后去官，又先后复职。

姚宗文守制后还朝，迟迟没补官。不是吏部不愿为他奏请，而是吏部的题请诸疏，往往得不到批复。姚宗文本人曾多次上疏，表示愿往河西，招徕各部。他不是不知道，这是个凶险的差事；他不是为朝廷分忧，甘冒这个风险。他只是希望能以这一奏议，引起朝廷注意，使得当道大臣们有理由举荐自己。不知当道大臣们有没把他当回事，有没下气力举荐，反正他一直在朝中候官。他得以复官，而且以吏科给事中复职，可以说是费尽周折。

刘国缙以大计去官，应该说比丁忧去官更难复职。但刘国缙捡到个便宜。他的祖籍是江西泰和，但他正式填写的籍贯是辽东复州卫。辽事起，朝中有人建议用辽人，于是，刘国缙也在起用之例。

如果说二人之间还有什么联系的话，那就是去官后都热望复职，而且最终都得以复职。

“为晦气饮酒，为喜事反而不饮酒，没有这等道理！”刘国缙赞成这个饮酒的名目。

二人饮第四杯酒，姚宗文复斟。

“子翰，名目已多。”刘国缙说。一般喝酒，有三个理由劝酒就不少，可姚宗文已斟到第五杯。

“敬夫师既然说多，只加两个。”姚宗文道。

“第一个怎说？”刘国缙问。

“为敬夫师和学生的另一同志饮一杯。”姚宗文说。

“另一同志，却是谁个？”刘国缙问。

姚宗文用手指蘸点儿酒，在桌上写个“熊”字。

“熊飞百！”刘国缙呼道。

“敬夫师能说，他不是你我同志吗？”姚宗文问。

他这么说，不是没道理。熊廷弼初召任御史时，对东林攻击甚力，和反东林者意气相投，被他们引为同志。

如果说，二人间还有什么联系的话，那就是曾与熊廷弼为同志。

“不错，他确曾为你我同志。”刘国缙承认。

“既如此，何不为昔日同志饮一杯？”姚宗文说。

“好，子翰欲饮，我自当陪同。”刘国缙道。

二人饮第五杯酒，姚宗文复斟。

“既为昔日熊飞百饮，不可不为今日熊飞百饮。”他邀道。

“子翰何意？”刘国缙问。

“他既与我等恩断义绝，敬夫师和我为何不饮此酒，和他恩断义绝！”姚宗文道。

“来，这杯酒要饮！”刘国缙爽快地答应。

如果说二人之间还有什么联系的话，那就是都曾对熊廷弼抱有很大的期望，而至今日，又都对熊廷弼抱有很大的怨恨。

对熊廷弼抱有很大的期望，是因为曾为同志，身处困境时，希望得到他的帮助。对熊廷弼抱有很大怨恨，则有不同的原因。

姚宗文是因为久久不能复职，曾致函已官经略重位的熊廷弼，希望他出面为自己说句话；但熊廷弼完全不理会。

刘国缙是因为在辽东的这些日子，熊廷弼一点儿也不顾及他的颜面。

比较而言，姚宗文对熊廷弼的怨恨，早于刘国缙，自以为也甚于刘国缙；所以，他觉得有必要进一步激发刘国缙对熊廷弼的怨恨。

随意喝过几口酒后，他问："敬夫师今日是从经略衙门过来吗？"

"不是。"刘国缙道。

"敬夫师这两日去过经略衙门吗？"姚宗文又问。

"未去。"刘国缙道。

"敬夫师幸好未去，不然——"到关键处，姚宗文故意卡住不说。

"不然怎的？"刘国缙当然要问。

"不然，要看人脸色。"姚宗文说。

"看谁人脸色？"刘国缙问。

"在经略衙门，谁会给敬夫师脸色看？"姚宗文道。

"你是说，熊飞百要给我脸色看？"刘国缙问。

"是。"姚宗文应道。

刘国缙自知，自己很容易被人抓住把柄；他也知道，熊廷弼是个很挑剔的人。但姚宗文话里明显有幸灾乐祸的味道，让他有点儿不高兴。

"子翰今日是从经略衙门过来吗？"他反问一句。

"不是。"姚宗文亦道。

"子翰这两日去过经略衙门吗？"刘国缙又问。

"未去。"姚宗文亦道。

"子翰今日没从经略衙门过来，这两日未去过经略衙门，怎知熊飞百今日，或这两日，要给我脸色看？"刘国缙问。

"听人家说的。"姚宗文道。

"人家怎说的？"刘国缙问。

"人家说，熊飞百要拿敬夫师开刀。"姚宗文说。

"拿我开刀？所为何事？"刘国缙问。

"人家这么一说，我怎知为的何事！敬夫师不须理会，你我还是饮酒。"姚宗文嘴上说不知，但他从表情到语气都在告诉刘国缙，他是知道的；不说，是免伤和气。

但这样一来，更伤和气。刘国缙干脆把碗扣过来，不让姚宗文斟酒。姚宗文把酒壶悬在空中，倒不了酒，又不好收回，煞是为难。

"子翰当真不说？"刘国缙冷冷地问。

“不是不想说，是怕说了，今日的酒饮不畅快。”姚宗文道。

“不说就饮得痛快？”刘国缙边问，边把一只手压在碗上。他这是在告诉姚宗文：不说的话，喝都别想喝！

“我说，成吧？”姚宗文做出无可奈何的样子，并摇摇举着的酒壶。等刘国缙把手挪开，把碗翻过来，让他倒满酒，他才充满同情地说，“敬夫师好歹有个赞划军务的名分，千不该，万不该，不该接手这么一个晦气的差事。”

“子翰是说募兵？”刘国缙问。

“可不是募兵！”姚宗文应道。

“朝廷命我赞化辽东军务，其实就是让我募兵。既是朝廷之意，我接手也得接手，不接手也得接手。再者。”说到这里，刘国缙强硬起来。“朝廷命我募兵，数月来，我募得一万七千余名，还少吗！”

他虽然没把这个成绩整天挂在嘴上，但如果有人说他办差不力，他一定要拿这个数目为自己分辩。

“坏就坏在太多。”姚宗文却说。

“募兵募得多，还有错不成？”刘国缙问。

“不是募得多有错；是募得多，逃得也多，被人抓住把柄，”姚宗文道，“譬如敬夫师只募得二人，逃一人，人家会说：仅逃一人，不多；只募得十人，逃五人，人家会说：仅逃五人，不多。”

“可募得二人，逃一人，剩下的也只有一人。”刘国缙说。

“人家会说：二人中留下一人，不少。”姚宗文道。

“募得十人，逃五人，剩下的也只有五人。”刘国缙又说。

“人家会说：十人中留下五人，难得。”姚宗文道。

“今募得一万七千余人，人家怎说？”刘国缙问。

“人家会说：逃者逾万，这还了得！”姚宗文道。

“可募得一万七千余人，逃者逾万，剩下的还有七千人。”刘国缙说。

“人家会说：派不上用场。”姚宗文道。

“只剩一人，不少；只剩五人，难得；剩下七千余人，反而派不上用场。天下岂有此等怪论！”刘国缙斥道。

“人家会说：分派给两个人的事，一个人也可以做；分派给十个人的事，五个人勉强也可以做得成；分派给一万七千人的事，没办法让七千人去做。”姚宗文道。

“子翰，这话是人家说的，还是你说的？’刘国缙问。

“是人家说的。”姚宗文道。

“是熊飞百说的吧？”刘国缙问。

“不是他说的。”姚宗文说。

“不是他说的？”刘国缙怪道。

“不是他说的！”姚宗文加重语气肯定。

“但子翰说，他要给我脸色看。”刘国缙指出。

“对，他是要给敬夫师脸色看。”姚宗文并不否认。

“但子翰说，他是因为募兵事，要给我脸色看。”刘国缙又指出。

“对，他是因为募兵事，要给敬夫师脸色看。”姚宗文也不否认。

“熊飞百要给我脸色看，要为募兵事给我脸色看；但人家说的，并不是他说的。我越听越不明白！”刘国缙道。

“这并不难理解呀，”姚宗文却说，“他要给敬夫师脸色看，要为募兵事给敬夫师脸色看；但怎样给敬夫师脸色看，他不会用嘴说出来，而是要用笔写出来。”

“他拿此事写书函？”刘国缙问。

“比这要严重。”姚宗文道。

“他拿此事写告示？”刘国缙问。

“比这也要严重。”姚宗文道。

“莫非他拿此事写奏章？”刘国缙问时，声音都有些发颤。作为大计中被罢的官员，才一复职，又被以不职参奏，而且是被主官参奏，其结果可想而知。

“正是。”姚宗文道。

完了！刘国缙心想。到辽东后，他和熊廷弼的关系很冷淡，昔日的同志之情早已不存在。但他以为，和熊廷弼结怨至深的是姚宗文，而不是自己。没想到，熊廷弼在要命的时候，在要命的地方，拿要命的事，捅自己一刀！

他当然不甘心是这样一个结局。

“熊飞百说的是逃者逾万？”他问道。

“他没用‘逾万’二字，用的是另外两个字。”姚宗文说。

“用的哪两个字？”刘国缙问。

“泰半，逃者泰半。”姚宗文说。

“这有何区别！”刘国缙道。他本来想说：我料定他不敢说“逾万”；但又一想：“泰半”虽然不一定“逾万”，但也可能比“逾万”更严重。熊廷弼用这两个字，绝不是对自已笔下留情。于是，他又说，“他怎敢断定逃者泰半？别说他在辽阳城里，即便他亲历四镇，还能一个一个去数逃者不成！”

他说的四镇，指镇江、宽奠、叆阳、清河。刘国缙招募的新兵，根本没到辽阳清点，直接被分往四处戍守。

“人家说，熊飞百自有一套算法。”姚宗文道。

“他怎算的？”刘国缙问。

“他说，敬夫师招募的一万七千余人，四镇所分均等，即每镇约得四千四百人。”姚宗文道。

“那又怎的？”刘国缙问。

“他又说，清河军逃之已尽。”姚宗文道。

“那又怎的？”刘国缙问。

“即敬夫兄所招募、分戍清河的四千四百人逃之已尽。”姚宗文说。

“照他的说法，逃军还不止四千四百人！”刘国缙道。“我招募的新军到达之前，清河已有守军；逃之已尽，他等不也一起逃之！”

“人家说，敬夫师招募的新军到达之前，清河守军寥寥无几，可以不计。”姚宗文说。

“总之，这笔账要算到我头上，是吧？”刘国缙道。

“是，”姚宗文应道。怕刘国缙误会，他忙又解释，“是熊飞百，还有人家，这么以为的，不是学生这么以为的。”

“还有呢？”刘国缙问。

“他又说，镇江、宽奠、叆阳三地，亦多逃。”姚宗文说。

“多逃，是几多？”刘国缙问。

“或四成，或五成，或六成。”姚宗文道。

“那又怎的？”刘国缙问。

“即三镇之中，一镇逃者四成，一镇逃者五成，一镇逃者六成。”姚宗文说。

“那又怎的？”刘国缙问。

“一镇逃之已尽，三镇平均逃去半数，可不是逃者泰半！以人数计之，一镇逃四千四百人，三镇逃六千六百人，合而计之，可不是逃者逾万！”姚宗文道。

“子翰倒是替人家算得清清楚楚！”刘国缙流露出不满。

“不是学生算的，”姚宗文否认，“是人家算的；确切地说，是熊飞百算的。”

“看来，熊飞百不置我于死地，不肯罢休。”刘国缙说。

“这也是学生担心的。”姚宗文道。

“子翰，这酒我无心再饮。”刘国缙说。

姚宗文看他的酒杯是空的，为他斟满。然后说：“学生有个计较，敬夫师饮罢酒，学生再讲出来。”

“我一人饮吗？”刘国缙问。

“敬夫先生先自个儿饮，”姚宗文道，“学生讲罢，敬夫师觉着有道理，学生再陪敬夫师多饮几杯；敬夫师觉着学生讲得没道理，学生听凭敬夫师惩罚。”

“好。”刘国缙饮罢，指指他，让他说。

“学生得到一个好消息。”姚宗文没头没脑地说一句。

“不会是熊飞百良心发现，虽写疏，却未交送；或交送后，又追回来吧？”刘国缙讥道。

“不会是。”姚宗文道。

“却是何事？”刘国缙问。

“学生即将被召回。”姚宗文说。

“这是子翰的好事，与我何干！”刘国缙愈发气恼。

“正因对敬夫师有好处，学生才说。”姚宗文道。

“对我有何好处？”刘国缙问。

“学生先请教一句：熊飞百参奏敬夫师，敬夫师会不会反击？”姚宗文反问。

“不反击，难道任人宰割不成？我当然要反击！”刘国缙道。

“各上一疏，敬夫师想，谁疏力量更大？”姚宗文问。

“他是经略，我是他手下一赞划，各上一疏，当然他疏力量更大，”刘国缙不情愿地给出答案，马上又说，“不过，我可以继续上疏辩驳。”

“好吧，”姚宗文点点头，又问，“他一疏，敬夫师五疏、十疏，谁疏力量更大？”

刘国缙想了想，不得不承认：“还是他疏力量更大。”

“朝中无人相助，结果定是如此；但朝中有人助言之，联络科、道，联络部臣，联络阁老，为敬夫师内援，结果又不一样。”姚宗文说。

“子翰是说，回朝后，愿助我言之；愿助我联络科、道，联络部臣，联络阁老？”刘国缙问。

“这是学生应效之力；再者，与熊飞百恩断义绝的酒，学生也已饮过。助敬夫师，亦即践学生之诺，学生不敢后人。”姚宗文说。

“好，好，子翰贤弟在朝中策应，我可以放心！来，来，子翰再陪我饮几杯！”刘国缙道。

第五百零八章

皇帝身体不适，已有些日子。这些年来，皇帝不时会感觉不舒服，今次的情形有些特别。所谓特别，并非病情比以前重。以前不舒服，太医赶来诊脉，开几副药，皇帝服药之后，立刻见好。包括万历三十年那次患病，来得较为凶猛，不然，不会有停止开矿的旨意；但第二天，皇帝即愈，命内臣往内阁索回前谕。但这次拖的时间长，太医不知诊过几次脉，开过几副药方，皇帝服后，倒不是一点儿不见效，而是他自己也说不出来，是见好，还是不见好。

近侍入禀，内阁大学士方从哲在仁德门外候安。

“他从哪儿来？”皇帝问。

“思善门。”近侍道。

“他是去给皇后哭丧的吧？”皇帝问。

“是。”近侍应道。

王皇后四月初六日病逝，今天是第三天。按照惯例，国母崩，大臣们应该哭临宫门。

“他哭临思善门后，又来仁德门候安，大概是怕朕和皇后一起去。”皇帝说。

“要不，奴才请方先生回去吧。”近侍道。

“不，”皇帝摇摇头，说，“朕今天倒想见见方先生。”

皇帝已回到乾清宫，宣召方从哲在弘德殿见驾。

“朕的家事，有劳方先生。”皇帝说。

“皇上家事，亦即国事；皇后宾天，臣不胜哀戚。还望皇上保重龙体，以慰祖宗、社稷。”方从哲叩道。

“朕的家事，亦即国事，方先生这句话说得好。皇后的丧事，朕欲亲自过问，可爱卿看——”皇帝说着，把手伸出来，把胳臂露出一截。他的意思是让方从哲看，他消瘦了许多。这颇有顾影自怜的意味。

方从哲当然是不敢看的，也看不真切。他只是连连叩头，请皇帝珍重。

“朕时感眩晕，苦不堪言。”皇帝就势诉苦。

“臣询问过太医。太医说，此乃脾脏不和，睡眠不安稳，调理调理即可。”方从哲道。

“太医对朕也这么说，”皇帝道，又说，“朕许多日子没胃口。”

“臣亦询问过太医。太医说，连日来服药多，肯定会影响胃口；等调理好，不再眩晕，就有胃口。”方从哲道。

“太医对朕也这么说，”皇帝道，又说，“太医开的药越来越苦，朕不想再喝。”

“皇上还须遵医嘱，太医说可以不用药，再停下来。”方从哲道。

“好，朕听方先生的，”皇帝点头应道。顿了顿，又问，“朕苦于病，爱卿苦于何事？”

“内阁缺员，臣深感孤立。”方从哲说。

“推补阁员，朕不是已经批复？”皇帝道。

“是，”方从哲应道，“但廷推后，科、道争吵不休，还乞皇上从中圈定一二人，颁示朝廷。”

“科、道争吵不休，方先生怕不怕？”皇帝问。

“臣怕。”方从哲说。

“朕也怕呀！”皇帝道，“某人当入阁，而未列上其名，他等争吵不休；某人不当入阁，而列上其名，他等也争吵不休。朕的眩晕之症，说不定就是被他等吵出来的。”

“小臣不识大体，他等争吵，皇上不用放在心上。”方从哲道。

“朕是没放在心上，所以，没即刻圈点，”皇帝道，又说，“不过，朕答应方先生，待朕病除，即为方先生选用次辅，或者，再加上三辅。”

“臣叩谢圣恩。此举对朝廷大有裨益。还有，部、院及科、道均缺员，亦望酌补。”方从哲进一步奏请。

“方先生不怕科、道人多，吵得更厉害呀？”皇帝开玩笑地问。

“科、道臣数，原有额定，吵归吵，祖制不可不遵。”方从哲说。

“好，”皇帝点点头，说道，“朕答应方先生，待朕痊愈，一定增补大臣、增补科、道。”

“皇上圣明。”方从哲颂道。

“方先生还有何事要对朕说？”皇帝又问。

“臣想和皇上说说辽东之事。”方从哲道。

“辽东又报警？”皇帝忙问。

“并无大警；只是辽东诸臣不和，臣有些担心。”方从哲说。

“谁人与谁人不和？”皇帝问。

“多臣与经略大臣熊廷弼不和。”方从哲说。

“兵部不是说，熊廷弼可以胜经略之任吗？方先生不也以为，熊廷弼可以胜经略之任吗？廷臣不亦奏，熊廷略至辽阳数月，人心已定，守备已固吗？”皇帝道。

“熊廷弼才力是够的，但近日吏科给事中姚宗文还自辽东，对他颇有微言。”方从哲说。

“姚宗文怎说？”皇帝问。

“他说熊廷弼军马不训练，将领不部署，人心不亲附，刑威有时穷，工作无时止。”方从哲略述。

“以他所论，熊廷弼简直是不能用的！”皇帝说着，问道，“方先生，你说呢？”

“臣以为，用还是可以用；但须得告诫他，戒骄戒躁。”方从哲说。

“还是由方先生告诫他吧，”皇帝道，“朕若降谕旨，传出去，他这个经略大臣不好做。”

“是。”方从哲应道。

“朕觉累，方先生也回去歇着吧。”皇帝结束这次面议。

皇帝今次不豫不同于以往，不仅在于日子拖得久，更在于以往不豫时的一些配合药物的辅助疗法，都引不起皇帝兴趣。

一近侍捧药具进殿，皇帝皱着眉头道：“怎这快又来！”

“请爷用药。”该近侍跪倒呈进。

“都道良药苦口利于病。朕吃这些日子的药，只是苦口，不见利于病。”皇帝边喝汤药，边说。

等皇帝完药，该近侍说：“爷别怪奴才多嘴。”

“你有何话，不妨直言。”皇帝道。

“爷历次偶恙，不是单靠太医们开的药治好的。”该近侍说。

“还靠何物？”皇帝问。

“美味呀，”该近侍道，“爷历次偶恙，服一盏药，接着饮一觞美味，立刻精神百倍。”

以宫酿为美味，是皇帝最先说的，现在近侍们也都习惯这么说。

“你是说，朕今次总不痊愈，是因为没饮美味？”皇帝问。

“可不！”该近侍应道，并问，“爷还记得．龙体不适迄今几日？”

“有二十日吧？”皇帝估计。

“不止！”该近侍道，“爷传谕不豫，是上月十六日，今天是四月十六日，已二十八日。”

“也就是说，近一个月？”皇帝没想到有这么久。

“可不，”该近侍应道，并问，“二十八天，爷可曾饮过一口美味？”

“朕没饮吗？”皇帝反问。

“爷一口也没饮，”该近侍说，“二十八天里，除爷就寝，奴才未离爷左右，爷一口美味未饮，奴才看着都心急。”

“言之有理，”皇帝点点头，说道，“不饮美味，朕怎能痊愈！”说着，问道，“近日宫中有无佳酿？”

“奴才听说，才有一窖佳酿进奉，香醇无比。”该近侍道。

“取一坛来，朕尝尝是否香醇无比。”皇帝命道。

“奴才领旨。”该近侍应道。

他兴冲冲地跑去取来酒，但皇帝连闻也没闻一下，连殿也没让他进，就挥手让他把酒坛抱走。

该近侍抱着酒坛站立殿外，连连叹息。

另一近侍走过去，拍拍他肩膀，说：“兄弟，算你命大。”

“怎么？”该近侍问。

“爷服的药，和酒相克，你不知道吗？幸亏爷没尝你的酒，要是尝了，还不知闯出什么祸来呢！”另一近侍道。

“我不是见爷总是精神萎靡，心里着急嘛。”该近侍说。

“精神萎靡，也是你能说的！”另一近侍斥道。又缓和一下语气，说道，“为爷好，也不能自作聪明。”

“老哥是真聪明，老哥想个法子！”该近侍讥道。

“我当然有比你好的法子。”另一近侍说。

皇帝下一次服药，轮到另一近侍呈进。

皇帝皱着眉头，道：“良药又来。”

“奴才送的是良药。”另一近侍说。

“这次的药，除苦口，不知能否利于病。”皇帝边喝汤药，边说。

等皇帝喝完药，另一近侍说：“爷别怪奴才多嘴。”

“你也有话要和朕说？”皇帝问。

“奴才已忍好些日子，实在再也忍不下去。”另一近侍道。

“你是不是已忍二十八天？”皇帝问。

“奴才是忍二十八天。”另一近侍应道。

“你是不是要说，朕历次偶恙，不是单靠太医们开的药治好的？”皇帝问。

“奴才是要说，爷历次偶恙，不是单靠太医们开的药治好的。”另一近侍应道。

“别说美味！”皇帝警告，“朕不但闻不得美味，也听不得美味！”

“奴才不说美味。”另一近侍道。

“你要说何事？”皇帝问。

“大戏呀，”另一近侍道，“爷历次偶恙，服一盏药，然后看一场大戏，立刻精神百倍。”

既有唱腔又有故事的表演，皇帝称之为大戏，现在近侍们动不动也会说大戏。

“你说，朕今次总不能痊愈，是因为没看大戏？”皇帝问。

“可不！”另一近侍应道，并问，“爷还记得，龙体不适迄今几日？”

“不才说二十八日吗！”皇帝道。

“要是传谕那日和今日都算一日的话，是二十九日。”另一近侍道。

“二十八日、二十九日，区别大吗？”皇帝问。

“大呀，”另一近侍应道，“今岁三月二十九日，二十八日只好说将近一月，二十九日却可以说整整一月。”

“区别还真是挺大的，”皇帝说的是肯定的话，其实是不置可否。他又问，“接下来，你是不是要问朕，整整一月，有没听一句戏文？”

“爷听过吗？”另一近侍真的问。

“朕没听过吗？”皇帝反问。

“整整一月，除爷就寝时，奴才一刻未离爷身边，爷一句戏文也没听，奴才都替爷着急。”另一近侍说。

“言之有理，”皇帝点点头，说道，“不听戏文，朕怎能痊愈？”说着，问道，“近日教坊司有没编排新戏？”

“奴才听说，教坊司新编排一场戏，热闹之极。”另一近侍说。

“找几个人来唱，朕听听是否热闹之极。”皇帝命道。

“奴才领旨。”另一近侍道。

出到殿外，引诱皇帝喝酒的近侍，已经把酒坛放到该放的地方，但还在院子里等他。

“如何？”引诱皇帝听戏的近侍问。

“但愿老哥不会枉费心机。”引诱皇帝喝酒的近侍说。

真被他说中。引诱皇帝听戏的近侍，花费不少气力，好不容易把该找的戏子找齐，带到殿外，皇帝一个音符也没听。唱曲的试试嗓子，操琴的调调琴声，都没来得及，就被带回教坊司。

皇帝该服最后一次药，这天捧药来的是个较为年长的近侍。

“朕想赏你。”皇帝说。

“谢爷赐赏。”较为年长的近侍不动声色。

“朕想责你。”皇帝又说。

“谢爷赐责。”较为年长的近侍仍不动声色。

“你知朕为何想赏你？”皇帝问。

“奴才不知。”较为年长的近侍道。

“因为在你之后，朕今天再不用喝苦水。”皇帝说。

“爷该赏奴才。”较为年长的近侍道。

“你知朕为何想责你？”皇帝又问。

“奴才不知。”较为年长的近侍道。

“因为是你让朕喝最后一盏苦水。”皇帝说。

“爷该责奴才。”较为年长的近侍道。

木讷，而又不失风趣。在皇帝说明为什么想赏他之后，不是千恩万谢，而是说“该赏”；在皇帝说明为什么想责他之后，不是极力辩白，而是说“该责”。这样不同于别人的回应，是皇帝喜欢的。

“你倒是宠辱不惊。”皇帝笑道。

“奴才不是宠辱不惊；奴才是坚信，爷不管想做什么，都是天经地义的。”较为年长的近侍说。

“那你说，朕想饮酒，是不是天经地义？”皇帝问。

“是天经地义。”较为年长的近侍应道。

“有人劝朕饮酒，你说是不是出于忠心？”皇帝问。

“是出于忠心。”较为年长的近侍应道。

“你会不会也劝朕饮酒？”皇帝问。

“奴才不会。”较为年长的近侍道。

“你为何不劝？”皇帝问。

“爷想饮酒时，自会命奴才们去取，用不着奴才们劝。”较为年长的近侍说。

“你再说，朕想听戏，是不是天经地义？”皇帝又问。

“是天经地义。”较为年长的近侍应道。

“有人劝朕听戏，你说是不是出于忠心？”皇帝问。

“是出于忠心。”较为年长的近侍应道。

“你会不会也劝朕听戏？”皇帝问。

“奴才不会。”较为年长的近侍道。

“你为何不劝？”皇帝问。

“爷想听戏时，自会命奴才们去宣，用不着奴才们劝。”较为年长的近侍说。

“还是你懂得做侍从之道，”皇帝称赞道，“朕这些日子就是不想饮酒，今日也不想饮酒；这些日子就是不想听戏，今日也不想听戏。’说着，又问，“你知朕想做何事？”

“奴才不知。”较为年长的近侍道。

“朕想找个人来，和他说会儿话，”皇帝说着，问道，“你可知，朕想和谁人说会儿话？”

“奴才不知。”较为年长的近侍道。

“你聪明，猜都不猜。朕断定，你猜也猜不对；谁人来猜，都不会猜对，”皇帝顿了顿，告诉他，“朕这会儿不是想和近在宫中的爱妃说话，也不是想和远在洛阳的洵儿说话；不是想和近在阁中的方爱卿说话，也不是想和远在边镇的熊爱卿说话。朕只想和由校说会儿话！”

都说隔代疼爱，皇帝这会儿别人都不想，只想皇长孙，属于人之常情。

“奴才这就去宣小殿下。”较为年长的近侍道。

第五百零九章

礼部右侍郎孙如游把本部祠祭司郎中康新民找来，告诉他：“元祯，张侗初给本部出道难题。”

“景文先生还怕难题吗？”康新民笑道，“景文先生署部，积压近半载的难题无不迎刃而解，何等难题难得住景文先生！”

孙如游字景文，浙江余姚人，万历二十三年进士。康新民字元祯，四川合州人，万历三十五年进士。

孙如游提到的张侗初，即原国子监司业张鼐，今已改詹事府谕德。

康新民回应的话，不是取笑，也不完全是奉承。何宗彦是去年十一月予告去官的，今年四月，朝廷才有旨，命孙如游署部。也就是说，从去年十一月到今年四月这五个月的时间，礼部的事务都无法处置。而孙如游署部后，只用三五天的工夫，就把积压几个月的公事处置完毕，使得许多人对他另眼相看。

“无中生有，这个难题怎解？”孙如游问。

“茂夫先生常叹无中怎的生有，叹的是辽东饷银除加赋，再没别的法子；景文先生今日怎也有此叹！”康新民道。

“饷银说无，其实还是有，只不过不在朝廷；敕旨说无，真的是无，想挪也挪不出来。”孙如游说。

“原来景文先生叹的是敕旨，侗初先生已找过下官。”康新民道。

“是你让他来找我的？”孙如游问。

“司里的事，下官怎敢推到部里；下官只是对他说，容下官查一查典籍。”康新民道。

“你可查过？”孙如游问。

“下官查过。”康新民道。

“侗初所言，有无依据？”孙如游问。

“这很难说。”康新民道。

“元祯不是查过典籍吗，怎又难说？”孙如游问。

“下官给景文先生举个例子：以皇后崩，诏告天下，下官见今刊印的《会典》，和旧《会典》的抄本，虽然都是六字，含义却大为不同。”康新民说。

《会典》又称《大明会典》，有两种版本：一是弘治年间纂修，正德年间刊印，计一百八十卷；一是嘉靖年间增补，万历年间刊印，计二百二十八卷。康新民说的旧抄本，应该是抄录的正德本。

“今刊印的《会典》怎说？”孙如游问。

“礼部请敕遣官。”康新民道。

“旧《会典》抄本怎说？”孙如游问。

“敕下礼部差官。”康新民道。

“礼部请敕遣官，敕下礼部差官；礼部请敕遣官，敕下礼部差官，”孙如游反复念叨两遍，没品出味来。他说，“元祯若言略有不同，我还能理解；若言大为不同，恐怕是言过其实。”

“是大为不同呀，”康新民道，“据今刊印的《会典》，敕旨是由礼部奏请的；据旧《会典》的抄本，敕旨是由朝廷颁下的。”说着，问道，“景文先生说，这是不是个不同？”

“是个不同。”孙如游同意。

“据今刊印的《会典》，礼部请敕、遣官是并列的两件事，即礼部的责任有二：其一，请敕，其二，遣官；据旧《会典》的抄本，敕旨是颁与礼部的，不是礼部请的，即礼部的责任只有一个：差官，”康新民说着，问道，“景文先生说，这是不是个不同？”

“是个不同。”孙如游同意。

“如果说，前两个不同是略有不同，那么，第三个不同就是个根本的不同。”康新民说。

“愿闻其详。”孙如游道。

“据今刊印的《会典》，敕旨是颁与所遣官员的；据旧《会典》的抄本，敕旨则是颁与礼部的。”康新民说。

“敕下礼部差官，既曰‘下’，肯定是颁与礼部的；不过，”孙如游顿了顿，问道，“元祯为何断定礼部请敕遣官，所请之敕旨，是颁与所遣官员的？”

“不是为所遣官员请敕，难道还为本部请敕不成？”康新民道，“差官一事，礼部奏明朝廷即可，没必要再请朝廷颁敕。所以，所请敕旨是颁与所遣官员的，不是颁与礼部的。”

“不错，请敕者，应是请颁敕旨与所遣官员。”孙如游也同意。

“景文先生看啊，据今刊印的《会典》，遣官诏告天下，是奉敕旨而行；据旧《会典》的抄本，差官诏告天下，并无奉敕旨而行的条文，二者是不是大为不同？”康新民问。

“这个不同着实很大。”孙如游道。

“侗初先生所言之事是不是很难说？”康新民问。

“确很难说，”孙如游不得不承认。他问，“查典籍，既有二意，元祯看，当如何回复张侗初？”

“侗初先生来找景文先生，虽不是下官把他推来的，但下官的确以为，事体重大，非下官所能作主，亦非下官所当妄言。今景文先生不耻下问，问到下官，下官不得不姑妄言之，”康新民说到这里，顿了顿，表示下面是他的看法。“侗初先生欲礼部为所遣官员请敕，下官以为，在两种情形下，可为之请。”

“哪两种情形？”孙如游问。

“一则，皇上与皇后情笃；二者，皇上龙体安康。”康新民说。

“请不请敕旨，和此二事有关吗？”孙如游问。

“当然有关，”康新民道，“皇上与皇后情笃，则朝廷未颁与敕旨，或是疏忽，请敕必与；皇上龙体安康，即便不欲颁与敕旨，礼部也不妨为所遣官员争一争。”

“我问的不是这个意思，”孙如游摇摇头，说道，“我是说，此事须遵照祖制，和皇上、皇后是否情笃，皇上是否安康，似无多大关系。”

“如若两种《会典》所载相同，是没多大关系。譬如，今刊印的《会典》和旧《会典》的抄本，都作‘礼部请敕遣官’，则礼部应该坚持，所遣官员奉敕旨而行；今刊印的《会典》和旧《会典》抄本，都作‘敕下礼部差官’，则礼部应该坚持，所遣官员不必奉敕旨而行。今既有两个说法，礼部势必要有所选择：如若皇上与皇后情笃，如若皇上龙体安康，礼部不妨选择今刊印的《会典》，使所遣官员奉敕旨而行；如若皇上与皇后并非情笃，而皇上又龙体偶恙，礼部多一事不如少一事，宜选择旧《会典》抄本。总之，无论进退，礼部都不能失据，”康新民具体阐述他的看法，等于帮孙如游作出选择。

“元祯此一番议论，给我吃颗定心丸。”孙如游道。

张鼐很快又来礼部。

“侗初先生不日即行，想必已准备停当吧？”孙如游问。

“是否准备停当，该我问景文先生，不该景文先生问我。”张鼐道。

“怎该侗初先生问我？”孙如游问。

张鼒手一伸，道："敕旨呢？拿来！"

"并无敕旨。"孙如游摇着头说。

"是景文先生奏请，朝廷不肯颁与；还是景文先生根本就没奏请？"张鼒问。

"是我没奏请。"孙如游说。

"景文先生为何不奏请？"张鼒问。

"在我回答侗初先生之前，请侗初先生先回答我：今者诏告天下，朝廷共遣出几名官员？"孙如游道。

"应是十人以下吧。"张鼒知道个大概的人数。

"侗初先生在内，共有七人，"孙如游告诉他，并一一数道，"户科李君，往福建、浙江；大理寺曹君，往两广；中书于君，往云南、贵州；行人司黎君，往河南、湖广；行人司甘君，往山西、陕西、四川；行人司刘君，往南直隶及江西。此外，就是侗初先生往北直隶及山东，包括辽东，路途最近，但也最为凶险。"

他说的户科李君，名奇珍；大理寺曹君，名文衡；中书于君，名纬；行人黎君，名国俊；行人甘君，名学阔；行人刘君，名芳。加上张鼒，一共七人，被派往天下十三布政司及北、南二直隶，以王皇后宾天一事诏告天下。

"凶险我不怕；但不知朝廷差七人诏告天下，和景文先生不向朝廷请敕，有何联系？"张鼒问。

"我正要告诉侗初先生，"孙如游道，"朝廷所遣七名官员，如若都提出敕旨一事，我肯定会代诸位向朝廷请敕；如若有四名以上、六名以下提出敕旨一事，我多半也会代他等向朝廷请敕。哪怕没半数以上，只有二三人提出敕旨一事，我或许也会考虑一下，该不该向朝廷请敕。但提出敕旨一事的，却只有侗初先生一人，我不得不从另一角度问自家。"

"景文先生怎问自家？"张鼒问。

"是侗初先生贵于其他六君，还是北直、山东两地重于其他各地，以致侗初先生非得奉敕旨而行？"孙如游道。

"景文先生不会以为，我只是为自个儿讨敕旨吧？"张鼒驳道。

"我知侗初先生的意思，要颁敕旨，须颁与各臣。所以，仅侗初先生提出敕旨一事，是我不曾奏请的一个次要的原因。"孙如游说。

"景文先生不曾奏请的主要原因，又是何事？"张鼒问。

"制度当遵守。"孙如游道。

"景文先生是说，遵照制度，以国母丧诏告天下，不得奉敕而行？"张鼒问。

"不是不得，是不必。"孙如游纠正道。

“所谓不必，景文先生可有依据？”张鼒问。

“有，”孙如游应一声，说道，“一则，以国母丧诏告天下，《会典》曰：敕下礼部差官，并非有奉敕而行之句；二则，孝定皇太后崩，诏告天下，礼部未存敕稿，据询于内阁及当时治丧内臣，都道并无敕旨，仅给札而已。”说着，问道，“这两个依据够不够？”

“按说是够的，”张鼒的肯定是有条件的；他随即说出，这个条件是什么，“如果没有在下的反证的话。”

“侗初先生有何反证？”孙如游问。

“我检阅过历朝诏令。”张鼒说。

“可查到为孝定皇太后崩而诏告天下的敕旨？”孙如游忙问。

“没查到。”张鼒摇头。

“侗初先生看，相公和内使告诉我的是实情。”孙如游道。

“在下虽没查到为孝定皇太后崩而诏告天下的敕旨，却查到别的敕旨，景文先生要不要看看？”张鼒说着，从袖口里取出几页纸来。当然，这不可能是诏令的原件，而是他抄录的。

“要看，要看！”孙如游连声道。

张鼒先递过来一页纸，孙如游接过来看。抄录的是为武庙夏皇后崩而诏告天下的敕旨，下面的日期是嘉靖十四年。

“孝静皇后崩于嘉靖十四年？”孙如游有点儿顾左右而言他的味道。孝静是当时大臣议上的夏皇后尊谥。

“是。”张鼒应道。

“我再看看别的。”孙如游说。

张鼒又递过一页纸，抄录的是为世庙陈皇后崩而诏告天下的敕旨。

孙如游自己觉得方才问的那句孝静皇后是否崩于嘉靖十四年，很没有意思，所以没再问。

但张鼒主动告诉他：“孝洁皇后崩于嘉靖七年。”

“是吗？”孙如游有点儿难为情。

“景文先生可记得，孝洁皇后初以何谥？”张鼒问。

“是悼灵吧？”孙如游道。

悼灵绝非美谥，甚至可以说，是贬抑之谥。

本朝自太祖高皇后谥以孝慈，历代皇后的谥文中都以孝字开头。世宗皇帝改变这个传统，是因为对陈皇后有怨恨。

"世庙贬孝洁皇后，但诏告天下的敕旨却是有的。"张鼒说。

孙如游只是微微点头，没有直接回应。他见张鼒手里还有一页纸，问道："最后一桩反证是哪位皇后的？"

"孝烈皇后。"张鼒说着，把最后一页纸递给他，上面抄录的是为世庙方皇后崩而诏告天下的敕旨。

"孝烈皇后是世庙第三位皇后，对吧？"孙如游问。

"对。"张鼒应道。

"侗初先生查到为世庙第一位皇后崩而颁的敕旨，为世庙第三位皇后崩而颁的敕旨，而没查到为世庙第二位皇后崩而颁的敕旨？'孙如游以为发现一个漏洞。

"景文先生莫忘，第二位皇后张氏乃废后。"张鼒道。

生前既已被废，死后就不会诏告天下。张皇后被废，孙如游本不该忘的；他不过是想维护礼部原来的立场，而把并不存在的漏洞当成漏洞。张鼒一提醒，他无法强辩。

"对，世庙第二位皇后是废后，"孙如游说着，把三页纸还给张鼒，并问，"孝定皇太后崩，朝廷未颁敕旨，孝静、孝洁、孝烈三位皇后崩，朝廷皆颁敕旨，足以成为反证；却不知《会典》里'敕下礼部差官'这句话，侗初先生有没反证？"

"有。"张鼒道。

"是何反证？"孙如游问。

"此话本身，即反证。"张鼒道。

"怎讲？"孙如游问。

"敕下礼部差官，景文先生以为是朝廷颁敕与礼部，礼部奉敕差官，朝廷无须另颁敕与所差各官，是吧？"张鼒反问。

"如此理解，难道不对？"孙如和又反问。

"朝廷的确无须另颁敕与所差各官，如此理解，并无不对；不过，"张鼒口风一转，说道，"朝廷虽无须另颁敕与所差各官，礼部却须将朝廷颁予本部之敕录黄，授与所遣各官。所以，所遣各官诏告天下，仍是奉敕而行，并非仅奉礼部札而行。不然，孝静、孝洁、孝烈等皇后崩，朝廷所颁敕旨，为何会一一存于内档？"说着，问道，"这一层，景文先生没想到吧？"

录黄，即用宫廷用纸将敕旨抄录若干份。诏告天下，肯定要差出廷臣多名，而不会仅遣一人。朝廷敕旨颁于礼部后，遣臣若干名，礼部就要录黄若干份，授与各臣。康新民没亲手经办过皇后丧事，凭空从'敕下礼部差官'和'礼部请敕遣官'这两句本无本质区别的话里找出区别；孙如游也没亲手经办过皇后丧事，轻易地相信康新民找出的区别。加上内阁和内臣的佐证，他更不愿节外生枝，纠正礼部以前的安排。

“我的确没想到。”孙如游承认。

“景文先生方才问，是我贵于其他各臣，还是北直、山东重于其他各地；我可以告诉景文先生，我既不贵于其他各臣，北直、山东也不重于其他各地。但礼仪事重，不宜草率，还望景文先生三思。”张鼐道。

“侗初先生以为，诏告天下非奉朝廷敕旨，而是奉礼部文移，即为草率？”孙如游问。

“景文先生觉着，是不是这样？”张鼐反问。

“侗初先生说的是，我当为君等请敕。”孙如游改变初衷。

第五百一十章

熊廷弼巡边后回到沈阳，总兵官贺世贤、柴国柱谒见。

贺世贤一直在辽东，历任沈阳游击、义州参将，战事起，镇守叆阳。建州军攻清河，他率部增援守军，颇有斩获。柴国柱在西北日久，历镇凉州、陕西、甘肃，后被罢免。万历四十六年起用，先驻守山海关，复镇守沈阳。

此二将皆能战，为熊廷弼所倚重。

“二帅来得正好，”熊廷弼道，“我须返辽阳，在沈阳不能久留；沈阳之事，还要多多仰仗。”

“尽忠国家，此其时矣；仰仗二字，不敢当。”贺世贤、柴国柱齐道。

“请坐，”熊廷弼请二人分别在自己左右就座，然后说，“建夷深入浑河，二帅出击，多有斩获。我已为二帅向朝廷请功。”

浑河在沈阳以南，建州人马出抚顺关，而绕到沈阳以南，是要对沈阳形成包抄的态势。

“此乃飞百先生用兵得当，非职等之功。”贺世贤、柴国柱齐道。

“建夷今次进犯，从何处发兵？”熊廷弼问。

“我所击建夷一部，发自抚顺关。”贺世贤说。

“我所击建夷一部，发自东州堡。”柴国柱说。

“抚顺关、东州堡，看来是建夷安插在前沿的两颗钉子。”熊廷弼说。

“飞百先生说的是。”贺世贤、柴国柱齐道。

“建酋今次以大军深入浑河，二帅怎看？”熊廷弼又问。

“意指沈阳。”贺世贤说。

“建酋得知飞百先生巡边，故而窥伺。”柴国柱说。

“二帅说得都对，但我还要补充一点。”熊廷弼道。

“是。”贺世贤、柴国柱应道。

“据闻，建酋今次深入浑河，调用三万骑军，”熊廷弼说着，问贺世贤，“贺帅看，有没有这多？”

“有。”贺世贤说。

“柴帅看呢？”熊廷弼又问柴国柱。

“只多不少。”柴国柱说。

“建酋所拥有骑军，能有几多？今以三万骑深入浑河，二帅出击，建夷却一触即退。我看，他是黔驴技穷。”熊廷弼说。

“飞百先生说的是。”贺世贤、柴国柱齐道。

“建夷深入浑河，意在沈阳，意在窥伺，二帅说得不错。故建夷蠢动，沈阳首当其冲；我欲进军，沈阳则是前沿。沈阳地位之重要，无须我再多言，二帅其用心守之。”熊廷弼又叮嘱一遍。

“谨遵钧令。”贺世贤、柴国柱齐道。

“二帅有何难处，或有何困惑，趁我今日在，正好说出来议议。”熊廷弼又说。

“飞百先生既然这么说，职正有一事请教。”柴国柱心直口快地说。

贺世贤咳嗽一声，意思是让他别说。他也真听话，马上闭嘴不说。

“贺帅，有何不便说的？”熊廷弼问。

“没有呀。”贺世贤否认。

“当真没有？”熊廷弼追问。

“当真没有。”贺世贤道。

“柴帅听清楚没有？贺帅确定，并无不便说的。”熊廷弼对柴国柱说。

“那就让他说。”柴国柱道。

“听这话，柴帅要请教的事，贺帅说亦可？”熊廷弼问。

“是。”柴国柱应道。

“那么，柴帅要请教我的事，是贺帅向你请教的？”熊廷弼问。

“他怎会向我请教！”柴国柱否认。

“那么，柴帅向贺帅请教过？”熊廷弼又问。

“我也没向他请教。”柴国柱仍否认。

“那么，此事二帅曾议过？”熊廷弼又问。

“是曾议过。”柴国柱终于承认。

“二帅曾议过，柴帅又要请教我，可见二帅没议出结果；贺帅不欲柴帅言之，可我问时，又不承认有不便言者，”熊廷弼说着，提议，“不如我来猜猜柴帅欲言何事。”

“好啊！”贺世贤、柴国柱齐道。

“极好！”柴国柱又加上一句。

“是此兄之议吧？”熊廷弼说着，手指在空中比画个刘字。

“姓氏对。”柴国柱道。

“勿所其字也，其名讳，上时下俊。”熊廷弼又说。

“名、字都对。”柴国柱道。

“其官职，尚宝司佐卿。”熊廷弼又说。

“官职对。”柴国柱道。

把熊廷弼几次说的连在一起：刘时俊，字勿所，和熊廷弼同是万历二十六年进士，官尚宝司少卿。柴国柱曾和贺世贤议过，今日又打算问熊廷弼的，正是刘时俊日前的一道奏议。

“柴帅要我说，我就说。不过，说正题之前，我先问句题外的话，”贺世贤说着，问道，“飞百先生，可否？”

“你问。”熊廷弼道。

“飞百先生怎知，柴帅请教的是勿所先生的奏议？”贺世贤问。

“你告诉我的呀。”熊廷弼道。

“我告诉飞百先生的？”贺世贤没听明白。

“是啊，”熊廷弼应道，“我说过，贺帅不欲柴帅言之，又不承认有不便言者。正是贺帅的这个态度，使得我断定，柴帅要说的事，一定与我相关。”

“这么说来，飞百先生以为，勿所先生所议之事确实和自家有关？”贺世贤问。

“朝廷命我经略辽东军务，勿所兄议的是辽东事，当然有关。”熊廷弼道。

“我现在可以回到正题上来，”贺世贤道，“柴帅和我曾议过、柴帅今日欲请教于飞百先生的是：勿所先生奏请的两件事，我二人都以为可行，飞百先生为何以为不妥？”

“勿所兄奏请的两件事，我以为不妥？是前一件事我以为不妥，还是后一件事我以为不妥？”熊廷弼问。

“柴帅，哪件事飞百先生以为不妥？”贺世贤似乎觉得熊廷弼只是在问自己，所以转问柴国柱。

“反正飞百先生以为不妥；究竟两件事中哪件不妥，我也说不上来，”柴国柱道。

“好吧，那就一件一件来说，”熊廷弼道，“勿所兄奏请的第一件事，是由鸭绿江入驻义州。二帅几时听我说过，不可由鸭绿江入驻义州？”

辽东都司所辖，有义州卫，洪武年间设置。不过，刘时俊所议入驻义州，不是指义州卫城，而是鸭绿江对面朝鲜的义州。

“柴帅有没听飞百先生说过？”贺世贤问柴国柱。

“没有，”柴国柱道，并反问，“贺帅有没听飞百先生说过？”

“我也没听飞百先生说过。”贺世贤道。

“勿所兄奏请的第二件事，是操练朝鲜兵，与我辽东互为掎角，”熊廷弼说着，问道，“二帅几时听我说过，朝鲜兵不可操练？”

“贺帅有没听飞百先生说过？”这次是柴国柱先问贺世贤。

“没有，”贺世贤道，并反问，“柴帅有没听飞百先生说过？”

“也没有，”柴国柱虽然承认，但坚持说，“不过，飞百先生仅没说过而已；我知道，飞百先生并不赞成由鸭绿江入驻义州，并不赞成操练朝鲜兵，与我辽东互为掎角。”

“柴帅怎知？”贺世贤问。

“飞百先生问，我二人几时听他说过，不可由鸭绿江入驻义州；几时听他说过，不可操练朝鲜兵，与我辽东互为掎角。我二人何不反问一句：飞百先生几时说过，可由鸭绿江入驻义州；几时说过，可操练朝鲜兵，与我辽东互为掎角？”柴国柱道。

“柴帅问得好，飞百先生几时说过？”贺世贤也问。

“我是没说过。”熊廷弼承认。

“所以，没说过不可由鸭绿江入驻义州，没说过不可操练朝鲜兵，与我辽东互为掎角，飞百先生以此证明，自家并没以为不妥；但没说过可由鸭绿江入驻义州，没说过可操练朝鲜兵，与我辽东互为掎角，我也以此证明，飞百先生确是以为不妥。”柴国柱道。

“飞百先生怎说？”贺世贤问熊廷弼。

“我只能说，柴帅证明得不错，我证明得也不错。”熊廷弼道。

“飞百先生的意思，二说可并存？”贺世贤问。

“对。”熊廷弼应道。

“其中奥妙，在下不懂；我想，柴帅也不懂。”贺世贤说。

“柴帅证明得不错，我证明得也不错，但有二字用错。”熊廷弼说。

“哪二字用错？”贺世贤问。

“不妥，”熊廷弼道，并解释，“二帅赞勿所兄奏议，并不在于由鸭绿江入驻义州，及操练朝鲜兵，与我辽东互为掎角，是妥当，或者极为妥当，而在于勿所兄奏议是良策；我未赞勿所兄奏议，并不在于由鸭绿江入驻义州，及操练朝鲜兵，与我互为掎角，是不妥，甚至极为不妥，而在于我对勿所兄奏议的看法。”熊廷弼说。

“飞百先生怎看？”贺世贤问。

“不失为一策，也可以说不失为良策，但非高明之策。”熊廷弼说。

“此话怎讲？”贺世贤、柴国柱齐问。

“朝鲜乃入贡之国，历来与我大明友好；我亦准其独立，从无灭其国之心。倭人有灭其国之心，故朝鲜求助于我。如果建夷有灭其国之心，朝鲜同样也会求助于我。那么，我由鸭绿江入驻义州，及操练朝鲜兵，都是高明之策。但如果建夷并无灭其国之心呢？朝鲜会乐意我入驻义州吗，会乐意我操练朝鲜兵吗？朝鲜不乐意，而我强行之，使其所虞，不在亡于建夷，而在亡于我。二帅还能说，入驻义州，操练朝鲜兵，是高明之策吗？既为入贡之国，可入贡于我，也可入贡于彼，视谁个强大而定。我强，朝鲜不会叛我；我弱，不能使朝鲜必不叛我。故辽东之事，在我自强之，而不在入驻义州，不在操练朝鲜兵。”熊廷弼阐明自己的看法。

“飞百先生高明之论，在下闻之，如醍醐灌顶。”贺世贤说。

柴国柱第一次听到这个词，觉得新奇，问道：“贺帅，何为醍醐灌顶？”

“柴帅可知，何为醍醐？”贺世贤反问。

“不知。”柴国柱道。

“醍醐者，以牛、羊之乳制作之食品也。”贺世贤说。

“那不就是酥油吗？”柴国柱问。

“对，醍醐就是酥油。”贺世贤道。

“顶是头顶吗？”柴国柱又问。

“是。”贺世贤应道。

“以酥油浇灌头顶，不知是何滋味。”柴国柱说。

“柴帅没尝试过？”贺世贤问。

“没尝试过，”柴国柱道，“酥油吃都舍不得，怎会拿来浇顶！”

“那我告诉你，以酥油浇顶，极为清凉，极为舒适，人立刻变得聪明起来。”贺世贤说。

“酥油还有这等功效？”柴国柱不信，又问熊廷弼，“飞百先生，贺帅的话当真？”

“柴帅以为真，则可当真；以为不真，则不可当真。”熊廷弼道。

“飞百先生所言，近乎玄学。”柴国柱说。

“醍醐灌顶，本来就是玄学，”熊廷弼道，“醍醐之说，出自释教，释教是不是玄学？释教以醍醐喻智慧，是不是玄学？以醍醐灌顶喻增长智慧，是不是玄学？”

“原来贺帅是说，飞百先生以醍醐浇灌我辈头顶，使我辈增长智慧，”柴国柱点了点头，道，“此说我赞成。”

“柴帅先别忙着赞成，浇灌我本人头顶的醍醐，我都没有，怎顾得上浇灌二帅头顶！”熊廷弼却说。

三个人说笑几句，又回到正题上。

“闻得兵部欲差勿所先生来辽东，飞百先生，有无此事？”贺世贤问。

“有。”熊廷弼应道。

“闻得飞百先生极力反对，有无此事？”贺世贤问。

“反对是有的；极力反对，则言之过矣。”熊廷弼道。

“有人说，飞百先生因朝中多有人赞同勿所先生奏议，不无忌惮，故反对勿所先生来辽东，”柴国柱插话，并问，“飞百先生，然否？”

“为何心存忌惮？是担心勿所兄一来辽东，朝廷就会命一军由鸭绿江入驻义州，就会命操练朝鲜兵？”熊廷弼自言自驳，“实则勿所兄在朝中，更便于说服当道，说服朝廷；我不欲提一军入驻义州，不欲操练朝鲜兵，应使勿所兄速来辽东才是。”

“飞百先生心存忌惮，不是为勿所先生奏议。”柴国柱说。

“那是为何事？”熊廷弼问。

“担心勿所先生分已权柄。”柴国柱说。

“此乃以小人之心，度君子之腹，怎可听信！”贺世贤说。

他为熊廷弼分辩，熊廷弼却不领他情。

“贺帅别把我想成谦谦君子，我并无君子之腹。”熊廷弼道。

“飞百先生是说——”贺世贤问。

“我反对勿所兄来辽东，确是担心他分我权柄，”熊廷弼说着，问道，“二帅可知，兵部欲使勿所兄来辽东，是以何名分？”

“具体名分不知，但知不是作为飞百先生属员。”柴国柱说。

“其实，兵部也没确定名分，只是有意让勿所兄亦开府，”熊廷弼说着，问道，“二帅可知，兵部欲使勿所兄在何处开府？”

“不知。”贺世贤、柴国柱齐道。

“在沈阳。”熊廷弼告诉他们。

“在沈阳！”贺世贤、柴国柱齐呼。显然，他们也以为不可思议。

“沈阳距辽阳，不过百余里，竟拟开二府！”贺世贤又说。

“兵部诸公，是不是不知两地仅距百里？”柴国柱则问。

“看来，二帅确是醍醐灌顶，都知道此事荒唐，”熊廷弼开句玩笑。然后议道，“朝廷拟着勿所兄来辽东，我的确心存忌惮。不过，不是忌惮朝廷采纳勿所兄奏议，而是忌惮勿所兄分权；不是忌惮勿所兄分我之权，而是忌惮辽东大权从而分散。试想，朝廷真在沈阳另开一府，二帅何以适从？自辽阳发一号令，自沈阳又发一号令，二帅是遵从发自辽阳的号令，还是遵从发自沈阳的号令？故而，兵部拟使勿所兄来辽东，二帅恐怕比我还要忌惮。”

“飞百先生说的是。”贺世贤、柴国柱齐道。

第五百一十一章

方从哲从朝房回内阁时，被科、道诸臣拦在途中。

“君等欲何为？”方从哲惊问。

“涵公欲何为？”科臣中一人反问。

方从哲循声看去，认出他是兵科都给事中杨涟。

“是啊，涵公欲何为？”其他几名科臣附和道。

方从哲心想，此人俨然是六科领袖。

没等他想好怎么回答，又有人开口。

“相公欲何为？”御史中一人反问。

方从哲循声看去，认出他是御史左光斗。

“是啊，相公欲何为？”其他几名御史附和道。

方从哲心想，此人俨然是十三道领袖。

“我无所欲为。”他说。

“今日情势，涵公怎可无所欲为！”杨涟道。

“是啊，涵公怎可无所欲为！”其他几名科臣附和道。

“今日情势，相公怎可无所欲为！”左光斗道。

“是啊，相公怎可无所欲为！”其他几名御史附和道。

“君等欲我何为？”方从哲问。

“君父疾，臣子问安，此乃古训。”左光斗道。

方从哲等其他御史附和，但其他御史没附和；等杨涟再问一遍，杨涟也没再问。

“文儒，不再问一遍？”方从哲问。

杨涟字文儒，湖广应山人，万历三十五年进士。

“古训者，知之即知之，不知即不知，不必重复。”杨涟道。

“一人诘问，众人和之；又一人复诘问，众人再和之。如此反复，君等是否真以为我耳聋？”方从哲强作笑容问。

“我等知涵公不聋。”杨涟说。

“但愿相公不会装聋作哑。”左光斗紧接着说。

“好，”方从哲应道，“我不装聋作哑，君等也不用怕我装聋作哑，不用再问之，众和之。”

“好，我等不和之，推文儒、遗直二公言之。”众科、道说。

“我亦不重复，推文儒兄言之。”左光斗说。

“推我言之，我则言之，”杨涟道，“涵公问，我等欲涵公何为？简而言之，我等只是遗直兄那句话，请相公遵古训，代我等问天子疾。”

“我不是不知古训，但要我问天子疾，有三难。”方从哲说。

“有哪三难？”杨涟问。

“天子讳疾，怎问？”方从哲道。

“还有呢？”杨涟问。

“不能面圣，怎问？”方从哲道。

“还有呢？”杨涟问。

“内臣不以告，怎问？”方从哲道。

“涵公说的内臣不以告，是指内臣不以天子之疾告相公，还是指内臣不以相公问疾告天子？”杨涟问。

“二者兼有。”方从哲道。

“好，涵公说的三难，我都听明白，”杨涟说着，问道，“涵公以天子讳疾为第一难；可见，此一难为根本。然否？”

“然。”方从哲应道。

“涵公又有第二难；可见，即便天子讳忌，若得面圣，硬着头皮也要问疾。然否？”杨涟问。

“然。”方从哲应道。

“涵公又有第三难；可见，即便不能面圣，也是可以通过内臣问疾的。然否？”杨涟问。

“然。”方从哲应道。

“内臣却又不以告，奈何！”杨涟道。

“是啊，奈何！”方从哲亦道。

“相公记得文潞公是怎说的？”杨涟问。

稍有常识的人都知道，文潞公即宋人文彦博，他生前曾封潞国公。但方从哲好像不放心似的，仍问：“是四朝出将入相的文潞公吗？”

所谓四朝出将入相，是指：文彦博在仁宗朝，官拜同中书门下平章事，罢相后出知许州、青州、永兴等州军；在英宗朝，召为枢密使；在神宗朝，判河阳、河南等地；在哲宗朝，以平章军国重事再起。

“几千年历史，文潞公只一人；除他，还能是谁！”杨涟道。

“文儒问文潞公怎说，可是问他于问疾事怎说？”方从哲又问。

“一直在说这事，除此，还能问何事！”杨涟道。

“我不记得，请文儒告我。”方从哲说。

“宋仁宗疾，文潞公问之，内侍史志聪曰：禁秘事，不敢漏言。文潞公斥曰：尔曹出入宫禁，不令宰相知天子起居，欲何为耶！自今疾势增损必以告，不然，当行军法！”杨涟述道。

“文潞公斥得好！”众给事中、御史齐道。

“文儒兄讲述得好！”左光斗又加上一句。

“诸君都说好，我也觉着好，”方从哲说着，问杨涟，“内臣不以天子之疾告我，我可效仿文潞公斥之；内臣不以我问疾告天子，我当怎说？”

“涵公不必说。”杨涟道。

“不必说？不必请之，亦不必斥之？”方从哲问。

“是，”杨涟应道。“涵公不必说；不必请之，亦不必斥之。”

“那皇上怎知我曾问疾？”方从哲问。

“皇上不必知。”杨涟道。

“皇上不必知？皇上不必知我之关注及焦虑，不必知君等之关注及焦虑？”方从哲问。

“是，”杨涟应道，“皇上不必知；不必知涵公之关注及焦虑，不必知我等之关注及焦虑。”

“既如此，何必往问疾？”方从哲问。

“涵公但一日三问，不必见驾，不必皇上知；只要让宫中知道相公在，知道廷臣在，则宫中不致生变。”杨涟说。

“说得好！”众给事中、御史齐道。

“另外，这些日子涵公宜宿阁中。”杨涟又说。

“前朝可有此故事？”方从哲问。

“涵公问前朝有无故事，可知文潞公怎说故事？”杨涟反问。

“不记得，文儒告我。”方从哲道。

“文潞公与同列刘沆、富弼，谋启醮大庆殿，因留宿殿庐。又是内侍史志聪曰：无故事。文潞公叱曰：此岂论故事时耶！”杨涟述道。

“文潞公斥得好！”众给事中、御史齐道。

“相公当效文潞公，切莫效史志聪，以故事留难自家！”左光斗又言词犀利地警告一句。

七月十九日，皇帝召入英国公张维贤、大学士方从哲、吏部尚书周嘉谟、户部尚书李汝华、礼部署部侍郎孙如游、兵部尚书黄嘉善、署刑部并兼署都察院的仓场尚书张问达、署工部的戎政尚书黄克缵。周嘉谟原任工部尚书，上月改吏部，而以黄克缵署工部。

张维贤代表在场的大臣，以及所有的廷臣，向皇帝表示慰问和祝福。

接下来，皇帝应该是和方从哲说几句话的。但皇帝改变以往的习惯，唤的是“周尚书”。

“臣在。”周嘉谟应道。

“周尚书掌吏部几久？”皇帝问。

“一月余。”周嘉谟说。

“说精确些呢？”皇帝问。

“四十余日。”周嘉谟说。

“再说精确些呢？”皇帝问。

“臣上月初五日改吏部，迄今四十三日。”周嘉谟说。

“四十三日来，卿忙于何事？”皇帝问。

“四十三日来，臣只忙于一事。”周嘉谟说。

“可是忙于补缺？”皇帝问。

“是。”周嘉谟应道。

“此事朕和方先生说过：待朕痊愈，一定增补大臣，增补科、道，”皇帝说着，转问方从哲，“方先生，朕是不是和你说过？”

“皇上曾谕臣，臣并告——”方从哲差点儿说出“臣嘉谟”三字，但忽然想起，那是周嘉谟改吏部之前的事，署吏部事的是李汝华，遂道，“——臣汝华。”

“臣于交接之日，亦告臣嘉谟。”李汝华奏道。

“周尚书想必也看出，朕尚未痊愈。你还急吗？”皇帝问周嘉谟。

“臣——”周嘉谟稍一踌躇，道，“——不急。”

“黄尚书，朕有一事问你。”皇帝又对黄嘉善说。

“是。”黄嘉善应道。

他料到，皇帝会问辽东事。他有好的消息可以禀奏，也有不好的消息可以禀奏。好的消息是：驰援辽东的官军，有几支已出关，其中包括四川女土司秦良玉差其兄弟率领的三千土兵；不好的消息是：建州人马又开始入犯沈阳附近的屯、堡，朝廷正在追究游击将军祖天寿等人的责任。

黄嘉善希望皇帝垂询的是好的消息，不是不的消息；同时也在琢磨，万一皇帝问起坏的消息，怎么能说得委婉一些，免得刺激病中的皇帝。

却没想到，皇帝既不问好的消息，也不问不好的消息。

“努尔哈赤建立国号，黄卿可知？”皇帝问。

黄嘉善愣了愣，答道：“臣知。”

“他以何为国号？”皇帝问。

“金，又曰后金。”黄嘉善说。

“他是不是以为，自个儿是女真人后裔？”皇帝问。

“是。”黄嘉善应道。

“努尔哈赤建立年号，黄卿可知？”皇帝又问。

“臣知。”黄嘉善应道。

“他以何为年号？”皇帝问。

“天命。”黄嘉善说。

“他奉天命，朕呢？”皇帝问。

“皇上才是奉天承运；努酋建后金国，以天命为年号，乃逆天道。”黄嘉善说。

“努尔哈赤称汗，黄卿知否？”皇帝问。

“臣已知。”黄嘉善应道。

“他以何为汗名？”皇帝问。

“英明汗。”黄嘉善说。

“还有许多别的字吧？”皇帝问。

“是，”黄嘉善应道，“其全称是：覆育列国英明汗。”

“所谓列国，黄卿说，都是哪些国呀？”皇帝问。

“臣以为，无非是关外女真各部。”黄嘉善说。

“不包括别国？”皇帝问。

“努酋或许还觊觎朝鲜。”黄嘉善说。

“你是说，仅限于关外？”皇帝问。

“臣以为，他不敢入关寻衅；即便动这个心思，也不过是痴心妄想。”黄嘉善说。

“黄卿可知，努尔哈赤于何时称汗，建国号，建年号？”皇帝又问。

“丙辰年。”黄嘉善说。

“即万历四十四年，是吧？”皇帝问。

“是。”黄嘉善应道。

“朕记得，黄卿任大司马，也在万历四十四年。”皇帝说。

“朝廷召臣任兵部尚书，是在万历四十四年十月；但臣赴任，实掌兵部，是在万历四十六年七月。”黄嘉善说。

“好吧，卿实掌兵部以前的事，朕不问；朕但问卿掌部以后的事，”皇帝说着，问道，“卿掌兵部以来，是几时得知努尔哈赤称汗、建国号、建年号的？”

“有一两年。”黄嘉善道。

“一年，还是两年？”皇帝问。

“一年多，不到两年。”黄嘉善道。

“黄卿可曾奏闻于朝？”皇帝问。

“不曾奏闻。”黄嘉善道。

“黄卿为何不奏闻？”皇帝问。

“传闻而已，臣不敢妄奏。”黄嘉善说。

对于这个解释，皇帝未置可否。他凭着模模糊糊的印象，说道：“黄卿赴任之前，似是张侍郎署部。”

“是臣养蒙署部。”黄嘉善应说。

“努尔哈赤称汗、建国号、建年号之后，黄卿赴任之前，都是他署兵部。”皇帝强调。

“是。”黄嘉善应道。

“他也不曾奏闻于朝。”皇帝道。

“臣想，臣养蒙也是因为传闻，不敢妄奏。”黄嘉善为张养蒙开解。

“兵部一署部，一掌部，皆以传闻不敢奏之，满朝公卿大夫，皆以传闻不敢妄奏，还说得过去；科、道官，祖宗以来是准允风闻奏事的，怎也无人奏闻于朝？”皇帝问。

皇帝没点名问谁；而且，皇帝的语气相当严厉。所以，没人会主动回答。皇帝指指方从哲，命道：“方先生，你说！”

“为推选阁员一事，科、道除互纠，就是参劾臣。”方从哲说。

“朕看，他等只会纠缠小事，似努尔哈赤称汗、建国号、建年号这等大事，竟无人留意！要不是熊卿日前上疏，写明此事，朕到今日也不知，朝廷到今日也不能确定！”皇帝抱怨两句，然后问众大臣：“卿等说是不是？”

熊廷弼奏言努尔哈赤称后金大汗，是在上月初。这个消息带给皇帝的震惊，带给皇帝的烦恼，是可想而知的。一个多月来，皇帝不知该向谁人发泄，今天终于发泄出来。

“诚如圣谕。”众大臣应道。

“朕觉累，卿等且去。”皇帝最后说。

大臣们看出，皇帝的确已累。他们退出弘德殿时，除忧心忡忡，多少都有些许羞愧。

第五百一十二章

伴太子读书的太监王安出文华门，左右张望。

“王公公。”韩爌招呼他。

“象云先生在呀。”王安道。韩爌就在门外站着，他却好像没看见。

“王公公在找谁人？”韩爌问。

“他等说外面有人找我，出来却不见人！”王安道。

“怎不见人，我不是人吗？”韩爌谑道。

“象云先生当然不是人。”王安说。

一句话噎得韩爌不知说什么好，要不是王安后面的话接得快，他脸上真要挂不住。

“象云先生是圣人。”王安接着说。

“这可不敢当，”韩爌回应一句后，指着自己说，“王公公不用找，把王公公请出来的人在此。”

“象云先生找我？”见不到找自己的人，王安困惑；见到找自己的人，王安更困惑。他摇着头说，“不对吧。”

“怎不对？”韩爌问。

“象云先生有话对我说，大可径入，何必把我叫出来！”王安道。

“王公公不知我为何请你出来说话？”韩爌问。

“不知。”王安道。

“很简单，欲避人耳目。”韩爌说。

“原来象云先生有机密的话要对我说，”王安道。他才要点头，忽又改为摇头，“还是不对。”

“怎还是不对？”韩爌问。

“且不说象云先生会不会有避人耳目的话；既是象云先生找我，门役怎会不告我！”王安道。

“是我再三叮嘱他不要告诉王公公的，”韩爌说，“王公公想啊，殿上的人知道我把你约到殿外说话，还有机密可言吗？”

“看来，象云先生要说的确是机密的话，我先耳恭听。”王安道。

“六垣有一位杨给谏，王公公知否？”韩爌问。

“可是文儒先生？”王安反问。

“是他，”韩爌点点头，又问，“宪台有一位左御史，王公公知否？”

“可是遗直先生？”王安反问。

“是他，”韩爌点点头，说道，“是他二位有几句话，托我转达给王公公；王公公说，是不是不使他人知道为好？”

“他二位有话转达给我？象云先生没弄错吧？”王安难以置信。

“我没弄错，但不知王公公愿不愿听。”韩爌说。

“我愿听，象云先生请说。”王安揖道。

“他二位让我转达给王公公的第一句话是：皇上疾甚。”韩爌说。

“虽当讳言，但我在宫中，应该比他二位知道得早，知道得真。”王安道。

“他二位让我转达给王公公的第二句话是：皇太子殿下不可再踌躇于乾清门外。”韩爌说。

“他二位怎知殿下踌躇于乾清门外？”王安问。

“王公公不会说并无此事吧？”韩爌反问。

“不，确有此事。”王安道。

“殿下茫然不知所措，我亦有所闻；可见 关心朝政者，关心殿下者，不难闻知此事。”韩爌说。

“象云先生说的是。”王安应道。

“他二位让我转达给王公公的第三句话是：不召入皇太子，并非皇上本意。”韩爌说。

“皇上心思他二位怎知？”王安问。

“皇上心思，不在他二位知不知，而在王公公信不信。”韩爌说。

“怎讲？”王安问。

“王公公信，则他二位所说，确是皇上本意；王公公不信，则他二位所说，不是皇上本意。”韩爌道。

“然后呢？”王安问。

“最要紧的是他二位让我转达给王公公的第四句，也是他二位让我转达给王公公的最后一句话。”韩爌说。

“他二位怎说？”王安问。

“殿下当力请入侍，尝药侍膳，薄暮始还。”韩爌说。

“亦即，不管未召入殿下是不是皇上本意，殿下都须力请入侍。”王安把这句话和前面一句话联系起来。

“对，”韩爌应道，又说，“但使殿下相信，不使入侍非皇上本意，殿下力请时会更加坦然。”

“象云先生说的是，”王安点点头，说道，“杨、左二位要象云先生转达给我的这几句话，我会全部转达给殿下，象云先生放心；也请转告杨、左，让他二位放心。”

郑贵妃见皇帝的机会愈来愈少，每见一次，她都会感到心情沉重；和皇帝说话的时间愈来愈短，有时短到只说一两句话，甚至只说一两个字。这天，皇帝竟和她说得如此之久，是她万万没料到的。

“爱妃坐。”皇帝说。

“臣妾站着吧，好说话。”郑贵妃道。皇帝半昏迷时，听不清她在说什么，她不得不弯下腰去，伏在皇帝的耳边说。她担心，坐下后，不方便和皇帝说话。

“爱妃坐。”皇帝又说一遍。

“是。”郑贵妃应一声，打算坐在御榻的边侧。

“爱妃坐凳子，可舒服些。”皇帝说。

有近侍搬来圆凳，郑贵妃坐在凳上，和皇帝面对面地说话。

“爱妃还想洵儿吗？”皇帝问。

“洵儿是臣妾身上掉下来的肉，臣妾怎能不想！洵儿也是陛下的骨肉，臣妾不信陛下不想。”郑贵妃说。

“爱妃没听懂朕问的话，”皇帝道，“朕不是问你是不是惦记洵儿，是不是想见到洵儿；朕是问你，还想不想让洵儿做储君，日后做皇帝。”

郑贵妃已经记不清楚，这个话题有多久不曾涉及。今天皇帝忽然提到，她一时不知该怎样回答。

“爱妃要和朕说心里话。”皇帝强调。

“陛下想，臣妾才好想；陛下不想，臣妾想有何用！”郑贵妃道。

“朕听出来，爱妃还在想；朕也听出来，爱妃在抱怨朕。”皇帝说。

“臣妾不敢抱怨。”郑贵妃道。皇帝说的，她否认半句，另外半句没否认，也就是承认。她说的是心里话，当然也希望听到皇帝的心里话。她问，“陛下还在想吗？”

“爱妃问朕还想不想让洵儿做储君，日后做皇帝？”皇帝反问。

“臣妾是问陛下，还想不想当年大高玄殿里的情景，还想不想当年对臣妾的允诺？”郑贵妃说。

“彼时彼处的情景，朕一直没忘；但让洵儿做储君，日后做皇帝，朕不再想。”皇帝说。

“陛下是已想开？”郑贵妃问。

“是。”皇帝应道。

“陛下也开导开导臣妾呗。”郑贵妃道。从她的话里可以体会到，她想是想，但想得并不热衷，并不急切。毕竟是时过境迁。

“好，”皇帝点点头，说道，“朕做皇帝四十八年之久，本朝开国以来，没有比朕做皇帝更久的；朕记得大臣们说过，自古以来，在位四十年以上的天子也很少。朕深感厌倦。”

“如果只有这个理由，臣妾还是想不开。”郑贵妃说。

“那爱妃说说，洵儿就藩时，朕给他几多庄田？”皇帝问。

“说是四万顷，实则至今不足其数。”郑贵妃道。

“爱妃可知，去岁天下加赋几多？”皇帝问。

“臣妾不知。”郑贵妃道。

“八百万，”皇帝比画着说，并重复道，“八百万呀！”

“是个大数目。”郑贵妃道。

“爱妃可知，发辽饷几多？”皇帝问。

“臣妾不知。”郑贵妃道。

“三百二十四万，”皇帝告诉她，并重复道，“三百二十四万呀！”

“也是个大数目。”郑贵妃道。

“都说天子富有四海，可爱妃看啊，”皇帝说着，把拇指掰下去，“四万顷土地，本来在朕的口袋里，朕掏出来，给了洵儿。”又掰下手指，“八百万加赋才放进朕的口袋里，又不得不掏出半数，送去辽东。”

“不到一半。”郑贵妃说。

“不错，是一小半；但我要告诉爱妃，即便掏出的是一大半，甚至掏出八百万的全数，未必足辽东一地之用。”皇帝说。

“掏给辽东的，且不说它；掏给洵儿的，陛下不情愿吗？”郑贵妃问。

“朕情愿；掏得再多，朕也情愿，”皇帝道，又说，“朕只是想开一件事：从口袋里往外掏，不如装进自家的口袋，来得安逸。”

“陛下是说，洵儿与其做皇帝，不得不把口袋里的东西掏给别人，不如把皇帝给的东西装进自家的口袋？”郑贵妃问。

“朕是这个意思。”皇帝道。

“这倒是个像样的理由。”郑贵妃道。

她认可，皇帝还要她进一步认可。

“但这不是朕主要的理由。”皇帝说。

“陛下主要的理由是何事？”郑贵妃问。

“爱妃可知，此事朕是几时想开的？”皇帝反问。

“臣妾不知。”郑贵妃道。

“爱妃猜猜看。”皇帝命道。

“约二十年前，陛下册立洛儿为皇太子时？”郑贵妃猜道。

“不对。”皇帝摇头。

“约五年前，陛下使洵儿就藩时？”郑贵妃又猜。

“不对。”皇帝仍摇头。

“臣妾猜不出。”郑贵妃再无从猜起。

“朕想开此事，就在这一两年。”皇帝道。

“就在这一两年？”郑贵妃问。

“对，”皇帝点点头，又道，“或者说，是在前年的四月，建酋努尔哈赤陷我抚顺城时。”

“在努尔哈赤陷抚顺城时？”郑贵妃重复。

“对，”皇帝点点头，又道，“或者说，是在努尔哈赤上表，声称他对我大明的七大恨时。”

“在努尔哈赤声称七大恨时？”郑贵妃重复。

“对，”皇帝点点头，又道，“或者说，是在前年的七月，努尔哈赤陷我清河堡时。”

“在努尔哈赤陷我清河堡时？”郑贵妃重复。

“对，”皇帝点点头，又道，“或者说，是在去春，我官军大败于辽东时。”

“在官军败于辽东时？”郑贵妃重复。

“对，”皇帝点点头，又道，“或者说，是在去夏，经略熊廷弼抵辽阳，我官军开始与建夷纠缠时。”

“在官军与建夷纠缠时？”郑贵妃重复。

“对，”皇帝点点头，又道，“或者说，是在去冬，熊廷弼议制敌之策，从恢复、进剿退至固守时。”

“在熊廷弼议制敌之策时？”郑贵妃重复。

“对，”皇帝点点头，总结道，“朕再不理朝政，也看得出，朝廷遇到大麻烦。与其让洵儿面对这些大麻烦，不如让他守着朕给他的庄田，过他的安逸的日子。”说着，问道，“爱妃想开没有？”

“陛下如此开导，臣妾怎能想不开！不过——”郑贵妃还有心思，却不知怎么说好。

皇帝知道她在想什么，但不说出来，而是问个好似不相干的问题。

“朕日前召入由校，爱妃不知道吧？”皇帝问。

“臣妾曾听说。”郑贵妃道。

“爱妃心里不舒服吧？”皇帝问。

“由校是陛下骨肉。陛下想见他，并让宫户和朝廷上下，都知道陛下对他的喜爱，在情理之中。臣妾心里怎会不舒服！”郑贵妃道。

“爱妃又想偏。”皇帝说。

“臣妾想偏？”郑贵妃问。

“是，”皇帝点点头，说道，“朕召入由校，并非为他，而是为爱妃，为洵儿。”

“臣妾不懂。”郑贵妃道。

“洛儿身体羸弱，非寿相，爱妃看得出来吗？朕崩后，他居帝位，也不会太久。爱妃和洵儿以后的日子好不好过，要看由校。由校善待爱妃，善待洵儿，爱妃和洵儿的日子就好过；由校不善待爱妃，不善待洵儿，爱妃和洵儿的日子就不好过。朕召入由校，是要他善待爱妃，善待洵儿；爱妃说，朕此举是不是为爱妃，为洵儿？”

“陛下大爱，臣妾感激莫名。臣妾叩谢陛下，也代洵儿叩谢陛下！”郑贵妃说着，拜下。

万历四十八年七月二十一日，皇帝崩于弘德殿。

皇帝讳翊钧，谥范天合道哲肃敦简光文章武安仁止孝显皇帝，庙号神宗，葬定陵。

万历凡四十八年，以公元计年，为1573—1620。

人名索引[1]

1　人名后页码为该人物首次出现时所在的页码；书中有的人名用字保留繁体。